Ich widme dieses Buch
den letzten lebenden Seelen,
den Kindern mit Pistolen
und dem Feuer, das aus dem Kopf des Affen kommt.

W0403017

DANKSAGUNG

Ich möchte mich nur speziell bei zwei Personen bedanken. Ihre Namen lauten Susilock Holmes und Freya Hepburn.

KAPITELGUIDE

»Das Leben ist ein Witz. Ist nur die Frage, ob man ihn auch versteht und darüber lachen kann. Wahrer Humor beweist sich dort, wo er nicht erwartet wird.«

– Geto Verit,
verurteilter Kinderschänder
und Feuerquallenfetischist

Kapitel eins:
DIE SWEEPERIN

Unter Cloey bröckelte der Asphalt weg. Ihr Weg führte sie durch einen dickwanstigen Wald. Der Himmel zeigte ein harmonisches Gemisch aus Hellblau und weiß-roten Wolken, die den baldigen Untergang der Sonne dokumentierten.

Sähe man sich die Szenerie aus der Perspektive eines Vogels an, stieße wohl die naturgegebene Fantasie mit ihrem Queue die weiße Kugel der Verspieltheit an und klackerte auf dem Tisch ein Bild zusammen, das eine Raubkatze zeigt, die durch einen Dschungel wetzt.

Cloey fuhr einen Geländewagen Modell Lada Taiga. Die Karosserie war in Schmutz gegossen. Nur an manchen Stellen schimmerte der hellbraune Lack ungehindert hindurch. Der Wagen wies Beulen auf, wackelte, klapperte und roch nach Öl. Da er permanent zu laut von sich erzählte, hörte seine Fahrerin ihm oftmals nur zu gerne nicht zu und lauschte lieber Musik. Sie war bereits beim letzten Lied des *Blur*-Albums angelangt und bewegte sich gerade rhythmisch zu *Lot 105*. Ihr glattes blondes Haar, welches in drei offenen Zöpfen ihren halben Rücken herabhing, wedelte dabei wie drei aufgeregte Hundeschwänze.

Kaum war das Lied verklungen und Cloey wollte bereits die CD wieder von vorne starten, strauchelte plötzlich eine zombiehafte Gestalt aus dem Wall ähnlichen Gebüsch auf die Fahrbahn.

Cloey schreckte auf und bremste abrupt ab. Sie schlitterte noch ein gutes Stück weiter, woraufhin auch endlich der unachtsame Fahrbahnläufer von der Realisierung seiner eigenen Dummheit aus der Leere seines Blickes und Kopfes befreit wurde. Die Reifen heulten auf und mit einem Getöse blieb die blecherne Raubkatze mit seiner Schnauze vor dem Glückspilz stehen.

Seine fettigen braunen Haare standen verwirrt um seinen Schädel herum. Seine Augen schrien aus den Tiefen ihrer Ringe nach herbeisehnendem Schlaf und ein kurz geschorener Ziegenbart zierte sein Kinn. Ansonsten war die Anzahl und Länge seiner Gesichtsbehaarung eher mickrig. Er trug ein T-Shirt der *Gorillaz,* doch seine Kleidung war so dreckig wie Cloeys Wagen.

Er blickte in ihr Gesicht und seine augenscheinliche Erschöpfung wich dem Aufgang einer hoffnungsvollen Sonne.

»Ein Mensch«, konstatierte er freudig.

Cloey überlegte, was sie tun sollte. Am sichersten wäre es wohl, einfach an der kümmerlichen Gestalt vorbeizufahren. Andererseits sah er so aus, als könnte er Hilfe gebrauchen. Seine Augen besaßen einen eigenartigen Ausdruck und allgemein das ganze Gesicht strahlte eine fast schon bedenkenlose Ungefährlichkeit aus.

Cloey kurbelte ihr Fenster herunter und lehnte sich hinaus; dabei fiel einer ihrer Zöpfe nach draußen.

»Sag mal, spinnst du?«, schimpfte sie. »Was läufst du einfach so auf die Straße? Runter mit dir! Na los!«

Sie war gespannt, wie er reagieren würde. Würde er ungerechtfertigt zurückpöbeln, wie es selbst allgemein zivilisierte Bürger zu tun pflegen?

Doch stattdessen sagte er bloß: »Bitte hilf mir.«

»Was?«

»Ich hab mich total verlaufen. Seit zwei Tagen renne ich schon wie ein Irrer durch den Wald. Ich habe weder gegessen noch geschlafen. Bitte bring mich weg von hier.«

Cloey betrachtete ihn misstrauisch. Sie zog sich in ihr Auto zurück, zupfte ihren außen liegenden Zopf hinein und dachte nach. Sie kurbelte ihr Fenster wieder hoch und überlegte weiter.

Sie konnte weder Lug noch Trug in seinen Augen ausmachen.

»Bitte«, bettelte er und faltete dabei seine Hände.

Etwas Undefinierbares gab Cloey einen Ruck. Mit einer knappen Geste deutete sie zur Beifahrertür. Und die Sonne im Gesicht ihres künftigen Mitfahrers hatte Mittagszeit.

»Vielen Dank«, sagte er und stieg heiter beschwingt zu ihr ins Auto.

»Und mit wem habe ich das Vergnügen?«

»Ich bin Teppo. Freut mich sehr.«

Teppo reichte ihr seine dreckige Hand. Cloey nahm sie drückend entgegen. Sie erwiderte sogar sein Lächeln, denn irgendwie steckte seines sie dazu an.

»Cloey.«

Der Lada Taiga folgte seinem Pfad. Manchmal ruckelte er wie ein Kinderwagen, der eine Treppe herunterrollt. Links und rechts huschten nichts als Bäume vorbei. Es schien Sommerschlussverkauf zu sein und sie waren die Kunden.

»Sag mal, du hast nicht zufällig etwas zu essen für mich?«, erkundigte sich Teppo.

»Nein, tut mir leid, hab alles schon aufgebraucht. Hast du wirklich seit Tagen nichts gegessen?«

»Ja und geschlafen auch nicht.«

Teppo lehnte sich in seinen Sitz hinein. Seine Augenlider rollten auf und zu wie Jalousien.

»Wohin sollte denn die Reise gehen?«

»Eigentlich wollte ich mir nur mal mein neues Zuhause angucken«, sagte er müde und sogleich fielen ihm aufs Neue die Augen zu.

»Dein neues Zuhause?«

Teppo riss sich zusammen und richtete sein Haupt wieder ein wenig auf.

»Ja. Ich bin gerade umgezogen und wollte einen Spaziergang durch die Ortschaft machen.«

»Und dann bist du im Wald gelandet?«

»Genau.«

»Wo bist du denn hingezogen?«

»Es ist eine Kleinstadt. Sie heißt Enmar oder so.«

»Oder so? Enmar. Noch nie von gehört. Ist das hier überhaupt in der Nähe?«

Als sie keine Antwort erhielt, wandte sie ihr Augenpaar nach rechts. Teppos Blick war offen und leer. Anscheinend war er mit dieser Frage total überfordert.

»Schon gut«, sagte Cloey und beendete damit den ins Nichts führenden Denkvorgang ihres Begleiters.

»Wohin fahren wir eigentlich?«

»Handschuhfach«, sagte Cloey. Teppo öffnete es. »Der Kartenstapel.« Nebst Papieren und dem sonstigen angesammelten Krimskrams lag hier ein Stapel Spielkarten. Teppo nahm ihn sich und schloss das Handschuhfach wieder. »Die unterste Karte.«

Er drehte den Stapel um und staunte nicht schlecht. Es war überhaupt keine Spielkarte, die er hier sah, sondern ein Steckbrief. Es waren alles Steckbriefe. Auf jedem stand als Überschrift: »*WANTED*«. Darunter war jeweils ein Foto und auf manchen sogar nur eine Phantomzeichnung abgebildet. Unter den Bildern gab es einige Informationen zu der entsprechenden Person nachzulesen; wie den Namen, Größe, Geburtsdatum, den Tatbestand, eine Beschreibung des Charakters, besondere Auffälligkeiten oder sonstige wissenswerte Sachen. Die Schrift war klein, aber die Infos so spezifisch herausgepickt, dass sie eine erstaunliche Übersicht über die jeweilige Person darboten.

Die oberste Karte zeigte einen Mann mit vernarbtem Hals. Cloey hatte von dieser Karte gesprochen und Teppo schenkte ihr mehr Aufmerksamkeit als den anderen.

»Jekilldy Jack Jick Jackson«, begann Cloey zu erzählen. »Mehrfacher Mörder. Ich bin auf der Suche nach ihm. Ich erhielt einen Tipp, dass er sich in einem abgelegenen Hotel verstecken soll. Dort soll es bereits zwei ungeklärte Morde gegeben haben. Ich wette, er war es.«

»Bist du eine Polizistin?«

»Nein, Sweeperin.«

»Du bist eine Putzfrau?«

»Nein. Sweeper sind umgangssprachlich Kopfgeldjäger. Sie säubern die Welt von Verbrechern, daher der Name *Sweeper*.«

Teppo war freudig überrascht. »Du bist echt eine Kopfgeldjägerin?«

Als er Cloey diese Begeisterung entgegenbrachte, musste sie grinsen. Es erfüllte sie mit erschreckend aufkommendem Stolz. »Ja, vorübergehend. Ich sammle Erfahrung, weil ich mal als Vermittlerin arbeiten will.«

»Und was ist das?«

»Vermittler arbeiten unter anderem mit Sweepern zusammen. Sie beschaffen alle möglichen Informationen und agieren zumeist im Hintergrund des Geschehens.«

»Hört sich nach viel lesen und sitzen an.«

»Es ist aufregender, als du es dir vorstellst. Bei jedem neuen Ziel musst du anders arbeiten und körperlich wirst du auch gefordert. Man ist meistens nur nicht mit den ganzen Verbrechern direkt konfrontiert.«

»Und wieso arbeitest du jetzt als Sweeperin?«

»Ich will lernen, was meine späteren Partner alles durchmachen müssen. Außerdem habe ich noch gar keine Partner, deshalb muss ich alles selber machen.«

»Das ist also der wahre Grund.« Teppo grinste müde und betrachtete weiter die Steckbriefkarte. »Weshalb hat er denn so viele Narben am Hals?«

»Die hat er sich selbst zugefügt. Er ist ein Kriegsveteran. Ist bei einem Einsatz durchgedreht. Er hat wohl schreckliche Dinge gesehen. Na ja, jedenfalls soll er wohl eines Nachts angefangen haben, die Kehlen seiner Kameraden durchzuschneiden, und für jedes seiner Opfer hat er sich dann das Gleiche angetan.«

»Nur eben nicht ganz so tödlich, nehme ich an.«

»Angeblich tat er es, um die Schmerzen mit ihnen zu teilen. Vor Gericht sagte er, er fühle sich mit ihnen auf eine Art verbunden, die mit keinem Gefühl auf der Welt vergleichbar sei. Vor dem letzten Gerichtstermin konnte er fliehen. Und nun wartet er bestimmt im Hotel.«

»Okay. Das klingt erschreckend interessant.«

»Nervenkitzel ist geboten.«

Cloey probierte zu lächeln, aber eine gewisse Furcht schwang mit. Ihre Augen wichen Teppos Blick aus, verschwanden hinter fremden Bildern, die hoffentlich niemals eintreffen würden, und ihre Finger tippten angespannt, bis sie in einer Härte versteiften, mit der sie nur schwerlich vom Lenkrad wieder zu lösen waren.

Teppo schaute sich noch einmal die Karte an. »70.000 Sinner. Dieser Job wird ja erstklassig bezahlt.«

»Aber dafür setzt du ja auch dein Leben aufs Spiel.«

Nicht lange später, zu einer Zeit, als die Sonne sich für ihre baldige Nachtruhe bereits ihren schönsten Pyjama angezogen hatte, erreichten sie ihren Zielort.

Die Fassade des Hotels erinnerte an einen mit Zuckerguss verzierten, auf der Seite liegenden, grauen Ziegelstein. Das mehrstöckige Gebäude war etwas abgeschieden, doch in der Vergangenheit mochte genau dieser Aspekt den Andrang von Gästen wohl nicht geschadet, sondern vielmehr sogar begünstigt haben. Zumindest hatte Cloey es so erzählt. Ein Hotel in der Natur. Man hatte seine Ruhe, unzählige Spazierwege und für weitere Unternehmungsmöglichkeiten brauchte man bloß in die gar nicht mal weit entfernte nächstgelegene Stadt zu fahren. »*WILLKOMMEN – GILBIS PLACE*«, wie es die Buchstaben über der Eingangstür ergaben, galt als Urlaubsort. Ein Feriendomizil für jedermann, dem daran gelegen war, seiner Seele Erholung zu gönnen.

Als der Taiga das fremde Revier betrat, warteten auf dem Parkplatz bereits zwei weitere Wagen. Auf dem weißen Lieferwagen standen dieselbe Worte wie über der Eingangstür des Hotels. Der andere war ein protziger Cadillac.

Cloey und Teppo betraten den Empfangsraum. Holzvertäfelungen sowohl alt- als auch neumodischer Art versprühten ein seltsames, doch einladendes Ambiente. Eine vergilbte Topfpflanze döste tot vor sich hin. Teppo warf einen sehnsuchtsvollen Blick auf eine gepolsterte Sitzbank.

Hinter dem Empfangsschalter stand ein spargeldünner Mann mit einer ungesunden Portion Stressfalten. Er trug lediglich ein Unterhemd. Seine Wangen waren eingefallen und seine langen ergrauten Haare trug er hochgesteckt, an eine Cocktailpalme gemahnend. Auch wenn seine Augen weit aufgerissen waren, wirkte der Mann geradezu weggetreten. Er guckte permanent nach vorne, genau zwischen Cloey und Teppo hindurch. Erst fragten sie sich, ob er einen von ihnen ansah, aber das tat er nicht.

Ein Abguss eines reichen Texaners stand vor dem Schalter und schnauzte ihn an. Sein neumodischer Cowboystil mit Rinderjacke, -hose, -stiefeln und Hut verlieh seiner recht großen Statur eine nahezu comichafte Erscheinung, vielleicht sogar noch mehr als dem knochendünnen Mann mit seinen unwirklich selten genutzten Augenlidern.

»Mein Scheißhaus ist bis zum Rand mit Stuhl vollgekackt. Entweder Sie gehen jetzt mit so 'nem Gummipömpel, oder wie das heißt, in mein Zimmer und kümmern sich darum oder Sie geben mir einen neuen Schlüssel.«

Der dünne Mann zeigte keinerlei Reaktion und der vermeintliche Texaner wollte gerade seiner Wut weiter Luft machen, als er hinter sich Schritte und Cloeys Kofferrollen hörte.

»Howdy, Partners!«, begrüßte er die Neuankömmlinge. Eine pompöse Gürtelschnalle und ein Hemd mit Krawatte komplettierten das Bild des klischeehaften Texaners. »Wie geht's euch Turteltauben denn so?«

»Wir sind kein Paar«, erklärte Cloey. »Und wenn, ginge es Sie gar nichts an.«

Teppo musste grinsen.

»Na, na, na«, sagte der Texaner. »Mal nicht gleich so ernst, Mäuschen.« Dann streckte er ihr seine Hand entgegen. »Howdy. Ich heiße Texa Rosa und du bist?«

»Cloey Car–«, begann sie und war bereits im Begriff, seine Hand zu schütteln, als Teppo ihr einfach das Wort und die Handlung abschnitt.

»Ich stelle einfach mal eine Theorie in den Raum, basierend auf Ihrem Erscheinungsbild, Ihrem Verhalten, dem Gesprochenen sowie Ihrem ach so texanisch klingenden Namen. Sie kommen gar nicht aus Texas. Kann das wohl angehen?«

Texa schaute verdutzt drein und auch Cloey konnte Teppos Logik nicht folgen.

»Ich bin viel zu steaky, um darauf zu antworten«, antwortete jener schließlich und drehte sich wieder zu dem Mann mit dem starren Blick.

»Steaky?«, fragte Teppo Cloey leise.

»Ich erwarte, dass Sie gleich in meinem Klo Reinschiff machen.«

Daraufhin drehte sich Texa wieder zurück, zwinkerte Cloey zu, warf Teppo einen abwertenden, genervten Blick zu und stapfte davon.

Nun nahmen die beiden Texas Platz ein und versuchten ihr Glück mit dem bislang stummen Empfangsgenossen.

»Hallo«, begrüßte ihn Cloey. »Ich hatte ein Zimmer reserviert auf den Namen Carter.«

Der dürre Mann zeigte keine Reaktion. Cloey wischte mit ihrer Hand vor den weit aufgesperrten Augen herum. Erst als sie aufhörte, folgte ein Zwinkern. Cloey schaute Teppo fragend an, doch der hob bloß seine Schultern.

Sie zückte ihr Portemonnaie und legte ihren Personalausweis auf den Schalter.

»Jaaaa«, sagte der Mann mit der Palmenfrisur und variierte während des Aussprechens die Tonlage von hoch zu tief.

Nach einer kleinen Pause fuhr Cloey fort. »Sind Sie der Inhaber Gilbi?«

»Jaaaa«, antwortete Gilbi und klang dabei exakt so wie zuvor.

»Ah, gut, dann hatten wir telefoniert. Wenn Sie sich erinnern, ich bin hier, um Ihr Problem zu beseitigen.«

»…«

»Willst du nicht auch einchecken?«, wandte sich Cloey an Teppo.

»Kein Portemonnaie.«

Na toll!

»Okay, dann schläfst du halt bei mir mit im Zimmer.«

»Zu gütig.«

»Nur nicht im selben Bett. Könnte ich dann jetzt bitte den Schlüssel haben?«

Gilbi reagierte nicht.

Das darf doch wohl alles nicht wahr sein.

Sollte sie jetzt weiterreden oder sich gar eigenständig einen Schlüssel nehmen? Bevor sich Cloey jedoch für ihr weiteres Vorgehen entscheiden musste, drehte sich Gilbi um, nahm einen der vielen Schlüssel aus dem Schrank hinter sich an der Wand und überreichte ihn ihr. Hiernach war sein Gesicht auf das ihre gerichtet, doch obwohl seine Augen genau in ihre blickten, schauten sie einfach durch sie hindurch. Irgendwie war er ihr unheimlich.

»Alles okay, Gilbi?«, fragte Teppo.

»Waaaas?« Dieses Mal intonierte er die Tonleiter von unten nach oben.

»Ob alles okay ist?«, fragte Teppo nun etwas lauter als zuvor.

»Jaaaa.«

»Du wirkst aber nicht so.«

»Neeeein.«

Wieso muss er ausgerechnet in meine Richtung blicken?, fragte sich Cloey mit zunehmendem Unbehagen.

»Kannst du auch mal normal reden?«, fragte Teppo.

Gilbis Gesicht war starr.

Auch Teppos Gesicht war es nun, aber bloß weil er bockig auf eine Antwort beharrte.

Doch Gilbi machte keinerlei Anstalten.

Allmählich kratzte das Passieren von nichts an Teppos Geduld.

Gilbi schien es egal zu sein. Er spielte oder schlief in seiner ganz eigenen Welt.

Ganz zum Unmut von Teppo beitragend. Mittlerweile war er schon in einer ziemlich angenervten Stimmung. Sein Blick wurde aggressiver, seine Zähne drückten immer kräftiger aufeinander und seine angespannten Gesichtsmuskeln waren bereit, einen Schlag abzufangen.

Gilbi schien es egal zu sein. Ihm schien alles egal zu sein.

Teppo musste sich mit aller Kraft zurückhalten. Er war drauf und dran, seinem Gegenüber an die Gurgel zu springen.

»Waaaas?«, fragte Gilbi schließlich und brach damit das schier endlose Schweigen.

Teppo klatschte seine Hand auf den Schalter, wuchtete seinen Körper in die Höhe, stieg mit einem Bein auf den Schalter und hob bedrohlich seine Faust.

»Sag mal, willst du Ärger oder was?!«

Mit einer solch schnellen Eskalation hatte Cloey nicht gerechnet, besonders nicht damit, dass ihr zuvor so harmlos erschienener Beifahrer zu solch einem wütenden Gesicht imstande war. Sie versuchte, Teppo vom Schalter zu ziehen, doch er war zu kräftig für sie.

»Beruhige dich, verdammt noch mal!«, schimpfte sie.

Teppo achtete nicht auf sie. Er hatte nur Augen für seinen Provokateur. »Den kannst du haben!«, schnauzte er und beantwortete damit seine eigene Frage, ob Gilbi denn Ärger haben wolle.

Dann knurrte es lauthals im Raum. Teppos Oberkörper sank nach unten und er hielt sich den Bauch.

»Hunger«, sagte er gequält und klang dabei so bedauernswert, dass Cloey fast schon so etwas wie Mitleid empfand.

Was sind das nur alles für merkwürdige Typen, denen ich heute begegne?

Mühelos zog sie ihn vom Schalter herunter. »Komm, wir gehen«, sagte sie und Teppo hörte aufs Wort.

Sie ließen Gilbi zurück, doch das störte von allen wohl niemanden.

Cloeys Zimmer lag im ersten von drei Stockwerken. Sie und Teppo betraten es und waren auf Anhieb zufrieden. Ein großes Fenster mit rosafarbenen Vorhängen zeigte den Untergang der Feuerkugel. Ein fluffiges Bett lud herzlich zum Schlafen ein. Rechts führte eine Tür in badezimmerige Gefilde. Die Wände trugen eine überwiegend beige Farbe.

»Warum hast du ein Zimmer reserviert, wenn du wusstest, dass das Hotel leergefegt ist?«

»Weil –«

»Futter!«

Teppos Blick war auf einen Begrüßungs-Obstkorb mit der Aufschrift *»Willkommen im Hotel „Willkommen – Gilbis Place"«* gefallen. Der Korb stand auf einem Tisch und Teppo bewegte sich augenblicklich darauf zu.

Er zog einen der Stühle zurück, setzte sich hin und begann, sich den Wanst vollzuschlagen. Das Spektakel nahm seinen Lauf. Cloey konnte kaum glauben, was hier geschah. Teppo sah aus, als wäre er bei einem Wettessen. Er legte weder Wert darauf manierlich noch langsam noch ein Obststück nach dem anderen zu essen. Bananen öffnete er an der stiellosen Seite. Er drückte das kleine Ende ein und die Bananen ließen sich ohne Probleme schälen. Cloey hatte sie bislang immer oben am Stiel aufgezogen und sich manchmal darüber ärgern müssen, dass sie dabei einknickten. Sie beschloss, die Technik zu übernehmen. Wie Teppo allerdings die Kiwis aß, missfiel ihr. Er aß sie mitsamt der Schale. Er biss einfach hinein, bis ihm nur noch der kleine, härtere Dorn blieb. Cloey fragte sich, ob das nicht haarig schmecken musste. Von den Äpfeln ließ er lediglich die Stiele übrig. Sie war erleichtert, dass er wenigstens nicht die Kerne der Pfirsiche herunterschluckte. Der Korb war auch angefüllt mit anderen Früchten, doch einige davon hapste er derart schnell weg, dass Cloey nicht hätte sagen können, um was es sich da gerade gehandelt hatte.

So pervers und Appetit abregend sich Teppo auch gerade gebärdete, irgendwie fand Cloey es erfreulich, jemanden so genussvoll und überwältigt essen zu sehen.

»Du scheinst ja beschäftigt zu sein«, sagte sie schließlich. »Ich seh mich dann schon mal um.«

Teppo drehte ihr seinen Kopf zu. Sein Mund war voll. Eine halb verspeiste Birne hielt er in der einen, eine Ananas in der anderen Hand. Seine Augen waren feucht, aber glücklich.

»Alles klar«, antwortete er ihr kaum verständlich und machte sich sodann weiter an das Befüllen seines scheinbar endlos tiefen Magens.

Gilbi hatte einen Sockenschuss. Er legte einfach alle Zimmerschlüssel auf einmal auf den Schalter. Cloey war davon alles andere als begeistert.

»Ein Generalschlüssel wär mir lieber.«

»Geklauuuut.«

»Geklaut? Wie toll! Da kann man sich ja richtig sicher fühlen.«

Teppo war allein in dem Hotelzimmer. Die Sonne lugte noch hinter dem Horizont hervor, aber schon bald würde sie zur Gänze abgetaucht sein. Damit auch alle mitbekamen, dass sie wie jeden Abend wieder Verstecken spielen wollte, verlieh sie dem Zimmer einen nicht zu übersehenden orangen Farbton.

Mittlerweile hatte Teppo die Geschwindigkeit, mit der er alles in sich hineinstopfte, etwas gedrosselt, was allerdings nicht bedeutete, dass er nicht noch immer schlang. Hier ein Bissen, dort ein Bissen und das nächste Stück.

Dann jedoch blieb ihm eine Weintraube im Hals stecken. Es war keine gute Idee gewesen, nicht zu kauen. Teppo bekam es mit der Angst zu tun. Er versuchte zu atmen, zu schlucken, hielt sich den Hals und massierte ihn in der Hoffnung, dass sich der Fremdkörper irgendwie bewegen ließe. Doch das tat er nicht. Keine Luft kam mehr hinein oder heraus und er war allein. Diese blöde kleine Weintraube würde ihm den Garaus machen!

Er erinnerte sich, dass die Todesursache Nummer eins in seiner Familie das Ersticken an Essen war. Sein Urgroßvater war der

Letzte gewesen, den es erwischt hatte. Krebs hatte ihn dahingerafft. Ein Stück des köstlichen Fleisches hatte sich einfach in seinem Hals festgesetzt und innerhalb kürzester Zeit hatte er die Geburtstagsparty seines Enkels ruiniert.

Nun also würde Teppo das gleiche Schicksal ereilen. Seine Umgebung begann zu verschwimmen. Die Panik ergriff ihn skrupellos. Aus seinen Augen kullerten ungewollt Tränen. Teppo sank auf seine Knie. Auf allen Vieren schließlich zog er sein letztes und einziges Ass aus dem Ärmel.

Er warf seine Arme noch oben und ließ sich mit seinem Bauch und Brustkorb auf den harten Boden fallen. Hierdurch presste er seine restliche, tief unten verstaute Luft schussartig nach oben und die Weintraube verschob sich zurück in seinen Mund.

Mit einem knallroten und von Tränen nassen Kopf richtete er sich wieder auf.

Er atmete tief durch, biss die Weintraube klein, schluckte sie herunter, atmete übertrieben weiter, setzte sich wieder hin und fraß weiter wie ein Scheunendrescher.

Es war Nacht. Cloey war vollgepackt mit Schlüsseln, die sie in einer Tasche aufbewahrte. Sie hatte sie aus ihrem Hotelzimmer geholt und war dabei von einem Fruchtfleisch spuckenden Teppo begrüßt worden. Gerade schloss sie wieder eines der Zimmer ab. Dann ging sie den Flur weiter entlang.

Sie hatte das ganze Hotel kontrolliert. Sie war in jedem Zimmer gewesen, sogar im unheimlichen Keller, hatte sich draußen umgesehen und drehte hier nun auf Stockwerk zwei bereits ihre zweite Runde. Sie hatte keinerlei Hinweise darauf finden können, dass sich ihr gesuchter Verbrecher hier eingelebt hatte.

Das ist doch bescheuert. Wenn er mitbekommen haben sollte, dass ich nach ihm suche, was in diesem nahezu toten und nicht allzu großen Ho-

tel nicht verwunderlich wäre, dann kann er sich einfach so bewegen, dass wir nie aufeinandertreffen.

»Alleine arbeiten ist scheiße. Stundenlang gesucht und nichts gefunden. Ich geh –«

»Wir haben uns gefunden«, ertönte es aus dem Flur. Texa stand nur einige Meter von Cloey entfernt. Er hatte sein charmantestes Gesicht aufgesetzt. »Dafür solltest du dankbar sein.«

»Und Sie sollten wissen, dass ich sogar Gilbi Ihnen vorziehen würde.«

»Der arme Kerl ist völlig neben sich«, sagte Texa, ohne auf Cloeys Korb in irgendeiner Weise eingegangen zu sein.

»Gilbi?«

Texa nickte. »Bis vor Kurzem war das hier noch ein gut besuchtes Hotel und Gilbi ein gut gelaunter und schlauer Chef. Doch seit diesen Morden kommen kaum noch Besucher und alle seine Angestellten haben gekündigt. Jetzt ist er Chef, Koch, Putzmann und Hausmeister in einem. Das und die zwei Morde um ihn herum haben ihn so überfordert, dass sein Gehirn vor einigen Tagen einfach ausgesetzt hat, sozusagen als Schutzmechanismus, damit er nicht durchdreht oder sich zu Tode arbeitet.«

»Ich weiß. Außerdem hat er sich vor sechzehn Monaten von seiner Frau getrennt und hat das alleinige Sorgerecht für seine zwei Töchter. Ich habe meine Hausaufgaben gemacht.«

»Ookaay. Hausaufgaben? Auf was für eine Schule gehst du denn?«

»Auf gar keine. Wenn Sie von den Morden wissen, warum sind Sie dann hier?«

»Ich hab Urlaub. Das lasse ich mir doch nicht von einem Psychopathen ruinieren. Gnade ihm Gott, wenn der Stress mit mir sucht. Dann kann er sich aber auf eine saftige Ladung Schmerzen gefasst machen.«

»Nichts für ungut, aber das bezweifle ich. Mr. Rosa, denken Sie ernsthaft, dass sich ein erfahrener Kriegsveteran, der nun irre im Hirn ist und keine Gefangenen nimmt, einfach so von Ihnen umhauen lässt?«

»Hä?« Texas Gesicht zeigte die Bedeutung seiner Frage noch weitaus schöner, als es die beiden Buchstaben jemals hätten schaffen können. »Ich hab von mir gesprochen, und dass ich verletzt oder gar umgebracht werden würde. Wehe, der rührt mich an. Dann gnade ihm Gott. Ich bin nämlich eine ziemliche Mimose, was Schmerzen angeht.«

Cloey wurde das Gefühl nicht los, dass Texa noch weitaus dämlicher war, als sie angenommen hatte.

»Wo liegt Texas?«, fragte sie und machte damit die Probe aufs Exempel.

»Irgendwo in Kanada, glaub ich.«

Das reichte. Sie ließ Texa einfach stehen. Es interessierte sie nicht, wie er hinter ihr reagierte. Sie wollte einfach nur weg. Zu blöde Menschen konnten einen nur allzu gut mit ihrer Dummheit anstecken oder unnötige Kopfschmerzen verursachen. Das konnte sie nicht gebrauchen. Sie musste bei klarem Verstand bleiben.

Nur Sekunden später sah Cloey, dass eine Hotelzimmertür leicht offen stand. Was hatte das zu bedeuten? Sie war sich sicher, dass sie zuvor dieses Zimmer aufgeschlossen, darin nichts Merkwürdiges gefunden und dann wieder abgeschlossen hatte; so wie bei allen anderen Zimmern auch.

Ist er hier?

Cloeys Adrenalinpegel begann, ein paar schnelle Runden in ihrem Kreislauf zu drehen. Ihr Herz pumpte das nötige Blut durch ihre Adern, bis sich eine nahezu ekelhafte Gänsehaut über ihre Muskeln legte. Sie hatte eigentlich damit gerechnet, dass sich diese Aufregung besser anfühlen würde. Einen Endorphin ausschüttenden Nervenkitzel hatte sie erwartet, aber da hatte sie wohl falsch gelegen. Vielleicht mochte es daran hapern, dass sie hier keinem vermeintlichen Taschendieb oder Falschparker auf der Spur war, sondern einem Psychopathen, der Menschen ihr Leben genommen hatte.

Die Sweeperin zückte eine silberne Beretta 92. Diese handliche Pistole hatte sie clever in einem Holster unter ihrer dünnen Weste versteckt, sodass nur ein erfahrenes und danach suchendes Auge sie entdecken konnte. Cloey hoffte, dass sie sie nicht würde benutzen müssen und sich Jekilldy und alle anderen Kriminellen einfach ergeben würden. Oh, das hoffte sie wirklich inständig.

Sie entsicherte ihre Waffe und begann, das Türschloss zu untersuchen. Es war nicht aufgebrochen. Kurz spielte sie mit dem Gedanken, dass eventuell bloß Gilbi hier oben am Aufräumen oder sonst was am Machen war. Aber wie sollte das möglich sein? Laut ihm war der Generalschlüssel geklaut worden und Cloey besaß den Rest der Schlüssel. Oder war er nur zu durch, um *Schlüssel geklaut* und *Schlüssel befindet sich in meiner Hosentasche* noch auseinanderhalten zu können?

Sie wollte nicht hinein. Aber ihre Beine trugen sie voran und sie traute sich nicht, sich darüber zu beschweren. Mit ihrer Beretta im Anschlag, angespannt, alles absuchend und die Augen aufgerissen, bewegte sie sich der eventuellen Gefahr entgegen. Sie musste sich befehlen zu atmen und zusammenreißen, nicht in Kaltschweiß zu baden. Beides gelang ihr nicht wirklich.

Sie versuchte, das Licht einzuschalten, doch es klappte nicht.

Fick dich, du scheiß Licht!

Da der Flur beleuchtet war, sickerte dessen Licht noch ein gutes Stück in das Zimmer hinein. Das und das Mondlicht, welches durch das Fenster mit seinen rosafarbenen Vorhängen hereinschien, hielten die Dunkelheit so weit zurück, dass sich Cloey sicher genug fühlte, sich auch ohne brennende Lampe zurechtzufinden.

Sie atmete Mut ein. Um ihn nach dem Ausatmen nicht zu verlieren, folgte sie dieser magischen Luft und begab sich tiefer in die dunkle Höhle hinein. Hoffentlich schlief hier kein Ungeheuer.

Cloeys Körperhaltung war professionell, ebenso ihre Geschwindigkeit. Sie hatte bislang immer nur trainiert. Dies war der erste Ernstfall oder zumindest der erste eventuelle Ernstfall. Schnell hatte sie alles abgesichert.

Ihr Blick fiel auf die Deckenlampe. Sah sie richtig? Fehlte da etwa die Glühbirne?

Aus dem Nichts packten Cloey von hinten zwei Hände und drückten sie gegen die Wand neben den Fernseher. Die Finger griffen erschreckend hart in ihr Fleisch. Der Gewalt, mit der ihr Angreifer sie flachpresste, hatte sie nichts entgegenzusetzen. Sie versuchte, den Lauf ihrer Pistole auf ihn zu richten, doch damit hatte er schon gerechnet. Er fixierte ihre Pistolenhand an der Wand und hielt ihr mit seiner anderen Hand ein Messer an die Kehle. Er drückte es so nah an ihre Haut, dass sie die Schärfe spürte. Und während sie sich nur noch traute, leise zu wimmern, schrie sie innerlich auf, dass er sie nicht schneiden möge, nicht einmal ein bisschen.

»Sch, sch, sch, sch, sch. Nicht so laut, meine Süße«, flüsterte er ihr ins Ohr. Sie konnte ihn nicht sehen, nur eine Silhouette aus ihrer peripheren Sicht wahrnehmen, aber sie wusste, dass er es war. Jekilldy.

Seine Stimme war abstoßend kratzig. Beim Aufschneiden der eigenen Kehle hatte er anscheinend auch seine Stimmbänder erwischt. Wahrscheinlich bereitete es ihm sogar Schmerzen, wenn er redete. Cloey tat allein vom Zuhören schon ihr eigener Hals weh.

»Lass deine Waffe fallen.«

Er sprach leise und ruhig, aber mit solch einer keine Widerworte akzeptierenden Intensität, dass Cloey nur die Augen schloss und ihre Beretta einfach fallen ließ.

»Weißt du, ich kann dich ziemlich gut leiden«, flüsterte er auf eine widerliche, kranke Art. »Ich habe dich den ganzen Tag über beobachtet und muss sagen, ich wäre gern intim mit dir.«

Cloey riss die Augen wieder auf und obwohl sie versuchte, dagegen anzukämpfen, flossen einfach Tränen aus ihnen heraus.

»Keine Angst. Ich bin auch ganz schnell fertig.«

Kaum hatte er zu Ende gesprochen, wirbelte Jekilldy sich und Cloey herum. In ihrem Kopf schrie sie auf. Hier und jetzt würde er sie –

Texa stand in der Tür!

Cloey reagierte augenblicklich. Mit dem Fuß stieß sie ihre Pistole bis vor Texas Stiefel.

Texa war vollkommen verwirrt. Er hatte keine Ahnung, was hier gerade geschah. Cloey flehte darum, dass er es noch rechtzeitig kapierte.

Und er tat es!

Er wollte die Pistole aufheben. Doch bevor ihm das gelang, schubste Jekilldy Cloey in Texas Arme.

Texa verfehlte die Beretta. Cloey war zwar frei, aber Jekilldy nutzte die Ablenkung. Er lief auf das geschlossene Fenster zu und sprang hindurch. Mit einem lauten Klirrfeuerwerk zerbarst die Scheibe und Jekilldy war fort.

»Alles okay?«, fragte Texa und schien noch immer mit seinen Gedanken hilflos hinterherzuhängen.

»Ja, nichts passiert.«

Cloey wischte sich schnell die störenden Tränen weg. Sie konnte nicht glauben, dass Jekilldy einfach aus dem zweiten Stockwerk gesprungen war. Sie wollte gerade hinterherlaufen, als sich Jekilldy von der Brust aufwärts am Fenster zeigte. Er hielt sich von außen fest. *Aber wo? Und wie?*

Zwei Scherben steckten in seinem Gesicht. Er blutete leicht, nur schien es ihn nicht zu interessieren. Sein irrer Blick galt einzig und allein Texa. Er fixierte ihn wie ein Verdurstender ein Glas Wasser.

»Du bist der Nächste.«

Jekilldys unangenehm raue Stimme zerpflückte Texas Psyche.

Dann verschwand er nach unten. Jekilldy war nicht mehr zu sehen.

Texa rannte ihm hinterher. »Bastard!«, schrie er und schaute nur einen Moment später aus dem Fenster.

Auf einmal nahm ihn Jekilldy, von unten kommend, in den Schwitzkasten und riss ihn mit sich in die Tiefe.

Cloey musste sich rasant ordnen. Hatte Jekilldy tatsächlich sie und Texa zwei Mal glauben lassen, dass er einen Freiflieger gemacht hatte? Ihre Gedanken rechneten auf einer Achterbahn, während Jekilldy Texa als Matratze benutzte. Er drehte sich und Texa im freien Fall derart geschickt, dass Texa sowohl seinen eigenen Aufprall als auch den von Jekilldy einstecken musste.

Danach erhob sich Jekilldy latent lädiert. Texa hingegen rührte sich nicht mehr.

Cloey stand am Fenster und beobachtete das unwirkliche Spektakel. Jekilldy sah zu ihr hinauf und winkte ihr mit seinem Messer.

Cloey nutzte die Gelegenheit und zielte mit ihrer wieder eingesammelten Pistole auf den psychopathischen Fensterspringer.

Dann schreckte sie zusammen. Gilbi stand dicht hinter ihr.

Wo? Was? Wie? Wo kommt der denn her?

Er drängelte sich an Cloey vorbei und schaute zu Texa herunter. Cloey war nur kurz abgelenkt gewesen, doch das hatte ausgereicht. Jekilldy lief bereits weg. Aus dieser Distanz auf einen sich derart schnell bewegenden Menschen zu schießen, barg ein zu großes Risiko.

»Mist!«, fluchte Cloey und legte den Bericht über die Jagd vorerst zu den Akten.

Gilbi zückte ein Handy aus seiner Hose und wählte den Notruf.

»Notrufzentrale. Wie kann ich Ihnen helfen?«, ertönte es am Ende des Hörers. Die Frau am Hörer sprach laut genug, sodass auch Cloey alles mithören konnte.

Gilbi antwortete ihr nicht und nach einer unangenehmen Pause sprach die Frau am Hörer weiter.

»Hallo? Sagen Sie doch wa–«

»Jaaaa …«

Während dieses Albtraums schnarchte Teppo vor einem leeren Obstkorb vor sich hin. Er hatte es nicht einmal mehr in die Waagerechte geschafft. Sofort nach dem letzten Bissen war er einfach auf dem Stuhl in sich zusammengesunken und schlief nun wie ein Stein.

Cloey wollte Texa irgendwie helfen, hatte jedoch keine Ahnung, was sie tun sollte. Er war noch immer bewusstlos. Seine Atmung war schwach und unregelmäßig, aber vorhanden. Unter seinem Hemd sammelte sich Blut. Vorsichtig knöpfte Cloey es auf. Mit Entsetzen sah sie, dass die Überreste des zerbrochenen Fensters Texas Bauch aufgeschnitten hatten. Zu seinem weiteren Unglück steckten keine (momentan sichtbaren) Scherben in ihm, die die Wunden hätten verschließen können.

Cloey wollte gerade wieder ins Hotel rennen, um den einzigen Erste-Hilfe-Kasten, den sie in einer der hinteren Räume gesichtet hatte, zu holen, als just Gilbi mit exakt solch einem orangenen Rechteck dahermarschiert kam. Seine Gangart sah abgehackt, ja geradezu mechanisch und nicht menschlich aus.

Gilbi war es auch, der Druckverbände anlegte. Immerzu behielt er seinen starren Blick. Er sprach kein einziges Wort. Cloey kam es fast so vor, als kümmerte sich hier ein Außerirdischer um den Verletzten. Noch gruseliger wurde es, als Gilbi zu grinsen begann.

Als er fertig war, versuchte er, Texa in die stabile Seitenlage zu drehen. Cloey befürchtete, dass das vielleicht keine so gute Idee sei, denn eventuell war Texas Rücken beschädigt. Sie sprach Gilbi darauf an, doch dieser hörte nicht auf sie und beendete seine Arbeit, während Texa im Delirium aufstöhnte.

Dann begann das allzeit unbeliebte Wartespiel. Zwischenzeitlich fragte sich Cloey, ob überhaupt jemand kommen werde. Immerhin hatte sie nicht mehr mitbekommen, dass Gilbi irgendetwas Derartiges am Hörer gesagt hatte. Auf ihre Fragen »Da kommt doch ein Krankenwagen, oder? Du hast doch gesagt, dass wir Hilfe brauchen und wo wir sind?« hatte Gilbi bloß bestätigend den Daumen gehoben.

Nach einer viel zu langen Zeit erschienen die Sanitäter. Cloey wunderte sich, dass nicht auch gleich die Polizei mit anrückte. Anscheinend hatte Gilbi bei dem Telefonat nicht angegeben, dass ein Serienmörder verantwortlich gewesen war. Irgendwie war Cloey in ihrer egoistischen Art aber sogar dankbar dafür, denn so blieb ihr noch etwas Zeit, um eigenständig den Irren zu fassen. Sie war zwiegespalten. Einerseits wollte sie nicht noch einmal in solch eine brenzlige Situation geraten, andererseits kamen bei dem Gedanken an Jekilldys Festnahme in ihr Glücksgefühle hoch, welche die Gefahr hoffentlich wettmachen würden.

Die Sanitäter untersuchten Texa und äußerten recht schnell eine verstörende Vermutung. Mr. Rosa könne sich eventuell ernsthaft an der Wirbelsäule verletzt haben.

Sie legten ihm eine Halskrause an und weckten ihn auf, nur um ihm ein paar Fragen zu stellen, mit deren Beantwortung er überfordert war. Danach gaben sie ihm ein Anästhetikum, um ihm die Schmerzen zu nehmen.

»Was ist passiert?«, wandte sich einer der zwei Sanitäter an Cloey.

»Gestüüüürzt«, antwortete Gilbi an ihrer statt. Sein Blick wanderte hinauf zum kaputten Fenster. Die Sanitäter taten es ihm gleich und stießen ein »Oha!« und »Aiaiaiaiai!« aus.

Sie hievten Texa auf eine Trage, verfrachteten ihn in den Rettungswagen und fuhren mit Lichtgewitter und lautem Getöse davon.

Cloey und Gilbi sahen ihm hinterher, bis er verschwunden war.

Die Natur roch traumhaft. Und der mit Sternen erfüllte schwarze Himmel glich einem Gemälde.

Teppo wachte auf. Ein unangenehmer Blasendruck zwang ihn, sich aus seiner unbequemen Haltung zu erheben. Die Streckung seines Körpers tat in ihrem Schmerz irgendwie gut.

Die Toilette war dermaßen hart mit Klopapier verstopft, dass sich Teppo kurzerhand entschloss, nach einem anderen stillen Örtchen zu suchen.

Nicht lange später tapste er gähnend in dem finsteren Empfangsraum herum.

Dann jedoch hielt er inne. Ohne Zweifel sah er eine schattenhafte Gestalt. Sie stand direkt hinter dem Empfangsschalter. Zuallererst konnte Teppo nicht glauben, dass er hier tatsächlich stand, und hielt ihn für irgendetwas anderes, dann jedoch erkannte er ihn. Es war hell genug, um ihn zumindest von Nahem identifizieren zu können. Gilbi stand exakt dort, wo er ihn zuletzt gesehen hatte.

»Gilbi?«, fragte Teppo noch immer leicht ungläubig.

Er suchte nach dem Lichtschalter und knipste die Beleuchtung an.

Gilbi hielt eine mit Stuhl beschmierte Saugglocke hoch. Es tropfte etwas Kot von ihr herab und sie roch, wie sie aussah. Neben schmieriger Konsistenz klebte auch das eine oder andere Bröckchen daran. Der Farbintensität nach zu schließen, war der braune Sirup frisch gezapft.

Teppo verzog angewidert das Gesicht.

»Wieso steckst du denn noch hier? Gehst du gar nicht ins Bett?«

»Neeeein.«

»Wann gehst du denn sonst schlafen?«

»…«

»Schläfst du überhaupt mal oder leidest du etwa an dieser merkwürdigen Krankheit, bei der man unfähig ist zu schlafen?«

»Jaaaa.«

»Meintest du jetzt Ja, du schläfst auch mal, oder Ja, du leidest an dieser Krankheit?«

»…«

»Hör mal, ich möchte mich für mein Verhalten von vorhin entschuldigen. Ich bin einfach ausgerastet. Die letzten Tage waren für mich sehr nervenzehrend. Ich hatte weder gegessen noch geschlafen, und als du dann auch noch alles endlos in die Länge gezogen hast, da kam der ganze Frust einfach an die Oberfläche. Tut mir wirklich leid, Gilbi. Ich hoffe, du nimmst meine Entschuldigung an.«

»… Okaaaay … Weeeeißt duuuu waaaas?«

»Was denn?«

Gilbi warf einen Blick auf sein linkes Handgelenk. »Es ist vier Uuuuhr.«

»Du hast doch überhaupt keine Uhr.«

Ohne Vorwarnung oder ihn anzusehen, drückte Gilbi die Saugglocke in Teppos Gesicht. Teppo fuchtelte wie wild mit den Armen. Er begann, unter dem Vakuum zu würgen, und musste alle Kraft zusammennehmen, um sich nicht selbst ins Gesicht zu erbrechen. Schließlich drückte er sich mit einem erstaunlich lauten Geräusch ganz ähnlich einem Tentakel, der sich von einer glatten Oberfläche abzieht, wieder in die Freiheit.

Er spuckte herum und suchte verzweifelt nach etwas Gescheitem, an dem er das Exkret von seinem Gesicht abwischen konnte. Aber irgendwie fand er nichts. Während er sich daraufhin wie ein hilfloses Huhn davonmachte, blieb der ewige Kampf zwischen Kotzen und nicht Kotzen bestehen.

Sein braun beschmiertes Gesicht wischte er schließlich an einem Teppich ab. Dann begann er, nach einem Waschbecken zu suchen, vorzugsweise einem mit Seife.

Nach einigem Suchen und nicht Finden bog Teppo in den nächsten Korridor ein. Er knipste das Licht an und nur wenige Meter entfernt erschien eine Tür mit der Aufschrift *»Personaltoilette«*.

»Endlich!«

Geschwind öffnete er die Tür, nur hatte er nicht damit gerechnet, dort bereits jemanden sitzen zu sehen. Er hatte zwei Pflaster im Gesicht und war so überrascht wie sein ungebetener Besucher.

»Oh, Entschuldigung«, sagte Teppo und schloss die Tür schnell wieder.

Dann lehnte er sich mit verschränkten Armen an die Wand und wartete. Sein Gesicht stank noch immer grausam und er befürchtete, dass das eine oder andere cremige Überbleibsel nach wie vor an ihm leimte.

»Könnten Sie sich bitte beeilen? Ich muss ganz dringend.«

»Wer zuerst kommt, mahlt zuerst«, drang es aus dem Inneren der Toilette. Die Stimme klang, als würde sie über Schmirgelpapier gezogen.

»Ja, ja, schon gut.«

Dann jedoch begann Teppo zu stutzen.

»Hey, Moment mal …«

Er kannte diesen Mann von irgendwoher. Er hatte sein Gesicht schon einmal gesehen … Sein Hals! Die Narben!

Die Klospülung ertönte, kurz darauf der Wasserhahn.

Die Anspannung wuchs und Teppo schluckte einen fetten Kloß herunter.

Jekilldy öffnete die Tür und trat mit einem Lächeln hinaus.

»Ah, das tat gut. Jetzt bist du dran.«

Jekilldy zückte sein Messer und ging auf seine Beute los. Doch Teppo reagierte noch rechtzeitig und hielt ihn mit aller Macht auf Abstand. Er warf und haute Jekilldy alles entgegen, was er finden konnte; und wenn es nur seine unangenehm harten Unterarme waren, mit denen er den Messerarm beiseite schlug.

Teppos Gesicht war nicht mehr dasselbe. Selbst Jekilldy hatte nicht mit solch einem immensen Unterschied gerechnet. Es war, als hätte er hier nun eine gänzlich andere Person vor sich als noch vor wenigen Sekunden. Teppo sah aus wie eine aggressive, wütende, mordlüsterne Bestie. Er atmete auch nicht wie ein Kämpfer im Ring mit sparsamen Atemstößen, sondern stieß Laute aus, wie sie bloß ein wildes Tier knurren und schnaufen würde.

Jekilldy kam nur schwer an ihn heran, doch als es ihm gelang, verspürte er einen erschreckenden Schmerz in der Lendengegend. Teppos Schienbein grub sich tief in seine Weichteile hinein. Daran anknüpfend, packte Teppo den Arm mit dem Messer. Sein Griff war fest wie die Klauen eines Adlers. Bevor Jekilldy etwas dagegen unternehmen konnte, bullerte ihm Teppo bereits seinen Schädel ins Gesicht. Der harte Aufprall erschütterte Jekilldys Knochenstruktur in der Nasenregion so gewaltig, dass Blut fortan in einer ungewöhnlichen Bahn aus den Nasenlöchern in seinen Mund lief.

Jekilldys Handgelenk noch immer festhaltend, wuchtete Teppo

ihn auf seine Schultern. Jekilldy wand sich herum und versuchte noch, seine Klinge zu befreien, aber da warf Teppo ihn bereits mit vollem Körpereinsatz auf den ebenen Grund. Der Aufprall war brutal. In der ersten Sekunde war Jekilldy wie paralysiert. Ob er sich etwas gebrochen hatte? Er konnte es nicht sagen. Zumindest war ihm für einen Moment die Fähigkeit genommen, atmen zu können.

Teppo presste die Hand mit dem Messer auf den Boden und setzte sich mit seinen Knien auf Jekilldys Bizeps und Brust. Gerade noch rechtzeitig sah Jekilldy die Faust, welche auf sein Gesicht niedersauste. Seine andere Hand zum Schutz hochhaltend, begann sich auch der Rest seines Körpers zu erheben. In ihm stieg Panik auf und einher kam ungeahnte Kraft. Wie von Sinnen stemmte und schlug er Teppo den Rest von dem Wenigen, was ihm noch zur Verfügung stand, entgegen. Teppo verlor die Balance und Jekilldy konnte sich befreien. Schnell erhob er sich wieder und suchte nach etwas Abstand. Dann fiel ihm die Farbe aus dem Gesicht.

Die Bestie vor ihm sah ihn mit Todesverachtung an. Sie fletschte die Zähne und machte Laute, als wollte sie Jekilldy aus Hass fressen. Der große böse Wolf hatte Hunger auf das Rotkäppchen. Jekilldy hatte sich nicht für die Rolle beworben, bekam sie einfach aufgedrückt. Er wollte sie nicht spielen, doch man schubste ihn auf die Bühne. Da stand er nun, nur konnte er den Text nicht. Also rannte er aus dem Rampenlicht und floh Richtung Ausgang.

Die Bestie hinter sich wissend, lief Jekilldy um sein Leben. Die Eingangstür im Empfangszimmer rückte in greifbare Nähe, aber dann ging es nicht mehr weiter. Teppo zerrte ihn zurück. Jekilldy ging der Stift. Teppo drehte sich selbst mit dem Rücken zur Tür und schlug Jekilldy mit der flachen Hand ins Gesicht. Jekilldy hatte nicht mit einer solchen Wucht gerechnet und schlenkerte mit Sternen vor den Augen zurück.

Gilbi stand noch immer hinter dem Schalter. Die Saugglocke war fort, aber nicht sein in Stein gemeißeltes Gesicht.

Teppo trat Jekilldy mit einem gar mächtigen Fußtritt gegen den Kopf in die Mitte des Raums. Jekilldy flog nach hinten und hob dabei sogar ein wenig mit den Füßen ab. Sein Schädel brummte, als steckte er in einem Rasenmäher. Das Messer noch immer hartnäckig umklammert, fuchtelte er wie wild damit herum, um seinen Feind auf Abstand zu halten, während er sich wieder auf seine Füße stellte. Dann bemerkte er, dass er die Bestie aus den Augen verloren hatte. Wo war sie hin? Jekilldy schaute sich um. Und da war sie! Mit einer toten Topfpflanze in den Händen rannte sie auf ihn zu.

Die Distanz war schnell überbrückt und Teppo schmiss das gefüllte Topfwerk auf den überraschten Serienmörder. Jekilldy riss die Arme noch oben, um seinen Kopf zu schützen. Der Topf prallte hart auf und zwang Jekilldy, nach hinten zu taumeln. Das Gefäß zerschellte laut auf dem Boden. Jekilldy konnte nur mutmaßen, wie sehr er verletzt war. Ihm blieb keine Zeit, sich dahingehend zu untersuchen, denn die Bestie lauerte direkt vor ihm und war drauf und dran, ihn zu zerreißen.

Als der Topf zu Bruch ging, spazierte Gilbi einfach davon. Er sah zwar aus den Augenwinkeln, was danach passierte, doch beachtete es mit keinerlei Interesse.

Jekilldy spürte nur noch Schmerzen. Schläge und Tritte krachten auf ihn ein. Dass Teppo ihm sein Messer abnahm, registrierte er nicht einmal. Er fühlte noch etwas, das ein Knie sein konnte. Danach sah er nur noch eine verschwommene Faust.

Teppo war völlig außer Atem. Sein zuvor so furchterregendes Gesicht wich seinen sympathischen, unschuldigen Augen ebenso schnell, wie es aufgegangen war. Er blickte auf den wehrlosen Jekilldy und begann, sich den Gürtel aufzuknöpfen, als plötzlich

Cloey herangeeilt kam.

Völlig aufgedreht legte sie dem demolierten Jekilldy Handschellen an Händen und Füßen an, wobei sie diese hinter seinem Rücken so verkantete, dass sowohl Hände als auch Füße nicht mehr nach vorne genommen werden konnten. Sie tastete ihn ab und legte die wenigen Fundsachen neben sich.

»Teppo, das war ja unglaublich! Wieso hast du mir nicht gesagt, dass du so stark bist? Du bist phänomenal! Ich bin hin und weg! Du wärst der perfekte Partner für mich. Mit so etwas hätte ich ja nie gerechnet.«

Dann stand sie auf. Ihr Gesicht strahlte. Sie umarmte Teppo, knuddelte ihn und drückte ihm mehrere Küsse auf seine Wangen und die Stirn auf. Teppo genoss breit grinsend und peinlich berührt zugleich.

»Ach, das war doch gar nichts.«

»Ich mach die Kriminellen ausfindig und du nimmst sie fest. Zusammen werden wir stinkreich. Oh, das wird so klasse! Du machst doch mit, oder? Sag Ja, o bitte sag Ja. Also, was sagst du?«

Cloey fasste sich an ihre Lippen. Irgendetwas stimmte da nicht. Sie hatte es zuvor kaum bemerkt oder zumindest nicht beachtet, weil ihr zu wichtig gewesen war, ihre Freude auszuleben. Nun jedoch mit etwas mehr Ruhe im Nacken leckte sie verwirrt ihre Lippen ab.

»Das schmeckt ja wie …«

Teppo wusste nicht, was er sagen sollte, und zeigte der jungen Frau mit den Kotresten im Gesicht lediglich ein provisorisches Lächeln.

Unterdessen fegte Gilbi die Scherben des Pflanzentopfs weg.

Cloey hätte Teppo auf dem Boden schlafen lassen, aber da er für sie dieses Wunder vollbracht hatte, gab sie ihm einen der vielen

Schlüssel und ließ ihn sein eigenes Zimmer haben. (Allerdings ohne Gilbi davon zu erzählen und die Rechnung für das zweite Zimmer zu bezahlen.) Im Gegensatz zu Teppo machte Cloey die Nacht kein Auge zu. Sie war viel zu aufgeregt und so gütig gewesen, Jekilldys Verletzungen zumindest so weit zu versorgen, dass man ihr keine unterlassene Hilfeleistung würde ankreiden können. Sie wollte früh aufbrechen und weckte den daraufhin grummeligen Teppo. Er moserte herum und zog die Decke wieder über seinen Kopf, doch Cloey setzte ihren Kopf eiskalt durch und zwang ihn aufzustehen.

Nun saß sie in ihrem Wagen und sprach durch ihr geöffnetes Seitenfenster mit einem frisch geduschten Teppo. Seine Kleidung war gewaschen und trocken. Gilbi hatte sich darum gekümmert. Jetzt war er auch wieder zugegen. Er stand etwas abseits und sah seinen einzigen Gästen beim Abschied zu.

Jekilldy war gefesselt im Kofferraum eingesperrt. Er fühlte sich unmenschlich und die Grundrechte missachtend behandelt und damit hatte er auch recht. Aber Cloey war es egal und auch der Polizei würde es egal sein. Hauptsache sie hatten diesen Mörder gefasst. Und wenn es hart auf hart kommen sollte, würde sich Cloey irgendetwas aus den Fingern saugen.

Nun überlegte sie, dass sie ihn auch knebeln sollte, denn immerzu schnauzte er herum. Dann dachte sie, dass sie es wohl nicht mehr mitanhören müsse, sobald der Motor grölte und Musik lief. Zudem funktionierte seine Nase zurzeit nicht so prächtig und ein versperrter Mund konnte da eher negative Konsequenzen nach sich ziehen.

»Lasst mich hier raus, verdammt nochmal!«, brüllte er. »Ich schlitz euch auf, wenn ihr es nicht tut! Ich gebe euch nur diese eine Chance! Lasst mich jetzt gehen oder ihr seid fällig, sobald ich die Fesseln los bin! Selbst wenn sie mich einsperren, irgendwann bin ich wieder auf freiem Fuß und dann warte ich auf die erstbeste Gelegenheit und schiebe euch eine Klinge in den Hals! Vielleicht müsst ihr nicht mal so lange warten! Ich kenne Leute, die würden mir, ohne zu zögern, einen Gefallen tun. Also lasst mich verfickt nochmal hier raus, ihr kleinen Pisser! …«

»Und ich soll dich wirklich nicht mitnehmen?«, fragte Cloey Teppo.

»Nein, ich muss in eine völlig andere Richtung als du. Außerdem hab ich ja jetzt die Karte von Gilbi. Das reicht. Ich habe vielleicht keinen Orientierungssinn, aber eine Karte kann ich lesen. Ich komme schon zurecht. Stimmt's, Gilbi?«

Gilbi hob seinen Daumen und Teppo seine Mundwinkel.

»Meine Nummer«, sagte Cloey und überreichte Teppo eine Visitenkarte. »Wenn du wieder zu Hause bist und dich eingelebt hast, ruf mich einfach an, dann reden wir über alles.«

»Mach ich.«

»Also dann, macht's gut.«

Sie fuhr los und winkte den beiden Verrückten zum Abschied.

»Tschüss!«, rief Teppo ihr hinterher.

Er schaute zu Gilbi und lächelte ihn an.

In der darauffolgenden Nacht fand sich Teppo in einem unheimlichen Wald wieder. Zunehmend gestresst und verzweifelnd versuchte er, aus Gilbis Karte mit dem wenigen Licht, das ihm vom Himmel gegeben war, schlau zu werden. Um ihn herum nichts als finstere Silhouetten, bei denen er sich nicht sicher sein konnte, ob es bloß die Bäume waren, denn einige schienen sich auf ihren Wurzeln fortzubewegen. Schlaf würde er hier keinen finden; nicht bei den unzähligen Gänsehaut hochkitzelnden Geräuschen, welche er nicht zuzuordnen vermochte.

»Wo bin ich hier nur?«

Er hatte absolut keine Ahnung.

Bereits nach kurzer Zeit florierte das Geschäft wieder und auch die Angestellten kamen zurück. Es kehrte wieder Frieden ein im Hotel *Willkommen – Gilbis Place*.

Nur Gilbi blieb derselbe. Sein Gehirn erholte sich nie wieder von dem Schock, den er in dieser schlimmen Zeit erlitten hatte. Und warum? Weil es so witziger ist.

Kapitel zwei:
WILLKOMMEN IN ENMAR

Die Sonne erhellte das Schlafzimmer so liebevoll und warm, als knuddelte sie es in den Tag hinein. Das Fenster stand auf Kipp. Über zu laute Geräusche in der Nacht musste man sich hier keine Gedanken machen. Am Morgen jedoch zwitscherten aufgeweckte Vogeldirnen nach interessierten Freiern. Um welche Rasse es sich hierbei handelte, war der alten Schnarchnase nicht bekannt. Früher hatte er mal ihren Namen gewusst, aber das war bereits zu lange her. Es störte ihn nicht, dass die Vögel ihn geweckt hatten. Vielmehr genoss er dieses paradiesische Erwachen. Er lauschte noch ein Weilchen ihrem heiteren Gesang und nur um der Gemütlichkeit die Krone aufzusetzen, igelte er sich dabei noch einmal in seine perfekt temperierte Decke ein.

Oh, das ist ja so gemütlich. Man will überhaupt nicht aufstehen. Und dieses flauschige Kissen. Ahhhhh.

Der Tag würde bestimmt so großartig weitergehen, da war er sich sicher.

Der alte Mann entwand sich aus seiner Bettwäsche, die eine knapp bekleidete Frau zierte, stellte sich vor das große Fenster und ließ sein befreites Gehänge von der Sonne bestrahlen.

Zuallererst genehmigte sich der alte Mann ein Frühstück. Der Tisch war nicht außerordentlich gedeckt, lediglich die in naher Zukunft zu verschlingenden Speisen tafelte er auf. Um dem brotigen Mahl ein wenig Exquisität zu verleihen, gönnte sich der alte Mann ein paar kleine Köstlichkeiten dazu; wie mit Frischkäse gefüllte Kirschpaprikas, Tomaten mit Mozzarella und Balsamico sowie eine frisch aufgebrühte Tasse holländischen Kaffee: mit Eierlikör, einer Haube Schlagsahne und Schokoladenstreuseln.

Alleine musste er sein Frühstück nicht einnehmen. Die weiße Hausziege Leelo leistete ihm Gesellschaft. Leelos Herkunft war selbst dem alten Mann unbekannt. Sie verbarg ein Geheimnis, da war er sich sicher, dass er sich nicht sicher war. Was hatte sie gesehen? Was hatte sie getan? Hatte sie gefährliche Berge erklommen? Hatte sie bei terroristischen Anschlägen geholfen? Oder wohnte gar eine Gottheit in ihr? Es war schwer, wenn nicht gar unmöglich zu sagen. Im Moment jedenfalls mümmelte sie Futter aus ihrem Napf.

Die ersten Essenskleckser landeten im meterlangen Kinnbart des alten Mannes. Sein Bart wies sogar solch eine erstaunliche Imposanz auf, dass dessen genaue Länge nicht zu erahnen war. Das Ende reichte bis in seinen Pullover hinein, auf dem heute die Worte »*CHICKS MAGNET*« prunkten.

Nach dem Frühstück ging es zum Sport. Der alte Mann machte es sich auf seinem Sessel im Wohnzimmer gemütlich und schaute im Fernsehen Gymnastik ausübenden Frauen zu.

Irgendwann danach hieß es auch schon wieder, zu Mittag zu essen. Heute gab es Königsberger Klopse, Sauerkraut und zart zergehenes Kasseler. Und wie zuvor durfte das Weib an seiner Seite nicht fehlen. Leelo käute etwas Hochgewürgtes wieder und verdünnte das Ganze mit klarem Wasser.

Nach dieser reichlichen Mahlzeit hielt der alte Mann erst mal ein Nickerchen. Das hatte er sich redlich verdient.

Als er erwachte, begann Leelos Zeit. Der alte Mann spielte und schmuste mit ihr.

Am Nachmittag gab es Kuchen mit viel Schlagsahne.

Nachdem er sich gestärkt hatte, ging der alte Mann seinem Hobby nach. Mit einer Augenbinde à la Zorro tarnte er sich und beobachtete mit einem Fernglas, in einem Baum sitzend, eine sich ausziehende Frau. Sie war von kleiner, zierlicher Statur, hatte lange, dunkelbraune Haare und eher niedliche Brüste. Dafür war ihre Unterwäsche umso ansprechender.

Ein wunderschön verarbeitetes, sündhaftes Geflecht aus hellblauer Viskose. So stilvoll wie betörend.

Die junge Frau wollte gerade ihren BH öffnen, als sie innehielt.

Verdammt!, fluchte der alte Mann hinter geschlossenen Lippen. *Na, komm schon!*

Die Frau grübelte. Irgendetwas kam ihr merkwürdig vor. Doch als sie in Richtung des Baumes zum Fenster hinaussah, war von dem alten Mann nichts mehr zu sehen.

Am Abend erholte er sich mithilfe eines wohlduftenden Schaumbads. Für die Perverslinge unter den Lesern kann man erwähnen, dass der alte Mann dabei sexy die Beine in die Höhe streckte und sie mit einer langen Bürste abschrubbte.

Nach dem ausgiebigen Baden waren die angesammelten Essens- und Dreckklumpen aus seinem grauen Ziegenbart verschwunden. Er war wieder schön und weich und roch angenehm.

Entspannt genoss der alte Mann nun sein Abendessen mit seiner treuen Ziege. Dazu eine Kanne heißen Bananenkirschtee und etwas Camembert.

Hernach verfrachtete er seinen Hintern wieder auf seinen Sessel und verfolgte begeistert eine Sendung über angehende Models.

Später in der Nacht saß er noch immer dort. Er trank vor dem zu Bett gehen meistens noch eine warme Milch mit Honig und las ein Buch. Momentan befasste er sich mit dem literarischen Werk *»Alte Männer und junge Dinger – Mit mehr Falten zu mehr Erfolg«*.

Seine intellektuelle Weiterbildung wurde jedoch jäh gestört, als Teppo durch die Haustür trat. Er öffnete sie mit derart viel Wucht, dass sie heftig gegen die Wand schlug. Beim Zurückfedern hielt er sie mit der Hand auf. Zweige und Blätter hingen in seinem Haar. Er trug noch immer das *Gorillaz*-T-Shirt, nur war es mittlerweile zerrissen und überaus dreckig. Getrocknetes Blut und Spuren von Gedärmresten klebten an seiner Kleidung.

Der alte Mann inspizierte ihn kurz aus der Ferne, scherte sich jedoch nicht sonderlich um die Herkunft seiner Erscheinung. Er freute sich einfach nur, Teppo wiederzusehen. Allerdings nicht so sehr, dass er sich dafür extra aus seinem Sessel erhob. Aber immerhin legte er sein Buch beiseite.

»Hey, da bist du ja endlich.«

Teppo trat aus der Türschwelle. »Äh-he«, sagte er genervt, was wohl so etwas wie »Ja« bedeuten sollte.

»Du warst eine Woche weg. Ist zwar nicht dein bestes Ergebnis, aber zumindest unter den top drei.«

»Sehr witzig.«

»Und?« Der alte Mann breitete seine Arme aus und deutete auf seine Umgebung. »Was sagst du?«

»Was?«

»Na, die Einrichtung. Habe ich das nicht wunderbar hingekriegt?«

Teppo warf einen erschöpften Blick umher. »Oh … ähh … ja.«

»Das ist alles? Weißt du eigentlich, wie stressig die letzten Tage für mich waren? Nachdem du einfach weggelaufen bist, musste ich alle Möbel alleine reintragen, tapezieren, Reparaturen vornehmen und, und, und. Und du, du würdigst das alles kein Stück.«

»Das ist mir im Moment alles schnurz-piep-egal. Ich bin genervt. Du hast keine Ahnung, wie anstrengend die letzte Woche für mich war. Ich hab jetzt keine Lust, mit dir zu diskutieren, oller Ziegenbock.«

»Waaas? Wie nennst du deinen alten Herrn, der dir mal eben so ein ganzes Haus eingerichtet hat?«

»Das geht mir gerade so was von am Arsch vorbei. Ich bin hundemüde.«

»Dann geh doch ins Bett!«, schnauzte der alte Mann.

»Mach ich auch!«

»Na, dann geh schon!«

»Und wo ist mein Zimmer?!«

»Treppe rauf, zweite Tür rechts!«
»Dankeschön!«
»Gern geschehen!«
Teppo stapfte die Treppe hinauf.
Der alte Mann erhob sich aus seinem Thron und ging zum Geländer. »Noch was«, sagte er ruhig, als hätte es zuvor nie den lautstarken Austausch gegeben.
Teppo hielt an. »Was denn?«, fragte er so ruhig wie sein Gegenüber.
»Morgen ist dein erster Schultag. Eigentlich ja schon vor vier Tagen, aber du bist ja lieber um die Häuser gezogen.«
Teppo machte seiner geräderten Unlust mit Sarkasmus Luft. »Klasse! Morgen früh aufstehen und in die Schule gehen. Ich liebe es. Ich weiß ja noch nicht mal, wo die Schule ist.«
»Keine Sorge, ich bring dich hin.«
Das Grinsen des alten Mannes war provozierend, aber Teppo war zu erschöpft, als dass er sich nun auch noch darüber aufregen konnte. Von daher ließ er es mit einem »Gut« einfach gut sein.
»Na dann schlaf mal schön.«
Teppo stapfte weiter die Treppe hinauf. »Nacht.«
Der alte Mann setzte sich wieder hin, nahm sein Buch und trank seine Milch. Nach wenigen Sekunden hörte er, wie eine Tür geöffnet und wieder geschlossen wurde.
»Nicht die!«, rief er. »Ich sagte: zweite Tür *rechts*!«
Hieraufhin hörte er erneut, wie eine Tür geöffnet und wieder geschlossen wurde. Kurze Zeit später das Gleiche noch mal. Der alte Mann musste grinsen.
»So'n Blödmann.«

Der Wecker zerrte Teppo brutal aus dem wunderschönen Land der Träume, weshalb jener nur knapp seiner Vernichtung entging.

»Leck mich doch, du blöder Wecker!«, grummelte er gedämpft ins Kissen.

Dreißig Minuten später kam er geduscht und in frischer Kleidung die Treppe heruntergeflogen, indem er lässig zwei Stufen auf einmal nahm. Sein Blick wanderte umher und kontrollierte die Umgebung. Wann immer er an einem möglichen Versteck vorbeikam, nahm er wie selbstverständlich Haltungen ein, die ihn bei einem eventuellen Überraschungsangriff schützen würden. Vorzugsweise streckte er eine Hand von sich und behielt die andere nah am Kopf oder er fasste oder kratzte sich am Kopf und schützte sich mit den von sich gestreckten Ellbogen. Wenn er sich Türen näherte, die sich zu ihm hin öffneten, hielt er eine Hand provisorisch nach vorne, damit diese die Tür im Notfall abfangen konnte.

In der Küche stellte er seinen nahezu leeren Rucksack ab. Dabei entdeckte er einen Zettel auf dem Esstisch.

Guten Morgen! Ich hoffe, du hast das Bad
und die Küche gefunden. Haha! In der Nacht
kam noch ein Horrorfilm. Jetzt bin ich
total müde und habe keine Lust, früh
aufzustehen. Sieh zu, wie du klarkommst.
Guten Appetit.
Dein sich aufopfernder Opa
PS: Der Film war stümperhaft.

Teppo zerknüllte den Zettel und schmiss ihn weg. »Alter Mistkerl.«

Zu seinem Unmut beitragend, war der Kühlschrank, abgesehen von einem weiteren Zettel, vollkommen leer.

War deprimiert wegen des Films. Wollte mich

mit Essen aufheitern. Bin satt. Der Film
war aber trotzdem armselig. Wie konntest du
ihn mir nur empfehlen?

Teppo schlug die Kühlschranktür zu.

»Als wenn mich jetzt der Film interessieren würde.«

Dieser Morgen war zum Kotzen. Und zu alledem knurrte nun auch noch Teppos Magen.

»Gut, hol ich mir eben was unterwegs.«

In einer Sackgasse spielten drei Kinder. Sie waren alle in etwa acht Jahre alt. Wie ihre Gesichter aussahen, kann man nicht beschreiben, denn sie trugen Masken. Der Höflichkeit wegen beginnen wir mit dem Mädchen. Ihre eventuelle Bratzenfresse verdeckte eine Pinguinmaske. Die beiden Jungs waren als ein Affe und eine Schildkröte maskiert.

»Du bist so ein Softie«, pflaumte Pinguin Affe an. »Du würdest bestimmt nach Hufflepuff kommen.«

»Alle wollen nach Hufflepuff«, verteidigte sich Affe.

»Niemand will nach Hufflepuff.«

Schildkröte war wie so oft genervt von den beiden.

»Bist du wieder Master Bee?«, fragte er Affe.

»Ich bin Green Devil. Ich hab keine Lust, immer den Schurken zu spielen.«

Pinguin stemmte die Fäuste in die Hüften. »Ihr seid beide unfair. Warum soll ich eigentlich immer das Opfer sein?«

»Weil Mädchen meistens die Opfer sind«, sagte Affe wie selbsterklärend. »Ihr seid schwach und ängstlich.«

Die Aufstellung der Spielregeln vernahm einen holprigen Verlauf. Kaum hatten sie mithilfe von Schildkröte ein Stück des Weges zurückgelegt, rumpelten sie wieder über ein metaphorisches

Schlagloch. Heute war es besonders anstrengend; vor allem für denjenigen, der sich nicht einmal am Streit beteiligte.

Wieso nur kann man sich seine Freunde nicht aussuchen?, fragte sich Schildkröte und sah kopfschüttelnd dem Zeit verschwendenden Treiben zu.

Während dieses sinnlosen Unterfangens entging den dreien, dass sich ihnen jemand näherte. Er war für sie von enormer Statur. Ihre Köpfe reichten gerade mal an seinen Bauchnabel. Auch sonst drückten seine Muskeln seine Haut in eine beeindruckende Form. Seine Brustmuskulatur war stark austrainiert, mehrere Körbchengrößen massiv, und seine dicken Nippel waren stetig steif. Seine blonde Frisur war lang und so merkwürdig geschnitten, dass man sie eher einer Frau zuordnen würde. Im Pendant dazu stand sein ohne Zweifel männlicher, aber kleiner, zweigeteilter Bart an den Außenseiten seines Kinns.

Noch war den Kindern nicht klar, was der durchtriebene Buck Muskel mit ihnen vorhatte, doch die Antwort sollten sie in Kürze erfahren.

Teppo stand vor einer Bäckerei.

»Perfekt.«

Nach langem Umherspazieren hatte er endlich eine gefunden. Diese trug den wundervollen Namen »*KACKE BUCHEN*«. Jemand hatte vor geraumer Zeit die beiden Anfangsbuchstaben vertauscht und aus »*BACKE KUCHEN*« ebendiesen anzüglichen Namen kreiert. Damals hatte der Besitzer den Vandalismus noch korrigiert, aber jeden Morgen hatte er aufs Neue dasselbe Wortkonstrukt vorgefunden. Irgendwann hatte er es dann einfach sein gelassen, vor allem weil sich durch diesen witzigen Namen seine Kundschaft schier verdoppelt hatte. Das alles wusste Teppo jedoch nicht. Er war nur einer der vielen, die sich von dem unverschämten Charme des Namens einnehmen ließen.

Er wollte gerade eintreten, als ein angsterfüllter Mädchenschrei an seine Ohrmuscheln schallte.

»Hilfe!«

Schildkröte und Pinguin hielten ihre Arme schützend vor Affe, der hinter ihnen auf dem Boden lag. Buck hielt Affes Maske in der Hand und grinste schelmisch. Seine drei Handlanger, von denen der mit der kraterartigen Knollennase noch der schönste war, standen nur wenige Meter hinter ihm und genossen das Schauspiel.

Einer von ihnen hatte mit einem Schluckauf zu kämpfen, weshalb er eigentlich mehr auf sich konzentriert war als auf das, was vor ihm geschah. Ihn zeichneten abstehende Ohren und ein eigroßes Lipom am Nacken aus.

Der Dritte konnte nicht aufhören, vor sich hin zu kichern. Zur Hälfte rührte es daher, dass ihm die Nase juckte und er unbedingt popeln wollte, es ihm jedoch zu peinlich war, es vor den anderen zu tun. Von daher rümpfte er nur hin und wieder die Nasenflügel. Und da das, ohne ein Geräusch zu machen, merkwürdig ausgesehen hätte, hatte er schlichtweg angefangen zu kichern.

Für die drei Kinder allerdings waren diese Kerle überaus angsteinflößend. Der große Buck hatte Affe skrupellos die Maske entrissen und ihn brutal zu Boden gestoßen. Drei Kinder gegen vier erwachsene Männer in einer Sackgasse. Die Kleinen waren chancenlos. Was sollten sie also tun? Pinguin machte das einzig Richtige. Sie schrie.

»Hilfe!«

Buck und seine Handlanger blickten sich um, aber niemand schien auf Pinguins Geschrei zu reagieren. Bevor es doch noch dazu kommen sollte, wollte Buck ihr das Maul stopfen.

Schildkröte hatte von Geburt an ein ruhiges und starkes Wesen, wie es nur sehr wenigen Kindern zu eigen ist, aber auch er war nahezu gelähmt. Sein Magen war verkrampft. Es fühlte sich an, als wütete in ihm ein Geschwür. Schildkröte schwitzte und ohne es zu wollen, kullerten sogar ein paar Angsttropfen aus seinen Augen. Eigentlich hatte er den Männern vor ihm schon die ganze Zeit etwas entgegnen wollen, doch sein Hals war wie zugeschnürt. Er würde nichts gegen die vier ausrichten können, aber immerhin fand er den Mut, eine Kampfhaltung einzunehmen.

Buck näherte sich und Schildkröte zitterte. Pinguin schrie weiter um Hilfe und Affe war nur froh, dass seine Freunde noch vor ihm standen. Er schämte sich für dieses Gefühl, aber noch mehr war er dankbar dafür, dass er von ihnen dreien noch am sichersten war.

Dann sah er zwischen den vielen Beinen einen jungen Mann auf sie zurennen.

Der Scherge mit dem Schluckauf bemerkte ihn als Nächster und die anderen ließen auch nicht mehr lange auf sich warten. Zunächst waren sie irritiert, dann ratterte das Zahnradkonstrukt in ihren Köpfen und sie kombinierten den Zusammenhang zwischen ihrem Überfall, den Hilfeschreien des Mädchens und dem wütenden Blick des heranhetzenden Passanten. Ohne sich noch einmal abzusprechen oder sich verständigend zuzunicken, gingen die drei mit erhobenen und zu Handgreiflichkeiten bereiten Händen auf den sich rapide nahenden Störer zu. Doch bevor sie ihn festhalten konnten, sprang dieser bereits in die Luft und trat Mr. Knollennase mit dem Hacken das Gesicht ein.

Teppo landete auf seinen Füßen, während der Getroffene noch durch die Luft schwirrte. Nach dessen brachialer Landung brauchten die übrigen zwei erst mal einen Moment, um sich zu sammeln. Dann griffen sie an.

Teppo wich dem mit der juckenden Nase aus, indem er einen Schritt zur Seite machte. Den anderen Fuß setzte er nach und sobald dieser den Boden berührte, hob er den ersten Fuß wieder an, um dem Angreifer zwischen die Beine zu treten. Urplötzlich war das Jucken der Nase vergessen. Ohne es zu wollen und den baldigen Unterleibschmerz schon vor Augen, konnte der Handlanger nicht anders, als sich vorzubeugen. Seine Hände wanderten automatisch nach unten und Teppo nutzte die Gelegenheit, um seinem Gegenüber eine Backpfeife zu verpassen, die sich gewaschen hatte. Er erwischte das Kinn des Gegners in einem solch ausgezeichneten Winkel, dass dessen Gehirn in seiner Höhle so stark hin und her geschüttelt wurde, dass der von ihm abhängige Körper ohne Widerworte zu Boden ging.

Der dritte Handlanger, der mit den Segelohren, verlor seinen Kampfwillen. Doch bevor er auch nur ans Weglaufen denken konnte, musste er bereits seine Arme heben, um Teppos Schlag abzuwehren. Die Unterarme rammten gegeneinander und Teppo behielt den Druck für einen kurzen Augenblick aufrecht, nur um dann den nach vorne drückenden Arm des Handlangers zu seiner Hüfte zu ziehen. Das Gesicht lag offen und Teppo schlug mit seiner freien Hand hinein. Der Handlanger kippte nach hinten und wäre eventuell sogar zu Boden gegangen, hätte Teppo ihn nicht mit der anderen Hand noch festgehalten. Er zog den Getroffenen zu sich zurück, zog ihn noch einmal ein Stück nach unten und verpasste ihm eine Kopfnuss gegen den Hinterkopf. Das Geräusch, das dabei entstand, klang, als fiele eine Bowlingkugel auf eine Holzschatulle. Der Handlanger protestierte nicht und gesellte sich zu seinen beiden Kameraden in die Waagerechte.

Buck hatte das Geschehen mit einer unwirklichen Faszination beobachtet. Er hatte kaum denken können, aber nun, da der junge Mann mit seinem Rücken zu ihm gewandt war, begannen die Verbindungen in seinem Kopf, wieder zu arbeiten. Der Stau war beseitigt und Buck wollte den günstigen Moment nutzen und angreifen. Doch Teppo streckte ihm lediglich den Stinkefinger über seine Schulter entgegen, woraufhin Buck innehielt.

Dann drehte sich Teppo um. Er blickte Buck böse an und winkte mit seinen Fingern zu sich.

»Maske«, sagte er mit Kraft und Entschlossenheit in der Stimme.

Buck war geplättet.

»Ich wiederhole mich nicht gern.«

Buck war drauf und dran, ihm zu gehorchen. Aber dann schaute er noch einmal die Maske an und entschied sich, sie lieber hinter seinem Rücken zu halten. Aufgrund seiner dicken Arme und seines stämmigen Rumpfes wurden hierbei seine ohnehin schon abnormal großen Brüste noch einmal ein gutes Stück tiefer ins Shirt gedrückt. Man hätte annehmen können, dass er mit seinen Nippeln Augen ausstechen konnte.

»Keine Chance, du Schmachtlappen. Die kriegst du nicht.«

»Eigentlich schlage ich ja keine Frauen, aber bei dir glaube ich, könnte ich ohne Weiteres darüber hinwegsehen. Also rück sofort die Maske raus oder du wirst ein überaus schmerzhaftes Wunder erleben.«

»Ich bin ein Kerl!«, empörte sich Buck.

»Aber du hast doch …« Teppo zeigte auf Bucks Brüste. »Na, du weißt schon.«

»Alles antrainierte Muskeln.«

»Niemals! Das sind Implantate.«

»Erzähl doch keinen Mist! Außerdem trage ich jawohl noch einen ziemlich feschen Bart.«

»Frauenbart.«

»Gar nicht!«

»Wenn du keine Frau bist, verrate mir doch einfach deinen Namen.«

»Buck Muskel.«

»Das ist doch kein Name.«

»Natürlich ist er das! Wie heißt du denn?«

Teppo überlegte kurz, ob es klug sei, seinen Namen zu verraten. Dann entschloss er sich und sagte: »Teppo.«

»Und das soll besser sein?«, fragte Buck abschätzig.

»Findet zumindest deine Mutter. So oft wie die meinen Namen stöhnt.«

»Halt endlich deine blöde Klappe!«

»Wieso gibst du mir jetzt nicht einfach die Maske und wir gehen auseinander, ohne dass dir was passiert? Dann sind wir zwei und die Babys da alle zufrieden.«

»Alle außer mir.«

»Du kannst dir so eine Maske doch auch selber kaufen.«

»Darum geht es nicht. Ich ärgere einfach gerne Kinder.«

»Ich auch, aber doch nicht, indem du ihnen ihr Eigentum wegnimmst. Das geht zu weit.«

»Ja und? Ich tu, wonach mir ist.«

»Wenn jeder so denken würde wie du –«

»Wie lange willst du noch mit ihm quasseln?«, schimpfte Pinguin.

»Hey, ich versuche hier nur, die Sache friedlich zu klären«, verteidigte sich Teppo und wandte sich sogleich wieder Buck zu. »Dein V-Ausschnitt steht für Vagina, oder?«

Buck fiel keine gescheite Antwort ein. Stattdessen steckte er die Maske hinten in seine Hose und ließ seine Faustknöchel knacken.

»Die Kleine hat recht. Wenn du die Maske zurückhaben willst, dann musst du es schon mit mir aufnehmen.«

»Letzte Nacht hab ich es schon mit deiner Mutter aufgenommen. Und da sie ungefähr doppelt so viel wiegt wie du, dürftest du jetzt kein Problem darstellen.«

»Hör gefälligst auf, über meine Mutter zu reden! Fällt dir ernsthaft nichts Besseres ein?«

»Nein, wirklich. Ganz im Ernst. Sei doch so gut und frag sie später im Krankenhaus mal, ob sie mein Shirt gefunden hat.«

Nur Sekunden später fanden sich beide in einem Handgemenge wieder. Buck hatte die Kraft, Größe und Reichweite auf seiner Seite. Teppo hingegen war schnell, explosiv und wusste, sich gut zu positionieren. Nach einigen Schlagabtäuschen traf Teppo Bucks kugelförmige Brustmuskeln und wich sogleich einige Schritte von ihm weg.

»Die sind ja steinhart«, stellte er überrascht fest.

»Hab ich doch gesagt. Es sind Muskeln.«

Dann ging die Beulerei weiter. Dieses Mal wich Teppo viel nach hinten aus, ließ Buck ihn verfolgen, parierte seine Angriffe ins Nichts ab und sorgte damit für eine noch schneller werdende Ermüdung des sonderbaren Amateur-Bodybuilders. Da Bucks Atmung zudem eher minderbemittelt und kontraproduktiv war, schaffte es Teppo bereits viel früher als gedacht und problemloser, Bucks Arm auf den Rücken zu drehen. Hieraufhin schubste ihn Teppo von sich weg, holte mit seinem Schuh weit aus und verpasste Buck einen solch starken Arschtritt, dass dieser nicht anders konnte, als aus dem Kampf auszusteigen und, seinen schmerzenden Hintern haltend, in der Gegend herumzuhüpfen.

»Hey, das ist ja witzig«, lachte Teppo. »Deine Mutter hüpfte letztens auf die gleiche Weise, aber aus einem anderen Grund.«

Teppo betrachtete grinsend die von ihm zurückeroberte Affenmaske. Dann reichte er sie den verblüfften Kindern.

»Hier, bitte.«

Schildkröte gab die Maske an Affe weiter.

»Alles klar?«, erkundigte sich Teppo.

Affe erhob sich mit der Maske auf dem Gesicht und stemmte die Fäuste kraftvoll strotzend in die Hüften. »Ging nie besser.«

Buck nutzte die kurze Ablenkung und ging erneut auf Teppo los. Teppo reagierte noch rechtzeitig, dennoch schaffte es Buck nur Sekunden danach, ihm die Daumen an die Augen zu halten und zuzudrücken, bis Teppos Kopf seinen Nacken küsste. Buck ließ von ihm ab, schlug den geblendeten Teppo mit der Faust ins Gesicht und trat ihm vergeltend in seine Weichteile.

Teppo sank auf seine Knie. Buck umfasste seinen Kopf und verpasste ihm einen Kniestoß. Teppo hielt noch rechtzeitig seine Hände schützend dagegen, doch Bucks Kraft war zu groß und Teppos Hände schlugen ihm selbst unangenehm wuchtig ins Gesicht. Seine Nase wurde eingedrückt, aber zumindest blieb das unheilvolle Knackgeräusch aus. Danach schmetterte Buck Teppos Kopf gen Steinboden. Teppo stützte den Aufprall ab, doch Buck sprang in die Luft und landete mit Ellbogen, Knie und all seinem Gewicht auf ihm.

Der schwere Brocken erhob sich wieder, nur die Atemluft wollte noch immer nicht in Teppo zurückkehren.

»He, Pissnelke! Sieh mal, was ich hier habe.«

Teppo schaute auf. Buck hielt Teppos Portemonnaie in der Hand. Kein Portemonnaie bedeutete kein Geld und kein Geld bedeutete kein Essen.

Teppo zwang seinen Körper, Luft zu konsumieren. »Gib es sofort zurück!«

Buck war amüsiert und lief hämisch lachend davon.

Teppo schwang sich in die Senkrechte und nahm die Verfolgung auf.

Da es noch recht früh war, waren nicht wenige der Passanten noch nicht richtig wach. Die zwei hitzigen Läufer änderten dies jedoch jäh. Teppo rief den Leuten zu, dass sie den Dieb halten mögen, doch niemand wagte es, sich der ins Rollen gebrachten Dampfwalze entgegenzustellen. Und so blieb es an Teppo haften, seine Lungenflügel weiter zu martern.

»Da ist fast überhaupt kein Geld drin!«, schrie Teppo zwischen aufschreckenden Ahnungslosen nach vorne und japste dabei schwer. »Huh. Huh. Die Mühe lohnt sich nicht! Huh. Wirf es einfach weg und … huh … renn weiter und … huh … ich lass dich in Ruhe!«

»Das geht leider nicht!«, hechelte Buck nach hinten. »Ich bin viel zu neugierig! Huh … Jetzt bin ich so weit gekommen, da … Huh, huh, huh … da, da muss ich jetzt einfach wissen, wie viel drin ist! Bleib du doch einfach stehen, huh, und ich lasse deine Geldbörse einfach fallen! Huh, versprochen!«

»Für wie dumm hältst du mich eigentlich?«

»Für sehr. Huh. Für sehr!« Buck lief gerade an einem Obststand vorbei und lächelte sich ins Fäustchen, bis er einen Blick nach hinten warf – »Ah!« – und sah, dass Teppo ihn beinahe erreicht hatte.

»Können wir uns nicht irgendwie entgegenkommen?«, schlug Buck beschwichtigend vor und versuchte sogleich, krampfhaft noch schneller zu rennen.

Als Teppo den Obststand passierte, stibitzte er sich aus dem Lauf heraus eine Kokosnuss.

»Jetzt kommt dir gleich was entgegen!«

Sogleich warf er das harte Geschoss.

Buck drehte sich nach hinten um. Just in dem Moment landete die Kokosnuss in seinem Gesicht, woraufhin er in ein aufgestelltes Restaurantschild knallte. Er schlitterte noch ein Stück auf dem spröden Pflaster entlang, bis er zu einem ungewollten Nickerchen einfach liegen blieb.

Teppo hielt neben ihm an. Sein Kopf war rot und seine Seiten stachen. Er nahm sich sein Eigentum zurück und steckte es zurück in seine Hosentasche. Dann prüfte er Bucks Zustand. Sein Kopf blutete leicht, aber er rührte sich.

»Wer macht da früh morgens schon so einen Krach?«, zeterte eine alte Frau, die sich einige Meter über Teppo aus einem Fenster lehnte.

»Verzeihen Sie, ich habe hier nur einen Dieb gefasst. Ich wollte Sie nicht stö–«

»Was fällt Ihnen ein? Geht's noch? Es gibt hier Menschen, die schlafen wollen! Machen Sie Ihren Quatsch gefälligst irgendwo anders!«

»Du kleiner, mieser Giftzwerg«, ertönte leise Bucks erzürnte Stimme.

Er hatte sich nicht einmal zur vollen Größe aufgerichtet, da griff er bereits wieder an.

Teppo konterte seine Angriffe leichter denn je. Er griff Bucks Brustwarzen. Sodann drehte er ihm seinen Rücken zu und warf den schweren Brocken, an den Nippeln gepackt, über seine Schulter mit dem Kopf voran auf das Pflaster. Während Bucks Körper noch dabei war, dem Kopf zu folgen, trat Teppo diesen schon wie einen Fußball durch die Luft. Bucks Körper wirbelte herum, nur um dann der Länge nach noch einmal mit dem Boden zu kollidieren. Kaum lag er auf dem Rücken, sprang Teppo mit einer Arschbombe auf sein Gesicht. Bucks Kopf prallte erneut hart auf und er verlor zum zweiten Mal das Bewusstsein.

»Und der Gnadenstoß«, sagte Teppo und furzte Buck ins Gesicht.

Als er sich wieder erhob, kamen Schildkröte, Pinguin und Affe angelaufen. Pinguin brauchte eine Weile, bis sie wieder normal stehen konnte. Zunächst drehte sie Teppo nur ihren Rücken zu, hob die Maske an und spuckte mehrmals den angesammelten Speichel aus.

»Oma!«, rief Affe noch relativ fit zur alten Frau hoch. »Der Kerl hat uns beklaut und er hat uns geholfen.«

»Ja?«, fragte die alte Frau ungläubig.

Affe nickte.

Zwei Minuten später kam die alte Frau mit einem Fotoapparat aus dem Restaurant geeilt. Schnell fand sie Gefallen an Teppo und kniff ihm in die Wangen. Er hasste sie jetzt schon.

»Was bist du doch für ein netter und süßer junger Mann.«

»Bitte aufhören.«

Die alte Frau ignorierte seinen Wunsch und machte noch ein Weilchen so weiter. Dann ließ sie ihn endlich in Ruhe.

»Stellt euch mal auf. Ich will ein Foto von euch und eurem lieben Retter schießen.«

Kurz darauf nahmen die Kinder vor dem bewusstlosen Buck eine unabsichtlich alberne Kampfpose ein. Teppo stellte sich hinter sie und nahm ebenfalls eine absurde Stellung ein. Die alte Frau ließ es einmal blitzen und wie auf Knopfdruck stand Teppo wieder neutral da.

»Ihr seht hinreißend aus«, frohlockte die alte Frau.

Teppos Bauch knurrte.

»Och!«, sagte sie mit einem Lächeln. »Willst du vielleicht was frühstücken?«

Teppos Ohren legten sich freudig an.

»Wenn es umsonst ist, immer.«

Nach wenigen, doch qualvoll langen Minuten begann die alte Frau, einen Tisch im Restaurant mit unterschiedlichen Croissants und Brötchen zu decken. Auf Tabletts servierte Wurst- und Käsesorten folgten und Teppo haute ordentlich rein. Die Kinder und die alte Frau waren derart fasziniert von seiner Leidenschaft und Geschwindigkeit, dass sie gar nicht erst anfingen, ihm in die Quere zu kommen. Bevor er in Windeseile alles in sich hineingestopft hatte, erdreistete er sich mit verschmierter Schnute, »Mehr« zu fordern. Sogleich sprang die alte Frau auf, um die nächste Ladung zu kredenzen. Es gab verzierte Joghurts in Glasschälchen, mehrere dicke Käsestücke, verschiedene Cornflakes, frisches Obst sowie Eier und gebratenen Speck.

Die alte Frau setzte sich wieder hin und beobachtete das Schauspiel. Nebenbei schoss sie immer mal wieder Fotos.

Zwischen dem Geschlemme und Gemampfe hatten die Kinder irgendwann angefangen, ein Gespräch aufzunehmen. Anfangs hatte Teppo nur zugehört, als es jedoch um Buck ging, stieg er mit ein; sehr zum Bedauern der Personen, zu denen er sprach, denn er hielt es nicht für nötig zu schlucken und dann zu sprechen, weshalb des öfteren mal Essensstückchen durch die Luft flogen oder ganze Brocken ihm einfach aus dem Mund fielen, die er kurz darauf einfach wieder zurücksteckte, unabhängig davon, wie zerkaut und aufgeweicht diese schon waren.

»Der ist wie ein Kugelfisch«, erklärte Teppo.

»Ein Kugelfisch?«, fragte Pinguin.

»Ja. Er bläht sich auf, um bedrohlicher zu wirken, aber eigentlich ist er ganz klein.«

»Auf mich wirkte er aber nicht wie ein Kugelfisch«, entgegnete Affe. »Und die geschwollene blaue Stelle in deinem Gesicht sieht auch nicht gerade so aus, als sei er harmlos.«

»Pff! 'n Mückenstich tut mehr weh.«

Einige Minuten später saß Teppo vor einem fast leeren Tisch und rieb sich befriedigt den Bauch. Die Cornflakes waren zu viel gewesen. Er hatte sie nicht alle geschafft, aber zumindest konnte er nun getrost in den Tag starten.

»Ah, das tat gut.«

Die alte Frau warf einen Blick auf ihre Uhr.

»Es ist Zeit, Kinder. Die Schule geht gleich los.«

Welch grausame Worte und sowohl die Kinder als auch Teppo

stöhnten dementsprechend lustlos auf.

Aberdutzende Schüler unterschiedlichen Alters, Form und Gemüts tummelten sich auf dem Schulgelände. Die meisten bewegten sich voran, andere standen in Gruppen und unterhielten sich.

Um das Gebäude herum war ein dicker, steinerner Zaun gezogen und neben dem Schultor nahm eine ganz spezielle Clique das Gebiet in Beschlag. Jedermann kannte sie und versuchte, einen Bogen um sie zu machen. Vor allem ihre Anführerin war gefürchtet. Ceytea trug ein dreckiges, teilweise zerrissenes Hochzeitskleid. Ihr pechschwarzes Haar war lang und zerwühlt und die Wimperntusche ihrer Smokey Eyes stark verwischt.

Jedes der fünf Mitglieder hielt einen individuell bekritzelten und ausgeschmückten Baseballschläger in den Händen.

Als ein gut aussehendes Schülerexemplar an ihnen vorbeispazierte, überbrückte Ceytea flink die Distanz und schlug ihm kumpelhaft gegen die Schulter.

»Hi, Ted. Na, wie wär's mit uns? Das wär doch was.«

»Nein, danke.«

Ted drehte sich weg und versuchte, Ceytea halbwegs zu ignorieren.

Ceytea wurde missmutig, entsagte jedoch ihrem Verlangen, der Sache nachzugehen, da ihr Sensor bereits das nächste Opfer ins Visier fasste. Es handelte sich um einen fünfzigjährigen Mann mit ergrauten Haaren und Brille.

»Hallo, mein Hübscher. Suchst du noch die perfekte Frau? Da hast du Glück. Das bin nämlich ich.«

Der Mann schaute überrascht drein. »Dieser Platz ist schon reserviert.«

Er machte Ceytea auf das Offensichtliche aufmerksam. Seine Hand umklammerte die seiner Frau.

»Ja, von mir«, sagte seine Gattin. »Sie sollten sich schämen.«

Dann spazierte das Ehepaar weiter.

»Ach, dann haut doch ab!«, schrie Ceytea und gab dem grauhaarigen Mann eine Schelle gegen den Hinterkopf mit auf den Weg. »Ich wäre aber eine bessere Partie als die Schnepfe!«

Sie wartete seine Reaktion schon gar nicht mehr ab, sondern zog innerhalb ihres kleinen Territoriums bereits weiter ihre Bahnen.

Nicht lange später servierte sie ein langer, dünner Lulatsch ab. »Tut mir ja leid«, sagte er, »aber du bist einfach nicht mein Typ. Ich steh nicht so auf schwarze Haare.«

Ceytea riss verärgert ihre Augen auf. Sie zuckte mit ihrem Baseballschläger, als wollte sie dem Knochengestrüpp damit eine überziehen. Das Skelett schreckte ängstlich zusammen. Es schaute noch einen Augenblick der verdrießten Maid in die Augen, dann lief es davon.

Mit hängendem Kopf begab sich Ceytea zurück zu ihrer Clique.

»Boah! Wenn ich so was schön höre! ›Du bist einfach nicht mein Typ. Ich steh nicht so auf schwarze Haare.‹ Da könnt ich kotzen! Es gibt ungefähr hundert Dinge, die mich an einer Person mehr interessieren als die Haare. Es sind bloß die Haare. Die kann man sich zur Not auch färben.«

Carrie, die größte der fünf, hatte kurze, blonde Haare und besaß eine schmackhaft große Oberweite. Sie versuchte, Ceytea zu beruhigen, aber diese schüttelte ihre Hand von ihrer Schulter.

»Nein, wirklich. Wenn man jemanden fragt, was ihm bei der Wahl des Partners wichtig sei, und dann so etwas hört wie ›Die Haarfarbe‹, dann ist die Person doch überhaupt nicht auf der Suche nach einer ernsthaften Beziehung. Bloß sinnfreie Äußerlichkeiten. Oberflächlichkeiten. Das beschäftigt die Leute. Nichts mit Persönlichkeit, einem gemeinsamen Heranreifen, eine enge Bindung aufbauen und so weiter. Bloß die Haarfarbe.«

Ceyteas aufgebrachtes Gemüt kam schlagartig zum Stillstand, als sie eine neue Chance sah.

»Nein! Der Typ ist perfekt!«, schwärmte sie entzückt. »O nein! Lieber doch nicht. Ich nehm alles zurück. Der hat ja Tunnel in den Ohrläppchen. Igitt!«

Teppo hatte Ceytea ein paar Minuten lang beobachtet. Er hielt einen Passanten an, auf dessen Nase eine dicke Warze gedieh.

»Entschuldigung. Können Sie mir wohl sagen, wer das ist und vor allem, warum sie d–«

»Die Verrückte meinen Sie? Das Mädchen heißt Ceytea. Sie hat schon vor Jahren ihren Abschluss gemacht, aber konnte sich nie so wirklich von ihrer Schule loseisen. Jetzt kommt sie jeden Tag her, um mit ihren Freundinnen abzuhängen, bis diese in den Unterricht müssen. Wenn Sie das nicht wissen, sind Sie wohl neu hier, was?«

»Ja, das stimmt. Ich bin –«

»Sie war mal unsterblich in einen Jungen verliebt, wissen Sie? Die beiden waren sogar für lange Zeit ein Paar und nach zwei Monaten wollten sie dann endlich heiraten. Aber wie alle hier wissen, kam es dann zu Komplikationen am Altar.«

»Komplika–«

»Auf die Frage ›Willst du …‹ sagte er wohl: ›Nö, nö.‹ Sie fragte natürlich nach. ›Aber du hast doch, und die ganzen Gäste, und die Vorbereitungen, und …‹ Und der Pfarrer fragte auch noch mal, ob er sie wirklich nicht heiraten wolle. Und er sagte wieder ganz trocken einfach nur: ›Nö, nö‹, was ziemlich idiotisch ist, denn die beiden waren bereits beim Standesamt gewesen und somit auch schon verheiratet, wissen Sie? Immer diese Filme, wo vor dem Ja-Wort noch jemand hereinplatzt oder einer der beiden davonläuft. Alles Schwachsinn. Ha! Die müssten das schon beim Standesamt machen, wissen Sie? Kurze Zeit später trennten sie sich natürlich, aber ich greife jetzt unnötig vor. Also, die verlassene Ceytea stand dann also alleine vor dem Altar. Armes, geiles Ding. Seitdem hat sie nicht nur nicht ihre Klamotten nicht gewechselt, nein, sie hat sich sogar mit anderen jungen Beißzangen zusammengetan, denen ebenfalls das Herz gebrochen wurde. Und nu' haben sie sich zum Ziel gesetzt, möglichst schnell wieder einen Partner zu finden. Das Dumme is' nur, dass alle wissen, wie durchgeknallt die sind, und keiner was mit einer von denen zu tun haben will, auch wenn es alles hübsche Dinger sind, wissen Sie?«

»Und wozu die Baseballschläger?«

»Na, zum Schlagen.« Warzie lachte sich ins Fäustchen, als hätte die Antwort auf der Hand gelegen.

»Das weiß ich auch. Aber wieso sollten die das machen?«

»Ach, wissen Sie, wenn sie wütend werden, werden sie lieber auf andere wütend als auf sich selbst.«

»Ah, ja. Danke.«

»Bitte, bitte.«

Warzie war voller Heiterkeit. Und mit einem Strahlen im Gesicht ging er weiter seines Weges.

Ceytea brüllte über mehrere Köpfe hinweg.

»Hey, Tobi!«

Ein rundlicher Siebzehnjähriger unterhielt sich in einiger Entfernung mit ein paar Mitschülerinnen. Das Rufen seines Namens ließ ihn den Hals nach oben recken, um dessen Ursprung auszumachen.

»Du warst schon immer der Einzige für mich!« Ceytea rief mit einem liebevollen Lächeln im Gesicht. »Und ich weiß, dass du mich sexy findest, also –«

»Lass mich in Ruhe!« Die meisten hätten sich solch eine Unhöflichkeit mit Ceytea nicht erlaubt, doch Tobi wollte den Weibchen um ihn herum imponieren. Fast schon Zähne klappernd sah er zu seiner Erleichterung, dass Ceytea ihren Korb mit einem »Verdammt!« einfach hinnahm.

Als Nächstes hielt sie einen Mann gehobenen mittleren Alters an. Sie setzte einen verführerischen Blick auf, der Männer, die sie nicht kannten, mit Sicherheit verzaubert hätte.

»Na, du. Wie wär's mit einem Dreier? Du, ich und die pure Leidenschaft.«

Auf den ersten Blick nicht zu erahnen, kam der Hang des Mannes erst zum Tragen, als er den Mund aufmachte und unterstützend mit den Händen gestikulierte.

»Ach, Schätzchen, wovon du da redest, kann es nur zwischen zwei nassgeschwitzten Männern geben. Tataa!«

Er winkte sie beiseite und stolzierte davon.

Mit erschöpft nach unten hängendem Kopf begab sich Ceytea zurück zu den ihren. Annie nahm sie als Erste auf. Sie hatte ihren kurzen Haarschopf blau gefärbt.

»Mach dir nichts draus. Die wissen alle nicht, was ihnen entgeht.«

Ceytea zwang sich, ihrer Freundin ein von Mut mündendes Lächeln zu zeigen.

»Manchmal frage ich mich, ob das die beste Art ist, um unser Ziel zu erreichen«, überlegte Ceytea laut. Voller Zweifel betrachtete sie ihren Baseballschläger, welchen sie in ihren Händen drehte. »Vielleicht sollten wir es einfach noch mal normal, nett und langsamer angehen, auch wenn es bisher immer in die Hose gegangen ist. Irgendwann muss es doch mal klappen.«

»Da! Ein Neuer.« Nancy hatte eine lange braune Haarpracht. Sie deutete mit ihrem Finger in eine Richtung und ihre Freundinnen folgten der imaginären Linie. »Sieht nicht besonders aus, aber trotzdem.«

Sofort strich Ceytea durch ihre Haare, um sie erfolglos zu glätten.

»Wen meinst du?«, fragte die großbusige Carrie.

»Na, den mit dem Ziegenbart.«

Alle beobachteten Teppo, wie er auf die Schule zuspazierte.

»Den?«, fragte Carrie mit aufgelöstem Interesse. »Der dürfte ja nicht wählerisch sein.«

Das wollte Ceytea hören. Augenblicklich gewann sie an Zuversicht. »Den schnapp ich mir.«

Sodann spazierte sie auf Teppo zu.

»Hi. Du bist neu hier, oder?«

»Ja, bin ich.«

»Wenn du möchtest, kann ich dich später mal in der Stadt herumführen. Und danach, wer weiß, lädst du mich vielleicht zum Essen ein. Na, wie klingt das?«

»Du fragst nach einem Date?«

»Etwas Besseres als mich wirst du niemals finden.«

Teppo lachte. Ceytea gefiel es und sie lachte mit.

»Nein, danke«, sagte er plötzlich und ging weiter.

Zunächst verdutzt, fand Ceytea schnell zu geordneten Gedankensträngen zurück.

»Weißt du Hosenfurz eigentlich, mit wem du hier sprichst?« Teppo drehte sich zurück. »Du hast anscheinend keinen Plan.«

Ceytea begann, ihren Baseballschläger bedrohlich in ihre freie Hand zu schlagen, woraufhin sich ihre Freundinnen zu ihr gesellten.

Die Passanten und Schüler bemerkten die Veränderung in der Atmosphäre und bildeten, wie aus einem angeborenen Instinkt heraus getrieben, eine große freie Fläche dort, wo Teppo, Ceytea und ihre Clique standen.

Was ist denn jetzt los?, fragte sich Teppo.

Die bedrohlichen Blicke der Schlägerbräute malten seine Eingeweide klein.

Ein Passant traute sich aus der sicheren Masse heraus und flüsterte dem Todgeweihten zu.

»Gib einfach auf und geh mit ihr aus. Das haben hier fast alle schon gemacht. Zeig dich dann einfach von deiner schlimmsten Seite und sie verliert das Interesse an dir.«

»Willst du es dir vielleicht noch mal überlegen?«, fragte Ceytea und der Passant sah zu, wieder in Sicherheit zwischen die anderen Zuschauer zu kommen.

»Sei ein kluges Kerlchen und geh mit ihr aus«, riet ihm die rothaarige Mary.

»Tut mir ja wirklich leid, aber wenn ihr versucht, mich dazu zu zwingen, gehe ich erst recht nicht darauf ein. Hör mal, ich bin wirklich keine gute Partie. Ich habe kein Geld, spiele Videospiele, verstehe noch nicht einmal das Wort *Romantik* und bin total unsensibel. Ich finde, solch eine schöne Lady hat etwas Besseres verdient als mich.«

»Netter Versuch. Kennen wir schon.«

»Okay, wer einen Sechser im Lotto einfach so wegwirft, hat es nicht anders verdient«, sagte Ceytea und bewegte sich angriffslustig auf Teppo zu.

Ihm wurde Angst und Bange.

»Ich will mich nicht mit euch prügeln«, sagte er und streckte pazifizierend die Hände nach vorne.

Die Würfel waren gefallen und Ceytea schwang ihren Baseballschläger nach dem Mistkerl, der sie einfach hatte stehen lassen.

Teppo wich nach hinten aus.

»Hör auf damit!«, befahl er ihr, doch sie schlug noch einmal nach ihm. Dieses Mal entkam er nur haarscharf.

Ceytea versuchte noch weitere Mal, ihn zu treffen, aber entweder war Teppo zu weit weg oder zu dicht an ihr dran und blockte die Angriffe mit seinen Unterarmen nah am Griff, dort wo die Krafteinwirkung am geringsten und ungefährlichsten war.

Plötzlich zischte das dicke Ende von Carries Baseballschläger nur knapp an seinem Ohr vorbei. Nur Sekunden hernach stiegen Mary, Annie und Nancy ebenfalls mit ein, jedoch wagte es keiner der Zuschauer, sich auf Teppos Seite zu schlagen. Fünf Furien gegen einen vollgefressenen, ungewollten Prügelknaben.

Teppo blieb stets in Bewegung, damit er kein allzu leichtes Ziel abgab. Er sah die Schlägerbräute nahezu nie direkt an, denn er hatte auf zu viele Reize gleichzeitig zu achten. Eine überschauende, im Detail unscharfe Sicht, die nur selten ein Zwinkern zuließ, war alles, was er sich erlauben konnte. Bei dieser relativen Enge und der Anzahl der Gegner war ein Körperkontakt unvermeidlich. Obwohl er sich gut verteidigte, musste Teppo von daher immer wieder Schläge wegstecken, dabei achtete er jedoch darauf, dass er wie zuvor die Schläge möglichst nah am Griff abbekam. Mal war er so leichtfüßig wie ein Blatt im Wind, mal verankerte er seine Füße derart im Boden, dass ihn keine der jungen Frauen von dort wegbekam. Er versuchte, sich so zu platzieren, dass sich die Cliquenmitglieder gegenseitig im Weg standen und aufpassen mussten, nicht einander eine überzuziehen. Wenn er es schaffte, entwaffnete er welche von ihnen, benutzte die Baseballschläger zur Abwehr oder schmiss die Schläger einfach weg, sodass deren Besitzerin ihn erst mal wiederfinden und aufheben musste. Des öfteren führte Teppo auch Schläge aus und stoppte diese kurz vor dem Auftreffen.

»Ich schlage keine Frauen, kapiert? Also lasst mich in Ruhe!«

»Geh mit mir aus!«, schrie Ceytea ihn an.

»Niemals!«

Ohne zu zögern warf Ceytea ihren Baseballschläger nach Teppo. Aus Reflex riss er seine Arme schützend vor sein Gesicht. Der Schläger traf auf seine grün und blau geprügelten Arme und fiel zu Boden. Ceytea hoffte auf einen schmerzhaften Wirkungstreffer, doch Teppo senkte grinsend seine Arme, streckte ihr die Zunge raus und ahmte Furzgeräusche nach.

»Du musst dir schon was Besseres einfallen lassen, Süße.«

Das Publikum hatte bislang geschwiegen, doch nun brach es in Beifall aus. Teppo hatte davon nicht viel mitbekommen, aber die meisten Zuschauer hatten bis dato einen ähnlich leeren Gesichtsausdruck wie die alte Frau gehabt, als diese ihn hatte fressen sehen.

Ceytea war peinlich berührt. Die Tatsache, dass nun alle diesem kinnbärtigen Sonderling applaudierten, ihn feierten und unterstützende Worte zuriefen, verletzte sie und der Schmerz wandelte sich in noch größeren Zorn.

»Jetzt reicht's. Plan B2!«

»Guck mal hier!«, rief Carrie Teppo zu.

Er drehte seinen Kopf und sah sie an. Carrie riss ihre Bluse auf und den BH nach oben. Sie zeigte die volle Pracht ihrer enormen Brüste.

Dann herrschte nichts weiter als Stille. Alle hielten inne. Sowohl die männlichen als auch weiblichen Konsorten blickten mit Überraschung, Freude, Scham oder schierer Geilheit auf Carries großkalibrige Waffen.

Ein Windchen flatterte durch die Arena und brachte ihre weiche Haut in eine kleine Wellenbewegung.

Die heranwachsenden und ausgewachsenen Männer der Zuschauermeute brachen in erneute Jubelrufe aus, dieses Mal jedoch noch weitaus stärker als zuvor. Teppo hingegen blieb mit weit aufgerissenen Augen und Mund wie erstarrt stehen.

Dann sauste auch schon der erste Baseballschläger auf ihn nieder. Und innerhalb von nur wenigen Sekunden trommelten alle fünf auf ihn ein, bis er eine Einheit mit dem flachen Steinboden bildete.

Erst als er sich nicht mehr rührte und nur noch stöhnte, ließen die fünf Furien wieder von ihm ab.

»Das hast du jetzt davon.« Ceytea war aus der Puste, doch wandte sich sogleich auch den gaffenden Zuschauern zu. »Was glotzt ihr denn so? Wollt ihr etwa auch noch 'ne Tracht Prügel?«

Wie auf Knopfdruck löste sich die Zuschauerschaft auf und ein jeder zog eilig von dannen.

Mrs. Annabolicas Statur war dünn und ein strenger Pferdeschwanz zog ihre angespannten Gesichtsmuskeln noch weiter nach hinten, sodass man auch den Eindruck gewinnen konnte, ihr Gesicht wäre aus Eis gemeißelt. Die Schüler saßen diszipliniert an ihren Tischen. Einige waren gelangweilt, andere entsetzt von dem, was sie sahen.

»So, ich möchte euch euren neuen Mitschüler vorstellen. Er ist zwar zu spät, aber heute drücke ich mal ein Auge zu. Er ist etwas älter als ihr und so vernünftig und möchte bei uns seinen Abschluss nachholen. Wie ich sehe, hast du Ceytea und ihre Clique schon kennengelernt. Am besten du stellst dich einfach selbst vor.«

Teppo stand neben seiner neuen Klassenlehrerin. Sein Gesicht war zugeschwollen und überzogen mit blauen Flecken wie der Rest seines Körpers.

»Hallo, mein Name ist Teppo Bunks«, sagte er kaum verständlich, da er den Mund mehr schlecht als recht öffnen konnte. »Ich bin gerade erst mit meinem Opa hierher gezogen und kenne mich hier noch überhaupt ni–«

Die Schulklingel ertönte.

Augenblicklich riss Teppo die Arme nach oben. »Whoa, Schulschluss!«

Dann rannte er nach draußen.

Der Rest sah ihm hinterher. Keiner verstand, was hier gerade passiert war. Niemand konnte derart dreist sein.

Am nächsten Morgen saßen Teppo und der alte Mann am Küchentisch. Während Teppo seine geschwollene Backe auf einer Hand abstützte und mit der anderen ein Toastbrot in Orangensaft tunkte, las der alte Mann die örtliche Zeitung *Enmar Post*. Die Titelseite lautete: *»Green Devil bekommt Konkurrenz – Junge Heldenfans überwältigen bulliges Muskelpaket«*. Darunter war ein Bild von Schildkröte, Affe und Pinguin abgebildet, wie sie vor dem bewusstlosen Buck Muskel posierten. Teppo stand hinter ihnen, nur war sein Kopf durch den oberen Bildrand abgeschnitten.

»Hey, ich bin auf der Titelseite.«

Der alte Mann blätterte weder um noch schenkte er Teppo eine sichtbare Beachtung. »Bist du nicht.«

Teppo fehlten Lust und Kraft, dem alten Mann die Wahrheit zu beweisen. Stattdessen blickte er sich in Ruhe um.

»Wirklich schön eingerichtet.«

»Mh-hm«, antwortete der alte Mann und meinte damit wohl so etwas wie eine Bestätigung.

»Mh-hm«, wiederholte Teppo.

Lustlos betrachtete er sein eingeweichtes Toastbrot und biss hinein.

»Au!«, entfuhr es ihm.

Sogleich reichte der alte Mann seine Beschwerde ein.

»Halt bitte einfach nur die Klappe«, sagte er und blätterte auf die nächste Seite.

Kapitel drei:

UND ALLTÄGLICH GRÜßT DER ALLTAG

Im Eichhörnchenweg 5 stand ein oranges Haus. Es war nichts Besonderes. Zwei Etagen, ein Dachboden, ein Keller. Die Lage war friedlich und mehrere Bäume säumten die Gegend. Die Miete war günstig, denn die vorherigen Besitzer hatten sich auf brutale Weise abgeschlachtet. Wirklich nichts Besonderes also.

Im angrenzenden Garten bewässerte der alte Mann mit einer Gießkanne seine schwarzen Petunien und Wald-Erdbeeren. Sein langer Ziegenbart steckte oben in seiner grünen Latzhose und ragte undefinierbar tief ins Innere.

Auf dem Rasen machte Teppo einige Leibesübungen zur Kräftigung und Abhärtung. Danach dehnte er seine Beine. Teppo war an sich schlecht gedehnt. Von einem Spagat war er noch meilenweit entfernt, auch wenn es für einen Tritt zum Kopf allemal reichte. Der alte Mann blinzelte immer mal wieder zu ihm herüber und schüttelte des öfteren missbilligend den Kopf.

Besonders störend jedoch war Leelo, die Hausziege. Sie kam peu à peu immer näher und Teppo fühlte sich permanent beobachtet. Als er schließlich den Sandsack bearbeitete, stellte sich Leelo direkt neben ihn. Teppo erklärte sein heutiges Training für beendet und spielte stattdessen mit der verschmusten Nervensäge.

Nach einigen Minuten gesellte sich der alte Mann hinzu, um Teppos Training wieder aufleben zu lassen und mitzumischen.

Kurze Zeit später hielt Teppo ein Trainingsmesser aus Holz an den Rücken des alten Mannes, welcher seine Hände ängstlich nach oben hielt.

»Bitte tun Sie mir nichts an. Bitte. Ich bin ein alter Mann. Ich kann mich noch nicht mal an ihr Gesicht erinnern. Genau genommen, habe ich es ja nicht einmal gesehen. Könnte ich auch gar nicht, da ich meine Brille gerade nicht trage. Bitte nehmen Sie mein Geld, aber lassen Sie mich ge–«

Blitzschnell drehte sich der alte Mann um, ergriff Teppos Arm mit dem Messer, deutete einen Schlag zu dessen Gesicht an, entwaffnete ihn und führte ein paar Folgeangriffe aus, bei denen Teppo froh war, dass der alte Mann sie nicht durchzog.

»Gib dir keine Blöße«, erklärte der alte Mann. »Das ist zwar unmöglich, weil wir nur Menschen sind, aber versuche, sie einfach möglichst gering zu halten. Nutze jede Schwäche, jede Unachtsamkeit gnadenlos aus. Und wenn der andere keine offensichtlichen Fehler macht, baust du ihm welche wie ich gerade. Versuch du es.«

Nun pikste der alte Mann seinem Enkel das Messer in den Rücken.

»Nein, bitte nicht«, begann Teppo zu schauspielern. Er bemerkte nicht, dass der alte Mann das Messer mit dem Zeigefinger seiner freien Hand austauschte und das Messer an seine Hüfte zog. »Tun Sie mir das nicht an. Ich bin doch nur ein uralter, seniler, vertrockneter, notgeiler Sack, der –«

Teppo drehte sich um, ergriff den Arm mit dem gefährlich nach vorne gestreckten Zeigefinger und konnte sich gerade noch darüber wundern, als der alte Mann ihn auch schon provisorisch abstach.

»Reingelegt! Mit so was musst du rechnen.«

Teppos Gesicht erzählte die Erfolgsgeschichte des alten Mannes. Er dachte noch kurz über die Situation nach, dann sagte er: »Und was macht man in so einem Fall?«

»Den Arm wegschlagen und vom Gegner wegweichen. Ich zeige es dir.«

Teppo hielt dem alten Mann erneut das Messer an den Rücken und wie er tauschte er, nachdem der Überfallene die Waffe gefühlt hatte, das Messer mit seinem Finger, allerdings zog er das Messer nicht an seine Hüfte zurück, sondern hielt es mit dem Klingenrücken an den Unterarm seines unbewaffneten Arms.

Der alte Mann verzichtete auf das Palaver, drehte sich lediglich um, schlug Teppos vorderen Arm kräftig beiseite und wich weg, um sich einen Überblick zu verschaffen. Während des Kontakts hatte er sich bereits über die merkwürdige Härte von Teppos Arm und auch das Geräusch, das dabei entstanden war, gewundert. Nun jedoch dämmerte ihm, dass er gegen die Klingenseite des Holzmessers geschlagen hatte.

»Tja, hab ich dich«, lächelte Teppo mit Schalk im Nacken.

»Du hast es geschafft, mich zu überlisten. Mein Respekt. Gut gemacht.« Mit einem Mal wich das beglückwünschende Lächeln des alten Mannes Überraschung und einem feindlich gesinnten Benehmen. »Hey! Ich hab euch doch gesagt, ihr sollt nicht wiederko–«

Teppo schaute in die Richtung, in die der alte Mann brüllte, und suchte nach vermeintlichen Ansprechpartnern. Der alte Mann nutzte die Blöße, zog einen langen Teil seines Bartes aus seiner Latzhose und begann, mit seinen Haaren seinen Enkel von hinten zu würgen.

Nur wenige Sekunden vergingen, in denen Teppo versuchte, sich zu befreien, da sank sein Körper bereits mit all seinem Gewicht in sich zusammen.

Der alte Mann lockerte den engen Griff seiner Bartschlinge.

»Wieso klopfst du denn nicht ab?«, schrie er entsetzt.

Ohne weitere Vorankündigung griff Teppo an. Aber der alte Mann hatte bereits damit gerechnet, konterte die Attacke und warf Teppo, den Bart um seinen Hals wieder zuzerrend, über seine Schulter. Teppo landete hart auf seinem Rücken und der alte Mann setzte sich pietätlos auf ihn drauf.

»Mich legt man nicht zweimal rein«, erklärte der alte Mann seinem unfreiwilligen Popolster.

Teppo wuchtete seinen Hintern nach oben und warf den alten Mann über seinen Kopf von sich ab. Der alte Mann rollte sich elegant ab und stand wieder. Während sich nun auch Teppo wieder aufrichtete, stopfte der alte Mann den überschüssigen Schopf seines Bartes zurück in seine Latzhose.

»Wie läuft es eigentlich in der Schule?«

Mrs. Annabolica stand mit einem Bündel Hefte in den Armen vor ihrer Klasse und setzte ihre leicht verrutschte Brille wieder akkurat auf ihre Nase. Unabhängig davon, ob sich die Schüler bereits an sie gewöhnt und ihr verfluchtes Dasein akzeptiert hatten, hing eine allgegenwärtige bedrückende Stimmung in der Luft.

»Ich habe eure Hausaufgaben korrigiert«, sagte Mrs. Annabolica und klatschte sogleich Teppos Heft auf seinen Tisch. »Schlechte Arbeit.«

Sie hatte diesen kalten, arroganten, herabschauenden Blick. Sie wartete gar nicht erst Teppos Reaktion ab, sondern drehte bereits weiter ihre Runde der sadistischen Verbitterung.

Es war jeden Tag das Gleiche. Mrs. Annabolica klatschte Teppos Heft oder Klausur auf den Tisch und marterte ihn.

»Noch schlechter als gestern.«

»Das war Mist.«

»Und was du hier abgeliefert hast, ist einfach nur peinlich.«

Teppo musste sich zusammenreißen, nicht vor ihr loszulachen. Er zeigte sich beschämt und tat so, als ob es ihm leidtäte.

Als Mrs. Annabolica weiterzog, zeigte er seinen Nachbarn grinsend seine Arbeit. Bei einer Frage hatte er einen steifen, abspritzenden Penis mit Eiern gezeichnet und dazu geschrieben: *Tut mir aufrichtig leid, aber eine Erektion hat mich abgelenkt, weshalb ich die Frage nicht richtig lesen konnte.*

Am nächsten Tag würdigte sie ihn nicht mal eines Blickes.

»Wieder Mist.«

Sie klatschte ihm seine Hausaufgaben auf den Tisch und schüttete dabei den halben Inhalt seiner Schreibmappe über den Teppichboden. Sie sah sich ihr Missgeschick an und zog einfach weiter.

Teppo sammelte die Stifte vom Boden auf und wandte sich seinem Nachbarn zu.

»Die sollte sich wirklich mal da unten durchfegen, so kratzbürstig wie die ist. Als hätte sie Sand in ihrer Vagina.«

»Hast du das aus *Sauf Park*?«

Beim nächsten Mal, als sie Teppo seinen Kothaufen ins Gesicht drückte, stöhnte sie zusätzlich noch auf.

»Wieder Mist. Wieso korrigiere ich eigentlich noch? Du gibst dir doch sowieso keine Mühe.«

»Sandy Sandstorm«, flüsterte Teppo seinem Nachbarn zu.

Dieser brauchte einen Augenblick, um seinen Spruch zu verstehen, doch dann nahmen seine Mundwinkel die Form eines auf dem Bauch liegenden Sichelmondes an.

Teppo bekam seine Arbeit hingeklatscht und schaute sich seine Note an.

»Eine Eins?«, fragte er hellauf überrascht. »Wie gut von mir.«

Mrs. Roomcate schenkte ihm ein Lächeln. Sie war von kleiner Statur und hatte eine Haut wie eine Rosine, dafür aber ein Herz aus Silber.

»Wirklich gute Arbeit«, lobte sie Teppo mit einem Lächeln.

»Tja, was soll ich sagen? Ich bin halt ein Genie.«

Zwei Stunden später hatte er wieder Unterricht bei dem seelenlosen Etwas. Mrs. Annabolica warf ihm sein Heft statt auf seinen Tisch gegen die Brust, sodass sich die Seiten verbogen, einknickten und das Löschpapier herausflog.

»Lachhaft«, sagte sie nur und ging weiter. Fehlte nur noch das Spucken in Teppos Gesicht.

»Erbärmlich.«

»Teppo.«

»Hä?«

»Oh, das ist meine neue Bezeichnung dafür, wenn jemand zu blöd ist, um selbst die einfachsten Aufgaben zu lösen.«

Mrs. Annabolica spazierte weiter und wandte sich einem blonden Lockenkopf mit Überbiss und schiefen Zähnen zu.

»Larry, du bist auch teppo. Bei dir habe ich das Gefühl, dass du überhaupt kein Englisch sprechen kannst. Es ist so schlimm, dass ich mich schon richtig schäme. Es ist wirklich überaus peinlich. Tu endlich was.«

»Natürlich kann ich Englisch. Hello. Yes. No. My name is Earl. Two and a half män. How I met your mower. Breaking bad. We big bang feory.«

»Das sind nur Seriennamen.«

»Vielleicht leide ich ja an diesem Aufmerksamkeitsdefizitsyndrom, diesem HDTV.«

Die halbe Klasse zuckte zusammen, als Teppo ein lautstarkes »Ha!« ausstieß.

Mrs. Annabolica sah ihn nur leicht kopfschüttelnd an und wandte sich wieder Larry zu.

»Nein, du bist einfach nur stinkend faul und dumm.«

Teppo nutzte seine Zeit gerne dafür, das Ambiente mit humorvollen Einlagen aufzulockern und anderen Streiche zu spielen.

So warf er beispielsweise auf dem Schulhof einen unaufmerksamen Typen mit einem Basketball ab. Der Typ drehte sich verärgert um. Er hatte noch nicht herausgefunden, wer ihn abgeworfen hatte, als Teppo aufgeregt rief: »Enis, lauf!«

In Enis, der zuvor noch über Teppos Wurf gelacht hatte, keimte Verwirrung auf. Teppo bewegte sich nicht von der Stelle, doch bedeutete Enis, die Beine in die Hand zu nehmen. Als dieser den abgeworfenen Typen auf sich zurennen sah, kapierte er, dass dieser ihm ans Leder wollte. Er überlegte kurz, ob er noch versuchen sollte, mit ihm zu reden, aber dafür würde die Zeit nicht ausreichen, und Enis rannte, Teppo verfluchend, davon.

An einem anderen Tag erklärte er einem fünfzehnjährigen Jungen, dass, wenn man mit dem Daumen und Zeigefinger zwanzigmal den Teil des Nasenrückens zwischen den Augen kräftig entlangstreiche, man für einige Sekunden selbst die einfachsten Fragen nicht mehr beantworten könne; wie *»Wie ist dein Name?«*, *»Wie alt bist du?«* oder *»Was ist deine Lieblingsfarbe?«* Der fünfzehnjährige Junge nahm die Herausforderung zuversichtlich an und erinnerte sich ohne Probleme an seinen Namen. Da bemerkte er plötzlich Blut an seinen Fingern. Es lief von seinem Nasenrücken herunter. Dadurch, dass er zwanzigmal kräftig die Haut strapaziert hatte, hatte er sie aufgerissen, was mitunter sehr zum allgemeinen Amüsement beitrug.

Einer Mitschülerin erklärte Teppo mal: »Dieses Buch jagt seinen Lesern Angst ein. Guck hier. Sieh selbst.« Dann klatschte er es knapp vor ihrem Gesicht zusammen. Sie schrie auf und Teppo lachte. »Siehst du? Du hast dich erschreckt.«

Einer anderen Mitschülerin hielt er sanft ein Tuch über Nase und Mund und fragte: »Sag mal, riecht das nach Chloroform?« Die Mitschülerin atmete wie selbstverständlich eine Prise ein, bis das Wort *Chloroform* auch bei ihr Gestalt annahm. Sie stieß Teppos Hand weg und wich davon.

Sein bisher größter Coup auf der Schule gelang ihm jedoch mit Larry. Nachdem dieser mit halber Absicht auf Teppos Mittagessen beim Sprechen und Lachen gespuckt hatte, sodass Teppo hatte hungern müssen, hatte er Rache geschworen. Er quartierte sich einige Tage später in einem Internetcafé ein und gab sich auf einer Chatseite für Kinder, Teenager, Jugendliche und einem Haufen Pädophiler als eine überaus devote, nymphomanische Achtzehnjährige aus und schrieb dort mit einer Vielzahl von Perverslingen. Er erzählte ihnen, dass er anrüchige SMS sammle, und ließ sich kranke Nachrichten senden über die Dinge, die die gestörten Kerle mit ihm gerne anstellen würden. Und wenn die Männer von sich aus keinen Telefonsex ansprachen, dann tat er es. Doch jedes Mal gab er Larrys Nummer an. So kam es, dass Larrys Handy von Mitternacht bis sechs Uhr in der Früh durchgehend klingelte.

Selbst seine Lehrer waren nicht vor ihm sicher. Er musste bei ihnen zwar bedachter vorgehen, aber es ging. In Referaten benutzte er manchmal selbst ausgedachte Fachbegriffe. Die Lehrer waren meist zu feige um nachzufragen, was sie bedeuteten. Nur ein einziges Mal musste er sich erklären. Als er sein selbst gebasteltes Mobile im Kunstunterricht als *vementiv* beschrieb, wollte einer seiner Klassenkameraden wissen, was er damit meine. Teppo erzählte, dass vementiv bedeute, dass etwas von Wind bewegbar sei, und alle waren zufrieden.

Die Schüler begrüßten Mrs. Annabolica und wie jeden Tag schien sie von anmutiger Missmut gestimmt zu sein. Sie fragte, ob denn auch alle die Prinzipien des neuen mathematischen Themas verstanden hätten und an einem Beispiel an der Tafel demonstrieren könnten. Jeder käme dran. Zur Verwunderung vieler, aber ganz besonders Teppos, meldete sich Larry. Er bemerkte Teppos fragendes Gesicht und versuchte, ihn zu beruhigen.

»Ich hab nicht gelernt, aber da jeder drankommt, will ich es schnell hinter mich bringen.«

»Du meinst nach dem Motto: ›*Ich will nicht sterben, erschießt mich zuerst*‹?«

Larry dachte nach und war verwirrt. Sein Mund öffnete sich, ohne dass er es merkte, und sein Überbiss kam Teppo erschreckend nahe, als säße er in einem 3D-Kino.

»Außerdem können, zeittechnisch gesehen, überhaupt nicht alle drankommen«, erklärte Teppo weiter. »Das ist ein Trick, du Hohlbirne.«

»Was?« Larry stand das Entsetzen über seine baldige Zukunft ins Gesicht geschrieben.

»Gut, Larry«, sagte Mrs. Annabolica. »Komm du als Erster.«

Kurze Zeit später stand Larry wie verloren vor einer nichtssagenden Tafel, gefolgt von fünf Minuten markerschütternder Moralpredigt des vor Wut schnaubenden Drachen in Frauengestalt.

In der zweiten Hälfte der Doppelstunde machten die Schüler Stillarbeit, während Mrs. Annabolica an ihrem Pult Hefte mit ihrem roten Korrekturenstift vollkritzelte.

Teppo drehte sich zu einer Mitschülerin um und zeigte ihr eine Grimasse, die sie zum Lachen brachte. Dann drehte er sich zu seiner anderen Nachbarin, um auch sie zum Lachen zu bewegen. Auf halber Strecke jedoch wich sein verzogenes Gesicht einem neuen, von Schrecken und Angst erfüllten Ausdruck, da er nun in das erboste Gesicht seiner Lehrerin blickte.

»Teppo!«, sagte sie scharf. »Weißt du, warum wir Grimassen schneiden können?«

»Ähm, nein.«

»Dann finde es heute heraus und halte morgen darüber einen Vortrag für uns.«

»Oh, Mann«, seufzte er und notierte sich die zusätzliche Aufgabe in sein überfülltes Hausaufgabenheft.

Am nächsten Tag stand er mit einem Zettel in der Hand vor der Klasse.

»... Und deshalb können wir Grimassen schneiden. Ende.«

»Das war gut«, pflichtete ihm Mrs. Annabolica bei.

»Echt?«

»Ja, aber schlecht formuliert. Setz dich.«

Teppos Nachbarin sülzte ihm das Ohr voll und fing sogar fast an zu weinen, da sie vermutete, in der Klausur völlig versagt zu haben, nur um dann, vor Freude strahlend, an Teppo zu rütteln, weil es doch eine Eins minus geworden war. Er tat so, als freute er sich, aber dann musste er seine eigene, bittere Pille schlucken.

»Teppo, das ist eine Sechs«, sagte Mrs. Annabolica.

»Was?«

»Das ist die schlechteste Klausur der Klasse.«

»Aber ich hab doch das meiste gewusst.«

Teppo blätterte ungläubig und entsetzt die Seiten seiner Arbeit durch.

»Von wegen. Du solltest endlich anfangen zu lernen.«

»Aha! Sehen Sie mal. Sie haben diese Seite gar nicht korrigiert.«

»Oh. Das kann ja mal passieren.«

Sie überflog das Geschriebene und gab Teppo seine Klausur zurück. »Vier. Fast minus«, sagte sie und ging weiter.

Teppo lehnte sich mit verschränkten Armen zufrieden in seinen Stuhl zurück.

»Punkt für mich.«

Die Klasse wartete auf ihre Lehrerin.

»Ich langweile mich«, sagte Judith, die Musterschülerin mit dem langen Potthaarschnitt und der Brille.

»Mich auch«, sagte Teppo.

»Wo bleibt sie denn?«

Teppo stand auf und ging.

»Du gehst sie suchen?«, fragte Judith.

»Nö, ich nutz die Zeit und geh aufs Klo.«

Als er die Tür öffnete, traf sie lautstark auf ein Hindernis. Teppo ging der Erschütterung auf den Grund und sah voller Entsetzen Mrs. Annabolica auf dem Boden liegen. Sie hielt ihre Hände vor ihr schmerzverzerrtes Gesicht, welches sogleich stark zu bluten begann.

In Teppos Kopf malte sich baldiges Unheil an die Wände.

»Oh, nein.«

Mrs. Annabolica ging mit verbundener Stirn vor der Klasse auf und ab. Sie sagte eine ganze Weile lang kein Wort, aber mit ihrem unruhigen Gang machte sie alle zunehmend nervös, allen voran Teppo.

»Können Sie mir nicht einfach mit einem Rohrstock den Hintern versohlen?«

Mrs. Annabolica folgte weiter ihrem aggressiven Pfad.

»Eine Woche lang will ich jeden Tag eine handschriftlich abgeschriebene Schulordnung sehen und zwar von allen … außer von Mr. Bunks.«

Teppo sah seine Foltermagd mit Entsetzen an. Seine Mitschüler hingegen schauten nur ihn böse an. Dann bekam er ein dickes Buch gegen den Kopf geworfen.

Ceytea wartete vor dem Eingang der Schule. Wie immer trug sie ihr dreckiges Hochzeitskleid. Ihre Wimperntusche war vom Weinen heute Morgen, als sie mal wieder einsam und allein in ihrem

Bett aufgewacht war, ganz verwischt. Aber zumindest würden in ein paar Minuten die ersten ihrer Freundinnen herauskommen. Dann würde es ihr bestimmt wieder etwas besser gehen. Bis dahin hatte sie noch kein Verlangen, einen Vertreter des männlichen Geschlechts anzusprechen.

Gary, ein seltsamer Junge mit Haaren so furchtbar, wie es nur der dumme Teil der Jugend von heute wagte, sie sich schneiden zu lassen, hatte bereits Schulschluss und schlenderte an ihr vorbei. Als er sie sah, hielt er an. Ceytea zeigte ihm ein Lächeln, allerdings verging es ihr schnell wieder, als sie seine Körpersprache las und erst recht, als er den Mund aufmachte.

»Du musst dich ja richtig scheiße fühlen. Kein Mann will sich mit dir abgeben. Selbst die hässlichsten machen einen Bogen um dich, du verrücktes, ungeficktes Miststück.«

Ceytea schluckte und stockte.

»Wieso sagst du so etwas?«

»Du Schlampe gehst mir auf die Nerven. Jeden Tag lungerst du hier rum. Krieg dein Leben mal auf die Reihe oder noch besser, weis dich gleich in eine Psychiatrie ein.«

»Hey, du Möchtegern!«, schallte es vom Schulhof herüber. Teppo kam aggressiven Schrittes auf sie zumarschiert. »Lass Ceytea gefälligst in Ruhe!«

»Sonst was?«

Gary plusterte sich auf und markierte den größten Gockel im Stall.

»Sonst trete ich dir in deinen dummen Arsch, du Krampe. Ich klatsch dir die Visage blau. Na, komm schon!« Teppo provozierte, so gut er konnte. Die verhängte Strafe mit dem Abschreiben der Schulordnung war ganz frisch und Teppo noch immer außer sich vor Wut auf seine Lehrerin. Da kam ihm dieser Flegel gerade recht. »Na komm! Ich zerrühr dir die Fratze. Komm schon! Bam,

Junge! Trau dich! Fäuste hoch! Ich budspencer dich weg! Zeig mal, was du kannst, du Pimmellecker!«

Die drumherum stehenden Schüler spürten die Anspannung und ein allgemeines Unbehagen breitete sich aus; außer bei einigen Idioten, die ihre Handys gezückt hatten und das Geschehen filmten.

Die hochgeschaukelte Spannung erreichte ihren Zenit, doch kurz bevor Gary den Entschluss traf, handgreiflich zu werden, bekam Teppo wie auf Knopfdruck ein ausdrucksloses Gesicht, drehte sich um und ging weg.

Niemand verstand diesen Umschwung. Überall tauchten imaginäre Fragezeichen neben den Köpfen auf. Garys Hitzepegel sank rapide, denn Verwirrung nahm nun Platz.

»Ceytea, alles klar?«, rief Mary. Sie und Annie kamen herbeigeeilt.

Ceytea war nicht danach zu antworten. Sie schaute nur Teppo hinterher. Dann sah sie mit einem entschlossenem Blick Gary an. Ihm war jegliche Lust vergangen, noch weiter hier seine Zeit zu verbringen, und stapfte davon.

Mr. Butch war ein Tier und roch auch ein wenig danach. Er besaß einen Stiernacken, Blumenkohlohren und stark behaarte Arme.

»... Guy Fawkes lehnte sich also gegen die Unterdrückung des protestantischen Unterhauses auf. Die sogenannte Pulververschwörung sollte einfach alle in die Luft sprengen. Welch ein großartiger Kerl, oder? Leider schlug das Attentat fehl und Fawkes wurde hingerichtet. Aber heute ... ähm ... Larry.«

Larry war mehr an dem Herumrühren in seinem Ohr interessiert als aufzupassen. Als Mr. Butch ihn ansprach, schaute er überrascht und versuchte, sich ins Gedächtnis zu rufen, was sein Lehrer von ihm wissen wollen könnte.

»Keine Ahnung«, sagte er und entdeckte ein klobiges oranges Etwas an seiner Fingerspitze.

Mr. Butch stöhnte kurz auf. Dann sprach er weiter.

»Heute wird nicht nur der 5.11., der Tag des Anschlags, als *Fawkes-Day* gefeiert, sondern die Menschen tragen auch sein Gesicht als Maske, wann immer sie sich gegen ein Regime der Unterdrückung auflehnen. Ist das nicht fantastisch? Obwohl Fawkes versagte, wird er für die Idee, die er vertrat, nach über vierhundert Jahren noch immer verehrt. Diese Maske, die seine markante Gesichtsbehaarung zeigt, finden wir sogar in Comicbüchern und Filmen. Kennt jemand von euch vielleicht –«

Die Schulklingel ertönte und eine allgemeine Unruhe breitete sich aus.

»Schreibt zum nächsten Mal einen Aufsatz über die heutige Präsenz von Mr. Fawkes. Sucht euch ein Gebiet aus, das vielleicht nicht so offensichtlich ist. Okay, bis nächste Woche.«

Teppo stopfte seine Materialien in seinen Rucksack.

»Ich frage mich, ob man mein Gesicht auch mal als Maske tragen wird.«

»So ein Gesicht will niemand tragen«, witzelte Larry grinsend und sah dabei mit seinen schiefen, überstehenden Zähnen aus wie ein dummes Muli.

»Teppo, kann ich dich mal eben sprechen?«, fragte Mr. Butch, als die beiden am Lehrerpult vorbeispazierten.

Teppo bedeutete Larry, ohne ihn weiterzugehen.

»Als du dir letztens im Sportunterricht deine Mannschaft zusammenstellen durftest, hast du immer die sonst zuletzt Gewählten ins Team geholt. Deine Mannschaft hat zwar verloren, aber dafür brachte es dir immense Sympathiepunkte bei deinen Mitschülern ein; und auch bei mir. Deshalb wollte ich mich mal im Privaten mit dir unterhalten, wenn das für dich in Ordnung geht.«

»Ja, nur zu.«

»Ich habe gehört, du bist gestern aus einer Schlägerei ängstlich davongelaufen.«

»Nein.«

»Ist schon okay. Steh dazu. Ich will und darf dich nicht ermutigen, dich zu prügeln, doch ich weiß, dass die Schule ein hartes Pflaster sein kann. Du solltest lernen, dich zu verteidigen. Die Muskeln bisschen aufpumpen.«

»Ich komme zurecht.«

»Du weißt vielleicht, dass ich die Ringer-AG leite. Ich würde mich freuen, dich dort auch mal zu sehen.«

»Sie meinen Sumo?«

»Sumo?«, sagte Mr. Butch belustigt. »Nein, wir kämpfen nicht in Windeln.«

»Genau genommen, sind das neun Meter lange Tücher. Sumo ist mein Lieblingssport.«

»Sag bloß.«

»Mir gefallen die Traditionen. Die Techniken und Übungen sogar noch weitaus mehr. Außerdem gibt es kaum etwas Witzigeres, als zu sehen, wie einer der Kolosse ins Publikum stürzt.«

»Wie gesagt, ich würde dir gerne die hohe Kunst des Ringens beibringen.«

»Wie gesagt, ich komme zurecht.«

»Dann lass mich mal Folgendes ganz unverfänglich mit einbringen: In Geschichte stehst du auf Fünf. Das bedeutet durchgefallen.«

»Ist das Erpressung? Wenn ich Ringer werde, falle ich nicht durch? Ist es das?«

»Das darf ich so nicht sagen. Allerdings ist die Wahrscheinlichkeit recht hoch, dass ich bei einem ehrenwerten Sportler eines meiner Hühneraugen zudrücke.«

In der Turnhalle saß die Ringer-AG, gekleidet in ihren sportlichen Einteilern, in einem Sitzkreis um den Kampfring. Nicht jeder trug einen Helm, einige hielten ihn auf dem Schoß und wieder andere besaßen nicht einmal einen und mussten sie untereinander tauschen, auf dass der miefige Schweiß der anderen den eigenen Kopf befeuchtete und manchmal sogar in die Ohren lief. Sie alle sahen zu Mr. Butch auf, der in der Mitte stand. Seine Arme waren nur ein Vorgeschmack auf den Bartwuchs seiner Beine gewesen.

Ein Ringer flüsterte einem anderen etwas ins Ohr, woraufhin Mr. Butch sofort erzürnte.

»Obacht, meine Herren. Die Ente kackt immer hinten. Und während meines Trainings, während ich rede, herrscht Ruhe.«

Sowohl der Flüsterer als auch der unschuldige Zuhörer nickten ihm mit gesenktem Kopf zu.

»Wir haben heute einen Neuzugang. Teppo ›***Der Yokozuna-Schlächter***‹ Bunks. Ich habe zwei Stunden gebraucht, um mir diesen Kämpfernamen für dich auszudenken.«

»Klingt gut«, pflichtete ihm Teppo bei.

»Da der Yokozuna-Schlächter noch neu ist, werde ich ihm erst einmal ein paar Techniken zeigen. ***Venusfliegenklatsche***, komm her.«

Venusfliegenklatsche war von überaus dünner Gestalt. Unmotiviert und ängstlich stand er auf und befolgte den Befehl seines Trainers. Kaum war er in greifbarer Nähe, schnappte ihn sich Mr. Butch. Dann begann das Massaker. Mr. Butch demonstrierte seine überragende Stärke, indem er brutale Ringertechniken an dem Leichtgewicht demonstrierte.

»So, das ist der ... Das die ... Und das der ... Hier ist es besonders wichtig, dass man den Hals kräftig zudrückt und ...«

Er warf ihn auf unterschiedlichste Arten, eine schmerzhafter mitanzusehen als die vorherige. Venusfliegenklatsche flog wie ein

Kissen durch die Luft und küsste, mit seinen dünnen Gliedern klappernd, den Hallenboden. Dann hob Mr. Butch seinen Prügelknaben wieder auf, nur um ihn sofort noch einmal über sich drüber zu werfen oder ihn unter seinem kräftigen Körperbau zu begraben. Er tat so, als machte er es für Teppo und die anderen, aber im Grunde hatte er einfach nur Freude daran, seine Schüler zu quälen und seine überschüssige Energie loszuwerden.

Die Schüler durchzuckte es bei jedem Aufprall oder zu hart angesetzten Hebel. Venusfliegenklatsche war nur am Stöhnen und versuchte sogar, aus dem Ring zu fliehen, woraufhin ihn Mr. Butch mit einer ekstatischen Boshaftigkeit in den Augen wieder zurück in die Mitte des Kampfbereichs zog.

Erst als sich Venusfliegenklatsche vor Schmerzen nicht mehr auf den Beinen halten konnte, ließ Mr. Butch von ihm ab.

»Sehr gute Arbeit, Junge. Ruh dich aus.«

Er war leicht aus der Puste und ein Schweißfilm bedeckte sein Fell.

Venusfliegenklatsche kroch zu den anderen und unterdrückte seine Tränen und den Ausfluss seiner angeschlagenen Blase.

Mr. Butch stemmte seine Fäuste in die Hüften und ließ seinen Blick durch die Runde schweifen. Die meisten senkten ihren Kopf und suchten Schutz in der Höhle zwischen ihren Armen und angewinkelten Beinen.

»Als Nächstes will ***Der Tasmanische Bär*** gegen, gegen, gegen Jubba antreten. ***Jubba, der Clubber.***«

Jubba schwang seine Gewülste in Bewegung und richtete sein Haupt über seine immens dicken Oberschenkel und Waden auf. Er war ein ganzes Stück über Mr. Butchs Gewichtsklasse. Der selbsternannte Tasmanische Bär ließ sich davon jedoch nicht unterkriegen. Er hatte zwar Probleme, seinen neuen Gegner zu werfen, doch nach wenigen Sekunden lag auch dieser am Boden. Um dessen schweres Gewicht nicht allzu oft heben zu müssen, konzentrierte er sich bei Jubba hauptsächlich auf den Bodenkampf. Jubba keuchte und schnaubte. Er stöhnte, schrie und pupste einstweilen sogar.

Teppo flüsterte zum halbtoten Venusfliegenklatsche herüber: »Tut mir leid, dass du das über dich ergehen lassen musstest, nur damit ich ein paar Techniken sehe.«

»Machst du Witze? Das macht er jedes Mal. Die anderen sind auch noch dran.«

»Wieso lasst ihr euch das gefallen? Tretet doch einfach aus aus der AG.«

»Mr. Butch würde uns die Hölle heiß machen.«

Mr. Butch schmetterte Jubba erneut auf den Boden und stellte einen Fuß auf den zuckenden Fettberg ab.

»Wer will als Nächster?«, fragte er mit einem beängstigenden Enthusiasmus, der mehr einem Wahn glich.

Teppo schaute in die Runde. Der Anblick betrübte ihn und er stand auf.

»Ich will es versuchen.«

»Mr. Bunks, so viel Mumm in den Knochen hätte ich Ihnen gar nicht zugetraut. Gut gemacht, Jubba.«

Jubba konnte nicht einmal mehr ein Geräusch der Erleichterung ausstoßen und kullerte einfach zu den anderen in vorläufige Sicherheit.

Teppo betrat den Ring. »Ich stelle eine Bedingung.«

»Und die wäre?«

»Wenn ich gegen Sie gewinne, hören Sie auf, alle wie Ihre Prügelknaben zu behandeln.« Dann schirmte er seinen Mund mit der flachen Hand ab, sodass nur Mr. Butch ihn hören konnte. »Und Sie geben mir in Geschichte eine Vier.«

»Einverstanden. Wenn der Yokozuna-Schlächter gegen mich, den Tasmanischen Bären, gewinnt, werde ich ab sofort netter zu euch sein. Glaubst du, du hast die Regeln schon drauf?«

»Ich kenne mich mit den Regeln leider noch überhaupt nicht aus. Können wir sie für mich vielleicht ein bisschen vereinfachen? Sagen wir, wer zuerst abklatscht, verliert? Wäre das für Sie in Ordnung, Trainer?«

»Ja, das geht in Ordnung.«

»Darf ich auch ein wenig improvisieren? Da ich noch überhaupt keine Erfahrung habe, wäre es okay, wenn ich auch Techniken benutze, die ich irgendwo mal im Fernsehen, beim Sumo oder so, gesehen habe? Ich meine, damit dürften Sie ja keine Probleme haben, immerhin sind Sie ja ein vorzeigereifer Erste Klasse-Ringer und unverhältnismäßig kräftiger als ich.«

»Das ist vielleicht etwas übertrieben, aber so weit hast du recht. Na gut, improvisier ruhig ein bisschen.«

»Sehr freundlich.«

Nur Sekunden später standen sich die beiden Kontrahenten kampfbereit gegenüber. Mr. Butch machte den ersten Zug. Er preschte vor, machte einen Ausfallschritt, sank mit dem vorderen Knie auf den Boden, unterlief Teppos Deckung und versuchte, seine Oberschenkel zu umklammern. Teppo sprang instinktiv mit einem Bein nach hinten, senkte seinen Schwerpunkt und presste seinen Unterarm seitlich gegen Mr. Butchs Hals. Mr. Butch richtete sich auf und versuchte, Teppo anzuheben, aber seine Position war dafür nicht günstig genug. Während Mr. Butch nun den nervigen Arm an seinem Hals beseitigte, pikste Teppo ihm mit dem Daumen seiner anderen Hand ins Auge. Mr. Butch lehnte seinen Kopf nach hinten, um dem Druck zu entgehen, bis er schließlich gänzlich von Teppo abließ.

»Was soll das denn?«, schimpfte er.

»Ist das verboten?«

»Natürlich ist das verboten! Mann!«

Mr. Butch rieb sich sein Auge und zwinkerte einige Male, um zu testen, ob noch alles in Ordnung war.

»Entschuldigung, das war mir nicht bewusst.«

Kurz darauf standen sie sich wieder kampfbereit gegenüber. Beide hasteten nach vorne und fanden sich in einem Clinch wieder. Mr. Butch drückte Teppo nach hinten, doch dann zog dieser ihm kräftig an den Kopfhaaren. Nur ein paar Bewegungen später hatte er Mr. Butch auf den Boden befördert.

Teppo setzte sich auf seinen Rücken und zog seinen Kopf, noch immer an den Haaren packend, nach hinten, sodass sein Hals nach vorne gestreckt wurde. Dann führte er einen Handkantenschlag zu seinem Kehlkopf aus, stoppt aber vor dem Auftreffen.

»Ich hab gewonnen«, verkündete Teppo stolz.

»Das ist alles verboten!«

»Das ist improvisiert. Sie sagten, ich dürfe das.«

»Ja schon, aber man zieht beim Ringen doch nicht an den Haaren oder schlägt den Gegner.«

Teppo erhob sich. »So was muss man mir sagen. Ich weiß das alles nicht. Alles klar. Ab jetzt weder in die Augen piksen noch an den Haaren ziehen oder schlagen.« Dann zog er sein Bein hoch und zielte auf die untere Hälfte seines Trainers, welcher sich mittlerweile auf seinen Rücken gedreht hatte. »Aber in die Eier darf man treten.«

»Nein!«, protestierte Mr. Butch panisch mit einer Hand am Schritt und der anderen zur Abwehr von sich gestreckt. »Dieser Bereich ist tabu! Wag es ja nicht!«

»Okay, das auch nicht. Ich glaub, jetzt hab ich's.« Teppo reichte seinem Lehrer die Hand und half ihm auf. »Jetzt aber wirklich: Wer abklatscht, verliert.«

Kaum hatte Mr. Butch sein Okay gegeben, ließ Teppo seine Hand los, um sofort danach seinen kleinen Finger zu ergreifen. Ein ungeahnter Schmerz durchfuhr den Tasmanischen Bären. Nicht weniger groß war die Angst um die Unversehrtheit seines Fingers. Teppo begann, mit ihm zu spielen, immer darauf achtend, dass der Finger kurz vorm Brechen war. Mr. Butch folgte Teppos vorgegebenen Richtungen und jedes Mal, wenn er etwas sagen wollte, erhöhte Teppo noch einmal den Druck, um ihn, abgesehen von seinen Quallauten, stillschweigen zu lassen.

»Das ist auch verb– Argh! Verbo– Aaarghh!«

»Wie meinen? Ich habe nicht einmal den Hauch einer Ahnung, wovon Sie reden. Ich weiß nur, dass Sie damit einverstanden waren, dass unter Berücksichtigung all der verbotenen Dinge, die ich laut Ihnen nicht mehr tun darf, derjenige, der zuerst abklatscht, als der Verlierer gewertet wird. Und nun auf die Knie.«

Mr. Butch kniete sich hin.

»Und abklatschen.«

Mr. Butch klatschte auf den Boden und der enorme Druck in seinem kleinen Finger ließ augenblicklich nach.

Die übrigen Ringer waren zunächst noch ungläubig über Teppos Sieg. Konnte man ihn zählen oder nicht? Selbst wenn nicht, hatte er Mr. Butch in die Knie gezwungen und ihn vorgeführt. Dann allerdings waren sich alle einig, dass Teppo gewonnen hatte. Sie waren begeistert und feierten ihn, als hätte er einen jahrzehntelang andauernden Krieg beendet.

Teppo reichte Mr. Butch die Hand, doch dieser zog es vor, sich aus eigener Kraft zu erheben.

»Ich mag Ringen«, verkündete Teppo.

Das tat er wirklich. Fast jede Woche sah er sich mit dem alten Mann professionelles Wrestling im Fernsehen an. Besonders die heißen Wrestlerinnen hatten es den beiden angetan.

Teppo und der alte Mann aßen in der Küche zu Abend. Es gab

Bratkartoffeln mit Speck, Eiern und Zwiebeln.

»Bist du dumm?«, fragte der alte Mann und schob sich einen neuen Happen in den Mund. »Man zeigt doch nicht, wie stark man ist. Kampfstrategie der Bunks Prügelstube Nummer 13: Verheimliche deine Fähigkeiten.« Der alte Mann rezitierte deren Bedeutung, als wäre sie ein in Stein gemeißeltes göttliches Gesetz. »In der Verheimlichung der Fähigkeiten liegen zumeist folgende Vorteile verborgen: Erstens: Man wiegt die anderen in Sicherheit. Zweitens: Man beschwört keinen Ärger herauf. Drittens: Gibt es bei der Enthüllung den Oho-Effekt. Viertens: Wenn man in der Praxis versagen sollte, muss man sich nicht öffentlich schämen. Und fünftens: Ist es egal, solange es allen gut geht. Behalte immer Asse in den Ärmeln.«

»Erstens gab es den Oho-Effekt und zweitens hört Mr. Butch jetzt auf, die anderen zu schikanieren.«

Vor dem Schlafen gehen putzte der alte Mann seine Zähne. Die Tür stand offen und Teppo schlüpfte hindurch.

»Sag mal, hast du heute auch diesen faden Beigeschmack im Mund?«, fragte er den alten Mann. »Weißt du, es kam mir irgendwie seltsam vor, also stellte ich Überlegungen an. Und dann erschien es mir wie ein Geistesblitz.«

Teppo zeigte ein Foto von seinem haarigen Hintern, in dem der Kopf der Zahnbürste des alten Mannes in einem gar finsteren Tunnel steckte.

Der Unglaube über die Tat dauerte kurz an, folgte einer überflüssigen geschmacklichen Überprüfung, dann spuckte, spülte und würgte der alte Mann jegliche Überreste aus. Danach jagte er wutentbrannt seinem davonrasenden und hämisch lachenden Enkel hinterher.

Als er ihn erwischte, beruhigte ihn Teppo recht schnell, indem er ihm erklärte, dass sein Streich darin bestand, ihn nur glauben zu lassen, dass er ihm den angenommenen Streich gespielt hatte. Teppo hatte sich zuvor das gleiche Zahnbürstenmodell gekauft, den Kopf abgeschnitten und den Stiel zwischen die Pobacken geklemmt. Und schon war die Illusion perfekt gewesen.

Teppo saß auf seinem Platz und packte seine Schulsachen aus. Einige taten es ihm gleich, andere unterhielten sich und Larry schrieb zitternd Hausaufgaben ab. Venusfliegenklatsche und Jubba traten durch die Tür. Die beiden bewegten sich nur sehr langsam, denn sie konnten sich kaum auf den Beinen halten. Als sie Teppo ins Auge fassten, nahmen sie ihn als Laufziel.

»Toll gemacht, Teppo«, feixte ihn Venusfliegenklatsche an. »Mr. Butch hat das Trainingspensum verdoppelt. Er meint, er müsse unbedingt stärker werden, deshalb will er aus uns nun bessere Trainingspartner machen.«

»Wir haben so einen bösen Muskelkater und blaue Flecken und Aufschürfungen am ganzen Körper. Alles tut weh.«

»Tut mir leid, ich hab euch nur helfen wollen.«

Mrs. Annabolica betrat das Klassenzimmer und jeder sah zu, möglichst schnell auf seinen Sitz zu kommen.

»Morgen! Hinsetzen!«

Später in der Stunde waren alle mit Stillarbeit beschäftigt, ebenso Mrs. Annabolica, die unzufrieden die Hausaufgaben kontrollierte.

Teppo schrieb gerade an einem Satz, als ihm seine Nachbarin einen Zettel auf das Heft legte. Er sah sie an und sie bedeutete ihm, dass er nicht von ihr stamme. Er blickte sich um, konnte aber kein erhobenes Gesicht ausmachen. Er sah zu Mrs. Annabolica herüber und versicherte sich, dass sie von alledem nichts mitbekam. Dann öffnete er das Stück Papier.

Eine witzige Karikatur seiner Domina-Lehrerin war darauf abgebildet. Teppo lachte leise vor sich hin.

Plötzlich stand Mrs. Annabolica kerzengerade und marschierte entschlossenen Schrittes auf ihn zu.

»Her damit!«

Sie gab Teppo keinerlei Zeit, ihrer Anordnung Folge zu leisten, da nahm sie sich bereits den Zettel. Sie betrachtete das Bild und ihr ohnehin schon vereistes Gesicht sank mit einem Schlag noch einmal ein ganzes Stück tiefer unter den Gefrierpunkt.

»Das ist nicht von mir. Ich kann gar nicht so zeichnen«, verteidigte sich Teppo.

»Wer war es dann?«

Der eiskalte Hauch, den sie ausspie, ließ Teppos Haare augenblicklich steif werden. Selbst die Flüssigkeit in seinem Rachen und Mund schien zu gefrieren und er hatte Probleme, normal zu reden.

»Ich werde hier garantiert niemanden verpetzen.«

»Dann gehst du jetzt zum Rektor. So einfach ist das.«

»Was? Aber … Könnte die schuldige Person bitte die Eier haben und sich melden?«

Teppo sah verzweifelt und zunehmend verärgert durch die Reihen seiner Mitschüler.

»Es reicht«, sagte seine Lehrerin erbost. »Das Gespräch mit dem Rektor ist ohnehin überfällig. Bei deinem Verhalten war es von Anfang an klar, dass du früher oder später bei ihm landen würdest.«

»Was ist Ihr Problem?«, platzte es aus Teppo heraus. »Ich habe Ihnen nie etwas getan.«

»Ich lasse mich jetzt nicht auf eine Diskussion ein.«

»Aber er hat wirklich nichts getan«, verteidigte ihn Venusfliegenklatsche.

Selbst Judith stand ihm bei. »Er nervt zwar gerne, aber sonst ist er ganz nett.«

»Ein Wort noch und ihr dürft nachsitzen.«

»Lasst gut sein. Danke. Ich geh dann mal zum Rektor ... Oh, da krabbelt ja ein Stinkekäfer.« Teppo deutete auf den Teppichboden, aber da war nichts. »Hoffentlich trete ich nicht drauf. Die machen dann immer so ein merkwürdiges Geräusch und verströmen einen strengen Geruch.«

Kurz vor der Tür, als er im Gehen seinen Fuß auf die Stelle des vermeintlichen Stinkekäfers setzte, ließ Teppo einen lauten Furz entweichen.

»Sag mal!«, motzte Mrs. Annabolica. »Und ihr hört gefälligst auf zu lachen!«

Das Rektorzimmer war üppig ausgestattet. Teures Mobiliar, prunkvolle Bilder an den Wänden, goldene Aktenschränke und eine Hifi Anlage machten die Berufsergreifung mehr als attraktiv.

Der Rektor hatte hochgegelte Haare und trug eine Sonnenbrille mit roten Gläsern. Ein Videospielautomat dudelte vor sich hin und der Rektor haute auf die Tasten, als ginge es um sein Leben. Als es an der Tür klopfte, stöhnte er genervt auf und setzte sich auf den ledernen Drehstuhl hinter seinem Schreibtisch aus Massivholz.

»Herein!«

Teppo öffnete die Tür. »Hallo!«

Er konnte kaum glauben, was er hier sah. Besonders der Spielautomat brachte Nostalgie und neidvollen Glitzer in seine Augen.

»Ah, Teppo Bunks, richtig?«

»Ja.«

»Man hat mich bereits vorgewarnt, dass du bestimmt bald mal hier hereinschneien würdest. Setz dich doch.« Teppo setzte sich auf einen von zwei Stühlen. »Also warum bist du hier?«

»Ehrlich gesagt, ging es bloß um ein Missverständnis. Ich wurde mit einer Karikatur erwischt, die mir zugesteckt worden war. Aber ich weiß nicht mal, von wem.«

»Hmm.« Der Rektor dachte einen Moment nach, dann sagte er: »Deine Lehrer sagen, du beteiligst dich nicht am Unterricht. Wieso nicht?«

Teppo stutzte. »Äh … Nur weil man 'n Gehänge wie 'n Esel hat, muss man ja nicht gleich in 'nem Porno mitspielen.«

»Du hältst dich wohl für witzig.«

»Nicht immer, aber ja.«

»Das bringt dich hier aber nicht weit. Ich versuche gerade, ein ernstes Gespräch mit dir zu führen. Ich frage also noch einmal: Wieso beteiligst du dich nicht am Unterricht?«

»Es ist nicht so, dass ich nicht aufpasse. Ich bin halt einfach kein Typ, der seine Hand sofort enthusiastisch hochhebt, nur weil er wieder etwas weiß. Den anderen zuzuhören, finde ich interessanter. Außerdem ist es ja nicht so, dass ich nie etwas sage. Deshalb wundere ich mich auch, weshalb Sie da jetzt so drauf herumreiten, immerhin gibt es in meiner Klasse auch welche, die noch weniger machen als ich.«

»Mrs. Annabolica hat sich spezifisch über dich bei mir beschwert. Sie hat dich wirklich gern und wünscht sich nur das Beste für dich, aber sie weiß einfach nicht weiter mit dem schwarzen Schaf ihrer Klasse.«

»Sie lügt eiskalt! Mrs. Annabolica hasst mich. Niemand kann sie ausstehen. Sie ist unfair, herablassend und nutzt ihre Stellung gnadenlos aus. Ich bin ihr aus irgendeinem Grund unsympathisch und das zeigt sie jeden Tag aufs Neue. Da muss sie sich nicht wundern, wenn ich mich in ihrem Unterricht nicht mit ihr unterhalten will.«

»Tut mir leid, Teppo, aber da interpretierst du die Dinge rundweg falsch. Mrs. Annabolica ist eine der freundlichsten Menschen, die ich kenne, und ich weigere mich, auch nur einem deiner in die gegenteilige Meinung werbenden Worte Beachtung zu schenken.«

»Aber das die Wahr–«

»Leg deinen Panzer ab, mein Junge. Sei jetzt mal ganz ehrlich zu dir selbst. Was hält die Zukunft für dich bereit? Galoppiere mit deiner Fantasie und überlege dir mal ernsthaft, was aus dir werden soll.«

»Wer weiß das schon? Im Moment bin ich aber noch guter Dinge.«

»Ich sage dir jetzt mal, was ich, Mrs. Annabolica und ein paar andere Lehrer über dich denken. Aus dir wird nie etwas. Tut mir leid, dass ich so hart zu dir bin. Es ist nur zu deinem Besten. Du kannst aber etwas aus dir machen und das ist das Gute daran, jedoch nur wenn du endlich anfängst, mir und deiner Klassenlehrerin zu vertrauen. Wir wissen mehr von der Welt als du. Pass ab jetzt im Unterricht besser auf und falle deiner Lehrerin nicht mehr zur Last. Ich hoffe, dieses Gespräch konnte dir helfen. Und jetzt geh zurück in deine Klasse. Auf Wiedersehen.«

Teppo kehrte nachdenklich in sein Klassenzimmer zurück.

»Und was hat er gesagt?«, erkundigte sich Mrs. Annabolica.

»Nichts, was der Rede wert wäre.«

Mrs. Annabolica schüttelte enttäuscht den Kopf.

Teppo lag auf seinem Bett, seine grübelnde Birne gegen das Kopfgestell gelehnt. In seinen Händen wanderte die Visitenkarte, welche ihm Cloey gegeben hatte.

CLOEY CARTER
VERMITTLERIN UND SWEEPERIN

Die Telefonnummer darunter kannte er bereits auswendig. Die

Karte gab nicht viel her, dennoch konnte Teppo nicht aufhören, sie wieder und wieder zu lesen und jeden einzelnen Millimeter auf ihr zu studieren. Er spielte mit ihr, während er einfach nur nachdachte.

Besonders gefiel ihm der Gedanke, dass Cloey während des Unterrichts hereingeschneit kam. Alle würden sie ansehen. Die Jungs würden sie angaffen und die Mädchen sie für ihre Schönheit beneiden. Mrs. Annabolica würde sie anfahren, weil sie den Unterricht störte und ihr keine Beachtung schenkte, höchstens vielleicht einen abwertenden Blick zuwarf im Sinne von *Ach, das ist also diese bescheuerte Lehrerin, von der er gesprochen hat.*

Dann würde Cloey ihn sehen und sagen: *»Hey, ich hab dich gesucht. Wie lange soll ich noch auf dich warten?«*

Sie würde einen Steckbrief hochhalten. Keine Karte, sondern einen großen Zettel wie damals im Wilden Westen, damit er ihn auch von seinem Platz aus erkennen konnte.

»Na, komm schon!«, würde sie ihm zurufen, woraufhin er zu ihr gehen würde.

Sie würde ihn mit ihrem süßen Lächeln begrüßen. Und dann würden sie gemeinsam aufbrechen. Sie würde ihn aus dieser Hölle herausholen und er würde ihr auf ewig dankbar sein.

Teppo richtete sich auf, nahm sein altes Handy vom Nachttisch und stand auf. Er ging nervös auf und ab, bis er den Mut fand anzurufen.

Während er das Getute abwartete, betastete er die festen und unbefestigten Bestandteile seines Zimmers.

»Bonjour! Hier ist die Mailbox von Cloey Carter. Falls Sie sich für das Sweepergewerbe interessieren oder wichtige Informationen über gesuchte Verbrecher haben, hinterlassen Sie bitte einfach eine Nachricht. Ich rufe sie dann zu gegebener Zeit zurück. Vielen Dank.«

Der *Piep*-Ton ertönte und Teppo wollte gerade sprechen, da hörte er, wie am anderen Ende abgehoben wurde. Gleichzeitig fragte er sich, ob man bei Handys und Smartphones überhaupt noch von »abheben« sprechen dürfe.

»Carter. Hallo.«

»Hi, Cloey. Ich hoffe, du erinnerst dich noch an mich. Hier ist Teppo.«

»Ah, hey, Teppo. Wie geht es dir?« Sie schien sich zu freuen.

»Soweit ganz gut. Und dir? Kommst du zurecht?«

»Ich komme gerade von der Arbeit und bin etwas angeschlagen, aber sonst geht es mir bestens.«

»Angeschlagen? Klingt so, als bräuchtest du kräftige Unterstützung. Dein Angebot, dass ich als Sweeper arbeiten könnte, steht doch noch, oder?«

»Klar. Du bist herzlich willkommen. Aber du solltest vielleicht wissen, dass ich mittlerweile schon einen angehenden Sweeper in meinem Team habe. Und stell dir vor, er ist sogar noch stärker als du.«

»… Den würde ich ja zu gerne einmal kennenlernen.«

Kapitel vier:
DER KONKAI-TEMPEL

Die Hütte umfasste nur einen Raum. Sie bestand aus altem, modrigem Holz. Ein Feldbett stand aufgeklappt in einer der Ecken. Ein Schlafsack und ein Kissen lagen darauf. Ein paar Tüten mit wenigen Habseligkeiten, aber vor allem angehäuftem Müll lagerten nur wenige Meter weiter. Cloey fand eine Taschenlampe, eine Packung mit Teelichtern und zum Teil gänzlich abgebrannte dicke Kerzen.

Ein Stuhl und ein Tisch aus demselben vergilbten Holz wie der Rest der Hütte dienten ihr ab und zu als Ablage ihrer gelangweilten Glieder. Die Zeit vertrieb sie sich mit Herumspazieren, Hüpfen, Dehnübungen und dem schnellen Ziehen ihrer Waffe. Hin und wieder legte sie sich auch auf das Feldbett, nur kroch dann immer die Müdigkeit mit hinein und Cloey musste sich zwingen, sich wieder zu erheben und einen Kopfstand oder dergleichen zu machen.

Die meiste Zeit verharrte sie jedoch auf dem Stuhl, dachte nach, den Blick auf die geschlossene Tür gerichtet, die Ohren gespitzt und verhielt sich so leise es ging.

Der Wald besetzte eine große Fläche und gebirgige Hügel verliehen dem Terrain eine unebene, auf und ab verlaufende Form. Als hätte die Natur ihren eigenen verheißungsvollen Spielplatz entworfen, aber dann unfähigerweise nur instabile Leitern und verbeulte Rutschen gebaut. Hierher zu finden, war schwer gewesen und Cloey hatte mehr als eine Tankladung dafür opfern müssen.

Nach fast zwei Stunden in der Hütte entdeckte sie schließlich etwas. In der einzigen Ecke, in der nichts stand, machte sie eine ungewöhnliche Farbe aus. Irgendetwas winzig Weißes klemmte in einer Rille zwischen den Bodenbrettern. Als Cloey sich näherte, bemerkte sie zum ersten Mal, dass diese Ecke irgendwie gepflegter aussah als die anderen. Es wirkte, als hätte hier jemand vor kurzer Zeit durchgefegt.

Cloey hockte sich hin und warf einen Blick aus der Nähe auf das weiße Etwas. Nach einigen geschickten und gewaltsamen Fingergriffen hatte sie den Gegenstand befreit. Es handelte sich um einen zusammengefalteten Zettel. Cloey entblätterte ihn und las, was darauf stand:

Die schönste CD der Welt

Eine junge Frau hörte eine CD den lieben langen Tag. Und in der Nacht träumte sie von ihr. Auch wenn sie in der Schule saß, ging sie ihr nicht mehr aus dem Kopf. Und sobald sie wieder zu Hause war, machte sie als allererstes ihre Lieder wieder an. Die CD enthielt für sie das schönste Album, das es auf der weiten Welt gab. Die Musik sprach ihr aus dem Herzen und zugleich zu ihrem Herzen.

Irgendwann jedoch sagte der jungen Frau die CD aber nicht mehr zu und in ihrem Wahn brach sie sie entzwei.

Es verging einige Zeit, da begann die nicht mehr so junge Frau, die Musik zu vermissen. Sie dachte an sie den lieben langen Tag. Und auch in der Nacht kreisten ihre Gedanken nur um sie. Selbst auf der Arbeit ging sie ihr nicht mehr aus dem Kopf. Und sobald sie wieder zu Hause war, war sie jedes Mal aufs Neue enttäuscht, dass sie dort nicht auf sie wartete.

Die nicht mehr so junge Frau wollte sich das Album erneut kaufen, aber das ging nicht. Die schönste CD gab es nur einmal auf der Welt.

Die Geschichte zauberte ein Lächeln in Cloeys Gesicht. Es waren nur wenige Sätze, doch irgendwie sagten ihr die Worte und deren Konstellation ungemein zu. Dieser Text erschien ihr fast schon magisch und sie konnte nicht anders, als ihn sich fortwährend immer mal wieder durchzulesen. Selbst die Schrift hatte etwas Sonderbares. Sie war handgeschrieben und mutete auf den ersten Blick nicht außergewöhnlich an, dennoch ging irgendetwas von ihr aus, das Cloey in ihren Bann zog. Ihr war, als hielte sie hier einen seltenen Schatz in den Händen.

Die Wartezeit schleppte sich langsam und quälend voran. Cloeys Pobacken beschwerten sich bereits zum wiederholten Male, dass sie sich wieder aus dem Stuhl erheben möge, allerdings war sie zu müde, um deren Bitte nachzukommen. Jäh öffnete sich die Tür.

Augenblicklich stand Cloey auf und die Wachheit und das Adrenalin mit ihr.

Ein schlaksiger Mann stand in der Türschwelle. Seine glatten schwarzen Haare lagen in einem nahezu perfekten Kreis auf seinem Kopf. Noch sonderbarer waren die Falten, welche seine Stirn warf. Anstand von einer Seite zur anderen zu verlaufen, schlängelten sie sich von oben nach unten.

Als er Cloey sah, wie sie mit ihrer silbernen Beretta auf ihn zielte, ließ er vor Schreck die vollen Einkaufstüten in seinen Händen fallen. Proviant mit ungesundem Essen, Alkohol und Erotikhefte verteilten sich auf dem Boden.

»Objago Ffe Funh Do«, sagte Cloey mit fester Stimme. »Gesucht wegen Leichenschändung. Kopfgeld: 2.000 Sinner.«

Zunächst stockte Objago der Atem, dann zeigte er sich gnädig und kehrte zu ihm zurück.

»Wer auch immer Sie sind, Sie sollten wissen, ich bin absolut unschuldig. Zur Erklärung. Bitte hören Sie mir zu. Ich hatte mir beide Arme gebrochen und konnte anderthalb Monate lang nicht masturbieren. Können Sie sich vorstellen, wie schlimm das für einen Nymphomanen ist? Ich habe nach drei Wochen schier –

wortwörtlich den Verstand verloren. Dann fehlten aber immer noch drei Wochen. Es war grausam, einfach nur fürchterlich. Ich war fast einen Monat lang nicht mehr ich selbst. Verstehen Sie? Können Sie sich das vorstellen? Und als der Gips endlich ab war, die Erlösung so nah, musste ich sofort zur Arbeit in die Leichenhalle; welche, nur so nebenbei bemerkt, genau neben dem Beerdigungsinstitut meines Bruders liegt. He! Sein Slogan lautet übrigens: *We put the fun in funeral.*«

Er lachte, um Cloey zum Lachen zu bringen, doch sie blieb ernst, verzog kaum eine Miene. Objago hingegen stand die Verzweiflung zunehmend ins Gesicht geschrieben. Er räusperte sich und sprach weiter.

»Witzig, oder? Hehe. Na ja, egal. Da lag dann also diese nackte, wirklich überaus attraktive Frau. Ich war einfach nicht mehr bei Sinnen.«

Objago begann zu schniefen. Seine Unterlippe schluckte die Oberlippe und zuckte vor und zurück. Er zwinkerte nicht mehr. Seine Augen wurden glasig und feucht.

»Sie können das nicht nachvollziehen. Ich hatte so was noch nie zuvor gemacht und schäme mich in Grund und Boden, aber meine Triebe hatten mich einfach völlig in ihrer Gewalt. Ich konnte nicht anders. Ich konnte nicht anders! Ich bin das Opfer.«

»Seien Sie gefälligst ruhig oder ich schieße.«

Objago blickte Cloey in die Augen. Von seiner zuvorigen beinahen Heulattacke war nichts mehr zu sehen.

»Na, dann los! Erschießen Sie mich doch!«

»Wenn ich schieße, schieße ich dorthin.« Sie senkte den Lauf ihrer Pistole und zielte nun auf Objagos Genitalien. »Und einer Sache können Sie sich sicher sein: Sie wollen das nicht mitansehen. Und ganz besonders nicht die Schmerzen spüren.« Dann warf sie ihm ein Paar Handschellen zu. »Schieben Sie sich die Handschellen hinten durch Ihren Gürtel und machen Sie die Hände fest.«

Cloey schubste Objago vor sich her. Seine auf dem Rücken gefesselten Hände waren mit seinem Gürtel verbunden, sodass er die Hände nicht unter seinen Hintern nach vorne nehmen konnte.

»Wieso haben Sie so weit weg geparkt?«, fragte er.

»Hätten Sie einen Wagen gesehen, wären bei Ihnen doch sofort die Alarmglocken angegangen. Sie wären abgehauen oder hätten sich zumindest versteckt gehalten.«

»Ganz ehrlich, an so etwas hätte ich überhaupt nicht gedacht.«

Cloey versuchte, den Motor ihres Lada Taigas anzuschmeißen, aber es funktionierte nicht. Er schnarchte nur vor sich hin und ließ sich nicht wecken.

Cloey lehnte am Wagen und hielt ihr Handy ans Ohr.

»... Also erst morgen. Da kann man wohl nichts machen. Danke. Ciao.«

»Sie lassen mich jetzt aber doch wohl hoffentlich nicht bis morgen hier drin?«, ertönte Objagos gedämpfte Stimme.

Cloey hatte keinen Nerv für seine Quengelei und schlug auf die Kofferraumtür, damit er Ruhe gab.

Die Sonne schien und eine angenehm sommerliche Luft machte das Umherziehen mit dem Flüchtigen erträglicher.

Cloey hatte sich im Vorfeld über diese Gegend erkundigt. Ihr Handy erledigte den Rest und sie fand sich alsbald auf einem Pfad wieder, der sie hoffentlich an einen ganz bestimmten Ort führen würde.

Es dauerte nicht ganz eine halbe Stunde Fußmarsch über Stock und Stein, als sie das eindrucksvolle Konstrukt erspähen konnte.

Es war ein Tempel.

Eine gewaltige Mauer versiegte jegliche Blicke ins Innere. Lediglich ein paar wenige flach-zylinderförmige Turmspitzen bewiesen, dass es hier mehr gab als bloße abgemauerte Fläche.

Objago staunte nicht schlecht. Er hatte keine Ahnung gehabt, dass es hier einen Tempel gab. Cloey schubste ihn an und er stolperte vorwärts. Er warf ihr einen bösen Blick zu, setzte aber dann weiter gehorsam einen Fuß vor den anderen.

Sie wies ihm an, eine Abkürzung abseits des Weges zu nehmen, woraufhin sich die beiden fortan zwischen Bäumen auf reinem Waldboden, raschelnd und Zweige knackend, voranarbeiteten. Die Sonne suchte sich vereinzelt ihren Weg durch die Lücken der Blätterkronen. Der Wind blies zart auf die Haut und brachte vielfach gefilterte Luft als Mitbringsel dar.

Cloey kramte den Zettel mit der Geschichte aus und fragte ihren Begleiter, ob er sie geschrieben habe, doch er verneinte. Er erkundigte sich nach dem Inhalt, aber Cloey steckte das Papier nichtssagend wieder weg.

Nicht lange später fanden sie sich auf einem Pfad wieder. Dieser geleitete sie zum Eingang des Tempels.

Die Mauer war noch weitaus beeindruckender, als die beiden davor standen. Das Gestein war nur an wenigen Stellen leicht rissig, ansonsten war die Fläche so glatt, dass Cloey mit ihrer Hand angenehm darüberstreichen konnte. Das Eingangstor bestand aus zwei Flügeln. Dunkles, hartes Holz war verarbeitet mit altem Eisen. Gleich daneben, am Gemäuer befestigt, hing eine kürbisdicke goldene Glocke.

Cloey läutete sie. Der Klang hatte etwas Meditatives und ging ihr durch Mark und Bein. Einige Vögel schreckten im Wald auf und stoben gen Himmel.

Etwas Zeit verstrich, nicht viel, aber doch so viel, dass Cloey überlegte, ob sie nicht noch ein zweites Mal läuten sollte. Dann jedoch hörte sie ein Gerumpel auf der anderen Seite des Tores und auch das Tor selber wackelte. Es wurde geöffnet.

Ein junger Mann lugte heraus. Er wirkte etwas schüchtern, doch besaß ein freundliches Gesicht. Er schaute die beiden an und wartete darauf, dass jemand etwas sagte.

»Guten Tag. Mein Name ist Cloey. Ich bin von Beruf Sweeperin und habe hier einen gesuchten Verbrecher. Der Motor meines Wagens ist kaputt. Leider kommt die Pannenhilfe erst morgen. Wären Sie bitte so freundlich und gewähren uns Obdach für die Nacht?«

Der Mann sah etwas verdruckst aus. »Da müssen wir meinen Sifu fragen, aber er dürfte wohl nichts dagegen haben.«

Dann drückte er das Tor weiter auf, um die beiden hineinzubitten. Seine warmfarbene grün-braune Kleidung erinnerte an die eines sportlichen Mönches. An den Oberschenkeln war sie luftig geschnitten. Hingegen lagen an den Unterbeinen und -armen Bandagen eng an den Körper geschmiegt. Der Mönch hielt einen langen Stab in der Hand, der größer war als er selbst. Der Stab hatte eine dunkelblaue Farbe, abgesehen von den etwa dreißig Zentimeter langen Enden, die einen roten Anstrich besaßen. Winzige aufgemalte goldene Verschnörkelungen verschönerten die farblichen Grenzen und ließen so etwas Simples wie einen langen glatten Stock wie etwas Wertvolles und Edles erscheinen.

Cloey wies Objago an vorzugehen. Der Mönch unterwies ihn eines strengen Blickes, als dieser an ihm vorbeiging. Als Cloey hingegen eintrat, schenkte er ihr ein einladendes Lächeln und Cloey bedankte sich höflich.

Der Mönch führte sie über den Hof. Steinpagoden standen vereinzelt auf dem Platz. Eine Gruppe Mönche führte, in einem Rechteck aufgereiht, Kampftechniken aus. Sie alle hielten einen Stab in der Hand, wobei jeder Stab anders aussah. Es gab ihn in vielerlei

Farben und Kreationen. Einige zeigten nur eine Farbe, andere sogar Bilder oder Symbole. Es gab auffällige und unauffällige, welche, die wie nigelnagelneu aussahen, und welche, die schon zuhauf Gebrauchsspuren aufwiesen.

»Wie nennt sich dieser Ort?«, fragte Objago und kam Cloeys Gesicht dabei näher, als ihr lieb war.

»Wir sind hier im Konkai-Tempel«, antwortete sie und schob Objago sogleich wieder fort von sich.

In einem Aufenthaltsraum stand eine Gruppe Mönche um eine Tischtennisplatte herum. Ein jeder hielt einen Kampfstab in der Hand, abgesehen von zweien, die ihre Stäbe beiseite gelegt hatten, um Tischtennis zu spielen. Der eine war ein sehr alter Mönch chinesischer Herkunft. Sein dünner Bart war so weiß wie Schnee und das Grün seiner Robe war einem verwaschenen Grau gewichen. Ihm ging das Tischtennismatch leicht von der Hand, wohingegen der andere Spieler es nicht schaffte, mit der Geschwindig- und Fertigkeit des alten Mönches mitzuhalten.

Der alte Mönch nahm einen tiefen angeschnittenen Ball an und schmetterte ihn auf die gegnerische Platte, als wäre es das Einfachste auf der Welt.

»Shampoo!«, schrie er dabei aus und wandte sich kurz darauf den anderen Mönchen zu. »Wer will als Nächster?«

Bevor jemand antworten konnte, betraten Cloey und Objago, von ihrem Mönch geleitet, den Raum.

Ohne sich zu den Besuchern umzudrehen, fragte der alte Mönch: »Taro, wen hast du denn da mitgebracht?«

Er legte seinen Tischtennisschläger auf die Platte, drehte sich zu den dreien um und nahm von einem glücklichen Träger seinen Stab entgegen. Wie Taros Stab wies auch seiner dieselbe Aufteilung auf, nur war der Stab des alten Mönches schwarz mit blauen Enden und die eingezeichneten Verzierungen silbern statt golden.

»Sifu Canasta, diese junge Frau bittet um ein Dach und Bett für die heutige Nacht.«

»Mein Name ist Cloey Carter. Mein Auto springt nicht mehr an und kann erst morgen repariert werden. Dieser Mann ist ein gesuchter Krimineller und vor allem seinetwegen bitte ich um Ihre Hilfe. Draußen könnte er in der Nacht davonlaufen.«

»Ich grüße euch«, sagte Objago und nickte in aller Mönche Richtung.

»Es ist mir eine Ehre und Freude, Ihnen helfen zu dürfen, Claudia. Was hat dieser Mann verbrochen?« Canasta versprühte eine altehrwürdige Anmut.

»Er lebt seine Sexualität gerne an bereits verstorbenen Menschen aus«, erklärte Cloey.

»Das war einmal und ich war nicht mal bei klarem Verstand!«, verteidigte sich Objago empört.

Canasta amüsierte sich an der Auseinandersetzung. »Damals, als ich noch verheiratet war, mochte ich es ganz gerne, wenn meine Frau mir in den Mund gepinkelt hat. Aber sich an einer Leiche zu vergehen, das geht wirklich zu weit.«

Taro war erschüttert. »Sifu, seid Ihr wahrhaftig solch ein Perversling?«

»Was für Vorlieben jemand beim Geschlechtsverkehr hat, hat nichts mit der Reife und Weisheit eines Menschen zu tun. Solange niemand ernsthaften Schaden nimmt oder etwas gegen den Willen des Partners oder der Partner geschieht, ist doch alles in Ordnung. Stell dich gefälligst nicht so an.«

»Aber Sifu, ich dachte, Ihr hättet Euch ganz dem Stabfechten verschrieben.«

»Dem ist auch so, allerdings habe ich auch einen Stab in meiner Hose. Könntest du jetzt bitte aufhören, über das Thema zu reden?

Wir haben hier eine Dame zugegen. So etwas gehört sich nicht. Taro, kümmere dich doch bitte um Miss Cunter und führe sie zu ihrer Unterkunft.«

»Ja, Sifu.«

Das Schlafgemach war spärlich eingerichtet. Es gab keine Elektrizität, dafür zwei Betten, einen Schrank, eine dicke Truhe und sogar einen kleinen Kamin, vor dem ein eisernes Gitter angebracht war. Cloey testete dessen Stabilität und befand es für ausreichend. Sie befahl Objago mitzumachen und hielt zur Not ihre Beretta bereit, doch Objago ließ das Öffnen und erneute Schließen seiner Handschellen ohne Widerworte über sich ergehen und fand sich alsbald am Gitter gefesselt wieder.

»Ich bin dir vollkommen hilflos ausgeliefert«, sagte er. »Du kannst jetzt alles mit mir machen, was du willst. Alles.«

»Um ehrlich zu sein«, begann Cloey langsam, lächelte mit einem Mundwinkel und fuhr dann in einem verführerischen Ton fort, »zerreiße ich mich schon die ganze Zeit nach dir. Nur zu gerne würde ich jetzt alle möglichen schmutzigen Dinge mit dir anstellen.«

»Er-ja … er … ernsthaft?«

»Ja. Aber leider bin ich nicht dein Typ. Ich habe eine zu warme Körpertemperatur, bewege mich zu viel und die Maden wollen mich auch noch nicht fressen.«

»Dir macht es wirklich Spaß, darauf herumzureiten, oder?«

»Wenn du pinkeln musst … du hast eine Hose an.«

»Das ist nicht dein Ernst, oder?«

Cloey öffnete das einzige Fenster und Kampfschreie der Mönche drangen herein. Dann ließ sie Objago allein.

Taro zündete Räucherstäbchen an und hielt die Handflächen für ein Gebet aneinander. Er und Cloey standen in einem kleinen Raum vor einem großen Gedenkschrein. Kerzen und Blumen schmückten ihn aufopferungsvoll. In seiner Mitte war ein riesiger Bogen dicken Papiers gespannt, auf dem mit schwarzer Tinte ein Schriftzeichen gemalt war.

Taro öffnete seine Augen, klatschte einmal kräftig in die Hände, verbeugte sich ehrfürchtig vor dem Symbol und wandte sich wieder Cloey zu.

»Hier kommen wir her, um Ruhe zu finden. Man ist immer ungestört. Der Raum ist klein und jeder respektiert, dass man andere hier gewähren lässt, bis sie mit ihrem Gebet fertig sind. Das ist das Zeichen von Sifu Konkai und das Symbol dieses Tempels. Der Kreis steht für den Mond, die beiden waagerechten Wellen für das ruhige und die beiden senkrechten für das stürmische Meer. Die Stürme zeigen in beide Richtungen und symbolisieren, dass es Gewalt auf beiden Seiten gibt, sowohl auf dem Weg des Sündhaften als auch auf dem des Rechtschaffenen. Der runde Haken darunter zeigt die Erde, auf der wir leben.«

»Dieser Tempel hat aber nichts mit Buddhismus zu tun, oder? Abgesehen vom Meister haben alle Haare auf dem Kopf.«

»Das ist richtig. Hier spielt Religion keine Rolle. Solange du friedlich lebst, kannst du im Innern glauben, was auch immer dir am meisten zusagt. Das bleibt jedem selbst überlassen.«

»Diese Ansicht gefällt mir.«

»Nichts ist für den Einzelnen so wichtig und sollte für die Allgemeinheit so unwichtig sein wie die Religion. Aber unter uns«, sagte Taro und lehnte sich näher zu ihr hin, »man muss schon eine ziemliche Kerbe in der Stirn haben, wenn man die Wissenschaft und Beweise als Schwachsinn abtut.«

Cloey grinste.

»Erzähl mir mehr vom Tempel.«

In der Speisehalle tummelten sich Mönche. Die Tische waren reichlich gedeckt mit Gemüse, Fleisch, Dampfknödeln und großen Töpfen mit Reis. Jeder hatte seine eigene Schale und aß mit Stäbchen. Man konnte sich von jedem Tablett einfach nehmen, was man wollte. Mitunter endete dies manchmal in einem Stäbchengemenge, wenn es darum ging, das letzte Stück zu ergattern.

Dicke Krüge enthielten Wasser, Säfte und Tee, kleinere Alkoholisches. Das allgemeine Gesprächsthema für heute waren die beiden Gäste, insbesondere aber die blonde Schönheit mit den drei Zöpfen; was einigen der weiblichen Mönche gehörig gegen den Strich ging.

Jeder war freundlich zu Cloey. Viele sprachen sie an und fragten sie aus, woraufhin Taro irgendwann einen Keil dazwischen trieb, damit Cloey auch mal etwas essen konnte und nicht immer dasselbe erzählen musste. Von daher setzte er sich mit ihr zwischen eher Zurückhaltenden seiner Brüder und Schwestern. Er ließ Cloey direkt neben sich Platz nehmen, damit sie beim Gespräch nicht zu laut und möglichst unter sich sein konnten.

Das Essverhalten der Mönche widerte Cloey an. Sie schmatzten, schlürften, pupsten und rülpsten. Sie zeigten keinerlei Manieren, doch als sich Cloey die Nase schnäuzte, da das scharfe Essen ihre Schleimhäute löste, hielten alle im Saal inne und blickten sie entsetzt an.

»Was?«, fragte sie, sich keiner Schuld bewusst.

»Dein Verhalten ist respektlos«, erklärte ihr Taro streng. »Wenn du dir die Nase schnäuzen musst, geh bitte raus.«

»Oh. Tut mir leid!«, rief sie in die Runde, obwohl es das nicht tat. »Ich wollte nicht unhöflich erscheinen! Ich wusste es nur einfach nicht besser!«

Die Mönche verziehen ihr und speisten weiter wie die Schweine.

Taro freute sich, als Cloey mit einem Lächeln verkündete, dass ihr das Essen schmecke.

»Dieser Tempel wurde vor sechshundert Jahren von Sifu Konkai gegründet. Sein Neffe wurde von plündernden Mördern entführt und Sifu Konkais Bruder, welcher durch ein Erbe sehr wohlhabend war, sollte für seine Freilassung bezahlen. Sifu Konkai vermutete, dass sie den Jungen nicht freilassen würden, auch wenn das Lösegeld bezahlt werden würde, deshalb machte er sich auf den Weg und versuchte, seinen Neffen gewaltsam zu befreien. Obwohl die Entführer vogelfrei waren und niemand ihm einen Vorwurf gemacht hätte, wenn er sie getötet hätte, zog Sifu Konkai es vor, mit einem Stab zu kämpfen, und versuchte, tödliche Angriffe zu vermeiden. Einer erlag später seinen Wunden, aber der Rest der Mörder wurde einfach nur zu Krüppeln geschlagen, sodass sie nie wieder Schaden anrichten konnten. Vor sechshundert Jahren war Sifu Konkais Denkweise revolutionär und sehr schnell fand er Anhänger, die von ihm lernen wollten. Aus Dank, ihm zu Ehren und der Erkenntnis ob der Wichtigkeit einer würdevollen Heimstätte seiner Anhänger ließ sein Bruder diesen Tempel errichten. Obwohl Sifu Konkai seine Fertigstellung nicht mehr miterlebte, verehren wir ihn auch heute noch für seine Achtung des Lebens.«

»Die Achtung des Lebens ist ein Aspekt meines Berufes«, sagte Cloey. »Ein Sweeper muss das Ziel festnehmen, ohne es zu töten.«

»Klingt gut.«

»Ja, sonst gibt's kein Geld.«

Als beide satt waren, erwähnte Taro, dass Cloey gerne auch etwas zu essen für ihren Gefangenen haben könne. Cloey bedankte sich und Taro schöpfte eine Schale Reis, häufte einiges Gemüse und sogar etwas Fleisch auf ein leeres Tablett. Cloey befüllte ein sauberes Glas mit Wasser und nahm sich ein weiteres Paar Essstäbchen.

Im Schlafgemach dann bat sie Taro mit herzallerliebsten Augen, Objago zu füttern. Taro schlug vor, Objago für das Essen einfach loszubinden und ihn eigenständig essen zu lassen. Unter seiner Aufsicht und den ganzen anderen Mönchen würde er es mit Sicherheit nicht wagen, die Flucht zu ergreifen oder einen von ihnen anzugreifen. Cloey dachte über den Vorschlag nach, doch verneinte.

»Die meisten hier sind Waisen so wie ich«, erklärte Taro, während er eine weitere Portion in Objagos Mund verschwinden ließ. »Ich lebe hier schon, solange ich mich erinnern kann. Meine Tempelkameraden sind meine Brüder und Schwestern. Wir machen keinen Unterschied zwischen Mann und Frau. Ein Konkaimönch ist in erster Linie ein Mensch. Das Geschlecht ist da Nebensache.«

»Bringst du ihn gleich auch noch zur Toilette, bitte? Das wäre sehr nett von dir.«

»Klar.« Taro legte eine merkwürdige Begeisterung an den Tag. Cloey war es fast schon unangenehm. Aber nur fast.

Nach dem erfolgreichen Toilettenbesuch führte er sie weiter herum. Immer wieder konnte sie Mönche bei Dehnübungen beobachten. Meistens unterhielten diese sich, legten nebenbei irgendwo ein Bein weit oben ab und lehnten sich dann auf verschiedene Weisen darauf, bis ihr Oberkörper und das Bein sich berührten und eine Einheit zu bilden schienen.

Auf dem Hof schauten Cloey und Taro einigen Mönchen bei Partnerübungen zu, bei denen sie Angriffs- und Abwehrtechniken trainierten.

»Was für den Samurai das Schwert ist, ist für uns der Stab. In unserer Waffe steckt unsere Seele. Du siehst die unterschiedlichen Bemalungen der Kampfstäbe?«

»Ja.«

»Das macht jeder ab einem bestimmten Alter selber. Anfangs

sind sie nur holzfarben. Sobald sich die Jünglinge jedoch gewisse Fertigkeiten aneignen konnten, dürfen sie ihre Waffe nach ihrem Ermessen und ihren Vorlieben gemäß bemalen. Der Umgang mit Stift und Pinsel, also Schrift, Zeichnen und Malen, gehören ebenso zu den Hauptfächern wie Mathematik, Geschichte und Allgemeinbildung.«

Cloey sah eine Mönchin. Ihr Haar war praktisch kurz geschnitten. Sie brachte einer Gruppe von Teenagern und Jugendlichen das Entwaffnen bei. Dabei hebelte sie einen der angehenden Männer, welcher einen Kopf größer war als sie und sich zu wehren versuchte, zu Boden und zwang ihn dort zur Aufgabe.

»Das nennt man Ringen am Stab«, erklärte Taro mit einem Lächeln.

Die beiden passierten einen von mehreren Hindernisparkuren. Die Mönche bahnten sich ihren Weg hindurch. Sie schlugen auf unterschiedliche Ziele und manche der Ziele, mitunter aus Holz gefertigte bewaffnete Puppen, wehrten sich und die Mönche mussten ausweichen oder blocken. Die Parkure erforderten einiges an Geschick, Wendigkeit, Kraft und Ausdauer.

An einer anderen Stelle trainierten zwei Mönche. Der eine benutzte zwei Stöcke, die in etwa halb so lang wie die meisten Kampfstäbe waren, der andere ein Konstrukt aus drei ebendieser Stöcke, die mit zwei kurzen Ketten aneinandergebunden waren.

»Das sind aber keine Stäbe«, stellte Cloey fest.

»Der lange Stab ist unsere Hauptwaffe, aber wir trainieren auch den Umgang mit Abwandlungen davon. Hier siehst du zum Beispiel zwei *Dan Bangs* und ein *Sansetsukon*. Es gibt alle möglichen Stocklängen, von extrem lang bis ganz kurz.«

Ein paar Meter hinter ihnen schlug sich ein Mönch mit einem *Nunchaku* unabsichtlich gegen den eigenen Kopf. Er war dankbar, dass Cloey und Taro es nicht gesehen hatten.

Am späten Abend gedachte ein weiterer Mönch dem Apostel seines Klosters. Mit zusammengeführten Handflächen stand er im stillen Gebet vor dem Schrein. Dalik war wie viele im Tempel asiatischer Herkunft. Wie die anderen trug auch er die typische grüne Mönchsrobe mit der braunen, weit geschnittenen Hose. Seine Kleidung jedoch wies mehr Flecken auf. Zudem war sie schon des öfteren geflickt worden. Um den Hals trug er einen eisernen Anhänger. Der Anhänger stellte ein vierblättriges Kleeblatt dar, welches von einem Hufeisen umgeben war. Zwei Kalebassen, sogenannte Kürbisflaschen, hingen an seiner Hüfte.

Daliks Stab lehnte an seiner Schulter. Die Enden waren weiß und der längere Mittelteil rot. Zeichnungen und Symbole verschiedener Kulturen überzogen seine »Seele« in Gold, Silber und Schwarz. Sie waren jeweils nur sehr klein, doch die Schriften und Zeichen waren sowohl fernöstlicher als auch orientalischer Herkunft; andere stammten aus der christlichen Geschichte und sogar ägyptische Hieroglyphen befanden sich darauf.

»Lecko mio, ist das langweilig!«, ertönte eine Stimme ganz leise und weckte Dalik aus seiner betenden Meditation. Er hatte diese Stimme noch nie gehört und beschloss, seiner Neugierde die Führung zu überlassen.

Es dauerte, bis die Stimme wiederkam und er sich neu orientieren konnte, doch schon bald stand er vor Cloeys Schlafgemach. Er öffnete die Tür und erblickte Objago.

»Wer sind Sie denn?«, fragte Dalik. »Und warum sind Sie gefesselt?«

»Meine Freundin und ich stehen auf Fesselspiele«, antwortete Objago genervt.

»Oh! Ach so. Dann noch viel Spaß.«

Objago musste sich täuschen. Der Mönch, der gerade das Zimmer wieder verlassen wollte, schien ihm ernsthaft seine Geschichte abgekauft zu haben. So blöd konnte doch keiner sein.

»He, warte mal!«, rief er und der Mönch wandte sich ihm wieder zu. »Tu mir bitte einen Gefallen. Ich muss ganz dringend einen Termin absagen. Könntest du mir eben helfen, einen Anruf zu tätigen?«

»Na klar. Ich helfe gern.«

»Das Handy ist in meiner Hosentasche.« Dalik griff in Objagos Hosentasche und holte ein Handy heraus. »Mach es an und gib den Pin ein. Eins, zwei, drei, f-fünf. Und jetzt such im Telefonbuch nach Youpaywepunch GmbH.«

»Okay.«

Dalik brauchte kurz, um sich im Menü zurechtzufinden, aber mit Objagos Hilfe gelang ihm auch dies. Alsbald hatte er den gesuchten Kontakt gefunden, rief die Nummer an und hielt das Handy an Objagos Ohr.

»Danke.«

»Entschuldigen Sie bitte. Ich muss jetzt leider weiter. Sie kommen ja zurecht.«

»Ja. Nochmals danke.«

Objago klemmte das Handy zwischen Ohr und Schulter.

Dann ließ ihn Dalik zurück. »Was für ein freundlicher Mann«, sprach der Mönch zu sich selbst und schloss die Tür hinter sich.

Am anderen Ende der Leitung ging jemand ran.

»Ja, hallo!«, sagte Objago. »Ich würde gerne ein paar Auftragsschläger bestellen. Wäre das wohl möglich?«

In der *Großen Halle* fanden schweißtreibende Freikämpfe statt. Während die einen mit ihren Stäben bloßfochten und vorsichtiger agierten, prügelten andere Kontrahenten in kompletter Schutzausrüstung gnadenlos aufeinander ein. Einige agierten als Schiedsrichter und verteilten Punkte. Das Echo der gegeneinanderprallenden Stäbe hallte bis in die Ecken des turnhallengroßen Raums. Selbst wenn ein Kampf nur wenige Minuten dauerte, waren die Köpfe der Mönche, nachdem sie die Fechtmaske abnahmen, schweißgebadet. Taro erklärte, dass jede einzelne Maske speziell angefertigt werde, damit sie auch genügend Newton aushalten könne und nicht eindellte. Da sie lange, harte Stäbe benutzten, wären die Verletzungen eines solchen Treffers überaus fatal und in jedem Fall zu vermeiden.

»Und wie amüsiert ihr euch?«, fragte Cloey, während die beiden weiter in der Halle umherspazierten.

»Wir spielen Spiele. Hier zum Beispiel siehst du Mönchsgolf.« Taro deutete auf eine Gruppe, die nicht weit von ihnen herumstand. »Einer versucht Golfbälle, die auf ihn geworfen werden, wegzuschlagen.«

Ein Mönch holte aus und warf einen Golfball aus einiger Entfernung mit voller Kraft auf seinen Gegenspieler. Dieser stand mit seiner Waffe zum Schlag bereit, erwischte den kleinen Ball jedoch nicht. Er zischte nur knapp an einem Mönch hinter ihm vorbei, der ihn daraufhin wieder einsammeln lief.

»Wenn er ihn trifft, gibt es einen Punkt. Trifft er mit einem zurückgeschleuderten Ball einen Mönch, unabhängig davon, ob dieser überhaupt mitspielt oder zurzeit lediglich am unpraktischsten Platz herumsteht, gibt es drei und beim Treffen des Werfers fünf Punkte. Das macht Spaß.«

Nur Sekunden später traf der »Golfer« den auf ihn geworfenen Ball und schmetterte ihn mit einem lauten Pfeifen gegen den Ellenbogen eines unglücklichen »Fängers«. Taro verzog kurz wie die anderen, die es gesehen hatten, das Gesicht, nur um dann Cloey einen winzigen Anstoß zu verpassen und beim Weitergehen sein Reden fortsetzte, als wäre nichts Außergewöhnliches passiert.

»Dann gibt es noch das Gleichgewichtsspiel.«

Mehrere Mönche versuchten, sich möglichst lange an ihrem senkrecht stehenden Stab festzuhalten, ohne die Füße abzusetzen. Fast sofort nach dem Beginn fielen die meisten um. Nur ein paar Wenige schafften es erstaunlich lange, das Gleichgewicht zu halten.

»Wer am längsten oben bleibt, gewinnt.«

»Was gibt es noch?«, fragte Cloey unbeeindruckt.

Taro bemerkte Cloeys fehlende Begeisterung, ließ sich davon jedoch nicht beirren und erzählte engagiert weiter.

»Es ist zwar kein Spiel, macht aber trotzdem Spaß. Der Früchtemixer.«

Vor einer Wand wirbelte ein Mönch seinen Stab, so schnell er konnte. Andere warfen Obst auf ihn, aber da sich der Stab zu schnell drehte, wurde alles abgefangen und zermuste in einer Explosion.

Cloey achtete darauf, nichts abzubekommen, und sah sich die resultierende Sauerei an.

»Wir meditieren auch.«

Taro deutete auf einen Mönch, der im Schneidersitz in einer der Ecken in völliger Ruhe nichts tat. Seinen Stab hatte er vor sich auf den Boden gelegt.

Cloey entdeckte auch einen anderen meditierenden Mönch, der seine Hände vor seiner Brust so gefaltet hatte, dass Zeige- und Mittelfinger nach oben zeigten. Zwischen Daumen und Zeigefinger hielt er seinen Stab mittig und balancierte ihn, ohne dass dieser wackelte.

Die Sweeperin ließ ihren Blick weiterschweifen und blieb mit den Augen bei einem Mönch hängen, der einige Konzentrations- und Atemübungen machte und schließlich einen seiner Arme zur Seite ausstreckte. Hinter ihm stand ein weiterer Mönch. Dieser holte mit seinem Kampfstab aus und schlug seinem Vordermann auf den ausgestreckten Arm. Den Getroffenen verließ auf der Stelle die Konzentration.

»Au, verdammt!«, fluchte er und hielt sich seine schmerzende Gliedmaße.

»Bei Shaolinmönchen wäre der Stab entzweigebrochen«, kommentierte Cloey trocken.

»Shaolinmönche schlagen bei einem Bruchtest nicht mit dem Ende, sondern mit der schwächeren Mitte zu«, erklärte Taro, als hätte man ihn gerade beleidigt. »Außerdem sind deren Stäbe bei Weitem nicht so stabil.«

Taro zeigte Cloey noch andere Teile des Tempels, darunter die Schlafplätze, den Trinkwasserbrunnen, einen großen harmonischen Garten, seine eigene Schlafunterkunft mit all seinen kleinen Schätzen und Habseligkeiten, drei der vier Türme sowie ein paar weitere Räume. Mittlerweile war der Tag in Tinte getaucht und die beiden standen vor der Tür zu Cloeys Schlafgemach.

»Taro, danke, dass du dich heute um mich gekümmert hast. Auch wenn es nicht immer so aussah, hatte ich meinen Spaß. Der Tag war sehr interessant und aufschlussreich.«

Taros Herz schlug höher. Und als Cloey ihn dann auch noch anlächelte, war es um ihn geschehen.

»Es hat mir auch Spaß gemacht. Ich hoffe, du kommst mich mal wieder besuchen.«

»Oder du besuchst mich. Ich könnte mir gut vorstellen, dass wir beide gut zusammenarbeiten. Bei einem ausgebildeten Konkaimönch wie dir hätten die Kriminellen nichts mehr zu lachen.«

»Du willst, dass ich ein Sweeper werde?«

Cloey erkannte eine aufkommende rötliche Färbung in Taros Gesicht.

»Ja. Du bist wie dafür geschaffen. Ich würde mich freuen, nicht mehr alleine arbeiten zu müssen.«

»Von hier weggehen? Ich weiß nicht.«

»Es wäre bestimmt eine tolle Erfahrung für dich. Und solltest du Heimweh bekommen, kannst du deine Brüder und Schwestern jederzeit besuchen.«

»Ich würde lügen, wenn ich sagte, dass ich mir heute nicht vorgestellt hätte, wie es wäre, ein Leben als Sweeper zu führen.«

»Ein Sweeper sorgt dafür, dass die Bösen keinen Unfug mehr treiben können. Vorhin habe ich eine tolle Geschichte gehört von einem Jungen und seinem großherzigen Onkel, der ganz ähnlich wie ein Sweeper gehandelt hat. Vielleicht dient dir das ja als Anreiz.«

»Du verstehst es wirklich, die Leute das machen zu lassen, was du gerne hättest. Ich lasse mir die Sache noch mal durch den Kopf gehen und gebe dir dann morgen Bescheid.«

»Mehr kann ich nicht verlangen.«

»Küsst ihr euch jetzt?«, rief Objago aus dem geschlossenen Zimmer.

Taro lief noch einmal einen Farbton roter an.

»Dann wünsche ich dir nun eine offenbarende gute Nacht«, sagte Cloey lächelnd und Taro lächelte zurück.

»Gute Nacht, Cloey.«

»Wenn ihr den Zungenbelag des anderen im Mund habt, dann habt ihr richtig geküsst!«, meldete sich Objago wieder zu Wort.

Cloey verdeutlichte Taro, dass sie sich nun um ihren Quälgeist zu kümmern habe. Taro gab sich verständnisvoll und nachdem Cloey die Tür hinter sich geschlossen hatte, lauschte er noch ein Weilchen ihrer liebreizenden Stimme.

»Ist dir langweilig oder so?«, fuhr sie Objago an.

Mehrere Stunden verstrichen. Die Tiere der Nacht hatten ihre Stimmen zu einem rastlosen Chor vereint.

Die Glocke am Eingang des Konkai-Tempels läutete. Ihr gewaltiger Klang erfüllte das Areal. Sogleich legten die nächtlichen Sänger eine musikalische Pause ein.

Als der müde dreinblickende Mönch das Tor öffnete, war das Erstaunen nicht klein. Vor seinen den Schlaf auszwinkernden Augen sah er drei düstere Gestalten sowie eine grässlich aufgebretzelte Frau, welche hinter ihnen stand.

Bei dem Anblick der Männer verkrampfte sich sein Magen.

»Ja?«, fragte er zaghafter, als er beabsichtigt hatte.

»Wir wollen rein. Haben einen Termin«, sagte der Mann in der Mitte. Er hatte eine Glatze, trug eine bestickte Lederjacke, Ohrringe und einen Stoppelbart, der nur noch dort wuchs, wo ihn keine seiner vielen Narben verunstalteten.

»Nein«, antwortete der Mönch und schloss das Tor wieder.

Die drei Gestalten und die Braut in aufreizenden Strümpfen, langen Latexstiefeln und Korsage mit hochgepushten Brüsten standen nun da wie bestellt und nicht abgeholt.

Sie berieten sich kurz, kamen aber schnell zu dem Ergebnis, dass ein weiteres Läuten nichts bringen würde. Sie waren den langen Weg hierher gekommen und aufgrund dessen ohnehin schon gereizt, doch sich nun einfach wieder auf den Rückweg zu begeben, machte sie nur umso ungehaltener.

Als sie sich vom Eingangstor entfernten, kam ihnen Dalik entgegen.

»Warum seht ihr denn so bedrückt aus?«, fragte er.

Die Frau ergriff das Wort. »Wir wollten nur jemandem eine Freude machen, indem wir ihn besuchen, aber wir wurden nicht reingelassen.«

»Das ist aber unerhört. Ihr habt Glück, dass ich auch gerade in den Tempel will. Ich nehme euch einfach mit rein. Wir benutzen den Geheimgang, dann gibt es auch keine Diskussion mit dem

Torwächter.«

»Es gibt einen Geheimgang?«, fragte der Glatzkopf. »Wieso verrätst du uns das?«

»Ja, wieso willst du uns überhaupt helfen?«, fragte sein Nebenmann. Eines seiner Augen war milchig trüb und auf seinem Hals zeigte sich ein kleiner Teil eines Tentakeldrachentattoos.

»Ihr habt doch gesagt, ihr wollt nur jemanden besuchen«, erinnerte sie Dalik erstaunt ob ihres schlechten Gedächtnisses.

»Genau«, sagte der Glatzkopf unsicher, ob der Mönch nicht bloß ein Spielchen mit ihnen trieb.

»Da ist es doch wohl selbstverständlich, dass ich euch helfe. Über den Geheimgang dürft ihr natürlich niemals ein Wort verlieren. Das versteht sich aber wohl von selbst.«

»Ja, aber natürlich.«

»Selbstverständlich.«

»Klaro.« Die Stimme der dritten Gestalt war verraucht. Seine Nase war mehrfach gebrochen gewesen und schief verheilt.

»Sehr gut. Dann folgt mir einfach.«

Dalik ging voraus. Die anderen folgten. Der Glatzkopf deutete auf Daliks Rücken und zeigte den anderen den Vogel.

Objago lag in der *Großen Halle.* Er hatte Cloey so lange genervt, bis sie ihn schließlich aus ihrem Zimmer geworfen und hierher verfrachtet hatte. Er lag überaus unbequem, denn seine Hände und Füße waren mit Handschellen gefesselt und ineinander verkeilt. Sein Kopf lag auf dem harten Steinboden. Es war derart unbequem, dass er nicht einmal schlafen konnte. Am oberen Rand der Wände gab es Öffnungen zur Belüftung. Tagsüber spendete die Sonne das Licht, nun waren es lediglich ein paar hundert Sterne und der Mond.

Schritte ertönten. Objago musste etwas herumrobben, um deren

Besitzer auszumachen. Die Dunkelheit machte es schwer, doch dann war die Freude groß.

»Na endlich! Drei Auftragsschläger und eine Nutte für danach auf den Namen Ffe Funh Do.«

»Genau«, bestätigte ihm der Glatzkopf und steckte sein iPhone weg, mit dem er Objagos durch Kleinfummelarbeit zurückgestecktes Handy und somit ihn geortet hatte.

»Also wen sollen wir verprügeln?«

»Zuerst einmal befreit ihr mich bitte von diesen Fesseln. Dazu macht ihr Folgendes …«

Cloey schlief den Schlaf einer Erschöpften, bis ihr jemand unsanft seine schwielige Hand auf den Mund presste. Sie riss die Augen auf. Sie brauchte etwas, um sich an die Dunkelheit zu gewöhnen, dann jedoch erkannte sie einen glatzköpfigen Mann mit einem vernarbten Bartgesicht.

Die Auftragsschläger brachten Cloey in die *Große Halle*. Sie waren furchterregend und grob. Cloey wagte es nicht, sich zu wehren, denn die drei Männer machten auf sie nicht den Eindruck, als gingen sie körperlichen Auseinandersetzungen aus dem Weg.

Objago hatte es sich auf dem Schoß der Prostituierten gemütlich gemacht. Sie streichelte seinen Kopf, während er, wie ein Krüppel gefesselt, neben ihr auf dem kalten Boden lag.

»Tja, damit hast du nicht gerechnet«, begrüßte Objago die Sweeperin.

»Du wirst deine Schläger nicht brauchen«, sagte sie, als man ihr die Chance gab, ihren Mund wieder zu benutzen. »Ich werde weder Alarm schlagen noch dir nachjagen. 2.000 Sinner sind schlichtweg zu wenig für so viel Ärger.«

Keiner von ihnen sah Taro. Nachdem er sich von Cloey verabschiedet und noch einmal das Gespräch mit seinem Sifu ersucht hatte, hatte er sich in eine Ecke zurückgezogen und angefangen zu meditieren. Dabei war er eingenickt. Nicht einmal als Cloey Objago hier abgeladen hatte, war er wach geworden. Nun allerdings schon.

»Dann sind wir uns ja einig«, sagte Objago, der sich aufgrund der Liebkosungen der Prostituierten zusammenreißen musste, keine Erektion zu bekommen. »Und jetzt gib meiner neuen Flamme hier die Schlüssel für die Handschellen.«

Man gab Cloey die Armfreiheit, die sie brauchte, allerdings hatte sie die Schlüssel nicht bei sich, denn sie hatte zum Schlafen unter anderem auch ihre dünne Weste ausgezogen. Sie wollte sich gerade erklären, als Taro sie mit seinen Worten zum Stocken brachte.

»Ich hab die Schlüssel ni–«

»Cloey! Lass das!«

Alle drehten ihre Köpfe in Richtung der Stimme. Taro rannte auf sie zu. Die Strecke legte er in Rekordzeit zurück. Seine Stimme besaß Kraft. Zusammen mit ihr und einem Ausdruck von Kampfbereitschaft in Gesicht und Körper flößte er den Schlägern Respekt ein.

»Das ist nicht nötig. Ich übernehm die. Dir wird nichts gesch–«

Taro sprach seinen Satz nicht mehr zu Ende, da der grimmige Glatzkopf Cloey so stark ins Gesicht schlug, dass sie prompt auf ihre Knie sackte. Ihr Kopf klingelte und spielte Posaune. Sie sah mehr Sterne, als eigentlich zu sehen waren. Taros Gemüt verhärtete sich. Zorn wallte in ihm auf.

»Hiermit habt ihr einen Schnupperkurs im Konkai-Kampfstil gewonnen. Ich gratuliere, und hoffe, ihr habt nicht vergessen, eure Schutzausrüstung mitzubringen.«

Taro wechselte in einen tieferen Stand und richtete seinen

Kampfstab auf seine Gegner. Mit der Spitze wanderte er zwischen ihnen umher. Wenn er seine Position nicht wechselte, war der Stab in der Luft wie festgenagelt. Kein Zittern, kein Wackeln, nichts.

Der Glatzkopf zog als Reaktion auf die Herausforderung zwei Schlagringe über seine Hände.

Der Tattoohals fuhr einen Teleskopschlagstock aus. Erst war er nicht viel größer als seine Hand gewesen, nun maß er die dreifache Länge und endete in einem flachen Kopf.

Die Schiefnase holte ebenfalls einen Teleskopschlagstock hervor, nur war dieser lang und maß am Ende einen ganzen Meter.

Kaum hatte jeder seine Waffe zur Hand, brach ein regelrechter Sturm über sie hinweg. Es schepperte in der Halle, als Schlagstöcke und der Kampfstab aufeinandertrafen.

Cloey wollte weglaufen, doch der Glatzkopf packte sie noch rechtzeitig und schlug ihr mit einem Schlagring gegen den Schädel. Ihr Kopf platzte an der getroffenen Stelle auf und färbte ihr blondes Haar rot. Danach legte der Glatzkopf seine Arme um ihren Hals, würgte sie innerhalb von Sekunden ohnmächtig und stürzte sich ebenfalls ins Getümmel.

Taro fächerte seinen Stab zu allen Seiten und schützte sich so vor den vielen Schlägen. Er untergrub und durchbrach die Verteidigung seiner Gegner und ließ seine Waffe auf sie herniederregnen. Er fügte ihnen schwere Kontusionen bei, aber selbst das Baden im eigenen Blut drosselte die Kampflust der Auftragsschläger nicht.

Der Glatzkopf konzentrierte sich darauf, Taros Stab und auch ihn selber festzuhalten. Er schränkte seine Bewegungsfreiheit ein und bald darauf sah sich Taro einer scheinbar ausweglosen Situation konfrontiert.

Dann erspähte er Cloey am Boden und eine neu entfachte Kraft durchspülte ihn. Es war, als hätte er zuvor kaum Schläge einstecken müssen. Er befreite sich von den ihn packenden Händen und modellierte seine Gegner nach seinem Ermessen um. Unabhängig davon, ob sein Stab auf etwas Hartes oder Weiches traf, er hinterließ seine Spuren.

Zeitnah war der Glatzkopf nicht mehr imstande, sich wieder aufzurichten. Kaum hatte Taro dies verinnerlicht, traf ihn Schiefnases langer Schlagstock am Kopf. Sein Körper wurde schwerelos und er sank zu Boden, ohne dass er es überhaupt richtig registrierte.

Cloey hingegen kam wieder zu sich. Ihr Kopf war warm und nass und ein Monstertruck schien darin von Wand zu Wand zu krachen. Sie versuchte, sich wieder auf ihre Füße zu stellen, aber Tattoohals bewegte sich auf sie zu und sie hielt inne. Sie befürchtete bereits, dass er sie wieder ins Liegen prügeln wolle, als ihn ein geworfener Kampfstab, rot und weiß in seiner Farbgebung, an seiner Brust traf. Die Erschütterung entzog Tattoohals nicht nur jegliche Luft für eine halbe Minute, sondern zertrümmerte zugleich sein Brustbein.

Dalik erschien nicht unweit von Cloey und nahm zeitig seinen Stab wieder auf. Er beachtete sie kaum, stattdessen sah er nach Taro.

»Dalik. Wie ich mich freue, dich zu sehen.«

Taro lächelte und zeigte seine blutigen Zähne, doch dann tat es ihm zu sehr weh und er ließ es wieder sein.

»Gleich wirst du versorgt«, beruhigte ihn Dalik. »Warte nur noch kurz.«

Dalik erhob sich und wandte sich den beiden übrigen Schlägern zu.

Die drei Männer sahen sich nur kurz in die Augen, dann begann Dalik, seinen Stab durch die Luft kreisen zu lassen. Obwohl seine Bewegungen nicht nur eine ungeheure Kraft besaßen, sondern auch eine unglaubliche Anmut in ihnen lag, wirkte er fast schon spielerisch. Er wirbelte den Stab um seinen Körper herum, ohne teilweise seine Hände überhaupt zu benutzen, und das in solch einer Geschwindigkeit, dass es Cloey – besonders in ihrem derzeitig schmerzhaft verrückt spielenden Gehirn – nichts als pure Magie suggerierte. Sie wusste nicht, ob dieser Mönch es aus Tollerei oder zur Einschüchterung tat, doch kurz darauf verkündeten die düsteren Gestalten, dass sie aufgaben. Sie erkannten Daliks Überlegenheit an und waren sich einig, dass es das Geld einfach nicht wert sei.

Cloeys Augen glänzten.

Am Morgen danach war Cloey allein mit Sifu Canasta im Aufenthaltsraum, in dem auch die Tischtennisplatte stand. Sie hatte um ein Gespräch unter vier Augen gebeten. Sie wollte eine Sache klären, auch wenn sie am liebsten den ganzen Tag im Bett verbracht und ihren Kopf unter einem Kissen vergraben hätte.

Man hatte sie medizinisch versorgt, ebenso wie Taro und auch die Auftragsschläger. Sie waren ins Krankenhaus geliefert worden. Die Polizei war gleich mit angerückt und wollte die Kriminellen festnehmen, sobald sie wieder entlassen wurden. Cloey hatte die Chance genutzt und Objago bei den Polizisten abgeliefert. Diese hatten sich bedankt und ihr die baldige Prämie von 2.000 Sinner garantiert.

Cloeys Brummschädel pocherte so arg, dass sie sich zusammenreißen musste, nicht einfach loszubrechen.

»Ich hoffe, Sie hat es nicht allzu schlimm erwischt«, sagte Canasta.

»Ich will mich nicht beklagen, da Taro viel mehr einstecken musste.«

»Taro hat mir bereits erzählt, dass Sie ihn mitnehmen möchten.

Ich glaube, das würde ihm ganz gut tu–«

»Ich will Dalik.«

»Dalik? Aber Taro meinte, Sie hätten ihn gestern Nacht gef–«

»Ich will Dalik.«

Canasta hielt kurz inne. »Dalik ist einer der besten Kämpfer hier. Vielleicht ist er mittlerweile sogar schon stärker als ich, immerhin bin ich jetzt auch schon fünfundneunzig Jahre alt.«

»Fünfundneunzig?«, rief Cloey ungläubig aus. »Wie kann man in dem Alter denn bitte noch derart fit sein?«

Canasta antwortete mit einem bescheidenen Lächeln. »Es geht nicht ohne gewisse Opfer.«

»Und was für Opfer sollen das sein?«

Canasta antwortete nicht. Er schien die Frage sogar tunlichst ignorieren zu wollen und kehrte schnell zum eigentlichen Thema zurück.

»Dalik ist zwar geschickt mit dem Stab und hat ein gutes Herz, aber er ist auch außergewöhnlich naiv und abergläubisch. Er sagt immer die Wahrheit, immer, und kann es nur schwer nachvollziehen, warum ihn jemand anlügen würde. Sie müssten gut auf ihn aufpassen.«

»Das werde ich. Sie müssen sich keine Sorgen machen. Ich hoffe nur, dass er auch mitkommen möchte.«

»Dalik streunert viel herum und gerät immer wieder in Schwierigkeiten. Und wie es aussieht, haben Sie Letzteres gemeinsam.« Canasta lächelte sie an. Die Grübchen, die sich dabei zu seinem faltigen Gesicht hinzugesellten, zeugten von aufrichtiger Zuversicht. Dieser alte Mann konnte selbst in so etwas Simplem wie dem Anheben seiner Mundwinkel Weisheit und Wärme versprühen. »Gleich und gleich gesellt sich gern. Vielleicht enthielten die vom Pech verfolgten Umstände ja einen Tupfer von Schicksal. Wer weiß das schon?«

Cloey wäre nicht fähig gewesen, es zu beschreiben, doch sie verspürte eine tiefe Bewunderung für diesen Menschen; obwohl sie nahezu nichts von ihm wusste.

Sie erwischte Dalik auf dem Hof. Sie war nervös und betete insgeheim Sifu Konkai an, dass er ihr doch gnädig sein möge.

»Komm mit mir«, sagte sie nach einer kurzen Begrüßung und Einleitung. »Du gehörst ins beste Team der Welt. Ich brauche dich. Du kannst deine Fertigkeiten ausbauen und Menschen helfen. Also, Dalik, ich bitte dich. Schließe dich mir an.«

Dalik überlegte kurz. Dann verbeugte er sich.

»Sehr gern.«

Cloey schloss die Tür zu ihrer Wohnung auf. Sie war froh, wieder hier zu sein.

»Fühl dich wie zu Hause.«

Dalik trat ein. Zwei große Taschen hingen an seinem Stab, welchen er gemütlich auf seiner Schulter abstützte. Zum Abschied hatte ihm sein Sifu eine neue Robe geschenkt. Sie war noch völlig ohne Flecken und Flicken.

Dalik stellte seine Taschen im Wohnzimmer ab und inspizierte sein neues Heim.

Als Cloey, mit Einkaufstüten vollbeladen, wieder hereinkam, klingelte bereits ihr Handy. Das Klingeln machte sie nervös und sie beeilte sich, das schwere Zeug auf dem Küchentisch abzustellen. Dann endlich griff sie in ihre Hosentasche und kramte das bimmelnde Gerät heraus.

»Carter. Hallo.«

»Hi, Cloey. Ich hoffe, du erinnerst dich noch an mich. Hier ist Teppo.«

»Ah, hey, Teppo. Wie geht es dir?«

»Soweit ganz gut. Und dir? Kommst du zurecht?«

»Ich komme gerade von der Arbeit und bin etwas angeschlagen, aber sonst geht es mir bestens.«

»Angeschlagen? Klingt so, als bräuchtest du kräftige Unterstützung. Dein Angebot, dass ich als Sweeper arbeiten könnte, steht doch noch, oder?«

»Klar. Du bist herzlich willkommen. Aber du solltest vielleicht wissen, dass ich mittlerweile schon einen angehenden Sweeper in meinem Team habe. Und stell dir vor, er ist sogar noch stärker als du.«

Eine kurze Pause entstand und Cloey war gespannt, wie Teppos Reaktion ausfallen würde.

»Den würde ich ja zu gerne einmal kennenlernen.«

Unterdessen sah sich Dalik eingerahmte Fotos an und befreite seelenruhig seine Nase von Popeln.

Kapitel fünf:
SWEEPERSCHULE

Dalik zog als Untermieter in Cloeys kleine Wohnung ein. Es gab ein Wohnzimmer, eine Küche, ein Badezimmer und ein Schlafzimmer. Er und Cloey quetschten sich zusammen. Daliks Bett war das Sofa im Wohnzimmer. Es ließ sich zwar nicht ausklappen, war aber breit und gemütlich genug, dass Dalik sich damit zufriedengab. Störender empfand er hingegen, dass er oftmals mit dem Schlafen warten musste, bis Cloey fertig war mit Fernsehen. Meistens machte er solange noch einen Nachtspaziergang.

Bei schlechtem Wetter trainierte er in der kleinen Wohnung. Dehn- und Kraftübungen waren kein Problem, aber wenn er Techniken mit seinem langen Kampfstab ausführte, bekam Cloey zu Anfang fast immer einen Herzkasper. Es mussten erst ein paar Tage vergehen, bis sie ihre Angst um ihre Einrichtung ablegte. Dalik agierte stets geschickt, vorsichtig und aufmerksam und zeigte dabei eine nahezu unwirkliche Selbstverständlichkeit. Und so knapp es auch sein mochte, er stieß mit seinem Stab nie gegen irgendetwas. Nie. Weder im Training noch im Alltag.

Seinen Stab führte er stets mit sich, egal wohin er ging. Cloey fragte ihn, ob er damit denn auch duschen gehe, und er antwortete, dass er es nur tue, wenn er nicht abschließen könne, aber da dies in ihrer Wohnung anders als im Tempel kein Problem darstelle, lehne er ihn in ihrem Bad wohl immer an die Wand.

Tatsächlich lehnte Dalik seinen Stab auch irgendwo gegen, wenn er und Cloey aßen oder er sonst wie seine beiden Hände benötigte. Wenn er sich zum Beispiel an- oder auszog, legte er ihn auch auf das Sofa, aber das war nur ein geringer Teil vom Tag. Den Großteil zeigte er sich nicht unbewaffnet.

Das Schwierigste am Zusammenwohnen waren jedoch die Tischmanieren. Dalik war es gewohnt, beim Essen Geräusche aus sämtlichen Körperöffnungen zu machen. Cloey hatte sich vehement dafür ausgesprochen, dass er sich doch bitte ihre Gepflogenheiten aneignen möge, denn hier sei nicht sein Tempel und die Menschen in diesem Teil der Welt könnten ihn sonst als unhöfliche Person ansehen. Dalik sah es ein, zumal er schon des öfteren mit Leuten gespeist hatte, für die lautes Furzen, Rülpsen und Schmatzen nicht gerade zur guten Etiquette gehörten. Er versprach sich zu bessern. Allerdings zeigte die Zeit, dass er es nur sporadisch vermochte. Oft genoss er einfach nur das Essen und seine Manieren kamen und gingen, wie es ihnen gerade passte.

Es war sehr spät am Abend, als das Wunder geschah. Cloey saß auf dem Sofa, zerlegte ihre Beretta in ihre Einzelteile, breitete sie auf einem Tuch auf dem kleinen Wohnzimmertisch aus und reinigte sie gewissenhaft.

Hinter ihr übte Dalik locker Techniken mit seiner Waffe. Er drehte, wirbelte, stieß und schlug aus allen möglichen Winkeln. Nicht selten sahen seine Hände dabei aus wie sich verknotende Schemen, die sich bereits im nächsten Moment wie von selbst wieder zu lösen schienen.

Dann jedoch geschah das Unglaubliche. Dalik schlug die Lampe kaputt und die beiden versanken in Dunkelheit.

Cloey und Dalik standen vor der Haustür. Das Klingelschild war mit »*Bunks*« beschriftet. Sie waren viel zu spät, aber nur weil Cloeys Navigationssystem beim Finden des Ortes *Enmar* irgendwann durchgedreht war. Es hatte einige Zeit gedauert und Cloey hatte sogar diverse Leute nach dem Weg fragen müssen. Die meisten hatten keine Ahnung gehabt. Nur eine hatte den Weg zu ebendieser fast schon geheim erscheinenden Stadt gekannt. Als Cloeys hellbrauner Lada Taiga schließlich die Stadtgrenze passiert hatte, hatte ihr GPS-System auf wundersame Weise wieder zu alter Gesundheit gefunden. Das Finden des Eichhörnchenwegs 5 war dadurch nur noch ein Klacks gewesen.

Cloey klingelte. Sie mussten nicht lange warten, dann öffnete sich die Tür.

»Teppo!«

»Cloey, hi!«

Teppo reichte ihr seine Hand, aber sie schloss ihn in die Arme.

»Darf ich vorstellen?«, sagte sie, nachdem sie ihn wieder losgelassen hatte. »Das ist Dalik.«

Dalik verbeugte sich, wie es in seinem Tempel und in anderen Gegenden der Welt Sitte war. »Es ist mir eine Freude.«

Teppo verbeugte sich ebengleich. »Die Freude ist ganz auf meiner Seite. Kommt rein.«

Teppo hielt ihnen die Tür auf und die beiden Besucher traten ein. Cloey streifte ihn und er saugte unbemerkt eine zweite, tiefere Prise von ihr ein.

Cloey und Dalik nahmen auf dem Sofa Platz. Teppo setzte sich auf den Sessel.

Die Atmosphäre war bislang recht heiter gewesen, doch nun begann sie umzuschwappen. Cloey kapierte zunächst nicht, woher diese bedrückende Stimmung rührte. Sie merkte lediglich eine plötzlich aufkommende Anspannung, die nach und nach anstieg. Dann verstand sie es.

Sobald Dalik und Teppo sich hingesetzt hatten, hatten sie einander nicht mehr aus den Augen gelassen. Sie betrachteten sich, wie wilde Tiere es pflegen, bevor sie beschließen, einander anzugreifen oder getrennter Wege zu ziehen.

Cloey überlegte, ob sie die Atmosphäre irgendwie auflockern oder lösen konnte. Sie kannte die beiden noch nicht gut genug, als dass sie abschätzen konnte, was sie als Nächstes tun würden.

»Ihr werdet nicht gegeneinander kämpfen. Ihr seid – wir sind ab jetzt ein Team. Lasst euer Testosteron gefälligst an Verbrechern aus.«

»Ich bin stärker als du«, sagte Dalik, ohne Cloey sichtlich zu beachten.

Auch Teppo wandte seine Augen noch immer nicht von seinem Gegenüber ab. Dann jedoch tat er es und mit einem Mal verschwand der dichte Dunst des Ungewissen.

»Von mir aus«, sagte er, lockerte dabei seine verhärtete Haltung und sorgte zugleich auch bei Cloey für Entspannung. »Das ist ein schöner Stab.«

»Danke.«

»Vielleicht kannst du mir bei Gelegenheit mal was beibringen. Mich interessiert fast alles, was mit Kampfkünsten zu tun hat.«

»Sehr gern.«

Die beiden zeigten einander ein freundliches Gesicht und Cloey hoffte, dass sie es ernst meinten.

»Ich habe mich wohl in euch geirrt«, sagte sie. »Ich hatte schon befürchtet, ihr springt euch an die Gurgeln. Aber ihr scheint euch ja zu verstehen. Das freut mich.«

»Wir sind doch keine Raufbolde«, erklärte Teppo. »Es muss schon einen guten Grund haben, wenn ich bereit bin, andere zu verletzen.«

»Die Gründe, für die jemand in den Kampf zieht, definieren einen Menschen«, belehrte nun auch Dalik sie.

Cloey fand sich zum ersten Mal beiden wilden Tieren gleichzeitig konfrontiert. Ihr gefiel es, denn sie malte sich aus, dass es genau so später für die Kriminellen sein würde, nur in einer verschärften Art und Weise.

Aus dem Nebenzimmer betrat der alte Mann den Raum. Cloey und Dalik staunten nicht schlecht über seinen ellenlangen Ziegenbart, der bis in sein Oberteil, welches die Worte »*COUGAR TAMER*« zeigte, hineinreichte.

»Man sollte sich ein möglichst dickes Fell aneignen«, sagte der alte Mann. »Es können sehr schlimme Dinge passieren, wenn man sich dazu entschließt zu kämpfen. Deshalb sollte es einen Grund haben, den man nicht tolerieren kann und will, zum Beispiel wenn die eigenen Freunde oder die Familie in Gefahr schweben. Von daher immer locker bleiben. Guten Tag. Ich bin Teppos Opa.«

Während der alte Mann seine Predigt gehalten hatte, hatten sich Cloey und Dalik bereits von ihren Sitzplätzen erhoben. Cloey schüttelte die ihr entgegengestreckte Hand.

»Ich bin Cloey. Vielleicht hat Teppo schon von mir erzählt.«

»Das hat er tatsächlich. Er hat auch erwähnt, wie äußerst hübsch du seist. Aber ich hatte ja keine Ahnung, dass mir gleich solch ein Engel ins Haus flattern würde.«

»Dankeschön.«

Dalik verbeugte sich. Den alten Mann amüsierte es und er verbeugte sich ebenfalls.

»Ich bin Dalik.«

»Du stammst aus dem Konkai-Tempel.«

Dalik zeigte sich freudig verblüfft. »Das ist richtig.«

»Lebt Canasta, die olle Dampfnudel, noch?«

»Sie kennen ihn?«

»Vor langer Zeit war er mit meinem Vater befreundet. Ich hatte das Vergnügen, ein bisschen von ihm zu lernen.« Er wandte sich Teppo zu. »Wenn dir einer zeigen kann, wie man mit einem Stab richtig umgeht, dann jemand aus dem Konkai-Tempel. Du solltest deinen neuen Freund mal fragen, ob er dir ein paar Techniken zeigt.«

»Ich bin dir längst voraus«, retournierte Teppo.

»Wie ich sehe«, sagte der alte Mann und begann nun, ausladender seine Gesten zu setzen, »hat mein Enkel euch noch gar nichts zu trinken angeboten. Die guten Manieren von seinem Großvater hat er leider nicht geerbt.« Der alte Mann berührte mit einer seiner sich viel bewegenden Hände leicht und kurz eine von Cloeys Brüsten. Er schien es nicht zu bemerken und Cloey tat es als Versehen ab. »Das müsst ihr bitte entschuldigen. Was wollt ihr trinken?«

Sobald er fertig war mit Sprechen, endeten die weiten Gesten und kehrten fortan nie wieder.

»Kaffee«, antwortete Cloey. »Schwarz. Mit Milch.«

»Wasser reicht«, sagte Dalik und setzte sich wieder hin.

»Kafkao«, sagte Teppo und nahm fast zeitgleich mit Dalik Platz.

»Kafkao? Was ist das?«, fragte Cloey.

»Halb Kaffee, halb Kakao«, erklärte Teppo.

Cloey ließ sich die Vorstellung kurz im Mundraum zergehen, dann wechselte sie ihre Bestellung.

Der alte Mann nickte bestätigend und ließ die drei wieder unter sich.

»Cloey, hast du die 70.000 Sinner bekommen?«, fragte Teppo.

»Ja.«

»Und fändest du es nicht auch fair, mir etwas davon abzugeben?«

»Ich kann dir etwas abgeben. Wie viel hättest du denn gerne?«

»Nun ja, da ich diesen Mörder geschnappt habe, wäre wohl die Hälfte angemessen.«

»Das kannst du mal schön vergessen. Du hast eine Minute gearbeitet, ich hingegen tagelang. Ich habe alle möglichen Informationen über ihn beschafft, hinzu kommen Sprit, Verpflegung und Unterkunftskosten. Ich habe deine kompletten Hotelkosten übernommen. Ohne mich wärst du im Wald vielleicht sogar verhungert. Genau genommen, habe ich dir also weitaus mehr geholfen als du mir.«

»Ist ja gut. Und was für einen Anteil fändest du gerechtfertigt?«

»Zwanzig Prozent.«

»Das wären also … 70.000 Sinner durch fünf … das sind … 14.000.« Teppo sah sich bereits im Geld schwimmen. So viel hatte er noch nie besessen, geschweige denn in einem Rutsch verdient.

»Ein Drittel der Kaution geht für Steuern drauf. Zusätzlich habe ich einem Tippgeber, der mir von dem Hotel erzählt hat, zehn Prozent des Kopfgeldes zugesichert.«

»Also ein Drittel von 70.000 sind 23.333. Somit bleiben 46.666. Minus 7.000, sind wir bei 39.666. Und davon jetzt zwanzig Prozent?«

»Ja.« Die Rechnungen waren nicht sonderlich schwer, trotzdem zeigte sich Cloey ein wenig beeindruckt, dass Teppo es so einfach im Kopf ausrechnete. Sie hatte nicht erwartet, dass er dazu imstande war.

»Sagen wir mal 40.000. Ein Fünftel … 8.000.«

»Scheint wohl so.«

Der alte Mann trug ein Tablett mit den Getränken herein.

»Na, was hab ich verpasst?«, fragte er und verteilte die Bestellungen.

»Ich habe gerade 8.000 Sinner verdient«, prahlte Teppo.

»Was?«

»Wegen des Typen, den ich im Hotel fertiggemacht habe, bekomme ich jetzt 8.000 Sinner.«

»Wow!«

Der alte Mann quetschte sich neben Cloey auf die Couch. Die anderen rückten beiseite und gaben ihm die nötige Freiheit, die er am liebsten überhaupt nicht gehabt hätte.

»Ich weiß nicht, ob Teppo Ihnen davon erzählt hat, aber ich bin auf der Suche nach geeigneten Kopfgeldjägern«, begann Cloey zu erzählen. »In unserer Branche tragen sie den Namen *Sweeper,* aber im Grunde ist es ein und dasselbe. Dalik macht bereits mit und Teppo hat mich so stark beeindruckt, dass ich ebenfalls gerne seine

Talente nutzen möchte.«

»Also meinen Segen habt ihr.«

»Es erstaunt mich, wie locker Sie damit umgehen. Meine Eltern sind nach wie vor dagegen, dass ich diesen Beruf ausübe.«

Cloey nippte an ihrem heißen Kafkao. Sie befand ihn für trinkbar, aber nicht wirklich lecker. Die folgenden Schlucke gewöhnte sie sich jedoch an den Geschmack.

»Das muss jeder für sich selbst entscheiden«, erklärte der alte Mann. »Wenn es ihm Spaß macht und er so viel Geld nach Hause bringt, bin ich damit voll und ganz zufrieden.«

»Also immer wird er wahrscheinlich nicht so viel Geld verdienen. Kleinere Fische sind sicherer. Bei so hohen Kopfgeldern müssen wir aufpassen, uns nicht mit irgendwelchen Untergrundorganisationen oder Bandenmitgliedern anzulegen, denn dann haben wir es mit einer nach Rache sinnenden, übermächtigen Anzahl von Feinden zu tun, die früher oder später unser und das Lebenslicht unserer Angehörigen auslöschen. Wir sind eine zu kleine Gruppe, um bei einer Mafia oder dergleichen etwas reißen zu können. Nichtsdestotrotz gibt es da draußen jede Menge gesuchte Einzelgänger, die nur darauf warten, von uns geschnappt zu werden.«

»Cloey, es ist wirklich eine wahre Freude, dir zuzuhören«, schwärmte der alte Mann. »Du bist so begeistert bei der Sache, dass in mir die längst vergessene Jugend wieder aufblüht. Ganz toll.«

»Danke, Mr. Bunks.« Dass der alte Mann ihr so nahe war und ihr nun auch noch so energisch in die Augen sah, war Cloey hinlänglich unangenehm.

»Weißt du, welches mein großes Talent ist?«, flirtete der alte Mann weiter. »Ich bin einer der besten Masseure der Welt. Kostprobe gefällig?«

»O-Okay«, antwortete Cloey, obwohl sie nicht wirklich Lust

hatte, von dem alten Mann in irgendeiner Weise betatscht zu werden.

Der alte Mann freute sich ob Cloeys Einverständnis, fasste ihr an die Schultern und drehte sie behutsam, sodass er Zugang zu ihrem Rücken erhielt. Zunächst fühlte sie sich unwohl bei der Sache, doch als der alte Mann seine Hände auflegte und den ersten Druck aufbaute, war das Unbehagen wie weggeblasen. Sie ließ augenblicklich locker und versank wehrlos in seiner Kneterei.

»Das ist wirklich unglaublich gut«, stöhnte sie.

»Mein Opa hat das große Talent, die sportlichen Vorlieben von denen, die er massiert, zu erkennen.«

»Ist das wahr?«, fragte Dalik interessiert.

»Ja«, bestätigte der alte Mann. »Das Körperteil, das alles zusammenhält, ist der Rücken. Er bildet das Zentrum jeder größeren Bewegung und wenn man einen Sport besonders häufig trainiert, dann werden bestimmte Muskelgruppen mehr beansprucht und definiert als andere. Diese dann richtig lesen zu können, dafür braucht man jedoch Jahre. Im Gegensatz zu Teppo und Dalik machst du zum Beispiel keinen Kampfsport.«

»Nein«, sagte Cloey und zwang sich ein paar Worte heraus. »Aber ich mache so ein bisschen Sport, um mich fit zu halten. Das ist mit Abstand die beste Massage, die ich jemals hatte.«

»Ich beherrsche auch Kopf-, Fuß- und Ganzkörpermassagen.«

Teppo wurde der alte Mann allmählich zu anzüglich und er brachte die Unterhaltung lieber in eine andere Richtung.

»Weshalb willst du Sweeper werden?«, fragte er Dalik.

»Sie hat gesagt, dass sie mich brauche, ich meine Fertigkeiten ausbauen und anderen helfen könne.«

»Das war die Kurzfassung«, mischte sich Cloey ein. Der alte Mann massierte gerade einen gefundenen Knoten, aber selbst der dabei entstehende Schmerz tat ihr unfassbar gut. »In Wirklichkeit steckt noch weitaus mehr hinter diesem Job. Zunächst einmal sind Sweeper Freiberufler. Wir können uns aussuchen, wann, wo und wie wir arbeiten. Solange wir die allgemeinen Gesetze beachten, kann uns keiner was. Wir sind unsere eigenen Bosse.«

»Das klingt schon mal sehr gut«, kommentierte Teppo.

»Die schönste Definition des Sweeperberufes, die ich jemals gelesen habe, ist vielleicht etwas melodisch und träumerisch, aber ich mag sie sehr gerne. Sie lautet: *Ein Sweeper, stets frei wie ein Vogel, klärt den Himmel für die anderen.* Als Sweeper zu arbeiten, ist nicht einfach nur ein Job, es ist – Ah, genau da. Ja, da ist gut. Ahh. – es ist eine wunderbare Art zu leben. Allein die Tatsache, dass wir alles daransetzen, unseren Gegner nur unschädlich zu machen, ohne ihn tödlich zu verletzen, auch wenn wir beziehungsweise ihr zwei dann mal ein bisschen einstecken müsst, zeigt doch schon, wie ehrenhaft diese Arbeit ist. Auch in der Hitze des Gefechts und – Uh ja. Das ist super, Mr. Bunks. Boah, ist das Ding hart. Aber bitte nicht aufhören. – Wo war ich?«

»In der Hitze des Gefechts«, sagte Teppo.

»Genau. Also sowohl in der Hitze des Gefechts als auch im Angesicht des Todes müsst ihr einen kühlen Kopf bewahren und nur darauf hinarbeiten, das Ziel aufzuhalten. Das ist sehr schwer und benötigt viel Selbstbeherrschung. Aber ich – Aiaiaiai. Was haben Sie denn da erwischt? Huh, und das nur mit dem Daumen. Ohh. – ich, äh, habe großes Vertrauen in euch, sonst hätte ich euch nie in mein Team geholt. Außerdem, was gibt es bitte für eine bessere Antwort auf die Frage *Was bist du von Beruf?* als *Kopfgeldjäger*?«

»Ich glaube«, sagte Teppo, »ich habe gerade meinen Traumberuf gefunden.«

Cloey wusste, dass sie nun einen Fisch an Land gezogen hatte, der fortan nur noch auf dem Trockenen leben wollte. Sie wusste nicht, was aus ihm werden würde. Allein die Zukunft würde zeigen, ob dieser Fisch elendig erstickte und vertrocknete oder ob ihm noch rechtzeitig Beine wüchsen, ehe er einging.

»Wir werden dich nicht enttäuschen«, sagte Dalik.

»Das wollte ich hören. Morgen bringe ich euch einiges bei. Wir fangen mit etwas Spaßigem an, aber ich verrate euch noch nicht was.«

Cloey erwartete neugierige Nachfragen, doch stattdessen sagte Teppo bloß: »Können Dalik und ich jetzt rausgehen und trainieren?«

»… Ja, könnt ihr.«

»Yeah!« Teppo sprang auf. »Komm mit.« Dalik erhob sich und folgte Teppo in Richtung des Gartens. »Darf ich deinen Stab benutzen?«

»Nimm dir lieber einen Besenstiel oder eine Gardinenstange.«

»Okay.«

Ohne groß weiter nachzudenken, riss Teppo eine der Gardinenstangen herunter. Er warf die Befestigungen aus ihren Angeln und hinterließ kleine Löcher in der Wand. Teppo ruppte weiter daran herum und befreite die Stange von jedweden Ringen und sonstigem Schnickschnack, der einer glatten Stangenoberfläche entgegenwirkte.

»Hey, lass das gefälligst!«, schrie der alte Mann.

»Ich bin Freiberufler, ich darf das.«

»Zerstörung von fremdem Eigentum gehört aber nicht dazu!«

»Ich häng sie ja wieder auf.«

Und schon verschwanden Teppo und Dalik nach draußen. Sie schlossen die Terrassentür hinter sich und ließen ihre neue Chefin allein mit dem alten Nötiger, der keine weitere Zeit verschwendete und einfach drauflos fragte: »Zur Entspannung jetzt vielleicht eine platonische Ganzkörpermassage?«

Die Beretta spuckte Feuer und Metall. Cloey stand in einer Kabine mit Ohrenschützern auf dem Kopf und einer Zielscheibe vor sich. Einige Meter hinter ihr stand Dalik. Er schaute ihr und Teppo, der in der benachbarten Kabine schoss, beim Üben zu. Teppo traf zwar das Ziel mit dem aufgemalten Menschen, doch im Gegensatz zu Cloey war er alles andere als zielsicher.

Nachdem sie ein weiteres ihrer Magazine verballert hatte, schaute sie nach ihm.

»Wie läuft's?«

»Scheiße.«

»Deine Technik ist gut. Du hältst die Pistole stabil und ruhig. Das Einzige, was dir fehlt, ist Übung. Nicht mehr lange und du wirst ein Gefühl für die Waffe bekommen.«

Cloey begab sich zurück in ihre Kabine und legte den nächsten Streifen ein.

Teppo drehte sich zu Dalik um.

»Willst du nicht auch mal?«

»Mein Stab reicht mir.«

Teppo nickte nur, drehte sich zurück und schoss weiter.

Er wusste nicht, wie viele Patronen und Sinner er hier verprasselte, doch mit jeder verstreichenden Minute wurde er besser. Er war noch fernab davon entfernt, ein guter Schütze zu sein, aber eine bessere Handhabung als zu Anfang war ihm nicht abzustreiten.

Als er die jüngste Zielscheibe zu sich fahren ließ, tippte er Cloey auf die Schulter.

»Cloey!«

Sie folgte ihm in seine Kabine und betrachtete die Zielscheibe. Mit Stolz zeigte er ihr seine Kopf- und Brusttreffer.

»Was soll das denn?«, schimpfte sie. »Ich hab dir doch gesagt: nicht töten.«

»Oh! Ja. Na ja, zumindest wären diese hier nicht tödlich.«

»Du hast wohl zu viele Filme und Serien geschaut. Die meisten Schulterschüsse sind tödlich.«

»Wat?«

Cloey zerrte Teppo in ihre Kabine und ließ ihre Zielscheibe herfahren. Die darauf abgebildete Person hatte lediglich Löcher in der äußeren Schulterregion und an den Armen.

»Die Lunge reicht nahezu ans Schlüsselbein und nimmt viel Platz ein«, erklärte Cloey. »Das heißt, sie wird getroffen und kollabiert. Wenn du jemandem eine nicht tödliche Kugel verpassen willst, dann musst du schon die Schulterpartie am Arm oder allgemein die Arme erwischen. Die Beine bieten sich ebenfalls an. Sie sind sogar Ziel Numero Uno, denn dann können die Verbrecher nicht mehr weglaufen. Aber selbst das ist kein Garant für eine nicht tödliche Wunde. Wenn du eine Arterie erwischst, blutet dir der Kerl schneller aus als so manches aufgeschlitzte Schwein. Noch gefährlicher wird es, wenn der Verletzte einen Schock erleidet. Statistisch gesehen, verreckt sogar der Großteil an einem Schock und nicht durch den Blutverlust. Einen nicht tödlichen Schuss zu setzen, ist schwer und riskant und natürlich noch weitaus schwieriger, wenn sich das Ziel bewegt. Du musst sehr zielsicher sein.«

»Dann sollte ich wohl noch ziemlich viel üben. Aber ich muss doch keine Pistole benutzen, oder?«

»Musst du nicht. Mit was für einer Waffe möchtest du denn arbeiten?«

»Für gewöhnlich benutze ich einfach alles in meiner Umgebung. Damit bin ich bisher immer bestens gefahren.«

»Das bleibt dir überlassen. Solange du deinen Job erledigst, ist mir egal, welche Vorgehensweise du dabei bevorzugst. Wenn ihr die Sweeperlizenz erhaltet, dürft ihr fast alle möglichen Waffen mit euch führen.«

»Heißt das, ich dürfte auch rein theoretisch mit einem scharfen Schwert Verbrecher jagen?«

»Rein theoretisch ja. Natürlich musst du bei derart gefährlichen Waffen den entsprechenden Schein machen, daran führt kein Weg vorbei. Allerdings habe ich noch niemanden gesehen, der mit einem scharfen Schwert Verbrecher jagt, oder mit einer Schrotflinte. Gut möglich, dass es zur Einschüchterung und dadurch zum Hissen der weißen Flagge dienen könnte, nur wirklich benutzen lassen sich solche Waffen eher nicht. Was willst du tun, wenn sich jemand nicht freiwillig festnehmen lässt? Beschießt du ihn oder sie mit einer Ladung Schrot? Oder schneidest ihnen einen Arm ab? Was ist, wenn du jemanden mit einer solchen Waffe bedrohst und der Gegner bemerkt oder weiß, dass du die Waffe nicht benutzen wirst, und in den Angriff übergeht, dir vielleicht sogar die Waffe entreißt und gegen dich verwendet? Bedenkt, wenn ihr jemanden umbringt oder allzu schwer verletzt, kann es nicht nur sein, dass ihr eure Lizenz verliert, sondern im schlimmsten Fall auch hinter Gittern landet.«

»Oha! Wenn das so ist, bleibe ich lieber bei meiner traditionellen Kampfweise.«

»Viele Traditionen haben zu Recht die Zeit überdauert«, mischte sich Dalik ein. Bislang hatte er nur schweigend zugehört.

»Traditionen hin oder her«, entgegnete Cloey, »Hauptsache ihr geht nicht drauf.«

Das Trio aß zu Mittag. Es gab Chinesisch und Cloey hatte anfangs die Befürchtung gehabt, nicht das zu bekommen, was sie bestellt hatte.

»Ja, ja, einmal Leis mit Hühndchen«, hatte der Kellner mit starkem Akzent gesagt.

»Hühnchen, genau. Aber nicht Hündchen.«

»Ja, ja, Leis mit Hühndchen.«

»Hühnchen wie Huhn und nicht wie Hund. Kein Wau Wau, sondern Kikeriki.«

»Ja, ja, Kikeliki. Hühndchen mit Leis.«

Sie hoffte das Beste und aß es einfach.

Im Gegensatz zum letzten Mal schlang Teppo heute nicht. Er aß nach wie vor zügig, doch fernab von ihrer Erinnerung. Vielleicht lag es daran, dass er momentan nicht am Verhungern war. Dalik hingegen schmatzte gedankenverloren vor sich hin. Er stieß mehrmals auf, ohne auf die anderen zu achten. Cloey verdrehte die Augen, aber Teppo schien sich gut unterhalten zu fühlen.

»Du kommst aus Japan, oder?«, fragte er Dalik. »Ich liebe die japanische Kultur. Die Sprache, die ganzen Traditionen, das Essen, Manga, Anime, Samurai, das Essen, Ninja, Karate, Kendo, das Essen, Sumo und das ganze andere Zeug.«

»Ich habe keine Ahnung, woher ich stamme. Ich bin eine Waise.«

»Sag bloß.«

»Ja, aber ich empfand das nie als schlimm. Ich hab mich im Tempel immer zu Hause gefühlt.«

»Zum Glück wollten dich deine Eltern nicht, denn sonst wärst du niemals ein so guter Kämpfer geworden und säßest jetzt nicht hier mit uns.«

»Das war unhöflich«, wandte Cloey ein.

»So war das aber nicht gemeint.«

»Ich bin sehr zufrieden, wie mein Leben bisher verlaufen ist, deshalb stimme ich Teppo sogar zu.«

Teppo streckte Cloey die Zunge heraus. Sie tat es ihm gleich und riss wieder die Oberhand über das Gespräch an sich.

»Nun gut, zurück zum Thema. In der Regel gibt es sechs Schritte beim Sweepern. Erstens: Das Ziel aussuchen. Zweitens: Informationen sammeln. Drittens: Suchen. Viertens: Finden. Fünftens: Einfangen. Und sechstens: Abkassieren. Die ersten drei Schritte können unter Umständen variieren beziehungsweise entfallen, beispielsweise wenn ein gesuchter Verbrecher direkt vor eurer Nase herumläuft, ihr ihn von einem Steckbrief wiedererkennt und ihn euch einfach schnappt. Diesbezüglich solltet ihr euch aber keine Hoffnungen machen. Das kommt fast nie vor.«

Cloey holte einen Spielkartenstapel mit Steckbriefen hervor und ließ Dalik und Teppo die Karten anschauen.

»Für Schritt zwei bin ich mittlerweile schon Spezialistin. Von fast jedem Kriminellen, auf den eine Prämie ausgesetzt ist, habe ich eine Steckbriefkarte angefertigt. Ich habe mir diese Idee vor ein paar Jahren bei einem berühmten Sweeperkollegen namens Hal F ... Furn ... Fari ... Febi-Schießmichtot abgeguckt. Falls ich erfahre, dass einer dieser Typen an einem bestimmten Ort gesichtet wurde, greife ich auf einen großen Dateiordner in meinem Computer zurück, wo sich weitere Informationen befinden. Wissen ist Macht. Manchmal kann eine Information, die unwichtig erscheint, genau der Ansatz sein, der zur Ergreifung führt. Was für eine Vergangenheit hat jemand? Wo ging er zur Schule? Zur Ausbildung? Zur Arbeit? Vereine, Hobbys, Familiengeschichte, Krankheiten, Freunde, Exfreunde, Kleidungsstil, selbst wohin jemand gerne in den Urlaub fährt, all diese Dinge können wichtig sein.«

»Klingt nach mächtig viel Recherchearbeit«, seufzte Teppo.

»Das ist es. Doch das meiste ist später alles unnötig. Es ist nur so: Ich sammle lieber viel zu viele Infos als zu wenig.«

»Müssen wir das auch alles machen?«, fragte Dalik.

»Nein. Ihr fangt gleich mit dem Suchen an – beziehungsweise helfe ich euch auch gerne dabei – und nehmt die Zielpersonen einfach nur fest. Darin unterscheide ich mich als Vermittlerin von Sweepern. Zumindest von vielen.«

»Gut.«

Teppos Gesicht war vom Essen bekleckert. Er wischte mit seiner Hand darauf herum und versuchte, seine Lippen und das Drumherum mit seiner Zunge sauber zu lecken.

»Wieso willst du denn nicht als Sweeperin arbeiten?«, fragte er. »Du bist doch sehr geschickt mit der Pistole.«

»Schon, aber es kommt auf so vieles mehr an. Manchmal geht es wirklich um Leben und Tod und bei so etwas wollen meine Nerven einfach nicht strapaziert werden. Nervenkitzel schön und gut, aber wenn ich mit voller Hose ins Gras beiße, bringt mir das auch nichts. Es gibt eine Menge unangenehme Verrückte da draußen, die ich niemals in meiner Nähe haben will.«

»Wir sind für dich also quasi die abgerichteten Hunde, die, ohne zu fragen, ihr Leben aufs Spiel setzen sollen.«

»Halb und halb. Ihr könnt frei entscheiden, wie viel ihr riskiert. In jedem Fall muss ich aber zugeben, dass Sweeper den definitiv zu Recht angeseheneren Beruf haben. Ich habe hohen Respekt vor ihnen.«

Dalik schlürfte eine Nudel auf und meldete sich wieder zu Wort.

»Sofern es einem guten Zweck dient, bin ich nur zu gerne bereit, mich in Gefahr zu bringen. Denk wie ein Samurai, dann hast du weniger Angst.«

»Ich denke lieber wie ein Ninja«, sagte Teppo. »Und Angst müssen in erster Linie die hier haben.« Er deutete auf die Steckbriefkarten und schaufelte sich einen neuen Happen in den Mund.

»Habt ihr gewusst, dass nahezu jedes Land Ninja hatte oder sogar noch hat?«

Teppo kaute langsamer und schaute Dalik misstrauisch an. »Ist das so?«

»Ich spreche wahr. Die Schattenkrieger aus Japan sind nur die allgemein schlechtesten von allen, deshalb kennt sie halt auch jeder.«

»Und woher weißt du das?«

»Mein Sifu hat mir davon erzählt. Und einmal war ich auch gezwungen, gegen einen spanischen Ocultar anzutreten. Der war wirklich überaus mies. Gegen so einen muss ich hoffentlich nicht noch einmal antreten.«

»Ich bin neugierig. Erzähl mir bitte mehr.«

»Also, ein Ocultar sieht –«

»Jungs, ich freue mich ja, dass wir uns so gut verstehen, aber hättet ihr was dagegen, wenn wir dieses Thema erst einmal beiseitelegen?«

Eine gewisse Entrüstung breitete sich über Teppos verschmiertes Gesicht aus.

»Aber es geht hier um Ninja, Cloey. Nin-ja.«

»Ja, wirklich überaus interessant. Und das meine ich nicht einmal gelogen. Aber bleiben wir doch erst mal bei Sweepern. Es gibt nämlich noch einen weiteren Grund, warum ich lieber als Vermittlerin arbeite. In seltenen Fällen wird an den Sweepern, die einen festgenommen haben, Rache verübt. Da ihr eure Gesichter zeigt, bringt ihr euch auch in Gefahr. Ich hingegen, die die meiste Arbeit macht, bleibe unerkannt im Hintergrund.«

Teppo und Dalik zeigten sich beide unbeeindruckt.

»Du hast gerade nichts gesagt, was meine Meinung ändern würde«, sagte Teppo.

»Man sollte stets auf alles vorbereitet sein«, sagte Dalik.

»Mein Opa würde jetzt ein Plädoyer darüber halten, aber das mach ich nicht.«

»Du hast einen ziemlich merkwürdigen Opa«, sagte Cloey.

Teppo grinste nur.

»Liegt heute noch was an?«, fragte Dalik. »Ich würde mir gerne die Stadt ansehen.«

»Gleich gehen wir erst einmal auf die Jagd. Nur ein kleiner Fisch, der hier in der Nähe schwimmen soll. Um zu lernen, genau das Richtige.«

Cloey stand auf einem Podest, Teppo und Dalik auf der Außentreppe hinter ihr. Das Haus war nur eines von vielen seiner Art. Lediglich die Hausnummer und manche Gardinenvorhänge unterschieden sie.

Cloey betätigte die Klingel und ließ sie durch die Wohnung bis zu den draußen wartenden Ohren des Trios hallen.

Zwei Türen wurden geöffnet und gedämpfte Schritte tapsten herbei. Eine Frau in ihren späten Fünfzigern machte auf. Sie hielt eine Zigarette in der Hand und roch nach billigem Fusel. Ihr Gesicht zeigte traurige Furchen.

»Ja?«

»Sie sind Mrs. Hammersen, richtig?«, fragte Cloey.

Die Frau nickte.

»Mrs. Hammersen, Ihr Sohn Chester wird steckbrieflich wegen Drogenhandels gesucht. Auf seinen Kopf sind 3.000 Sinner ausgesetzt. Ich bin Kopfgeldjägerin und möchte Ihnen ein paar Fragen stellen. Wissen Sie, wo sich Ihr Sohn zurzeit aufhält?«

»Nein.«

»Wann hatten Sie zuletzt Kontakt zu ihm?«

»Was wird mit meinem Jungen passieren, wenn Sie ihn haben?«

»Er kommt vors Gericht. Was dort mit ihm passiert, weiß ich nicht. Mrs. Hammersen, ich sehe Ihnen an, dass Sie sich Sorgen um Chester machen. Sie wissen, dass er Probleme hat. Ich bin sicher, Sie haben schon schlimme Dinge mit ihm durchgemacht und wünschen ihm nur das Beste als Mutter. Je länger er davonläuft, desto größer wird die ihm auferlegte Strafe sein. Damit Ihr Sohn irgendwann wieder ein normales Leben führen kann, helfen Sie uns bitte, denn früher oder später wird er sowieso festgenommen. Wenn Sie uns nun sagen, wo er sich aufhält, können wir ein gutes Wort für ihn einlegen. Wir können der Polizei und vor Gericht sagen, dass er sich kooperativ verhalten hat und für seine Fehler einstehen will.«

Mrs. Hammersen zog an ihrer Zigarette, inhalierte nachdenkend und aschte vor ihre Füße.

»Er war hier gestern zu Besuch. Ich hab ihm etwas Geld geliehen.«

»Hat er erwähnt, wo er hinwollte?«

»Er wollte die Nacht bei seiner Schwester schlafen.«

»Bei Henrietta oder Bertha?«

Mrs. Hammersen schaute überrascht. Dann nahmen ihre Augenbrauen eine misstrauische Haltung an. Nach einigem Zögern sagte sie schließlich: »Henrietta.«

»Pelikanstraßenweg 18, korrekt?«

Wieder flutete Überraschung über Mrs. Hammersens Gesicht hinweg.

»Ja.«

»Mrs. Hammersen, wir sind Profis, deshalb sind wir so gut informiert. Profis haben den Vorteil, dass sie unnötigen Schaden auf beiden Seiten vermeiden. Glauben Sie mir bitte, wenn ich Ihnen versichere, dass wir Ihrem Sohn nichts Böses wünschen. Sagen Sie ihm zu seinem eigenen Interesse nichts von diesem Gespräch. Falls wir Chester nicht bei seiner Schwester antreffen, muss ich Ihre Hilfe eventuell noch einmal in Anspruch nehmen. Hier ist meine Karte. Wenn er Sie anruft oder wieder besucht, geben Sie mir bitte Bescheid.«

»In Ordnung.«

»Ich danke Ihnen vielmals für ihre Hilfe. Wir werden unser Bestes tun, damit diese Geschichte für uns alle ein gutes Ende nimmt. Das versichere ich Ihnen. Auf Wiedersehen.«

»Wiedersehen.«

Mrs. Hammersen schloss die Tür.

Augenblicklich wich Cloeys beruhigende und besonnene Art und sie bewegte sich schnellen Schrittes zurück zu ihrem Wagen. Teppo und Dalik waren verwirrt und sahen zu hinterherzukommen.

»Wir müssen uns beeilen«, sagte sie.

»Warum?«, fragte Dalik.

»Seine Mutter wird ihn warnen.«

»Wie kommst du darauf?«

»Ich weiß es nicht, aber die Wahrscheinlichkeit ist recht hoch, immerhin ist sie seine Mutter. Und eine Mutter verrät nicht gern ihr Kind an Leute, die es auf das Geld auf dessen Kopf abgesehen haben.«

Im Lada Taiga stieg eine nicht messbare Hitze an. Jeder der drei spürte sie.

»Wir sind nah dran«, sagte Cloey und hielt sich dabei so knapp wie möglich an die maximal erlaubte Geschwindigkeit. »Ein Sweeper versucht, die Zeit zwischen sich und der Zielperson zu verkürzen. Gestern war unsere Beute bei seiner Mutter, also liegen wir einen Tag hinter ihm. Wenn seine Schwester gleich sagt, dass er vor zwanzig Minuten abgehauen ist, sind es nur noch zwanzig Minuten.«

Teppo musste grinsen und ein aufgeregtes Glitzern trat in seine Augen. »Allmählich wird's spannend.«

»Habt ihr mitbekommen, wie ich versucht habe, die Mutter auf unsere Seite zu ziehen? Dabei habe ich die Wahrheit etwas verdreht. Mir ist dieser Chester natürlich vollkommen egal. In erster

Linie ist mir wichtig, dass wir diesen Kerl schnappen und nicht, dass er wieder auf die richtige Bahn kommt.«

»Du hast gelogen?«, fragte Dalik.

»Wenn wir anfangen, uns um die Kriminellen zu kümmern, ertrinken wir bald in Sorgen. Jeder ist für sich selbst verantwortlich. Wir können lediglich versuchen, nicht im Weg zu stehen, wenn jemand in die richtige Richtung gehen will.«

»Das kann ich nachvollziehen, trotzdem finde ich es nicht gut, dass du gelogen hast.«

Cloey stöhnte genervt auf. »Das war höchstens eine Notlüge. Ich habe einfach nur geschickt formuliert. Du kannst ja später anders vorgehen, wenn du möchtest.«

Teppo mischte sich ein. »Verarschen und verarscht werden. Das ist eine Lebensregel.«

»Guter Witz«, sagte Dalik amüsiert.

Cloeys Geländewagen parkte unweit vom Pelikanstraßenweg 18. Die Sweeperin und ihre Lehrlinge warteten vor der Wohnungstür. Eine Frau machte auf. Obwohl es spät am Nachmittag war, trug sie noch ihren Morgenmantel. Sie hatte krauses, schlecht gefärbtes rotes Haar und Besorgnis stand ihr ins Gesicht geschrieben.

»Hallo, Ms. Hammersen. Ich bin Kopfgeldjägerin und hier, um Ihren Bruder Chester ins Polizeipräsidium zu bringen.«

»Vor zwei Stunden ist er einfach gegangen. Er hat nicht gesagt wohin.«

»Könnten Sie ihn anrufen und hierher bitten?«

»Chester hat sein Handy weggeschmissen. Er meinte, man könne ihn damit ausfindig machen.«

»Über was hat er mit Ihnen gesprochen?«

Teppo drückte sich an den beiden Frauen vorbei und betrat die Wohnung.

»Hey! Lassen Sie das!«, zeterte Ms. Hammersen.

»Teppo, komm sofort wieder raus! Das ist Hausfriedensbruch.«

»Dalik, hilf mir suchen.«

Dalik war leicht irritiert, doch er folgte Teppo.

»Ich werde die Polizei anrufen«, protestierte Ms. Hammersen unruhig.

»Werden Sie nicht«, sagte Teppo überzeugt und schaute sich dabei weiter in der Wohnung um. »Ihr Bruder ist hier. Sie machen sich strafbar.«

Dalik hielt mit dem Suchen inne. »Aber sie hat doch gesagt, ihr Bruder sei nicht da.«

»Seine Schwester lügt. Sie versucht, ihn zu schützen.«

»Sie hat gelogen?«

»Ja und nicht mal gut. Wahrscheinlich will sie sogar, dass er gefunden wird.«

Dalik dachte noch ein paar Sekunden darüber nach, dann fielen ihm die zwei halbleeren Kuchenteller und Kaffeetassen auf dem Tisch auf und er suchte weiter nach möglichen Verstecken.

»Entschuldigen Sie bitte.« Cloey blieb neben Ms. Hammersen stehen. »Die beiden sind neu in diesem Geschäft und noch ziemlich überfordert mit dem, was sie tun sollten und überhaupt dürfen.«

»Schaffen Sie sie hier raus!«

Ms. Hammersen atmete fahrig und krallte sich an ihrem Morgenmantel fest.

»In einer Minute werden sie von selbst gehen«, erklärte Cloey. »Keine Sorge. Wenn sie merken, dass hier nichts ist, werden sie wie zwei begossene Pudel wieder heraustrotten.«

Während Teppo das Sofa wegrückte, um dahinter zu sehen, schaute Dalik im Kleiderschrank nach. Da blickte er plötzlich aus nächster Nähe in das aufgeplusterte Gesicht eines jungen Mannes.

Er war klein und dünn und seine Haut war unrein. Chester schaute Dalik nur so lange an, wie das Überraschungsmoment anhielt, dann klatschte er gegen seine aufgeblasenen Wangen und spuckte Dalik zerkauten und von Speichel aufgeweichten Kuchen ins Gesicht.

Dalik schreckte zurück und wischte sich die nassen Bröckchen von Augen und Lippen.

Chester nutzte die Ablenkung, rannte los, ließ sowohl Dalik als auch Teppo hinter sich und stürzte sich auf die Terrassentür. Kurz bevor ihn einer festhalten konnte, hatte er die Klinke zur Seite bewegt und war nach draußen geflohen.

Teppo und Dalik eilten ihm hinterher.

Dafür dass Chesters Beine so kurz waren, lief er überaus schnell. Seine Verfolger jagten ihn durch die angrenzenden Gärten und die umgebende Siedlung. Es ging über Gras, Stein, Pflaster und Zäune, wobei Daliks Stab ihm nie im Weg zu sein schien. Genau genommen, war er sogar schneller als Teppo, der stark gestartet war, doch nun mit Seitenstichen weiterrannte. Er hechelte laut, wohingegen Daliks Puste noch wie eine volle Tankladung wirkte.

Chester schwang seinen dünnen Hintern über einen weiteren Zaun und rannte geradewegs auf das dahinterliegende Anwesen zu. Es war ein großes, teures Haus mit einer weißen Fassade, einer beeindruckend gepflegten Rasenfläche und einer Auffahrt, die um einen hohen Brunnen führte.

Dalik und Teppo waren Chester auf den Fersen, warfen ihre wuchtigeren Körper elegant bis schmerzhaft über den Zaun und stürmten das wohlhabende Grundstück.

Chester kam an der Haustür an, griff sich einen dicken Stein vom Blumenbeet daneben, schmiss ihn durch die gläserne Front, griff durch das Loch, öffnete die Tür und verschwand ins Innere.

Er rannte durch das Haus und versuchte, an nichts gegenzustoßen. Das teure Mobiliar und die vielen kleinen Besitztümer passierte er so schnell, dass die Schemen auch zu Flohmarktware und Tand gehören konnten.

Einige Räume später befand er sich in einem Wohnzimmer. Sein Atem stockte ihm jedoch jäh, als er beinahe Dalik in die Arme lief.

Chester wirbelte herum und rannte in die andere Richtung zurück, nur um dort von Teppo in Empfang genommen zu werden. Teppo konnte Chesters Oberteil ergreifen, doch er riss sich wieder los und hetzte in die nächste Richtung.

»Scheiße!«, fluchten er und Teppo fast gleichzeitig.

Dalik versperrte Chester erneut den Weg. Chester wich nur knapp aus und machte kehrt.

Teppo umkreiste unterdessen die Beute und versuchte, jede Ausweichmöglichkeit abzuschneiden. Chester wurde immer weiter eingekreist, doch die beiden Jäger wussten, wie flink er war, und wenn sie nicht aufpassten, würde er wieder abhauen können.

Chester kletterte über die Möbel. Dalik versuchte, ihn mit seinem Stab zu erwischen, aber er war zu spät.

Teppo wandte sich kurz ab von den beiden, um eines von mehreren eingerahmten Bildern von der Wand zu heben. Dann passte er seine und Chesters auf Dalik fokussierte Schritte ab, sprang in die Luft und schlug das abstrakte Gemälde auf Chesters Kopf kaputt, sodass dessen Oberarme vom Rahmen festgehalten wurden.

Chester hatte kaum Zeit, bedeppert dreinzuschauen, da verpasste ihm Dalik einen Schwinger gegen die Beine. Chesters Füße hoben ab und er landete hart auf seinem Rücken und Hinterkopf. Sein Schädel dröhnte, seine Beine zitterten und ein Stab drückte ihm gegen den Hals und hielt ihn davon ab, wieder aufzustehen.

»Saubere Arbeit, Dalik«, sagte Teppo.

Er schwitzte und hielt sich die Seite, aber er lächelte. Er hob seine Hand und Dalik klatschte ihm ein High-Five.

Im Wohnzimmer der Familie Bunks waren Cloey, ihre Jungs und der gut gelaunte alte Mann versammelt. Letzterer hatte für alle Getränke serviert und streichelte Leelo, die neben ihm stand und die Snacks auf dem Tisch kaum aus den Augen ließ.

»15.000 Sinner für so ein hässliches Bild?«, fragte Teppo entsetzt.

»Selber schuld«, antwortete Cloey. »Wieso reißt du auch ein Bild von der Wand?«

»Ich habe nicht nachgedacht. Hauptsache wir haben diesen Kerl gefasst.«

»Das war ziemlich gut von euch und ganz besonders dein Instinkt, Teppo. Aber das will ich nicht noch einmal sehen. Heute hatten wir Glück, beim nächsten Mal jedoch ist die Zielperson vielleicht nicht da und dann müssen wir uns mit der Polizei herumquälen.«

»Und was hätten wir deiner Meinung nach tun sollen? Einfach abwarten?«

»Genau das. Die Schwester weiter unter Druck setzen und das Haus observieren, bis wir uns zu hundert Prozent sicher gewesen wären, dass ihr Bruder bei ihr ist.«

»Ich war mir zu hundert Prozent sicher. Fast.«

»Nun, ob das nur Glück war oder wirklich gute Menschenkenntnis, kannst du schon bald unter Beweis stellen. Du natürlich genauso, Dalik.«

»Hast du eine neue Zielperson?«, fragte Dalik und biss in einen Keks.

»Nein. Ihr werdet eure Lizenz machen. Es geht zur Sweeperprüfung.«

Kapitel sechs:
DIE SWEEPERPRÜFUNG

Dalik wartete auf das Sandmännchen, aber es kam nicht. Er drehte sich, soweit es die Enge der Couch zuließ, versuchte sich in mehreren Positionen und verfluchte seine nicht zur Ruhe findenden Gedanken.

Er begann zu meditieren. Und als das nicht half, begab er sich auf den Boden, lehnte sich mit dem Rücken an das Sofa und meditierte im Schneidersitz. Doch auch hierbei fand er keine Entspannung.

Er legte sich zurück auf das Sofa und das Wühlspiel ging von vorne los.

Irgendwann in der Nacht setzte er sich in die Küche und trank eine Tasse Tee. Und eine zweite mit ausgeschaltetem Licht.

Mit einem warmen Magen vergrub er sich wieder unter die Decke. Dalik war müde, aber der Schlaf war unerreichbar.

Es nervte ihn und er beschloss, einen Film zu schauen. Nach einigem erfolglosen Herumprobieren legte er erfolgreich die DVD von *Tai Chi* ein. Der Film gefiel ihm, insbesondere eine Szene am Anfang, in der Mönche mit Stäben gegeneinander kämpfen, auch wenn er sich sicher war, dass er jeden Einzelnen von ihnen besiegen könnte. Bereits beim Schauen dachte er, dass ihm seine Augen irgendwann zufallen werden, doch er irrte sich. Nach dem Film schloss er sie gewaltsam, nur das Sandmännchen hatte noch immer kein Mitleid mit ihm. So verbrachte er die verdammenswerte Zeit damit, an den kommenden Tag zu denken.

Und gerade als er in das Land der Träume zu versinken schien, klingelte der Wecker.

Teppo lag in seinem Bett und war unfähig einzuschlafen. Seine Gedanken waren frei und er hasste es. Es machte ihn wahnsinnig.

Als er von seinem schlaflosen Schicksal vollends überzeugt war, begab er sich ins Wohnzimmer und schaute Fernsehen. Dort verbrachte er geraume Zeit. Er versuchte, auf dem Sofa einzuschlafen, aber es gelang ihm nicht. Der neueste Schrei, Zwei-gegen-Zwei-Mixed-Martial-Arts-Kämpfe, bewirkten vielmehr das Gegenteil.

Von Erotikhotlines angeregt, zog er sich schließlich in sein Zimmer zurück und pustete seine restliche Energie frei. Doch selbst danach bat sein Körper nicht um Erholung.

Mit der Zeit leerte sich sein Magen immer weiter und als das Gefühl zu dominant wurde, gönnte sich Teppo in der Küche einen Mitternachtsschmaus in Form von *Tuc* mit Gouda und Toast mit Butter, *Nutella* und Camembert.

Mit einem vollen Magen dann legte er sich zurück in die Waagerechte. Sein Körper musste sich entspannen und verdauen, nur der Kopf machte nicht mit. Seine Gedanken spielten ein nerviges Konzert.

Teppo knipste die Nachttischlampe an, setzte sich auf, lehnte sich an die Wand und las einen Manga. *Black Cat* Band 11. Es ging darin um Sweeper. Er dachte, das passe.

Der Comic war schnell zu Ende gelesen und Teppo hätte ohne Probleme noch einen Roman beginnen können, aber stattdessen probierte er, seine Kräfte so gut es ging einzusparen. Er schlief nicht mehr ein, zwang sich, nur ruhig dazuliegen, bis ihn schließlich der Wecker erlöste.

Ein gutes Stück außerhalb von Enmar spazierte das Trio auf ein kleines Hochhaus zu. Die Buchstaben **IBA** standen dick über der breiten Eingangstür. Teppo und Dalik zeigten sich beeindruckt.

»Hier ist die IBA, die International Bastion of Alliances«, erklärte ihnen Cloey. »Ich habe euch bereits angemeldet. Ihr müsst gleich lediglich angeben, dass ihr da seid und noch mal eure Personalien überprüfen. Die Prüfungsgebühren belaufen sich auf 500 Sinner pro Tag. Ich lege euch das Geld aus. Ihr seid hoffentlich ausgeruht.«

Teppo und Dalik grummelten.

Im Empfangszimmer saß ein gut gebauter und noch besser aussehender Sekretär hinter einem Schalter. Er sprach mit einem Mann in einem farbenfrohen Anzug, der die Haare wie zu einer Welle zur Seite gekämmt hatte. Hinter ihnen gab es eine Glasfront, die einen weiträumigen Einblick auf viel beschäftigte Büroangestellte bot. Sie tippten auf ihren Computern herum, liefen mit Zetteln umher oder unterhielten sich.

Cloey ging voraus. Dalik und Teppo folgten ihr brav. Im Empfangszimmer spazierten sie an mehreren freien Stühlen vorbei. Auf einem saß ein sonderbarer Mann. Er hielt einen Langbogen in der Hand. Die Waffe war nicht gespannt; die Bogensehne am Nock befestigt. Um seine Hüften hatte er sich einen Köcher mit Pfeilen geschnallt. Seine langen glatten Haare waren ungewaschen und erweckten den Anschein, zeitweilig hellblau zu schimmern. Seine Kleidung wirkte wie aus einem anderen Land und einer vergangenen Zeit. Und er selbst sah noch müder aus als Teppo und Dalik. Als hätte er ein paar Nächte im Wald verbracht.

Dalik stieß Teppo an.

»Der ist stark.«

»Er nimmt wahrscheinlich auch an der Prüfung teil«, sagte Cloey.

»Nur ein Konkurrent?«, fragte Teppo. »Ich hab mit mehr gerechnet.«

»Das ist kein Wettkampf. Jeder wird individuell geprüft. Es können alle oder auch keiner bestehen.«

Der Mann am Schalter beendete das Gespräch und begab sich mit seinem Aktenkoffer in einen anderen Raum. Als der Sekretär Cloey sah, freute er sich.

»Miss Carter, an Sie können wir uns sehr gut erinnern. Sie ist eine der Wenigen, die die Prüfung bereits am ersten Tag erfolgreich abgeschlossen haben. Wir legen große Erwartungen in euch.«

»Extra Druck. Wie schön«, flachste Teppo.

»Bleib ganz ruhig. So schwer ist das nicht«, sagte Cloey.

Der gutaussehende Sekretär durchforstete seine Unterlagen und wurde schnell fündig.

»Dalik und Bunks. Hier habe ich euch.«

Dann legte er den beiden jeweils zwei Zettel auf den Schalter.

»Bitte einmal kontrollieren, ob alle Angaben stimmen und bei diesem einmal mit Ort, Datum und eurem Namen unterschreiben. Bei Ihnen hätte ich noch eine Frage. Ihr Vorname ist Dalik und wie lautet der Nachname?«

»So etwas habe ich nicht. Ich bin im Konkai-Tempel aufgewachsen.«

»Wenn das so ist, reicht der Ordensname.«

Dalik kontrollierte lediglich die Angaben und unterschrieb, ohne den Rest zu lesen. Teppo hingegen überflog die Papiere und sah danach Hilfe suchend Cloey an.

»Da steht nur drin, dass die IBA nicht für eventuelle Verletzungen haftet.«

»Okay.«

Der Sekretär nahm die Papiere entgegen, warf einen Blick darauf und legte sie zu den Akten.

»Danke sehr. Sie müssen noch einen Augenblick warten. Die Prüfungs- und Abteilungsleiterin wird noch einige Worte an Sie richten.«

Die drei setzten sich hin und warteten. Sie ließen einige Sitze zwischen sich und dem Typen mit Pfeilen und Bogen. Hin und wieder warfen sie einen Blick zu ihm herüber, vor allem Dalik.

Cloey schnipste einmal und Dalik schenkte ihr wieder seine

Aufmerksamkeit.

»Sobald ihr wisst, wer eure Zielperson ist, setzt ihr euch sofort an einen Computer und wendet die Taktiken an, die ich euch gezeigt habe.«

»Ich habe keinen Computer«, sagte Teppo.

»Was? Jeder hat einen Computer.«

»Habe ich doch auch nicht«, sagte Dalik.

»Bei dir ist das was anderes. Du benutzt meinen. Teppo, ich setz dich dann gleich bei einem Internetcafé ab.«

»Danke.«

Eine Augenweide trat durch einen der hinteren Räume. Sie stand in der Mitte ihres Lebens und ihre Schönheit hatte eine Reife erreicht, die ihrer nicht mehr existenten Jugend eine neue Facette des Sexappeals geschenkt hatte. Ihre Haare waren schulterlang, glatt und dunkelblau. Sie trug einen schwarzen Blazer mit viel Dekolleté und einen kurzen Rock mit strumpfloser Beinfreiheit. Diese Pracht an reifer Erotik kam mit einer Mappe in der Hand hereingeschwebt. Sie sprach mit dem Sekretär und musterte die wartenden Anwärter.

»Dibs«, sagte Teppo.

»Dibs?«, fragte Dalik.

»Das heißt, ich hab sie für mich vorgemerkt. Du darfst dich nicht an sie ranmachen.«

»Wieso sollte ich das auch?«

»Wieso? Die ist megasch–«

»Meine Herrschaften, hören Sie mir bitte zu. Mein Name ist Mina Vencetta. Ich leite diese Abteilung. Jeder, der als Sweeper arbeiten möchte, muss an mir vorbei. Außerdem bin ich für die Ausarbeitung der Leben beziehungsweise Personen verantwortlich, die ihr festnehmen sollt. Da ich sie erdacht habe, braucht ihr euch später nicht zu beschweren, wenn euch das Aufspüren zu schwer erschienen ist. Es ist genau so, wie es sein muss. Die Prüfung endet spätestens nach drei Tagen. Wenn ihr innerhalb dieser Zeit den IBA-Agenten, der euer Ziel verkörpert, fasst, ist das Versteckspiel und somit die Prüfung beendet und ihr könnt euch eure Sweeperlizenz abholen.«

Mina holte aus ihrer Mappe drei Lizenzen heraus und verteilte sie reihum an die Teilnehmer. Teppo bemerkte den teuren Ring an ihrem linken Ringfinger.

»Dies sind provisorische Sweeperlizenzen. Mit diesen dürft ihr behaupten, dass ihr Sweeper seid. Sie könnten euch die Jagd erleichtern. Tragt sie also immer bei euch.«

»Etwa auch nach der Prüfung?«, fragte Dalik.

»Das sind keine echten Lizenzen. Profis sehen das. Gebt ihr euch mit diesen Dingern außerhalb der Prüfung als Sweeper aus, müsst ihr Strafe zahlen. Dazu noch weitere Fragen? ... Nein? ... Sehr gut. Dann gebe ich euch jetzt die Steckbriefe eurer jeweiligen Zielperson.«

Mina öffnete erneut ihre Mappe und reichte jedem einen Steckbrief. Teppo und Dalik hatten bislang nur welche in Spielkartengröße gesehen. Diese waren im DIN A4-Format.

»Ihr erhaltet einen Anruf, falls eure Zielperson aus welchen Gründen auch immer die Prüfung unter- oder sogar abbrechen muss. Behaltet eure Handys deshalb immer bei euch und seid erreichbar. Ich muss wohl nicht erwähnen, dass jedwede Hilfe von anderen Prüflingen, Sweepern oder Vermittlern auf der Stelle zur Disqualifikation führt. Ihr seht nervös aus. Gut. Dann beginnt jetzt die Sweeperprüfung. Viel Erfolg.«

Wie von der Tarantel gestochen, erhob sich der Bogenschütze und verließ schnellen Schrittes den Raum.

Mina wandte ihren Blick von ihm ab und richtete ihn auf Cloey.

»Sweepertrio oder Vermittlerin?«

»Vermittlerin«, antwortete Cloey. »Vielleicht hab ich mal mein eigenes Trio.«

»Erst mal sehen, ob es überhaupt ein Duo wird.«

»Deine Agenten werden ihr blaues Wunder erleben.«

»Ich bin das einzige blaue Wunder hier.« Cloey grinste und Mina entfernte sich mit einem Lächeln. »Mach's gut, Cloey. Viel Spaß, Jungs.«

Teppo schaute sich seinen Steckbrief an und Farbe wich aus seinem Gesicht. Unter dem Wort »*WANTED*« war eine Fotografie eines Mannes abgedruckt. Darunter gab es lediglich ein paar lose Informationen.

»Das ist alles? Name: Rip Bendit. Größe: 1,85 m. Haarfarbe: Dunkelbraun. Tatbestand: Bewaffneter Raubüberfall.«

»Bei mir steht auch nicht mehr«, sagte Dalik bedrückt. »Name: Bogen Slyme. Größe: 1,76 m. Haarfarbe: Blond. Tatbestand: Schwere Körperverletzung. O Mann!«

»Macht euch nicht jetzt schon fertig«, ermunterte sie Cloey. »Ihr kriegt das hin. Ich glaube an euch und mir könnt ihr vertrauen. Dalik, ich habe noch was für dich.«

»Für mich?«

Cloey gab Dalik ein Handy, doch die Begeisterung hielt sich schweigend im Zaum.

»Ein Geschenk«, erklärte Cloey. »Das ist nicht nur für die Prüfung. Bei unserer Zusammenarbeit müssen wir des öfteren telefonieren.«

»Danke.«

»Und ich bekomme nichts?«, fragte Teppo.

»Was möchtest du denn?«

»Hmm … Ich schwanke zwischen einem Zungenkuss und … Nein. Ich nehme einen Kuchen. Oder wär dir ein Zungenkuss lieber?«

»Hmm …«, überlegte Cloey mit einem zurückhaltenden, doch charmanten Lächeln. »Du kriegst einen …«

Teppo saß in einem Internetcafé. Er versuchte sich an einem der Computer, aber bei keinem Knopfdruck war er sich sicher. Mit dem Ein-Finger-Suchsystem tippte er in einer Suchmaschine *Rip Bendit* ein. Er klickte und scrollte herum, nur blieben die nützlichen Hinweise aus.

Gibt es einen, der noch weniger von Computern versteht als ich?

Dalik saß vor Cloeys ausgeschaltetem Computer, während sie sich auf dem Sofa auf die faule Haut legte und Fernsehen guckte. An einer Wand hingen die eingerahmten Steckbriefe von Jekilldy, Objago und Chester wie Trophäen.

Dalik schaute sich den PC von oben bis unten an und schien verwirrt.

»Was suchst du?«, fragte Cloey.

»Ich suche die Fernbedienung für das Ding.«

Schlagartig richtete sich Cloey auf.

»Dalik, hast du jemals einen Computer benutzt?«

»Nein.«

»Das sagst du mir jetzt?!«

Cloey schaltete den Fernseher aus und gesellte sich zu Dalik.

»Okay, ich darf dir zwar nicht bei deiner Suche helfen, aber ich darf dir zeigen, wie man mit einem Computer umgeht.«

Sie drückte zwei Knöpfe und wie durch Zauberhand begannen Lichter zu blinken und der Bildschirm füllte sich mit Farben.

»Ist das denn so wichtig?«, fragte Dalik.

»Ohne Computer kannst du einpacken. Die nächsten Stunden wirst du mir nur zuhören und zusehen und dich nicht auf die Prüfung konzentrieren.«

»Wieso muss man bei der Prüfung alles alleine machen, obwohl das im Beruf später ein Vermittler erledigt?«

»Na ja, erstens hat nicht jeder einen Vermittler und zweitens gab es den Beruf des Sweepers weit vor dem des Vermittlers, welcher noch recht neu ist. Im Moment wird beim IBA diskutiert, ob die Prüfung weniger streng gehandhabt werden soll, da viele potenziell gute Sweeper daran verzweifeln. In absehbarer Zeit wird es allerdings noch keine Veränderung geben.«

»Meintest du nicht, die Prüfung sei nicht so schwer?«

»Nur Mut. Nur Mut.«

Teppo blickte auf ein Straßenschild. Das Gesicht, das er dabei machte, sah dumm aus, allerdings nicht weil die Sonne ihn blendete.

Das gibt es doch nicht. Jetzt weiß ich, wo seine Frau wohnt, aber ich verlaufe mich die ganze Zeit. Mir reicht's. Ich ruf jetzt einfach bei ihr an.

Er zückte sein altes Handy und suchte sich eine Stelle, wo die fahrenden Autos und die quasselnden Spaziergänger nicht mehr so laut waren.

Zum Glück war ich klug genug, ihre Nummer zu speichern.

»Hallo?«, erklang es am anderen Ende des Hörers.

»Sind Sie Mrs. Bendit?«

»Ja.«

»Sie wurden bestimmt in Kenntnis gesetzt, dass Ihr Mann steckbrieflich wegen bewaffneten Raubüberfalls gesucht wird. Und ich wurde beauftragt, ihn festzunehmen. Wo hält sich Ihr Mann zurzeit auf?«

»Entschuldigen Sie bitte vielmals, aber ich weiß nicht, wo er ist.«

»Das kaufe ich Ihnen nicht ab. Rufen Sie ihn bitte an und vereinbaren Sie ein Treffen mit ihm … Mrs. Bendit, ich –«

»Er geht seit Tagen nicht ans Telefon.«

»Dann möchte ich Sie bitten, ihm auf die Mailbox zu sprechen, dass Ihre Tochter einen schweren Unfall hatte und er Sie zurückrufen soll.«

»Das werde ich sicherlich nicht machen.«

»Lady, ich bin vom IBA. Wenn Sie sich nicht kooperativ zeigen, dann wird das strafrechtliche Folgen haben.«

»Sie können mich nicht zwingen, das zu tun. Kein Gericht wird eine alleinerziehende Mutter verhaften, weil sie ihren Ehemann nicht verraten hat. Lesen Sie das Gesetzbuch.«

»Dann lassen Sie es mich anders formulieren. Ihr Mann wird früher oder später ohnehin verhaftet. Wenn er sich stellt, dann wirkt sich das positiv auf sein Verfahren aus. Außerdem kann ich ein gutes Wort für ihn einlegen. Helfen Sie Ihrem Mann, indem Sie mir helfen. Ihnen macht diese Sache doch sicherlich auch ziemlich zu schaffen.«

»Ich kann Ihnen nicht helfen. Entschuldigung.«

Mrs. Bendit legte auf und ein Krampf legte sich über Teppos Körper.

»Dann leck mich doch am Arsch, du Trockenfotze! Fuck!«

Dass eine Gruppe von kleinen Kindern an ihm vorbeilief, war ihm gleich.

Dalik betrat eine Apotheke. Der ältliche Apotheker begrüßte ihn mit einem freundlichen Gesicht.

»Guten Tag. Was kann ich für Sie tun?«

Dalik entfaltete Bogen Slymes Steckbrief und zeigte ihn vor.

»Ich suche diesen Mann. Im Computer steht, dass er tablettensüchtig sei. Er sei mehrmals in einer Entzugsklinik gewesen, sei aber immer wieder rückfällig geworden. Wissen Sie vielleicht, ob er hier in letzter Zeit Schmerzmittel gekauft hat?«

»Das weiß ich beim besten Willen nicht. Hier gehen so viele

Kunden ein und aus.«

»Darf ich mir einmal Ihre Überwachungsvideos angucken?«

»Sie sind ein Sweeper?«

»Nein, noch nicht. Ich mache gerade die Prüfung.«

»Dementsprechend ist der Verbrecher auch nicht echt?«

»Genau.«

»Also nichts Ernstes. Wenn das so ist, werde ich meine Zeit nicht darauf verschwenden. Probieren Sie es bitte woanders.«

»Ich bitte Sie inständig. Das ist schon die vierte Apotheke, in der ich nachfrage, und ...«

Niedergeschlagen trat Dalik aus der Apotheke.

»Auf zu Apotheke Nummer fünf.«

Er zog den Korken aus einer seiner zwei Kürbisflaschen, trank daraus und machte weiter.

Teppo kehrte ins Internetcafé zurück. Hier verbrachte er eine geraume Zeit, ohne wirklich voranzukommen. Die Internetseiten, welche Cloey ihm und Dalik gezeigt hatte, brachten nichts zutage über seine Zielperson, zumindest nicht bei Teppo. Abgesehen davon, dass er sich nur etwa eine Handvoll von den vielen Seiten gemerkt hatte, konnte er die Informationen nicht zu seinem Nutzen umsetzen oder die Seiten waren derart kompliziert, dass er sich schlichtweg nicht auf ihnen zurechtfand.

Er notierte sich einige Namen, die mit seiner Zielperson irgendwann mal in Kontakt gestanden hatten, aber entweder fehlten ihm die Telefonnummern, es gab keinen Anschluss unter der Nummer, sie wussten nicht, wo sich der ausgedachte Rip Bendit befand oder kannten ihn nicht einmal.

Teppo entdeckte von ihm Fotos, auf denen er stets gleich alt war. Er brachte in Erfahrung, wo Rips Heimat lag, welche Grundschule er angeblich besucht hatte und noch ein paar andere Dinge, aber was er damit anstellen sollte und wie sein weiteres Vorgehen aussehen könnte, da war Teppo gänzlich überfragt.

Die Zeit rann ihm davon und mit ihr die Zuversicht, dass er die Prüfung überhaupt noch schaffen könnte. Irgendwann kam der Punkt, da war er davon überzeugt, dass er für den Moment mit seinem Latein am Ende war.

Spannungslos hing er auf seinem Stuhl und schaute sich einen Youtube-Clip an, in dem ein fettes Murmeltier einen Cracker isst.

Als das Video zum x-ten Mal sein Ende fand, raffte sich Teppo auf. Er schlenderte zum Kaffeeautomaten und warf Kleingeld ein. Sodann füllte sich der Becher mit schwarzem Glück. Teppo schnupperte daran und pustete die Hitze fort.

»Ah, schwarzer Kaffee. Auf Special Agent Dale Cooper«, sprach er zu sich selbst und nippte sein Gehirn in Koffein.

Danach schüttete er Milch hinzu. »Dann eben auf Agent York Morgan. Ah! Schmeckt gleich viel besser.«

Sein Blick wanderte umher. Dabei fiel ihm ein beleibter Typ auf. Sein Bauarbeiterdekolleté blitzte hervor, während er Zettel aus dem laufenden Kopierer holte.

Teppos Aufmerksamkeit wechselte von der haarigen Poritze zu dem leuchtenden Kopierer. Irgendwie hatte es etwas Hypnotisierendes an sich. Das arbeitende Rattern, dieses abgedeckte und zu den Seiten entweichende Licht und die sich stapelnden, ausgespuckten Zettel. Teppos Welt begann, sich immer enger um dieses Gerät zusammenzuziehen.

Dann kam ihm eine Idee.

Die Sonne hatte Feierabend und der Mond mal wieder Nachtschicht. Unzählige leuchtende Augen kontrollierten ihn hierbei. Oder sahen sie ihm nur zu und hofften, dass er seine Arbeit mit

Bravour meisterte?

Dalik spazierte durch eine Wohnsiedlung. In die meisten Häuser konnte er hineinschauen, aber nur in wenigen brannte noch Licht.

Okay, hier soll er also irgendwo gewohnt haben. Hoffentlich spaziert er vorbei oder lässt sich sonst wie blicken. Das wird eine lange Nacht.

Am Morgen zwitscherten die Vögel. Der Marktplatz erwachte schnell zum Leben, als könnte er es gar nicht abwarten, in den Tag zu starten.

Teppo verteilte »*VERMISST*«-Zettel an die Spaziergänger. Im Gegensatz zu Broschürenverteilern ignorierten ihn die Leute nicht, sondern hörten ihm zu und nahmen die Gratisgabe mit dem Bild von Rip Bendit (wie schon am Abend zuvor) an.

»Ich suche meinen Bruder. Bitte rufen Sie mich an, wenn Sie ihn sehen. Mein Bruder ist verschwunden. Halten Sie bitte ein Auge nach ihm offen. Das ist mein Bruder. Er war plötzlich weg. Ich habe Angst, dass ihm etwas zugestoßen sein könnte. Bitte halten Sie Ausschau.«

Teppo hielt inne. Nur einige Meter entfernt spazierte ein Mann vorbei, der ihm irgendwie bekannt vorkam. Ihm saß eine Brille auf der Nase, er hatte schwarze Haare, trug dicke Kopfhörer um den Hals und transportierte eine volle Einkaufstüte aus braunem Papier.

Nach kurzem Grübeln war sich Teppo sicher. Dieser Mann war niemand anders als Daliks Zielperson Bogen Slyme.

Teppo grinste und folgte Bogen unauffällig.

Dalik betrat übermüdet einen Diner. Die meisten Gäste frühstückten in einer der vielen Sitznischen. An der Theke waren einige Barhocker von grummeligen Truckern besetzt. Die meisten hatten ein

Frühstück vor sich liegen, wie es jeder nur zu gerne hätte, wenn er von solch einem Diner träumte. Es roch nach fettigem Essen und Kaffee. Eine alte Jukebox spielte Tom Waits' Whiskey verseuchte Teufelsstimme und eine nymphomanische Bedienung stellte einen weiteren Kuchen in die farbenfroh gefüllte Vitrine.

Dalik schlenderte an der Bedienung vorbei, ohne sie direkt anzusehen.

»Kaffee«, sagte er und setzte sich sodann auf eine der gepolsterten Bänke.

Nur eine Minute später fuhr er sich durchs Gesicht und nahm seinen ersten Schluck Kaffee.

Von der Wirkung überrascht, musste er sich schütteln.

»Oah! Kaffee!«

Teppo hielt sich versteckt hinter einer Hausecke. Er beobachtete, wie Bogen in ein mehrstöckiges Gebäude ging.

Kurze Zeit darauf sah er Bogen an einem Fenster seine Einkaufstüte auspacken.

Teppo schüttelte grinsend den Kopf und machte sich davon.

Dalik befand sich an der Rezeption eines Hotels. Von seiner vorangegangenen Erschöpfung fehlte jede Spur. Er war so aufgedreht wie ein untervögeltes Erdmännchen.

»Aber Sie müssen mir doch sagen können, wann und wo und ob überhaupt dieser Typ bei Ihnen eingecheckt hat. Das ist ein in unserer Fantasie gesuchter Krimineller. Da könnten Sie ruhig mal ein paar Kundendaten rausrücken. Das ist doch nicht zu viel verlangt. Bitte helfen Sie mir.«

Der Mann an der Rezeption winkte zwei Security-Männer zu sich. Sie überragten Dalik um eine Kopfhöhe.

»Ich bin ein anständiger Kerl, der nur versucht, eine Prüfung zu bestehen. Wieso wollen Sie mir denn nicht diesen einen kleinen Gefallen erweisen?«

Die Security-Männer klemmten ihre dicken Arme unter Daliks Achseln, hoben ihn an und trugen ihn Richtung Ausgang.

»Ich versuche, im Einklang mit dem Universum zu leben! Ich will also gar nichts Böses! Schauen Sie nur, wie gutherzig ich bin! Wenn ich wollte, könnte ich diese gut gebauten Herrschaften innerhalb von fünf Sekunden so was von auf die Bretter schicken! Wo kommen wir denn bitte hin, wenn wir uns gegenseitig nicht mehr unterstützen? Das ist das Ende der Menschlichkeit! O Mann, war das ein starker Kaffee.«

Teppo klebte gerade einen »*VERMISST*«-Zettel an einen Pfeiler, als sein Handy klingelte.

Bülle bülle bülle bülle bülle. Bülle bülle bülle bülle bülle. Bülle bülle bül–

»Ja, hallo? … Ja, genau … Wirklich? … Und Sie sind sich ganz sicher? … Centville Road 1 war das? … Ich danke Ihnen vielmals. Sie wissen gar nicht, wie glücklich Sie mich gerade gemacht haben. Vielen Dank. Auf Wiederhören.« Das Gespräch endete und Teppo ließ seiner Freude freien Lauf. »Ja!«

Dann lief er los.

An jedem Pfeiler, an dem er vorbeikam, war das Gesicht von Rip Bendit zu sehen.

Teppo schlug sich ein paar Mal leicht in die Handfläche, bevor er sich traute zu klingeln. Er verdeckte den Türspion mit seiner Hand und wartete.

Die wenigen Sekunden waren lang, doch als sich die Tür öffnete, ward Teppos Grinsen nur umso süßer.

»Hab dich.«

Ehe er sich versah, hatte Rip ihm bereits ins Gesicht getreten.

»Du musst mich festnehmen, aber das mach ich dir schwer.«

Rip schloss die Tür wieder und verkroch sich zurück in seinen Wohnsitz. Doch die Sicherheit war nur von kurzer Dauer, denn Teppo bombte seinen Fuß gegen den dicken Schutzschild. Die Tritte hallten böse durch die Wohnung, als wütete draußen ein wildes Tier. Rip überlegte, ob er durch das Fenster abhauen sollte, als die zum Auftreten eigentlich zu stabile Tür aus ihren Angeln flog und aufbarst.

Ein Monster trat durch die Schwelle. Sein Gesicht verriet, dass es Menschenfleisch bevorzugte.

Rip redete sich ein, dass der Mann vor ihm nur ein Prüfling sei. Dem zum Trotz kam in ihm Angst um sein Leben auf.

Das schnaufende Ungeheuer stapfte auf ihn zu und alsbald sahen sich beide in einer Keilerei wieder.

Rip war geschickt mit seinen Tritten, aber als er mit seinen Fäusten zuschlug, fing Teppo diese mit seinen Ellenbogen ab und zerstörte damit ihre Funktionsfähigkeit.

Rip trat verzweifelt gegen Teppos Oberschenkel und seine Angriffe schienen Wirkung zu zeigen. Doch dann stürmte Teppo nach vorne und versengte seine Fäuste in Rips Gesicht. Rip wusste nicht, wie ihm geschah, und eine Verfärbung seiner Haut ließ nicht lange auf sich warten.

Er versuchte noch, seinem irren Angreifer in die Weichteile zu treten, aber Teppo schwang seinen Arm, durchbrach mit seiner Speiche Rips Verteidigung und traf die Fläche hinter seinem Ohr derart übel, dass eine kurzfristige Fastohnmacht den Kampf für beendet erklärte.

Teppo zog seinen Gürtel aus den Schlaufen seiner Hose. Nur zwei Handgriffe später hatte er sich einen intelligenten Handschellenersatz zusammengeschustert. Er drehte Rips Hände auf den

Rücken und zurrte seinen Gürtel um sie fest. Danach klatschte er ihm ins Gesicht, um ihn zu wecken.

»Bestanden?«, fragte er.

Rip war so benommen, dass er nicht mal genau wusste, von woher die Stimme gekommen war. »Bestanden«, stammelte er nur und döste weiter vor sich hin.

Teppo riss seine Arme nach oben und feierte seinen Sieg.

Es war Abend. Die Luft war angenehm warm.

Dalik trottete enttäuscht aus einer Drehtür.

»Hotel Nummer acht: Niete.«

Er zog den Korken aus einer seiner zwei Kalebassen, setzte den Hals an den Mund und kaute. Er schluckte alles herunter und setzte erneut an.

Teppo saß im Wohnzimmer auf dem Sofa. Er hielt einen Controller in der Hand und glotzte konzentriert auf den Fernseher. Cloey saß neben ihm auf dem Sessel und schaute zu, wie er als Cheerleaderin mit einer Kettensäge Zombies in ihre Einzelteile zertrennte.

Auf dem Tisch stand ein zu zwei Drittel aufgegessener Bananen-Schoko-Erdbeerkuchen.

»Wieso holst du dir deine Lizenz nicht ab?«, fragte Cloey.

»Ne, mach ich morgen mit Dalik zusammen. Apropos Dalik, ich hab heute seine Zielperson gesehen. Meinst du, ich sollte ihm sagen, wo sie sich versteckt?«

»Dann wirst du disqualifiziert.«

»Als ob die herausfinden würden, wenn ich einmal kurz mit Dali Lama rede.«

»Glaub mir, die finden das raus. Erstaunlich, dass du noch nicht verstanden hast, wie die einen überwachen. Du denkst doch sonst immer so raffiniert.«

»Werden wir jetzt gerade auch überwacht?«

Cloey formte mit ihren Zeigefingern und Daumen ein kleines Rechteck und flüsterte: »Wo ist deine Lizenz?«

Teppos Gehirnzellen kombinierten bereits, während er nach oben zeigte und »In meinem Zimmer« zurückflüsterte.

»Diese provisorischen Sweeperlizenzen sind sowohl mit einer Abhörwanze als auch mit einem GPS-System ausgerüstet, durch das man uns mithilfe eines Satelliten die ganze Zeit über beobachten kann.«

»Raffiniert. Da kommt ja keiner drauf.«

»Ich brauchte damals etwas über vier Stunden, um dahinter zu steigen.«

»Ich frage mich, wie dieser Bogenschütze zurechtkommt.«

»Sein Name ist Shinto«, erklärte Cloey.

»Du kennst bestimmt schon wieder seine ganze Lebensgeschichte.«

»Spaßeshalber habe ich mal nachgeforscht, aber über diesen Typen habe ich nahezu nichts herausfinden können.«

An diesem schönen Tag war der Park sehr beliebt. Pärchen spazierten Hand in Hand, Kinder spielten Frisbee, die guten Hunde hatten Freilauf und die bösen spazierten angeleint und versuchten gefährlich auszusehen, während sie eigentlich nur die guten Hunde beneideten.

Shinto interessierte sich für niemanden von ihnen. Er telefonierte.

»Fuchs, du musst mir helfen. Ich krieg's nicht hin. Immer wenn ich glaube, ich hab 'ne Spur, liege ich entweder daneben oder ich verliere sie wieder. Meine Zielperson heißt Ray Sin. Err-A-Üpsilon-Ess-I-Enn … Er ist Koreaner. Ich schick dir mal sein Foto. Oder warte mal eben. Ich bekomm gerad einen Anruf. Hallo?«

»Hier spricht Mina Vencetta. Sie haben soeben Hilfe eines Außenstehenden in Anspruch nehmen wollen. Damit ist für Sie die Prüfung beendet.«

Der Schreck war groß. Shinto wirkte, als hätte er einen Geist gesehen.

»Der Mann ist weder Sweeper noch Vermittler, also verstoße ich auch nicht gegen die Regeln.«

»Der Mann sollte aber die Funktion eines Vermittlers übernehmen. Das ist das Gleiche.«

»Moment. Wie konnten Sie überhaupt von dem Gespräch wissen?«

»Wir haben unsere Methoden. Vielleicht klappt es ja beim nächsten Mal. Wir würden uns freuen, Sie bald wieder bei einer Prüfung begrüßen zu dürfen. Einen schönen Tag noch. Genießen Sie das Wetter.«

Mina beendete das Gespräch und ließ Shinto wütend zurück. Er zeigte es nicht, von außen war er ruhig, doch innerlich begann es zu brodeln.

Shinto steckte sein Handy weg, fummelte in einer seiner Taschen herum und zog die falsche Lizenz hervor. Dann warf er sie weit nach oben, spannte seinen Langbogen in einer nahezu übermenschlichen Geschwindigkeit, legte einen Pfeil ein und schoss die Lizenz in der Luft ab.

»Sie sind ein Betrüger!«, beschimpfte der dicke, spielsüchtige Mann den schmierigen Hütchenspieler mit dem dünnen Bärtchen.

»Wenn ich ein Betrüger bin, soll mich auf der Stelle ein Pfeil treffen!«

Shintos Pfeil sirrte durch die Luft. Er raste auf die beiden Streithähne zu, ohne dass sie es merkten. Dann traf er. Der Pfeil bohrte sich in den Rücken des dicken Zockers.

Es war Morgen. Dalik betrat denselben Diner wie am Tag zuvor. Gestern war er in Relation zu heute noch fit gewesen. Die Jukebox spielte erneut Tom Waits' rauchig pervers funkige Stimme.

Spielen die auch mal was anderes?, fragte sich Dalik.

Die Bedienung von gestern wischte den Tresen und ein haariger Trucker schaute ihr dabei in den Ausschnitt. Als Dalik an ihr vorbeischlurfte, sah er sie nicht an.

»Kaffee«, sagte er gequält und konzentrierte sich darauf, nicht schon auf dem Weg zu seiner bekannten Sitznische einzuschlafen.

Einige Minuten später weckte ihn die Bedienung, als sie ihm ein Frühstück vorsetzte. Dalik zuckte zusammen, entschuldigte und bedankte sich.

Er freute sich auf die bittere, schwarze, magische Suppe und gönnte sich einen Zunge verbrennenden, großen Schluck.

»Oah. Kaffee.«

Es half, doch sein Körper war zu schlapp, als dass er den erhofften Energieschub durch eine bloße Tasse Kaffee erhalten konnte.

Dalik war kraftlos und verzweifelt. Irgendwann hatte er sich eine belebte Straße gesucht und zeigte nun bereits seit über zwei Stunden Bogen Slymes Steckbrief den zumeist desinteressierten Passanten.

»Kennen Sie ihn? ... Haben Sie ihn vielleicht gesehen? ... Ich suche diesen Mann. Hallo, schauen Sie zumindest mal auf das Foto, bevor Sie mit dem Kopf schütteln ... Und Sie, haben Sie ihn vielleicht gesehen?«

»Das habe ich tatsächlich.« Der Mann mit den zauberhaften Worten trug einen schwarzen Afro. Er hatte einen Vollbart und seine Nase war dick. Das Wetter war warm, dennoch trug er einen Anzug.

»Echt?«

»Ja, er ist kürzlich in die Wohnung unter meiner gezogen. Mr. Slyme ist ein sehr sympathischer Nachbar. Immer sehr freundlich.«

»Das gibt es doch nicht. Was für ein Glück ich habe. Können Sie mir sagen, wo ich ihn finde?«

»Selbstverständlich. Das ist die Everteen Road 22 im dritten Stock.«

»Everteen Road 22, dritter Stock. In welche Richtung muss ich?«

»Ähm … Das weiß ich gerade nich. Ich bin hier noch nie gewesen. Schauen Sie doch einfach in einen Stadtplan oder fahren Sie mit einem Taxi.«

»Mach ich. Vielen Dank. Sie haben mir den Tag gerettet.«

»Dafür nich. Viel Erfolg bei was auch immer Sie vorhaben.«

»Danke. Ihnen auch.«

Der Passant setzte seinen Weg fort. Der Konkaimönch eilte fröhlich in eine andere Richtung.

Dalik klopfte mit seinem Stab an eine Wohnungstür.

In dieser Etage gab es kein Klingelschild mit der Aufschrift *»Slyme«*. An der ersten Tür, an der er es versucht hatte, hatte ihm eine alte Frau geöffnet. Sie hatte behauptet, dass nur sie und ihr Mann hier lebten und sie noch nie etwas von einem Mann namens Bogen Slyme gehört habe, geschweige denn von einem Nachbarn mit diesem Namen wüsste. Die Ernüchterung war groß gewesen und Daliks Hoffnung war schon fast erloschen, doch er wollte nicht gehen, ohne an jeder der drei Türen geklopft zu haben. Und wenn seine Zielperson hier nicht sein sollte, würde er sein Glück in den Etagen darunter und darüber versuchen. Und wenn das auch nichts bringen sollte, konnte es immer noch sein, dass er das falsche Haus erwischt hatte. In jedem Fall aber wollte er der Spur des Passanten nachgehen. Es war im Moment der einzige Strohhalm, an dem er sich festhalten konnte.

Die Tür wurde geöffnet. Zunächst war Dalik kurz verwirrt, weil er eine andere Haarfarbe erwartet hatte. Dann fühlte er sich gesegnet.

Als Bogen ihn und die Freude in seinem Gesicht sah, wollte er die Tür augenblicklich wieder zuschlagen, aber Dalik hielt seinen Stab zwischen Tür und Angel. Er stemmte die Tür auf und begab sich ins Innere.

Die Wohnung war Altbau. Die Decke war hoch, nur der Flur war eng. Dalik konnte das volle Potenzial seiner Waffe nicht ausschöpfen, dennoch schaffte er es, Bogen in das Wohnzimmer zu manövrieren.

Bogen war nicht unerfahren und wusste sich allgemein gut zu verteidigen. Es irritierte Dalik ein wenig, dass Bogen nie aufgerichtet dastand. Er suchte die Nähe, versuchte, am Stab vorbeizukommen, und als das nicht ging, ergriff er ihn, und Momente später den Kampfmönch selber.

Dalik machte nur kleine Bewegungen, doch ihre Wirkung war groß. Er schien sich relativ leicht aus den Griffen zu befreien, indem er sich drehte, mit seinem Stab Bogen weghebelte oder ihm schlichtweg kurz gegen die Handrücken schlug. Selbst als Bogen ihn auf die Knie und sogar kurz auf den Boden warf, stand er nur Sekunden später bereits wieder.

Bogen mühte sich ab, aber Dalik wirkte nahezu verspielt, als nähme er den Kampf nicht allzu ernst. Er verletzte Bogen auch nur leicht. Manchmal *klong*-te er ihm gegen den Kopf, aber meistens stoppte er seine Angriffe haarscharf vorm Aufkommen und berichtete dabei: »Treffer. Treffer. Treffer …«

»Gib dich einfach geschlagen«, sagte er schließlich und Bogen pflichtete seiner Empfehlung bei.

»Na gut. Du hast mich.«

»Jawoll!«, schrie Dalik aus, hob seinen Stab und haute ihn einmal kräftig auf den Parkettboden.

Bogen war erleichtert, dass Dalik mit ihm nicht ernst gemacht hatte.

Cloey holte Dalik zusammen mit Teppo ab. Die Freude war groß und im Lada Taiga machte Cloey, zur Stimmung beitragend, triumphierende und erheiternde Musik an. Jeder trug ein Lächeln im Gesicht.

Als Cloey einen Blick in den Spiegel warf, war Dalik auf dem Rücksitz bereits in seinen wohlverdienten Schlaf versunken.

Sie drehte die Musik leise. Teppo wunderte sich.

»Er schläft«, erklärte Cloey.

Teppo schaute nach hinten und musste grinsen angesichts des niedlichen Bildes.

Im Empfangszimmer des IBA-Gebäudes standen die Prüfer versammelt hinter Mina. Sie trug abermals ihre luftige Kleidung und Teppo musste sich konzentrieren, nicht zu offensichtlich seinen Blick darauf fallen zu lassen. Ein drolliger Koreaner stand neben Rip, dessen Gesicht und Hände ärztlich versorgt worden waren.

»In der Abteilung fanden wir die Prüfung allesamt ziemlich interessant«, verkündete Mina dem sitzenden Trio. »Wir hatten zwar gehofft, dass ihr die Zielpersonen schneller finden würdet, aber vielleicht haben wir da auch zu viel von euch erwartet, da Miss Carter so fix war. Der dritte Prüfungsteilnehmer hat die Zielperson nicht aufspüren können. Wegen einer Regelwidrigkeit mussten wir ihn vorher disqualifizieren. Nun zu Mr. Dalik. Sie können von Glück reden, dass Sie ihn …« Sie deutete auf Bogen. »… gefunden haben. Ihre Informationsbeschaffung war unter aller Sau. Man merkt, dass Sie vorher nie Interesse gezeigt haben, sich näher mit diesem Beruf auseinanderzusetzen. Wäre Miss Carter nicht Ihre Vermittlerin, würden Sie als Sweeper gnadenlos verhungern.«

»Was man ihm allerdings zugutehalten muss«, mischte sich Bogen ein, »sind seine Fähigkeiten als Kämpfer. Natürlich hatten wir keine Auseinandersetzung auf Leben und Tod, doch ich bin mir sicher, dass ihm so schnell kein Verbrecher in Sachen Kampfkraft das Wasser reichen wird.«

Mina zeigte sich unbeeindruckt. »Jetzt mal nicht übertreiben. Da draußen warten jede Menge gefährliche Typen, die Mr. Dalik innerhalb von wenigen Sekunden das Lebenslicht auslöschen könnten. Was jedoch wirklich beeindruckend an Ihnen ist, ist Ihre Hartnäckigkeit. Sie haben in den letzten Tagen überhaupt nicht geschlafen, oder?«

»Nein.«

»Wir, mich eingeschlossen, glauben, dass Sie mithilfe von Miss Carter eine große Karriere vor sich haben, und wünschen Ihnen alles Gute auf Ihrem weiteren Weg.«

»Danke.«

»Mit diesen Worten möchte ich Ihnen nun Ihre Sweeperlizenz überreichen.«

Alle klatschten, als Mina ihm die Lizenz übergab. Ehrfürchtig betrachtete Dalik seinen Preis.

»Nun zu Mr. Bunks. Sie sind ebenfalls keine Leuchte, was die Informationsbeschaffung angeht. Aber Sie denken unkonventionell. Das gefällt uns. Auch wenn Ihre Flugblätter nicht gerade von Professionalität zeugen, haben sie funktioniert und darauf kommt es an. Haben Sie noch etwas zu ihm zu sagen?«

Rip blickte Teppo leicht erbost an.

»Mr. Bunks ist ähnlich wie Mr. Dalik ein äußerst fähiger Kämpfer, was man ihm so überhaupt nicht ansieht. Er hat mich ziemlich böse vermöbelt. Viel zu sehr. Sie wussten doch, dass ich nur ein

Prüfer bin. Sie hätten also ruhig einen Gang runterschalten können; ganz besonders zum Schluss.«

»Sie hätten auch einfach aufgeben können«, verteidigte sich Teppo.

»Punkt für ihn«, pflichtete Mina Teppo bei. »Doch da ist was Wahres dran. Allgemein für alle, aber ganz besonders für Herrn Bunks: Sweeper sind nicht gerade beliebt bei der Polizei, teilweise gelten sie sogar als verpönt, da sie keine wirkliche Ausbildung genießen und gelegentlich zu drastischeren Maßnahmen greifen. Wenn die Polizei übermäßig handelt, zieht es gesellschaftliche Konsequenzen nach sich. Polizeigewalt führt zu Aufruhr in der Bevölkerung und kann den unterbezahlten und -besetzten Gesetzeshütern das Leben stark erschweren. Polizisten vertreten das Gesetz, Sweeper nicht, von daher können euch die gesellschaftlichen Probleme mehr am Hintern vorbeigehen als denen. Dennoch dürft ihr nicht außer Acht lassen, dass auch ihr von Verbrechern angezeigt werden könnt. Das kommt leider öfter vor, als einem lieb sein könnte. Passt also auf und übertreibt es nicht. Zumindest nicht zu sehr. Verstanden, Mr. Bunks?«

»Ja sichi.«

»Gut. Zurück zur Prüfung. Wir würden Ihnen jetzt auch gerne die Lizenz übergeben, aber da gibt es ein Problem.«

»Ein Problem?«, fragten Teppo und Cloey gleichzeitig.

»Sie sind disqualifiziert. Genau genommen, durften Sie gar nicht erst an der Prüfung teilnehmen. Da dieser Fall noch nie eingetreten ist, haben wir auch überhaupt nicht damit gerechnet.«

»Was meinen Sie?«, fragte Teppo.

»Sie gehen noch zur Schule. Schülern ist es verboten, an dieserlei Prüfungen teilzunehmen, ergo dürfen wir Ihnen auch keine Sweeperlizenz aushändigen.«

»Aber ich hole lediglich meinen Abschluss nach. Ich bin volljährig; schon seit Ewigkeiten.«

»Tut mir leid, Schüler sind Schüler. So ist nun mal die Regelung.«

Teppo drehte wütend seinen Kopf zu Cloey.

»Guck mich nicht so an«, sagte sie. »Ich hab nicht dran gedacht.«

Am Abend saß die Truppe mit dem alten Mann im Wohnzimmer. Auf dem Tisch standen Getränke und Essen für eine kleine Party. Hinter ihnen war ein langes weißes Tuch mit den Worten *»HERZLICHEN GLÜCKWUNSCH, TEPPO UND DALIK!«* gespannt. Das Banner war auf dem neuesten Stand, denn *»TEPPO«* war durchgestrichen. Die Stimmung war verhältnismäßig gut.

Cloey erhob sich mit einem Glas in der Hand.

»Ich habe noch eine Ankündigung zu machen. Da unser geliebter Teppo noch ein Weilchen zur Schule geht und in absehbarer Zeit nicht umziehen wird, werden Dalik und ich nach Enmar ziehen. Das ständige Hin und Her ist furchtbar. Mir ist egal, wo wir arbeiten. Hauptsache es gibt was zu tun. Und hier in Enmar und Umgebung sollen so einige Kopfgeldträger herumlaufen.«

»Darauf trinken wir einen.«

Der alte Mann erhob sich und die anderen zwei folgten.

»Auf Enmar.«

»Auf Enmar«, sagte das Trio im Chor und ließ die Gläser klirren.

Zwölf Stunden zuvor.

Jade war moppelig und ein bisschen zu sehr geschminkt. Ihr Hosenstall stand immer einen Spalt weit offen. Sie betrachtete ihr Werk und machte sodann weiter mit dem Feinschliff. Cloey und Teppo waren bereits mehr als zufrieden mit seinem Aussehen. Er trug eine Afroperücke, einen angeklebten Vollbart und selbst die falsche Nase sah aus wie echt.

»Hoffentlich durchschaut Dalik den Trick nicht«, sagte er. »Er würde die Lizenz nicht annehmen, wenn er sie nur durch Betrug erhielte.«

»Das ist nicht das Problem«, sagte Cloey. »Wenn die IBA davon erfährt, werden wir zwei unsere Lizenzen auf Lebenszeit los.«

Jade lächelte die zwei amüsiert an.

»Macht euch keine Sorgen. Niemand wird dich wiedererkennen. Vertraut mir. Ihr dürft nur kein Wort darüber verlieren. Niemals.«

Kapitel sieben:
GLEICH IN DIE VOLLEN

GRRRRRRRRRRRRRRRRRRRRRRRRRRRRRRRRRRRRRRRRRR–

Teppo klatschte seinem Wecker eine, woraufhin dieser seine Klappe hielt. Teppos Gesicht strahlte.

Er streckte sich, gähnte und schnitt dabei Grimassen.

Dann stand er auf mit einem Bündel Freude im Gepäck.

Nach einer langen und ausgiebigen Sitzung auf dem hauseigenen Klosett, sprang er unter die Dusche. Er sang ein wenig dabei, nur traf er die Töne so selten wie einen Menschen, der tatsächlich von Außerirdischen entführt worden war.

Im Wohnzimmer pflanzte er sich auf das Sofa und deckte den Tisch vor sich für sein Frühstück. Er aß eine Banane, ein paar Eier sowie mehrere geschmierte Brote. Im Fernsehen liefen Zeichentrickfilme.

Danach putzte er sich die Zähne. Er schaute sich dabei im Spiegel an und sank peu à peu immer tiefer, bis er breitbeinig in der sogenannten Pferdestellung angelangt war. Dort blieb er für ein Weilchen, wechselte ein paarmal die Position und entspannte seine Beine erst wieder, als er fertig war mit dem Putzen. Hierbei kleckerte er nicht viel weniger als ein Kleinkind.

Er säuberte sein Gesicht und gurgelte Mundwasser, bis es aus seinem Mund blubberte.

Zum Schluss erfolgte die provisorische zweite Runde auf der Toilette.

»Endlich Wochenende«, freute er sich, als er wieder in seinem Zimmer war.

Ein Fahrradfahrer hielt auf der Straße an. Er spähte durch Teppos auf Kipp stehendes Fenster und brüllte zu ihm hoch: »Aber heute ist erst Freitag!«

Nur ein Wort und die Schönheit des Tages war dahin.

In der Honigdachsstraße 14 stand eine vierstöckige Mietskaserne, bestehend aus einem Vorderhaus, einem Seitenflügel und einem Hinterhaus. Die Umgebung war ruhig, nur die Nachbarn waren hin und wieder etwas durchgeknallt und laut. Cloey und Daliks neue Wohnung, welche ganz oben im Seitenflügel lag, war groß genug, damit Dalik nun auch sein eigenes Zimmer inklusive eines Bettes haben konnte.

Die meisten Kartons waren noch unausgepackt, aber Prioritäten mussten gesetzt werden. Mit einem leeren Portemonnaie ließ sich ein leerer Magen nicht füllen.

Cloey und Dalik saßen im Wohnzimmer und machten sich an die Arbeit. Sie sortierte Karten aus ihrem Steckbriefstapel und legte sie ihm vor.

»Als frischgebackener Sweeper darfst du dir jetzt dein allererstes Ziel aussuchen. Diese Typen kann ich zurzeit wahrscheinlich recht schnell ausfindig machen. Also wer soll es sein?«

Die Karten vor sich ausgebreitet, betrachtete Dalik sie akribisch. Schließlich tippte er selbstsicher auf eine.

»Der hier.«

Cloey war mit der Wahl alles andere als zufrieden.

»Das ist Hilbert Leg, genannt Hiba. Hiba ist ein Geldeintreiber der ganz schlimmen Sorte. Gesucht wegen mehrfacher schwerer Körperverletzung und Erpressung. Zweimal wurde er sogar wegen Mordes angeklagt, doch er wurde beide Male aufgrund von Alibis, die höchstwahrscheinlich gekauft waren, freigesprochen. Die Prämie beläuft sich auf 53.000 Sinner. Obwohl auf ihn fast 20.000 Sinner weniger ausgesetzt sind als auf den Massenmörder, den Teppo sich vorgenommen hat, halte ich ihn für gefährlicher. Dieser Mörder Jekilldy ist einfach nur durchgedreht und musste schnell gefasst werden, aber Hiba hat sich das schwere Verletzen von Menschen zum Beruf gemacht. Es ist für ihn Alltag.«

»Dann ist es umso wichtiger, dass wir ihn unschädlich machen.«

»Dein Vorhaben in Ehren, aber ich sage dir jetzt schon, dass ich bei diesem Typen auf Abstand gehen werde. Ich helfe dir bei der Suche, nur wenn es um den Showdown geht, stehst du für dich allein. Beretta hin oder her.«

»Eine Vermittlerin ist eine Vermittlerin und ein Sweeper ein Sweeper. Wahrscheinlich wärst du eh nur ein Klotz am Bein.«

»Sehr nett.«

»Also Hiba?«

»Also Hiba.«

»Also Hiba.« Der Konkaimönch freute sich.

»Dalik, warum eigentlich gerade ihn?«

»Mir gefallen seine Tattoos.«

Der Wind blies sachte und nur einen Herzschlag später wieder heftig gegen die fast schon nachgebenden Wände des Landhauses. Die Wände knarzten und die Fenster kämpften. Ungemütlich war die Nacht.

Vier Männer saßen in der Küche und spielten Doppelkopf. Zu ihren Füßen lag ein Rottweiler. Auf dem Herd standen die Reste eines Eintopfes. Daneben wärmte eine Kaffeekanne ihren Inhalt.

Ein fünfter Geselle las in einer Ecke ein Buch und versuchte, sich damit ablenken zu können. Der Autobiograph war ein Mann namens Ghandi. Das Werk trug den Titel *»Im Krieg erschoss ich schwangere Frauen, um Kugeln zu sparen«*.

Der Letzte im Bunde war von großer, doch relativ schlanker Statur. An seinen Unterarmen zeichneten sich gewisse Hebungen ab und seine Schultern waren breit, als würde er in einer Gewichtsklasse kämpfen, die zu klein war für einen Mann von seiner Größe.

Er schaute aus dem Fenster und hielt angespannt Ausschau.

Den Doppelkopfspielern erging es nicht groß anders. Sie lachten zwar hin und wieder, doch hielten sie sich mit ihrer Lautstärke bedeckt. Immer wieder warfen sie einen Blick zu dem Mann am Fenster.

Schließlich ergriff er das Wort.

»Er kommt.«

Angst betrat die Küche. Sie zerstörte die ohnehin schon angeschlagene Stimmung und beendete sie wie ein Polizist, der auf einer zu lauten Party aufkreuzt.

Der älteste der Doppelkopfspieler stand auf. Er wusste nicht, wohin mit sich. Er wollte beim Fenster selbst nachsehen, nur um sich im nächsten Moment zu fragen, ob das denn überhaupt etwas ändern würde.

Stattdessen lauschte er nur wie die anderen.

Zunächst hörten sie nichts. Der Wind blies zu stark. Dann lies er nach und wandelte sich in ein laues Lüftchen. Schritte waren zu hören.

Sie näherten sich dem Landhaus und wurden schwerer. Und schwerer. Und schwerer.

Der Rottweiler fiepste vor sich hin.

Dann stoppten die Schritte und die Klingel ertönte. Alle sechs Männer zuckten zusammen und eine Bleiche zog über ihre Gesichter.

Nacheinander erhoben sich auch die Restlichen aus ihren Sitzpositionen.

Als es das zweite Mal klingelte, legte der Leser sein Buch auf den Tisch und ging auf die Tür zu.

Zwischen Küche und Tür lag nur ein kleiner Flur. Die Männer verfolgten nervös seinen Gang.

Als er an der Tür angelangte, nahm er zurückhaltend die Türklinke in die Hand. Er war just dabei, sie herunterzudrücken, da flog ihm die Tür entgegen. Sie krachte mit derart viel Wucht gegen seinen Kopf, dass er bewusstlos zu Boden ging. Aus einer Platzwunde sprudelte Blut über sein Gesicht wie ein schwacher Springbrunnen.

Der Rest der im Weg stehenden Tür wurde beiseite gedrückt. Durch den Türrahmen trat ein solch gewaltiger Mann, dass er seinen Kopf neigen musste, um nicht gegen die Oberkante zu stoßen. Seine strammen Muskeln waren gehäuft zu einem Berg. Sein Hals war breiter als sein Kiefer. Er trug eine Militärweste, seine Arme lagen frei. Sie waren von den breiten Schultern bis zu den dicken Handgelenken tätowiert. Auf ihnen spiegelte sich das dunkle Universum in all seiner Schönheit. Planeten, Sterne, Explosionen und andere Naturereignisse aus dem Weltall waren hier verewigt.

Der Rottweiler begann zu kläffen, doch das beeindruckte Hiba nicht. Er setzte seinen riesigen Fuß auf die Weichteile des am Boden liegenden Mannes und spazierte mit all seinem Gewicht auf ihn drauf. Der Mann erwachte aus seiner Ohnmacht, um schmerzverzerrt aufzustöhnen.

Hiba spazierte weiter und verlagerte seinen nächsten Schritt auf die Brust des Mannes. Dem Mann blieb die Luft weg, um noch irgendetwas aus seinem Mund hervorzubringen.

Der dritte Schritt war gestampft. Hiba trat ohne großen Einsatz auf den Kopf des Mannes und brachte ihn zur Ruhe.

Als er den menschlichen Teppich wieder verließ, schrie einer der Männer: »Fass!« Und der Rottweiler hetzte los.

»Platz!«, brüllte Hiba. Seine Stimme war so tief wie die von Barry White, nur dass seine keine Widerworte erlaubte. Der Rottweiler zögerte nicht und stoppte sein Unterfangen.

»Und jetzt zieh ab. Ab!«

Hiba zeigte auf das Loch hinter sich und der Hund machte sich auf und davon.

»Wer von euch Würmern ist Ockey?«

Er schaute sich die fünf Männer genau an. Dann zeigte er auf den ältesten von ihnen.

»Du bist Ockey.«

»Hören Sie«, sagte der Angesprochene, »ich habe das Geld im Moment noch nicht. Ich bitte dafür vielmals um Verzeihung. Aber ich kann meine Familie nicht verhungern lassen. Bitte sagen Sie Señor Toothpick, dass ich ihm alles bald zurückzahlen werde. Ich schwöre bei allem, was mir heilig ist, dass ich meine Schulden begleichen werde.«

Einer der Männer zückte sein Handy und schoss ein Foto von Hiba. Danach tippte er ein paar Mal auf das Display.

»Ich habe Ihr Bild soeben an einen Verwandten geschickt«, sagte dieser. »Wenn Sie mir oder den anderen etwas antun, landet das Bild bei der Polizei und dann können Sie schon mal Ihr Arschloch polieren, denn jemand wird es benutzen.«

»Sind das deine Freunde?«, fragte Hiba Ockey.

»Ja.«

»Die sollen dich beschützen, was? Wieso leihen sie dir nicht das Geld?«

»So viel Geld können nicht mal wir zusammen auftreiben«, mischte sich der große drahtige Mann ein, der zuvor am Fenster Wache gestanden hatte. »Zu den Konditionen ist das allerdings auch kein Wunder.«

»Ich stell das mal eben klar«, sagte Hiba. »Mir sind diese jämmerlichen Entschuldigungen vollkommen egal. Das Ganze hast du dir selbst eingebrockt. Es bringt nichts, mir die Ohren vollzuheulen. Dafür werde ich nicht bezahlt. Ich soll hier Señor Toothpicks rechtmäßig zustehendes Geld eintreiben. Also her damit.«

Der große drahtige Mann näherte sich Hiba und schlug ihm in einer schnellen Bewegung ins Gesicht. Der Schlag schien jedoch keinen Effekt zu haben. Hiba zeigte keine Reaktion, bis er selbst ausholte und mit einem einzigen Hieb den Angreifer durch die halbe Küche drosch.

Es stand für alle außer Frage, ob sie sich ebenfalls mit Hiba anlegen sollten. Sie senkten ihre Köpfe und wünschten sich, unsichtbar zu sein.

Hiba blieb vor Ockey stehen. Ockey zitterte.

»Sieh mich an«, befahl ihm Hiba ruhig, doch bestimmt.

Ockey nahm seinen Mut zusammen und schaute nach oben. Alles, was er sah, war ein Berg von strammer Masse.

»Die Zinsen sind hiermit verdoppelt. Mir egal, wie du das anstellst. Entweder halte ich nächste Woche das Geld in der Hand oder einen herausgerissenen Knochen.«

Ockey flossen die Tränen und er nickte.

Hiba drehte sich um und spazierte hinaus.

Der Geruch von alter Hose und frischem Urin missfiel ihm.

Cloey und Dalik wollten gerade ihre Wohnung verlassen. Sie öffnete die Tür und draußen stand Teppo. Er zog den Finger von der noch nicht betätigten Klingel zurück.

Cloey schaute ihn überrascht an. »Teppo?«

Kurz darauf saßen die drei im Wohnzimmer. Teppo ließ seinen Blick umherschweifen. Die Möbel waren bereits zurechtgerückt, aber viele Kartons standen noch herum. Besonders hübsch anzusehen fand er die Steckbriefe an der Wand.

»Eure neue Wohnung ist … gut.«

»Vorhin haben wir unser nächstes Ziel festgelegt«, sagte Dalik.

»Und wer ist es?«

Cloey zeigte Teppo die Karte von Hiba.

»53.000!«, entfuhr es Teppo. »Was 'n Brocken. Und damit ist nicht das Kopfgeld gemeint. Das wird bestimmt lustig. Oder böse und schmerzhaft.«

»Was einen nicht umbringt, macht einen stärker.«

»Oder zum Krüppel. Oder zu einem psychischen Wrack.«

»Ähm, Teppo?«, sagte Cloey. »Da gibt es noch etwas, das du wissen solltest … musst. Du kommst nicht mit.«

Teppo wirkte wie ein geprügelter Welpe.

»Aber wieso?«

»Wenn ich einen Schüler mit hineinziehe, kann es zu Problemen kommen. Das hat mir die IBA spezifisch noch einmal mitgeteilt. Tut mir leid.«

»Aber wir haben doch schon zusammengearbeitet.«

»Ja und deshalb hat mir die IBA jetzt auch richtig Feuer unterm Hintern gemacht. Sobald du mit der Schule fertig bist, ob Sweeper oder nicht, arbeiten wir wieder zusammen. Das verspreche ich dir. Wenn dir dann bei der Jagd was passiert, kann ich dafür nicht mehr zur Verantwortung gezogen werden.«

»O Mann! Die ganze Woche hab ich mich schon darauf gefreut.«

Cloey suchte in ihrem Stapel herum und reichte Teppo schließlich eine Karte daraus.

»Den darf jeder jagen«, sagte sie. »Er soll hier irgendwo in Enmar rumlungern.«

Der geprügelte Welpe jagte dem Ball hinterher, als wäre sein Frauchen das liebste auf der Welt.

»So ein kleiner Fisch und alle dürfen nach dem Kopfgeld angeln?«, fragte er zweifelnd.

»Ja. Bei ihm ist es egal, dass du noch zur Schule gehst. Jedem steht es frei, sich an seiner Festnahme zu versuchen.«

»Was ist so besonders an dem Typen?«, fragte Dalik.

»Die Regierung ist der Meinung, dass er keine wirkliche Gefahr darstelle. Wie ein Kratzer, auf dem jeder Idiot nur ein Pflaster kleben muss. Ich hab mich noch nicht mit ihm auseinandergesetzt, weil 500 Sinner mir einfach zu wenig sind für die Zeit, die ich aufzuwenden hätte. Aber wenn du Lust hast, versuch es.«

»Ziemlich ernüchternd dieser Besuch«, sagte Teppo. »Aber was soll man machen? Lasst mich wissen, wie es bei euch lief.«

Hiba saß in einem ledernen Stuhl. Sein Hintern lag weich. Er trank ein Bier und wenn er nicht gerade einen Schluck nahm, hielt er die kühlende Flasche an sein Gesicht.

Das Wohnzimmer war von enormer Größe und für manchen Geschmack zu protzig. Selbst eine Bowlingbahn war eingebaut. Das Einzige ohne Wert waren die Bilder an den Wänden.

Neben Hiba malte ein Mann mit leicht gebückter Haltung. Er wirkte stets kleiner, als er eigentlich war. Er trug einen Bademantel, der aussah wie ein funkelnder Blazer, und einen Hut mit kurzer Krempe. Seine Wohlstandsplauze verdeckte die silberne Schnalle seines Gürtels. Und an seine Füße schmiegten sich weiße, fluffige Hasenpantoffeln. Die Staffelei vor ihm hatte vorgefertigte Linien und Zahlen. Der Maler füllte die Flächen aus, doch achtete dabei nicht auf die empfohlene Farbgebung, wie auf dem Karton daneben beschrieben. Er tanzte leicht auf der Stelle, nur stand die Jugend seines Verhaltens im Kontrast zu den Bewegungen seines Körpers. Er erweckte den Eindruck, als wären alle seine Gelenke schlecht gedehnt.

»Es lief gut«, sagte Hiba. »Er konnte nicht bezahlen, also hat er zum Schutz fünf Kumpane zusammengetrommelt. Und einen Hund.«

»Oh, was für einen?«

»War nicht viel größer als ein Dackel. Der Größte von ihnen hat einen auf dicke Hose gemacht. Würd mich wundern, wenn der morgen wieder etwas Festes essen kann.«

»Und was ist mit dem Geld?«

»Ich habe den Zinssatz verdoppelt. Nächste Woche erhältst du garantiert das Geld. Ich habe ihm genug Angst gemacht, dass er sogar sein Haus verkaufen würde.«

»So gefällt mir das.«

Hiba flüsterte: »Hoff ich zumindest« in den Flaschenhals und nahm einen weiteren Schluck. Danach kühlte er wieder die Stelle, an der er den Schlag abbekommen hatte.

»Demnächst hast du Geburtstag, oder?«, fragte er. »Was wünschst du dir?«

»Lass dir was einfallen.«

Hiba hasste solche Antworten. Mit ihnen konnte man einfach nichts anfangen.

»Irgendein Tipp?«

»Ich weiß es selbst nicht.«

»Konzertkarten?«

»Wenn ich auf ein Konzert will, kann ich mir selber Karten kaufen.«

»Ich denke noch mal darüber nach.«

»Eigentlich gehört hier Grün hin, aber ich spiele nicht nach den Regeln, deshalb male ich es mal braun an.«

Der plauzige Mann lachte böse in sich hinein. Selbst Hiba war diese Art des Amüsements unbehaglich. Es erinnerte ihn an andere Situationen, in der der kleine Mann ebengleich in sich hineingelacht hatte.

Der Mann mit Hut und Pinsel griff sich aus einem Glas ein paar Salzstangen und knabberte sie auf, während er die nächste Fläche ausfüllte.

Hiba streckte sich aus seinem Stuhl zur Seite, um einen Blick auf die Staffelei zu werfen.

»Grüner Stamm und braune Blätter«, sagte er. »Ich kann nicht behaupten, jemals so einen Baum gesehen zu haben.«

»Das nennt man künstlerische Freiheit, mein Lieber. Ohne jeden Zweifel ein Talent, das nur deinen Armen innewohnt.«

Es war Abend. Cloey und Dalik waren zu Fuß unterwegs. Sie spazierten eine Gasse entlang, in der ein gewisses Milieu ihr Geld verdiente. Die meisten waren beschäftigt und nicht zu sehen. Die anderen aufreizend gekleideten Dirnen standen am Straßenrand und warteten.

Cloey wunderte sich, dass ein Landstreicher, zwischen stinkenden Papiertüten und Dosen liegend, nicht verscheucht worden war. Die Freudenmädchen hielten Abstand zu ihm.

Sie waren noch ein gutes Stück von dem Straßenpenner entfernt, da holte Dalik bereits seinen Geldbeutel aus seiner Robe.

»Du willst ihm nicht ernsthaft Geld geben, oder?«, fragte Cloey.

»Doch. Wieso nicht?«

»Ich kann von hier aus riechen, dass er stark alkoholisiert ist. Und der Rest an ihm riecht, als hätte er sich in die Hosen geschissen.«

»Das heißt, er braucht Hilfe.«

»Wenn du ihm was gibst, wird er sich nur noch mehr Alkohol oder andere Drogen kaufen. Spar dein Geld lieber und gib es für etwas Sinnvolles aus und nicht für etwas Hoffnungsloses.«

Der Obdachlose wurde wach von dem Gespräch. Sein Bart war üppig und hatte Ähnlichkeit mit einem dreckigen Hundearsch. Als er seinen Mund öffnete, schienen seine braunen Zähne aufeinander zu kleben.

»Habt ihr vielleicht einen Sinner für mich? Nur ein bisschen, das würde mir schon reichen. Ich habe großen Hunger.«

Cloey sprach leise zu Dalik, sodass der Mann mit den schwarzen Fingernägeln sie nicht hören konnte.

»Ich sag dir, du verschwendest dein Geld, so wie er es verschwenden wird.«

Dalik sah dem Obdachlosen in die Augen. Er schien nicht richtig da zu sein. Seine Augen waren leer.

»Bitte«, schmatzte er.

Dalik wandte sich Cloey zu und antwortete in derselben Lautstärke wie sie.

»Selbst wenn das Geld nur bei jedem Fünften gut angelegt ist, ist es schon Grund genug zu helfen.«

»Findest du? Guck ihn dir an. Er ist keiner dieser Fünften.«

»Genauso wie es die Pflicht der Starken ist, die Schwachen zu beschützen, ist es die Pflicht der Reichen, den Armen zu helfen.«

»Aber du bist selber arm.«

»Aber immerhin reicher als er. Und jetzt gib ihm etwas. Ich habe nämlich kein Kleingeld mehr.«

Cloey druckste noch kurz herum, dann gab sie sich geschlagen und schnipste dem Obdachlosen eine Einsinnermünze hin. Sie wollte ihm nicht zu nahe kommen. Ihre Nase schrie bereits aus dieser Entfernung um Hilfe oder einen Gnadenschuss.

Der Obdachlose bedankte sich, drehte den beiden den Rücken zu und schlief wieder ein. Zum Abschluss pupste er noch einmal feucht.

Ein paar der Straßendirnen hatten sie beobachtet. Eine, die es nicht getan hatte, kam gerade aus einer Tür spaziert und verabschiedete sich von einem jungen Mann.

»Bis zum nächsten Mal, Gary. Du bist von allen echt der Beste.«

Gary winkte ihr mit einem stolzen Lächeln, drehte sich im Laufen zurück und ging wieder seiner Wege. Die Nutte rollte mit ihren Augen.

Als Gary Cloey und Dalik entgegenkam und ihre Blicke auf sich bemerkte, blickte er zur Seite und versuchte, seine warmen Wangen zu verbergen.

Das Sweeperpaar nervte ihn noch kurz mit ihren Blicken, dann statteten sie Garys holder Dirne einen Besuch ab.

»Hi! Du arbeitest hier, was?«, fragte Cloey.

»Seid ihr Bullen?«

»Nein.«

»Ja, tue ich. Ich schlafe aber nicht mit Frauen. Es sei denn, Mr. Takeshi macht mit. Du siehst gut aus.«

»Du auch«, sagte Dalik.

»Du hast aber einen hübschen Stab. Ist der in deiner Hose denn auch so dick?«

»Nein.«

Die Metze hatte mit einer ausgereifteren Antwort gerechnet, doch bevor sie erneut darauf eingehen konnte, mischte sich Cloey wieder ein.

»Du kennst doch bestimmt einen Kerl namens Hiba, oder? Er ist dein Zuhälter, richtig?«

»Hiba beschützt mich und meine Kolleginnen, aber er ist nicht mein Zuhälter.«

»Wir suchen ihn. Kannst du uns sagen, wo er steckt?«

»Was wollt ihr von ihm?«

»Wir wollen ihn festneh–«

»Um Hilfe bitten«, fuhr Cloey Dalik dazwischen. »Wir haben gerade unser erstes Kind bekommen und brauchen dringend Geld.«

»Ah, ich liebe Kinder«, sagte die Hure.

»Wir hatten überlegt, ob er«, Cloey deutete auf Dalik, »nicht vielleicht für Hiba arbeiten könnte. Es spielt keine Rolle, was er erledigen soll. Ob jemanden beschützen, einschüchtern, die Fresse polieren oder einfach nur den Kaffee bringen, Hauptsache wir füllen die Haushaltskasse und können unser Baby versorgen.«

»Wenn ihr einen Job sucht, solltet ihr zu Señor Toothpick gehen. Sowohl Hiba als auch ich arbeiten für ihn. Eigentlich fast alle hier.«

»Señor Toothpick? Von ihm habe ich noch nie etwas gehört.«

»Das bedeutet dann wohl, dass er sein Handwerk versteht.« Sie schaute den Mann in der grünen Robe an. Er hatte ein solch offenes und herzliches Gesicht. »Wie heißt denn euer Kind?«

»Eigentlich haben wir gar kein Kind«, erklärte Dalik. »Wir sind nicht mal ein Pärchen. Das hat sie sich nur ausgedacht, um an Informationen zu kommen.«

»Hör nicht auf ihn«, sagte Cloey lachend. »Er hat die Nacht nicht geschlafen und erzählt gern Witze.«

»Das stimmt doch gar nicht«, protestierte Dalik.

»Okay, wer zur Hölle seid ihr? Doch Bullen?«

»Um ehrlich zu sein, sind wir –«

»Lalalalala…«, begann Cloey zu singen.

Dalik war verwirrt, doch ließ sich nicht beirren.

»… Sweeper und jagen Hiba.«

»Halt doch einfach deine Klappe!«, platzte es aus Cloey heraus.

Dalik hatte Probleme, ihr frustriertes Gesicht zu deuten. Hatte er etwa was falsch gemacht?

»Aber ich lüge nicht«, verteidigte er sich.

»Deshalb sollst du ja einfach deine Klappe halten.«

Die Prostituierte hatte genug gehört. Sie beendete das Gespräch und ließ die danach noch weiter diskutierenden Sweeper unter sich.

»Ich kann über diesen Señor Toothpick nichts finden.«

Cloey saß in ihrem Auto mit ihrem Laptop auf dem Schoß.

»Ist doch egal.« Dalik lehnte draußen am Wagen und schleckte ein Eis. »Wir wollen Hiba.«

»Wenn wir wissen, für wen er arbeitet, bringt uns das ein Stück weiter. Außerdem will ich wissen, ob wir nicht in einem verbotenen Terrain fischen.«

»Was meinst du damit?«

»Wenn Hiba einer gefährlichen Organisation angehört, könnte es unter Umständen sein, dass wir nach seiner Festnahme mit ihr

Probleme bekommen.«

»Oder es passiert überhaupt nichts. Wenn wir diesem Hiba mit Respekt begegnen, zeigt er bestimmt Verständnis dafür, dass wir nur unseren Job erledigen.«

»Tse! Das glaubst du doch wohl selber nicht.«

Im Gegensatz zu der Nuttenstraße von zuvor konnte man auf dieser keine zwanzig Schritte gehen, ohne auf ein neues Freudenmädchen zu treffen. Es schien mehr von ihnen zu geben, als im Moment Sterne in der Dunkelheit des Himmels zu sehen waren. Zurzeit hielten sich die Händler versteckt, aber das Drogengeschäft florierte hier genauso. Und wie die Prostituierten waren auch die Drogen gestreckt.

»Die ziehen sich aber aufreizend an«, konstatierte Dalik auf dem Beifahrersitz. Der Lada Taiga lauerte lautlos im Schatten. »Warten die alle auf ihr Date?«

»Dalik, das sind Nutten.«

»Echt? Ich sehe zum ersten Mal Nutten.«

»Die Frau von vorhin war doch auch eine.«

Daliks Kiefer fiel herab. Hin und wieder wurde Cloey aus ihrem Partner einfach nicht schlau.

»Sie hat doch sogar angeboten, mit dir zu schlafen.«

»Oh! Ich dachte, damit sei einfach nur Schlafen gemeint und nicht …«

»Wieso sollte sie dir anbieten, mit dir bloß ein Nickerchen zu halten?«

»Ich war auch verwundert.«

»Mit wem habe ich mich hier nur eingelassen?«

»Bist du jetzt etwa böse auf mich?«

»Auf dich kann man gar nicht richtig böse sein. Du bist viel zu unschuldig und liebenswert.«

»Danke.«

»Gut, hör zu. Ich gehe diesmal allein und befrage ein, zwei Leute. Du bleibst hier und hältst die Augen offen. Eventuell spaziert unsere Beute ja vorbei.«

»In Ordnung.«

Cloey stieg aus und ging los.

Dalik war allein mit dem Taiga. Er schaute kurz in den Nachthimmel, dann begann er, ungeniert die vielen farbenfrohen, eng geschnürten Damen zu betrachten. Bei einigen fragte er sich, ob sie nicht froren.

Er wollte das Radio einschalten, nur ganz leise, doch anscheinend war es kaputt. (Später sprach er Cloey darauf an, aber bei ihr funktionierte es. Er verstand es nicht und Cloey musste ihm erklären, dass dafür der Motor laufen musste.)

Eine der Straßendirnen fasste Dalik ins Auge. Sie dachte kurz nach und stapfte sodann auf ihn zu. Ihr normal großer Körper war viel zu klein für ihr Gewicht. Ihre Kleidung war unpraktisch und verbarg nicht genug ihrer mit Cellulite überzogenen Vollmilchschokoladenhaut.

Sie klopfte an sein Fenster und Dalik kurbelte es herunter.

»Hallo, Süßer.« Ihre Lippen waren knallig rot und füllig.

»Hallo«, begrüßte Dalik sie freundlich.

Das Zimmer roch nach Schweiß und Genitalsäften. Die Luft war stickig. Die Nachttischlampe war eingeschaltet, aber das Licht hatte nicht mehr als eine dimmende Kraft.

Rebicca lag in einem zerwühlten Bett und schaute Hiba beim Anziehen zu. Ihre Frisur bedeckte eines ihrer Augen. Ihr war nach Rauchen zumute, aber ihre Schachtel war leer.

»Wusstest du, dass ich immer verwundert war über dein ruhiges Gemüt?«, sagte sie.

»Ist das so?«, fragte Hiba mit seiner basshaltigen Stimme.

»Ja, aber mittlerweile glaube ich, habe ich es verstanden. So große Typen wie du haben eben keine natürlichen Feinde. Du bist von Natur aus an der Spitze der Nahrungskette. Ähnlich wie bei Hunden.«

»Du vergleichst mich mit einem Hund?« Hiba lächelte, doch schien er es eher nebensächlich zu machen.

»Irgendwie schon. Bei Hunden sind die aggressiven zumeist die kleinen, weil sie irgendetwas kompensieren wollen. Die großen sind meistens entspannt. Die haben auch noch die Ruhe weg, während die kleinen sie ankläffen.«

»Ich kann aber auch anders.«

Hiba setzte sich auf das Bett und begann, sich seine Socken und Stiefel anzuziehen.

»Kann ich mir mittlerweile bei dir gar nicht mehr richtig vorstellen«, sagte Rebicca.

»Na ja, ich gebe mein Bestes, damit alles gut funktioniert.«

»Du bist wirklich sonderbar, weißt du das? Ich kenne keinen einzigen Zuhälter, der sich tatsächlich um seine Ware schert. Warum bist du so nett zu mir, he?«

Rebicca kuschelte sich von hinten an Hiba heran und presste ihre nackten Brüste zwischen sich und ihm zusammen.

»Na sag schon. Sag bloß, du bist in mich verliebt?«

»Du bist halt eine meiner Schutzbefohlenen. Deshalb.«

»Oh.«

Rebicca ließ ihn los und schmiss sich zurück ins Bett. Sie lächelte und streichelte Hiba über seinen dicken, tätowierten Arm.

»Weißt du«, sagte er und drehte sich mit einem bescheidenen Lächeln zu ihr um, »was man einem Typen schenken kann, der so reich ist, dass er schon alles hat?«

»Redest du von Toothpick?«

Hiba nickte.

»Keine Ahnung. Ich wusste nicht mal von seinem Geburtstag. Muss man dem Boss was schenken?«

»Nein, aber ich möchte es.«

»Willst dich einschleimen, wie?«

»Das habe ich nicht nötig. Du hast bestimmt nicht gewusst, dass er und mein Vater seit dem Sandkasten Freunde waren. Als ich vor einiger Zeit alles verloren hatte, bot er mir den Job an.«

»Aha. Nein, das habe ich nicht gewusst. Ist ja interessant. Was hast du ihm denn letztes Jahr geschenkt?«

»Einen *Star Trek*-Kalender.«

»Und war nicht gut?«

»Seine Reaktion war verhalten. Ich weiß noch, dass er enttäuscht war, dass auf keinem einzigen Bild Chewbacca zu sehen war.«

Rebicca lachte.

Hiba stand auf und Rebicca setzte sich auf. Sie spitzte die Lippen, doch Hiba gab ihr lediglich einen Kuss auf die Wange.

»Schlaf gut«, sagte er und spazierte zur Tür.

»Du auch. Bastle ihm doch etwas.«

»Ich kann nicht basteln.«

Cloey fühlte sich unwohl, als sie sich auf der Straße zwischen den ganzen Prostituierten hindurchschlängelte. Sie malte sich aus, wie jemand anhielt und sie nach ihrem Preis fragte.

Die meisten ignorierten sie. Andere warfen ihr einen bösen Blick zu.

Ich will euch doch gar nicht eure Kunden wegnehmen.

Einige sahen kaputt aus. Ihre Körper waren schwach, teilweise ausgemergelt, und ihre Gesichter waren abgebrüht und kalt. Cloey wollte sich nicht vorstellen, wie ihr Leben bislang ausgesehen haben mochte.

Im Vorbeigehen hörte sie eine Nutte zur anderen sagen: »Er machte da so rum und dann meinte er plötzlich: ›Mach mal das Licht an. Ich kann das Loch nicht finden.‹«

Typischer Nuttenhumor. Die beiden amüsierten sich, aber Cloey war dafür nicht zumute.

Dann endlich hatte sie es zu ihrem hellbraunen Blechfreund geschafft. Sie öffnete die Tür und stieg zu Dalik ins Auto.

»Ich hatte Erfolg«, verkündete sie freudig. Hier im Wagen fühlte sie sich gleich viel wohler. »Señor Toothpick ist hier jedem ein Begriff. Er leitet ein Geschäft, bestehend aus Prostitution, Waffenhandel und Kreditaufnahmen. Letzteres machte ihn stinkreich. Toothpicks richtigen Namen kennt kaum einer. Er gab sich selbst diesen Künstlernamen, weil –«

»Lass mich raten. Er meistens einen Zahnstocher im Mund hat.«

»Fast. Kennst du dich ein wenig mit den Yakuza aus?«

»Den Whirlpools?«

»Nein, das sind Jacuzzis. Ich meine die Mafia.«

»Oh, ja, stimmt. Ein wenig.«

»Bei denen ist es so: Wenn du versagst und Schande über dich selbst und deiner Yakuza-Familie gebracht hast, kannst du deinen Fehler nur wiedergutmachen, indem du dir den kleinen Finger abschneidest. Bei Toothpick hingegen musst du dir einen Zahnstocher ins Auge rammen. Bei zwei Fehlern ist man also blind.«

»Das ist …«

»Krank. Toothpick ist gefährlich. Wir müssen aufpassen.«

»Willst du etwas Erfreuliches hören? Ich weiß, wo sich unsere Zielperson aufhält.«

»Was? Wie hast du das denn rausbekommen? Du hast ihn doch wohl nicht vorbeilaufen sehen?«

»Nein, ich habe mit einer sympathischen Frau gesprochen. Ich glaube, sie könnte sogar eine Nutte gewesen sein, da bin ich mir allerdings nicht so sicher.«

Plötzlich klopfte es an Daliks Fenster. Draußen stand eine überreife Dame. Ihr enormer Vorbau hopste beinahe heraus. Sie bedeutete Dalik, sein Fenster herunterzukurbeln, und er folgte ihrer Bitttte, ohne zu zögern.

»Ja?«

»Die geile Ulla mit den Riesenmöpsen ist aus ihrem Mutterschaftsurlaub zurück und aufgrund der Schwangerschaftsstreifen zurzeit nur halb so teuer.« Beim Sprechen fuhr sich die schon betagtere Hure mehrmals mit der Zunge über ihre Herpesbläschen. »Oder vielmehr doppelt so günstig.«

Bevor Dalik antworten konnte, hatte Cloey bereits den Motor angeschmissen und fuhr davon.

Dalik war leicht überrascht, lehnte sich aus dem Fenster und rief zu der überreifen Frucht: »Tschühüss! Mach's gut! Hab noch einen schönen Tag! Oder Nacht! Wir haben es ja schon Nacht!«

Zurück auf der Straße hakte Cloey sofort nach.

»Und was hast du ihr gesagt?«

»Hast du das nicht gehört? Ich sagte: ›Tschühüss! Mach's gut! Hab noch einen schönen –‹«

»Nein, ich meine die Frau, von der du gehört hast, wo sich Hiba aufhält.«

»Ach so. Haha! Ich habe sie gefragt, ob sie mir sagen könne, wo ich Hiba finde. Da hat sie es mir gesagt.«

Es war zu simpel. Zu einfach. Seit wann war die Informationsbeschaffung denn so leicht?

»Ich bin beeindruckt«, gestand Cloey. »Und wo steckt er?«

Cloeys Geländewagen hielt neben einem Park. Die grüne Wiese auf der einen Seite, ein Hochhaus auf der anderen. Enmar war ein seltsamer Ort. Es gab hier so viel Natur, dass einem schlecht werden konnte, und trotzdem fand man hier Gebäude, die völlig unwirklich zu sein schienen. Als beherbergte diese »Kleinstadt« immer genau das, was ihr Schreiber gerade benötigte. Ein nahezu traumhafter Ort.

Dalik stieg aus. Er schnallte seinen Stab aus der Verankerung auf dem Wagendach. Dann atmete er tief durch.

Als er um den Wagen herumging, kurbelte Cloey ihr Fenster herunter und winkte ihn noch einmal zu sich. Das Mondlicht rückte sein Gesicht in einen fahlen Schein, doch Cloey sah ihm an, dass er aufgeregt war.

»Das schaffst du schon. Falls er runterkommen sollte, halte ich ihn auf.«

»Bis gleich.«

Danach wandte er sich dem Hochhaus zu und ließ seine Waffe ein paar Mal wirbeln. Das musste zum Aufwärmen genügen.

Im Fahrstuhl drückte Dalik auf den Knopf für die oberste Etage. Kurz bevor sich die Türen schlossen, eilte noch ein Mann herbei. Er zwängte sich in letzter Sekunde durch die Tür und Dalik machte ihm Platz. Der Mann war stark erkältet. Er war dick eingepackt und glühte förmlich. Mit seinen roten Augen schaute er auf das Tastenfeld.

»Oberste Etage? Ah, gut, da muss ich auch hin.«

Der Fahrstuhl fuhr los.

Dalik konnte nicht anders, als den Mann angewidert anzusehen. Er atmete schwer durch den Mund und eines seiner Nasenlöcher lief. Er zog die Schnotte mehrmals wieder hoch und stöhnte dabei gequält.

»Ich bin krank und will ins Bett.«

Er schaute Dalik nicht an, sondern stammelte vor sich hin, als läge er im Delirium und müsse sterben.

Dann furzte er in seine Hose.
»Tschuldigung. Hab nicht gemerkt, dass da was kommt.«
Das Gas fraß sich durch Daliks Nasenlöcher in sein Gehirn hinein. Er konnte riechen, dass der Mann starke Medikamente genommen hatte.
Dalik schaute auf das derzeitige Stockwerk und drückte auf den Knopf für das kommende.
Als sich nur Sekunden später die Fahrstuhltür erbarmte, flüchtete er nach draußen.
»Das ist noch nicht die oberste Etage«, sagte der kranke Mann.
»Ich nehm die Treppe. Ist gesünder.«
Die Fahrstuhltür schloss sich wieder und Dalik folgte dem weiten Weg der Stufen.

Dalik öffnete die Stahltür und betrat das Dach. Ein kühlender Wind streichelte ihn. Obwohl Dalik im Moment höher stand als jeder andere in ganz Enmar, fühlte er sich beim Blick nach oben weitaus kleiner als er es noch am Boden getan hatte. Der Nachthimmel erstreckte sich schier ins Unendliche.
Dalik schaute sich um. Seinen Stab hielt er einsatzbereit in einer relativ entspannten Haltung.
Der hohe Ausguck war atemberaubend. Lichter brannten über wie unter ihm. Enmar schien zu schlafen. Ein Gebirge erstreckte sich außerhalb der Grenzen der Stadt; oder gehörte es noch zu Enmar dazu? Die Menge an Grün war ebenfalls verwunderlich. Dalik hatte keine Ahnung gehabt, von wie viel Natur seine neue Heimat eigentlich durchwuchert war. Zum ersten Mal sah er auch den breiten Fluss, welcher sich wie ein nahezu perfekter Kreis um den Mittelpunkt des Ortes zog.
Hier oben fand Dalik Ruhe. Er versuchte, sich wieder auf die Arbeit zu konzentrieren, doch anscheinend war er allein. Er mar-

schierte das gesamte Dach ab und das einzig Interessante, das er vorfand, waren eine Hängematte mit einem Kissen und einer Decke darauf.

Der Konkaimönch nahm sich noch einen Moment, um den Himmel und die Stadt unter sich zu betrachten, dann begab er sich auf den Rückweg.

Cloey kurbelte das Fenster herunter, als sie Dalik auf sich zukommen sah.

»Er ist nicht da«, sagte er, während er seinen Stab wieder auf das Dach schnallte. »Ich habe nur eine Hängematte mit Kissen und Decke gefunden.«

»Dann ist er eventuell noch unterwegs. Wir machen für heute Schluss und kommen morgen wieder her. Wenn er wirklich hier schläft, müssen wir nur die richtige Zeit erwischen.«

Dalik stieg in den Wagen. Irgendwie war er enttäuscht. Er hatte sich mehr erhofft.

Cloey wollte gerade den Motor starten, als sie eine schwankende, abgeranzte Gestalt mit einer Flasche Wodka an ihnen vorbeitorkeln sah.

»Nein, schau mal. Dein Freund.«

Dalik folgte ihrem Finger. Es war der stinkende Obdachlose, wegen dem er und Cloey angefangen hatten zu diskutieren.

»Hatte ich nicht gesagt, er holt sich von dem Geld neuen Fusel? Hätte ich mein Geld also doch sparen können.«

Dalik wusste nicht recht, was er sagen sollte. Dass er Hiba nicht angetroffen hatte, war eine Sache, aber dass er bei seinem erpichten Einsatz für den armen Mann danebengelegen hatte, tat irgendwie weh.

»Aber du hast das Richtige getan«, sagte er schließlich.

»Ich denke, ich habe etwas Dummes gemacht.«

»Manchmal bedeutet, das Richtige zu tun, etwas Dummes zu machen. Aber es ist nicht immer schlecht, dumm zu sein.«

»Aber meistens.«

»Dann versuch doch, die Waage zu halten.«

»Bei dir und Teppo habe ich manchmal den Eindruck, für euch beide das Gegengewicht auf die Waage bringen zu müssen.«

»Echt? Ist mir nie aufgefallen. Ist er so schlimm?«

Cloey startete den Motor und nuschelte flüsternd vor sich hin: »Eigentlich bist du der Schlimme von euch zweien.«

»Was hast du gesagt? Ich hab's nicht richtig verstanden.«

»Nichts. Schon gut.«

Hiba lag auf seiner Hängematte und schaute in den Himmel. Er ließ sich das Gesicht und seine tätowierten Arme von der Sonne wärmen und verfolgte die Parade der vorbeiziehenden Wolken.

»Hiba.«

Er drehte seinen Kopf und setzte sich auf. Ein Mann in einer seltsamen grünen Robe und einem langen Stock in der Hand stand einige Meter entfernt und zeigte ihm seine Sweeperlizenz.

»Auf dich ist ein Kopfgeld ausgesetzt und ich bin befugt, dich festzunehmen.«

»Ein Sweeper? Davon kamen schon einige. Und alle kamen sie nie wieder.«

»Dann beende ich jetzt deine Siegessträhne. An Flucht brauchst du nicht zu denken. Unten sichert meine Partnerin alles ab.«

Cloey saß in ihrem Wagen, den Laptop auf dem Schoß. Sie biss von einem Croissant ab und wischte die herunterieselnden Stückchen von der Tastatur.

»Ich hasse Werbung. Nein, ich will keine Vaginalcreme. Und nein, ich will auch kein Blinddate mit Anallover69Slashfeetmaster.

Aber ein neues Paar Schuhe könnte ich mir gönnen.«

Dalik steckte seine Sweeperlizenz zurück in seine Robe und schritt vorsichtig, doch selbstsicher auf Hiba zu.

»Ich muss wohl nicht erwähnen«, sagte Hiba und Dalik hielt für einen winzigen Moment inne, »dass ich mich nicht kampflos ergeben werde.«

»Das habe ich auch nicht gehofft.«

Hiba stand auf. Die Hängematte schien mit einem Mal über hundertfünfzig Kilogramm abgenommen zu haben. Sie hüpfte federleicht nach oben und schwankte hin und her ob ihrer neuen Figur.

Dalik musste weit nach oben blicken, um in Hibas Augen zu sehen. Er war viel herumgekommen, aber einen derart riesigen Menschen hatte er noch nie zuvor gesehen.

»Wie ist dein Name?«

»Dalik.«

Hiba ließ Dalik nicht aus den Augen, auch wenn er ihn nicht direkt ansah. Dalik spürte, dass er ihn peripher beobachtete. Der Koloss hatte Beine so dick wie Baumstämme. Hiba hatte die Ruhe weg und spazierte zu einer freieren Fläche ohne etwaige Hindernisse, die ihnen in den Weg kommen konnten. Dalik folgte ihm. Niemand verspürte so etwas wie Hast. Zu sehr stellten sie sich auf die unvermeidliche Konfrontation ein.

Dann blieb Hiba stehen.

»Bevor du nicht mehr sprechen kannst, möchte ich dich noch etwas fragen«, sagte er. »Was schenkt man jemandem, der so reich ist, dass er schon alles hat?«

»Ich hatte nie reiche Freunde«, antwortete Dalik. »Das Problem kenne ich nicht.«

»Schade. Mir fällt nämlich beim besten Willen nichts ein.«

Dalik nahm einen stabileren Stand ein und richtete das weiße Ende seines roten Stabes auf den 53.000 Sinner-Kopf.

Hibas Augen wanderten von Daliks Stab zu seinen Augen und nagelten ihn dort fest. Er schloss seine Hände zu Fäusten. Es knackte und hörte sich an, als würde Leder gespannt. Danach öffnete er sie wieder. Seine Hände wirkten noch größer als zuvor.

»Denkst du ernsthaft, du kannst mit deinem Stöckchen etwas gegen mich ausrichten?«

»Ja.«

Dalik näherte sich ihm, doch Hiba war noch immer relativ entspannt. Er rollte seine Schultern nach hinten. Es machte mehrere kleine *Plopp*-Geräusche.

Unwillkürlich erhöhte Dalik die Griffkraft um seine Waffe und setzte dabei einen Fuß vor den anderen.

Hiba wärmte seinen robusten Hals, indem er die Ohren in Richtung der Schultern lehnte. Daliks Stab würdigte er nicht einmal mehr eines Blickes.

Als der Stab jedoch fast schon in greifbarer Nähe war, huschte Hiba nach vorne und versuchte, ihn zu ergreifen. Dalik wiederum wand seinen Stab um Hibas Hand und vollführte einen Stoß.

Der Frieden vor dem Sturm war verflogen und der Hurrikan wütete. Und wie in solch einem Wirbelsturm üblich, herrschte im Zentrum eine wirklichkeitsfremde Ruhe. Die beiden Männer schenkten sich nichts, doch sie blieben die Herren ihrer Lage. Sie agierten gnadenlos, wenn es darauf ankam, und warteten ab, sofern es klüger war. Hin und wieder stoppten sie sogar für einen Moment die Auseinandersetzung, gaben dem anderen Luft, suchten selbst nach welcher oder wollten einfach sehen, was für Resultate sie mit gewissen Treffern erzielt hatten.

Die massive Muskelschicht schützte Hiba wie eine Panzerung. Dalik sah ein, dass er die Auswahl seiner Attacken spezifizieren musste.

Hiba war für einen Mann von seinen Ausmaßen erstaunlich schnell. Er konnte zwar bei Weitem nicht mit dem flinken Kampfmönch mithalten, dafür war seine Schlagkraft umso gewaltiger. Dalik versuchte, einen guten Abstand beizubehalten und die Länge seiner Waffe auszunutzen, aber wenn ein Bulldozer auf dich zurast, ist das einfacher gesagt als getan.

Wenn Dalik nicht gerade versuchte, dem Riesen seinen Stab in die Weichteile zu klotzen, verfolgte er die Prämisse *Mit Hartem auf Hartem schlagen*. Seine Angriffe zielten auf Hibas Kopf, seine Hände, die Knie und allgemein die Gelenke.

Hiba ließ sich nur selten etwas anmerken. Wenn er getroffen wurde, verzog er fast nie das Gesicht. Entweder ignorierte er den Schmerz gänzlich oder er schüttelte ihn mit einer kleinen Bewegung einfach ab.

Dalik hingegen spuckte Blut. Hibas Fäuste und Knie glichen Abrissbirnen. Dalik schätzte sich glücklich, noch die Kraft aufbringen zu können, sich selbst und seinen Stab wieder aus den festen Griffen Hibas zu befreien, wenn es diesem gelungen war, ihn oder die Waffe zu packen und nach seinem Belieben hin und her zu reißen.

Einmal schaffte es Hiba sogar, den Stabfechter zu entwaffnen. Dalik ging sofort in den ausschließlichen Ausweichmodus über. Er nutzte seine Geschwindigkeit und nur ein paar Treffer später, die seinen Körper fast zu einem sofortigen Kollaps bewegten, hatte er seine Waffe wieder zurückerobert. Er wirbelte sie herum und bewegte Hiba dazu, auf Abstand zu gehen.

Der Koloss beobachtete die Magie, mit der der Stab, teilweise ohne mit den Händen festgehalten zu werden, um den grünen Asiaten rotierte. Daliks Augen schienen hinter einem Schleier zu liegen. Hiba fand, sie hatten sich verändert. Sie waren jetzt kalt und heiß zugleich, als ginge der Zorn der Hölle als naturgegebene

Selbstverständlichkeit mit dem Mickerling vor ihm Hand in Hand.

Den Rest des Kampfes beschrieb Hiba nachfolgend als Demütigung seiner Gewichtsklasse. Der sein Leben dem Kampf verschriebene Mönch überwältigte ihn, als demonstrierte er ein Musterbeispiel an Fechtkunst. Hiba hatte der Rasanz, Wendigkeit und Wucht des harten Stabes nichts mehr entgegenzusetzen. Er versuchte nur noch, sich zu schützen. Doch egal welche Haltung er einnahm, irgendwo entstand immer eine Lücke, und kaum war diese offen, schlug dort auch schon ein Blitz ein und elektrisierte seinen gesamten Leib.

Am Ende lag Hiba am Boden.

Dalik hielt zitternd seinen Stab. Er war froh, sich darauf abstützen zu können.

Beide Männer verschnauften. Schweiß und Blut flossen gleichermaßen.

Daliks Augen klärten sich.

»Ich mag deine Tattoos«, schwatzte der Mönch frank und frei.

Hiba nahm sich Zeit, bevor er antwortete. Er sammelte Speichel und sprach: »Ich auch. Sie verdecken meine Narben.«

Cloey saß wie immer am Steuer. Ihr Oberteil hatte sie wie eine Maske bis zu den Augen über ihr Gesicht gezogen. Hinter ihr saß Hiba. Er trug Handschellen an Händen und Füßen. Zudem waren beide Handschellenpaare noch durch eine weitere Handschelle miteinander verbunden. Hiba hatte seine Beine bis auf Brusthöhe angewinkelt, damit er aufrecht sitzen konnte. Cloey war mit ihrem Sitz etwas vorgerückt, aber das hatte nicht gereicht; Hiba war zu groß.

Dalik saß neben ihm und tippte eine SMS.

Hiba und er waren geschafft. Die Erschöpfung ließ Hiba in seinen Gedanken taumeln. Er schaute zu dem grünen Wunderling herüber. Daliks Blick war so klar und rein, so unschuldig, als trüge er keinerlei Schmerz und Zorn in sich.

»Du bist eklig schnell«, kam es Hiba über die Lippen.

»Hm?« Dalik schaute von seinem Handy auf.

»Schon gut.«

Hiba sah aus dem Fenster. Alsbald fand er von Neuem zu seiner Stimme. Er redete höflich und respektvoll. Cloey begann, etwas von ihrer Scheu abzulegen. Sie verdeckte nach wie vor ihr Gesicht und sprach so freundlich sie konnte. Um fast alles in der Welt wollte sie, dass der Riese auf dem Rücksitz ihr wohlgesonnen war.

»Schenken Sie ihm etwas, das von Herzen kommt«, sagte sie. »Da ist es egal, wie viel Geld er hat.«

»Und was genau?«

»Vielleicht ein Kleidungsstück, das ihn immer an Sie erinnert, wenn er es trägt.«

»Kleidung hat er genug.«

»Oder was anderes Persönliches.«

»Man kann uns nicht gerade als Freunde bezeichnen, insofern wäre etwas Persönliches irgendwie fehl am Platz.«

»Dann fällt mir auch nichts ein.«

Daliks Handy machte ein witziges Geräusch. Er drückte darauf herum und lächelte mit von Blut gezeichneten Zähnen.

»Teppo hat geantwortet. Er schreibt: *Geld. 10 Sinner oder so.*« Cloey stieß ein kurzes Lachen aus. »*Du gehst hin und sagst: „Hier. Mir fiel nichts ein, aber Geld ist immer gut. Kauf dir davon, was du willst." Mit freundlichsten Grüßen Jackie Chan*«

Dalik lachte.

»Das ergibt überhaupt keinen Sinn«, sagte Hiba.

»Sinnlos?«, fragte Cloey. »Nein. Das ist witzig und wenn einen etwas zum Lachen bringt, dann kann es gar nicht sinnlos sein.«

Hiba dachte darüber nach. Er hörte den kleinen grünen Mann

»Da hat Teppo wieder einen gerissen« und die Frau »Wer rechnet schon mit Bargeld?« sagen, aber das nur nebenbei.

Toothpick ging in seinem funkelnden Blazer ähnlichen Bademantel vor die Tür. Die Sonne glänzte auf seinen frei heraushängenden Bauch. Er spazierte zum Briefkasten und grüßte freundlich seinen Nachbarn, der das Gleiche tat.

Dann ging er die Post durch: Werbung, eine Rechnung und ein Brief ohne Absender adressiert an Terreth Pack.

Er öffnete den ominösen Umschlag und fand darin einen Zehnsinnerschein sowie ein Foto, das Hiba in Gefängniskleidung und mit einer Augenklappe zeigte. Auf der Rückseite stand:

Herzlichen Glückwunsch zum Geburtstag.
Mir fiel nichts Besseres ein, aber Geld ist immer gut.
Kauf dir davon, was du willst.

Toothpick grübelte darüber nach.

»Verstehe ich nicht. Soll das ein Witz sein?«

Kapitel acht:
CALEB

Es gibt noch nicht viel über ihn zu sagen. Im Moment saß er allein an einem Tisch in einem vietnamesischen Restaurant, vor sich die Köstlichkeiten des Landes. Er war hungrig und schlug sich freudig den Wanst voll.

Er war ein junger Spund und verbarg ein Dreierset Wurfmesser an seiner Hüfte.

Rosi und Nömi waren verzogene, oberflächliche, sechzehnjährige Teenager. Die Nacht ergoss sich über sie wie der Alkohol zuvor in sie. Sie torkelten manchmal, und wenn sie es nicht taten, nuschelten sie. Es war schwer, sich auf mehrere Dinge gleichzeitig zu konzentrieren. Entweder gerade laufen oder fehlerfrei sprechen.

»Zu eklig, dass Jensen mich küss'n wollte«, kicherte Nömi.

»Wieso has du's nich gemacht? Ich hätt es w'scheinlich getan.«

»Ihhh! Spinns du? Er hat voll die Muttermale im G'sicht.«

»Das is doch nich schlimm.«

»Nicht schlimm?«, fragte Nömi und vollführte unfreiwillig einen kleinen Schwenker zur Seite. »Wenn ich ihn angucke, dann kann ich auf nichts and'res achten.«

»Du bist mir eine. Wirst du dich jemals ändern?«

»Ich hoffe nicht.«

Beide lachten.

Schließlich blieben sie an einer Kreuzung stehen.

»War trotzdem ne geile Party«, sagte Rosi.

»Auf jed'n Fall. Dann schlaf mal gut. Wir tele'nieren morgen.«

Sie gaben sich eine liebevolle und erschöpfte Umarmung.

»Schlaf du auch gut. Und kotz nich zu viel.«

»Du mich auch.«

Die beiden Teenager grinsten sich an und gingen ihrer getrennten Wege.

Nömi steuerte auf eine U-Bahn-Station zu. Sie hielt sich am Geländer fest, als sie sich die Stufen hinabarbeitete.

Unten heil angekommen, schaute sie auf die Anzeigetafel. Die nächste Bahn würde — ohne etwaige Verspätung – in vierzehn Minuten kommen. Nömi wünschte sich, es wäre ihre. Die Bahn in ihre Richtung war erst für in achtzehn Minuten angesetzt.

Jetzt, da sie sich voll und ganz auf das Gehen konzentrieren konnte, waren ihre Schritte sicherer. Röche man nicht ihre verrauchte Kleidung oder ihren promillehaltigen Atem, könnte man annehmen, sie wäre nüchtern.

Nömi ging an einem guten Dutzend Leute vorbei. Die meisten standen allein. Fast jeder warf ihr einen überprüfenden Blick zu.

Was schaut ihr denn so?

Nömi machte sich Gedanken zu den einsamen Nachteulen. Wo kamen sie her? Von der Arbeit? Von einer Party? Oder von zu Hause und würden ihre Nachtschicht beginnen? Die Leute wirkten auf sie nicht gefährlich, dennoch beschlich Nömi stets ein Gefühl der Besorgnis. Sie hasste es, nachts U-Bahn zu fahren. Und ganz besonders, wenn sie allein war. Ihr war noch nie etwas passiert, aber sie hatte zu viel gehört, um sorgenfrei nachts in der Stadt unterwegs sein zu können.

Sie spazierte noch ein kleines Stück weiter, als plötzlich ihr Magen begann, sich zu verkrampfen. Es war ein Albtraum.

Die U-Bahn-Station war nicht besonders groß, dessen ungeachtet, hatte sie die fünf jungen Männer bislang noch nicht gesehen; zu sehr hatte sie sich auf die Gesichter der anderen Personen und auf das fehlerfreie Benutzen ihrer Schritte konzentriert.

Wie alt mochten die fünf sein? Nömi schätzte den jüngsten auf nicht jünger als sechzehn, den ältesten auf vielleicht zweiundzwanzig oder dreiundzwanzig. Sie konnte nicht genau sagen, woran es lag, aber irgendwie schienen die fünf unter Drogeneinfluss zu stehen. Vielleicht lag es an der relativ lauten Prollerei, die auch den anderen Wartenden zu schaffen machte, oder an dem leicht zum Vorschein kommenden aggressiven Verhalten zueinander. Hatten sie nur wie Nömi Alkohol getrunken und fühlten sich nun stärker, als sie eigentlich waren? Oder hatten sie auch andere Drogen genommen?

Als sie einem von ihnen kurz in das Gesicht sah, schaute auch er sie an. Die Kreuzung ihrer Blicke war für Nömi wie ein Schlag in die Magengrube.

Schnell schaute sie wieder weg.

Aus dem Blickwinkel nahm sie zur Kenntnis, dass der junge Mann sie noch immer ansah. Er tuschelte etwas zu den anderen. Nömi konnte es nicht verstehen, aber die anderen schienen sich über das Gesprochene zu amüsieren.

Sie konnte nicht anders und schwenkte ihre Augen wieder mehr zu den fünf hin. Sie tat so, als guckte sie woanders hin. Sie hoffte, die fünf dachten es auch.

Einer von ihnen zeigte den anderen seine zitternde Hand. Und wieder ein anderer begann, Nömi zu beobachten.

Wie auf Knopfdruck erhöhte sich ihr Herzschlag und sie überlegte, ob sie einfach die Treppe zurückgehen und die übernächste Bahn nehmen sollte. Aber dann müsste sie noch eine weitere Dreiviertelstunde warten. Darauf hatte sie keine Lust. Zudem spürte sie, dass sie in nicht allzu ferner Zukunft mal auf die Toilette gehen musste.

Nömi drehte ihren Kopf an den fünf vorbei, sodass sie sie auf der anderen Seite ihres Sichtradius sehen konnte. Sie schaute nun zum anderen Bahnsteig, nur ganz kurz. Dann drehte sie sich wieder zurück. Im Vorbeiziehen konnte sie ausmachen, dass die fünf jetzt alle miteinander flüsterten.

Ihr gefiel es nicht. Irgendetwas behagte ihr dabei ganz und gar nicht. Wahrscheinlich war sie nur übernervös, aber sicherheitshalber entfernte sie sich langsam von den unberechenbaren Gestalten und wartete fortan zwischen den anderen Wartenden. Hier fühlte sie sich sicherer.

Nömi wollte sich irgendwie ablenken. Es brachte nichts, sich mehr Sorgen zu machen, als überhaupt da waren. Sie holte ihr teures Smartphone heraus und begann, eine Nachricht zu tippen. Eine Antwort folgte schnell und Nömi tippte weiter. Es ging ein paar Satzaustäusche gut, dann bemerkte sie die fünf Gestalten neben sich.

»Na, Kleine. Du hast dich für uns ja richtig sexy angezogen«, sprach sie der scheinbar älteste der fünf an.

Er fing an, ihr Gesicht zu streicheln. Nömi war starr vor Schreck und ließ es über sich ergehen.

Ein anderer grinste sie noch merkwürdiger an als der Erste.

»Wenn du jetzt mit uns mitkommst, können wir eine Menge Spaß haben.«

Der Dritte packte ihr einfach an den Hintern. Sie zuckte zusammen und spannte automatisch ihre Pobacken an, was dem Grabscher nur umso mehr gefiel.

»Hört auf damit oder ich schreie.« Ihre Stimme war nicht so stark, wie sie gehofft hatte. Sie zitterte und war leise.

Der Älteste hörte auf, ihr Gesicht zu berühren.

»Bleib mal ganz ruhig. Du ziehst dich doch nicht umsonst so knapp bekleidet an und takelst dich so auf. Ich kenne Schlampen wie dich. Du willst doch einfach nur gefickt werden, bis du wund bist.«

Dann legte er seine Finger wieder an ihre Haut.

Nömi schaute sich hilfesuchend bei den anderen Wartenden um.

»Helfen Sie mir, bitte.«

Die anderen hörten sie, aber sie unternahmen nichts. Sie hatten vorher schon gesehen, was passierte, doch Nömi erhielt nicht mehr als einen mitfühlenden Blick. Ein paar schauten wieder weg oder nahmen gar Abstand. Andere ignorierten sie völlig. Bei einigen wirkte es so, als wollten sie helfen, nur trauten sie sich letztendlich doch nicht.

»Lass mal fühlen, ob du auch schön rasiert bist«, sagte einer der fünf und wollte ihr in den Schritt fassen.

Nömi schrie. Gerade als der Kloß in ihrem Hals nach unten rutschte und ihr Schrei lauter wurde, klatschte ihr der Typ, der ihr gerade noch zwischen die Beine hatte greifen wollen, eine ins Gesicht.

Augenblicklich schossen ihr Tränen in die Augen und ihr Geschrei versiegte. Danach eskalierte es sehr schnell. Alle fünf fingen an, auf sie einzuschlagen und zu treten. Sie benutzten nicht ihre ganze Kraft, es glich mehr einem brutalen Spielen, wie Katzen es mit Mäusen machen, um das Adrenalin in ihnen anzuregen, damit sie besser schmecken.

Als das Essen die bevorzugte Würze erlangt hatte, begannen die fünf, Nömi überall anzufassen und langsam aus ihrer Kleidung zu schälen. Sie hatten den Spaß ihres Lebens.

Die Zuschauer waren fassungslos. Die meisten waren starr. Einige wichen zurück und einer lief sogar davon.

Eine Frau brachte genügend Courage mit ein und holte ihr Handy heraus. Sie wollte die Polizei anrufen, doch einer der fünf gewalttätigen Gestalten bemerkte es noch rechtzeitig.

»Halten Sie sich gefälligst da raus!«, schrie er sie an und spazierte mit aggressiven Schritten auf sie zu.

Die Frau hielt inne.

»Und jetzt schmeißen Sie Ihr scheiß Handy auf den Boden. Na los!«

Die anderen vier schauten sich das Spektakel an. Einer hielt

Nömi fest. Sie heulte vor Angst und Schmerzen, flehte um Hilfe und Gnade.

Die Frau warf ihr Handy auf den Boden und zertrümmerte es.

Die fünf Gestalten lachten und wandten sich wieder der Teenagerin zu.

Ein dicklicher Mann mit Halbglatze und grauen Haaren stand neben der Frau mit dem Handy. Er war entsetzt von ihrem und dem Verhalten der anderen Personen, inklusive sich selbst.

Er zitterte und wollte weg, stattdessen riss er sich zusammen und bewegte sich auf die fünf Schläger zu.

»Hört sofort auf damit!«, schrie er ihnen entgegen.

Er packte einen an der Schulter und versuchte, ihn von Nömi wegzuziehen.

»Aufhören, habe ich gesagt!«

Der Angefasste zückte ein Messer und drehte sich um.

»Hast du irgendein Problem? He? Hast du ein Problem? Verpiss dich!«

Der dickliche Mann machte keine Anstalten, hob friedvoll die Hände und ließ sich zurückdrängen. Der Jugendliche mit dem Messer schubste den Mann zu den anderen nichtsnutzigen Zuschauern, indem er ihm die offene Hand mehrmals ins Gesicht stieß, woraufhin die Nase des Mannes zu bluten begann.

Danach begab sich der überheblich grinsende Jugendliche zurück zu seinen Freunden. Einer von ihnen entblößte gerade Nömis Höschen.

»Na, wie wär's mit einem kleinen Fick?«

Nömi schrie lauter denn je.

»Willst du das echt vor all diesen Leuten tun?«, fragte einer der anderen, während er Nömis strampelnde Arme festhielt.

»Ist doch scheißegal. Die machen eh nix.«

Sie schauten die Zuschauer an und grinsten.

»Hast recht.«

Der, der bereits an Nömis Höschen dran war, wollte es gerade herunterziehen, als ihn ein Tritt gegen seinen Kopf aus dem Geschehen und weg von dem Mädchen schleuderte.

Wie durch Zauberhand stand auf einmal ein junger Spund neben den Rüpeln. Niemand von ihnen hatte ihn die Stufen herabhetzen sehen. Er war an den nichts unternehmenden Zuschauern vorbeigerannt, hatte dabei den einen oder anderen zur Seite gestoßen, weil sie ihm unwissend den Weg versperrt hatten, und war der am Boden liegenden Teenagerin ohne zu zögern zu Hilfe geeilt.

Die aggressiven Rüpel schauten ihn an. Er war in etwa in ihrem Alter und ein Dreierset Wurfmesser prangte an seiner Hüfte. Doch er benutzte seine Klingen nicht. Nicht für solche Möchtegerns wie die vor ihm.

Er griff sie mit bloßen Händen an. Einer gegen fünf.

Der junge Spund war agil und bewegte sich klug. Die fünf Rüpel standen sich oftmals im Weg. Sie versuchten, den jungen Spund zu packen, nur um als Antwort durch die Luft und auf den harten Boden geworfen zu werden. Der junge Spund setzte gemeine Hebel ein und schlug und trat die fünf windelweich. Auch er steckte Einiges ein, doch am Ende war er es, der als Einziger noch stand.

Fünf künftige Krankenhauspatienten umringten ihn. Zwei waren bewusstlos. Einer schnorchelte durch eine zerbröckelte Nase vor sich hin, unfähig, auf seine Beine zu kommen. Der mit dem Messer hatte ein gebrochenes Handgelenk und einen losen Kiefer. Der Letzte keine Schneidezähne mehr und einen verdrehten Arm.

Der junge Spund war außer Atem und spuckte, ohne sich darum zu scheren, etwas Blut aus. Sein Blick war auf den Boden gerichtet.

Endlich begannen die Zuschauer aufzuwachen. Sie halfen der

zugerichteten Teenagerin auf, die während des Geschehens davongekrochen war und mit großen, tränenden Augen dem Kampf zugesehen hatte.

»Alles okay, Kleine?«, fragte die Frau, die ihr Handy kaputt geworfen hatte.

Nömi beachtete sie nicht wirklich. Sie verharrte mit ihrem Blick auf ihren blutenden Retter.

»Danke.« Es war leise, aber der junge Spund hörte es.

Einer der Zuschauer schrie vor Freude auf und begann zu klatschen. Es dauerte nicht lange und alle stiegen mit ein.

Die Menschen jubelten und applaudierten dem Helden.

Nömi hörte langsam auf zu weinen.

Der Blick des jungen Spunds war nach wie vor gesenkt. Dann ballten sich allmählich seine Hände. Seine Knöchel waren vom Schlagen ganz rot. Unter dem Jubel der Meute formte er Fäuste. Er war stinksauer.

»Ruhe!«, schrie er und alles erstickte in Schweigen.

Er sah die Leute mit aufgerissenen Augen und angespanntem Kiefer an.

»Wie könnt ihr es wagen zu klatschen? Ihr jubelt und spielt hier einen von Menschlichkeit vor. Wo war eure Menschlichkeit, als dieses hilflose Mädchen eben so zugerichtet wurde? Ihr standet nur herum und habt zugeschaut. Keinen Finger habt ihr gerührt. Ihr habt euch allesamt einen Dreck für sie interessiert.«

»Wir wollten ja helfen«, sagte ein Mann verzweifelt, »aber wir waren starr vor Angst. Es tut mir leid.«

»Halt gefälligst deine Klappe! Wäre ich nicht vorbeigekommen, wäre sie vergewaltigt oder vielleicht sogar umgebracht worden. Erst als ihr gesehen habt, dass euch diese Mistkerle nichts mehr antun können, habt ihr eure feigen Ärsche in Bewegung gesetzt. Ich sag euch was. Ihr seid der Abschaum der Gesellschaft. Für mich seid ihr keinen Deut besser als diese Typen am Boden. Wenn sich jemals einer von euch in so einer oder einer ähnlichen Situation befinden und ich zufälligerweise vorbeispazieren sollte, werde ich einfach weitergehen und wie ihr alles ignorieren. Niemand von euch hat sich Hilfe verdient.«

Der junge Spund reichte Nömi seine Hand.

»Komm, wir gehen. Ich begleite dich ins Krankenhaus.«

Nömi ergriff die Hand ihres Helfers und ging mit ihm an den anderen vorbei in Richtung Treppe. Die Leute machten ihnen Platz, als kämen sie aus einer Königsfamilie.

Als die beiden jedoch den dicklichen Mann passierten, hielt er sie auf.

»Hey, glaubst du nicht, dass du etwas zu streng zu uns bist? Nur weil wir mit solchen Situationen überfordert sind, da wir so etwas nicht gewohnt sind, heißt das doch noch lange nicht, dass wir so schlimm sind wie diese Verbrecher.«

»Jemandem wie dir höre ich nicht mal zu. Du hast jedes Recht verspielt, etwas sagen zu dürfen.«

Der dickliche Mann fasste Nömi an den Schultern. Er war wie aufgelöst.

»Du kannst es doch verstehen, oder?«

Der junge Spund holte aus und verpasste dem dicklichen Mann einen Schlag ins Gesicht, der ihn zu Boden brachte.

»Keiner von euch rührt dieses Mädchen an. Eben habt ihr es nicht getan, also braucht ihr jetzt auch nicht mehr angekrochen zu kommen. Ihr mimt den guten Menschen, aber wenn es darauf ankommt, interessiert ihr euch nur für euch selbst. Ihr seid nichts weiter als eine Bande von Heuchlern.«

Er berührte Nömis Rücken und bedeutete ihr weiterzugehen.

Alle Augenpaare sahen ihnen hinterher, als sie die Stufen nach oben stiegen. Es war, als gehörten die Leute hier unten hin. Am besten sogar noch ein ganzes Stück tiefer.

Nömi und ihr Begleiter gingen die Straße entlang. Die Laternen hatten etwas Romantisches an sich, aber daran dachte zurzeit niemand. Nömi war in Gedanken versunken und ließ den Kopf hängen.

»Du hast Glück«, sagte der junge Spund. »Da vorne ist ein Taxistand.«

Nömi folgte dem Finger und sah in der Ferne gelbe Autos.

»Ich glaube«, sagte sie, »ich hätte auch nicht geholfen.«

Der junge Spund war kurz überrascht, dann grinste er.

»Das ist normal. Schon in Ordnung.«

Nun war es Nömi, die verdutzt guckte.

»Aber eben hast du doch noch das genaue Gegenteil behauptet.«

»Jeder hat Angst. Und der eigene Instinkt ruft einem auch noch zu, nur an seine eigene Haut zu denken. Allerdings sollte man verstehen, dass das der falsche Weg ist, wie du am eigenen Leib miterlebt hast. Wenn wir aufhören, uns um einander zu kümmern, wohin soll das führen? Man könnte nicht mehr in den Spiegel sehen und stolz auf sich sein. Obwohl der Instinkt nach Selbsterhaltung schreit, sollte man dennoch auf das Herz hören. Es hat mich sehr gefreut, dass alle mir zugejubelt haben. Es ist ein großartiges Gefühl, der bewunderte Held für alle zu sein. Natürlich hätte ich mich eben nur zu gerne weiter feiern lassen und trotzdem an ihre Moral appellieren können, aber das hätte nicht denselben Effekt gehabt. *Hört mal, dass ihr nicht geholfen habt, ist nicht okay. Ich hoffe, ihr werdet das nächste Mal zumindest irgendetwas tun. Das wäre nett.* Na gut, das ist etwas übertrieben, aber du verstehst, worauf ich hinaus will?«

»Ja«, sagte Nömi leise.

»So bin ich zwar jetzt das Arschloch, aber dafür werden sich die Leute länger an dieses Geschehen zurückerinnern und hoffentlich intensiver damit auseinandersetzen. Insofern ist das Opfer, das ich erbracht habe, wirklich nur eine Kleinigkeit und nicht mal der Rede wert. Und wer weiß, vielleicht konnte ich ja in dem einen oder anderen irgendetwas bewirken.«

Nömi blieb stehen. Ihr Begleiter tat es ihr gleich. Dann umarmte sie ihn.

»Ich bin dir wirklich sehr dankbar.«

Der junge Spund presste sie an sich. Es war ein seltener und besonderer Grund für eine Umarmung und er genoss sie. Es war ein tolles Gefühl und er konnte nicht aufhören zu lächeln.

»Gern geschehen.«

Plötzlich riss etwas die Stimmung entzwei.

»Da ihst eah ja!«, rief eine aufgeregte, akzentvolle Stimme.

Aus einiger Entfernung zeigte ein vietnamesischer Kellner auf den jungen Spund. Teppo stand gleich daneben. Als er den jungen Spund sah, rannte er los. Der schlanke, vietnamesische Mann in der Kellnerkleidung folgte ihm sogleich.

»Halt ihn fest!«, rief Teppo Nömi zu. »Er ist ein Zechpreller!«

»Oh fuck!«, stieß der junge Spund hervor.

Er löste sich aus der Umarmung und rannte davon. Im Laufen drehte er sich zurück und winkte Nömi zum Abschied.

»Mach's gut! Vielleicht sieht man sich mal wieder! Und pass das nächste Mal besser auf dich auf!«

Teppo huschte an der völlig irritierten Nömi vorbei. Kurz darauf folgte der Kellner.

»Zahl gefällihst dein Essen, du Mihstkeahl!«

Eine Seitenstraße später überholte der Kellner Teppo, der ihm überrascht hinterherschaute und seinen Rücken immer kleiner werden sah, obwohl er versuchte, noch mal einen Zahn zuzulegen.

Ich sollte wirklich mehr laufen, überlegte er sich.

Auch der junge Spund kam in Bedrängnis. Der Vietnamese war wie besessen davon, ihn zu schnappen. Was der junge Spund nicht wusste, war, dass der Chef des Restaurants dem Kellner die Schuld gegeben und ihm gesagt hatte, dass, wenn er den Zechpreller nicht fangen würde, er seine Rechnung übernehmen müsse. Aber so viel Geld besaß der Kellner nicht. Zumal er eine vielköpfige Familie zu versorgen hatte.

Der Kellner holte immer weiter auf, doch bevor er den jungen Spund greifen konnte, stoppte dieser plötzlich, drehte sich um, stieß geduckt nach vorne, packte die Beine des noch immer rennenden Kellners und schleuderte ihn schwungvoll über sich rüber. Der Kellner flog weit durch die Luft und knallte mit dem Rücken auf das Kleinsteinpflaster.

Die Augen weit aufgerissen, rührte sich der Kellner nicht mehr und röchelte nur noch.

Der junge Spund wartete auf Teppo, bis er bei ihm stehen blieb und einen schmerzhaften Blick auf den Kellner warf.

»Sag dem Chefkoch, das Essen war lecker, trotzdem werde ich nicht dafür bezahlen. Wenn du damit nicht einverstanden bist, liegst du gleich neben ihm.«

»Mich interessiert diese unbezahlte Rechnung nicht«, sagte Teppo.

»Ach, nein?«

»Nein. Ich bin hier, um dich, Caleb Furbita, der Polizei zu übergeben, weil auf dich ein Kopfgeld wegen wiederholter Zechprellerei ausgesetzt ist.«

»Du bist ein Sweeper?«

Teppo schaute genervt. »Nein.«

»Also was bringt dir –«

»Noch nicht.«

»Aber dann bringt dir meine Festna–«

»Das macht nichts. Du bist eine Ausnahme. Jeder darf dein Kopfgeld einkassieren.«

»Echt jeder? Ha! Dann muss ich ja ein beträchtliches Sümmchen einbringen. Wie hoch ist es?«

»Läppische 500 Sinner.«

»Bloß 500? Das ist ja fast schon peinlich.«

»Nicht fast. Es ist peinlich.«

Der Kellner versuchte, sich aufzurichten, nur um im nächsten Moment mit einem lauteren Gestöhne von seinem Vorhaben wieder abzulassen.

»Wie heißt du?«, fragte Caleb Teppo.

»Hältst du mich für dumm? Warum sollte ich das einem gesuchten Verbrecher verraten?«

»Weißt du, was das Problem an unnötiger Vorsicht ist? Sie ist unnötig.«

»Ein Zechpreller wie du ist unnötig.«

»Ich mach dich jetzt unnötig.«

»Wenn du es darauf anlegst, dann gibt's jetzt Backenfutter für dich, du Lappen.«

»Selber Lappen.«

Caleb und Teppo agierten zunächst noch zurückhaltend, dann jedoch begannen sie, handgreiflich zu werden.

Fäuste flogen. Ellbogen schlugen aufeinander ein. Schienbeine stießen gegeneinander. Knie kanteten in die Leiber des anderen. Kopfnüsse schabten aneinander. Hebel wurden eingesetzt und gekontert.

Die beiden waren sich ebenbürtig. Doch niemand war gewollt, es einzusehen. Sie redeten sich ein, dass sie noch viel Potenzial übrig hatten – und vielleicht stimmte das auch – doch für den Moment war es, als kämpften sie gegen eine unwirkliche Kopie von sich selbst, unabhängig davon, dass sich ihre Stile unterschieden; wenn auch nicht sehr.

Caleb wusste, dass, wenn es so weitergehen sollte, er der Unterlegene sein könnte, denn er war noch angeschlagen von dem Kampf in der U-Bahn. Er musste die Auseinandersetzung also so schnell wie möglich zu einem Ende führen.

»Ich beende das mal kurz«, kündigte er an.

Teppo reagierte lediglich mit einem abwertenden »Pfe!«, woraufhin Caleb vom einen auf den anderen Augenblick nach vorne hastete. Teppo verteidigte sich geschickt, doch nicht intelligent genug. Caleb wartete einen geeigneten Zeitpunkt ab, dann zog er innerhalb eines Pulsschlags eines seiner drei Wurfmesser und hielt es Teppo an die Kehle.

Teppo befand sich in einer überaus ungünstigen Situation. Caleb hatte ihn in seiner Gewalt. Teppos Kopf steckte in einem fest zusammengeschraubten Kasten aus Calebs Hand an seinem Nacken und einer eng anliegenden Klinge, welche bereits sanft in seine Haut schnitt.

»Mach genau, was ich sage, und du wirst lebendig nach Hause kommen«, versprach Caleb. Sein Gesicht war ernst.

Teppo überlegte, was er tun sollte. Sollte er mit Caleb reden? Sollte er riskieren, sich zu wehren? Würde Caleb ihn töten? Wahrscheinlich nicht. Soweit ihm bekannt war, war dieser Junge vor ihm kein Mörder. Und wenn er versuchte, sich aus der Umklammerung zu befreien, wie denkbar war es, dass er aus Versehen das Messer in den Hals kriegen würde?

»Entspann dich«, sagte Caleb. Er hatte nun die Ruhe weg, denn der Sieg war ihm sicher.

Er begann, mit seiner Hand Teppos Nacken und Hals zu massieren, immer darauf bedacht, die Klinge auf der gegenüberliegenden Seite schön fest an den Hals zu drücken.

»Entspann dich«, wiederholte er. »Schließ deine Augen und denk an was Schönes.«

Widerwillig schloss Teppo die Augen. Er überlegte immer schneller und entschloss, etwas zu sagen. Das war wahrscheinlich das Klügste. Doch bevor er dies tun konnte, schlug ihm Caleb bereits mit der Handkante gegen den Hals.

Die Erschütterung rüttelte sein Gehirn wie bei einem Verkehrsunfall hin und her und er fiel gleich einem verkrampften Karpfen besinnungslos um. Mit ausgestreckten Gliedern lag er da und zappelte.

Caleb kontrollierte, ob Teppo noch atmete. Dann brachte er ihn in die stabile Seitenlage, öffnete seinen Mund und zog seine Zunge leicht heraus.

Nachdem er ihn noch für einen kurzen Moment beobachtet hatte, warf er einen Blick um sich herum und lief dann in eine Richtung weg, in der kein Passant umherspazierte.

Der Kellner unterdessen röchelte noch immer vor sich hin.

Das Haus war abbezahlt. Der Eigentümer hatte sich qualitativ hochwertige Möbel gekauft. An Geld hatte es hier nicht gemangelt. Besonders die beeindruckende Messersammlung war wertvoll genug, um monatelang gut davon leben zu können; sogar als Großfamilie. Doch Caleb wagte es nicht, welche von ihnen zu verkaufen. So verzweifelt war er noch nicht. Aber die Option war da. Er hoffte, er würde sie niemals in Anspruch nehmen müssen.

Es gab eine Zeit, in der es hier relativ ordentlich gewesen war, aber seitdem Caleb die Verantwortung übernommen hatte, hatte sich das geändert. Sein Milieu war die Unordnung.

Es gab einen Garten, der vor sich hin vegetierte. Ein selbstgemachtes Vogelhaus hatte seit geraumer Zeit keinen einzigen Korn Vogelfutter mehr beherbergt. Die Vögel ließen sich schon längst nicht mehr blicken, weil sie eingesehen hatten, dass es sinnlos war.

Der Postkasten quirlte über. Seither schob der Postbote immer alles durch den Briefschlitz an der Haustür. Niemand hatte der Post mitgeteilt, dass der Besitzer nicht mehr wiederkommen werde. Die Briefe türmten sich weiter. Caleb zog es vor, es einfach zu ignorieren. Es war ohnehin immer riskant, hier zu sein. Die Polizei schaute manchmal vorbei. Meistens war Caleb nicht dagewesen; außer das eine Mal, aber da hatte er unbemerkt durch das Fenster flüchten können. Die Post vor der Haustür zeigte ihm, dass die Polizei nicht im Haus auf ihn wartete. Der Turm aus Zetteln schützte ihn.

Die meisten seiner Sachen waren noch hier. Er hatte nicht wirklich einen Ort, an dem er sie hinbringen konnte.

Nachdem er geduscht und sich medizinisch versorgt hatte, zog er ein frisches, blaues T-Shirt mit einem *»THE PRODIGY«*-Aufdruck an.

Auf seinem Nachttisch stand ein Bild von ihm und dem Mann, mit dem er hier gewohnt hatte. Dieser hatte schwarze, zum Teil ergrauende Haare und die Ärmel seines Hemds waren hochgekrempelt.

Caleb setzte sich an seinen müllhaltigen Schreibtisch. Er schaltete den Computer an und klickte eine Dose *Sprite* auf.

Bevor dieser Möchtegernsweeper noch hier auftaucht, mach ich lieber erst mal die Biege. Also Couchsurfen, ahoi!

Nach einer unschönen Nacht auf einem fremden Sofa in einer WG voller engstirniger und heißblütiger Veganer, machte Caleb zunächst einmal einen Abstecher in die einzige Videothek des Ortes. Heute würde er wieder in seinem Bett schlafen. Er freute sich jetzt schon darauf.

Schnell fand er einen geeigneten Film und spazierte zum Schalter. Dahinter stand eine blonde junge Frau. Sie hatte große Zähne, war jedoch sehr hübsch. Sie hatte falsche Fingernägel und schien ihren Job nicht sehr zu mögen.

»Hallo«, begrüßte Caleb sie.

»Hallo.«

Er legte ein Nummernkärtchen sowie seinen Videothekausweis hin. Die Angestellte tippte die Nummer laut in den Computer ein. Sie las vom Bildschirm ab und schaute Caleb leicht angewidert an.

Dann verschwand sie kurz und kam mit einer DVD in der Hand zurück. Sie legte sie in eine Hülle und schob sie Caleb zu.

»So, einmal *Chinesischer Gangbang – Perversitäten aus Fernost 7*.«

»Oh, das wollte ich gar nicht ausleihen.«

»Ja, klar.«

»Nein, im Ernst jetzt. Da habe ich mich wohl vergriffen. Ich wollte eigentlich *Chinesischer Gangbang – Perversitäten aus Fernost 8*. Teil sieben kenne ich schon.«

Voller Vorfreude kam Caleb mit der DVD aus der Videothek spaziert.

Das wird ein guter Abend.

Er machte einige Schritte, da entdeckte er einen alten neuen Bekannten. Hundert Meter entfernt stand Teppo. Er trug ein rotes *Gorillaz*-T-Shirt und schaute Caleb einfach nur an, ohne sich zu bewegen. Es war irgendwie gruselig, fand Caleb.

Der schon wieder.

Caleb nahm die Beine in die Hand.

Zwei Straßen weiter – sie war recht eng und abgelegen – schaute er erneut nach hinten und hielt erleichtert an. Er sah auf der hinter sich liegenden Straße einige Spaziergänger, aber keiner von ihnen war Teppo.

Gut, er ist weg.

Dann jedoch tauchte Teppo zwischen den Passanten auf. Er stand wie angewurzelt da, als hätte er sich überhaupt nicht bewegt und als hätten die vorbeiziehenden Passanten ihn versteckt gehalten.

Oh, doch nicht, da ist er ja.

Teppo schaute Caleb wieder mit diesem durchdringenden Blick an, als wäre er ein Stalker mit einem Hang zur unschönen Dramatik.

Caleb machte sich erneut aus dem Staub.

Dieses Mal lief er schneller und länger. Er sicherte sich immer wieder ab, dass er nicht mehr verfolgt wurde, nur um dann doch noch weiter zu flüchten. Obzwar sein Verfolger nie zu sehen war.

Schließlich, als seine Seiten stachen, hielt er in einer Seitengasse an. Er klemmte die Hände hinter seinen Kopf und stieß mehrere kurze Atemstöße durch seinen Mund aus, um schneller zu verschnaufen. Danach setzte er sich, an einen Müllcontainer lehnend, hin und trocknete mit seinem *The Prodigy*-T-Shirt sein Gesicht von dem Schweiß.

Man kann der nerven. Weiß der nicht, dass man sich nach einem Knockout dreißg bis neunzig Tage lang ausruhen, ja nicht einmal wirklich trainieren sollte, um zu gewährleisten, dass das Gehirn sich richtig erholt? Was'n Dämlack.

Plötzlich hörte er Schritte auf dem Container und ein Schatten legte sich über ihn.

»Caleb«, sagte Teppo mit einer überaus bösen Stimme.

Caleb schreckte auf. Teppo hockte auf dem Container und durchbohrte sein Gegenüber mit einem Psychoblick.

»Hat dir die Abreibung gestern etwa nicht gereicht?«, fragte Caleb und suchte dabei Abstand.

»Nein.«

Caleb griff an seine Hüfte und zückte eines seiner drei Messer.

»Wie war noch gleich deine Antwort?«

»Nein«, wiederholte Teppo angstfrei und sprang von dem Container.

Caleb warf das Messer. Teppo wich aus und die Klinge prallte vom Container ab.

»Ha! Daneben.«

»Du Strohkop', ich hab mit Absicht daneben geworfen.«

Teppo öffnete den Container, griff hinein und begann, Caleb mit Müll zu bewerfen.

Caleb gab sich alle Mühe, die Tüten in der Luft abzuwehren. Manche platzten auf und er versuchte stattdessen auszuweichen.

»Alter, was soll das?«, fragte er mit steigender mieser Laune.

»Es macht Spaß, mit Sachen auf andere zu werfen.«

Caleb schmiss sein zweites Messer auf Teppo. Dieses Mal zielte er auf sein Bein, aber Teppo wuchtete seine Beine schnell genug in die Luft und konnte noch rechtzeitig ausweichen.

Als Caleb sein letztes Messer zog, schnappte sich Teppo den runden Blechdeckel einer Mülltonne und benutzte ihn als Schutzschild. Er stürmte auf Caleb zu und ein paar Handgriffe und ein verdrehtes Handgelenk später war Caleb entwaffnet.

Dann zerrte Caleb Teppo den Mülltonnendeckel aus den Händen und beide droschen waffenlos aufeinander ein.

Sie prügelten sich wie Hund und Katze; es fehlte lediglich noch eine Zeichentrickstaubwolke, aus der nur vereinzelte Körperteile herausragen.

Die beiden tackelten sich gegenseitig um. Sie schlugen. Sie traten. Der eine hebelte, der andere wand sich heraus und setzte selbst einen Hebel an. Sie rollten ineinander verschlungen die Straße entlang und gönnten dem anderen keine Ruhe. Das Adrenalin wütete in ihnen. Ihre Instinkte übernahmen die Oberhand und sie packten eine Technik nach der anderen aus. Einige gelangen, andere nicht, woraufhin sie ihre Fehler einfach mit einem besonders zornigen Schlag oder Tritt wieder ausglichen. Wenn jemand den einen zu Boden brachte, arbeiteten sie dort weiter, stets sich fortbewegend, als befänden sie sich in einem Karussell, bei dem es unmöglich war stehenzubleiben. Sie verknoteten sich, rollten sich wieder in die Senkrechte oder trafen sich gleichzeitig und flogen auseinander. Kaum war die Attacke verarbeitet, prallten sie wieder aufeinander.

Es war ein Hokus Pokus.

Eine Straße weiter sah eine Mutter den herannahenden Wirbel. Erst war sie froh, dass die beiden Prügelheinis so weit weg waren und ihr nichts passieren konnte, aber dann näherte sich der Wirbelsturm. Panisch versuchte die Mutter, ihren Kinderwagen von ihnen wegzumanövrieren, doch sie wusste nicht wohin. Zu konfus war das Gerangel der zwei. Die Mutter wählte die falsche Seite und probierte, vor ihnen davonzulaufen. Aber keine Chance. Teppo und Caleb schubsten den Wagen um. Und das Baby schrie.

Sie rangelten sich über einen Gartenzaun, durch eine Hecke, über einen Rasen, bis zu einem Haus. Dort schmiss Teppo Caleb durch ein Fenster. Die Scheibe zerbarst. Teppo zögerte nicht.

»Komm her!«, rief er in das Esszimmer und kletterte hinterher.

Sobald Teppo die ersten Schritte in das Haus gesetzt hatte, sprang ihn Caleb auch schon an und die Schose ging weiter.

Sie beachteten die Familie, welche gerade neben ihnen am Tisch aß, überhaupt nicht.

Teppo biss Caleb in den Arm, woraufhin dieser aufschrie und Teppo durch ein anderes Fenster scheppernd wieder nach draußen beförderte.

»Wo willst du hin?«, fragte Caleb und kletterte zurück ins Freie.

Die Vorbereitung war nicht ohne gewesen. Beide Familien waren eingeladen. Es war getarnt als ein liebevoll gemeintes Grillfest, aber der Veranstalter hatte es mit einem Hintergedanken arrangiert. Alle wussten davon, nur sie nicht.

Schließlich nahm er seinen Mut bei der Hand, schlug mit seiner Gabel gegen sein Glas und erhob sich von seinem Stuhl. Alle stoppten ihr Essen und grinsten sich an. Sie versuchten, ihre Blicke von der Unwissenden fernzuhalten, aber jeder stellte sich eher plump dabei an.

»Eine Rede!«, rief einer begeistert.

Alle waren gespannt. Doch nur der Angespannteste von ihnen musste reden.

»Vielen Dank, dass ihr alle gekommen seid. Es bedeutet mir sehr viel. Und … tut mir leid, ich bin ganz aufgeregt.«

»Was ist denn los?«, fragte seine Freundin und tätschelte liebevoll seine Hand.

»Mein süßer Honigfladen, ich hoffe, du weißt, wie viel du mir bedeutest. Nie zuvor traf ich eine schönere, lustigere und treuere Frau als dich. Na gut, das eine Mal war … na ja, du weißt, da hast du Mist gebaut … aber ich weiß ja, er war besser gebaut als ich zu jener Zeit.«

»Noch immer«, hustete der Bruder der Angesprochenen in seine Hand.

»Nun, aber nichtsdestotrotz kann ich mir nicht vorstellen, dass ich jemals eine bessere Frau als dich finden werde.«

»Hört, hört!«

»Was ich hiermit letztendlich sagen möchte …«

Er fiel auf ein Knie und zückte eine Schatulle mit einem Ring darin.

»Möchtest du mich heiraten?«

Der Kopf seiner Freundin war schon ganz rot und strahlte.

Dann öffnete sie die Lippen. Alle Augenpaare waren auf sie gerichtet. Sie holte Luft und antwortete –

Teppo und Caleb fielen vom Dach auf den gedeckten Tisch. Das Holz brach mittig. Teller, Gläser, Flaschen, Besteck und Essen flogen durch die Luft und hinterließen ein Chaos bei ihrer Landung.

Teppo und Caleb richteten sich auf, als wäre nichts passiert, und schlugen weiter aufeinander ein.

»Es tut mir sehr leid«, sagte der Arzt zum Patienten.

Er hatte lange im Unklaren gelebt. Er wusste nur, dass er die Schmerzen nicht mal seinem schlimmsten Feind wünschte. Die Untersuchungen hatten lange ins Nichts geführt, doch als er nun dem Arzt in die Augen sah und seine Stimme hörte, wusste er, dass die Nachricht nicht gut, wenn nicht sogar überhaupt nicht zu verdauen sein würde.

Der Arzt räusperte sich noch einmal, dann sprach er es endlich aus.

»Sie … Sie haben Bauchspeicheldrüsenaids.«

Ein plötzlicher Radau war auf dem Flur zu hören. Nur Sekunden später ging die Tür auf und Teppo und Caleb wirbelten herein. Sie fegten im Handgemenge den Patienten um und verschwanden wieder gemeinsam durch das laut klirrende, geschlossene Fenster.

Der Garten war reichlich geschmückt. Ballons und Girlanden hingen farbenfroh an den Bäumen und dem mannshohen, hölzernen Zaun.

Die Kinder tollten fröhlich herum. Zwischen ihnen der niedlichste Welpe, den man sich nur vorstellen kann. Fluffiges Fell mit zwei unwiderstehlichen, riesigen Perlenaugen.

An einem Tisch saßen eine Frau und ein Mann. Sie tranken Kaffee und beobachteten zufrieden das Geschehen der Geburtstagsfeier.

»Das war eine gute Idee mit dem Hund«, sagte die Frau.

»Schön, dass er endlich wieder lachen kann … nach dem Tod seiner Mutter.«

Es legte sich ein trüber Schleier über das Gesicht des Mannes. Die Frau legte einen Arm um ihn und er zeigte ein gezwungenes Lächeln.

»Ich weiß, es ist hart«, sagte sie. »Aber er schafft das schon. Und du auch. Sieh mal, er scheint wirklich aufzublühen dank des kleinen Fellknäuels.«

Teppo und Caleb krachten durch den Zaun und eroberten in null Komma nichts den Garten für sich. Urplötzlich waren sie der Mittelpunkt des Geschehens.

Die Kinder schrien und der Mann und die Frau standen von der Sitzbank auf.

Teppo und Caleb hatten andere Sorgen. Sie kniffen sich in die Wangen und Brustwarzen. Sie rissen sich an den Ohren und steckten Finger in den Mund des anderen und zerrten daran. Ihre Augen tränten und der Welpe bellte sie mutig an.

Dann stürzten Teppo und Caleb zu Boden und begruben den Welpen unter sich.

Als sie sich schlagend und tretend wieder von ihm herunterbewegten, rührte er sich nicht mehr.

Und das Geburtstagkind schrie aus Leibeskräften.

Teppo und Caleb prügelten sich noch immer, als sie wieder einen Bürgersteig betraten. Der Hokus Pokus schien nicht enden zu wollen, unabhängig davon, wie unwirklich die Ausdauer und Resistenz der beiden gefordert war. Dann jedoch geschah alles ganz schnell.

Eine dritte Person gesellte sich hinzu. Sie schmiss sich auf Teppo, riss ihn von Caleb fort und hielt ihn am Boden fest.

»Lauf weg!«, rief der Mann. Er war dicklich und hatte eine Halbglatze.

Caleb brauchte einen Moment, um ihn wiederzuerkennen.

»Bist du nicht einer von der U-Bahn-Station?«

»Es tut mir leid, dass ich gestern nicht geholfen habe. Das wird nie wieder vorkommen. Ich versprech's. Und jetzt lauf endlich weg. Ich halte den hier schon auf.«

Caleb lachte.

»Was sagt man dazu? Danke.«

Er schaute Teppo an, wie er sich unter dem dicklichen Mann abstrampelte, und grinste ihn fidel an.

»Mach's gut.«

Dann lief er davon.

»Du auch«, sagte der dickliche Mann unwissend, dass der Gruß gar nicht ihm gegolten hatte.

Teppo sah Caleb hinterher. Verzweiflung und Wut erfüllten ihn und er rüttelte nur umso mehr mit seinen Armen.

»Lass mich los!«

Er befreite seine Hände und schlug dem dicklichen Mann ins Gesicht. Die Schläge taten ihm weh, Teppo wusste es, doch der dickliche Mann wühlte sich blindlings wieder an Teppos Handgelenke heran und hielt sie fester denn je.

»Vergiss es«, sagte der dickliche Mann mit blutender Lippe und Nase. »Einmal im Leben werde ich das Richtige tun. Da kannst du mich so lange schlagen, wie du willst.«

Teppo änderte seine Strategie und schlängelte seinen Körper geschickt herum. Er klemmte den Kopf und einen Arm des dicklichen Mannes zwischen seine Beine. Dann drückte er mit seinen Händen zusätzlich seinen Kopf herunter und presste die Schlinge fest zu. Der *Triangle Choke* setzte schnell ein und der dickliche Mann verlor das Bewusstsein.

Teppo wühlte sich aus der Körpermasse und rannte Caleb bereits hinterher, als er sich noch gar nicht richtig wieder erhoben hatte.

Die Verfolgungsjagd dauerte nicht lange an. Caleb hatte einen zu großen Vorsprung. Und als Teppo an eine Kreuzung gelangte, von der aus er nicht mehr Calebs blaues T-Shirt sichten konnte, gab er sich geschlagen.

»Scheiße!«

Ms. Koffee war eine frischgebackene Aushilfslehrerin. Sie war noch sehr
schüchtern, schon immer gewesen, und nun vor diesen Schülern im letzten Jahr, die alle nicht viel jünger waren als sie, zu stehen, ließ ihre Stimme nur umso zaghafter und leiser werden.

Sie hatte ihren Namen an die Tafel geschrieben, noch bevor sie die Klasse überhaupt begrüßt hatte. Sie hatte kein Wort herausgebracht, doch nun nach einigen Minuten brachte sie den Ball allmählich ins Rollen. Ja, sie fand, es lief gut.

»Der Tiger gehört zur Familie der Großkatzen. Er kann eine Körperlänge von bis zu 2,80 m erreichen. Der Tiger ist im Südwesten bis Südosten Asiens, einschließlich der Sundainseln, beheimatet. Er hat einen runden Kopf mit Backenbart, rötlich gelbes bis rötlich braunes Fell und natürlich schwarze Querstreifen. Tiger sind Einzelgänger.«

Teppo meldete sich aus der letzten Reihe.

»Fragen bitte erst zum Schluss stellen. Vielleicht klärt sich ja alles von selbst.«

»Aber –«

»Bitte die Hand runternehmen.«

Teppo gehorchte.

Ha, wer sagt's denn? Ich kann sogar richtig durchgreifen.

»Also, wie gesagt, Tiger leben als Einzelgänger. Ihre Beute jagen sie vor allem nachts durch lautloses Anschleichen. Zu den acht Unterarten der Tiger gehören unter anderem die Bengal-, Sumatra- und Sibirischen Tiger. Die Javatiger sind fast, die Balitiger vermutlich ganz ausgerottet ...«

Zehn Minuten später.

»Und das ist die einzige Möglichkeit, einen Tiger in freier Wildbahn mit bloßen Händen vor beziehungsweise in einem Kampf auf Leben und Tod in die Flucht zu schlagen. Dazu noch irgendwelche Fragen?«

Teppo hob seine Hand.

Ms. Koffee lächelte und zeigte bestätigend auf ihn.

»Ja?«

»Könnten Sie bitte etwas lauter sprechen? Hier hinten versteht man Sie fast gar nicht.«

»Das hättet ihr doch sagen müssen. Wie viel habt ihr denn hiervon verstanden?«

»Nichts«, antwortete Larry mit seinem schiefen Überbiss.

»Dann lasst es euch von euren Mitschülern erklären. Ich gehe jetzt weiter. Eine andere interessante Tatsache aus der Tierwelt ist, dass Fledermäuse entweder große Genitalien oder ein großes Gehirn haben. Beides geht nicht.«

Teppo meldete sich.

»Ja?«, fragte Ms. Koffee mittlerweile genervt.

»Könnten Sie bitte etwas lauter sprechen? Hier hinten versteht man Sie fast gar nicht.«

»Vielleicht solltet ihr mal eure Ohren untersuchen lassen.«

»Vielleicht sollten Sie mal in einer angemessenen Lautstärke unterrichten.«

Ein Raunen ging durch die Klasse.

»Vielleicht solltest du dich einfach weiter nach vorne setzen«, keifte Ms. Koffee zurück.

»Vielleicht sollten Sie mal in einer angemessenen Lautstärke unterrichten.«

Ms. Koffee verharrte einen Moment, dann sagte sie widerwillig. »Ich kann es ja mal versuchen.«

»Danke.«

Ms. Koffee atmete kurz durch. Diese unschöne Unterbrechung hatte sie aus dem Konzept gebracht, doch sie nahm sich vor, das Beste draus und einfach weiterzumachen.

»Habt ihr schon gewusst, dass, wenn man Kakerlaken den Kopf abschlägt, sie noch neun Tage weiterleben? Sie sterben dann nicht aufgrund der Verletzung, sondern verhungern schlichtweg, da sie ohne Kopf halt kein Essen mehr zu sich nehmen können.«

Teppo hob von Neuem seine Hand.

»Nein, lass es einfach, Teppo«, flüsterte ihm Larry zu.

»Ich mach das jetzt so lange, bis sie lauter spricht.«

»Ja?«, fragte Ms. Koffee und nahm Teppo dran.

»Könnten Sie bitte etwas lauter sprechen? Hier hinten …«

Teppo saß beim Rektor. Er hatte das Gefühl, dass das Zimmer noch besser ausgestattet war als bei seinem ersten Besuch. Die Möbel waren damals schon dagewesen, ebenso die teuren Bilder. Goldene Aktenschränke, die Hifi Anlage und auch der Spielautomat. Aber der Kronleuchter war neu. Das war es.

Der Rektor mit seinen fast schon lächerlich hip aussehen wollenden hochgegelten Haaren schaute Teppo abfällig durch die roten Gläser seiner Sonnenbrille an.

»Ich verstehe dich nicht, Teppo. Es ist erst Montagmorgen und schon landest du bei mir.«

»Diese neue Lehrerin, Ms. Koffee«, er sprach ganz leise weiter, »redet die ganze Zeit so leise, dass man sie überhaupt nicht verstehen kann.«

»Lieber Teppo«, flüsterte jetzt auch der Rektor, »es liegt nicht daran, dass die böse Ms. Koffee so leise redet, sondern daran, dass du überhaupt keinen Respekt vor deinen Lehrern hast. Ist es nicht so?«

Teppo riss sich zusammen und unterhielt sich wieder in einer normalen Lautstärke.

»Es fällt mir schwer, Respekt zu zeigen, wenn ich die ganze Zeit respektlos und unfair behandelt werde.«

»Selbst wenn du Recht hast, ist dies immer noch eine Schule und du musst lernen, dass deine Lehrer nun mal deine Bosse sind und du nach ihrer Pfeife zu tanzen hast. Genauso müssen sie respektieren, dass ich ihr Boss bin. Es ist ein ewiger Kreislauf und einen ewigen Kreislauf sollte man nicht versuchen zu zerstören. Das wäre gegen die Natur.«

»Klingt für mich eher nach einer Pyramide der Unterdrückung.«

»Sieh es, wie du willst.« Der Rektor griff in eine Schublade und holte eine Zigarre hervor. »Ist mir schnuppe.« Er schnitt sie an, brachte sie mit einem Streichholz zum Brennen und begann, genüsslich an ihr zu paffen. »In jedem Fall werde ich deinen Eltern einen Brief schicken und du wirst als Bestrafung heute nach Schulschluss hundertmal den Satz *›Ich werde die Autorität meiner Lehrer nie wieder infrage stellen‹* an die Tafel schreiben.«

»Ich soll echt einen auf Bart Simpson machen?«

»Wer ist Bart Simpson?«

»Na, Bart Simpson. Von den *Simpsons*.«

»Kenn ich nicht.«

»Sie werden doch wohl die Fernsehserie *Die Simpsons* kennen.«

»Nein und interessiert mich auch nicht.«

»Das gibt es doch wohl nicht. *Die Simpsons* sind internationales Kulturgut.«

Am späten Nachmittag war Teppo allein in seinem Klassenzimmer. Zum x-ten Mal schrieb er nun schon an die Tafel: *»Ich werde die Autorität meiner Lehrer nie wieder infrage stellen. Außerdem sehe ich meinen geliebten Rektor als internationales Kulturgut an.«*

Was er nicht wusste, war, dass ihn jemand beobachtete. Caleb stand draußen am Fenster. Er hielt seinen Körper hinter der Wand versteckt, nur sein Kopf lugte leicht hervor.

Als er genug gesehen hatte, machte er sich unbemerkt auf und davon.

Nach einem langen Tag kam Teppo endlich nach Hause. Er legte im Gehen seine Sachen ab, ließ sich bäuchlings auf das Sofa plantschen, nur um sich sofort danach in einem Schwung weiter in die Küche zu bewegen.

Der alte Mann schaute mit einem Fernglas aus dem Fenster.

»O ja«, redete er mit sich selbst. Er sah Teppo nicht mal an, selbst dann nicht, als er den alten Mann mit einem »Hi« begrüßte.

»Ahoj«, antwortete der alte Mann.

Teppo schaute aus dem Fenster an dem alten Mann vorbei. Eine Joggerin zog in einiger Entfernung ihre Runden. Ihr Vorbau hüpfte aufgeweckt auf und ab.

»Essen steht in der Mikrowelle.«

Teppo ging zur Mikrowelle. Auf einem Teller gab es Knödel mit einer braunen Soße, Rotkohl und Hähnchenschenkel. Er legte den Plastikdeckel wieder auf das Essen und schaltete die Mikrowelle an.

»Dein Freund aus der Schule wartet bereits oben.«

»Larry?«, fragte Teppo irritiert.

»Ne, Liam. Liam Howlett, glaube ich. Ein sehr sympathischer Junge.«

»Liam Howlett?« Teppo verstand überhaupt nichts.

»Er meinte, ihr müsstet eine Gruppenarbeit machen, und wollte schon mal alleine in deinem Zimmer anfangen. Ich hab ihm Kekse und was zu trinken gegeben.«

»Liam Howle–«

Teppo erschrak und rannte los.

Er lief durch das Wohnzimmer und die Treppe hinauf.

Verdammte Scheiße! Liam Howlett ist der Kopf von The Prodigy!

Mit Elan öffnete er die Tür zu seinem Zimmer.

Alles war verwüstet.

Seine Klamotten lagen verstreut. Die Filme und Bücher waren aus ihren Regalen gewühlt. Und seine Brieföffner in Schwertform, welche er akkurat an die Wand gehängt hatte, lagerten nun gut verteilt.

Das Fenster stand weit offen.

Zumindest hingen fast alle seine Poster noch an ihren Plätzen; außer Joffrey aus *Game of Thrones*. Er lag auf dem Teppich und an seiner Stelle war ein Bild an die Wand gekritzelt. Es zeigte ein Strichmännchen, wie es einem anderen in den Hintern trat. Neben dem Treter stand *»Caleb 3«* geschrieben. Das andere war mit *»Teppo 0«* kommentiert. Zusätzlich fanden sich die Worte *»PS: Du bist hässlich!«* unter der Zeichnung.

Zunächst war Teppo geschockt.

Dann wütend.

Dies dauerte eine Weile an, bis er alles aus einem ruhigeren Blickwinkel betrachten konnte.

Und schon konnte er nicht mehr anders, als darüber zu lachen.

»Das scheint ja noch richtig interessant zu werden.«

Kapitel neun:
HOLLY GALANCE

Der alte Mann saß am Küchentisch und las die neueste Ausgabe der *Enmar Post*. Neben ihm, ebenfalls auf einem Stuhl, hockte Leelo, die weiße Hausziege. Ein Teller mit Leckerlis stand für sie auf dem Tisch bereit. Sie fraß sie recht reserviert, mochte man meinen.

Teppo lungerte vor dem Kühlschrank und suchte nach geeigneter Verpflegung, die er in seinen Rucksack packen konnte.

Der alte Mann hatte bereits gegessen und genehmigte sich noch entspannt einen Kaffee. Er schüttete Milch und Zucker hinein. Dann griff er in seinen dichten, schier unendlich lang zu sein scheinenden Bart und holte einen Löffel aus ihm hervor, womit er sogleich in seiner Tasse herumrührte.

Er wollte gerade einen Schluck nehmen, da hielt er inne.

»Och! Teppo, lies das mal.«

Teppo wandte sich ab vom Kühlschrank. Ein Stück Brie hing ihm aus dem Mundwinkel. Er las die Stelle in der Zeitung, auf die der alte Mann deutete, durch. Plötzlich riss er die Augen auf, das Stück Brie fiel unbeachtet zu Boden und er atmete schnell, laut und tief ein, als müsste er nun alle Luft kanalisieren, um das zu verarbeiten, was dort in der Zeitung stand.

Neben den eingerahmten Steckbriefen an der Wand hatte sich mittlerweile auch der von Hiba dazugesellt. Welche Opfer mit dieser neuen Dekoration einhergingen, sah man an Daliks Körper. Er trug Bandagen am Leib und Prellungen im Gesicht.

Er und Teppo saßen vor dem Computer. Sie schauten sich Internetclips von versagenden Kampfsportamateuren an und lachten sich über sie kaputt. Dalik musste sich zusammenreißen, denn zu starkes Lachen riss ihm seinen angeschlagenen Körper schier auseinander. Diese Tatsache fand Teppo jedoch belustigend und er stichelte weiter, indem er extra amüsiert tat.

Dann hörten sie, wie die Wohnungstür aufgeschlossen wurde.

Sie schenkten dem keine besondere Aufmerksamkeit, zu sehr erfreuten sie sich an den sich verletzenden Möchtegerns.

Als sich ihnen allerdings Schritte näherten, ergriffen Teppo und Dalik das Wort.

»Hi, Cloey!« »Hallo!«

»Hey, Jungs! Was guckt ihr euch da an?«

Cloey warf einen Blick auf den Bildschirm. Dort landete gerade ein Mann beim Versuch eines Rückwärtssaltos auf seinem Gesicht und taumelte danach benommen aus dem Bild.

»Die sind die Besten«, kommentierte Teppo.

»Zeig es noch mal«, sagte Dalik schmerzhaft belustigt.

»Teppo, ich habe eine großartige Nachricht für dich.«

Teppo richtete seine Aufmerksamkeit auf Cloey. Sie hielt mehrere große Steckbriefe in der Hand. Dalik hingegen schaute gebannt auf das Mysterium Computer und klickte danach mutig selbst mit der Maus herum.

»Acht Gefängnisinsassen sind ausgebrochen und auf der Flucht«, berichtete Cloey erfreut. »In so einem Fall darfst du dich auch auf die Suche machen. Wir müssten sehr weit reisen, aber …« Sie hielt ihm zwei Steckbriefzettel vor die Nase. Auf dem einen stand: *»Michael Scotfield«;* der andere endete mit *»rows«*. Es war nicht genau zu lesen, da der erste Steckbrief davor war. »… allein diese beiden Brüder bringen –«

»Kein Interesse.«

»Wie ›Kein Interesse‹? Du hast kein Interesse am Sweepern? Du?«

»Ich habe etwas weitaus Wichtigeres vor.« Teppos Abgeklärtheit wich einem aufgeregten Freudestrahlen. »Morgen gibt nämlich Holly Galance eine Autogrammstunde hier in Enmar.«

»Eine Autogrammstunde?«

»Ich habe es heute in der Zeitung gelesen.«

»Du liest Zeitung?« War das der wirkliche Teppo, mit dem sie hier gerade sprach?

»Selbstverständlich. Ich will mich ja bilden. Der Besitzer eines Buchladens hat ein Treffen mit Holly gewonnen. Sie hat ihm am Telefon gratuliert und da hat er sie einfach gefragt, ob man das Ganze auch zu einer Autogrammstunde ausdehnen könnte, da sein Geschäft in letzter Zeit keinen Profit mehr abwerfe. Und sie habe wohl ohne zu zögern ›Ja klar‹ gesagt.«

»Wer ist denn diese Holly?«, fragte Dalik.

»Mein popelgrüner Freund, Holly Galance ist eine der schönsten Frauen dieser Welt. Sie ist meine absolute Lieblingsschauspielerin und singt sogar. Ihren berühmten Sommerhit *Kiss Kiss Kiss* kennst du doch bestimmt, Clolinchen.«

»Das war doch der mit …« Cloey machte drei Kussgeräusche.

»Ja, genau.«

»Also verstehe ich dich richtig? Du lässt dir die Jagd nach acht Riesenfischen entgehen, weil du lieber zu dieser Autogrammstunde gehen willst?«

»Auf jeden Fall.«

»Schade«, sagte Dalik. »Aber bleibt umso mehr für mich.«

»Ich würde vorschlagen, du kurierst dich erst mal aus«, sagte Cloey. »Hiba hat sehr viel Kohle eingebracht. Wir können es uns eigentlich erlauben zu entspannen. Außerdem meinte doch der Arzt, dass du dich mit deinen Verletzungen kaum bewegen dürfest.«

»Wir sollten uns die Chance aber nicht entgehen lassen. Die paar Prellungen halten mich nicht auf.«

»Nein, natürlich nicht, denn du bist ja ein Übermensch, der sich von medizinischen Gesetzen freisprechen kann. Nun hör mir mal zu. Solltest du handgreiflich werden müssen, wärst du schlichtweg ein viel zu leichtes Opfer.«

»Wär ich nicht.«

»Komm mal her.«

Dalik stand auf und stellte sich vor Cloey. Sie wartete einen Moment, dann schlug sie ihm gegen die Rippen. Dalik versuchte, keine Schmerzen zu zeigen, aber sein Gesicht spiegelte sie deutlich wider.

»Das tat doller weh als erwartet, aber ich halte es aus.«

Cloey schlug noch einmal zu. Dieses Mal etwas kräftiger.

Dalik verharrte kurz in einer leicht rot anlaufenden Starre, dann atmete er den Schmerz gequält aus.

»Es gibt einen großen Unterschied zwischen Schmerzen spüren und Schmerzen aushalten«, sagte er, als er wieder zu Luft gefunden hatte. »Hör jetzt aber bitte auf.«

»Du ruhst dich also aus?«

»Ja.«

»Gut.«

»Unterwegs zu den acht Flüchtigen.«

»Sturkopf!«

»Du solltest deine Verletzungen wirklich besser auskurieren«, mischte sich Teppo ein.

»Da hörst du's«, sagte Cloey mit einer zustimmenden Geste.

»Ist ja nicht so, dass die Flüchtigen dir weglaufen würden. Haha.«

»Meinst du?«, fragte Dalik. »Ich bin davon ausgegangen, dass unzählige Sweeper und Polizisten gnadenlos Jagd auf diese Männer machen werden, bis alle wieder eingefangen sind. Von daher wäre es nur logisch, wenn sie weglaufen würden.«

»Da liegst du ganz richtig«, sagte Cloey. »Ehrlich gesagt, glaube ich auch nicht, dass wir in dieser riesigen Hetzjagd einen von ihnen schnappen werden. Dafür ist die Wahrscheinlichkeit einfach zu gering. Ich wollte es auch nur Teppo vorschlagen, da dies eine tolle Gelegenheit für ihn wäre, noch einmal die schöne Sweeperluft zu schnuppern. Abgesehen von diesem Caleb, dem du ja anscheinend nicht hinterhergejagt bist, wären diese acht Flüchtigen für dich die einzige andere gute Option. Auch sie sind Freiwild für jedermann.«

Dalik war verwirrt. »Sagtest du nicht, dass dir dieser Caleb zweimal durch die Finger gerutscht sei und dein Zimmer verwüstet habe?«

Cloey lachte. »Echt? Du hast dich gleich mehrmals von ihm vorführen lassen?«

Teppos gute Laune schwand rapide. »Er ist halt wirklich schwer zu fassen.«

»Mach dir nichts draus. Das passiert selbst den besten Sweepern. Man kann nicht immer erfolgreich sein. Genauso muss man nicht, sofern das Portemonnaie es hergibt, bei jeder Jagd dabei sein. Also keine Flüchtigen für uns. Dann machen wir uns eben eine entspannte Zeit.«

»Cloey«, sagte Dalik ernst. »Ich bestehe noch immer darauf. Ich werde es als persönliche Beleidigung ansehen, wenn du mir dieses Abenteuer vorenthältst.«

Cloey dachte genervt nach. Dann willigte sie ein.

»Na gut. Ist in Ordnung. Du bekommst deinen Willen. Wirst schon sehen, was du davon hast. Sobald ich jedoch merken sollte, dass deine körperliche Verfassung nicht mehr tragbar ist oder uns jedwede Spur fehlt, werden wir aufhören, unsere Zeit unnütz zu verschwenden, und wieder nach Hause fliegen.«

»Fliegen?«, fragte Teppo.

»Ja, ich sagte doch, es sei weit weg.«

»Aber fliegen? Wie weit ist das bitte we–«

»Ich danke dir«, sagte Dalik und verbeugte sich. Es tat ihm sichtlich weh.

Cloey schüttelte nur unmotiviert den Kopf.

»Dann werden wir am besten als Erstes die Frau von diesem Scotfield befragen. Sie heißt Nika Voleck und ich glaube –«

»Dalik, schau mal.«

Teppo hatte sich wieder dem Computer zugewandt und zeigte Dalik eine Szene aus dem Film *Dead Or Alive: Tengu's Paradise*, in der eine Frau in einem schwarzen Cocktailkleid und High Heels mehrere Männer aufmischt.

»Holly kann sogar kämpfen. So was ist besonders sexy bei Frauen.«

Dalik schaute gebannt auf den Bildschirm; ebenso Teppo, dem auch nach zigfachem Sehen noch immer der Speichel zusammenlief.

Cloey hingegen stand verloren da. Sie wurde vollkommen ignoriert.

Sie schnappte ein und in ihrem Verdruss zog sie ihr Oberteil hoch. Es beachtete sie ohnehin keiner mehr.

Wie aus der Pistole geschossen, guckte Teppo nach hinten. Cloey erschrak und zog ihr Oberteil wieder über ihren BH.

»Ich dachte, ihr guckt nicht!«, motzte sie.

Auch Dalik drehte sich nun um. Er wusste nicht, was los war. Teppo sagte nichts, doch konnte er sich ein begeistertes und irgendwie perverses Grinsen nicht verkneifen.

Cloeys Wangen füllten sich mit Farbe. Sie drehte sich geschwind um, sodass ihre drei Zöpfe durch die Luft flogen, und stapfte davon.

Teppo wälzte sich in seinem Bett hin und her. Er konnte sich nicht entsinnen, wann er zuletzt oder überhaupt schon mal derart aufgeregt gewesen war. Die Unruhe vor der Sweeperprüfung war dagegen ein Witz gewesen.

Nur noch ein paar Stunden, dann bekomme ich sie endlich zu Gesicht. Wir werden uns aus nächster Nähe gegenüberstehen. Sie wird meine Hand schütteln oder mich vielleicht sogar in den Arm nehmen. O Mann, ich dreh ab …

Teppo hielt es nicht mehr aus. Er stand auf und ließ seine Muskeln sprießen. Er spannte sie vor dem Spiegel an, machte Liegestütze und betrachtete seine Muskeln erneut. Er fühlte ihre Härte und legte noch einmal eine Ladung Liegestütze nach.

Ich muss einen guten Eindruck auf Holly machen. Da darf nichts locker sein. Fest und knackig muss es sein. Es muss!

Er kontrollierte sich erneut im Spiegel. Er spannte seine Arme und den Latissimus an. Der Bauch folgte gleich mit. Er bereute, dass er keine strenge Diät hielt. Er wusste, ernährte er sich anders, kämen seine Muskeln viel besser zur Geltung.

Teppo machte Core-Übungen, bis er seine Bauchmuskeln nicht mehr beanspruchen konnte.

Danach betrachtete er sich im Spiegel und schlug sich gegen den Bauch, bis dieser rot wurde.

Als Nächstes kümmerte er sich um einen möglichst knackigen Gluteus maximus; auch als Hintern bekannt.

So ging es dann weiter, bis es draußen hell wurde. Teppo hatte seinen kompletten Körper mehrfach gestrafft, aber müde war er noch immer nicht. Das Feuer hielt ihn wach. Es brannte lichterloh und würde nur noch höher steigen, je näher er dem Treffen rückte.

Teppo duschte sich so gewissenhaft wie noch nie. Er legte sogar eines der Parfüms des alten Mannes auf.

Zurück in seinem Zimmer packte er in seinen Rucksack einen Fotoapparat, einen Stift und die DVD von *Dead Or Alive: Tengu's Paradise*.

Dann schaute er sich noch einmal sein Poster von Holly an. Sein Herz machte Luftsprünge. Er hatte es letzte Nacht beim Trainieren schon nicht aus den Augen lassen können. Was für eine Motivation diese Frau doch war! Dabei hatte sie noch überhaupt nichts getan. Teppo war sich sicher, nach dem Treffen mit ihr würde er Berge versetzen können.

Enkel und Großvater Bunks spazierten eine Straße entlang. Teppo war nervös und ungeduldig und versuchte, dem alten Mann eine schnellere Geschwindigkeit aufzudrängen. Dieser blieb jedoch bei seinem gemächlichen Tempo und ließ Teppo immer wieder auf ihn warten.

»Es ist noch ziemlich früh. Wir können ganz gemütlich hingehen«, sagte der alte Mann.

»Aber nicht zu gemütlich. Ich will einen Platz ganz vorne.«

»Sollen wir unterwegs noch irgendwo anhalten? Du hast nicht mal gefrühstückt.«

»Ich krieg nichts runter. Ich bin viel zu aufgeregt.«

»Ich hätte nie gedacht, dass du wegen einer Frau, die du nicht mal kennst, so überdrehen würdest.«

»Sie hat halt etwas an sich, das mich fasziniert, und das haben nur sehr wenige Frauen. Allerdings kann ich nicht mal beschreiben, um was es sich dabei genau handelt.«

»Na, da bin ich aber mal wirklich gespannt. Mal sehen, auf was mein Enkel so steht.«

»Aber bitte bring mich nicht in eine peinliche Situation.«

»Würde ich nie tun.«

»Das würde ich dir niemals verzeihen.«

»Keine Sorge, ich …«

Teppo blieb stehen und starrte den alten Mann an, der nun ebenfalls anhielt. Er sah in Teppos Gesicht und seine Floskeln lösten sich in Luft auf.

»Niemals«, wiederholte Teppo. Sein Blick war derart streng und unumstößlich auf sein Ziel gerichtet, als würde er, falls es nötig werden sollte, bereitwillig und ohne zu zögern, sein eigen Fleisch und Blut in Brand stecken.

»Du meinst es ja wirklich ernst. Ich verspreche dir hoch und heilig, dass ich mich heute in deiner Gegenwart anständig benehmen werde, und sollte ich dich dennoch in irgendeine Peinlichkeit verwickeln, lass dir gesagt sein, dass das dann nur ein Versehen sein wird und ich mich jetzt schon dafür entschuldigen möchte.«

»Gut, ich verlasse mich auf dich.«

»Es gibt niemanden, auf den du dich besser verlassen kannst.«

Teppo setzte seine Füße wieder in Bewegung. Die todernste Anspannung war nur noch ein Überbleibsel.

»Ich bin dir wirklich dankbar, dass du mich begleitest«, sagte Teppo. »Ohne Hilfe würde ich mich bestimmt verlaufen.«

»Du bist wirklich ein Weltwunder, was die Orientierung angeht. Ich bin immer wieder erstaunt, dass du überhaupt zur Schule, zu Cloey und nach Hause findest.«

»Wenn ich mir erst mal einen Weg eingeprägt habe, dann geht es.«

Teppo begann zu gähnen.

»Lass es raus«, sagte der alte Mann.

Teppo gähnte nun lauter. Seine Nase verkrampfte und er schob übermäßig viel seinen Kiefer hin und her. Seine Augen tränten und er schloss sie; dabei fing er an zu torkeln.

Der alte Mann überholte ihn und bemerkte nicht, wie Teppo in seiner Gähnekstase unwissend rechts in eine andere Straße abbog.

Teppo spazierte gähnend voran. Als er nach einer gefühlten Ewigkeit endlich wieder aufhören konnte, schaute er sich verwirrt um. Doch wo war nun der alte Mann abgeblieben?

»Einmal nicht aufgepasst und schon eilt er mir voraus.«

Teppo lief die Straße weiter geradeaus.

Der alte Mann – noch immer auf derselben Straße – setzte ebenfalls unwissend seinen Weg fort.

»Du hast die Nacht bestimmt nicht geschlafen. Beim nächsten Mal solltest du einfach Ziegen zählen. Schafe zählen, bringt nichts, obwohl das allgemein empfohlen wird. Der Vorteil beim Zählen von Ziegen ist nämlich, dass …«

Der alte Mann drehte sich um und suchte irritiert.

»Teppo? Teppo? Wie hat er das nun wieder geschafft?«

Teppo hielt an einer großen Straßenkreuzung an. Er schaute sich um und stellte fest, dass es eindeutig zu viele potenzielle Wege gab.

»Na toll! Und jetzt? Hätte der olle Ziegenbock zumindest ein Handy, dann könnte ich ihn jetzt anrufen, aber nein. Okay, ganz ruhig. Es ist ja noch früh. Ich schaff das schon. Irgendwie. Hoffe ich.«

Ein Mann mit einem dicken Bauch, einem Schnurrbart und einer roten Schirmmütze spazierte vorbei. Neben ihm lief eine sehr gutaussehende Frau mit langen brünetten Haaren her. Sie trug mehrere volle Einkaufstüten.

»Entschuldigen Sie bitte«, sagte Teppo. »Ich suche die Pudelmottenstraße.«

»Da sind Sie aber noch ein ganzes Stück von entfernt«, sagte der Mann. Beim Sprechen hoben und senkten sich die Enden seines Schnauzers wie bei einer Wippe.

»Wenn Sie mir nur die Richtung geben könnten, würde mir das schon reichen. Ich gehe ohnehin davon aus, dass ich mehrmals jemanden fragen muss.«

»Na guti. Sie gehen hier entlang und dann die Wombat Avenue links rein. Der folgen Sie bis durch den Park. Danach rechts und dort fragen Sie noch mal jemanden.«

»Ich danke Ihnen.«

»Hey, ich helfe immer gern.«

Teppo ging los und auch der Mann spazierte weiter.

Nach ein paar Schritten wandte der Mann seinen Blick zurück. Die gutaussehende Frau hatte Probleme, die abgesetzten schweren Einkaufstüten wieder hochzuheben.

So was Unfähiges, dachte er.

»Nun trab mal an hier.«

Die Wombat Avenue war leicht erreicht. Kurz darauf lief Teppo durch den erwähnten Park. Er kam ihm irgendwie bekannt vor. War er nicht letztens erst hier gewesen? Er wusste es nicht mehr.

Der Park war eine wunderschöne Grünanlage. Die meisten Bäume trugen Kirschen. Es gab Wege zum Joggen und sogar einen See mit Enten. Wenn nicht gerade Kinder oder Erwachsene darin herumplantschten, luden die Sitzbänke zu einem entspannten Verteilen von Getreide und kleingeschnittenen Obststücken ein. Auf einem grünen Wall war ein beeindruckendes Grabmal errichtet. An die fünfzig unebene Stufen führten hinauf. Teppo nahm sich vor, dem Konstrukt aus Gestein bei Gelegenheit mal einen Besuch abzustatten.

Am Ende des Parks begab er sich nach rechts, so wie es ihm der Passant mit dem Schnurrbart geraten hatte. Hier befragte er einen Greis mit Rollator und folgte seiner Beschreibung.

Danach wandte er sich an einen Transgender mit langen fuchsia Haaren. Er, also sie, also er trug Hot Pants, ein bauchfreies Top und eine militärische Spitzenkappe. Er flirtete Teppo an, aber Teppo ließ die Anmache in den Äther abziehen. Nachdem er die Wegbeschreibung erhalten hatte, machte er sich schnell auf und davon.

Als er daraufhin eine zweihundert Kilogramm schwere Frau auf einem Roller um Hilfe bat, sagte sie ihm, dass er zunächst wieder ein ganzes Stück zurück müsse.

Teppo kriegte die Krise.

Der alte Mann balancierte mit zwei Milchshakes in den Händen über den Bordstein. Nachdem er den ersten ausgeschlürft hatte, verköstigte er sich am zweiten.

Er schmiss den leeren Becher in einen Mülleimer und sah nach oben. Das Straßenschild zeigte: »*Pudelmottenstraße*«.

Teppo unterdessen suchte weiter nach dem Weg. Er hatte keine Ahnung, wo er war, ja nicht einmal, ob die Leute, die er befragte, es wussten, geschweige denn, wo dieser vermaledeite Buchladen zu finden war.

Er vertraute gezwungenermaßen einem Mann, der seine Katze an einer Leine Gassi führte, einer rauchenden schwangeren Frau und einem schüchternen Geek mit herabhängendem Kopf und einer Zahnspange mit Kopfzug, die jedes gesprochene Wort zu einer Sprenkleranlage werden ließ.

Teppo wurde zunehmend nervös und ungehaltener. Die Krise wandelte sich allmählich in Verzweiflung. Der Vulkan brodelte nicht einfach nur, er sabberte bereits Lava.

Vor einer Ziegelmauer lag ein Mann, zu einem Fötus zusammengerollt. Er hatte freiwillig keine Haare mehr auf dem Kopf und eine Bomberjacke ließ ihn bei dem warmen Wetter ordentlich schwitzen.

Zwei Typen traten auf ihn ein. Der eine trug ein Käppchen auf seinem Haupt, der andere einen Vollbart, lange, kringelige Koteletten und einen schwarzen Filzhut.

»Wie gefällt dir das?«, fragte der Mann mit dem Käppchen und trat erneut zu. »Natürliche Feinde zu haben, ist toll, oder?«

»Wieso in Frieden zusammenleben, wenn man eine Ideologie verfolgen kann, in der man so etwas erlebt?«, sagte der andere und trat ebenfalls zu.

»Ihr glaubt doch nicht«, sagte der arme Mann in der viel zu warmen Bomberjacke, als die beiden anderen ihm Luft ließen, um zu antworten, »nur weil ihr mich hier jetzt zusammenschlagt, dass das meine Meinung über euch Drecksjuden ändert? Ihr werdet schon noch aus meiner Stadt verschwinden. Dafür werde ich schon sorgen.«

»Mit euch kann man echt nicht vernünftig reden.«

»Ihr versteht wirklich nur das.«

Der Mann mit den langen Koteletten trat dem Mann am Boden ins Gesicht, der daraufhin seine Hände davorhielt. Sogleich wollte jener diesem auch in den ungedeckten Magen treten, als er und sein Freund am Schlafittchen gepackt und von ihrem Prügelopfer weggezogen wurden.

»Lasst ihn in Ruhe«, befahl Teppo.

Der Mann am Boden hatte einen weiteren Angriff erwartet, doch nun senkte er ungläubig seine Hände und warf einen Blick auf den Rücken seines Retters.

»Du nimmst ihn in Schutz?«, fragte der Mann mit Käppchen.

»Ja. Wenn ihr an ihn ran wollt, müsst ihr erst an mir vorbei.«

»Noch so einer«, sagte der Mann mit den langen, kringeligen Koteletten.

Die beiden Männer warteten nicht lange und griffen Teppo an.

Die Auseinandersetzung dauerte nur wenige Sekunden, da war sie auch schon erledigt und die beiden Männer hauten die Hacken in den Teer.

Teppo beugte sich nach unten, um nach der Verfassung des Mannes in der Bomberjacke zu sehen. Dabei bemerkte er dessen

Hakenkreuz-Tattoo an seinem Hals.

»Vielen Dank«, sagte der Mann und setzte sich mit Schmerzen auf. Teppo half ihm aufzustehen. Seine Beine waren noch etwas wackelig. »Ohne dich hätten die mich vielleicht sogar tot geprügelt.«

»So was ist doch selbstverständlich. Wir müssen ja zusammenhalten und uns gegenseitig helfen.«

Der Mann in der Bomberjacke reichte Teppo seine Hand. In seinen Augen stand aufrichtige Dankbarkeit und ein Lächeln.

»Wenn du jemals Hilfe brauchen solltest, zögere nicht zu fragen.«

Teppo schüttelte seine Hand und lächelte zurück.

»Gut zu wissen. Welche Richtung?«

Der Mann wies in eine Richtung und Teppo stützte ihn. Der Mann humpelte.

»Wie ist dein Name, mein Freund?«

»Ach, weißt du«, sagte Teppo, »um ehrlich zu sein, bin ich ebenfalls ein Jude. Ist das ein Problem für dich?«

Der Mann in der Bomberjacke blieb stehen. Teppo hatte keine Ahnung, was in dem Mann vorging oder was er als Nächstes tun würde. Er hatte lediglich Augen für die Sonne und wo sie gerade stand. Er schaute auf sein altes Handy und kontrollierte die Uhrzeit.

»Oh, Scheiße! Die Autogrammstunde hat schon angefangen.«

Er ließ den Mann in der Bomberjacke los und rannte davon, ohne ihn in irgendeiner Weise noch weiter zu beachten.

In einem kleinen Vorgarten hing ein Boxsack an einem Baum. Schildkröte, ein Junge mit einer Schildkrötenmaske, schlug mit einem langen Stab auf den Boxsack ein.

Auf der gegenüberliegenden Straßenseite lief Teppo entlang. Er sah Schildkröte zunächst nicht. Erst als dieser freudig »He, Teppo!« rief, überquerte er die Straßenseite.

»Bist du das, Pinguin?«, fragte er. Ein Schweißfilm lag auf seiner Stirn und rann in einzelnen Tropfen sein Gesicht hinab.

»Nein, ich bin's, Schildkröte. Guck mal. Seitdem du uns vor diesen Schlägern beschützt hast, bin ich fleißig am Trainieren, um nächstes Mal –«

»Ja, wunderschön. Schildmöse – äh, -kröte, ich muss unbedingt zur Pudelmottenstraße. Und das so schnell wie möglich.«

»Zur Pudelmottenstraße und das so schnell wie möglich? Dann solltest du die *Zehn tödliche Finger-Brücke* überqueren. Die führt dich auf geradem Weg dorthin.«

»Die *Zehn tödliche Finger-Brücke*?«

»Ja, sie ist ein gutes Stück entfernt, aber in jedem Fall der direkteste Weg.«

»Welche Richtung?«

»Hast du Geld bei dir?«

»Ja, hab ich. Wieso?«

»Gut, auf der Brücke wird nämlich Zoll verlangt.«

»Zoll innerhalb einer Stadt?«

»Ja, und wenn du nicht bezahlen kannst, musst du die zehn tödlichen Finger besiegen. Allerdings gilt das als fast unmöglich und ist in der Geschichte Enmars nur Wenigen gelungen. Du solltest das nicht versuchen, sonst wirst du bloß verletzt.«

»Okay, noch mal langsam. Ich komm nicht mehr mit. Wer sind die zehn tödlichen Finger und was haben sie mit Zollgebühren zu tun?«

»Na ja, weißt du, Enmar hat viele Legenden und Mythen und man sagt, die meisten entsprechen der Wahrheit. Vor langer Zeit, als dieses Dorf gegründet wurde und noch viel kleiner war, bildete die *Zehn tödliche Finger-Brücke* den einzigen Zugang zum Dorf. Eines Tages wollten Barbaren in das Dorf einfallen, doch einer stellte sich ihnen auf der Brücke in den Weg: Finger Omara, der größte Kung Fu-Meister, den es zu jener Zeit weit und breit gegeben hat. Wie sein wirklicher Vorname lautete, weiß heute kaum noch einer. Man gab ihm den Namen *Finger*, weil er jeden einzelnen seiner Finger so lange abgehärtet hatte, bis sie zu tödlichen Waffen geworden waren. Viele glauben bis heute, dass er mit ihnen sogar Steine zerschlagen konnte. Er sagte den Barbaren, dass sie das Dorf besichtigen dürften, aber nur wenn sie all ihre Waffen und etwas Geld für den weiteren Aufbau abgäben. Natürlich waren sie damit nicht einverstanden und es kam zu einem Kampf. Finger Omara tötete mit seinem Kung Fu den Großteil der Barbaren und zwang den Rest zur Flucht. Nach diesem Tag wurde die Brücke nur noch die *Zehn tödliche Finger-Brücke* genannt. Auch heute eifern noch alle Kung Fu-Kämpfer Enmars seiner Stärke nach. Aus Dankbarkeit, Respekt und Tradition stellen sich am Wochenende immer zehn von ihnen auf die Brücke und achten darauf, wer sie überqueren möchte. Es gilt als große Ehre, auf der Brücke Zoll verlangen zu dürfen.«

»Und wenn man nicht zahlt, muss man sich mit den zehn Zollbeamten messen?«

»Genau. Das solltest du aber, wie gesagt, lieber nicht versuchen. Jeder von ihnen hat sich den Kampfstil eines Tieres angeeignet und gilt in seiner jeweiligen Disziplin als Meister. Der Beste unter ihnen heißt Kleatus Omara. Er ist ein direkter Nachfahre von Finger Omara. Er steht schon seit über fünfzehn Jahren auf der Brücke und ist der Anführer der zehn tödlichen Finger.«

»Schildkröte, ich danke dir für diese interessante Geschichtsstunde, aber ich habe schon genug Zeit verloren. Bitte zeig mir jetzt einfach die Richtung.«

»Da lang. Die dritte Straße links rein. Von dort nur noch geradeaus, dann siehst du irgendwann die Brücke auf der rechten Seite.«

»Danke.«

Teppo zögerte nicht länger als nötig und rannte los.

»*Matrix Reloaded* ist besser als *Matrix*!«, schnauzte Knievel Evil auf einem kleinen Parkplatz an.

»Nein! Das ist nicht wahr!«

Evil zückte ein Messer und griff Knievel an. Knievel schaffte es, Evils Arm mit dem Messer zu greifen. Die beiden rangen um die Oberhand und fanden sich alsbald auf dem Boden wieder.

Evil lag auf Knievel. Er versuchte, sein Messer in Knievels Auge zu drücken, doch dieser hielt mit aller Macht dagegen. Dann ließ Evil in all seiner Bos- und Gewievtheit das Messer einfach los. Er grinste, als das fallende Messer durch die Hornhaut in Knievels Pupille eindrang.

Sein irres Lächeln änderte sich jedoch jäh, als sich zwei Arme von hinten um seine Hüften klammerten, er hochgehoben und mit einem *German Suplex* nach hinten geworfen wurde. Er landete hart auf seinen Hinterkopf und war sofort k.o.

»Bitte hilf mir«, flehte Knievel. Das Messer steckte noch immer in seinem Auge.
Er war in einem Schockzustand und hilflos.

Doch Teppo rannte bereits weiter.

»Tut mir leid, ich hab's eilig! Ruf dir einfach einen Krankenwagen und gut is!«

Knievel wusste nicht, warum er es für eine gute Idee hielt, in jedem Fall schnipste er leicht gegen den Messergriff. Und bereute es sofort.

»Mama, es ist so heiß«, sagte der niedliche Fratz. Er hielt seine Mutter an der Hand und war lange tapfer gewesen.

Seine Mutter ließ ihn los und holte eine Wasserflasche aus ihrer Handtasche.

»Hier. Du musst viel trinken.«

»Danke.«

Seine Manieren waren ordentlich für ein fünfjähriges Kind. Er wollte gerade trinken, da riss ihm Teppo im Rennen die Flasche aus den Händen.

Teppo trank im Laufen, goss sich Wasser über den heißen Kopf und trank den Rest leer.

Er kam an einer Sitzbank vorbei, neben der ein Mülleimer stand. Er wollte die Flasche hineinwerfen, doch im Rennen gelang es ihm nicht und statt des Mülleimers traf er eine sich sonnende Jugendliche am Mund, die sich daraufhin schmerzlich die Zähne hielt.

Nicht lange später und Teppo kam endlich an. Die *Zehn tödliche Finger-Brücke* war eine alte, breite, doch stabile Holzbrücke. Unter ihr verlief ein klarer Fluss, dessen Namen Teppo nicht kannte. Vor der Brücke gab es ein Schild:

ZEHN TÖDLICHE FINGER-BRÜCKE
Überquerung: 10 Sinner

Auf der Brücke selber standen zehn Gestalten in unterschiedlichen Kung Fu-Roben. Es gab fünf auf jeder Seite. Sie standen versetzt zueinander, sodass niemand bei einem geraden, nach innen gerichteten Blick in die Augen eines anderen sähe. Allerdings legten die zehn Gestalten keinerlei sichtbare Disziplin an den Tag. Sie warteten entspannt und schauten mit Langeweile und aufkommendem Interesse zu dem ihnen unbekannten, verschwitzten, rot angelaufenen Teppo.

Ganz vorne stand ein Mann mit einem hellbraunen, geflochtenen Zopf, der ihm bis zum Steiß hing.

»Sei gegrüßt«, sagte er und machte ein paar Schritte auf Teppo zu. »Möchtest du diese Brücke überqueren?«

»Ja.«

»In Ordnung. Das macht dann zehn Sinner.«

Teppo schnaufte sich eine halbwegs normale Luftzufuhr zurecht. Er griff in seinen Rucksack und holte sein Portemonnaie heraus. Er schaute hinein und spuckte den durch das Rennen angesammelten Speichel aus.

»Ich hab aber nur fünf und ein paar Zerquetschte.«

»Entweder zahlst du die komplette Zollgebühr oder du musst dich zehn Herausforderungen stellen.«

Teppo schaute in die Gesichter der erfahrenen Kung Fu-Kämpfer. Einige sahen gespannt aus, andere müde und wieder andere schauten einfach in den Himmel. Doch Teppo waren ihre Ausdrücke vollkommen gleich. Ihm war auch egal, was sie draufhatten oder ob sie ihn mit einer Hand zerquetschen konnten.

Einer von ihnen, er trug ein ärmelloses Oberteil, meldete sich. Sein Bizeps und Trizeps zeichneten sich deutlich ab. Er hatte die wahrscheinlich dicksten Arme der zehn.

»Oder du wartest einfach fünf Minuten«, sagte dieser. »Dann haben wir es sechs Uhr und Feierabend und du kannst umsonst rüber.«

»Ich will aber nicht warten!«, protestierte Teppo, ohne überhaupt richtig zugehört zu haben. »Ich fordere euch heraus!«

Auf einmal wurden sie alle hellhörig und auch die, die am entspanntesten gewartet hatten, nahmen eine aufrechte Haltung an. Der eine oder andere schien jedoch keinerlei Lust zu haben, sich nun sportlich betätigen zu müssen, stöhnte genervt auf und verzog das Gesicht.

Der mit dem langen, geflochtenen Zopf ergriff wieder das Wort.

»Du kämpfst dich hier entlang. Wer aufgibt, kampfunfähig wird oder von der Brücke fliegt, hat verloren. Natürlich endet auch der Kampf, wenn du die andere Seite erreichst. Ein Gegner nach dem anderen und falls du überraschenderweise die alle besiegen solltest, musst du noch gegen mich und meine Hahntechnik antreten.«

»Ich habe aber keine Zeit!«

Teppo war derart aufgewühlt, dass er zitterte. Der Vulkan in ihm brodelte. Die Lava war unruhig, schwappte auf und ab. Nicht mehr lange und Teppo würde den Ausbruch nicht weiter aufhalten können.

»Also wenn ihr unbedingt kämpfen wollt, dann alle auf einmal! Aber lasst euch gesagt sein, dass ich euch in meinem momentanen Zustand einfach in den Boden stampfen werde!«

»Du willst echt gegen uns alle –«

»Ja! Und jetzt wird nicht mehr gequatscht! Entweder ihr geht mir aus dem Weg oder kämpft endlich!«

»Na gut, wie du wi–«

Teppo hielt es nicht mehr aus. Er schlug Kleatus ins Gesicht und beförderte ihn mehrere Meter aus seiner Reichweite.

»Das dauert mir hier alles viel zu lange!«

Der Vulkan explodierte und schoss seine Lava bis ins Himmelszelt.

Teppo warf seinen Rucksack über alle übrigen Brückenwächter auf die gegenüberliegende Seite des Ufers. Dann fing er an, sich wie der Teufel persönlich durch die noch stehende Neun-Mann-Armee zu mähen. Wie ein Sturm bahnte er sich seinen Weg hinüber. Er wartete nicht ab, ob er jemanden besiegte oder nicht, es ging ihm lediglich darum voranzukommen. Er bewegte sich wie ein besessener Kampfgott. Er wich aus, sprang hierhin, dorthin, warf und schubste beiseite oder trat und schlug die Hindernisse einfach hinfort. Dass er getroffen wurde, verarbeitete sein Gehirn nicht einmal. Es kannte nur eines:

Holly, Holly, Holly, Holly, Holly, Holly, Holly, Holly, Holly, Holly …

Geradezu hypnotisiert folgte sein Körper seinem inneren Drang. Teppo war wie auf einer Droge, die ihn nahezu unbesiegbar machte. Nur interessierte es ihn nicht einmal. Er wollte einfach nur weiter. Er musste. Er MUSSTE!

Als er sich nach nur wenigen Sekunden bis ans Ende durchgekämpft hatte und eine Schar zerquetschter Fliegen hinter sich zurückließ, sammelte er im Laufen seinen Rucksack ein und nahm wieder seine Renngeschwindigkeit auf.

»Holly, Holly, Holly, Holly, Holly, Holly, Holly, Holly …«

Teppos Stimme wurde leiser und leiser, je weiter er sich von der Brücke entfernte, bis sie schließlich überhaupt nicht mehr zu hören war.

Ein Handy klingelte.

»Feierabend!«, rief der Mann mit dem langen, geflochtenen Zopf.

Die Zöllner rafften sich auf. Ihre Verfassungen variierten, doch in einem waren sich alle einig: Sie hatten keine Ahnung, was hier soeben passiert war.

Ja, endlich die Pudelmottenstraße!, freute sich Teppo, als er das beglückwünschende Straßenschild las.

Ihm fiel ein Stein vom Herzen. Er verfluchte seine Orientierungslosigkeit und klopfte sich auf die Schulter, weil er es dennoch geschafft hatte. Er bangte schwer. Die Autogrammstunde hatte schon vor endlos vielen qualvoll kurzen Stunden begonnen. Was war, wenn Holly nicht mehr da war? Der Gedanke zerriss Teppo schier das Herz. Um nicht daran zu zerbrechen, versuchte er, die Hoffnung am Leben zu halten. Und so mobilisierte er noch einmal seine letzten Kraftreserven und rannte, dass ihm die Lungen Feuer fingen.

Der Buchladen war schnell gefunden, doch die Ernüchterung folgte auf dem Fuß. Als Teppo völlig außer Atem ankam, löschte gerade ein rundlicher Mann das letzte Licht und schloss den Laden ab. Er hatte viel Akne im Gesicht und sogar welche am Hals. Seine Haare wurden licht, aber er strahlte und aß voller Zufriedenheit Kekse aus einem Gefrierbeutel.

Teppo wusste, dass er hier richtig war. Von innen hing ein übergroßer Zettel am Fenster:

HEUTE!!!
HOLLY GALANCE
AUTOGRAMMSTUNDE!!
Und 10 Prozent Rabatt
auf jedes Buch!

Als Teppo jedoch gewahr wurde, dass die Autogrammstunde bereits vorbei war, fiel er auf seine Knie.

»Sie ist schon weg, oder?«

»Du hast sie gerade verpasst«, sagte der Buchladenbesitzer und knabberte dabei weiter heiter seine Kekse auf. »Miss Galance ist so ein Engel. Sie blieb nicht nur zwei Stunden länger als geplant, sie hat sogar Kekse für alle gebacken. Über eintausend Stück. Über eintausend! Wie lange das wohl gedauert haben muss? Das hier ist mein letzter und die sind vielleicht lecker, sag ich dir. Ich wünschte, meine Frau wäre auch nur halb so bezaubernd wie sie.«

Teppo … er … nun ja … Was soll man da sagen?

Als Teppo in der Nacht nach einem übertrieben langen Nachhauseweg endlich daheim ankam, ließ er sich zuallererst einfach auf das Sofa fallen. Das Gesicht vergrub er in einem Kissen.

Sein Magen knurrte leidvoll. Er hatte den ganzen Tag lang nichts gegessen, doch selbst jetzt fehlte ihm noch immer der Appetit.

Der alte Mann kam aus seinem Zimmer. Er trug nur eine provisorisch angezogene Unterhose und ein weißes Unterhemd. Sein Körper war gut trainiert und wies viele unterschiedliche Narben auf.

»He, wo warst du?«, fragte er.

Teppo drehte sich auf seinen Rücken.

»Ich hab mich mal wieder verlaufen.«

»Du hast Holly aber schon gesehen, oder?«

»Nein. Und du?«

»Sie war großartig!« Das Gesicht des alten Mannes hellte auf. »Sie ist unglaublich freundlich und bodenständig und in echt sieht sie noch hundertmal schöner aus. Aber jetzt kommt's. Ich habe sie um einen Kuss auf die Wange gebeten und kurz vorher habe ich meinen Kopf gedreht. Sie hat mir einen Kuss auf den gespitzten Mund gegeben. Es war himmlisch. Ihre Lippen sind unsagbar weich. Ich hatte keine Ahnung, dass auf der Welt solche zum Dahinschmelzen leckere Lippen überhaupt existieren. Dass ich das noch auf meine alten Tage erleben durfte. Die Götter haben mich anscheinend gesegnet.«

»Wurde sie nicht wütend, dass ein so faltiger Lüstling mit Mundgeruch sie sexuell belästigt hat?«

»Das hatte ich auch befürchtet, aber anstatt wütend zu werden, lachte sie und meinte nur: ›Sie sind mir ja ein Schlawiner.‹«

»Hast du ein Foto von ihr gemacht?«

»Nein. Aber das brauche ich auch nicht. Ihre Schönheit hat sich in meine Augen gebrannt. Ich sehe sie so klar vor mir, wie ich dich nun sehe. Und guck mal.«

Der alte Mann hob sein Unterhemd. Auf seinen Bauch hatte Holly ihren Namen geschrieben.

Teppo streichelte ehrfürchtig die Buchstaben. Oh, diese Eifersucht!

»Wow, Hollys Unterschrift ... Hast du auch nach einem Autogramm für mich gefragt?«

»Oh, das hab ich ganz vergessen.«

Auch diese Nacht machte Teppo kein Auge zu. Er lag in seinem Bett, hielt Leelo in seinen Armen (bis sie es nicht mehr aushielt und sich hart kämpfend befreite), hörte *Kiss Kiss Kiss* im Wiederholungsmodus und weinte bitterlich.

Kapitel zehn:
GORILLJA

Teppo saß gerade auf der Toilette, bohrte in der Nase und schmierte seine Popel an einem Stück Klopapier ab, als er eine SMS erhielt. Er drückte das Klopapier zusammen, warf es in die Schüssel und schob die Hand, an der noch der Rest seines Nasensafts klebte, in seine Hosentasche. Sodann holte er sein vor Ekel zitterndes und schreiendes altes Handy heraus und las die Nachricht von dem zerkratzten Display.

Bonjour. Wir sind
zurück.
Hoffentlich
hattest du Spaß
bei der
Autogrammstunde.
Wir hatten leider
keinen Erfolg bei
den Flüchtigen :(
Dalik und ich
würden gerne mal
wieder etwas mit
dir unternehmen,
aber zur
Abwechslung mal
was, das nichts
mit unserer Arbeit
zu tun hat.
Einfach mal nur
ein wenig Spaß
haben. Dieses
Wochenende
findet in Enmar

das alljährliche
Affenfest statt.
Da könnten wir
doch hingehen.
Hast du Lust?
Liebste Grüße
Deine viel zu
*schöne Cloey ;-**

»Ein Affenfest?«, sagte Teppo, um das Wort einmal richtig gehört zu haben.

Seine Vorstellungskraft begann, Formen und Figuren zu kneten. Und egal, was dabei herauskam, es gefiel ihm jetzt schon.

Damit Teppo sich nicht verlief, holten Cloey und Dalik ihn mit dem Lada Taiga ab. Der alte Mann hatte eigentlich auch mitkommen wollen, doch ein spontaner Massagetermin veranlasste ihn, später dazustoßen zu wollen. Vielleicht hatte er auch etwas anderes gemeint. Teppo hatte nur noch etwas mit »stoßen« gehört, bevor der alte Mann ganz aufgeregt abgedüst war.

Cloey hatte eine CD zusammengestellt, die eine möglichst gute Laune verbreiten sollte. Im Wagen drehte sie den Lautstärkeregler auf. Die eingebauten Boxen schwangen den Herzen ihren eigenen Rhythmus auf und die beflügelnde Musik erledigte den Rest. Die drei Insassen sangen zwar nicht mit, ahmten jedoch das Gesungene oder Gespielte alsbald nach; zumindest soweit es ihnen möglich war. Angefangen bei *Swordfish Hotkiss Night,* über *White Light* von den *Gorillaz* (was, wie Cloey wusste, Teppo eine besondere Freude bereitete), über *Slash Dot Dash,* waren sie am Ende der Fahrt bei *Scatman* in einer solch musikalischen Ekstase gefangen, die sie erst das Lied beenden ließ, bevor sie aus dem stehenden Wagen ausstiegen.

Die drei spazierten über den Parkplatz und erfreuten sich an dem schönen Wetter. Als sie über einen leeren Behindertenparkplatz liefen, humpelte Teppo wie selbstverständlich mit einem gestreckten Bein weiter, bis er den gekennzeichneten Bereich wieder verließ.

Ein Torbogen, auf dem groß ***»AFFENFEST«*** stand, zierte den Eingang. Der komplette Marktplatz und mehrere Straßen waren mit einer schier unendlichen Menge an Dekoration, Buden und Fahrgeschäften ausgeschmückt. Nahezu alles schien von Affen inspiriert zu sein. Überall fanden sich irgendwelche Bilder, Pappaufsteller, Preise und Kuscheltiere in Affenform. Die gewaltige Anzahl der Besucher ließ einen nur langsam vorankommen. Unter ihnen gab es viele, die sich ihr Gesicht affenmäßig geschminkt hatten oder eine Affenmaske trugen.

Teppos Nase reagierte stark auf die unterschiedlichen Gerüche der Fressbuden. Er wusste nicht, wo er als Erstes hingehen sollte; zu groß und verführerisch war das Angebot. Ein Geruch war ihm neu. Es roch nach Fleisch, aber er konnte nicht zuordnen, um was für welches es sich dabei handelte. Er folgte dem Duft und sah etwas, das wie Pinguine am Spieß aussah. Wie Grillhähnchen rotierten sie schmackhaft in der Hitze.

Er befragte Cloey und Dalik und auch sie schienen zu glauben, dass es Pinguine am Spieß seien. Teppo verspürte Lust, einen zu probieren, doch die Schlange war lang und Cloey bat ihn, dort nicht ihre gemeinsame Zeit zu verschwenden; zumindest jetzt noch nicht, wo sie doch gerade erst beim Fest angekommen waren.

Also spazierten sie weiter. Ihre Köpfe blieben nie still stehen. Überall gab es etwas zu entdecken. Spielbuden, Karussells, süße und herzhafte Speisen, Musiker, begabte sowie talentlose Schausteller. Bei Letzteren misslangen nicht nur die Shows, sie verletzten auch sich selbst oder ließen beim Jonglieren gar ein Messer in die Zuschauermenge fallen. Zum Glück blieb es im Kinderwagendach stecken.

Das Wetter war herrlich und die Menschen gut gelaunt.

»Cloey«, sagte Dalik, während er sich an ein paar Besuchern vorbeiarbeitete, »weißt du, warum dieses Fest veranstaltet wird?«

»Angeblich soll der Gründer des Dorfes der Affenkönig höchstpersönlich gewesen sein. Es ist ja auch nach ihm benannt, nur ohne das R am Ende.«

»Enma«, sagte Teppo vor sich hin. »Jetzt, wo du es sagst. Wie cool ist das denn?«

»Wer ist der Affenkönig Enma?«, fragte Dalik.

»Das weißt du nicht?«, fragte Teppo. »Dabei müsste er doch deine literarische Lieblingsfigur sein.«

»Wieso?«

»Na, immerhin gilt er als unvergleichlicher und meisterhafter Stabfechter.«

Dalik wurde hellhörig. »Lebt er denn noch hier?«, fragte er interessiert.

»Ach, Dalik«, mischte sich Cloey wieder ein, »es ist nur eine Legende.«

Ein gutes Stück entfernt unterhielten sich zwei Männer hinter einer kleinen Tribüne. Hier waren sie gut abgeschirmt von den Besuchern. Außer dem Gorilla im Käfig, vor dem sie standen, war niemand hier, der sie hören konnte.

»Was glaubst du, wie alt er ist?«, fragte der eine.

Er schaute sich den Gorilla an, wie er traurig auf dem Käfigboden saß. Er konnte sich nur sehr beschränkt bewegen. Sobald er die Arme von sich streckte, stieß er auch schon an die Gitterstäbe.

»Um die dreißig vielleicht?«, antwortfragte der andere. »Ich kenn mich nicht so aus mit Affen.«

»Gorillas sind Primaten und keine Affen.«

»Wen interessiert's? 'n Affe ist 'n Affe.«

»Aber es ist kein Affe.«

»Nerv mich nicht damit. Die Leute werden sich freuen und zahlen und nicht denken: *Nanu? Das ist ja gar kein Affe, sondern nur so ein verblödeter Primat*.«

»Das habe ich auch nicht behauptet.«

»Außerdem sind Primaten doch sogenannte Menschenaffen, oder etwa nicht? Und da, wo ich gelernt und studitiert habe, ist ein Menschen*affe* immer noch ein Affe; nur eben ohne einen Schwanz.«

»Jetzt ist mein Gehirn verwirrt.«

Die beiden Männer bemerkten nicht, wie der Gorilla sich erhob und langsam seine Arme durch die Gitterstäbe streckte. Er agierte vorsichtig und sah sich vor, nicht gehört zu werden.

»Stimmt es eigentlich, dass ein Gorilla einen kleineren Pimmel hat als ein Schimpanse?«

»Das ist –«

Bonk!

Der Gorilla schlug die Köpfe der beiden zusammen, woraufhin sie bewusstlos zu Boden sackten. Dann legte auch er sich hin. Er nahm dem einen den Käfigschlüssel ab, schloss sein Gefängnis auf und stapfte davon.

»Ich gewinn das jetzt«, spornte sich der moppelige Kerl vor Cloey, Dalik und Teppo an der Pfeilwurfbude an.

Seine Haare waren an den meisten Stellen kahl, was ihn jedoch nicht davon abgehalten hatte, sie sich wachsen zu lassen. Es sah aus, als hätte er mehrere Nester auf dem Kopf, die nur ein Vogel auf LSD bauen könnte.

Er prustete die Backen auf, nahm einen Schluck aus seiner 1-

Liter-Softdrinkdose und warf sodann seinen ersten Pfeil.

Daneben.

Der nächste Pfeil.

Ebenfalls daneben.

»Das gibt's doch nich.«

Auch die Nächsten verfehlten ihr Ziel. Der Kopf des Kerls lief rot an, aber nicht weil es ihm peinlich war, sondern weil sein Unvermögen seine Geduld zerkratzte und ein gewisser Selbsthass in ihm aufstieg.

Je öfter er versagte, umso mehr verkrampfte er sich. Die Pfeile wurden zu seinen erbitterten Feinden und die zu treffenden Ballons lachten ihn aus.

»Na, komm schon!«, schrie er und Cloey und ihre Jungs begannen zu lachen. »Scheiße! Jetzt aber. Ach, fick dich doch, du Hurenballons, ihr, verschissenen ...«

Teppo lachte am lautesten und zum ersten Mal bemerkte der cholerische Kerl seine vielen Zuschauer, die sich einen Spaß aus ihm machten.

Seine letzten Pfeile warf er nur noch kommentarlos und schnell daneben; den letzten sogar so schlecht, dass er den Budenbesitzer beinahe traf. Dann begab er sich hinfort.

Cloey, Dalik und Teppo spielten daraufhin ebenfalls ein, zwei Runden. Sie trafen nicht schlecht und amüsierten sich noch immer über den Typen von zuvor. Doch als Teppo anfing, ihn nachzuahmen, sank ihre Trefferquote exponentiell.

Als sie weiterspazierten, hielt sie nicht lange später ein Junge an. Er war in etwa zwölf Jahre alt und zeigte ihnen einen Zettel auf einem Klemmbrett. Darauf stand, dass er taubstumm sei und Spenden sammle für die Unterstützung von Menschen mit demselben Schicksal. Darunter hatten bereits einige unterschrieben und angegeben, wie viel sie spenden würden.

Teppo wandte sich ab, Cloey auch, außer Dalik, der unterschrieb und eine lieb gemeinte Zahl dahintersetzte. Als er weitergehen wollte, hielt ihn der Junge auf und deutete auf die Angabe der Sinner.

»Möchtest du das Geld jetzt?«, fragte Dalik.

Der Junge nickte.

Dalik griff in seine Robe und holte seinen Geldbeutel hervor. Er öffnete ihn, aber Teppo ging dazwischen. Er stellte sich vor den Jungen und sagte lächelnd: »Kannst du Lippen lesen?«

Der Junge nickte.

Teppo hörte auf zu sprechen, bewegte nur noch seinen Mund, ohne ein Wort hören zu lassen.

Der Junge war verwirrt.

Teppo redete unhörbar weiter, doch wieder reagierte der Junge nicht. Dann sagte er wieder laut: »Du hast behauptet, du könnest von den Lippen ablesen. Ich sagte dir gerade, dass du, um es zu beweisen, deinen linken Arm hochheben sollest, aber du hast absolut nichts verstanden. Du bist nicht taubstumm. Und nun mach dich vom Acker. Und wehe, ich erwische dich dabei, wie du noch mal das Mitleid von jemandem ausnutzt.«

Der Junge lief davon.

Dalik war verwirrt. Wie hatte Teppo ahnen können, dass es eine Falle war? Und wieso wollte ihn dieser kleine Junge über den Tisch ziehen? Er war sich sicher, der Kleine hatte einen guten Grund.

»Lass dich gefälligst nicht verarschen, Dalik«, sagte Teppo.

»Das war bestimmt der raffinierteste Junge, dem ich jemals begegnet bin.«

»Ich bitte dich. Der Trick ist billig.«

»Echt?«

»Ja. O Mann, du musst wirklich noch viel lernen.«

»Ja, scheint wohl so«, räumte Dalik ein.

»Ach, auf ihn hörst du einfach so, oder was?«, grollte Cloey. »Und wenn ich dir sage, dass es dumm sei, bestimmten Pennern Geld zu geben, dann beginnst du zu diskutieren.«

»Ich –«

»Schon okay, du Dödelkopf. Gehen wir weiter.«

Nicht lange später entdeckten sie ihren cholerischen Freund vom Pfeilwurfstand wieder. Dalik zeigte auf ihn und ohne zu zögern steuerten sie auf ihn zu. Er versagte gerade bei einem Spiel, bei dem aus Löchern abwechselnd Pavianköpfe guckten, die man schnell mit einem Hammer treffen musste.

»Oah! Komm schon, du verschissenes, verkacktes – Oah! …«

Der moppelige Typ mit den Vogelnestern auf dem Kopf war schlichtweg zu langsam. Jedes Mal zogen sich die Paviane wieder von selbst in ihre Löcher zurück. Er fluchte, wurde lauter und lauter und hasste sich selbst. Es war ein göttliches Schauspiel an Humor für alle Beobachter.

Als das Spiel endete und er die Blamage in Form einer erbärmlichen Trefferanzahl noch einmal in die Fresse geprügelt bekam, hob er seine 1-Liter-Softdrinkdose vom Boden auf und überließ dem amüsierten Trio das Spielfeld.

Cloey fing an und hielt sich für recht gut, doch als Teppo an der Reihe war, staunte sie nicht schlecht über seine Reaktionsfähigkeit. Er machte sich über ihre Koordination lustig, aber auch nur bis Dalik an die Reihe kam. Es war unmenschlich. Meistens waren die Paviianköpfe noch nicht einmal ganz oben, da schlug er sie bereits wieder zurück nach unten. Der kleine Hammer huschte umher, als wäre er ein lebendes Etwas. Am Ende hatte Dalik einen neuen Rekord aufgestellt. Er schaute Cloey und Teppo an und fragte sie, was los sei. Für ihn war nichts Außergewöhnliches passiert.

Auch war es für ihn nichts Besonderes mehr, dass er gerne mal zum Blickfang der Leute wurde. Seine Robe hatte zwar kein auffälliges Grün, dennoch war es anscheinend selten, dass man hier jemanden sah, der derartig gekleidet herumlief. Dalik hatte sich schon lange an die Blicke gewöhnt und Cloey fing auch allmählich damit an. Für Teppo hingegen war es noch Neuland und er schaute den Leuten gerne dabei zu, wie sie Dalik anstarrten.

Die drei kamen an einer erheiterten Masse vorbei, die um ein riesiges aufgeblasenes Kissen herumstand. In der Mitte konnte man einen mechanischen Bullen reiten. Gerade versuchte sich ein Mann daran, der fast so beleibt war wie der Bulle selber. Er hielt nicht lange durch und forderte die Reißfestigkeit des Kissens heraus. Das Kissen gewann nur knapp.

Ein Moderator mit Mikrofon betrat die Arena und forderte die Menge auf, einen neuen mutigen Vertreter heraufzuschicken.

»Hier!«, rief Teppo mit erhobener Hand. »Sie möchte!«

Er zeigte auf Cloey und eine kleine Diskussion entbrannte, während der Moderator näher rückte, um einen Blick auf die Herausforderin zu werfen. Cloey protestierte zunächst, aber als Teppo weiter insistierte und auch Dalik ihr bedeutete, dass sie es einfach mal versuchen solle, gab sie sich einen Ruck und bestieg den Bullen.

Die männlichen Männer applaudierten bereits, bevor sich der Bulle überhaupt bewegt hatte. Dann ging die Show los und Teppo wusste, er hatte etwas Wunderbares geleistet.

Dalik hörte ihren cholerischen Freund als Erster. Er schrie so aggressiv herum wie noch nie. Am Ringwurfstand nahmen viele von ihm Abstand, weil er ihnen Angst einjagte. Er blökte umher wie nichts Gutes. Er beleidigte die breiten Flaschen und die zu engen

Ringe. Er hielt nur den Mund, um einen erneuten Schluck aus seiner riesigen Dose zu nehmen, die wie Teppo schnell bemerkte, nun eine neue 1-Literdose war.

»Das ist doch Betrug, ihr vermaledeiten Pimmelfritzen! Ihr Arschlöcher! Ihr seid ein elendes Hurenpack!«, brüllte er zornentbrannt.

Die meisten begannen, sich über ihn zu amüsieren. Seine Haarnester waren voller Schweiß und zerwühlter denn je. Sein Kopf war puterrot und pulsierende Venen zeichneten sich an seiner Stirn und dem Hals ab. Doch dann geschah etwas und er wurde ganz still.

Ein Ring kreiselte um einen Flaschenhals und drehte seine Bahnen nach unten. Er hatte gewonnen.

Er riss die Arme nach oben, seine Dose spuckte einen Teil seines Inhalts aus und alsbald applaudierte ihm sogar die Menge. Die Freude in seinen Augen, der Jubel, den er ausstieß, es war nur allzu ansteckend, als dass man sich nicht mit ihm hätte freuen können. Auch Cloey und Co gesellten sich zu den Begeisterungsrufen hinzu.

»Woo hoo!«, rief Cloey.

»Du bist der Beste!«, rief Teppo.

Sie klatschten und ihr cholerischer Freund wirkte, als hätte er gerade seinen Lebenstraum erfüllt. Er war derart enthusiastisch, dass er sich über die Budentheke lehnte und den Hauptgewinn, einen gewaltigen Borneo-Orang-Utan aus Plüsch, herunterreißen wollte. Doch der Budenbesitzer hielt ihn davon ab. Er erklärte ihm, dass man dafür schon die goldene Mitte treffen müsse und das auch mehrmals.

Die Begeisterung legte sich bereits und verschwand fast gänzlich, als der Choleriker lediglich einen rosafarbenen Plüschgibbon erhielt. Der handgroße Affe trug eine Lederweste und man konnte ihm einen Finger in den Hintern stecken.

Ein paar Kinder lachten den Nestkopf nun aus und es dauerte nicht lange, da machte er wieder, dass er wegkam.

Teppo wollte jetzt ebenfalls an die Bude, aber stattdessen forderte ihn Cloey zu einem Wettkampf an der Schießbude heraus.

Wie nicht anders zu erwarten, gewann sie. Nun war sie es, die Teppo vor Augen führte, wer dem anderen überlegen war. Selbst Dalik probierte das Schießen aus und sogleich fühlte sich Teppo seiner Fähigkeiten wieder wohler.

Bald darauf spazierten sie sich stärkend weiter. Cloey vernaschte eine mit Schokolade überzogene Banane. Teppo hielt in der einen Hand einen Pfefferkuchenaffen und in der anderen eine einen Meter lange *Balla Balla*-Stange. Er biss mal hier, mal dort hinein und grinste sich einen ab, weil es so lecker war und er Affen fast so sehr liebte wie Frauen, die Bananen in den Mund nehmen. Dalik aß eine Currywurst mit Pommes und Mayonnaise und sah nicht weniger glücklich aus. Seinen Stab hatte er hinten in seine Bauchbinde gesteckt, was er nahezu nie tat. Er erzählte den beiden, wie gut es ihm schmecke und dass Currywurst mit Pommes und Mayo, so einfach das Gericht auch sei, sein Lieblingsessen sei.

Er war gerade dabei weiterzureden, als die drei von einem Mann mit einer Bibel in der Hand angesprochen wurden.

»Hallo. Dürfte ich es mir wohl erlauben, euch eine Frage zu stellen? Glaubt ihr an Gott?«

»Danke«, sagte Teppo. »Ich bin schon bedient worden. Ich bin glücklicher Satanist. Einen schönen Tag wünsche ich noch.«

Die drei spazierten weiter und ließen den verblüfften Christen stehen.

»Bist du echt ein Satanist?«, fragte Dalik einige Schritte später.

»Ach Quatsch. Ich wollte nur mal sehen, wie er reagiert.«

»Ich war mal Satanist«, erklärte Dalik nüchtern.

Cloey riss die Augen auf und zog die Banane aus ihrem Mund. »Was?«

»Ja. Ich bin schon immer gern vom Konkai-Tempel aus allein oder mit meinen Brüdern und Schwestern losgezogen, um zu sehen, was es außerhalb der gewohnten Wände so gibt. Deshalb genieße ich auch gerade meine Currywurst mit Pommes und Mayo so sehr, weil es das erste Essen war, dass ich damals in – nun gut, ›Freiheit‹ möchte ich nicht sagen, weil es ja kein Gefängnis ist, aber sagen wir, außerhalb vom Tempel gegessen habe. Zumindest soweit ich mich zurückerinnern kann.«

»Und was ist nun mit dem Satanismus?«, fragte Cloey.

»Einmal, da war ich sechzehn oder siebzehn, bin ich einem merkwürdig düsteren Typen begegnet. Er meinte, dass Satanismus der einzig wahre Glauben sei und ich von ihm lernen könne. Er war sehr nett und ich schenkte ihm mein Vertrauen.« Im Gegensatz zur entsetzten Cloey war Teppo belustigt und erfreut. »So kam es dann, dass ich mich viel auf Friedhöfen aufhielt, anfing, Blut zu trinken, an widerlichen Zeremonien teilnahm und einem Typen namens Santa huldigte.«

»Du meinst doch sicher Satan und nicht Santa?«, hakte Teppo nach.

»Ist das nicht derselbe?«

»Nein.«

»Dann eben Satan. Es ist zu lange her. Ich erinnere mich nicht mehr an die Einzelheiten. Nun ja, nach ein paar Wochen sprach mich mein Sifu auf meine schwarzen Klamotten und meinen Zigarettenkonsum an und ich erzählte ihm von dem Ganzen. Als er dann meinte, dass diese Santanisten einer gefährlichen Sekte angehören würden und meine neuen Gewohnheiten nicht gut für mich und einige Tiere seien, habe ich es gelassen. Den anderen Santanisten gefiel es überhaupt nicht, dass ich ausgestiegen bin. Sie lauerten mir sogar auf. Aber nach dem Kampf entschuldigte sich ihr Anführer und sagte, dass sie mich mit Vergnügen und Wohlwollen ziehen lassen würden. Zumindest glaube ich, dass er das gesagt hat. Er war nicht so leicht zu verstehen, da ihm die meisten Zähne fehlten und die ganze Zeit Blut aus dem Mund lief.«

»Heidewitzka«, entfuhr es Teppo leicht entsetzt.

»Wie dem auch sei, alte Kamellen eben. Hahaha. So was macht man halt, wenn man jung ist.«

»Du warst ein gottverdammter Satanist?«, fragte Teppo noch einmal feststellend und wandte sich sogleich an Cloey. »Verstehst du? Gottverdammt.«

»Ja, schon verstanden. Entschuldige, dass ich nicht lache. Ich habe so eine Eigenart. Ich lache nur über lustige Dinge.«

»Und mittlerweile bin ich buddhistisch angehaucht«, erzählte Dalik weiter.

»Ein Mönch, der an Buddha glaubt. Sag bloß«, kommentierte Teppo.

»Ja, also irgendwie. Genau weiß ich es auch nicht. Mein Sifu ist Buddhist. Damals hat mir seine Ansicht gefallen. Obwohl ich jetzt nicht mehr rekapitulieren könnte, was genau er gesagt hat. Ich war betrunken. Aber ich vertraue ihm. Also wird es mir schon nicht schaden. Wisst ihr, was Buddhisten so machen? Ich hab keine Ahnung, um ehrlich zu sein.«

»*Google* ist dein Freund«, erklärte Cloey. »Aber wo wir schon beim Thema sind. Nur so aus Neugierde, Teppo, hast du eigentlich eine Religion?«

Teppo schob gerade den Rest seines Pfefferkuchenaffens in die Kauhöhle. Er zeigte auf seinen vollen Mund und seine Begleiter warteten, bis er aufgekaut hatte. Als er fertig war und wieder ohne zu matschen und spucken sprechen konnte, biss er ein Stück von seiner Zuckerstange ab und antwortete mit ihr im Mund: »Es gibt nur einen Gott, den es lohnt anzubeten, und sein Name ist Humor. Man kann ihn befriedigen und seinen Segen empfangen, indem man sich selbst und andere amüsiert, ernste Dinge auf die Schippe nimmt und Menschenopfer darbringt, indem man Streiche spielt und andere kreativ beleidigt.«

»Ach, deshalb bist du so, wie du bist«, erleuchtete es Dalik.

»Mensch, Dalik, muss man dir denn wirklich jeden einzelnen Scherz erklären?«, fragte Cloey genervt.

»Wie meinst du das? Oh, schaut mal! Ich liebe diese Dinger.«

Dalik stopfte die letzte Pommes in seinen Mund, schmiss die leere Schale in einen Mülleimer und steuerte zielsicher auf eine von mehreren Kranmaschinen zu.

Ohne zu zögern holte er seinen Beutel hervor und steckte eine Münze in die Maschine. Seine Zunge schien eigenwillig aus seinem Mund zu lugen, als er konzentriert den Kran manövrierte und ihn auf einen der vielen Preise hinabließ. Die Kralle erwischte den flauschigen Nasenaffen nicht richtig, Dalik schnaufte und der Kran fuhr zurück in seine Ausgangsposition.

Sofort steckte er die nächste Münze in den Schlitz.

»Diese Maschinen sind manipuliert«, sagte Teppo, der ihn entspannt beobachtete. »Das weißt du, oder?«

»He?«, sagte Dalik und kaute auf seiner Zunge herum, als er erneut den Kran steuerte.

»Die Greifkraft ist sehr niedrig und wird nur in seltenen Intervallen so weit angehoben, dass die Kralle überhaupt etwas greifen kann.«

Dalik versagte aufs Neue und ließ ab von der Maschine, um seinem Freund zuzuhören. Doch der Drang, es zu versuchen, war noch da.

»Ein Preis kostet mehr als ein Versuch«, erklärte Teppo weiter. »Es wäre also dumm von demjenigen, der damit Geld verdienen will, dem Spieler eine faire Chance zu lassen.«

»Aber, aber das ist doch Betrug.«

»Ja, das ist es. Besonders böse ist die Funktion, wenn der Kran den Preis knapp vor dem Ziel wieder fallen lässt. Das ist alles so eingestellt, dass irgendwelche Deppen glauben sollen, dass es an ihrem Unvermögen läge.«

»O Mann, das ist doch scheiße. Gilt das denn für alle Kranmaschinen?«

»Kann ich nicht sagen. Aber ich denke höchstwahrscheinlich. Hör also besser auf mich.«

»Hmm. Na ja, zumindest verschwende ich dann nicht mehr mein Geld.«

»Was war denn so das Höchste, was du da mal hineingesteckt hast?«

»Oha! Es waren bestimmt –«

»Oh, mein Gott, sind die süß!« Cloey war außer sich und ihre Stimme war ganz hoch.

Dalik und Teppo drehten sich um und sahen sie auf einen kleinen Streichelzoo zurennen.

In einem Gehege standen und spazierten Miniponys umher. Cloey schubste mehrere Kinder aus dem Weg, damit sie an das kleinste der Fohlen herankam. Ihr stiegen beinahe Tränen in die Augen. Sie zog ihre Mundwinkel nach unten, schien gleichzeitig jedoch zu grinsen. Teppo und Dalik hatten sie noch nie dergleichen emotional überfordert gesehen.

Teppo war ebenfalls hingerissen von den winzigen Ponys, aber bei Weitem nicht so sehr wie Cloey, die darum kämpfen musste, nicht anzufangen, einfach loszuweinen. Dalik war das Ganze egal. Er holte seinen Stab aus seiner Bauchbinde und stützte sich darauf ab, während die anderen beiden vollkommen entzückt die Tiere streichelten.

»Warum gibt es hier Ponys zu streicheln, aber keine Affen?«, fragte Teppo.

»Weil Affen keine Haustiere sind«, erklärte der Pfleger der Ponys.

»Oh, mein Gott!«, fiepste Cloey. »Diese riesigen Kulleraugen. Awwww! Und diese winzigen, kleinen Beine. Awwwwwwww!«

»Cloey, alles in Ordnung?«, fragte Dalik.

»Jaaaa. Nein.«

»Weinst du etwa?«, fragte Teppo lachend.

Cloey wischte sich durch ihr Gesicht und knuddelte das Minipony vor sich. »Nein, tu ich nicht. Lass mich in Ruhe.«

Es dauerte fast eine Stunde, bis sie Cloey aus dem Gehege wieder herausbekamen und das auch nur, weil Dalik, der Pfleger und viele der Eltern so vehement an sie appelliert hatten.

»Darf ich später noch mal wiederkommen?«, fragte Cloey leicht aufgelöst. Eine der Mütter stöhnte auf und sagte entnervt: »Nein, bitte nicht.« Aber der Pfleger nickte ihr zu und Cloeys Welt hatte wieder eine rosige Zukunft vor sich.

Als sie sich etwas später wieder beruhigt hatte, fragte sie sich selber, wie sie derart emotional hatte werden können. Teppo und Dalik amüsierten sich darüber und Teppo nahm sie sogar kurz in die Arme, damit sie aufhörte zu zittern.

Ein Mann mit grünen Haaren und einem Oberteil mit einem »*GRASSHOPPER*«-Aufdruck fuhr auf einem Fahrrad ähnlichen Vehikel einen mit Trinkdosen gefüllten Wagen vor sich her.

»Gratis Energydrink gefällig?«

»Ja«, sagte Teppo begeistert.

Der Mann hielt an und reichte Teppo eine der vielen Dosen.

»Space Beard«, las Teppo von der Dose ab, deren Logo einen spacigen Mann mit einem spacigen Bart zeigte.

»Diese Marke ist brandneu«, erklärte der Mann mit dem

»*GRASSHOPPER*«-Aufdruck. »Bevor du ihn trinkst, muss ich dich allerdings warnen. Du solltest ihn nur stark verdünnt trinken. Misch ihn mit irgendwas und viel davon. Wenn man es nicht gewohnt ist, ist die Wirkung extrem.«

»Ach, wissen Sie, ich habe schon unzählige Energydrinks verdrückt. Machen Sie sich also nichts draus, wenn das Zeug mich kalt lässt.«

Teppo klackte die Dose auf, roch an dem Loch und probierte.

Er schluckte herunter und folgte innerlich dem Verlauf des Getränks. Es dauerte nicht lange, da verdrehte er die Augen in unterschiedliche Richtungen. Er fing an, rasend schnell unkoordiniert zu zwinkern. Die Dose fiel aus seiner Hand und sein Gesicht verzerrte sich, als hätte er eine Vielzahl von Spastiken.

»Teppo?«, sagte Cloey zaghaft und näherte sich langsam mit ihrer Hand.

Als sie seine Schulter berührte, schrie er kurz und schrill auf. Cloey erschrak und wich instinktiv zurück.

Dann rannte Teppo wie von Sinnen davon.

»He, bleib hier!«

»Teppo!«

Cloey und Dalik liefen Teppo hinterher. Sie sahen, wie er wütete, was das Zeug hielt. Er schlug Leuten auf ihre Hintern und Essen aus den Händen. Er rempelte sie um, kletterte irgendwo hinauf, nur um wieder herunterspringen zu können, oftmals sogar auf passierende Menschen drauf. Dabei bewegte er sich so schnell, dass nicht mal der sonst flinkere Mönch ihn einholen konnte. Und es dauerte nicht lange, da war Teppo wie vom Erdboden verschluckt.

Dalik blieb stehen und hielt sich die Rippen mit dem Verband, der noch aus dem Kampf mit Hiba herrührte.

»Wo steckt er?«, keuchte er.

Cloey wühlte sich durch die Menge.

»Nur ein wenig Spaß haben«, redete sie genervt mit sich selbst. »War 'ne echt gute Idee.«

Sie sahen Teppo nicht mehr, aber die schreienden und aufgebrachten Passanten ließen sie wissen, dass ihr durchdrehender, hyperaktiver Freund noch irgendwo in der Nähe war. Allerdings kamen die weinenden Kinder und fluchenden Erwachsenen zu schnell aus unterschiedlichen Richtungen, als dass es irgendeinen Sinn oder im Bereich des Möglichen zu sein schien. Seine Spur war zu wirr, als dass es etwas brächte zu versuchen, ihr einfach nur zu folgen.

Unterdessen, etwas weiter entfernt, amüsierte sich der entflohene Gorilla auf einem Karussell. Die Leute dachten, dass er lediglich ein Mann in einem Kostüm sei, und erfreuten sich an seinem Anblick, statt in Angst zu verfallen. Wahrscheinlich war sogar der Gorilla der Einzige, der sich fürchtete, denn das Karussell war schnell und sein Bauch kribbelte wie noch nie zuvor.

Richtige Angst kam jedoch erst danach auf, als sich der Gorilla in die Geisterbahn wagte. Da er so groß war, durfte er einen Zweierwagen ganz für sich alleine haben. Er erschrak bei jedem Schockmoment und manchmal brüllte er sogar zurück und versetzte damit die Besucher in den Wagen vor und hinter sich in größeren Schrecken, als es die Geisterbahn vermochte. Die gruseligen Kulissen und Geräusche setzten dem Gorilla zu und nur er mochte wissen, wie viel davon er für real hielt. Aber alles in allem fand er die Fahrt lustig.

Zwei Typen hatten das Ende der Geisterbahn erreicht. Sie waren zurück an der sicheren Sonne und stiegen aus.

»Das war ja mal nich so dolle«, sagte der eine enttäuscht. Er schaute seinen Freund an und lachte. »Ha ha ha! Du bist ja völlig mit den Nerven am Ende. Also ich hatte keine Angst.«

Sie bemerkten nicht, wie der Wagen mit dem Gorilla vorfuhr. Der Gorilla stapfte an ihnen vorbei und die beiden erschraken wie Babys.

Als Nächstes probierte sich der Primat am Autoscooter. Er passte gerade so in das Fahrzeug und liebte es, andere zu rammen. Teppo lief schreiend vorbei, doch der Gorilla hörte ihn nicht, weil die Musik so laut war.

Dann jedoch wurde auch der Gorilla gerammt. Es schüttelte ihn durch und er blickte in das Gesicht eines schadenfrohen Teenagers. Der Gorilla fand keinen Spaß daran angegriffen zu werden und verlor augenblicklich die Lust weiterzuspielen. Er wurde wütend, stieg aus und klatschte den Teenager um. Danach riss er die Arme hoch, brüllte und lief angriffslustig von der Autoscooterbahn.

Buck Muskel, ein Mann mit einer außergewöhnlich ausgeprägten Brustmuskulatur und einem recht femininen Haarschnitt, versuchte sich, wie Dalik zuvor, an einem der Greifautomaten. Er hatte einen Bartaffen in der Kralle, aber kurz bevor er über dem Loch war, rutschte das Plüschtier wieder heraus.

»Verdammt!«, fluchte Buck und kloppte gegen die Scheibe, bevor er erneut eine Münze einwarf.

»Ich will einen Affen.«

Der Gorilla hüpfte hinter ihm umher. Buck sah ihn nicht, er war zu beschäftigt mit dem Kran. Als der Gorilla ihn jedoch ins Auge fasste, drückte er den Menschen an den Automaten. Bucks harte Brüste wurden an das Glas gepresst. Danach warf ihn der Gorilla um und schmiss sich auf ihn rauf. Der Gorilla schlug mehrere

Male auf Buck ein, bevor er sich wieder von ihm erhob. Er riss die Arme hoch, brüllte mächtig, trommelte auf seine Brust und rannte davon.

Dalik arbeitete sich durch die Menge voran. Cloey rief seinen Namen und er blieb stehen. Er hielt weiter Ausschau, während Cloey zu ihm aufschloss.

»Keine Ahnung, wo er ist«, sagte Dalik.

»Ich ruf ihn mal an.«

Cloey nahm ihr Handy und suchte in ihrer Telefonliste.

Bülle bülle bülle bülle bülle. Bülle bülle bülle bülle bülle …

Teppos altes Handy lag in seinem Zimmer auf dem Nachttisch und klingelte zwischen zerknüllten Taschentüchern vor sich hin.

»Er geht nicht ran.«

»Machen wir das Beste draus und halten Ausschau, während wir uns weiter amüsieren«, sagte Dalik.

»Teppo wirbelt hier irgendwo wie der Tasmanische Teufel von den *Looney Toons* herum. Wie soll ich mich da in Ruhe amüsieren?«

»Na, der junge Herr«, begrüßte der Mann in dem Affenmaskenstand den Stabfechter. »Wie ich sehe, haben Sie schon einen langen Stock. Wenn Sie jetzt noch eine Affenmaske hätten, würden Sie dem Affenkönig fast zum Verwechseln ähnlich sehen. Na, wollen Sie nicht eine kaufen?«

Dalik überlegte nicht lange. »Immer her damit.«

Die Maske war recht teuer, dafür dass man sie mithilfe eines Gummibands befestigen musste. Aber Dalik war es einerlei. Er setzte sie auf und schaute Cloey an.

»Siehst du? Amüsieren ist ganz einfach.«

Dann stolzierte er mit geschwellter Brust, summend und voller

Tatendrang weiter. Cloey schüttelte nur den Kopf, konnte sich eines Lächelns aber nicht erwehren.

Sie kamen an einer Sitzbank vorbei, auf der ihr cholerischer Freund saß. Er spielte niedergeschlagen mit seinem Finger in dem Poloch seines Plüschaffen herum. Dalik spazierte zu ihm hin und lobte ihn für seinen Einsatz. Er lächelte ihn sogar an, aber vergaß, dass der Mann mit den Vogelnestern auf dem Kopf es durch die billige teure Maske nicht sehen konnte.

Teppo stand am Tresen einer Getränke- und Fressbude und trank Wasser aus einem Bierglas. Er hatte sich beruhigt und lehnte sich völlig fertig auf seine Arme. In der Bude brutzelte ein kompletter Giraffenhals vor sich hin. Fast die Hälfte war bereits herausgeschnitten worden.

Neben Teppo versuchte ein Besoffener stillzustehen.

Der Thekenwirt servierte gerade eine Giraffenportion an einen Kunden, als er eine speckige Jugendliche vorbeispazieren sah, die ein sehr kurzes Top trug.

»Bauchfrei sollte tragen, wer bauchfrei tragen kann«, pöbelte er sie an.

»Du kannst mich mal«, schnauzte sie zurück.

»Ne, lass mal. He!«

Der Besoffene neben Teppo hatte seine Hose heruntergezogen und strullerte gegen die Bude.

»Wring deine Pisswurzel gefälligst woanders aus!«

Der Betrunkene zog seine Hose wieder hoch, hörte dabei jedoch nicht auf zu pinkeln und torkelte davon.

»Fühlst du dich schon besser?«, erkundigte sich der Thekenwirt bei Teppo.

»Ja, das viele Wasser hat geholfen. Danke noch mal.«

»Schon okay.«

»Was für ein Energydrink.«

Teppo legte seinen Kopf auf den Tresen. Er wollte nur noch seine Ruhe haben.

»Ja, wen haben wir denn hier? So trifft man sich wieder.«

Teppo wandte sich der unbekannten Stimme zu. Er brauchte etwas, um die beiden Gesichter zuzuordnen. Der etwas Kleinere hatte einen schwachen, unausgeprägten Bartwuchs und freundliche, verspielte Augen. Irgendwie wirkte er frech. Der andere hatte eine wilde schwarze Mähne und seine Gesichtszüge waren kühl und skeptisch; sie hatten etwas Raubtierhaftes.

»Na, erinnerst du dich an uns?«, fragte der mit dem frechen Etwas. Er war es anscheinend auch, der zuvor gesprochen hatte.

»Ihr seid Kämpfer von dieser Zehn Finger-Brücke. Du hast den Affenstil, richtig? Von den zehn Brückenkämpfern hast du meinen Lieblingsstil.«

»Oh, danke sehr. Es wundert mich, dass du dich daran erinnern kannst.«

Teppo konnte sich überhaupt nicht mehr an die beiden erinnern. Er wusste noch, dass er an zehn von ihnen hatte vorbei müssen, um zur Autogrammstunde von Holly zu kommen. Ein paar Tage später dann hatte er im Internet mal nachgeschlagen, um Näheres über diese an sich interessanten Typen herauszufinden. Es hatte posende Bilder, leicht angeberische Steckbriefe und eine Geschichte der Brücke gegeben. Einiges hatte er sich merken können, trotzdem fand er es bemerkenswert, ihre Gesichter sofort wiedererkannt zu haben.

»Ich erinnere mich sogar an noch mehr. Du zum Beispiel mit deinem Pumastil hast am besten gekämpft. Ich finde, dass dir der Anführerposten gehören sollte und nicht Kleatus.«

Der Angesprochene wandte sich an seinen Freund und machte zum ersten Mal den Mund auf.

»Ich mag ihn.«

Er reichte Teppo die Hand und stellte sich vor.

»Ich heiße Raisser.«

»Teppo.«

Dann gaben sich auch Teppo und der andere die Hand.

»Gutter. Ist Teppo ein Spitzname?«

»Nö.«

»Bist du ganz alleine hier?«, fragte Raisser.

»Ich bin mit zwei Freunden da, aber ich habe sie aus den Augen verloren.«

»Die anderen acht von der Brücke müssten hier auch irgendwo auf dem Fest sein.«

»Hier verteilt einer gratis Energydrinks. Eine neue Marke namens *Space Beard*. Ich habe nur einen Schluck genommen und bin vor Energie fast durchgedreht. Wie ein Irrer bin ich herumgelaufen. Trinkt das bloß nicht. Ein Wunder, dass das Zeug legal ist. Obwohl, ist es das überhaupt?«

»Apropos wie ein Irrer herumlaufen«, sagte Gutter. »Auf der Brücke bist du einfach zwischen uns durchgehuscht wie nichts Gutes.«

»Ja, du hast uns ziemlich vorgeführt.«

»Weshalb hattest du es denn überhaupt so eilig?«

»Na ja, ich wollte unbedingt zu …«

Teppo erinnerte sich und einher kehrte auch die Trauer zurück.

»Was hast du denn auf einmal?«, fragte Raisser.

»Ich war auf dem Weg zu meiner Traumfrau. Doch ich kam zu spät. Sie war bereits weg. Und jetzt sehe ich sie vielleicht nie mehr.«

»Das ist ja furchtbar«, sagte Gutter.

»Ihr braucht euch aber keine Sorgen um mich zu machen. Ich komme schon klar.« Teppos Augen wurden ganz wässrig. »Ich bleibe tapfer und gebe die Hoffnung nicht auf. Und wer weiß, vielleicht eines Tages …«

»Das ist die richtige Einstellung«, ermunterte ihn Raisser. »Was hältst du davon, wenn du jetzt einfach mit uns mitkommst? Hier zu warten, bis deine Freunde vorbeilaufen, ist ja auch nicht das Wahre.«

»Solange wir nicht Achterbahn oder Karussell fahren, bin ich dabei.«

Teppo stand auf und wollte dem Thekenwirt zum Abschied winken, doch dieser hatte bereits wieder zu tun und schnitt gerade ein neues Stück aus dem Giraffenhals heraus.

»Was hast du gegen Achterbahnen?«, fragte Gutter, als sie ihre Füße in Bewegung setzten.

»Ich hasse sie wie die Pest. Ich finde das Gefühl im Bauch einfach nur schrecklich.«

»Aber das ist doch gerade das Witzige.«

»Nicht für mich. Ungelogen, ich würde in so einem Ding richtige Panik schieben. Ich würde mich vollkotzen, einpinkeln und einscheißen und hätte auf ewig Albträume.«

»Tja dann, auf zur Achterbahn«, sagte Raisser. »War bloß ein Scherz.«

Teppo hatte nicht erwartet, dass sich der anfangs so kalt wirkende Pumakämpfer als derart enthusiastisch, warm und heißblütig herausstellen würde und das auch noch so schnell.

An der Pferderennbude spielten die drei gegeneinander, als kennten sie sich bereits viel länger als fünfzehn Minuten. Es waren witzige Gesellen und auch Teppo schien von den beiden gemocht zu werden. Kämpfer unter sich, dachte er.

Die drei kamen an einem Zelt vorbei, das für eine Weissagerin warb. Es war mystisch geschmückt und Teppo schmunzelte, als er es sah. Raisser empfahl ihm, sich beraten zu lassen, wie es liebestechnisch in Zukunft bei ihm aussehen werde.

»Aber es ist Schwachsinn«, entgegnete Teppo. »Das sind Betrüger wie ein Haufen anderer hier auch.«

»Aber nicht jeder.«

»Okay, es gibt Ausnahmen. Die, die nicht betrügen, denken einfach nur, sie hätten tatsächlich übersinnliche Fähigkeiten.«

»Jetzt tu es einfach.«

Teppo ließ sich breitschlagen. Er begab sich ins Zelt und zahlte den unverschämten Preis. Raisser und Gutter warteten draußen. Als Teppo nach einigen Minuten wieder herauskam, fragten sie ihn interessiert aus.

»Sie meinte, fünf Engel würden über mich wachen. Die höchste Anzahl an Schutzengeln, die sie jemals bei jemandem gesehen hätte. Bla, bla, bla. Was ein Blödsinn.«

»Wow.«

»Cool.«

»Ja, wow und cool. Wollen wir jetzt wieder etwas mit mehr Sinn machen? Ich habe keine Lust mehr, mein Geld für dumme Dinge auszugeben.«

Kurze Zeit später warfen die drei nacheinander in einer Bude auf Dosen. Als Teppo an der Reihe war, wanderte sein Blick mehrmals zu zwei hübschen jungen Frauen, die sich neben ihm beim Dosenwerfen versuchten.

»Die sind ganz schön süß«, flüsterte ihm Raisser zu.

Teppo nickte.

»Sprich sie doch an.«

Teppo schüttelte leicht errötet seinen Kopf.

»Mach dir keine Sorgen wegen deiner Traumfrau. Ihr seid nicht zusammen, also ist es auch kein Betrügen. Es gibt viele schöne Blumen, an denen man schnuppern kann.«

»Darum geht es nicht. Ich bin einfach schüchtern.«

»Die gefallen dir doch, oder?«, mischte sich Gutter ein. »Also ran da.«

Raisser und Gutter nahmen etwas Abstand von Teppo und überließen ihm die Bühne. Doch er wirkte, als könnte er noch weitere Hilfe gebrauchen, also versuchten sie, ihn mit ermunternden Gesten zu beflügeln. Und siehe da, es half. Teppo schaute die attraktiven Frauen nun mit einem entschlosseneren Blick an. Er überlegte kurz und schmiss einen Ball auf die Dosen vor sich. Dann dachte er weiter darüber nach, wie er die Weibchen ansprechen sollte. Er kam nicht einmal mehr zu einer Entscheidung, da spazierten sie bereits wieder davon.

»Lass den Kopf nicht hängen«, tröstete ihn Raisser. »Manche Menschen sind halt schüchtern. So ist das eben. Es gibt ja auch Frauen, die auf schüchterne Kerle stehen.«

»Einziger Nachteil:«, mischte sich Gutter wieder ein, »Alles muss auf dich zukommen. Pass auf. Du holst dir da drüben erst mal eine Stachelschweinbratwurst auf meine Kosten, wartest dort auf uns, und wenn du mit Essen fertig bist, kannst du dich vor Frauen nicht mehr retten.«

Gutter drückte Teppo ein paar Münzen in die Hand und schubste ihn in Richtung einer Imbissbude.

Die Stachelschweinbratwurst war gut, verdammt gut sogar und Teppo mümmelte sie ziemlich schnell weg. Er atmete sie schier ein und holte sich daraufhin sofort noch eine.

Er schaute sich um, biss ab und kaute. Es war wirklich ein schönes Fest, fand er.

Dann entdeckte er seine zwei neuen Freunde. Sie waren nicht allein. Sie hatten mehrere Vertreter des weiblichen Geschlechts im Schlepptau. Teppo traute seinen Augen nicht. Gutter und Raisser kamen grinsend anspaziert, begleitet von Ceytea und ihrer Clique.

Mary, Carrie, Nancy und Annie trugen normale Kleidung, Ceytea hingegen wie sonst auch ihr zum Teil schon zerrupftes Hochzeitskleid. Ihre Smokey Eyes waren verschmiert und ihre Haare wüst. Jedes Mal stellte sie ein sonderbares Bild dar und Teppo erinnerte sich nur zu gut, wie sie und ihre Freundinnen ihn aufgemischt hatten. Seither hatte er immer (außer dem einen Mal, als er sie vor einem Typen beschützt hatte) versucht, einen Bogen um sie zu machen. Auch heute hatten sie wieder ihre Baseballschläger dabei.

»Ich habe es dir ja gesagt«, sagte Gutter stolz. »Meine Damen, das ist Teppo. Das sind Ceytea, Mary, Carry, Nancy und ... entschuldige.«

»Annie.«

»Annie«, wiederholte Gutter.

»Hi, Teppo«, sagten die Frauen im Kanon.

»Hi«, begrüßte sie Teppo und hob dabei verunsichert die Hand.

Dann nahm er Gutter und Raisser zur Seite, sodass das Weiberrudel sie nicht hören konnte.

»Hört mal. Ich kenne die von meiner Schule und wir sollten uns besser nicht mit denen –«

»Du gehst noch zur Schule?«, fragte Gutter. »Wie alt bist du denn, wenn ich fragen darf?«

»Ich bin schon –«

»Gutter und Raisser haben uns erzählt«, sagte Ceytea laut und Teppo fühlte einen Eiswürfel seine Wirbelsäule entlangrutschen, »dass du etwas niedergeschlagen seist. Mit Herzschmerzen kennen wir uns gut aus. Wie wär's, wenn wir dir so lange Softeis ausgeben, bis dir nur noch dein schmerzender Magen Sorgen bereitet?«

»Ihr seid ja Engel!«, platzte es begeistert aus Teppo heraus.

Mit einem Mal waren seine Sorgen bis auf Weiteres hinten angestellt. Die anderen freuten sich mit ihm und zu acht zogen sie denn weiter.

An einer anderen Stelle auf dem Fest hatte auch der ausgebrochene Gorilla seinen Spaß. Er war nicht mehr aggressiv und fuhr mit der Achterbahn. Die Kinder liebten ihn ganz besonders. Nach der Fahrt spielten sie zusammen. Der Gorilla genoss die Zuneigung, ließ sich sein Fell streicheln und sogar sein Gesicht anfassen. Wenn die Kinder ihn kniffen, schnaubte er sie an, zeigte seine Zähne und kniff demonstrativ zurück. Ein Kind begann folgend zu heulen, woraufhin seine Mutter es auf den Arm nahm und mit dem angeblichen Mann im Gorillakostüm schimpfte. Dem Gorilla war ihre Meinung egal, Hauptsache das nervige Balg belästigte ihn nicht mehr. Die anderen Kinder hatte er lieber. Er mochte es, wie es kribbelte, wenn sie ihn kitzelten. Er hob sie hoch, als wögen sie nichts. Wenn sie dabei Angst hatten, war es besonders witzig. Er ließ sie an sich herumklettern und zeigte eine liebevolle Geduld. Die Eltern und anderen Marktbesucher richteten kleine Gegenstände auf ihn; manche blitzten. Er fragte sich, warum sie nicht mitspielen wollten.

Dann kam ein Mann angerollt. Grasshopper hielt mit seinem Verkaufswagen an, um sich das Gorillaspektakel anzusehen.

»Das muss in dem Kostüm ja unfassbar heiß sein«, sagte er nach einer Weile. Der Gorilla wandte sich ihm zu und betrachtete neugierig dessen grüne Haare. »Hier, zur Abkühlung.«

Da so viele Kinder an und auf ihm herumwuselten, konnte der Gorilla die Dose nicht fangen. Sie prallte gegen seine Brust und fiel vor seine Füße. Desinteressiert, dass der merkwürdige Mann ihn gerade mit etwas abgeworfen hatte, hob er die Dose auf und untersuchte sie mit Augen, Nase und, nachdem er sie geschüttelt hatte, auch mit den Ohren.

»Bitte nicht unverdünnt trinken. Wenn Sie nicht herzkrank sind, dann könnten Sie es danach werden. Also – Oha!«

Der Gorilla klackte die Dose auf und leerte sie innerhalb kürzester Zeit in einem Zug.

Dann ging es los. Er zerdrückte die Dose wie ein Blatt Papier und begann, die Kinder brutal von sich herunterzuschmeißen. Panik breitete sich aus. Die Menge schrie und lief furchtsam davon. Die Eltern, die ihre weinenden und zum Teil verletzten Kinder schützen wollten, wurden sogleich mit ihnen geschlagen. Der Gorilla prügelte wie ein Hurrikan auf alles und jeden um sich herum ein. Einer filmte mit seiner großen Kamera vehement weiter. Der Gorilla zertrümmerte die Linse und bahnte sich sodann brüllend seinen Weg durch die kreischende Menge.

Der Rektor von Teppos Schule schlug gegen die Keule der Boxmaschine. Ein Mann mit tigerfarbenen Ärmeln hielt an, um sich anzusehen, wie viele Punkte er erreichte. Der Rektor sah ihn nicht, doch wenn er es täte, würde er sich vielleicht an seinen ehemaligen Schüler erinnern, der mittlerweile zweimal die Woche auf einer hoch angesehenen Brücke Wache stand.

Die Zahl, die der Rektor durch seine rote Sonnenbrille lesen musste, gefiel ihm nicht sonderlich. Sein Beobachter war ebenfalls unbeeindruckt und setzte seinen Weg fort.

»Ich hol mir jetzt den Rekord«, spornte sich der Rektor an und warf eine weitere Münze ein.

Plötzlich stürmte der durchdrehende und wütende Gorilla herbei. Der Rektor konnte gar nicht so schnell gucken, da hob ihn der Gorilla bereits hoch und schmiss ihn Kopf voran gegen die wegklappende Keule und den dahinter befindlichen Apparat selber.

Die Brille ging zu Bruch und vielleicht auch einiges anderes, aber der alte Rekord ward gebrochen.

Cloey und Dalik saßen im Riesenrad und hielten Ausschau nach Teppo. Da war auch jemand, der sich wie er verhielt, nur hatte bei

Teppo nicht solch eine Panik bei den Leuten vorgeherrscht.

»Ist das ein Gorilla?«, fragte Dalik ungläubig.

»Der muss wohl irgendwo ausgebrochen sein.«

»Wir müssen hier sofort raus und helfen.«

»Dalik, das ist ein wütender Gorilla. Da kannst du nicht viel tun außer weglaufen.«

»He, Meister!«, rief er zu dem Mann am Bedienpult herunter. »Halten Sie sofort das Ding an!«

Die Gondel schaukelte wild hin und her und Cloey krallte sich an den Bügel.

»Hör auf so zu wackeln!«

Der Gorilla würgte gerade einen Sicherheitsmann, als Dalik herbeigeeilt kam. Ruhig näherte er sich dem geschätzt um die zweihundert Kilogramm schweren Wüterich. Der Gorilla schaute sich den Mann in der grünen Robe an und ließ den bewusstlosen Sicherheitsmann los. Er konzentrierte sich nun ganz auf den Neuen. Dieser hielt einen Stock in der Hand und bewegte sich auf ihn zu. Anscheinend wollte er Stress, aber als er sein Maul aufmachte, hörte der Gorilla nur sanfte Laute.

»He, mein Junge. Ganz ruhig. Ich bin dein Freund. Beruhige dich bitte.«

Die beiden standen nun sehr nah beieinander. Der Mann in Grün streckte freundschaftlich und Frieden suchend seine Hand aus. Der Gorilla hingegen huschte nach vorne und versuchte, Dalik mit einer gewaltigen Schelle eine zu klatschen. Der Schlag war vorhersehbar und Dalik wehrte ihn mit seinem Stab ab. Er wich ein Stück zurück und sagte: »Hör besser auf damit. Ich will dir nicht wehtun.«

Der Gorilla griff erneut an.

Seine Kraft war enorm und seine Aggressivität Angst einflößend, dennoch konnte Dalik ihn dominieren. Anfangs verpasste er ihm nur Treffer, um ihm aufzuzeigen, dass er der Überlegene war. Aber als er erkannte, dass der Gorilla sich davon nicht aufhalten ließ, versuchte er, ihn mit ernst gemeinten Schlägen zur Räson zu bringen. Doch vergebens. Der Gorilla spürte die Treffer nicht mal richtig und griff weiter an, bis er es schaffte, Dalik von den Beinen zu hauen.

So außer sich, den grünen Mann endlich getroffen zu haben, rannte der Gorilla einfach wieder davon.

Dalik hielt sich die Rippen, richtete sich auf und nahm die Verfolgung auf.

Eine oder beide Hände vor die Füße und schon ging die Lutzi ab. Der Gorilla bahnte seinen massigen Körper durch die Reihen der unwissenden oder zu langsamen Festbesucher. Sie flogen nicht weniger schwer zur Seite als Pappaufsteller.

Der Gorilla verließ kurzerhand die geschmückten Straßen und flüchtete, die Tür auframmend, in ein angrenzendes Mehrfamilienhaus.

Dalik ließ ihn nicht aus den Augen und lief ihm eisern hinterher.

Irgendwann, nach einer unbestimmten Anzahl an bestiegenen Stufen, beschloss der Gorilla, in einer der Wohnungen Schutz zu suchen. Mit seiner Schulter und dem monströsen Schädel schmetterte er die Tür aus ihren Angeln und stieg ins Innere ein.

Als der Konkaimönch die aufgebrochene Tür sah, ging er hinterher. Er lauschte, aber konnte den Gorilla nicht mehr hören. Er sah sich vorsichtig um, denn er wusste, ein Fehler und – Sifu Konkai bewahre – es konnte sein Ende sein.

Als er das Wohnzimmer betrat, sah er ihn. Der Gorilla war auf einen hohen Schrank geklettert und lungerte seinem Verfolger auf.

Er sprang in einem weiten und hohen Bogen herunter und wollte Dalik unter sich begraben. Doch dieser wich ohne Probleme aus und der Gorilla brach neben ihm durch den Boden.

Mario und Daisy führten ein längst überfälliges Gespräch. Er hatte einen dicken Bauch, einen Schnurrbart und schwitzte bereits unter seiner roten Schirmmütze. Sie hingegen war sehr gutaussehend, hatte lange brünette Haare und war größer gewachsen als ihr Gegenüber. Nichtsdestotrotz hatte sie sich lange auf der Nase herumtanzen lassen, aber heute hatte sie endlich den Mut zusammengenommen und stellte sich seinem Machogehabe.

»Wie, du willst die Scheidung?«, fragte er geschockt und wütend.

»Du behandelst mich nur noch wie dein Dienstmädchen. Ich lasse mir das nicht mehr bieten. Ich habe etwas weitaus Besseres verdient.«

»Glaub mir, das wird noch ein Nachspiel haben.«

Plötzlich gab es einen lauten Aufprall. Aber noch bevor dieser verhallt war, krachte der Gorilla durch die Decke und landete auf der schlanken Daisy.

Der Gorilla richtete sich leicht irritiert auf, rannte aber sogleich weiter. Da der dicke, kleine Mann ihm im Weg stand, klatschte er ihn um.

Dalik sprang durch das Loch. Er landete in einer tiefen Hocke. Seine Knie und Rippen bedankten sich herumfluchend. Er registrierte die zwei am Boden liegenden Körper, nur hatte er keine Muße, seine Beute entkommen zu lassen, und lief lieber dem gewaltigen Fellknäuel hinterher, bevor dieser noch mehr Unheil anrichten konnte.

Teppo hielt einen großen Holzhammer in den Händen. Er stand vor einem Hammerschlagmesser und war drauf und dran, Lukas eine zu hauen.

»Gewinn was für mich«, sagte Ceytea.

Sie und die anderen schauten zu und waren gespannt, wie gut Teppo abschneiden würde. Bei so vielen Zuschauern und einem vermeintlich peinlichen Versagen wurde Teppo sogar dezent nervös.

Er packte fest den Hammer, spannte kurz zum Aufwärmen seine Muskeln an, holte aus und schlug auf den gefederten Kopf. Das Gewicht wurde in die Luft katapultiert und das beglückwünschende und erleichternde Klingen der Glocke ertönte.

Ceytea klatschte, während Gutter und Raisser grölten. Teppo erhielt einen Plüschkatta und überreichte ihn sogleich der begeisterten Ceytea. Sie wollte sich gerade bedanken und ihn umarmen, da wandte er sich ihren vier Freundinnen zu.

»Wer will noch so einen Affen?«

Dann jedoch hielten sie inne. Sahen sie da gerade richtig? Ein monströser Gorilla lief an ihnen vorbei. Und nur kurze Zeit später passierte sie auch ein Mann in einer Mönchsrobe. Er schien in Hektik zu sein und den Gorilla zu verfolgen.

Ein Weilchen später hielt der Gorilla an. Er hatte keine Lust mehr wegzulaufen. Er hämmerte wütend auf den Boden und raste retour auf Dalik zu.

Dieses Mal hielt sich Dalik von Anfang an nicht mehr zurück. Er schlug dem Gorilla seine Waffe auf den Leib und um die Ohren und ließ ihn, wenn möglich, nicht nah an sich herankommen. Wenn es dem Gorilla dennoch gelang, blockte Dalik primär ab und suchte wieder etwas Abstand. Der Gorilla besaß eine ungeheure Stärke und es wäre nur allzu fatal, einen Treffer für einen Gegentreffer zu riskieren.

Daliks Angriffe besaßen Kraft, aber weshalb auch immer zeigten sie bei diesem manischen Tier nahezu keine Wirkung. Der Gorilla unterlag zwar den Stabhieben und wurde nach hinten oder zur Seite gedrängt, dennoch griff er ohne Unterlass an. Musste Dalik ihm etwa die Zähne ausschlagen, damit er endlich friedlich würde?

Mit einem Mal tauchte hinter dem Gorilla wie aus dem Erdboden der hochspringende Teppo auf. Er hielt einen Holzhammer in den Händen, holte aus und haute dem Gorilla beim Landen mit aller Kraft auf den riesigen Schädel. Der Gorilla machte keine Anstalten mehr und versank augenblicklich in die Bewusstlosigkeit.

Nacheinander gesellten sich auch Raisser, Gutter, Ceytea, ihre Clique und letztlich auch Cloey zu den beiden hinzu.

»Teppo, du hast echt einen Gorilla ausgeknockt?«, fragte die Sweeperin mit den drei Zöpfen außer Atem.

»Wer ist die denn?«, fragte Ceytea abfällig ihre Freundinnen.

»Ein Holzhammer«, sagte Teppo. »Die beste Waffe der Welt.«

Dalik schaute überrascht ob dieser Info.

»Etwa auch besser als ein Stab?«

»Auf jeden Fall.«

»Ernsthaft? Nein! Wirklich? Vielleicht sollte ich dann darauf umsteigen.«

»Wär wohl besser.«

»Lass dich nicht ärgern«, sagte Cloey. »Zu dir gehört ein Stab. Teppo verarscht dich nur.«

Teppo grinste. »Es ist einfach zu einfach. Oder sollte ich besser sagen: Dich reinzulegen, ist der Hammer?«

»Nicht witzig«, sagte Cloey.

»Das kannst du besser«, schloss Dalik an.

»Ach, kommt schon. Solche Flachwitze müssen auch mal sein. Wieso geht ihr denn jetzt?«

Cloey beugte sich zu Dalik herüber.

»So ärgert man ihn am besten. Nicht über seine Witze lachen

und einfach ignorieren.«

Dalik nickte und sie spazierten weiter davon.

Gutter hatte sich neben den Gorilla hingehockt und betrachtete ihn argwöhnisch.

»Und was sollen wir jetzt mit ihm machen?«, fragte er.

»Ich glaube«, sagte Raisser, »irgendwer sollte irgendwo anrufen.«

Carrie griff in ihre Tasche und holte ihr Handy heraus. Sie wollte gerade wählen, da bewegte sich der Gorilla. Gutter verlor vor Schreck die Balance und landete auf seinem Hintern. Er robbte nach hinten, stand hastig auf und suchte noch mehr Abstand. Ceytea umfasste Teppo, doch dieser schüttelte sie von sich ab, drückte sie hinter sich und umklammerte nervös den Holzhammer.

Der Gorilla kam wieder zu sich. Ihm schien der Schädel zu brummen. Er umfasste ihn und nahm die Maske ab. Der Mann darunter war vollgeschwitzt und völlig fertig.

»So, für heute genug Werbung für meinen Zoo gemacht«, redete er zu sich selbst, ohne auf die überfragten Gesichter zu achten.

Noch leicht wackelig stand er auf und stapfte sodann von dannen.

»Was war das bitte für ein Energydrink?«

Grasshopper kam total erschöpft nach Hause in sein tristes Wohnzimmer. Er hing seine Jacke auf und setzte sich auf das Sofa. Er schaute vor sich auf den Tisch. Da stand eine Dose *Space Beard*.

»Was ist das denn?«

Verwirrt und neugierig zugleich öffnete er sie und trank davon.

Eine Explosion an Lichtern und grell leuchtenden Farben durchflutete das Zimmer. Ein Schlagzeug und ein Bass setzten ein in einer wahnwitzigen Spielfreude. Eine Discokugel fuhr von der Decke herab und spiegelte die unzähligen Lichter epileptisch wider.

Eine Gitarre begann, kratzig und irre zu spielen. An der Wand hinter Grasshopper erschienen zwei gigantische Augen. Jedes suchte eigenmächtig und hibbelig den Raum ab. Weitere Instrumente kamen hinzu, eines chaotischer und an der Grenze zum Schmerz näher als das andere. Grasshopper sprang hyperenergisch herum.

Man hörte ihn reden, ohne dass er seinen Mund bewegte.

»Ich sage Ihnen, was das ist. Es ist der brandneue, eure Müdigkeit wegfickende, Intelligenz und Kraft boostende, kurzum megageniale Energydrink *Space Beard*. *Space Beard* sprengt nicht nur in null Komma nichts die Grenzen des menschlichen Körpers, nein, dieses Zeug sprengt Sie gleich mit weg. Uh yeah! Und wie schmeckt er?«

Grasshopper blieb stehen und nahm einen erneuten Schluck.

»Sehr lecker«, pries er in Richtung der vierten Wand.

Man sah noch sein in Stein gemeißeltes Lächeln, dann war er weg und nur noch der Tisch war zu sehen.

Grasshoppers stark zitternde Hand stellte die Dose ab und zog sich wieder zurück.

»*Space Beard*. Out now.«

Die Musik endete, das Gesehene verschwand und machte einem Text und einer emotionsneutralen Stimme Platz:

»Führende und Untergrundärzte raten Kindern, schwangeren und nicht schwangeren Frauen, herzkranken sowie allgemein gesunden Menschen stark von Space Beard ab. Wenn Sie es nicht verhindern können, nur extrem verdünnt trinken. Space Beard fügt Ihnen und den Menschen in Ihrer Umgebung erheblichen Schaden zu. Nur trinken, wenn Sie ein richtiger Bad Ass sind und keine Pussy.

Vorsicht!

Space Beard kann unter normalen Umständen zum Tod führen.

Uh yeah!«

Teppo schaute, als hätte er einen Geist gesehen, und schaltete den Fernseher ab.

Kapitel elf:
JERICHO

Keine Schmerzen mehr. Alles war verheilt. Die Bandagen waren fort. Dalik konnte sich frei bewegen und brannte darauf, es auch zu tun. Er ging alle ihm bekannten Drills und Bewegungsabläufe, sogenannte *Tao Lus,* durch, bis sich sein Körper erschöpft für das Spielen mit ihm bedankte.

Oft trainierte er im Hof, inmitten der drei Gebäude der Mietskaserne, wo er und Cloey wohnten. Seine Erscheinung und zauberhaften Fähigkeiten brachten ihm nahezu jedes Mal Zuschauer ein. Seine Nachbarn standen an ihren Fenstern oder auf den Balkonen und beobachteten ihn gebannt. Irgendwie nervte es den Konkaimönch, aber irgendwie war es ihm auch egal.

Es war Nacht. Cloey hatte sich in ihr Bett gemümmelt und schlief traumvoll dahin. Dalik stand neben ihr. Er beobachtete sie weitaus kürzer, als es ein gewöhnlicher Mann getan hätte. Er beugte sich zu ihr hinab und schüttelte sie leicht. Sanft wäre anders gewesen.

»Cloey«, sagte er ruhig. »He. Wach auf.« Dann etwas lauter: »Cloey, wach auf.«

Cloey wachte auf. Mit zusammengekniffenen Augen blickte sie in Daliks Gesicht. Es war erschreckend groß, denn er war ziemlich nah.

»Dalik, was willst du?«, grummelte sie genervt und knipste ihre Nachttischlampe an.

Dalik richtete sich auf und hielt Cloey eine Steckbriefkarte hin.

»Lass bitte das unsere nächste Zielperson sein.«

Cloey stemmte sich gähnend in eine Sitzposition. »Und dafür weckst du mich mitten in der Nacht?«

»Ich konnte nicht einschlafen, also habe ich mir noch einmal deine Steckbriefkartei angesehen. Und da stach er mir ins Auge.«

Cloey griff sich die Karte aus Daliks Fingern.

»Jericho Manja?«, sagte sie. »Du hast wohl 'nen Vogel.«

Dann legte sie die Karte auf ihren Nachtschrank und knipste das Licht wieder aus.

»Bist du einverstanden?«, fragte Dalik.

Cloey kuschelte sich zurück in ihr Kissen. Sie schloss ihre Augen und versuchte, ihre Träumerei wieder aufzunehmen.

»Das muss ich mir noch in Ruhe überlegen. Morgen. Und jetzt geh gefälligst ins Bett.«

»Aber ich bin viel zu aufgeregt, um überhaupt ans Schlafen denken zu können.«

Nicht lange später war auch Dalik in den Schlaf eines körperlich Erschöpften versunken. Er schnarchte vor sich hin, während die Räucherstäbchen auf seinem selbst errichteten Schrein noch brannten. Der Schrein war unverhältnismäßig kleiner als der im Tempel. Doch er reichte, er erfüllte seinen Dienst. Wenn Dalik Lust verspürte, betete er, zum Symbol seines Tempels gerichtet, legte seine Sorgen und seinen Dank dar. Er bat Sifu Konkai um seinen Segen und Beistand von der Geisterwelt aus oder von wo auch immer er sich gerade aufhielt. Dalik hoffte, dass er ihn auch hörte.

Cloey und Dalik saßen auf dem Sofa, sie mit überschlagenen Beinen, er im Schneidersitz. Erwartungsvoll schaute er sie an.

»Wieso gerade ihn?«, fragte Cloey und nahm einen Schluck ihres schaumigen Cappuccinos. »Ist es wegen der 95.000 Sinner oder weil er ein berüchtigter Speerkämpfer ist oder bist du einfach nur lebensmüde?«

»Ähm, die ersten zwei. Wenn jemand mit einer Stangenwaffe kämpft, muss ich einfach wissen, wer der Bessere von uns beiden ist. Der Grund ist mir sogar noch wichtiger als die Tatsache, dass ich mit einem Fang von 95.000 Sinner Teppos Rekord von 70.000 um ein gutes Stück brechen würde.«

»Also wäre für dich diese Kopfgeldjagd quasi zwei Wettstreitigkeiten in einem.«

»Richtig. Zwei Hürden mit einem Sprung. So eine Chance möchte ich mir nicht entgehen lassen.«

»In Ordnung. Also lass uns Jericho jagen.«

»Ja!«, sagte Dalik und zeigte seine Freude.

Doch Cloey war alles andere als begeistert von dieser Idee.

»Hör zu«, sagte sie ernst. »Hier einige Infos zu seiner Person. Dass er immer mit einem Speer kämpft, hast du ja bereits seinem Steckbrief entnommen, aber weißt du auch, von wem er diese Kampfkunst gelernt hat? Von seiner Mutter, Balsa Manja.«

»Moment. Wird er nicht wegen der Ermordung an seiner Mutter gesucht?«

»Das ist korrekt. Anscheinend wollte er eines Tages herausfinden, ob er es mit ihren Fertigkeiten aufnehmen kann, und erstach sie im Kampf. Ziemlich heftig, oder?«

Daliks Stirn legte sich in Gruben. »Die eigene Mutter und Lehrmeisterin, also zwei Personen, denen man eigentlich nichts als Respekt, Ehrerbietung und Dankbarkeit zollen sollte, umgebracht, nur um seine eigene Stärke zu testen? Das widerspricht jeglichen Prinzipien eines ehrenvollen Kriegers. Ich kann dem irgendwie keinen Glauben schenken.«

»Glaub es lieber. Die Beweise waren eindeutig. Du solltest dich an den Gedanken gewöhnen, dass wir es in unserem Beruf fast ausschließlich mit Leuten zu tun haben, die schlimme Dinge angestellt haben und sich weigern, dafür die Verantwortung zu übernehmen. Deshalb sind sie auf der Flucht. Unsere Aufgabe ist es, dass den Opfern Gerechtigkeit widerfährt und die Täter davon abgehalten werden, weitere Verbrechen zu begehen.«

»Wenn du das so sagst, schäme ich mich direkt für meine Gründe.«

»Schlussendlich sind deine favorisierten Gründe völlig egal, denn das Resultat ist das gleiche. Du tust sowieso das Richtige, ob nun mit dem Wettkampfgedanken an Teppo, des Geldes wegen oder weshalb auch immer. Die Kriminellen werden dingfest gemacht. Mach dir wegen so etwas bloß keinen Kopf. Dir soll der Job ja auch Spaß machen. Außerdem bist du, falls es dich beruhigt, der gutherzigste Mensch, den ich kenne.« Dalik lächelte. »Zurück zu Jericho. Nach dem Mord an seiner Mutter, trieb er sich hie und da herum. Er bleibt nie allzu lange an einem Ort. Um über Wasser zu bleiben, übernimmt er hin und wieder Leibwächterjobs für Mafiabosse, deshalb ist sein Kopfgeld auch so immens hoch. In der Unterwelt heißt es, wenn Jericho einen beschützt, brauche man sich für diesen Zeitraum keinerlei Sorgen zu machen.«

Cloey nahm einen weiteren Schluck ihres Cappuccinos. Der Schaum haftete noch an ihren Lippen und sie leckte sie sauber. Dann stellte sie die Tasse ab und schob Dalik ein paar Zettel in einer Mappe zu.

»Hierauf stehen frühere Aufenthaltsorte sowie Personen, zu denen er wahrscheinlich Kontakt hatte. Zudem noch ein Busfahrplan, damit du dahin findest.«

»Du kommst nicht mit?«, fragte Dalik irritiert.

»Nein. Ich habe heute wichtige Termine. Und da du ja nicht bis morgen warten möchtest beziehungsweise ich allgemein sinnvollere und Erfolg versprechendere Investitionen mit meiner Zeit anstrebe und deshalb keine Intention verspüre, diesem nur schwer zu fangenden Fisch hinterherzuangeln ohne besondere Kenntnisse seines Aufenthaltsortes, bist du auf dich allein gestellt.«

Dalik schaute verdutzt. »... Das ... war ein ganz schön langer Satz.«

Der Bus war mäßig gefüllt. Dalik saß an einem Fensterplatz. Sein Stab stand neben seinem Beutel zu seinen Füßen und lehnte gegen seine Schulter. Dalik sah aus dem Fenster und stützte seinen Kopf an seinem langen Begleiter ab.

Die vorbeiziehenden Gebäude und Menschen wurden rarer und rarer, bis sie schließlich wieder zunahmen. Mit der Zeit stiegen immer mehr Leute ein. Weiter vorne im Bus sah er, wie eine alte Frau mit dazustieg. Sie war klapprig und schlecht auf den Beinen. Niemand der Sitzenden stand auf, um ihr Platz zu machen. Dalik vermutete, dass es entweder daran lag, dass die anderen Mitfahrenden sie noch nicht bemerkt hatten oder selbst Probleme hatten zu stehen.

Er wollte der alten Frau gerade zurufen, dass der Sitz neben ihm noch frei sei, als sich eine brechwürdige Gestankwolke manifestierte und ein abgeranzter, dicker Obdachloser neben ihn setzte.

Daliks Speiseröhre spannte sich unangenehm an, als wollte sie aus seinem Hals in die Freiheit nach draußen an die frische Luft flüchten. Er hielt sich die Nase zu und sah, wie die anderen Fahrgäste Abstand nahmen.

Der Bus setzte sich wieder in Bewegung. Dalik drückte sich, so gut es ging, an die Fensterseite. Er kämpfte mit seiner Atmung und vermied es, den menschlichen Mülleimer anzusehen, denn wann immer er es tat, entdeckte er etwas neues Schockierendes. Ob es angesammelte Popel in seinem Bart waren, ein vor Schmalz triefendes Ohr oder braune Substanzen in unterschiedlichen Aggregatzuständen an seiner winterlichen Kleidung.

Irgendwann schließlich, nach einer quälend langen Zeit, stoppte der Bus an der nächsten Haltestelle. Dalik war noch fernab seines Ziels, doch er hielt es nicht mehr aus. Er schnappte sich seinen Beutel, kletterte recht ungeschickt über die Lehne des Vordersitzes und bewegte sich Richtung Tür. Mit seinem Stab stieß er an mehrere Mitfahrer und rempelte auch einige leicht an. Sie beschwerten sich, aber Dalik entschuldigte sich nur halbherzig. Er wollte einfach nur hier raus.

Zurück an der frischen Luft schnappte er nach ihr, wie Verliebte es tun, wenn sie sich eine lange Zeit nicht gesehen haben.

Der Gestank und Ekel setzten ihm auch noch ein ganzes Weilchen danach zu. Er musste an Cloey denken, wie sie ihm einst abgeraten hatte, einem Obdachlosen Kleingeld zu geben. Was für ein Schwachsinn eigentlich. Diesem Landstreicher gäbe er all sein Geld, wenn er sich ihm dafür nur nie wieder nähern würde.

Cloey musste aus irgendeinem Grund niesen.

»Gesundheit«, sagte der gutaussehende Masseur und fragte sie sogleich, ob sie ein Taschentuch brauche.

»Nein, danke«, sagte sie und entspannte wieder auf der Liege.

Sie ließ sich den Rücken durchkneten und versank in den Annehmlichkeiten des Spas.

Hellgraue Wolken schwebten am Himmel, doch Dalik schien die Sonne ins Gesicht. Sein Kopf war leicht gesenkt, um nicht geblendet zu werden. Er spazierte eine Straße entlang und beobachtete seine Umgebung. Seinen Beutel hatte er um seinen Leib geschnallt. Seine Robe und der Stab waren ein kleiner erheiternder Blickfang, nur war Daliks erwidernder Blick eher ernst, denn er konzentrierte sich auf etwaige (und unwahrscheinliche) Indizien auf den Aufenthaltsort seines Kopfgeldträgers.

Einige Meter vor sich sah er einen Mann auf einer hohen Leiter stehen. Er reparierte etwas oder brachte ein Schild an. In jedem Fall liefen die Passanten vor Dalik unter der Leiter hindurch.

Ja, sind die denn irre?, fragte sich der Mönch. *Haben die denn keine Augen im Kopf? Das ist gefährlich. Unter einer Leiter hindurchzulaufen, bringt Pech.*

Dalik ging mit gutem Beispiel voran und machte einen Bogen

um die Leiter.

Der Jacuzzi griff Cloey mit Blubberblasen an und sie liebte es. Zunächst saß sie einfach da im angenehm heißen, wohlriechenden Erholungsbad, doch ihr Körper wurde derart durchgewühlt, dass sie nicht anders konnte, als immer weiter, leicht grinsend, in die Waagerechte überzufließen.

Danach war ihr Körper wie eine Feder. Sie nutzte es aus und machte ihn noch leichter, indem sie ein paar Runden im edlen Swimmingpool drehte. Ihren nassen Körper ließ sie auf einer der vielen Liegen trocknen, während sanfte Ozeangeräusche sie in ein Nickerchen lullten.

Die Zeit zog fort und je forter sie zog, desto näher drängte sich der anstrengende Missmut auf. Dalik hatte keinen Plan von gar nichts. Er wusste und realisierte aufs Neue, wie aufgeschmissen er ohne Cloey war. Er überlegte, sie anzurufen, negierte jedoch diese kleine Schmach und wollte sich noch ein wenig mehr Zeit geben.

Er gelangte in eine Gasse. Sie war nicht sonderlich gut ausgeleuchtet. Sie war ein sonnenloser, schmutziger Ort, ein Rabe zwischen Schwänen.

Vor blechernen Mülltonnen leckte eine Katze etwas vom Boden auf. Als sie Dalik hörte, versuchte sie mehrmals, in dieses Etwas hineinzubeißen und damit abzuhauen, doch sie bekam es nicht richtig zwischen ihre Zähne gepackt und lief ohne es davon.

Dalik machte einige Schritte darauf zu. Er wollte wissen, was dort auf dem Asphalt lag. Dann jedoch stolzierte leise ein hagerer Kerl aus einer Seitenstraße herbei. Er trug einen billigen, aber sauberen Anzug, der ihm ein bisschen zu groß war. Seine Haare waren streng nach hinten gegelt. Mit der Zunge tastete er sein Zahnfleisch ab, wodurch sein dünner, leicht gekrümmter Schnurrbart auf und ab wellte.

Als er den Mann in der grünen Robe sah, schob er seine schmalen Lippen auseinander und zeigte ein Grinsen mit unzähligen winzigen Zähnen.

»Hey, mein Freund«, sagte er und wechselte die Richtung.

Dalik ging ihm nicht entgegen, aber er erwiderte die Begrüßung. Kaum war diese ausgesprochen, redete der Mann mit dem bescheidenen Schnurrbart weiter. Seine Stimme hatte etwas Eigenartiges. Sie war sehr einladend und mitreißend, und irgendetwas war noch in ihr verborgen. Dalik konnte es nicht zuordnen, aber in jedem Fall war der Mann vor ihm sehr freundlich.

»Das ist wirklich ein tolles Outfit, was du da anhast«, schmeichelte ihm der Mann. »Sieht richtig gut aus. Wow.«

»Danke.«

»Oh, aber wie ich sehe, hast du gar keine Armbanduhr. Das geht doch nicht. Ein Mann wie du mit solch einem ausgereiften Sinn für Etiquette und Modebewusstsein braucht doch eine Armbanduhr.«

»Findest du?«

»Aber jaaa. Jeder Mann, der etwas auf sich hält, trägt eine Armbanduhr. Und hast du ein Glück, dass ich welche verkaufe.«

»Ernsthaft?«

Eine plötzlich aufkommende Begeisterung ließ Daliks leicht betrübtes Gemüt wieder etwas aufleuchten. Was für ein Glück er doch hatte. Die anderen, die unter der Leiter hindurchgelaufen waren, würden sich bestimmt in den Hintern beißen, wenn sie hiervon erführen.

»Aber jaaa«, bestätigte der Mann. »Und heute ist ein ganz besonderer Tag. Du hast aber auch ein Glück. Nur heute habe ich ein Super-Ultra-Mega-Sonderangebot für dich.«

»Und wie lautet dieses Super-Ultra-Mega-Sonderangebot?«

»Nun, du darfst natürlich nicht zögern, sonst schnappt sich das Schnäppchen ein anderer. Aber weil du es bist und du mir, um ganz ehrlich zu sein, von Anfang an schon unfassbar sympathisch warst und ich dir vertraue, mein Freund, frage ich einfach ganz direkt: Willst du«, und er setzte ein Grinsen auf, das förmlich danach schrie, dass man sein Sonderangebot wahrnehmen wollte, »eine waschechte Rolex für läppische 50 Sinner erwerben?«

Erst wollte Dalik sofort bejahen, doch dann hielt er inne.

»Eine Rolex? Kosten die nicht normalerweise ein Vermögen?«

»Normalerweise schon, aber dir verkaufe ich sie für nur 50. Komm, die musst du kaufen.«

»Na, das nenne ich doch mal Glück. Aber ich möchte lieber ablehnen. Ich trage nicht gern Uhren. Die gehen zu leicht kaputt. Mach einem anderen damit eine Freude.«

»Aber du kannst sie doch auch weiterverschenken oder – Hey, warte doch mal.«

Dalik blieb stehen. Er hatte immer noch nicht herausgefunden, an was die Katze geleckt hatte.

Der Straßenhändler schloss zu ihm auf; gleichzeitig schnalzte er mit der Zunge seinen Gaumen entlang.

»Du kaufst jetzt diese Uhr«, sagte er und streckte ihm die Uhr wie ein Messer entgegen. »Ist das klar?«

Dalik verspürte einen plötzlichen Ernst in der Unterhaltung, die er nicht erwartet hatte; nicht von solch einem bislang überaus netten Mann. Aber er erkannte die Drohung, mit der er gerade konfrontiert wurde, und seine Gesichtszüge verhärteten sich.

»Sonst was?«, fragte er und der Straßenhändler schnalzte erneut.

Dann steckte er Daumen und Zeigefinger in den Mund und pfiff.

Aus derselben Seitenstraße, aus der auch der Händler gekommen war, trat ein großer Kerl von der Breite und gefühlten Form einer Badewanne. Sein Körper erzählte, dass er mehr aß, als er verbrannte. Sein Gesicht war uneinladend, ganz anders als das des Straßenhändlers. Es war durch frühere Prügeleien ordentlich demoliert und die Barthaare sahen so spitz und hart aus wie bei einem Igel. Er war größer als Dalik und sah mit den kleinen Augen unter seiner schwulstigen Stirn auf ihn herab, als könnte er mit ihm tun, wonach ihm beliebte.

»Sonst wird er dir die Zähne ausschlagen und sie dir in deine Körperöffnungen stopfen«, beantwortete der Straßenhändler Daliks Frage. »Also her mit der Kohle. Wir meinen es ernst. Wenn du jetzt das Geld nicht rüberwachsen lässt, dann prügelt er dir so lange deine Eingeweide weich, bis dir die Scheiße aus dem Rektum läuft. Also her damit!«

Wie ein Cowboy bei einem Duell in der Mittagszeit schoss auch Dalik mit seiner Waffe. Dem großen Kerl blieb nicht einmal Zeit zum Zwinkern, da verpasste ihm der Knilch vor ihm aus knappen zweieinhalb Metern Entfernung einen solch explosiven Stabstoß gegen den Solarplexus, dass er augenblicklich auf dem Asphalt zusammensackte. Der große Kerl würgte seinen Mageninhalt nach draußen und japste panisch nach Luft. Eine Hand gegen den Solarplexus gedrückt, stützte er sich auf seine andere Hand ab, um nicht in die Suppe zu fallen.

Dem Straßenhändler fiel die Fassung aus dem schmierigen Gesicht.

Als nichts mehr aus dem großen Kerl herauskam, ließ er sich zur Seite fallen und krümmte sich zu einem Fötus.

Dalik war so ruhig wie immer und der zusammengekauerte Kerl am Boden so natürlich für ihn, dass er ihn gar nicht weiter beachtete. Stattdessen wandte er sich an den Uhrenmann mit dem mittlerweile bleichen Gesicht.

»Weißt du, wie ich zum *Five Stars*-Hotel komme?«

Der Straßenhändler blickte ihn ängstlich an und schluckte.

»J-jj-jjj-ja.«

»Dann wirst du mich dorthin begleiten. Meinen Informationen zufolge, ist dort letztens ein Typ namens Jericho Manja abgestiegen.«

Als der Straßenhändler Jerichos Namen hörte, riss er von Neuem seine Augen auf. Wer war nur dieser gruselige Mann in Grün?

»So einer wie du braucht doch keinen Leibwächter.«

»Du hast von ihm gehört? Gut. Dann kannst du mir auf dem Weg ja alles erzählen, was du weißt. Also welche Richtung?«

Der Straßenhändler deutete hinter sich. Dalik packte seine Schulter und stieß ihn leicht dorthin.

Die beiden setzten sich in Bewegung und ließen den großen Kerl am Boden versauern. Der Straßenhändler warf noch einmal einen Blick zurück, bevor er sich wieder an den Mann in der Robe wandte.

»Jericho ist der heftigste Gegner, den man sich vorstellen kann.«

»Der härteste Gegner ist man immer noch selbst«, kommentierte Dalik kühl.

»Dann hast du wohl noch nie gegen Jericho gekämpft.«

Unterdessen hatte sich Cloey auf einen exquisit gemütlichen Stuhl gepflanzt und ließ sich von drei hübschen Männern gleichzeitig ihren Kopf, die Hände und ihre Füße massieren. Sie konnte nicht anders, als hin und wieder vor Entspannung einfach nur zu stöhnen. (Was die Männer zu einem sich gegenseitig bestätigenden Grinsen verhalf.)

Nachdem der Straßenhändler seinen Job erledigt hatte, gestattete ihm Dalik, sich aus dem Staub zu machen. Kaum war ihm diese

Erlaubnis erteilt, setzte er sich zügigen Schrittes in Bewegung.

Anders als der Name es versprach, war das *Five Stars*-Hotel eine gewöhnliche bisweilen sogar schäbige Unterkunft. Laut Cloeys Aufzeichnungen hatte sich Jericho vor einiger Zeit hier aufgehalten. Daliks Vorgehensweise war so simpel und einfallslos wie die rein grüne Nationalflagge Libyens. Er ebnete sich seinen Weg durch das Hotel, zeigte den Mitarbeitern und Gästen Jerichos Steckbriefkarte und fragte stets dasselbe:

»Haben Sie vielleicht diesen Mann gesehen?«

Die Antwort war fast immer die gleiche: »Nein.«

Der rauchende Mann an der Rezeption sagte es, der Koch in der Küche (Dalik spazierte einfach hinein und musste mit entrüsteten Angestellten zurechtkommen), die kaum etwas verstehende Putzfrau, ein junger Mann mit glasigem Blick, der angsterfüllt im Zeitlupentempo aus einem qualmenden Zimmer floh, sowie ein kleiner Junge, der alleine durch die Flure auf einem Dreirad düste.

Bei einem jedoch dauerte die Absage etwas länger. Dalik klopfte an das Zimmer des Hausmeisters und erst eine geschlagene Minute später öffnete sich in einer überaus gemütlichen Gemächlichkeit die Tür. Anders als normale Menschen blieb der Hausmeister nicht in der Türschwelle stehen, sondern flatschte ein paar Schritte nach draußen, sodass Dalik ihm erst einmal Platz machen musste.

Der Hausmeister hatte sich mehrere Tage nicht rasiert. Die dicksten Stoppeln befanden sich unter seiner knolligen Nase. Seine Haare waren ungepflegt und sträubten sich wirr zu jeder Seite hin. Er trug lediglich Socken, eine lockere Boxershorts und ein schmutziges Unterhemd, welches nicht ganz über seinen aufgeblähten Bauch passte. So stand er da, phlegmatisch und irgendwie dumm, mit müden Augen und einer Bierdose in der Hand.

Als ihn Dalik fragte, ob er den Mann auf der Steckbriefkarte gesehen habe, antwortete der Hausmeister mit einer irgendwie gähnend klingenden Stimme: »Wieso?«

»Er wird strafrechtlich gesucht.«

»Wo?«

»Na, überall. Haben Sie ihn also gesehen?«

»Nä.«

Der Hausmeister nahm einen Schluck aus seiner Dose, steckte sich zeitgleich die freie Hand hinten in seine Boxershorts und kratzte sich die Arschbacke. Als er wieder absetzte, schaute er Dalik von unten bis oben an.

»Noch was?«

»Äh, nein, nein. Danke.«

»Yo.«

Der Hausmeister drehte sich um, rülpste breiig und verzog sich wieder in sein Heim zurück.

Dalik arbeitete noch eine ganze Weile in dem Hotel und klopfte fleißig an Zimmer. Bei einem öffnete ihm eine kleine Frau mit schwarzer Dauerwelle und asiatischen Augen. Dalik vermutete, dass sie japanische Wurzeln besaß. Sie hielt einen Säugling im Arm und lächelte Dalik liebenswert an.

»Ja, bitte?«

»Ähm ... Haben Sie zufällig diesen Mann in letzter Zeit gesehen?«

Die Frau kniff ihre engen Augen zu noch kleineren Schlitzen und sah sich das Bild an.

»Nein, tut mir leid.«

»Schade. Na gut, danke trotzdem. Und entschuldigen Sie bitte die Störung.«

»Schon in Ordnung. Tschüss.«

»Tschüss.«

Die Frau zog die Tür zu und verabschiedete sich noch einmal lächelnd mit einem weiteren »Tschüss«. Dalik erwiderte erneut mit

»Tschüss«. Und auch die Frau tat es ein weiteres Mal. Als sich Dalik zum dritten Mal verabschieden wollte, war die Tür bereits geschlossen.

Dalik nahm sich einen ihm merkwürdig vorkommenden Moment, um über die Frau und ihr Kind nachzudenken.

Sodann öffnete sich die Hotelzimmertür gegenüber. Die heraustretende Frau, gekleidet in Bluse und Rock, war von schlankem und ansehnlichem Aussehen. Sie hatte etwas Hektisches an sich.

»Ah, der Nachbar«, freute sie sich, als sie Dalik sah. »Das ist ja perfekt.«

»Nachbar?«, fragte Dalik, doch da manövrierte ihn die Frau bereits an seinen Schultern in ihr Hotelzimmer. »Ich … was machen …?«, stammelte er ratlos.

»Pass bitte ein paar Stunden auf meine Tochter auf. Ich muss jetzt ganz dringend los. Ich bin ohnehin schon zu spät.«

»Ja, aber ich –«

»Tschüss, mein Purzelchen!«, rief die Frau in das mehrräumige Armendomizil hinein. »Der nette Nachbar von gegenüber passt eben auf dich auf. Sei schön lieb.«

»Ja-ah!«, rief eine Mädchenstimme zurück.

Die Frau wandte sich wieder Dalik zu. »Danke. Bis nachher.«

Dann verschwand sie auf den Flur. Sie schloss die Tür hinter sich und war weg.

Dalik stand alleine da. Einfach so.

Er hörte eine Tür. Und aus dem Badezimmer trat eine vielleicht dreizehnjährige, dicke Teenagerin mit Zahnspange.

Sie sah Dalik an und er sie. So standen sie nun da. Und guckten sich an.

Dalik saß auf dem Teppich und schaute den miserablen Schauspielversuchen von Giliana zu, die auf dem Bett performte.

»O mein Prinz! Wie lange habe ich auf diesen Tag gewartet? Endlich sind wir vereint. Was sagst du? Ich bin für dich schöner als die Sterne? Was für ein Charmeur du doch bist. Und wie? Du willst mich heiraten? Da kann ich ja nur antworten: Gib mir einen Kuss und lass uns bis an unser Lebensende zusammen sein.«

Dann tat sie so, als träfe sie ein Pfeil. Dalik war sich nicht sicher, ob sie tatsächlich von irgendetwas getroffen worden war, aber nachdem sie ihren letzten Atemzug gemacht hatte, klatschte er begeistert in die Hände.

»Jawoll! Bravo! Das war großartig. Die Geschichte fand ich zwar langweilig, aber du hast ein unglaubliches Talent. Ich habe dir jedes Wort geglaubt. Ich fühlte mich in die Geschichte richtig hineingezogen.«

Giliana hüpfte mit ihrem üppigen kleinen Körper wieder in die Lotrechte, nur um sich kurz darauf auf das Bett zu setzen. Ihr Mondgesicht war voller Freude.

»Meinst du das ernst?«

»Mh-hm«, antwortete Dalik nickend.

»Weißt du, ich will nämlich auch in echt unbedingt Schauspielerin werden.«

»Na, das passt ja hervorragend.«

»Glaubst du wirklich, dass ich das schaffen kann?«

»Wieso denn nicht? Also mich hast du schon mal überzeugt.«

Giliana lächelte. Dann senkte sich ihr Blick.

»Meine Klassenkameraden lachen mich deshalb immer nur aus. Selbst meine Mama nimmt mich nicht für voll. Du bist der Erste, der an mich glaubt.«

»Ist doch egal, wie viele an dich glauben, solange du es selber tust.«

»Und wenn ich dennoch versage?«

»Gislinde, hör mir jetzt mal –«

»Giliana.«

»Giliana? Bist du dir da sicher?«

»Ja, ziemlich.«

»Oh. Okay. Also, Giliana, hör mir jetzt mal ganz genau zu und nimm es dir zu Herzen. Es kommt nicht darauf an, ob wir etwas schaffen, sondern ob wir den Mut aufbringen, uns trotz der Ungewissheit nach vorn zu wagen. Gehe den Weg, den du gehen willst, und wenn du merkst, dass es nicht der richtige Weg für dich ist, dann ist das nichts, für das du dich zu schämen brauchst.«

»Es kommt nicht darauf an, ob wir etwas schaffen, sondern ob wir den Mut aufbringen, uns trotz der Ungewissheit nach vorn zu wagen.« Giliana wiederholte die Worte und versuchte, sie mit den Verbindungen ihren Gehirns zu verknüpfen.

»Verstehst du das?«

Giliana überlegte noch kurz, dann begann sie zu nicken, erst ganz langsam, dann, als sie Dalik direkt in die Augen sah, immer schneller. Und schon war es um sie geschehen. Sie hatte sich verliebt.

Sie rückte ein gutes Stück an ihn heran und setzte sich sodann zu ihm auf den Fußboden. Sie betrachtete ihn eine Weile. Dalik verstand nicht, was los war, machte sich allerdings auch nicht allzu viele Gedanken. Frauen und allgemein Teenagerinnen konnten von Zeit zu Zeit überaus merkwürdig und unlogisch erscheinen, hatte ihm mal jemand erklärt.

Giliana beugte sich nach vorn und umfasste Daliks metallene Halskette. Sie schaute sich das kleine Hufeisen mit dem vierblättrigen Kleeblatt in der Mitte aufmerksam an.

»Die ist hübsch«, sagte sie und schaute Dalik mit den größten und schönsten Augen an, die sie machen konnte.

»Die Kette ist das einzige Schmuckstück, das ich trage.«

»Hat sie dir eine besondere Person geschenkt?«

»Ja, eine mir sehr wichtige Person. Ich habe sie mir selbst gekauft. Sie soll mir helfen, damit ich immer schön vom Glücksferkelchen geküsst werde.«

»Glücksferkelchen?«, wiederholte sie verzückt. »Nein, wie süß du das gesagt hast.«

»Süß?«

»Sag mal, hast du eigentlich eine Freundin?«

»Nö, wieso? Sollte ich?«

Giliana hielt kurz inne. Dann lächelte sie, bevor sie erneut innehielt, dieses Mal jedoch etwas länger.

»Darf ich vielleicht deine Freundin sein?«

Sie war nervös. Dalik sah es. Sie blickte ihn an, als erwartete sie etwas von ihm, aber ihm war nicht genau bewusst, was. Teenagerinnen waren wirklich kompliziert. Und dumm. Aber darüber schwieg er lieber.

»Du bist zu jung«, sagte er schließlich.

Ehrlichkeit währt am längsten, das wusste er. Darauf konnte er sich immer verlassen. Das war einfach, verkomplizierte nichts, ergo das Beste. Damit konnte man arbeiten. Selbst eine solch verwirrte Teenagerin sollte damit arbeiten können.

»Und außerdem gar nicht mein Typ. Ich steh nicht auf Dicke.«

Ja, das war gut. Teenagerinnen verstanden sich selbst am wenigsten und mit so etwas Simplem würde sie bestimmt nicht überfordert sein. Dalik lächelte sie an, doch Giliana schien überhaupt nicht mehr zum Lächeln zumute zu sein. Sie fing an zu heulen, lief davon und verbarrikadierte sich im Badezimmer.

»Was hat sie denn auf einmal?«

Die Hotelzimmertür öffnete sich und Gilianas Mutter kam herein. Dalik stand auf und spazierte Richtung Ausgang.

»Hallo«, sagte die Frau und legte ihre Handtasche ab. »Ging zum Glück ein wenig schneller. Seid ihr zurechtgekommen?«

»Ja, alles in Ordnung.«

Dalik ging an ihr vorbei. Dafür dass er hier ausreichend Zeit verschwendet hatte, war er so ruhig wie immer.

»Und wo ist meine Tochter?«

»Heult im Badezimmer.«

Dalik zog die Tür hinter sich zu und spazierte den Flur entlang. Er überlegte, wo er als Nächstes suchen sollte, und streckte seinen Rücken.

Cloey entspannte unter einer vitalisierenden Gesichtsmaske. Der Bademantel war so flauschig und angenehm auf der Haut, als wäre er eine fluffige Sommerwolke. Eine Kosmetikerin gab Cloey eine Maniküre. Sie war gesprächsfreudiger als die anderen Mitarbeiter, aber da sie sympathisch war, störte sich Cloey nicht an der Unterhaltung.

»Haben Sie denn überhaupt keine Angst um Ihren Partner?«, fragte die Kosmetikerin.

»Dem passiert schon nichts. Außerdem bezweifle ich, dass er die Zielperson finden wird. Wahrscheinlich würde nicht mal ich sie finden beziehungsweise würde ich wohl noch einiges an Zeit investieren müssen. Es gibt Typen, die intelligentes Untertauchen einfach gemeistert haben. Die findet man nur, wenn sie aus welchen Gründen auch immer mit Absicht einen Fehler riskieren. Oder mit Glück natürlich. Das kann man nie mit einberechnen.«

»Trotzdem. So ganz allein. Ich weiß nicht.«

»Sollte ich mich hier nicht eigentlich entspannen können?«

»Oh, verzeihen Sie bitte. Natürlich. Tut mir leid. Ent-spa-aaanen Sie sich.«

»Soll sich mein Partner ruhig austoben. Und ehe er sich versieht, ist seine Zielperson auch schon wieder außer Reichweite; wenn sie sich denn überhaupt noch in seiner Nähe befindet.«

Schon wieder einer.

Dalik hielt neben einem Obdachlosen an. Dieser saß auf dem Pflaster und lehnte mit seinem Rücken an einer mit Plakaten übersäten Litfasssäule. Vor ihm lagen fünf Schalen. Auf jeder von ihnen stand etwas anderes geschrieben: *»Essen«*, *»Alkohol«*, *»Tabak«*, *»Witz«* und auf der letzten *»Gotham«*.

Dalik musste kurz überlegen, dann musste er lächeln, auch wenn er nicht verstand, was Got-ham bedeutete. Der Obdachlose sah ihn bittend an und Dalik wollte ihm helfen. Die *Gotham*- und die *Witz*-Schale waren am spendabelsten gefüllt, hingegen war die Schale, auf der *»Essen«* stand, noch vollkommen leer.

Dalik griff sich eine seiner zwei Kalebassen, zog den Korken aus dem Flaschenhals und wollte gerade den Inhalt in die *Essen*-Schale schütten, als der Obdachlose laut mit »Höey!« seiner Missbilligung Luft machte. Dalik zuckte zusammen und wollte sich erklären, da lenkte ihn die Sichtung von drei Gestalten ab.

In der Mitte lief der Schwerste von ihnen. Seine Gesichtsstruktur war schief und zwei winzige Äuglein schauten Dalik unter einer fettleibigen Stirn feindselig an. Die anderen beiden Gestalten sahen ebenfalls nicht so aus, als wären sie zu Scherzen aufgelegt. Der Linke trug einen Aluminiumbaseballschläger auf der Schulter und der Rechte wickelte eine dicke Eisenkette um seine Hand.

»Erinnerst du dich an mich, du Piefke?«, fragte der Brocken in der Mitte und blieb sogleich mit seinen Genossen einige Meter vor Dalik stehen.

Dalik schaute ihn konzentriert an.

»Haben wir uns auf dem Affenfest getroffen?«

»Nein, du dämlicher Pimmelfurz! Du hast mich vorhin mit einem Glückstreffer ganz schön alt aussehen lassen.«

»Ah, ich hab dich verprügelt. Jetzt weiß ich wie– Ne, doch nicht.«

»Es ist gerade mal ein paar Stunden her.«

»Tut mir leid, ich vergesse meistens die Gesichter von Schwächlingen.«

»Schwächling? Meine Freunde und ich verpassen dir jetzt die Abreibung deines Lebens.«

»Ach so, ihr wollt kämpfen. Sagt das doch gleich.«

Zur Überraschung aller ging Dalik wie selbstverständlich in einen tieferen Stand über und hielt den anderen ein Ende seiner Waffe entgegen. Er zeigte keinerlei Furcht, als wäre es für ihn so normal wie atmen, essen oder schlafen.

»Euch schaff ich«, sagte er. Kein Zweifel lag in seiner Stimme, aber auch keinerlei Böswilligkeit oder Aggressivität.

Der große Kerl hätte den Mönch einfach als einfältig abgetan, wäre da nicht die schmerzende Region um seinen Solarplexus gewesen, die ihn ermahnte, den Mann in der grünen Robe ja nicht noch einmal zu unterschätzen.

Der große Kerl steckte seine beiden Zeige- und Mittelfinger in den Mund und ließ einen lauten Pfiff ertönen.

Wie auf Abruf gesellten sich aus einer Ecke drei weitere unangenehme Gestalten zu den anderen dazu.

Einer war so groß wie Dalik. Ihm fehlten zwei Fingerkuppen und die Schneidezähne. Aus seinem Gürtel zog er ein Beil. Seine Haltung war krumm.

Ein anderer war etwas kleiner. Für einen Japaner war Dalik gut gewachsen, aber es war dennoch immer erfreulich, einen Gegner zu haben, auf dessen Kopf er herabblicken konnte. Abgesehen von Hosenträgern war der kleinere Mann oben ohne. Er spielte flink mit einem Butterflymesser herum. Es schnappte auf und zu und wirbelte um seine Hand herum.

Der Dritte hatte eine Glatze und besaß einen kurzen, doch dicken, recht starren Hals, als hätte er sich mal einen oder mehrere

Wirbel gebrochen. Seine Oberarme waren relativ schlank, schlanker als seine wuchtigen Unterarme.

Dalik inspizierte die Männer kurz, ohne seine Deckung fallen zu lassen. Er blickte in das grinsende Gesicht des großen Kerls mit den winzigen Augen und sagte: »Das Einzige, was sich damit ändert, ist die Anzahl derer, die im Krankenhaus landen werden.«

Hieraufhin pfiff der große Kerl von Neuem.

Sekunden vergingen, da kamen zu den sechs vorhandenen noch sechs weitere üble Zeitgenossen hinzu, einer ramponierter und gewaltbereiter als der andere. Daliks Zuversicht schwand dahin wie die Zukunftspläne einer männlichen Gottesanbeterin nach dem Koitus.

»Okay, das ändert natürlich die Situation.«

Kaum waren die zwölf Männer vereint, pfiff der große Kerl ein weiteres Mal.

Sogleich zauberte er ein zweites Dutzend seiner Freunde herbei. Dalik ging der Arsch auf Grundeis.

Kaum hatten sich die neuen Gestalten gezeigt, ließ Dalik ab von seiner Haltung.

»Und jetzt«, sagte er und alle hörten ihm aufmerksam zu, »lauf ich.«

Dalik drehte sich um und rannte um sein Leben. Die Angst einflößende Meute jagte ihm hinterher.

Dalik lief, als stände sein Hintern in Flammen. Seine Verfolger grölten einschüchternd. Manchmal blickte er nach hinten und sah einige von ihnen die Richtung wechseln. Sie wollten ihm den Weg abschneiden. Aber sie konnten nur raten, wo er langlaufen würde. Dalik war intelligent genug, um nicht zu versuchen, sich kreuz und quer zu bewegen, denn dann konnte es passieren, dass er jemandem in die Arme lief. Folglich versuchte er, möglichst gerade zu flüchten. Er war sich sicher, seine Kondition würde ihm zugute kommen.

Als er an glotzenden und ebenfalls abhauenden Passanten vorbeikam, rief er ihnen zu, die Polizei zu rufen. Ob sie es auch taten, bekam er schon nicht mehr mit, da er zusah, bloß weiterzurennen.

Er schaute erneut hinter sich. Die Meute schwächelte. Die rauen Gestalten waren es nicht gewohnt, sich derart ausgiebig zu bewegen. Dalik rannte noch ein gutes Stück weiter, bog gezwungenermaßen hier und dort ab, bis er schließlich seine Verfolger aus den Augen verloren hatte oder vielmehr sie ihn.

Dalik keuchte. Er verschnaufte und hörte auf zu rennen, dennoch verblieb er bei einer angezogenen Geschwindigkeit. Im Gehen griff er sich eine seiner Kürbisflaschen und nahm ein paar Schlucke daraus.

Er setzte den Korken wieder auf und, gerade als er seinen jüngsten Schluck heruntergleiten lassen wollte, spuckte er ihn wieder aus. An der nächsten Kreuzung standen vier seiner Verfolger. Dalik wollte sich verstecken, doch da hatten sie ihn bereits ins Auge gefasst.

Sie brüllten zu mehreren Seiten und alsbald hatte sich die Meute zum Großteil wieder zusammengefunden. Sie rannten fluchend und mit ihren Waffen wedelnd auf ihn zu. Das Spiel ging von vorne los.

Dalik rannte. Er wich den vorbeiziehenden Passanten aus. Anders als die Meute. Wenn ein Passant bis zu ihrer Ankunft noch nicht beiseitegetreten war, schlugen sie ihn einfach aus dem Weg oder begruben ihn gleich unter sich.

Komm schon. Komm schon! Du bist hier vorher schon mal langgekommen und kennst die Gegend grob. Also wohin? Wohin? Ja!

Dalik kam an einer überaus engen Sackgasse vorbei. Er prüfte mit einem Blick die Höhe der Mauer, an der die Sackgasse endete. Dann schaute er noch einmal die aufgebrachte Meute an, die rasend zu ihm aufschloss, und flüchtete in die Gasse. Er wagte sich nur wenige Meter hinein, das Ende war noch ein weites Stück entfernt.

Die zwei Dutzend üble Gestalten versammelten sich um den Eingang. Sie waren außer Atem, ihre Gesichter rot, doch ihre Aggressivität ungebremst. Die Wenigen, die vorne standen, blickten auf Daliks Rücken.

Die Gasse war derart eng, dass nur zwei, höchstens drei von ihnen nebeneinander passten, dennoch begaben sie sich nach kurzem Absprechen hinein.

Der große Kerl warnte sie noch einmal vor der Gefährlichkeit des grünen Mannes, doch auch er war zuversichtlich.

»Tja, Sackgasse. So ein Pech aber auch.«

Dalik drehte sich um. Etwas war anders. Zuvor war sein Blick entweder offen und freundlich gewesen oder ruhig im Aufruhr des Sturms, nun jedoch waren seine Augen eiskalt und zugleich von brennender Kampfeslust erfüllt. Es war, als stände hier ein waschechter Krieger, der bereit war, alles zu geben, sogar zu sterben.

Die Meute zögerte, dann wagte sie sich wieder voran, wenn auch vorsichtiger als zuvor.

Dalik blieb an Ort und Stelle und erwartete sie. Kaum hatten sie den Angriffsradius seines Stabes erreicht, stieß er mit ihm zu, als gäbe es kein Morgen. Er haute ihre Gesichter kaputt, bis sie nach hinten fielen und ihre Zähne ausspuckten. Die nächsten Angreifer ließen nicht auf sich warten und stürmten aggressiver voran. Sie schwangen ihre Waffen und drängten Dalik zurück. Doch damit hatte er gerechnet. Er war mit Hintergedanken nicht bis ans Ende der Sackgasse gelaufen, denn so blieb ihm jederzeit die Möglichkeit, noch nach hinten zu weichen. Und das musste er auch. Die Angreifer preschten voran oder wurden ohne Rücksicht von den anderen nach vorne gedrängt.

Daliks Stab hielt keinen einzigen Moment inne. Wenn niemand in seiner unmittelbaren Nähe war, griff er die am Boden liegenden weiter an und zwang somit die anderen, nach vorne zu kommen und ihn davon abzuhalten. Bei dieser Enge favorisierte er zwar das Stoßen, doch auch das einfache Herumwischen des Stabendes sorgte für nötigen Abstand und Chaos in den Köpfen seiner Feinde; und manchmal zog er ihnen seine Waffe auch einfach seitlich oder von oben herab auf ihre gemarterten Köpfe. Dalik war wie in einem Rausch. Die anderen stiegen noch über ihre gefallenen Mitstreiter, da nutzte er bereits ihre schlechte Balance und bombardierte sie mit harten Angriffen.

Es dauerte nicht allzu lange, da hatte er die Hälfte besiegt. Er hatte lediglich einige Prellungen davongetragen, die ihn momentan kein Stück interessierten.

Das sah auch der Rest der Meute. Sie waren soeben Zeugen seiner Fähigkeiten geworden und sie sahen auch das kampfunfähige Dutzend sonst so gefährlicher Gestalten.

»Der Typ ist ein Monster!«, rief einer der Vorderen und presste sich zwischen die anderen zurück in Sicherheit, weg von dem Dämon in der grünen Robe.

»Ich will noch nicht sterben!«, erklärte ein anderer und tat es ihm gleich.

Kaum waren die ersten klugen Entscheidungen getroffen, ergriffen immer mehr die Flucht. Einige fluchten herum, andere verzogen sich ganz im Stillen, doch niemand, kein Einziger mehr wagte sich noch an den Konkaimönch heran.

Dalik nutzte die Unsicherheit in der Gruppe und rannte ans Ende der Sackgasse. Die Mauer war alles andere als niedrig, aber er lief an ihr hoch, stieß sich dabei mit dem Stab vom Boden ab, ergriff mit seiner freien Hand den oberen Rand, zog sich hinauf, rollte sich geschickt über die Mauer und sprang auf der anderen Seite wieder nach unten.

Kaum auf den Füßen gelandet, sicherte er sich ab, keinen aus der Meute zu sehen, orientierte sich kurz und nahm spornstreichs die Beine wieder in die Hand.

Er lief ein paar Minuten, aber er begegnete keinem seiner Verfolger mehr.

Dalik hielt an. Er schwitzte und atmete durch. Das Adrenalin ließ ihn zittern. Er nahm einen erneuten Schluck aus seiner Kalebasse und spuckte das Wasser zusammen mit einigem angesammelten Speichel aus.

Dann begann er zu lachen. Er hatte nicht erwartet, aus der Situation heil herauszukommen. Er hatte zwölf Männer besiegt und weitere zwölf in die Flucht geschlagen. Oh, wie er lachte. Er hatte es sich verdient. Und es tat gut, verdammt gut sogar.

Dalik hatte sich ein Zimmer im *Five Stars* genommen. Es war ein langer, anstrengender, überaus nervenaufreibender Tag gewesen. Im hoteleigenen Restaurant schlug er sich den Wanst voll. Die Portionen waren reichlich und das sonst so moderat leckere Essen, über das sich täglich die Gäste beschwerten, schmeckte Dalik an diesem Abend zur Verwunderung der anderen überaus gut (auch wenn er bezweifelte, dass manches der Gerichte auch das war, was in der Karte stand).

Danach nahm er eine heiße Dusche. Er besah die Prellungen, die er sich zugezogen hatte, doch sie waren nicht schlimm. Seine Unterhose wusch er gleich mit und hängte sie zum Trocknen auf die nicht funktionierende Heizung.

Vollkommen nackt und sich noch abtrocknend, kehrte er in den kleinen Wohnbereich zurück, wo auch sein Bett und ein kleiner Fernseher standen.

Dalik hörte auf, seine Haare abzurubbeln, als er einen Brief vor der Zimmereingangstür entdeckte. Jemand musste ihn unten durchgeschoben haben.

Ungeniert öffnete Dalik die Tür und kundschaftete links und rechts den Flur aus, aber niemand war zu sehen.

Er schloss die Tür wieder und betrachtete den Umschlag. Er war an *An den Typen, der sich Dalik nennt* adressiert. Dalik öffnete ihn und las:

Auf der Suche nach mir verursachst du zu
viel Krawall. Beides wird ein Ende haben.
Ich fordere dich zum Duell. Komm morgen zur
Mittagsstunde zur Tradersteppe. Beim alten
Lagergebäude werde ich auf dich warten. Komm
allein. Ich werde auch allein kommen.
Jericho Manja

Cloey lag auf dem Sofa. Sie war wieder daheim, schaute Fernsehen und knabberte dabei Chips.

Sie prüfte ihr Handy. Keine Nachricht von Dalik.

Sie suchte nach seiner Nummer, entschloss sich dann aber, ihn doch nicht anzurufen.

»Nah, der kommt schon zurecht.«

Sie legte ihr Handy wieder beiseite. Doch eine gewisse Unruhe kratzte an ihr. Und so erwischte sie sich dabei, wie sie es eben doch nicht auf sich beruhen lassen konnte, und schrieb eine SMS:

Bonjour, du Draufgänger. Hast du ihn schon gefunden? Geht es dir gut? Wann kommst du zurück? Melde dich. Liebste Grüße Sifu Cloey.

Das Handy war über fünfzehn Minuten still, dann kam die Antwort:

Hallo. Nein. Ja. Morgen. Jawohl. Ich grüße dich zurück. Und seit wann bist du männlich? Ich hoffe, du meintest Simo und nicht Sifu ;)

Cloey musste lächeln. Sie schrieb noch einmal zurück und widmete sich wieder entspannt ihrer Faulheit.

»Endstation. Den Rest musst du zu Fuß zurücklegen«, sagte der Busfahrer.

Dalik war der einzige Fahrgast. Die letzten anderen waren vor zwei Stationen ausgestiegen. Es war ein Pärchen gewesen. Sie hatte eine Zahnspange getragen und er rote Wangen gehabt. Sie hatten miteinander rumgemacht und dabei laute Schlürfgeräusche von sich gegeben.

»Wiedersehen«, sagte Dalik und trat hinaus in die heiße Mittagssonne.

Die Türen schlossen sich und der Bus setzte sich in Bewegung.

Dalik war allein. Die Haltestelle war leer. Es gab nicht viel zu sehen, nur einen ungepflasterten Weg, das staubige Bushäuschen, einige verdorrte Büsche und schwarze Vögel, die ihre Kreise in der sengenden Luft drehten.

Weit hinten gab es Berge. Es war unmöglich auszumachen, wie weit weg oder hoch sie waren. Dalik wusste nur, er musste in ihre Richtung laufen. Irgendwo dort sollte es ein Lagergebäude geben.

Der Boden war sehr trocken. Mehr schlecht als recht konnte Dalik Reifenspuren erkennen, welche, so hoffte er, zu seinem Zielort führten.

Auf dem Weg gab es kaum einen Grashalm. Die Sonne drückte sich auf Daliks Kopf. Die Luft war stickig. Eine kleine Echse wetzte an ihm vorbei. Ein Strauch enthielt Beeren, die der Mönch nicht kannte.

Die Zeit verrann und die Berge schienen keinen Zentimeter gewachsen zu sein. Dalik genehmigte sich einen großzügigen Schluck aus seiner Kalebasse. Sein trockener Mund nahm das Wasser auf, ohne danach zu erkennen zu geben, dass er überhaupt etwas bekommen hatte.

Daliks Schuhe wurden staubig. Mit jedem Schritt stob eine kleine Wolke nach oben. Winzige Kiesel rieselten unter seinen Schritten.

Die Hitze und Einöde setzten ihm zu und er befeuchtete seine eingetrockneten Lippen mit einem weiteren Schluck aus seiner Kürbisflasche.

Dann glaubte er, etwas erkennen zu können. Er kniff seine Augen zusammen und schirmte sie mit seiner Hand ab. Wenn er nicht gerade halluzinierte, dann sah er ein Konstrukt, das einem Lagergebäude überaus ähnlich sah. Und gleich daneben stand noch etwas anderes. Es war um einiges kleiner und ähnelte mehr einem großen Container. Nach ein paar weiteren Minuten entdeckte er noch einen zweiten Container.

Die Steppe zog sich so lang wie ein Gummitier. Dalik hatte keine Ahnung, wie weit entfernt alles war. Die Hitze ließ seine Umgebung in einer Art Schleier verschwimmen.

Er pustete gerade seine Erschöpfung aus, da fing sein Blick etwas ein. Etwa zwanzig Meter abseits seines Weges steckte ein Ast in der Erde. Und oben neben der Spitze war auf einem abstehenden, dünnen Zweig ein Blatt Papier gespießt.

Dalik nahm den kleinen Umweg in Kauf und sah sich das Ganze aus der Nähe an.

Ohne Zweifel hatte jemand den Stock mit Absicht in den Boden gesteckt, ebenso den Zettel daran aufgehängt. War es eine Nachricht von Jericho?

Dalik zog das Papier von dem Zweig. Die Schrift war eine andere als die von dem Zettel aus dem Hotel. Andererseits hatte Jericho jenen Brief vielleicht auch nur diktiert und nicht selbst geschrieben. Dennoch kam Dalik diese Handschrift irgendwie bekannt vor. Irgendwoher kannte er sie. Es war merkwürdig. Er konnte sich nicht entsinnen, schon einmal eine Handschrift wiedererkannt zu haben. Doch irgendetwas hatte dieses Schriftstück an sich, das ihn faszinierte, und das obwohl er noch nicht einmal die Geschichte darauf gelesen hatte.

Beide Seiten waren beschrieben. Aber bevor er anfing, sich diesen zu widmen, bemerkte er, dass der Boden, auf dem er stand, und auch ein gutes Stück um den Ast herum aussah wie gefegt. Als hätte sich jemand die unsinnige Mühe gemacht, mit einem Kehrbesen die Steppe zu reinigen. Das war alles mehr als ungewöhnlich. Doch umso gespannter war Dalik nun auf die Geschichte:

Fossy

Fossy, der Clown arbeitete gemeinnützig im Kinderkrankenhaus. Vor einiger Zeit war ein Feuer ausgebrochen. Viele der Kinder trugen Verbände. Einige liefen bereits ohne herum. Sie waren auf ewig aufs Schlimmste entstellt.

»Der frisst seine eigenen Zähne«, flüsterte eines der Kinder.

Fossy wusste, dass er gemeint war. Die meisten seiner Zähne fehlten oder waren zum Großteil abgebrochen. Eine kräftig gelbe bis braune Färbung wiesen sie alle auf. Seine Zunge war stets von einem dicken, weiß-grünen Pelz überzogen.

Der Gestank aus den Tiefen seiner Mundhöhle war schlimm.

Trotz allem schlossen ihn die Kinder ins Herz und wollten ihn sogar umarmen. Es war geradezu rührend, wenn sie ihre kleinen Arme um ihn schlangen und drückten.

Die Eltern hingegen betrachteten Fossy mit Argwohn. Ihnen behagte nicht, dass sich ein abgehalfterter Typ wie er mit ihren Kindern anfreundete. Man hatte schon oft Geschichten über solche Menschen gehört; böse Geschichten. Sie beschuldigten ihn unzüchtiger Gedanken und sogar Taten.

Ja, es war nicht einfach, aber zumindest mochten ihn die meisten Kinder und vertrauten ihm.

Fossy schlief wenig, gefährlich wenig. Und wenn er es tat, plagten ihn Albträume, in denen merkwürdige Gestalten ihn bedrängten. »Warum hast du es getan?«, sagten sie, und »Hör auf damit!«
Einher mit dem Schlafentzug begann er irgendwann, auch im Wachzustand zu phantasieren. Er sah Dinge und Personen, die überhaupt nicht da waren.
Trotz seines Zustandes stattete er den Kindern jeden Tag einen Besuch ab. Von dem Geld, was ihm am Ende des Monats übrig blieb, kaufte er ihnen sogar Geschenke. Als er einem Mädchen mit einer Puppe zuwinkte, warf es seine Arme zur Seite und rannte auf ihn zu.
»Fossy!«, rief sie, über beide Backen breit strahlend.
Ihre honigbraunen Augen glitzerten und sie knuddelte Fossy herzlich. Das Feuer hatte ihre Haare abgebrannt und Krater und Blasen auf ihrem Schädel hinterlassen.

Verschwommene Träume plagten Fossy. Als er aus ihnen auftauchte, lag er nicht mehr in seinem Bett. Fossy stand vor seiner Wohnzimmerwand und kritzelte mit einem übergroßen Kugelschreiber auf die Tapete. Er brauchte einen Moment, um zu realisieren, dass er schlafgewandelt war. Alle Wände und sogar einige Möbel waren vollgekritzelt.
Gib es zu Gib es zu Gib es zu Gib es zu Gib es zu Gib es zu Gib es zu …
Egal, wo er hinsah, die Worte waren dort. Sie umzingelten ihn nicht einfach nur, sie schienen sich auf ihn zuzudrängen. Sie bewegten sich zwar keinen Millimeter, aber ihre Bedeutung grub sich Schaufel für Schaufel in ihn hinein.
»Ich werde gestehen«, weinte er. »Ich schwöre es. Ich werde geste-

hen.«

Am nächsten Tag starrte Fossy auf die Polizeistation. Er wollte sich stellen. Er wollte zugeben, dass er schuld an dem Feuer gewesen war. Er war für die im Brand gestorbenen und auf ewig gezeichneten Kinder verantwortlich.
Doch irgendwie bewegten sich seine Füße nicht. Und er dachte nach.
Im Gefängnis würde er nichts für die Kinder tun können. Wenn er hingegen auf freiem Fuß bliebe, würde er weiter Wiedergutmachung leisten können, so gering diese auch war. Er war bereit, für sein Verbrechen zu bezahlen, auch wenn ihn seine Schuldgefühle in den Wahnsinn und Tod treiben sollten. Das war er den Kindern schuldig.

Dalik brauchte eine Weile, um diese Geschichte sacken zu lassen. Er konnte es nicht erklären, aber sie packte ihn, nein, vielmehr nahm sie ihn in ihre Arme und sorgte für Geborgenheit. Wie konnte so etwas nur sein?

Dann erinnerte er sich. Diese Schrift und diese Eigenart des Textes, der einen vollkommen in seinen Bann zog, ja nahezu verzauberte, er hatte dergleichen schon einmal erlebt. Cloey hatte bei sich im Schlafzimmer einen zerknitterten Zettel in einem Bilderrahmen an der Wand hängen. Sie hatte ihm erzählt, dass sie ihn kurz vor ihrem Kennenlernen in einer Ritze in einer Hütte gefunden habe.

»*Die schönste CD der Welt*«, das war ihr Titel. Er wusste noch, was für eine faszinierende Wirkung sie auf ihn gehabt hatte. Die Geschichte, die er nun allerdings in den Händen hielt, empfand er als noch ansprechender. Sie hatte etwas Persönliches, als wäre sie lediglich für ihn bestimmt. Es war seine Geschichte. Hoffentlich würde er noch mehr finden.

Die fordernde Sonne auf dem Leib tragend, setzte der Konkaimönch ehern einen Fuß vor den anderen. Das Lagergebäude wuchs aus dem Kindesalter zu einem Erwachsenen heran. Sie und die beiden Container standen allein in dieser öden Steppe. Zu was sie wohl da waren? Trotz all seiner Einfältigkeit vermutete Dalik, dass hier illegale Machenschaften betrieben wurden. Aber das war nur eine Annahme und im Moment auch vollkommen nichtig. Zurzeit zählte nur die Person, die im Schatten an der gewellten Wand des Lagergebäudes mit verschränkten Armen auf ihn wartete.

Bereits von Weitem blickten sich die Männer an. Manchmal schauten sie zur Seite, doch es zog sie immer wieder zueinander hin. Es war kein Spiel der Einschüchterung oder Stärke, wer denn zuerst wegschaute, vielmehr galt es ihrer bloßen Neugierde. Zumindest erging es Dalik so.

Als er schließlich fast schon das Gesicht des Mannes erkennen konnte, trat Besagter aus dem Schatten. Im Schein der Sonne war Dalik sich nun vollkommen sicher. Es war Jericho.

Er trug einen beeindruckenden Speer bei sich, dessen Klinge in einer kleinen Scheide steckte. Seine Kleidung, von der ein nicht geringer Teil die Farbe Orange aufwies, war ähnlich wie die Daliks von altmodischem, doch praktischem Stil, wenngleich ihre Herkünfte unterschiedlich waren. Dalik konnte nicht einordnen, woher sie stammte. Sie sah nicht sonderlich teuer aus, eher bescheiden, dennoch hatte sie etwas Edles an sich.

Jericho hatte volles, hellbraunes Haar, welches er sich nach hinten und hinter die Ohren gekämmt hatte. Dort, wo sich eigentlich seine Augenbrauen befinden müssten, verliefen zwei tiefe Narben. Er trug weder Schmuck noch Barthaare, die älter waren als einen Tag. Die Körperform war stramm, aber machte einen geschmeidigen Eindruck. Seine Muskeln waren prägnant definiert, die sichtbaren Unterarme glichen Dünen. Jerichos Blick war streng, doch aufgeweckt.

Dalik spürte sofort, dass der Verbrecher vor ihm kein gewöhnlicher Kämpfer war. Er strahlte eine bemerkenswerte Disziplin und Erfahrung aus. Dalik fragte sich, ob auch er derart herüberkam. Doch egal wie stark Jericho wirkte, Dalik bezweifelte, dass er zwölf Männer besiegen könnte wie er jüngst. Nichtsdestotrotz war er vorsichtig. Er war gespannt auf seine Fähigkeiten. Und vielleicht würde er ja sogar noch eine oder zwei Techniken dazulernen.

Die beiden Fechter standen sich gegenüber. Konzentriert schauten sie sich in die Augen. Ihre Mienen waren geschlossene Bücher.

Jericho bewegte sich als Erster. Er zog die Scheide von seinem Speer. Die Klinge war geölt und von herausragendem Stahl. Er lehnte den Speer an seinen Körper und befestigte die Scheide an der Binde um seine Hüften. Dann zückte er ein längliches Tuch und knotete es um seine Stirn.

Dalik verstand. Jericho wollte verhindern, dass ihm Haare den Blick verschlechterten und Schweiß in die Augen lief.

Hieraufhin nahm Jericho seinen Speer wieder in die Hand, dieses Mal in beide, und ging gemächlich in eine herausfordernde Stellung über.

Die Klingenspitze war auf Dalik gerichtet, doch er stand noch immer aufrecht. Und suchte das Gespräch.

»Ursprünglich war mein Hauptanliegen für diesen Kampf das Messen mit einem anderen Stabfechter. Obwohl wir unterschiedliche Waffen benutzen, basieren sie auf einer verwandten Handhabung.«

»Du erzählst mir nichts Neues«, sagte Jericho und ließ langsam ab von seiner bedrohlichen Haltung. »Worauf möchtest du hinaus?«

»Ich habe mich, und tue es noch immer, sehr auf den Kampf mit einem Speer gefreut, doch das ist für mich mittlerweile zur Nebensache geworden. Balsa, deine Mutter, hat dich aufgezogen, dich die hohe Kunst des Speerkampfes gelehrt, sie hat dich geliebt und du hast ihr das Leben genommen. So etwas nehme ich persönlich. Ich habe meine richtigen Eltern nie kennengelernt, aber ich zöge es vor, qualvoll zu sterben, als meinen Sifu zu verraten. Deshalb lass dir gesagt sein, dass ich jeden gleich folgenden Schlag Meisterin Balsa widme. Ihr zu Ehren werde ich dich besiegen. Dieser Kampf ist für deine Mutter!«

Dalik schoss seinen Stab aus der Hüfte wie zuvor bei dem großen Kerl mit der schwulstigen Stirn. Er überbrückte die Distanz, als benutze er ein Bolzenschussgerät. Dieser Überraschungsangriff war gemein, er wusste es, aber es war einfach über ihn gekommen. Jericho jedoch wich nach hinten und parierte den Angriff, indem er den Stab mit seinem Speer zur Seite schlug; dabei zeigte er nicht mehr Einsatz als beim Erschlagen einer Fliege mit einer Klatsche.

Kurz überrascht, setzte Dalik seine Attacke fort. Und das Gefecht in der Tradersteppe unter der sengenden Feuerkugel nahm seinen Lauf.

Stab und Speer wurden schneller geführt, als es für das gewöhnliche Auge nachzuvollziehen war. Bei dieser Geschwindigkeit vertrauten die beiden Krieger mehr auf den ihnen antrainierten Instinkt als auf alles andere. Sie spürten den Druck, mit dem die Waffen gegen- oder miteinander wirkten, und verarbeiteten ihn automatisch in einen strategisch klugen Konter.

Die Schläge und Stiche wackelten nicht. Sie waren klar und rein in ihrer Ausführung. Sie steckten voller Kraft und Geschick.

Ihre Füße standen nie still, immer darauf bedacht, den geeigneten Abstand zum Gegner zu wahren und die größtmögliche Kraft in den Angriffen zu entfalten.

Die Waffen prallten aufeinander und die gefährlichen Techniken flogen nur so umher, doch keiner der beiden wurde getroffen. Und das lag einzig und allein an einer Person. Jericho.

Er hielt sich zurück. Dalik spürte es. Während ihm bereits die Puste ausging, war Jericho noch immer so entspannt wie bei einem gewöhnlichen Übungskampf. Dalik hatte den Eindruck, Jericho testete ihn nur.

Dalik wollte den Schaft des Speeres greifen, aber Jericho bewegte seine Spitze derart schnell und unberechenbar, dass er es nicht schaffte, ja sich noch nicht einmal traute, es überhaupt zu versuchen. Dalik war auch schnell, fast schon übermenschlich schnell, aber Jericho sah seine Angriffe trotz seines ungeheuren Repertoires jedes Mal voraus. Dalik hingegen konnte immer nur mutmaßen. Er kannte alle Techniken, die Jericho präsentierte, aber es schien, als hätte er überhaupt keinen Rhythmus. Oder Dalik hatte ihn bislang einfach noch nicht durchschaut. Er wusste, wenn Jericho wollte, konnte er ihm ein Ende bereiten, wann immer es ihm beliebte.

In Dalik breitete sich Angst aus. Er wollte hier nicht sterben. Er war noch nicht bereit dazu. Es war erdrückend, dass sein Leben von der Lust und Laune eines Muttermörders abhing. Sollte er fliehen? Sollte er versuchen zu reden?

Die Zweifel machten sich in seinen Techniken bemerkbar. Er begann, unsauber zu arbeiten. Als er dies realisierte, versuchte er, seine aufkommende Schwäche zu kompensieren, indem er mehr machte als zuvor. Sein Stab flog verwirrend umher und hatte nicht mehr viel gemein mit seiner vorangegangenen Klasse. Doch in all diesem Chaos vermochte er etwas, was er schon nicht mehr für möglich gehalten hatte. Er landete einen Treffer.

Er traf Jerichos rechten Oberarm und warf ihn für einen winzigen Augenblick aus seiner perfekten Balance und Verteidigung.

Dalik war ähnlich überrascht wie Jericho, doch setzte sogleich nach. Er wollte Jericho eine ins Gesicht verpassen. Er vollführte den Hieb, nur war Jericho plötzlich weg. Er war abgetaucht und langte nun seinerseits zu. Er hievte Daliks Arme zur Seite und schlug ihm mit dem hinteren Ende seiner Waffe gegen den Kopf.

Dalik ging zu Boden. Sein Kopf dröhnte wie nach einem Zusammenstoß mit einer kleinen Lokomotive.

Der Konkaimönch sah zu, schnell wieder auf die Beine zu kommen. Kaum war er oben, griff ihn Jericho weiter an. Dieses Mal schien er sich nicht mehr zurückzuhalten. Seine Angriffe waren nun noch um einiges stärker und schneller. Oder kam es Dalik nur so vor, weil ihm Jerichos Rhythmus noch immer zu komplex war?

Hier und dort gab er Dalik eine Kostprobe seiner Fertigkeiten. Doch wann immer er eine Technik ausführte, in der er Dalik schwer verletzen oder sogar aufspießen würde, deutete er die Technik nur an, allerdings so knapp, dass, wenn sich Dalik auch nur wenige Zentimeter weiter nach vorne bewegte, er Metall in seinem Körper hätte.

Dalik wurde hart, doch gnädig verprügelt. Hin und wieder schlitzte Jericho ein wenig von Daliks Robe auf. Mehr aber auch nicht. Es war merkwürdig. Einerseits war Daliks Stolz auf seine Fähigkeiten verletzt, andererseits erfreute er sich daran, mit einem derartigen Meister fechten zu können. Er zeigte ihm auf, wie viel er noch zu lernen hatte und dass sein Weg noch lange nicht vorbei war. Auch wenn diese Lehre wehtat.

Schließlich entwaffnete Jericho den Konkaimönch, beförderte ihn in einer schmerzhaften, doch fließenden Bewegung zu Boden und hielt ihm die Spitze seines Speeres an den Hals.

Mittlerweile atmete auch Jericho schwer. Sein Stirnband war so nass wie Daliks gesamter Körper.

Dalik konnte Jericho nicht einschätzen. Insgeheim hoffte und glaubte er, dass er ihn nicht umbringen würde, nur konnte er sich dessen nicht sicher sein. Immerhin hatte er auch seine Mutter umgebracht. Wenn das hier tatsächlich der Ort seines letzten Atemzugs sein sollte, so war er zumindest dankbar, dass er noch die Stärke eines solch beispiellosen Stangenwaffenmeisters hatte miterleben dürfen.

Aber es folgte kein Todesstoß. Stattdessen sprach die menschliche Gottheit mit dem Speer. Und was sie sagte, drehte den Spieß vollkommen um.

»In jeder noch so kleinen Schlacht kämpfe ich für meine Mutter. Wann immer ich diesen Speer benutze, tue ich es für sie. Du musst mir nicht glauben, aber wenn du willst, erzähle ich dir die Wahrheit.«

Er ließ ab von Dalik und ließ ihn sich aufsetzen.

»Ich habe meine Mutter nicht umgebracht. Wenn man eine so berühmte Speerkämpferin wie sie ist, hat man dort, wo ich herkomme, gemeinhin viele Feinde. Es gab welche, die sie einfach nur besiegen wollten, um sich im Ruhm sonnen zu können. Aber andere wollten sie tot sehen.«

Jericho hob Daliks Stab auf und betrachtete die vielen Symbole und Inschriften darauf. Er schien fasziniert zu sein.

»Du musst wissen, meine Mutter hat in ihrem Leben so einigen üblen Typen in die Suppe gespuckt. Sie wurde in einen Hinterhalt gelockt und mir wurde der Mord angehängt. Korruption und Angst haben dafür gesorgt, dass meine Unschuld niemals bewiesen werden kann. Seit jenem Tag bin ich auf der Suche nach den Mistkerlen, die meiner Mutter und mir das angetan haben. Ich verlange nichts weiter als Gerechtigkeit.«

Dalik stand auf. Jericho warf ihm seinen Stab zu. Dann nahm er seine Scheide wieder zur Hand und steckte sie über seine bescheidene Speerklinge.

»Falls wir uns noch einmal begegnen sollten, gewähre ich dir eine Revanche.«

Jericho wandte sich um und wollte gehen.

»Jericho!«

Der Speerkämpfer stoppte in der Bewegung und drehte sich zurück.

Der Konkaimönch verneigte sich vor ihm.

»Ich drücke dir die Daumen«, sagte Dalik voller Aufrichtigkeit.

Und siehe da, auf der Bühne der Tradersteppe, im Schein der sengenden Feuerkugel, entlockte der an die Wand gespielte Akteur dem Star des Aktes, der menschlichen Gottheit mit dem Speer, ein unvorhergesehenes Schmunzeln.

Es war später Abend. Die Sonne verneigte sich zur Guten Nacht. Dalik trainierte im Innenhof der Mietskaserne. Statt seines Stabes benutzte er eine schwere Langhantelstange mit etwa derselben Länge. Er ging alle ihm bekannten Drills und Bewegungsabläufe durch und rekapitulierte und analysierte den Kampf mit Jericho. Was hatte er gemacht? Was hätte er tun sollen? Was hätte Jericho gemacht, wenn er das und das getan hätte? Und selbst wenn er anders vorgegangen wäre, hätte es etwas gebracht? Immerhin war Jericho schneller und stärker als er. Für ihn wäre eine solche Langhantelstange wahrscheinlich unvergleichlich leichter.

Dalik trainierte und dachte nach. Die Langhantelstange wurde mit der Zeit fast schon unbändig schwer, aber Dalik war gefangen in seinen Erinnerungen und den Gedanken an den Weg, der noch vor ihm lag. Eines Tages würde er Jericho noch einmal aufsuchen. Doch bis dahin würde er noch vieles lernen und sich aneignen müssen.

Cloey schlief in ihrem Bett. Sie sabberte auf ihr Kissen, bis ihr Handy klingelte. Sie schluckte den noch nicht herausgeströmten Speichel herunter, wischte angeekelt über die nasse Stelle ihres Kissens und las sich die erhaltene Nachricht durch.

Gute Nacht, Cloeylein. Schlaf gut und lass dich nicht von irgendwelchen Idioten davon abhalten. Mit charmanten Grüßen Dein Traummann Teppo

Cloey schaute auf die Uhr. Es war 2:13 Uhr.

Wenn ich schon mal wach bin, kann ich auch pinkeln.

Cloey stand auf. Als sie am Fenster vorbeispazierte, warf sie einen Blick auf den Innenhof und hielt inne.

Mein Gott, er trainiert noch immer.

Am Vormittag klingelte es an der Wohnungstür. Cloey schaute durch den Türspion. Als sie dort niemanden sah, nahm sie den Hörer der Gegensprechanlage ab.

»Hallo?«

»Ja, hallo. Ich habe hier eine Sendung für Sie. Könnten Sie wohl zur Vordertür runterkommen?«

»Einen Moment bitte.«

Cloey zog sich ihre Schuhe an, griff sich ihre Schlüssel, schloss die Wohnung ab, stieg die vier Stockwerke hinunter, lief über den Innenhof und öffnete nur zwei Minuten später die Eingangstür.

Vor ihr stand ein Mann in einem weißen Smoking. Seine Haare waren stark gegelt und standen zu einer Seite hin hart ab. Er hatte einen dünnen Backenbart und Kugelohrringe. Ein Ordner klemmte unter seinem Arm und in den Händen hielt er eine Bankkartenmaschine, ein Scheckheft sowie einen Füller. Einige Meter hinter ihm stand eine gewaltige, verschlossene Holzkiste.

»Ich grüße Sie«, sagte er. »Ich bringe die bestellte Zeitmaschine für Mr. Dalik.«

»Zeitmaschine?«, fragte Cloey, denn sie war sich nicht sicher, ob sie ihn gerade richtig verstanden hatte.

»Genau. Sie sehen sie gleich hinter mir. Sie müssen sie lediglich noch selbst zusammenbauen und ein paar extravagante Dinge eigenständig besorgen, dann sollte sie wohl funktionieren. Keine Angst, eine Anleitung liegt mit bei. Mein einziges Anliegen wäre jetzt noch, wie Sie beziehungsweise natürlich Mr. Dalik gedenken, die Kosten zu übernehmen. Mit Karte, Scheck oder gleich bar?«

»Und von wie viel sprechen wir hier?«

»Da Mr. Dalik vorgestern den Vertrag unterschrieben und somit cleverer Weise den Superbonus genutzt hat, belaufen sich die Kosten auf …«

Er fummelte mit den Utensilien in seinen Händen herum, bis er sie Cloey schließlich übergab.

»Bitte halten Sie das mal.«

Dann nahm er seinen Ordner, blätterte darin herum und las von einer Rechnung ab.

»Tipp de teeh … 249.690 Sinner.«

»250.000?«, fragte Cloey geschockt.

»Läppisch, nicht wahr? Man sollte meinen, dass eine Zeitmaschine weitaus mehr kostet.«

»Dürfte ich den Vertrag mal sehen?«

»Selbstverständlich.«

Der Mann in dem weißen Smoking nahm den Vertrag aus dem Ordner und hielt ihn Cloey vor die Nase. Sie fing gar nicht erst an zu lesen, sondern gab zuvorderst den Füller, das Scheckheft und die Bankkartenmaschine zurück. Sogleich schnappte sie den Vertrag aus den Fingern des sonderbaren Mannes und durchsah ihn flugs.

»Da haben Sie ja jetzt ein großes Problem. Aiaiaiaiai«, sagte sie schließlich. »Sie dürfen mit Mr. Dalik, rein rechtlich gesehen, gar keinen Vertrag abschließen.«

»Wieso das nicht?«
»Weil er mental zurückgeblieben ist.«
Sodann zerriss sie einfach den Vertrag.
»Ich vernichte mal die Beweise. Wir wollen ja nicht, dass Sie und Ihre Firma im Gefängnis landen.«
Der Schock stand dem Mann ins Gesicht geschrieben.
»Nein, nein. Das war uns nicht bewusst. Er wirkte ganz normal. Im Namen meiner Firma möchte ich mich in aller Form dafür ent–«
Bevor er zu Ende sprechen konnte, hatte Cloey bereits die Tür vor seiner Nase geschlossen.
Wütend stapfte sie über den Innenhof und die vielen Stufen wieder hinauf.
»Ich krieg noch die Mücken mit dem Typen. Eine Zeitmaschine. 250.000 Sinner. Wie kann man nur so einfältig sein? Der Trottel ruiniert mich noch mal. 250.000 Sinner. Eine Zeitmaschine ...«
Keine Minute später öffnete sie Daliks Zimmertür und trat ungefragt ein.
Dalik lag stöhnend auf seinem Rücken im Bett, unfähig sich zu rühren.
»Dalik, rate mal, was gerade ... Was ist mit dir?«
»Heute werde ich wohl mal das Training ausfallen lassen.«
Ein höllischer Muskelkater nagelte ihn ans Bett und krallte sich schmerzvoll an ihm fest, als wäre er ein Kratzbaum.
Cloeys Wut verflog und machte ihrer Schadenfreude Platz. Ja, das hatte er irgendwie verdient, dachte sie. Irgendwie auch nicht. Aber irgendwie auch schon.
»Da liegt er nun der große Krieger«, sagte sie genüsslich. »Nicht nur geistig, sondern jetzt auch noch körperlich behindert.«
Dalik wollte sich drehen, doch es gelang ihm nicht, und er stöhnte, seine Niederlage eingestehend, auf.

»Morgen wahrscheinlich auch.«

Kapitel zwölf:
HAPPY BIRTHDAY

»H.M. Peterson« stand auf seinem Namensschild. Sein Büro war winzig und sein Blick war leer. Vom Leben gelangweilt und enttäuscht, saß er an seinem Schreibtisch und schaute die triste Wand an. Was war nur aus ihm geworden?

Das Bürotelefon klingelte.

Peterson ging ran.

Er sagte, was er schon so oft gesagt hatte.

Tippte etwas in den Computer ein.

Redete weiter.

Wünschte einen guten Tag.

Legte auf.

Und starrte wieder in die Leere hinein.

Tag ein … Tag aus … immer das Gleiche.

Und irgendwann ist der Deckel zu und alles ist vorbei.

Peterson ließ den Kopf auf die Tastatur fallen.

In einer Turnhalle fand ein Wettkampf in Rhythmischer Sportgymnastik statt. Die Tribüne war zu drei Vierteln gefüllt, hauptsächlich mit den Familien der Teilnehmerinnen. Momentan schauten sie einer Sechzehnjährigen bei einer Kür mit dem Band zu. Sie bewegte sich grazil. Das Band erwachte zum Leben.

In der Mitte in einer der letzten Sitzreihen stand Peterson mit einer Bierflasche in der Hand auf.

»Yeah, Baby, zieh dich aus!«, rief er nach unten. Die junge Wettkämpferin war kurz irritiert und setzte ihr gestrecktes Bein, welches gerade ihren Hinterkopf streifte, leicht versetzt ab. Sie geriet für einen Moment ins Wanken, konnte sich jedoch wieder fangen. Der damit einhergehende Abzug in ihrer nahenden Bewertung spiegelte sich unfreiwillig in ihrem Pokerface wider.

Die Zuschauer schauten Peterson entnervt an. Er beachtete sie nicht und trank aus seiner Flasche.

Ein Vater in einem »*SECURITY*«-T-Shirt marschierte durch die Sitzreihen geradewegs auf Peterson zu. Sein Blick war nicht wohlwollend, doch sein Erscheinen von dem Publikum wohl begrüßt.

Als er Peterson erreichte, streckte er die Hand nach ihm aus.

»Wir sind hier nicht in einem Stripclub«, verkündete er streng.

Dann packte er ihn und schleifte ihn hinaus. Peterson zerrte an seinem Griff herum. Er beschwerte sich lautstark und machte es dem Security-Mann schwer. Dennoch schaffte es dieser, Peterson bis zur Eingangstür zu bringen, und schmiss ihn dort nach draußen.

»Das ist nicht fair«, raunzte Peterson. »Ich habe bloß zugeschaut und das Mädel angefeuert. Da ist doch nichts bei.«

»Lass dich hier nicht noch einmal blicken.«

Der Security-Mann zog sich wieder in die Turnhalle zurück.

Peterson überlegte, ob er einfach wieder hineingehen sollte, aber dann würde er doch nur wieder hinausbugsiert werden.

Er machte ein paar Schritte. Dann zündete er sich eine Zigarette an. Er rauchte und versuchte, sich zu beruhigen.

Sein Blick schweifte umher, bis er schließlich in einer Leere versank.

Als er sich wieder umdrehte, sah er ein paar Meter entfernt, auf der Ecke eines Geländers hockend, einen jungen Mann mit einem Ziegenbart, der ihn konzentriert ansah. Er hielt eine Spielkarte nach oben und schien sie mit ihm zu vergleichen.

»Was willst du denn?«, fragte Peterson stinkig.

»Ich glaube, ich hab ihn!«, rief Teppo.

Er sprang vom Geländer herunter und steckte die Karte in seine Hosentasche.

»Holzlatte McPete, du bist hiermit festgenommen. Auf dich ist ein Kopfgeld ausgesetzt und das hole ich mir jetzt.«

»Was?«

Teppo zückte ein Paar Handschellen.

»Ich empfehle dir zu kooperieren«, sagte er und ging auf Peterson zu.

Dieser jedoch ging mit der Bierflasche auf ihn los. Er hatte Angst und schlug wirr und wild um sich.

Teppo trat ihm gegen das Knie und stoppte ihn für einen Moment in seiner Bewegung. Dann ergriff er das Handgelenk mit der Bierflasche und schlug Peterson mit der anderen Hand ins Gesicht, woraufhin dieser seine improvisierte Waffe fallen ließ. Kaum ging die Flasche zu Bruch, spielte Teppo für Peterson noch eine Zugabe mit seiner Faust.

Peterson, durch die Wucht völlig benebelt, flog nach hinten und realisierte erst später, dass er auf dem Steinboden lag.

Dalik kam von weiter weg angelaufen. Peterson bemerkte ihn als Erster. Nachdem auch Teppo ihn gesehen hatte, beugte er sich nach unten zu Peterson.

»Ich empfehle dir immer noch zu kooperieren, sonst wirst du gleich –«

Peterson griff in seine Jacke und zückte eine Pistole.

»Hau ab! Weg von mir!«, schrie er Teppo verzweifelt an, die Pistole auf ihn gerichtet.

Teppo wich sofort zurück. Ein aufkommender Adrenalinschuss machte ihm sein mögliches plötzliches Lebensende bewusst. Er hob beschwichtigend die Hände auf Brusthöhe und versuchte, in seiner Stimme nicht zu zittern.

»Whoa, whoa, whoa, whoa, whoa. Ganz ruhig.«

Peterson stand auf. Als Dalik die Pistole sah, blieb er stehen. Er war noch immer ein ganzes Stück entfernt.

»Wieso hast du dich nicht von hinten angeschlichen?«, rief Teppo.

Dalik rannte zur Seite und wollte hinter einer Wand verschwinden. Doch als Peterson »Bleib stehen! Oder ich knall ihn ab!« schrie, bewegte er sich keinen Deut weiter.

Teppo erkannte Angst auch in Daliks Gesicht. Es war das erste Mal, dass er ihn so sah.

»Willst du ihn einfach erschießen?«, rief Dalik Peterson zu, der vor Anspannung zitterte. »Ist das deine Lösung?«

»Wir jagen dich, weil du Autos geklaut hast«, fuhr Teppo fort. »Für so ein Verbrechen bist du mit etwas Glück in einigen Monaten wieder aus dem Gefängnis raus. Wenn du allerdings die Pistole auf mich richtest und abdrückst, ist das ein Mordversuch oder sogar Mord. Dafür wirst du ewig sitzen. Und glaub mir, du wirst gefasst. Irgendeiner kriegt dich.«

Peterson holte schlecht Luft. Sein Kopf war rot angelaufen und eine Vene zeichnete sich auf seiner Stirn ab.

»Also egal, was ich tue, ich bin am Arsch.«

»Bitte denk kurz nach. Hier mein Vorschlag: Mach es wie ein guter Pokerspieler. Wenn sie gewinnen, gewinnen sie viel, und wenn sie verlieren, verlieren sie wenig. Sei ein intelligenter Spieler. Lieber nur ein bisschen am Arsch sein als völlig und unwiderrufl-flich.«

Peterson haderte mit sich selbst. Er dachte nach und die Gedanken und Ausgänge seines Handelns zerrissen ihm den Magen.

»Falls du noch zweifelst«, ertönte eine Frauenstimme nur einige Meter hinter Peterson, »habe ich hier ein weiteres gutes Argument.«

Als Peterson den Blondzopf sah, wie sie einen Pistolenlauf auf ihn richtete, dauerte es nicht lange, da sank er auf die Knie und schmiss seine Waffe weg. Dann stieß er einen gequälten Schrei aus.

Cloey zog ihre Pistole an ihre Brust zurück und schrie nun ihrerseits.

»Leg dich auf den Bauch!«

Peterson zögerte. Er war mit den Gedanken bereits voraus.

»Leg dich auf den Bauch!«, befahl ihm Cloey lauter und schärfer.

Peterson gehorchte.

»Füße überkreuzen und Beine einknicken!«

Peterson legte ein Fußgelenk auf das andere und winkelte seine Beine an.

»Hände auf den Rücken!«

Peterson folgte ihrem Befehl.

Cloey näherte sich weiter und setzte sich mit einem Bein auf Petersons überkreuzte Füße, sodass er weder mehr seine Beine benutzen noch sich drehen konnte.

Sie steckte ihre Beretta zurück ins Holster und legte Peterson Handschellen an.

»So ein Mist«, sagte sie. »Mir war nicht bekannt, dass er eine Waffe mit sich führt.«

»Nette Idee mit dem von hinten anschleichen, oder?«, sagte Teppo.

»Das war nicht schlecht, allerdings hatte ich das ohnehin vor. Als Ablenkung war es jedoch super.«

Dalik kam angelaufen.

Teppo hob Petersons Pistole mit einem Ärmel auf und betrachtete sie interessiert.

Cloey wuchtete Peterson wieder auf die Beine. Dalik wollte assistieren, doch stattdessen überließ sie ihm den kompletten Gefangenen.

»Wenigstens wird aufgrund des illegalen Waffenbesitzes das Kopfgeld im Nachhinein noch erhöht«, sagte Cloey und bedeutete Peterson, sich weiter in Bewegung zu setzen. »Na komm.«

Aber Peterson blieb stehen. Sein Blick war gen Boden gerichtet. Er hob ihn an und schaute in drei mitleidlose Gesichter.

»Wisst ihr eigentlich, wie das ist, ein Leben zu führen, das so langweilig und sinnlos ist, dass ihr jede Lust daran verliert? Das Leben erscheint einem völlig ohne Wert. Alles, wovon ihr geträumt habt, wird erstickt in einem Job, der euch jegliche Energie und Hoffnungen nimmt. Und das Einzige, was dabei herausspringt, ist die Gewissheit, dass, wenn ihr endlich den Löffel abgebt, ihr sofort von einer anderen leblosen Hülle ersetzt werdet, ohne dass es irgendjemanden etwas kümmern würde. Hauptsache man funktioniert. Ich habe jeden Tag, jede Stunde, jede Minute, jede Sekunde in meinem Büro gehasst. Das Klauen von Autos gab mir einen Adrenalinstoß, den ich bitter nötig hatte. Es hauchte mir endlich wieder etwas Leben ein. Obwohl ich wusste, dass es falsch war, machte mir mein Leben endlich wieder Spaß.«

»Wenn du aus dem Gefängnis rauskommst, dann such dir doch einfach einen Beruf, der dir Spaß macht«, sagte Dalik. Im Gegensatz zu Cloey war er nicht genervt von Petersons Mitleidspredigt.

»Das werde ich auch tun. Ich will nie wieder in meinen alten Büroalltag zurück. Eher sterbe ich. Das waren mit Abstand die zwei schlimmsten Monate meines Lebens.«

»Zwei Monate?«, platzte es gleichzeitig aus Dalik und Teppo heraus.

»Das ist alles?«

»Du Heulsuse!«

Cloey gab Peterson einen Schubser, woraufhin er sich endlich weiterbewegte.

»He, Teppo«, sagte sie leise im Vorbeigehen. »Happy Birthday.«

Teppo grinste. »Einen Verbrecher geschnappt, dem Tod ins Auge gesehen und später noch eine Party bei mir zu Hause. Was für ein geiler Geburtstag.«

»Du hast heute Geburtstag?«, fragte Peterson. »Herzlichen Glückwunsch.«

»Die Holzlatte ist nett«, sagte Teppo. »Vielleicht sollten wir ihn zur Feier des Tages einfach laufen lassen.«

Petersons Augen leuchteten eine ganze Sekunde lang auf, bis Cloey ein trockenes »Nein« verlauten ließ.

Die vier gingen weiter und Peterson ergriff erneut das Wort. »Was wünschst du dir?«

Teppo schaute Cloey an, bis sie seinen Blick erwiderte. Dann sagte er: »Ich will 'n Pony.« Und Cloey grinste.

»Ein Pony?«, fragte Peterson.

»Ich will 'n Pony«, wiederholte Teppo. »Mit Senf.«

Im Garten der Bunks' waren zwei Tische zusammengeschoben. Mit Kuchen, Torten und Getränken waren sie gedeckt. Um die Tische herum saßen die geladenen Gäste. Dalik saß zusammen mit Cloey, gleich daneben Ceytea, die sich zielstrebig den Platz zwischen Teppo und der hübschen Blondine gesichert hatte. Links von Teppo saß Carrie. Teppos Klassenkameraden, der hagere Venusfliegenklatsche, der fettleibige Jubba und der Larry, der blonde Lockenkopf mit dem Überbiss und den schiefen Zähnen, reihten danach. Annie und Mary folgten und schlossen den Kreis mit Dalik. Es war das erste Mal, dass Teppo und seine Schulfreunde Ceytea und ihre Clique ohne Baseballschläger erlebten. Allerdings trug Ceytea nach wie vor ihr zerrupftes Hochzeitskleid, was zu mehr als fragenden Blicken von Cloey und Dalik führte.

Annie hielt ihr Handy ans Ohr und strich sich ungläubig durch ihre blaue Kurzhaarfrisur.

»Nein, Nancy. Du bist zu spät … Nein, der kleine Zeiger zeigt die Stunden an. Ja, genau. Okay. Nein. Nein …«

Teppo unterdessen kümmerte sich weiter um seine Geschenke.

»Gutscheine von den Mädchen und Geld von den Jungs. Bisher eine gute Ausbeute. Danke. Wer will als Nächstes?«

»Ich!«, rief Ceytea und reichte Teppo sogleich ihr in Herzpapier gepacktes Geschenk.

Teppo tastete darauf herum. Es war weich.

»Das kann doch nur ein T-Shirt sein«, konstatierte er und riss es langsam auf. »Und es ist ein … Wow! Ein neues *Gorillaz*-Shirt.«

Teppo hielt es hoch und betrachtete es freudig.

Ceyteas Mundwinkel zogen sich auseinander und stiegen in die Luft.

»Du läufst ja des öfteren mit einem herum. Mit so einem habe ich dich noch nie gesehen. Ich hoffe, du hast das noch nicht.«

»Ne, hab ich nicht. Vielen Dank.«

»So kannst du immer an mich denken, wenn du es trägst.«

Ceytea beugte sich zu Teppo herüber, wandte ihm ihre Wange zu und deutete mit ihrem Finger darauf. Alle Augenpaare waren auf Teppo gerichtet. Er zögerte kurz, setzte aber dann zu einem Kuss an. Bevor seine Lippen ihre Haut jedoch berührten, drehte Ceytea schnell ihren Kopf, um seine Lippen mit ihren abzufangen. Teppos Reaktion war ungleich schneller und er drehte wiederum seinen Kopf, sodass Ceytea ihm einen Kuss auf die Wange gab.

Zunächst war Ceytea überrascht, dann verärgert, aber schon im nächsten Moment zeigte sie wieder ein aufrichtiges Lächeln.

»Probier es doch mal an«, sagte sie.

»Später. Mir ist es peinlich, mich vor den ganzen weiblichen Gästen oben ohne zu zeigen.«

»Die können sich ja solange umdrehen«, sagte Larry.

»Natürlich können die das und keine würde spannern. Nicht wahr, Cloey?« Teppo warf Cloey einen verschmitzten Blick zu.

»Was soll das denn heißen?«, fragte Cloey. »Als hätte ich das nötig.«

»Cloey steht auf mich«, erklärte Teppo trocken.

»Uhhh«, kommentierte Larry.

Dalik hingegen war überaus irritiert. »Du bist in Teppo verliebt?«

»Nein. Er hat bloß einen Witz gemacht.«

»Ach so.«

»Und ihr kennt euch woher?«, fragte Ceytea, Cloey durchbohrend ansehend.

»Wir arbeiten zusammen. Ich bin Vermittler- und Sweeperin, Dalik nur Sweeper und Teppo bald auch.«

»Sweeper sind Kopfgeldjäger, oder?«, fragte Annie.

»Richtig.«

»Ich dachte immer, du verarschst uns«, wandte sich Larry an Teppo.

»Nö. Ich sage immer die Wahrheit.«

»Lüge!«, ertönte die Stimme des alten Mannes aus dem Innern des Hauses.

»Hör auf, uns zu belauschen!«, schrie Teppo zurück.

»Ich lausche nicht! Ihr sprecht einfach so laut!«

»Tun wir überhaupt nicht! Erzähl gefälligst keine Märchen, König Drosselbart!«

»König Drosselbart? Du hochnäsiger Kackspaniel! He, Mädels, habt ihr gewusst, dass mein Enkel bis zum zehnten Lebensjahr noch an einem Schnuller genuckelt hat?«

»Halt den Mund, du inkontinenter, faltiger –«

»Ich bin überhaupt nicht inkontinent! Muck mich hier gefälligst nicht so an, du Honk!«

»Du bist ein richtiger Kopfgeldjäger?«, fragte die rothaarige Mary ihren Nachbarn Dalik, während die Familienstreiterei noch ein Weilchen fortdauerte.

»Ja.«

»Das ist ziemlich sexy. Du bist bestimmt stark. Kann ich mal deine Muskeln fühlen?«

»Wenn du möchtest.«

Dalik ließ Mary seine Oberarmmuskeln betasten, allerdings machte er sich nicht noch extra die Mühe, sie anzuspannen.

»Nicht schlecht.«

»Anhand der Größe der Muskeln, kann man allerdings nicht die wahre Stärke eines Fechters erkennen. Die Erfahrung, Technik und das Herz gehören ebenso dazu.«

»Das sage ich auch immer«, warf Venusfliegenklatsche ein.

Mary beachtete ihn überhaupt nicht und flirtete weiter mit dem exotischen Exemplar neben sich.

»Dalik, hast du eine Freundin?«

»Das hat mich vor einigen Tagen auch schon eine gefragt und danach ist sie weinend davongelaufen. Ich möchte darauf jetzt also lieber nicht antworten. Wir sind ja schließlich hier, um uns zu amüsieren.«

»Schade. Deine Freundin kann sich bestimmt glücklich schätzen.«

»Ich bin noch solo«, mischte sich Venusfliegenklatsche erneut ein.

»Aha«, kommentierte Mary uninteressiert, nahm einen Schluck aus ihrem Pappbecher und ließ den Blick wieder umherschweifen.

»Ja, Dalik ist ein toller Fang«, sagte Teppo. »Aber ist er auch ein guter Freund? Was hast du mir denn für ein Geschenk mitgebracht?«

Cloey überreichte Teppo einen Umschlag.

»Dalik und ich haben zusammengelegt.«

»Da bin ich ja mal gespannt. Ceyteas Geschenk könnt ihr ja schon mal nicht mehr übertre–«

Kaum erhaschten Teppos Augen den Inhalt des Umschlags, atmete er wie auf Knopfdruck schnell und tief ein.

»Was ist es denn?«, fragte Larry neugierig.

Teppo zeigte zwei Konzertkarten in die Runde.

»Konzertkarten für die *Gorillaz*«, sagte Carrie, die Größte der Clique. Ihr blonder Haarschopf war kurz, doch ihre Oberweite enorm. »Da stinkt ein Shirt ja schon etwas gegen ab.«

Ceytea schmollte. Teppo hingegen freute sich einen Keks.

»Endlich sehe ich die vier mal live. Das ist das tollste Geburtstagsgeschenk überhaupt.«

»Warte erst mal mein Geschenk ab!«, erklang die Stimme des alten Mannes aus dem Haus.

»Hör auf, uns zu belauschen! Vielen, vielen Dank.«

»Gern geschehen.«

»Das heißt wohl, ich bin ein sehr guter Freund.«

Teppo nickte Dalik bestätigend zu.

»So, Leute, das Essen steht auf dem Tisch, ich habe meine Geschenke bekommen, dann … könnt ihr ja jetzt gehen. Nein, Quatsch. Langt zu. Lasst es euch schmecken.«

Fast alle begannen, sich mit Kuchen und Torte einzudecken. Die feinen Backwaren wurden von den Zähnen zermahlen und von der Zunge für köstlich befunden. Nur Cloey haderte, ob sie sich auch ein Stück nehmen sollte. Als sie nach dem Grund gefragt wurde, erzählte sie, dass sie von Süßem Pickel bekomme. Teppo spornte sie an, dass sie es zur Feier des Tages ruhig in Kauf nehmen könne. Cloey verneinte. Aber als Ceytea ihr demonstrativ vorspielte, wie gut ihr doch die Torte schmecken würde, wollte Cloey nicht mehr an sich halten. Sie gönnte sich die Gaumenfreude und genoss jeden einzelnen Bissen.

»Habt ihr eigentlich zu viel Geld, oder so?«, fragte Ceytea Cloey. »Ich meine, solche Konzertkarten sind nicht gerade günstig.«

»Wir verdienen ziemlich gut. Erst heute haben wir drei einen Verbrecher geschnappt, auf den ein Kopfgeld von 14.000 Sinner ausgesetzt war.«

»Echt jetzt?«, fragte Jubba und tat sich bereits sein zweites Stück Schwarzwälder Kirschtorte auf. »Kann ich bei euch vielleicht mitmachen?«

»Tut mir leid. Ich glaube, du unterschätzt die Gefahr. Heute allein wurde unser Geburtstagskind beinahe erschossen.«

»O Gott!«, stieß Ceytea hervor und hielt ihre Hände vor Nase und Mund.

»Hattest du Angst?«, fragte Larry. Kuchenkrümel hingen ihm zwischen den Zähnen.

»Ich wurde mit einer Pistole bedroht«, antwortete Teppo. »Was denkst du, wie man sich da fühlt? Ich war froh und heiter. Natürlich hatte ich Angst. Aber man muss halt versuchen, auch in solchen Situationen cool zu bleiben.«

»Man muss dazu sagen, dass es nicht so schwer ist, cool zu bleiben, wenn man weiß, dass ich Rückendeckung gebe«, sagte Cloey und legte ihre Hand kurz auf Teppos Schulter, was Ceyteas Besorgnis schlagartig in Eifersucht umschwappen ließ. »Ich habe ihm den Allerwertesten gerettet.«

»Warst du auch in Gefahr?«, fragte Mary Dalik.

»Nein, diesmal nicht.«

»Das heißt, du warst schon einmal in Lebensgefahr?«, fragte Annie.

»Ich musste schon einige Male um mein Leben kämpfen, aber dank meines Stabes kam ich bisher immer glimpflich davon.«

»Hast du ihn oft dabei?«

»Ich habe ihn immer dabei.«

»Ist das nicht auf die Dauer lästig?«

»Ihr habt doch auch immer Baseballschläger dabei«, warf Teppo ein.

»Manchmal«, sagte Carrie.

»Man gewöhnt sich dran«, erklärte Dalik. »Mittlerweile fühle ich mich ohne sogar richtig unwohl.«

»Und du?«, wandte sich Cloey an Ceytea. »Läufst du immer in einem dreckigen Hochzeitskleid herum?«

»Ja, tagsüber. Na und? Hast du damit ein Problem?«

»Keineswegs. Ich bin lediglich neugierig.«

»Und du? Trägst du immer drei Zöpfe? Sind zwei nicht schon genug oder willst du irgendwie durch deine Individualität auffallen?«

»Musst du gerade sagen.«

Für einige war Teppos Unterhaltung mit seinem Opa schon unangenehm genug gewesen, doch obwohl der Austausch der beiden jungen Damen ungleich ruhiger vonstatten ging, war er für alle spürbar herber. Es war eine dieser emotionsgeladenen Gespräche, bei denen man das Ende gar nicht erst miterleben wollte. Alle sahen sie: Die Blitze, die aus Ceyteas und Cloeys Augen aggressiv aufeinander einschossen, sich verbanden und gemeinsam für noch mehr Spannung sorgten.

Teppos Meinung hierzu war klar. Er war unterhalten, also war es gut. Er würde nicht dazwischengehen. Er ertrug die Anspannung, vermied es jedoch, sich seinen Spaß allzu sehr anmerken zu lassen.

Ceyteas Freundinnen hingegen versuchten zu schlichten, indem sie Partei für ihre Anführerin ergriffen.

»Also ich mag Ceyteas Outfit.«

»Ja, genau, ich auch.«

»Freakiger geht's kaum.«

»Und darum geht es doch.«

»Genau. Was wäre die Welt bitte ohne Paradiesvögel?«

»Also ich finde Cloeys Zöpfe klasse«, mischte sich Venusfliegenklatsche ein, doch wirklich beachten taten die Mitglieder der Clique ihn nicht. »Sie stehen ihr und man kann sie von hinten bestimmt immer erkennen.«

Erst als Dalik die beiden Streithühner bat, sich wieder zu vertragen, beruhigten sie sich allmählich wieder. Innerlich verfluchten Teppo und der alte Mann, welcher unbemerkt am Terrassenfenster klebte, seit der verbale Kampf begonnen hatte, den schlichtenden Mönch. Der alte Mann entklebte sich wieder von der Scheibe und hinterließ eine Atemspur am Glas.

Cloey und Ceytea aßen schweigend ihren Kuchen weiter.

Die Stimmung war leicht bedrückt. Carrie lockerte sie auf, indem sie das Geburtstagskind fragte, welche drei Dinge es auf eine einsame Insel mitnehmen würde.

»Hmmm«, überlegte Teppo. »Einen Überlebensratgeber für die Insel, also über alle Gefahren, Tiere, Pflanzen, Tipps für Unterkünfte und was man dort essen kann. Dann noch einen Erste-Hilfe-Kasten mit dazugehörigem Instruktionsbuch. Und so einen Strohhalm, der automatisch den Dreck ausfiltert, damit ich nicht verdurste und Zeit spare.«

»Also, mal überlegen, was ich mitnehmen würde«, begann Ceytea, ohne dass sie jemand gefragt hatte. Sie grübelte kurz und gerade als sie eine mit Kuchen gehäufte Gabel zum Mund führen wollte, verpasste ihr Cloey einen Stoß, auf dass das Essen Ceyteas Gesicht vollschmierte.

Ceytea war außer sich. Carrie reagierte schnell und hielt sie noch rechtzeitig fest. Cloey suchte Abstand und lehnte sich näher zu Dalik.

»Das hast du mit Absicht gemacht!«, keifte Ceytea.

Die Wut erreichte nun auch Cloey und sie stand auf. Daliks erste Reaktion war, sie festzuhalten.

Oh, du bist anscheinend doch kein so guter Freund, dachte Teppo.

»Habe ich gar nicht! Du spinnst wohl!«, keifte Cloey zurück.

Sie und Ceytea warfen sich Beleidigungen und Drohungen an den Kopf, fuchtelten wild herum und versuchten, aus den Umklammerungen zu entkommen.

Dalik hob Cloey in die Luft und trug sie fort vom Tisch. Carrie befand dies für eine gute Idee, aber da sie nicht derart stark war, redete sie stattdessen auf ihre Freundin ein. Der alte Mann entfernte sich wieder von dem Fenster, zum zweiten Mal enttäuscht.

Es dauerte seine Zeit, bis sich die beiden wieder beruhigten. Als Cloey zurückkehrte, bedeutete ihr Dalik, woanders Platz zu nehmen. Venusfliegenklatsche und Larry ließen sie nur zu gerne zwischen sich. Sie schickten Jubba ungefragt auf Cloeys vorherigen Stuhl und laberten sie zu.

Ceytea am anderen Ende kraulte Teppos Kinnbart, der es wie eine Katze zu genießen schien. Er streckte sein Kinn nach vorne und sein Mund wurde zu einer langen Linie.

Ceytea grinste mit. »Du und dein Opa tragen den gleichen Bart. Hat das irgendeinen speziellen Grund?«

»Nur Teufelskerle tragen einen Ziegenbart«, erklärte Teppo.

»Und möchtest du deinen auch so lang wachsen lassen wie er?«

»O Gott, nein. Das sieht total bescheuert aus. Außerdem soll sein langer Bart nur seinen winzigen –«

»Hahaha!« Der alte Mann stand plötzlich hinter Teppo, woraufhin dieser erschrak. »Ja, er hat schon einen ganz schön witzigen Schalk im Nacken, was?« Der alte Mann klatschte Teppo hart in den Nacken und griff liebevoll tuend, doch fest zu. »Womit habe ich ihn nur verdient?«

Teppo verkrampfte schmerzvoll sein Gesicht und versuchte, sich erfolglos herauszuwinden. »Du warst in deinem letzten Leben halt sehr artig.«

Der alte Mann ließ endlich los. Teppo rieb sich den Nacken und der alte Mann hielt ihm ein Telefon hin.

»Dein Vater ist dran. Er möchte dir gratulieren.«

Teppo nahm das Telefon entgegen und verzog sich ins Wohnzimmer.

»Hi, Dad«, hörten noch die Gäste, dann klatschte auch schon der alte Mann in die Hände und rieb sie aneinander.

»Also, wer hat Lust auf eine entspannende Massage?«

Cloey zögerte nicht. Ihr waren die Fähigkeiten des alten Mannes noch gut in Erinnerung.

»Ich nehm wohl eine.«

»Wunderbar. Dann fängst du also an. Aber keine Sorge, ihr bekommt alle eine.« Sogleich wandte er sich den Jungs zu und sein freundliches Gesicht wurde für einen Moment ernst. »Ihr nicht.«

Er schaute wieder die weiblichen Vertreter an, doch ihre Begeisterung hielt sich stark im Zaum.

Die weiße Hausziege Leelo war schnell zum Mittelpunkt der Damenwelt geworden. Noch vor allen anderen hatte sie Nancy, den verspäteten Gast, empfangen. Seitdem waren die beiden kaum noch zu trennen. Zurzeit standen sie auf dem Rasen. Venusfliegenklatsche und Jubba hatten sich hinzugesellt. Letzterer hauptsächlich weil er an den Blumen schnuppern wollte. Leelo kaute auf etwas herum und Nancy liebkoste sie dabei.

»Wie niedlich die ist«, sagte sie entzückt. »Na, Leelo, gefällt es dir, wenn ich dich am Kinn kraule?«

Währenddessen kratzte sich der alte Mann im Wohnzimmer sein eigenes Kinn. Vor ihm lag Annie auf einer ausklappbaren Massagebank. Er nahm sie gut ran und ihr gefiel es sehr.

»Das tut ja so gut«, stöhnte sie.

O ja, das tut es, dachte der alte Mann.

»Du bist intelligent, richtig?«, fragte er nach einer kleinen Weile und irritierte damit Annie.

»Ich ...«

»Zumindest lernst du sehr viel. Und du bist oft müde. Du lernst häufig noch bis spät in die Nacht, oder?«

»Ja, woher wissen Sie das?«

»Von deinem Rücken und ein paar anderen Körperstellen. Dein Nacken ist sehr verspannt. Beim Lernen wird oft eine gebückte Haltung eingenommen, weil sie weniger ermüdend ist. Das Problem daran ist nur, dass sich mit der Zeit diese gebückte Haltung normalisiert. Noch bist du weit davon entfernt, mal einen Buckel zu bekommen, aber wenn du so weitermachst, wird es wohl eines Tages darauf hinauslaufen. Ich empfehle dir, mehr darauf zu achten, gerade zu sitzen.«

»Oh. Okay. Ich nehme Ihren Ratschlag gerne zur Kenntnis. Ich werde mal darauf achten. Ich hänge tagsüber viel mit meinen Freundinnen ab und komme daher nicht wirklich zum Lernen.«

»Ja, ich verstehe. Aber dennoch bist du fleißig und ich gehe mal davon aus, dass du einen anspruchsvollen Beruf ergreifen möchtest. Vielleicht solltest du dich zu deinem eigenen Wohl an einigen Tagen einfach mal eine oder zwei Stunden früher von den anderen verabschieden, um zu lernen. Dann bist du weniger müde und hast mehr Energie beim Studieren.«

»Ja, ich glaube, das ist gar nicht mal so unklug. Sagen Sie, wo haben Sie gelernt, so zu massieren? Das ist ja wirklich sagenhaft. Kann man Sie buchen?«

»Also Teppo, rück mal raus mit der Sprache«, sagte Ceytea. »Wen von allen hier findest du am attraktivsten? Mit welcher würdest du am liebsten mal eine Nacht verbringen?«

»Oh, also ich ... Ich halte es für dumm, darauf zu antworten. Ich möchte da nicht mitspielen.«

»Ach, komm schon«, drängte Ceytea weiter. »Ist doch nur hypothetisch und zum Spaß. Na los.«

»Ja, Teppo, erzähl es uns«, sagte Cloey. Teppo warf ihr einen irritierten Blick zu, der sie ein wenig des Verrats beschuldigte, aber dann willigte er ein.

»In Ordnung. Hier kommt meine Antwort.«

Statt etwas Weiteres zu sagen, stellte Teppo seine Faust mit dem ausgestreckten Daumen nach oben auf den Tisch.

Allgemeines Schweigen und Ratlosigkeit folgten.

Ceytea tendierte dazu, den Daumen zu umgreifen, doch zuvor ergriff Carrie das Wort: »Und was soll das jetzt bedeu–«

»Carrie«, sagte Teppo plötzlich und zog seine Faust wieder vom Tisch. »Ich entscheide mich für Carrie. Ja, definitiv Carrie. Sie ist am heißesten.«

Dann gingen die Fragen los.

»Hä?«

»Ist das dein Ernst?«

»Hast du das jetzt nur gesagt, weil sie zuerst den Mund aufgemacht hat?«

»Nur weil sie die größte Oberweite hat?«

»Was hättest du gesagt, wenn ich deinen Daumen in die Hand genommen hätte?«

Teppo reagierte auf keine dieser Fragen, stattdessen begann er, alkoholische Getränke aufzutischen.

»Gibt es keinen Wein?«, fragte Dalik.

»Äh, nein, tut mir leid.«

»Na gut, dann nehme ich auch ein Bier. Aber nur eins oder zwei.«

»Magst du etwa keins?«, fragte Mary.

»Doch schon, aber im Tempel meinten sie immer, dass ich gemein werde, wenn ich zu viel trinke.«

»Du und gemein?«, lachte Cloey. »Das soll wohl ein Scherz sein.

Wie kannst du bitte gemein sein?«

»Ich sage die Wahrheit.«

»Aber das tust du doch ohnehin immer.«

»Ja, schon, aber ich sage dann ungefragt meine Meinung zu allen Dingen und das empfinden viele als unhöflich und verletzend. Und wenn ich so an die Dinge zurückdenke, die ich schon von mir gegeben habe, kann ich es auch verstehen. Selbst mein Sifu meinte mal, dass ich damit vorsichtig sein solle.«

»Aha. Verrückt. Hätt ich nicht gedacht.«

»Das würde ich ja wirklich mal gerne sehen«, sagte Teppo. »Nach der Festnahme und zur Feier des Tages kann man schon mal einen über den Durst trinken, finde ich. Wir werden schon nicht wie die Bekloppten auf dem Rasen herumturnen.«

Am Abend zwitscherten die Vögel noch immer heiter beschwingt und Venusfliegenklatsche und Jubba, beide betrunken, rangen oben ohne auf dem Rasen. Nancy schaute ihnen begeistert von der Seite zu. Die anderen, deutlich weniger bis gar nicht betrunken, beobachteten den Ringkampf von der Terrasse aus.

Carrie und Larry saßen nebeneinander und unterhielten sich überraschend gut.

Venusfliegenklatsche, der nicht mal halb so viel wog wie sein Gegner, war deutlich unterlegen. Er strengte sich stark an, doch Jubba lachte durchgehend und spielte mit ihm nach Lust und Laune. Venusfliegenklatsche drückte mit aller Kraft gegen Jubba, konnte ihn jedoch keinen einzigen Zentimeter von der Stelle bewegen. Er sah zu Nancy herüber und wechselte in eine Position, wo niemand seinen Mund sehen konnte.

»Hey, Kumpel. Bitte lass mich gut aussehen«, flüsterte er.

Im ersten Moment passierte nichts, dann, jählings, gab der gewaltige Koloss unter der Kraft und Technik von Venusfliegenklatsche nach und ging zu Boden.

Nancy klatschte und jubelte aufgeregt. Sie war beeindruckt und schien dem Schauspiel Glauben zu schenken.

Erschöpft und leicht torkelnd, ließ sich Venusfliegenklatsche feiern. »Wie der gute Dalik gesagt hat: Das Äußere kann täuschen. Wirklich entscheidend ist das Herz.«

Er zwinkerte Jubba zu, der daraufhin heimlich den Daumen hob und zurückzwinkerte.

Mary kam mit schlaffen Augen aus dem Wohnzimmer zurück.

»Was ist denn mit dir passiert?«, fragte Ceytea.

»Sie ist einfach eingeschlafen«, erklärte der alte Mann liebevoll, als er hinterherkam.

Mary setzte sich wieder auf ihren Stuhl neben Dalik. Sie bekam ein vor Entspannung herrührendes Lächeln nicht mehr aus dem Gesicht. Sie war ganz ruhig und ließ die Massage noch eine ganze Weile nachwirken.

»So, wer möchte als Nächstes?«

»Hier, ich!« Nancy hob enthusiastisch ihren Arm und eilte herbei.

Der alte Mann legte eine Hand auf ihren Rücken und führte sie hinein.

Er merkte schnell, dass sie ein sehr liebes Mädchen war, aber auch eines, das vollkommen verpeilt war. Was sie so von sich gab, brachte ihn des öfteren zum Lachen. Man konnte sagen, sie war zu einfältig, um sie nicht gern zu gewinnen. Sie erzählte frei heraus und gerade weil sie ein so offenes Herz besaß, klang die Traurigkeit, die einherschwang, als sie von ihrem Exfreund erzählte, der sie mehrmals betrogen und ihr Herz gebrochen habe, umso bitterer.

Wie kann man nur ein solch liebes Mädchen betrügen?, dachte der alte Mann.

»Mein Exfreund hat mir mal einen Mantel aus echtem Pelz geschenkt. Er meinte: ›Du hast doch gesagt, du liebst Tiere.‹«

Der alte Mann lachte.

Er erklärte ihr, dass ein solch liebenswertes Mädchen wie sie leicht in die Falle von Mistkerlen tappen könne. Doch gerade weil sie ein so unbekümmertes Wesen besitze, würden nette Typen sie in den meisten Fällen nicht gehen lassen wollen. Für alles gebe es allerdings keinen Garanten. Ob derjenige ein guter oder schlechter Freund sei, stelle sich nicht selten erst sehr spät heraus. Doch mit den objektiven Blicken ihrer Freunde und Familie sei sie schon mal gut beraten.

»Wie meine Oma damals schon sagte: Kontrolle ist gut. Richtige Kontrolle ist besser.«

»Heißt es nicht eigentlich: Vertrauen ist gut. Kontrolle ist besser?«

»Äh, ja. Ich glaube schon. Ergibt auch irgendwie mehr Sinn. Wie ist es hier?«

»O ja. Sehr gut, Mr. Bunks. Sie sind der Beste.«

»Ja, das bin ich. Ja, das bin ich.«

Nach Nancy ließ sich Ceytea verwöhnen. Der alte Mann war besonders gespannt, was er aus ihr herausbekommen würde. Wie selbstverständlich entstieg sie aus ihrem Hochzeitskleid, verdeckte ihre freigelegten Brüste mit dem Arm und legte sich auf ihren Bauch. Der Speichel sammelte sich im Mund des alten Mannes, doch er ließ sich nichts anmerken und blieb professionell.

Ceytea war besonders daran interessiert, ebenfalls einen Rat von ihm zu bekommen. Sie erzählte unter nahezu erotisierendem Stöhnen von ihrer Beinahehochzeit und fragte, ob das mit der Suche nach der Liebe überhaupt sinnvoll sei, denn bisher habe sie dadurch immer weitaus mehr Probleme als Freude daran gehabt.

Warum also so weitermachen?

»Ich hatte mal einen Freund«, begann der alte Mann zu erzählen. »Mittlerweile lebt er nicht mehr. Er war zwar nicht süchtig, doch alle paar Monate pflegte er, das Glücksspiel zu lieben und das dann aber exzessiv. Na gut, wahrscheinlich war er doch irgendwie süchtig. Unzählige Male verlor er dabei sehr viel Geld. Er war ein furchtbarer Spieler. Immer nur verlor er. Eines Tages jedoch kam er mit 20 Sinner plus nach Hause. Es waren nur 20 Sinner und er hatte die Male davor aberhunderte Sinner verloren, ganz zu schweigen von der Zeitinvestition und dem ganzen Stress. Aber Ceytea, du wirst nicht glauben, wie sehr er sich über diese läppischen 20 Sinner gefreut hat. Wenn du ein bisschen darüber nachdenkst, findest du vielleicht eine Antwort auf deine Frage, ob es sich lohne, trotz aller Widrigkeiten weiter nach der Liebe zu suchen.«

Ceytea schwieg einen Moment. Dann sagte sie: »Irgendwie finde ich diese Geschichte überaus deprimierend. So viel Ärger, nur um am Ende immer noch weit im Minus zu stehen.«

»Hmm. Ja, irgendwie hast du recht. Ich habe auch noch eine *Mensch ärgere dich nicht*-Weisheit. Möchtest du die vielleicht auch hören?«

»Ja, wieso nicht?«

Der alte Mann räusperte sich. »Hoffentlich bekomme ich das noch zusammen. Also. *Mensch ärgere dich nicht.* Das Spiel an sich ist einfach nur dumm. Es macht überhaupt keinen Spaß, meiner Meinung nach. Wenn man es spielt und es gut für einen läuft, gut. Wenn nicht, man keine Sechsen würfelt und immer geschmissen wird, ist es beschissen. Manchmal spielt man und spielt, kriegt aber keine Figur ins Ziel, wird geschmissen und hat alle Figuren wieder zu Hause, während die anderen fast fertig sind. Hört man deshalb auf zu spielen? Nein, natürlich nicht. Und weißt du auch warum?«

»Warum?«

»Weil es viel zu langweilig ist, anderen beim ohnehin schon sterbenslangweiligen *Mensch ärgere dich nicht* einfach nur zuzusehen. Da kann man genauso gut mitspielen. Spiel einfach mit und hoffe auf möglichst viele Sechsen, wobei Sechsen für Sex steht.«

»… Das war die Weisheit?«

»Äh, ja. Ich hoffe, ich konnte dir helfen.«

Als Ceytea fertig war mit der Massage, hatte sie das Bedürfnis, ihren Alkoholkonsum anziehen zu müssen. Sie trat zurück auf die Terrasse und wie auf Knopfdruck verkrampfte sich ihr gelockerter Nacken wieder. Cloey saß neben Teppo und hatte ihren Arm auf seine Rückenlehne gestützt.

Dieses Miststück!

»Da meinte er: ›Mutig ist, wer Durchfall hat und trotzdem furzt‹«, erzählte Dalik und lachte. Er, Teppo und auch Cloey waren vom Alkohol noch nahezu unberührt, zumindest ließen sie sich nichts davon anmerken.

Ceytea setzte sich zu Carrie und Larry. Sie schaute zu den Sweepern, oder wie sich nannten, herüber und begann, allmählich immer schneller zu bechern.

»Den muss ich mir merken«, sagte Teppo amüsiert. »Apropoprobrot … Kennt ihr eigentlich das perfekte Getränk gegen Durchfall? Das hat mir mein Hausarzt mal empfohlen. Also in ein Glas oder eine Tasse füllt ihr ein Drittel schwarzen Tee, ein Drittel Apfelsaft und ein Drittel Cola. Es stopft, man trocknet nicht aus, der Körper bekommt Vitamine und es schmeckt sogar recht gut.«

»Und an Speisen empfehle ich stets Reis mit einer Prise Salz«, ergänzte Dalik stolz. »Das wirkt manchmal wahre Wunder.«

Cloey schüttelte schmunzelnd den Kopf.

»Ihr zwei seid anscheinend wahre Durchfallexperten. Möchtet ihr eventuell noch etwas näher darauf eingehen?«

Teppo und Dalik hoben gerade zu einer Antwort an, da kam Ceytea ihnen zuvor.

»Sag mal, Teppo«, begann sie und ihr Blick wirkte leicht finster, »was mich immer schon interessiert hat: Wieso gehst du in deinem Alter noch zur Schule? Du bist doch nicht so oft sitzen geblieben, oder? So blöd bist du doch überhaupt nicht.«

»Ich hole meinen Abschluss nach. Allerdings weiß ich noch nicht, was ich danach studieren möchte. Wahrscheinlich gar nichts. Mir gefällt die Arbeit eines Sweepers.«

»Und du wolltest keine Abendschule besuchen oder einen Internetkurs machen oder dergleichen?«

»Nein. Es stand zwar zur Auswahl und mittlerweile wünschte ich auch, ich hätte es gemacht, aber –«

»Hey, sind wir so schlimm?«, unterbrach ihn Larry.

»Nein, nein. Ihr seid klasse. So war das nicht gemeint.«

»Was hast du denn vorher gemacht?«, fragte Ceytea.

»Die meiste Zeit bin ich unfreiwillig durch die Welt gezogen. Ich habe mich sehr oft verlaufen und mir dabei einiges angesehen.«

»Gehst du gerne reisen?«

»Nein, nicht wirklich. Es passiert einfach. Ich habe viele Nebenjobs gemacht, um mich über Wasser zu halten. Noch vor einiger Zeit lebte ich sogar teilweise auf der Straße. Kein Dach. Kein Essen. Dann nahm sich mein Opa meiner an. Er fand, dass es das gesündeste für mich sei, erst mal hierher zu ziehen. Und wie ich finde, tut mir Enmars Luft wirklich gut.«

Später am Abend waren Carrie und Larry nicht mehr zu sehen. Irgendwann waren sie einfach zusammen weggegangen und meinten, sie würden nur kurz einen Spaziergang machen.

Die Sonne schien noch immer. Bald würde sie untergehen, aber im Moment verwöhnte sie noch alle mit ihrem warmen Orange, welches der Umgebung eine portraitwürdige Erscheinung verlieh.

Sie hatten angefangen, kleine Partyspiele zu spielen. Für eines hatte der alte Mann Ballons aufgeblasen und die Gäste hatten sich in Teams aufgeteilt. Dann hatte er die Regeln verkündet. Abwechselnd einer im Team musste einen Ballon an seinem eigenen Hintern anbringen, sich vorbeugen oder irgendwo abstützen und ein Mitspieler musste durch Vorstoßen seiner Hüften den Ballon zum Platzen bringen. Danach musste sich der Nächste einen Ballon anmontieren. Das Team, welches am Ende der Zeit die meisten Ballons zum Platzen gebracht hatte, war der Gewinner.

Der alte Mann spielte hierbei sogar mit. Durchgängig leuchteten seine Augen. Er amüsierte sich herzlich. Fast alle fanden ihn zu Anfang irgendwie gruselig, besonders die Frauen, zumal sein Pullover mit dem aufgedruckten *»DOGGY? WUFF!«* ihr Unbehagen noch untermalte. Allerdings war der alte Mann auch überaus charismatisch. Er war liebenswert und witzig, fast schon süß, sodass alle einfach mitmachten.

Mittlerweile war nur noch ein Spiel übrig. Zwei flache Holzklötze standen auf dem Rasen, auf ihnen jeweils einer von zwei Spielern. Sie waren einige Meter voneinander entfernt. Zu Beginn hielt jeder ein Ende eines langen Seils zwischen Zeigefinger und Daumen. Nach dem Startsignal wickelten sie so viel Seil auf wie möglich. Sobald nichts mehr übrig war, versuchten die Spieler, durch Ziehen und Nachlassen den anderen aus dem Gleichgewicht zu bringen und von dem Klotz fallen zu lassen. Wenn einer kein Seil mehr hatte, hatte dieser ebenfalls verloren.

Wenn der alte Mann nicht gerade gegen die Damenwelt mit Absicht verlor, gewann er die meisten Spiele, wobei Jubba am Ende den Bogen raus hatte und selbst vom alten Mann nicht mehr besiegt wurde.

»Da stand ich also ganz allein dieser zombifizierten Marionettenarmee gegenüber«, erzählte Teppo, während sich die Gäste abwechselnd bei dem Spiel versuchten.

»Tut mir leid«, unterbrach ihn Cloey. »Zombifizierte Marionettenarmee? So etwas gibt es nicht. Das kaufe ich dir nicht ab.«

»Du musst mir nicht glauben, aber ich schwöre dir, dass es die Wahrheit ist. Du würdest dich wundern, was es alles auf dieser Welt gibt. Da erscheinen dir diese zombifizierten Marionetten noch mit am wahrscheinlichsten.«

»Also mir gefällt deine Geschichte«, lallte Ceytea und kuschelte sich an Teppos Arm.

»Danke. Du hast einen sehr guten Geschmack, Ceytea.«

»Willst du meinen Geschmack mal probieren?«, fragte sie und beugte sich an sein Ohr. »Wir könnten ein bisschen miteinander rummachen.«

Sie machte einen Kusslaut.

Teppo lief rot an und kontrollierte, ob sie jemand gehört hatte. Und ja, sie war gehört worden. Von nicht gerade Wenigen.

»Ja, äh, ähm … ne, lass mal. Danke. Du bist betrunken. Du weißt nicht, was du da sagst.«

»So betrunken bin ich noch nicht. Du musst dir keine Sorgen um mich machen. Ich kenne meine Grenzen.«

Später, es war bereits dunkel, kniete Ceytea vor der Toilettenschüssel und brach hinein. Annie hielt ihre Haare. Nancy hockte neben Ceytea und streichelte ihren Rücken. Dalik stand daneben, weshalb auch immer. Er tat nichts, außer das Ganze zu kommentieren: »Besser raus als rein. Beides schon gesehen und beides schon gemacht.«

Annie war angewidert, aber Nancy lachte.

»Wieso lacht du?«, fragte Dalik irritiert.

Als Ceytea fertig war, ihren Glibber auszuspeien, und beteuerte, dass es ihr wieder besser gehe, brachten ihre Freundinnen sie zurück ins Wohnzimmer Richtung Haustür. Der Raum war vollgestellt mit fast zwanzig leeren Pizzaschachteln. Mary und Carrie schlossen sich ihren Freundinnen an und entschieden, sich ebenfalls auf den Heimweg zu begeben.

»Ceytea kann nicht mehr«, erklärte Carrie. »Ich fahre jetzt erst mal sie und dann die anderen nach Hause.«

»Ja, mach das«, sagte Teppo mit einem Stück BBQ-Pizza im Mund. »Wir sehen uns Montag.«

»Feiert noch schön.«

»Schlaf gut, Carrie«, sagte Larry und grinste sich einen ab. Carrie grinste zurück.

»Mach's gut, Teppo«, stammelte Ceytea in der Türschwelle.

»Mach's gut, Ceytea.«

»Du auch.«

Dann waren sie weg und nur noch Mary war von der Clique übrig. Sie warf Dalik einen sehnsuchtsvollen Blick zu.

»Tschüss!«, rief sie in seine Richtung, doch bevor Dalik ihr antworten konnte, hatte Teppo bereits die Tür vor ihrer Nase zugemacht.

Danach sprang das Geburtstagskind neben Dalik auf das Sofa, nahm sich ein weiteres Stück Pizza und lehnte sich zurück. Der Alkohol ließ seine Umgebung zu einem langsamen Karussell werden.

»Hach, wie romantisch«, sagte er und blickte in die Runde. »Fünf Männer, eine Frau.«

Dalik nahm sich ebenfalls ein weiteres Stück, aber dann flutschte es einfach aus seinen Händen und landete auf Teppos frisch angezogenes, neues *Gorillaz*-Shirt.

»Ups.«

Entgegen Daliks Vermutung war Teppo entspannt, ja sogar belustigt und zu Späßchen aufgelegt.

»Ich weiß, wer mich nicht mit aufs Konzert begleitet.«

Dann stand er auf und marschierte mit den konzentriert gesetzten Schritten eines Betrunkenen Richtung Waschküche. Dalik folgte ihm.

»Teppo, das tut mir leid.«

»Ja, ja.«

Er wischte mit einer Hand durch die Luft und ließ damit Daliks Schuldbewusstsein verschwinden. Er zog sein T-Shirt aus, warf es in den Wäschekorb und begab sich zurück ins Wohnzimmer. Von dort aus wollte er zunächst die Treppe hinauf und sich aus seinem Zimmer ein neues T-Shirt holen, doch sein Plan wurde rapide vereitelt, denn der alte Mann kam breit grinsend und aufgeregt ins Zimmer.

»Jetzt geht's gleich los«, verkündete er und wirkte dabei wie ein Kind vor der Weihnachtsbescherung. »Schnell, helft mir, die Möbel zu verrücken.«

Die Gäste stellten Fragen, aber der alte Mann blockte sie ab. Stattdessen befahl er ihnen, schneller zu arbeiten.

Als sie eine große Fläche freigelegt hatten und die Möbel alle zueinander zeigten, stellte der alte Mann einen Stuhl in die Mitte, mit der Lehne zur Haustür gerichtet.

Nur Sekunden später klingelte es an der Tür. Das Gesicht des alten Mannes hellte noch einmal von Neuem auf.

»Los, setzt euch hin. Teppo in die Mitte und nicht gucken.«

Alle setzten sich wie angeordnet hin. Und der alte Mann eilte zur Tür.

»Herzlichen Glückwunsch zum Geburtstag, mein Junge. Ich wünsche dir alles erdenklich Gute, Bessere und Beste. Und nun viel Spaß mit meinem Geschenk.«

Der alte Mann öffnete die Tür. Die überraschten Gesichter seiner Gäste machten Teppo mehr als neugierig.

Dann hielt er es nicht mehr aus. Er musste einfach wissen, woher die großen Augen rührten. Er drehte seinen Kopf und wollte nach hinten schauen, dabei streifte er um ein Haar die Brüste einer heißen Stripperin. Aber es war nicht irgendeine normale Frau. Diese besaß gigantische Silikonbrüste.

Mit einem Mal bekam auch Teppo große Augen und sein Kopf wurde zu einem glühenden Stück Kohle.

»Du hast heute also Geburtstag?«, fragte die Stripperin mit einem Zigarettenatem.

Teppo nickte verlegen.

Sie lächelte ihn an. Dann begann sie zu strippen wie die Hure der Unterwelt höchstpersönlich.

Kapitel dreizehn:
HALLOWEEN

In letzter Zeit hatte Dalik es überaus schwer. Er schlief kaum noch und seine Nerven waren nicht mehr das, was sie einst gewesen waren. Allmählich legten sie sich brach. Dalik drehte am Rad. Er dachte, er werde verrückt. Denn er wurde heimgesucht.

Es war Nacht und Dalik pinkelte sich (natürlich im Stehen) die Wachheit aus dem Leib. Er drückte die Spülung und wusch sich die Hände. Er schaute in den Spiegel, zurück zu den Händen, drehte den Hahn ab und warf einen erneuten Blick auf sein Spiegelbild.

Doch was war das?! Eine leicht durchschimmernde Person, eine Frau mit schmutzigen grauen Haaren und einem Loch im Hals, stand hinter ihm. Ein Schrecken kroch ihm in den Nacken. Er schaute hinter sich, aber da war niemand.

Er hatte diese Frau noch nie zuvor gesehen. Allerdings war er sich sicher, sie war ein Geist gewesen.

Dalik schaute Fernsehen. Er saß entspannt da, bis das Bild anfing zu flackern. Es dauerte ein paar Sekunden an und Dalik wollte bereits genervt umschalten, da erschien plötzlich über den gesamten Bildschirm das Gesicht eines Seefahrers. Der Schockmoment und die Tatsache, dass er hier nun einem augenscheinlichen Geist gegenübersaß, ließen ihn gellend aufschreien.

Dalik war erschöpft. Er ließ sich in sein Bett fallen und genoss dessen Weichheit und noch angenehme Kühle. Dann jedoch drehte er sich um und der Geist eines uralten, zahnlosen Mannes lag neben ihm.

Dalik schrie.

Es war Tag. Als Dalik Liegestütze machte, materialisierte sich direkt unter ihm, gerade als er sich wieder hochgedrückt hatte, der Geist eines Mädchens. Eine klaffende Wunde markierte die Stelle, an der ihr die Nase fehlte.

Sie kreischte Dalik an. Und Dalik kreischte mit.

Dalik war zutiefst gestresst. Immerzu schaute er sich um. Nie fühlte er sich sicher. Es konnte immer passieren. Egal ob bei Nacht oder Tag. Er hatte Angst. Er hatte Verfolgungswahn. Und das zu Recht. Er agierte vorsichtig, doch das änderte nichts daran, dass das plötzliche Erscheinen, die einhergehende Kälte und das allgemein unbeschreiblich aufkommende Gefühl von Hilflosigkeit ihn immer wieder aufschreien ließen.

Einmal, als er sich bedachtsam durch das Wohnzimmer arbeitete und sich umdrehte, hatte er aus nächster Nähe das Gesicht eines grantigen Holzfällers vor sich. Daliks Stimme machte Überstunden, während sein Herz Urlaub machte.

Dalik nahm eine Dusche. Anfangs registrierte er es nicht, da er gerade seine Augen geschlossen hatte und sich fragte, warum in Filmen immer alle ihr Gesicht in den Strahl halten, aber dann dauerte es nicht lange, bis er aus der Dusche floh. Blut sprudelte aus dem Duschkopf. Es war warm wie das Wasser, nur dickflüssiger und klebriger. Dalik hatte es überall. Entsetzt blickte er zurück zur Dusche. Ein kleiner Junge mit aufgeschnittenen Pulsadern saß regungslos in der Ecke. Das Blut regnete auf ihn nieder.

Dalik kam mit vollen Einkaufstüten nach Hause. Sie hingen an seinem Stab, den er schulterte. Cloey und Teppo saßen am Tisch. Ihre Rücken waren zu Dalik gerichtet. Er grüßte sie, aber sie antworteten nicht. Dalik stellte die Tüten ab und ging auf die beiden Stummsitzer zu. Dann drehten sie ihm ihre Köpfe zu.

Ihre Haut war bis auf das Fleisch und teilweise noch tiefer heruntergefressen. Daliks Herz blieb stehen, doch sein Schrei lief nur so davon.

Dalik konnte nicht schlafen. Wer könnte es ihm verübeln? Er saß im Sessel und las ein Buch: »Warum Gott Blödsinn is(s)t – Ein Heidenspaß für den genussvollen Sünder«.

Plötzlich wuchsen zwei Geisterarme aus den Armlehnen hervor und packten den Mönch. Ihr Griff war so fest, dass Dalik sich nicht befreien konnte. Die leicht nebligen Arme und die langen dürren Finger waren eiskalt. Sie schienen direkt sein Skelett zu berühren, als gölten für sie die irdischen Regeln nicht. Daliks Stimme war lautlos. Erst allmählich kratzte sie sich Lautstärke zusammen.

Die Erscheinungen hörten nicht auf. Sie hielten an, wurden schlimmer, realer und zeigten sich in allen möglichen Alltagssituationen. Wann immer Dalik einen Schrank öffnete, wartete bereits eine paranormale Überraschung auf ihn.

Als er am Küchentisch Cornflakes aß, schoss eine Geisterhand aus der Schüssel, griff Daliks Kopf und zerrte ihn in die Milch. Er bekam keine Luft mehr. Die Panik war groß und Dalik befürchtete schon, dass er sterben würde. Ihm wurde bereits schwarz vor Augen, da ließ der Druck von ihm ab und er konnte wieder durchatmen. Von der Geisterhand fehlte jedwede Spur.

Cloey kam herein und fragte Dalik nach der Sauerei aus.

Die Wahrheit glaubte sie ihm nicht.

Dalik war hundemüde. So lange hatte er schon nicht mehr geschlafen. Er wollte nur noch in sein Bett und seine Augen zumachen. Er sah das weiche Paradies bereits vor sich, als eine Hand unter dem Bett hervorschnellte und sein Fußgelenk packte. Die Hand riss ihn von den Beinen und zerrte ihn schreiend unter das Bett.

Dalik saugte Staub. Er ahnte nichts Schlimmes, als aus dem Boden ein Geist mit einem Wasserkopf sprang. Dalik schrie vor Schreck auf. Er ver-

suchte, den Geist aufzusaugen, aber es funktionierte nicht. Also schnappte er sich seinen Stab und schlug damit zu. Der Hieb ging jedoch einfach durch den Geist hindurch und hinterließ lediglich eine nebelige Spur, die sich schnell wieder in ihre alte Form zurückdunstete.

Kaum war der Geist wieder vollständig, öffnete er seinen Mund und flog krächzend auf Dalik zu.

Dalik riss noch seine Waffe zum Schutz nach oben, aber der Geist flog einfach hindurch, in den Körper des Mönchs hinein. Es fühlte sich an, als verkühlte er schmerzvoll von innen. Alle seine Organe versteiften sich. Es war, als stächen unzählige Nadeln auf ihn ein.

Dalik schrie aus voller Kehle …

… und wachte auf. Er hatte mal wieder einen seiner furchteinflößenden Träume gehabt. Zum Glück passierten diese Dinge nur, wenn er schlief. Doch er war sich sicher, diese Träume hatten einen Grund. Sie wollten ihn warnen. Er wusste, was er zu tun hatte, damit sie niemals in echt eintreffen würden. Es war wieder Zeit. Halloween rückte in greifbare Nähe.

Cloeys Wohnzimmer (und allgemein die ganze Wohnung) war reichlich für das bevorstehende Fest geschmückt. Gruselige Girlanden hingen an den Wänden und makabere Window Color Bilder klebten an den Fenstern. Eine Vielzahl von Figuren aus Horrorgeschichten standen herum, ebenso jede Menge Skelette, speziell Köpfe. Und überall befanden sich geschnitzte Kürbisse, jeder in seiner Art individuell, aber allesamt kunstvoll angefertigt und überaus Grauen erregend.

Teppo schlief auf dem Sofa. Er lag schief und wüst mit von sich gestreckten Gliedern, inklusive einer Morgenlatte. Auf dem Tisch vor ihm standen benutzte Gläser, Getränke, ein Rest Popcorn, Süßkram sowie mehrere dreckige Teller.

Eine riesige Spinne landete behutsam auf seinem Bauch. Teppo bemerkte sie nicht. Er schlief weiter.

Die Spinne begann, sich langsam auf sein Gesicht zuzubewegen.

Das bemerkte er. Er wusste zwar noch nicht, was er bemerkte, aber zumindest wurde er wach. Er spürte einen sich leicht verschiebenden Druck auf seinem Oberkörper. Als er die Augen öffnete und herunterblickte, sah er sie, dieses gigantische, achtbeinige Etwas, das aggressiv auf ihn zusteuerte.

Teppo schreckte derart stark auf, dass er der Spinne einfach nur panisch einen Klatsch mit dem Handrücken gab und nach hinten über die Sofalehne wich. Er prallte hart auf dem Boden auf. Der Schmerz war ihm jedoch egal. Sofort wich er weiter zurück und hievte sich auf seine Füße.

Als er Cloey sah, wie sie einen Wischmopp in der Hand hielt, von dem eine Gummispinne an einem Faden herabhing, lud er sein Herz ein, wieder hundert Schläge die Minute weniger zu machen. Cloey lachte. Dalik, der hinter ihr stand, konnte auch nicht anders, als sich über Teppos Reaktion lustig zu machen.

»Das war die Rache für letzte Nacht«, erklärte Cloey.

Teppo brauchte kurz, bevor die Erinnerung zurückkehrte.

In jüngster Nacht war Cloey (in ihr Nachthemd gekleidet) unterwegs zum Badezimmer gewesen. Ihr hatte die Blase gedrückt.

Als sie die Tür geöffnet hatte, war sie bereits erwartet worden. Eine Teufelsfratze war auf sie zugekommen und hatte dabei lauthals geschrien.

Cloey war der Schrei im Hals steckengeblieben. Ihre Augen weit aufgerissen, der Körper zu einer Eisskulptur erstarrt, war sie nach hinten weg auf ihren Popo gefallen. Erst dann hatte sich der Schrei durch die enge Öffnung gepresst und sie brutal geweitet.

Doch der Schrei hatte nur kurz angehalten. Teppo war lachend aus dem Badezimmer getreten und hatte die Teufelsmaske abgenommen.

»Oh, man war das gut.«

Cloey war hektisch aufgestanden, hatte Teppo auf dem Weg ins Bad zur Seite geschubst und abgeschlossen.

Teppo hatte noch kichernd überlegt, ob mit ihr alles in Ordnung war, da war ihm ein feuchter, gelber Fleck aufgefallen, wo Cloey gerade noch auf dem Boden gesessen hatte.

»O mein Gott! Cloey, hast du dich wirklich eingepin–«

»Ich hasse dich!«, hatte sie aus dem Bad zurückgerufen. »Hau einfach ab! Lass mich in Ruhe!«

Nach Cloeys Rache setzte sich das Trio zusammen. Auf Cloeys Gesicht zeigten sich die roten Überbleibsel von ausgedrückten Pickeln. Die letzte Woche war nicht schön gewesen; war Cloey nicht schön gewesen. Und alles nur wegen eines Stück Kuchens. Sie überreichte ihren Jungs jeweils die gleiche Steckbriefkarte. Die beiden betrachteten sie wie ein Muttertier ihr Junges.

Nachdem Cloey ihnen ein paar Sekunden zum Lesen gegeben hatte, ergriff sie das Wort.

»Mehrfach angeklagt wegen Tierquälerei, wechselte er später zum brutalen Tierfänger und arbeitet jetzt erfolgreich als illegaler Tierhändler. Abel Fleuron, Alter: 49 Jahre, Kopfgeld: 25.000 Sinner und ein Monster, dem ich nur allzu gerne das Handwerk legen würde. Ich erhielt einen Tipp, dass er in drei Nächten mit einigen seiner engsten Mitarbeiter und Arbeitspartner in einem alten Herrenhaus eine Besprechung abhalten wird. Leider kostet uns dieser Tipp zehn Prozent von den 25.000 Sinner Prämie. Dafür können wir uns aber ziemlich sicher sein, dass wir Fleuron dort auch antreffen werden.«

»Wer ist das eigentlich immer, der dir die heißen Tipps für diese zehn Prozent verkauft?«, fragte Teppo. »Wenn ich mich recht entsinne, mussten wir auch zehn Prozent von Jekilldys Kopfgeld abtreten.«

»Es gibt viele Leute, die durch das Verkaufen von Spuren gut dazuverdienen. In meinem Fall war es bisher immer dieselbe Person. Sein Name ist Fuchs. Er entwickelt hauptberuflich Waffen und tobt sich gerne als Hacker aus. Ihm können wir vertrauen.«

»Na, wenn du es sagst.«

»Gut, dann sind wir uns ja einig. In drei Tagen stürmen wir als Überraschungsgäste Fleurons Party.«

»Aber vergesst nicht das Wichtigste«, sagte Dalik. In seiner Stimmer lag ein tiefer Ernst. »In drei Tagen ist auch Halloween. Das heißt, in erster Linie müssen wir uns gruselig verkleiden, damit die Geister vom letzten Jahr verscheucht werden.«

Cloeys Stirn legte sich in Falten. »Die Geister vom letzten Jahr?«

»Was glaubst du, warum ich die Wohnung so gut geschmückt habe? Zum Spaß sicher nicht.«

»Ist das dein Ernst?«, fragte Teppo.

»Ja, natürlich. Wenn wir Halloween nicht gebührend feiern, werden wir von Gespenstern heimgesucht und das ist nicht zum Lachen. Stellt euch nur mal vor, ihr werdet jeden Tag so erschreckt wie letzte Nacht vorm Badezimmer oder eben mit der Spinne. Um das zu verhindern, muss jeder von uns ein Kostüm tragen, das den ruhelosen Seelen Angst einjagt oder sie zumindest glauben lässt, dass dies nicht die richtige Welt sei, und sie in die nächste rüberwandern. Und um wirklich sicherzugehen, sollte man versuchen, möglichst gut in der Rolle zu bleiben. Also, als was wollt ihr gehen?«

Dalik kam nicht umhin, Jade darauf aufmerksam zu machen, dass ihr Hosenstall offen stand. Sie schminkte sein Gesicht gerade rot und lief daraufhin selber rötlich an. Cloey stand daneben, spazierte mal hierhin, mal dorthin und sah sich in der Garderobe des

Theaters um.

Nach nur kurzer Zeit war Jades Hosenstall bereits wieder offen. Dalik vermutete, dass es daran lag, weil sie zu moppelig für ihre nicht mal 1,60 m war. Die Hose war ihr zu eng. Dalik kombinierte, dass sie erst vor Kurzem zugenommen hatte. Also fragte er frei heraus: »Wird es ein Junge oder ein Mädchen?«

»Was soll das heißen?«, entgegnete die sonst immer freundliche Jade leicht angegriffen. »Ich bin nicht schwanger.«

»Oh, ach so, dann bist du einfach so dick?«

Dalik schaute zu Cloey herüber und lächelte. Doch statt dass sie seine Kombinationsgabe würdigte, schaute sie nur geschockt.

»Meintest du nicht, Teppo sei der Unfreundlichere von beiden?«, hakte Jade bei Cloey nach. »Auf mich hat er einen ziemlich anständigen Eindruck gemacht.«

»Dalik ist nicht wirklich unfreundlich. Vielmehr ist er –«

»Du kennst Teppo?«, unterbrach Dalik sie. »Ich dachte, er kommt erst später.«

»Weißt du das nicht?«, fragte Jade. »Er war erst letztens hier. Ich hab ihn geschminkt. Er bekam eine Perücke aufgesetzt und …«

Jade sah Cloey, die aufgeregt mit der Hand an ihrem Hals herumwischte. Erst grübelte sie ob der Bedeutung, dann verstand sie, dass sie diese Info besser im Hals gelassen hätte.

»Du hast ihn geschminkt? Eine Perücke? Warum das denn?« Dalik ließ nicht locker.

»Ich … ähm … weil … er …«

»Jetzt versteh ich überhaupt nichts mehr. Warum bist du denn auf einmal so nervös?«

»Weil … ich … Ach, das ist nur deshalb, weil meine Hormone verrückt spielen. Denk dir nichts dabei. Ich … also, du lagst schon ganz richtig. Ich bin schwanger.«

»Echt?«, fragte Dalik begeistert.

»Ja, ähm, ja. Mit Zwillingen.«

»Wow! Na, herzlichen Glückwunsch. Und ich hab gedacht, du seist schon viel zu alt, um noch Kinder zu bekommen.«

Die Sterne zeigten sich anbetungswürdig in dieser Nacht. Ein laues Herbstlüftchen blies umher und ließ Cloey, die verkleidet auf einer Bank eines kleinen Parks saß, leicht frösteln. Sie trug ein »*SAN ROMERO KNIGHTS*«-Cheerleaderoutfit. Ihr Bauch lag frei. Ihre drei Zöpfe waren nur noch zu zweit und hingen auch nicht mehr ihren Rücken herab, sondern seitlich auf ihren Schultern. An ihrem Minirock war der Plastikkopf eines jungen Mannes geschnürt, der ihr zuvor beim Gehen immer wieder sein Gesicht unliebsam gegens Hinterteil gebumst hatte. Neben ihr lag eine sonderbar kitschige, doch
überaus große Kettensäge. Sie war heute Mittag per Post angekommen. Sie war zwar nicht echt, aber Dalik war bereits nervös auf und ab gelaufen, denn er hatte befürchtet, dass ohne dieses Accessoire das Kostüm der Zombiejägerin *Juliet Starling* nicht vollständig und ergo das Kostüm nicht gruselig genug gewesen wäre. Als der Postbote zu guter Letzt doch noch gekommen war, hatte Dalik laut aufgeatmet.

Er selbst stand nur einige Meter entfernt von Cloey. Ihm war nicht kalt, zumal er sich warm hielt, indem er ein paar lockere Wirbeltechniken ausführte und dabei Lichtschwertgeräusche mit seinem Mund machte. Sein Stab war mit Klebeband umwickelt. Die langen Enden waren phosphoreszierend rot, die kleine Mitte schwarz. Bei seinen derzeitigen Übungen achtete er darauf, dass er lediglich die schwarze Fläche berührte. Es war merkwürdig und ungewohnt und es behagte ihm überhaupt nicht, aber zumindest komplettierte es sein dunkles Kostüm von *Darth Maul*. Sein Gesicht war rot, seine Zähne vergilbt und kleine Hörner sprossen ihm aus dem Schädel.

»Jade hat wirklich gute Arbeit geleistet«, sagte Dalik.

»Ja, sie ist eine hervorragende Maskenbildnerin. Da kann man sagen, was man will.«

Cloey verschränkte die Arme und wärmte ihre Brust. Nicht mehr lange und sie würde anfangen, mit den Zähnen zu klappern. Sie schaute sich um, aber nur Ernüchterung erwiderte ihren Blick.

»Kommt Teppo überhaupt noch mal?«

»Er hat sich bestimmt wieder verlaufen.«

»Mir ist kalt.«

»Dann beweg dich.«

»Wieso muss mein Auto auch gerade heute zur Reparatur? Nachts knapp bekleidet herumzulaufen, ist nicht gerade eine gute Idee.«

Cloey wurde jäh aus ihrer Verstimmung gerissen, als eine gekünstelte Lache an ihre Ohren schallte.

»Ha, ha, ha, ha, ha, ha, ha …« Die Stimme hatte etwas Fieses und Gemeines, ja nahezu Angst einflößend Wahnsinniges. Cloey stand auf und wandte sich einem Gebüsch und Baum zu, der vermeintlichen Stelle, wo die Stimme ihren Ursprung hatte. Dann sah sie ihn.

Aus den Schatten trat eine sich grotesk bewegende, clowneske Gestalt. Sie trug einen lila Anzug, hatte grüne Haare, ihr Gesicht war weiß geschminkt, die Augen lagen in einer Höhle aus Schwarz, die Lippen wirkten wie treibende Boote in einem roten Fluss und dicke, schlecht verheilte Narben zeichneten sich von den Mundwinkeln bis tief nach oben in die Wangen ab.

»… ho, he, he, hi, ha, ha –", machte der als *Joker* verkleidete Teppo, bis er einen ausgiebigen Blick auf Cloeys sexy Kostüm erhaschen konnte.

»Whoa!«, sprang es ihm aus seinem herabfallenden Mund. Von

seinem vorangegangenen, bedrohlich klingenden Schauspiel fehlte jedwede Spur.

Teppo betrachtete Cloey mehrmals von oben bis unten. Sein Mund blieb dabei stets offen. Er hatte ihn vergessen. Schließlich blieb er bei ihren gut betonten und hochgepushten Brüsten hängen. Er verharrte dort einfach mit dem Blick, ohne irgendeine Art von Schamgefühl zu zeigen.

Cloey schloss seinen fast schon sabbernden Mund, indem sie seinen Unterkiefer nach oben schob, doch dann hob Teppo seinen Oberkiefer mitsamt dem Rest seines Kopfes an und gaffte weiter mit offenem Kauwerk.

Cloey schob seinen Unterkiefer erneut nach oben, bis die unteren Zähne auf die oberen klackten. Teppo wiederholte seine Strategie ebenfalls und hob seinen Kopf um ein weiteres Stück nach hinten. Er blieb solange mit seinen Augen auf ihrer ausgebeulten Oberweite kleben, bis Cloey ihn ein drittes Mal davondrückte und er nur noch in ihre Augen sehen konnte. Die Benebelung ließ nach und sein bisschen Anstand kehrte zurück.

»Du hast so ein schönes Gesicht«, sagte er und grinste mit ekelerregend grün angemalten Zähnen.

Cloey formte eine Faust und schlug ihre Fingerknöchel Teppo auf den Kopf. Es hörte sich schmerzhaft an, aber Teppo zeigte keinerlei Reaktion darauf. Stattdessen warf er nun einen Blick auf den in Schwarz gekleideten Dalik.

»Starkes Kostüm.«

»Deines auch«, pflichtete ihm Dalik bei.

»Ja, diese Maskenbildnerin ist wirklich klasse. Ich bin froh, dass ich noch rechtzeitig hingefunden habe. Immerhin war ich noch nie zuvor dort und dann ist es immer ein bisschen knifflig für mich, den Weg zu –«

»Merkwürdig. Jade meinte, sie hätte dich –«

»Deine Verkleidung ist wirklich klasse, Teppo«, fuhr Cloey Dalik dazwischen. »Man erkennt dich fast überhaupt nicht wieder.«

»Ja, das wolltest du doch.«

»Ich wollte es nicht einfach nur, es muss auch so sein. Wenn die vom IBA mitbekommen, dass Dalik und ich mit einem Schüler jagen, verteilen die an uns eine nicht zu unterschätzende Rüge. Freundlich ausgedrückt. Ergo wenn Fleuron oder ein anderer bei der Polizei erzählt, wer ihn verhaftet hat, und eine genaue Beschreibung von dir abliefern kann, dann Gute Nacht. Dalik, auch für dich bedeutet das wie auch vor Kurzem bei McPete, dass, wenn du gefragt wirst, du entweder alleine oder mit mir den Kriminellen gefasst hast. Teppo war nicht involviert. Verstanden? Teppo war nicht involviert. Ach, weißt du was? Sag einfach gar nichts.«

»Ich sage einfach gar nichts.«

»Gut. Vergiss das nicht. Hmm …«

Cloey sah Teppo grübelnd an.

»Was ist los?«, fragte Teppo.

»Es wäre noch besser gewesen, wenn du dir diesen lächerlichen Ziegenbart weggemacht hättest. Und am besten nicht nur für heute, sondern allgemein."

»Dir gefällt mein Bart nicht?«

»…«

Weit weg im Verborgenen wurden die drei beobachtet. Sie bemerkten hiervon nichts. Ihr Beobachter stand einfach nur da und sah ihrer Unterhaltung zu. Er war von hoher und dünner Gestalt. Sein schwarzer Anzug war maßgeschneidert, denn seine Arme waren übernatürlich lang. Unter dem zugeknöpften Jackett trug er ein weißes Hemd mit einer schwarzen Krawatte. Und sein Gesicht … er besaß keines. Als läge es unter einem hautfarbenen Strumpf.

»Wenn du auf metrosexuelle Männer stehst, dann ist das dein Problem und nicht meins. Aber ich behalte meinen Bart«, beharrte Teppo.

»Wer redet hier denn von metrosexuell?«

»Na, Teppo gerade eben«, warf Dalik ein und zog sich sofort wieder zurück, als er Cloeys Gesicht sah. Es bedeutete: *Halt dich gefälligst daraus.*

»Ich steh überhaupt nicht auf solche Männer. Ich meine nur, dass der Bart dir nicht sonderlich gut steht.«

»Was? Was hast du eigentlich für einen Geschmack? Was ist los mit dir? Wie kann man nur –«

»Okay, ist ja gut. Behalte ihn. Er sieht toll aus. Wahnsinnig toll. Du hast gewonnen. Wollen wir dann jetzt auf die Jagd gehen?«

Dalik traute sich, wieder nach vorne zu treten.

»Wollen wir nicht noch an einigen Häusern klingeln?«

»Sind wir dafür nicht schon ein wenig zu alt?«

»Aber es ist ein Halloween-Brauch und wir feiern Halloween«, insistierte Dalik und Teppo unterstützte ihn sogleich.

»Zum gratis Süßigkeiten abstauben, sollte man niemals zu alt sein.«

»Genau. Wenn ein Eiswagen vorbeifährt, muss man sich ja auch ein Eis kaufen. Stimmt's, Joker?«

»Das hast du dir gut gemerkt, Mauli.«

»Also schön«, sagte Cloey lustlos, »aber nur bei ein paar Häusern.«

Es blieb nicht bei ein paar Häusern. Dalik und Teppo hatten solchen Spaß daran, Süßigkeiten zu bekommen und Kinder zu erschrecken, dass ihnen völlig gleich war, wie ungehalten Cloey wurde. Sie störten sich noch nicht einmal daran, dass sie die einzigen kinderlosen Erwachsenen waren, die von Haus zu Haus zogen.

Die ganze Zeit über ließ der dünne Mann im Anzug sein nicht existentes Gesicht auf sie haften. Meistens beobachtete er sie einfach nur. Manchmal ging er ein paar Schritte auf sie zu. Er versteckte sich nicht. Niemals. Aber die Finsternis und seine Umgebung schienen ihn verschwinden lassen zu wollen. Sie schützten ihn vor zufälligen Blicken, auch wenn er diesem oder irgendeinem anderen Ort nicht fremder hätte sein können.

Dalik und Teppo aßen von ihrer süß-sauren Beute. Cloey sah, wie sich einige kleine Kinder an die Beine ihrer Eltern klammerten, als sie den so echt wirkenden Darth Maul und Joker sahen. Die Eltern beruhigten sie, dass die beiden nur Kostüme trügen. Als Teppo dies jedoch hörte, hastete er zu den Angsthasen, beugte sich zu ihnen nach unten und fauchte sie an. Die zerkaute Schokolade in seinem grünen Mund sah aus wie Stuhl und spritzte einem Kind leicht ins Gesicht. Die Kinder pressten ihre Gesichter an die Oberschenkel ihrer Eltern und begannen, fürchterlich zu weinen.

Die Eltern schimpften mit Teppo, aber dies war ihm egal. Er richtete sich wieder auf und lachte in einer Art und Weise, die überhaupt nicht zu ihm passte.

»Hey, verrückte Idee«, sagte Cloey, als sie wieder zu dritt beieinander standen. »Wie wäre es, wenn wir jetzt einen psychopathischen Tierhändler schnappen und 25.000 Sinner verdienen würden?«

»Nichts lieber als das«, sagte Teppo.

Und auch Dalik bejahte.

»Ein Zombie!«, rief Teppo plötzlich wie aus heiterem Himmel. »Los, schnapp ihn dir, Juliet!«

Drei Kinder spazierten nicht unweit an ihnen vorbei. Sie waren in etwa neun Jahre alt und liefen allein umher. Die beiden Jungen waren als *Meister Yoda* und *Batman* verkleidet, das Mädchen zu einem Zombie zurechtgemacht.

Teppo rief so laut, dass auch die drei ihn hörten. Als sie ihn sahen, überlegte der kleine grüne Yoda kurz, dann hellte sein Gesicht auf.

»Bist du das, Teppo?«

»Kennen wir uns?«, fragte Teppo.

»Wir sind es«, sagte der Mädchenzombie. »Pinguin, Schildkröte und Affe.«

»Ach! Ohne eure Masken hab ich euch nicht erkannt.«

»Wo kriegt man so tolle Kostüme und Make-up her?«, fragte Meister Yoda alias Schildkröte. »Ihr seht richtig angsteinflößend aus.«

»Der Typ da auch«, sagte Dalik. Sein Blick war dem Dach einer Kirche zugewandt, die kein Kreuz trug. Die anderen taten es ihm gleich und sahen einen Mann dort oben stehen.

Umgeben von der Nacht zeichnete sich eine dunkelgrüne, leicht silberne Hightechrüstung ab. Teppo fühlte sich an Batman erinnert, auch wenn der hiesige Recke keinen Umhang trug, eine andere Farbe besaß und statt Fledermausohren zwei Teufelshörner hatte. Wenn er so darüber nachdachte, läge eine Assoziation mit *Daredevil* wahrscheinlich näher.

Der Mann auf dem Dach, welcher von vor Kraft strotzender Statur war, schien sich nicht um ihre Blicke zu scheren. Er hielt wachend nach etwas Ausschau und stand auf dem spitz zulaufenden Dach so sicher wie auf ebenem Grund.

Während in den Köpfen von Cloey und Co nur Fragezeichen auftauchten, leuchteten in den Köpfen der Kinder pure Ausrufezeichen. Sie waren hin und weg.

»Das ist er«, bestätigte Batmanaffe eine nicht gestellte Frage.

»Wer?«, fragte Teppo.

»Da oben steht Green Devil«, antwortete Zombiepinguin.

»Kein Zweifel«, sagte Yodaschildkröte. »Diese Präsenz kann keiner nachahmen.«

Green Devil stemmte seine Fäuste in die Hüften und ließ weiter seine wachenden Augen schweifen.

»Wer ist dieser Green Devil?«, fragte Dalik.

»Das weißt du nicht?«, fragte Batmanaffe, als wäre diese Frage überhaupt nicht im Bereich des Möglichen.

»Ich auch nicht«, fügte Teppo an.

»Green Devil ist ein waschechter Superheld«, erklärte Zombiepinguin. »Er beschützt schon seit Jahren die Einwohner von Enmar.«

»Was? Ein echter Superheld?«

»Ja.«

»Keiner ist stärker als er«, fügte Yodaschildkröte hinzu.

Daliks Neugierde wurde größer denn je. »Und was für Fähigkeiten hat er?«

»Er hat keine außergewöhnlichen Zauberkräfte, wenn du das meinst«, sagte Batmanaffe. »Er trägt diese geile Panzerung, hat lauter coole Werkzeuge und Waffen und ist ein Meister des Nahkampfes.«

Zombiepinguin konnte nicht mehr an sich halten. Sie begann, ausschweifend zu winken, und rief so laut sie konnte: »Happy Halloween, Green Devil!«

»Was machst du?«, fragte Yodaschildkröte, als hätte seine Freundin gerade gegen ein Menschengesetz verstoßen.

Die Kinder und Eltern in der Umgebung wandten nun bisweilen unfreiwillig ihre Aufmerksamkeit Zombiepinguin zu. Dann entdeckten auch sie den Mann auf der Kirche. Unglaube, Unruhe und Begeisterung züngelten die Menge in Ekstase. Es dauerte nicht lange, da hatte jeder Green Devil ins Auge gefasst und er konnte sie nicht mehr ignorieren. Leute schrien ihm zu. Sie feuerten ihn an und störten seine Arbeit. Yodaschildkröte und Batmanaffe waren erbost auf Zombiepinguin.

Dann jedoch geschah etwas, das niemand von ihnen je wieder vergessen würde.

Green Devil erwiderte Zombiepinguins Winken. Sein Winken war ungleich kleiner und nebensächlich, doch an Wirkung nicht zu übertreffen. Seine Handbewegung war nur von sehr kurzer Dauer, dann drehte sich Green Devil um und lief leichtfüßig das Dach entlang.

Die Zuschauer klatschten und jubelten.

»Er hat mir zugewunken«, realisierte Zombiepinguin. Es war der bislang schönste Moment ihres Lebens.

Am hinteren Ende des Dachs angekommen, sprang Green Devil ohne zu zögern in die Tiefe, auf dass er nicht mehr zu sehen war.

»Los, hinterher!«, rief Yodaschildkröte und rannte bereits los.

Zombiepinguin und Batmanaffe folgten ihm auf dem Fuße.

Dalik und Teppo wollten ebenfalls hinterher, doch sie kamen nicht weit. Cloey hielt sie an ihren Kragen fest.

»Wo wollt ihr jetzt hin?«, fragte sie scharf wie eine Mutter, die ein aufmüpfiges Kind zur Rechenschaft zieht.

»Wir wollen diesen Green Dödel sehen«, erklärte Teppo.

»Das habt ihr doch gerade.«

»Aber nicht von Nahem«, warf Dalik ein.

»Habt ihr gesehen, wie schnell der war? Den holt ihr nicht mehr ein. Außerdem wird es höchste Zeit, dass wir zu dem Herrenhaus gehen, bevor unsere Zielperson auch noch abhaut.«

»Ja, gut«, sagte Teppo mit hängenden Schultern. »So interessant hat dieser Green Devil eh nicht ausgesehen.«

»Ich fand ihn äußerst interessant«, gab Dalik zu.

Der gesichtslose Mann mit den langen Armen sah, wie die drei weitergingen. In der Zwischenzeit war er noch ein gutes Stück näher gekommen. Nicht mehr lange und er … nicht mehr lange.

Eigentlich hätte es nicht passieren dürfen. Platz war ausreichend da. Dennoch geschah es. Im Vorbeigehen rempelte ein großer *Spongebob Schwammkopf,* der eine fünfjährige, mit einer Schaumstoffaxt bewaffnete, in Rosa gekleidete Prinzessin mit Korkenzieherlöckchen an der Hand hielt, heftig gegen Teppo.

»Entschuldigung, Joker«, sagte der junge Mann in dem riesigen gelben Rechteck.

Bei Teppos Anblick versteckte sich die verkleidete Prinzessin hinter ihrem gelben Beschützer.

»Spongebob«, sagte Teppo freundlich, »wie könnte ich dir bitte böse sein?«

Dann ging das Trio weiter. Spongebob schaute ihnen noch ein Weilchen hinterher.

»Der war sympathisch«, hörte er Joker sagen.

Sodann wandte sich Spongebob wieder von ihnen ab.

»Komm, wir suchen weiter deine Mami«, sagte er zu der kleinen Prinzessin und nahm ihre Hand wieder in seinen großen gelben Handschuh.

»Danke, Caleb«, sagte sie. Bei ihm fühlte sie sich sicher.

»Kein Problem.«

Am Spinnenkrabbenweg stand das ersehnte Herrenhaus. Besonders in dieser Nacht hatte es etwas Unheilvolles an sich. Das Gemäuer schien Klagelieder von leidenden Seelen wiederzugeben. Die Fenster waren wie Türen zu einer anderen Welt; einer kalten, lebensfeindlichen Schattenwelt voller Dunkelheit. Der Zement war blutig, als bestünde er aus den Überresten von Verstorbenen. Zumindest wirkte es so auf Dalik. Er war völlig übermüdet. Seine Fantasie spielte schon verrückt. Seine jenen mutigen Tage und Nächte waren ein sich langsam auflösender Dunst seiner Erinnerung. Nur noch ein paar Stunden bis die Geisterwelt für ein ganzes Jahr wieder ihren Frieden mit der irdischen Welt schließen würde. Nur noch ein paar Stunden und Dalik würde auch seinen Frieden wiederfinden. Er würde sich ins Bett legen, keine Fragen mehr ans Universum haben und einfach nur noch schlafen.

»Das ist es«, verkündete Cloey.

»Sieht aus wie aus einem Horrorfilm«, sagte Teppo.

»Also ihr geht da jetzt rein und zeigt denen mal, wo der Hammer hängt. Ich halte hier draußen die Stellung für den Fall, dass euch die Zielperson entkommt.«

»Wie nett von dir.«

Teppo und Dalik gaben Cloey die Beutel mit den Süßigkeiten.

»Pass bitte solange darauf auf«, sagte Teppo.

»Wir sind gleich wieder zurück.«

»Dalik, ist alles in Ordnung?«, fragte Cloey, denn sie sah, wie er sich die Augen rieb.

»Nein.«

»Och, Mensch«, sagte Teppo und legte einen Arm um Daliks Schulter. »Keine Sorge, ich werde gut auf ihn aufpassen.«

»Weißt du«, sagte Cloey, »wenn du das in diesem Kostüm sagst, hege ich da irgendwie meine ernsthaften Zweifel.«

Teppo grinste sie mit seinem grünen Mundraum an. Dann zogen die beiden Männer los.

»Sie sind müde, oder, Mr. Maul?«

»Ja, sehr.«

»Hier, die Zuckerstange hab ich eben noch dieser notgeilen Cheerleaderin geklaut. Zucker macht wach.«

»Danke, Mr. Joker.«

»Und nun iss, mein Kleiner. Iss schön alles auf.«

Das Foyer besaß einen langen Tisch mit dementsprechend vielen Stühlen. Hier hielten sie zumeist ihre Treffen ab. Das heutige war bereits spät dran. Es waren noch nicht alle da und die meisten, die schon da waren, konnten sich nicht sonderlich gut ausstehen und blieben auf Abstand in den verschiedenen Stockwerken. Bis das unvermeidliche Zusammentreffen, welches mal wieder in vielerlei Diskussionen und Streit enden würde, begann, vertrieben sie sich die Zeit. Genau so tat er es auch. Der Mann hier unten im Foyer.

Sein Kostüm war überaus schlicht. Ein gelber Pyjama ähnlicher Ganzkörperanzug, eine Haube, damit es so aussah, als hätte er eine Glatze, rote Gummihandschuhe und Stiefel, und ein weißer Umhang. Er wünschte, er hätte sich ein anderes Kostüm ausgesucht oder zumindest mehr in seines investiert, aber so war er unfreiwillig zur Lachnummer der anderen geworden. Sie hatten sein Kostüm nicht einmal erkannt. Ach, wie er Halloween hasste. Warum nur musste sein Chef solch ein Fan davon sein und alle verpflichten, das Treffen verkleidet abzuhalten?

Die Füße auf den langen Tisch gelegt, spielte er mit einem Munchaku, einem Nunchaku im Miniformat. Lange Zeit hatte er immer mit einem Stift zwischen seinen Fingern Tricks gemacht. Er war recht gut darin und so langsam klappten auch die imposanteren Bewegungen mit dem komplizierteren Munchaku.

Es klopfte an der Tür.

Das verabredete Klopfzeichen klang anders. Bestimmt waren es nur wieder nervige kleine Bälger, die ihm mit *»Süßes oder Saures?«* auf die Eier gehen wollten.

»Geschlossene Gesellschaft!«, rief er genervt zur Tür.

Er dachte, die Kinder werden wie alle anderen zuvor einfach wieder abhauen oder von ihm aus auch erst das Haus mit Eiern oder Klopapier eindecken und dann gehen, aber stattdessen klopfte es erneut, nur kräftiger.

»Wir haben keine Süßigkeiten!«, schnauzte er.

Das Klopfen hörte auf und er widmete sich wieder seinen Munchaku-Tricks.

Dann allerdings riss es ihn fast von seinem Stuhl. Er kippelte und fand gerade noch rechtzeitig die Balance wieder. Das Geräusch, mit dem die Tür aufgetreten wurde, war laut und brutal. Sie schepperte aus ihrem Gehäuse und hinein traten zwei Gestalten so echt, dass sie auch aus einem Film stammen könnten.

»Wir wollen nichts Süßes, sondern Saures«, sagte der Jokerverschnitt.

Der Mann in dem gelben Anzug setzte sich auf und stellte sich aufrecht hin.

»Wow!«, sagte Teppo und schritt mit Darth Dalik auf den Mann zu.

»Wen stellst du denn dar?«, fragte Dalik den Mann im Foyer.

»Saitama. Besser bekannt unter dem Namen *One Punch Man*.«

»Weißt du, wer das ist?«, fragte Dalik Teppo.

Dieser nickte. »Der Beste«, sagte Teppo ehrfürchtig. »One Punch Man ist der Beste.«

»Dankeschön!«, entschoss es dem Mann mit dem gelben Anzug. Endlich hatte ihn jemand erkannt.

»Wo steckt Abel Fleuron?«, fragte Dalik ernst und die Freude ward wieder verschwunden.

»Und wer seid ihr?«

»Sweeper«, erklärte Teppo.

»Einen Moment bitte.«

Saitama holte sein Handy heraus, tippte ein paar Mal darauf herum und hielt es sich dann ans Ohr. Nach kurzem Warten sprach er: »Hallo, Chef. Hier sind zwei Sweeper.«

»Eigentlich bin nur ich ein Sweeper«, korrigierte ihn Dalik. »Er hat die Sweeperprüfung nicht bestanden.«

»Musst du das so herumerzählen?«, fragte ihn Teppo leise.

»Mein Chef fragt, wie viel auf seinen Kopf ausgesetzt ist.«

»25.000«, antwortete Dalik.

»25.000 Sinner«, wiederholte Saitama in den Hörer. Dann hörte er weiter zu, bis er schließlich sein Handy wieder wegsteckte.

»Er meint, dass er jetzt auf jeden eurer Köpfe ebenfalls 25.000 Sinner aussetze. Egal ob schwer verletzt oder tot. Er sagt es gerade auch den anderen im Haus. Ihr könnt ihn ruhig suchen. Er wartet auf euch. Aber finden werdet ihr ihn nicht.«

Der Mann mit Umhang ging nun auf die beiden zu. Er war gut gebaut. Anscheinend fungierte er nicht nur als Hut- und Mantelabnehmer, sondern hielt auch die ungebetenen Gäste vor der Tür.

»Man legt sich nicht mit Fleuron und seinen Leuten an. Was wollt ihr jetzt also tun?«

Teppo grinste.

»Wie wär's mit einem Zaubertrick?«

Mit seinen lila Handschuhen griff er in seinen lila Anzug und holte einen spitzen Bleistift hervor. Diesen stellte er senkrecht auf den langen Tisch.

»Ich lasse diesen Bleistift verschwinden.«

Der One Punch Man hatte genug von seinen Albernheiten. Er wollte Teppo packen und hinauswerfen, aber nach ein paar Handgriffen hob dieser den Mann in Gelb hoch und ließ ihn mit dem Hintern voran auf den Stift fallen.

Augenblicklich sprang Saitama, himmelhoch schreiend, wieder nach oben. Er wand sich wie irre, nur der Stift war nicht mehr zu sehen.

»Tadaa!«, sagte Teppo, ohne jegliches Empathievermögen. »Er ist verschwunden.«

Saitama sah davon ab, ihm zu seinem erfolgreichen Trick zu beglückwünschen und lief schnurstracks durch die aufgetretene Tür nach draußen.

Cloey naschte gerade etwas überaus Saures und verzog dabei ihr Gesicht, als ein pseudo-glatzköpfiger Mann in einem gelben Ganzkörperkondom schmerzerfüllt aus dem Herrenhaus hüpfte. Sie beobachtete ihn grinsend, wie er die Straße entlang flüchtete. Irgendwo in jener Richtung lag das Krankenhaus.

Sie hoffte nur, dass ihre Jungs es nicht übertrieben.

Teppo und Dalik schauten dem legendären One Punch Man hinterher.

»Das war so brutal wie lustig«, sagte Dalik.

»Zum Glück hat er nicht zugeschlagen. Das wäre bestimmt mein Ende gewesen.«

»War er so stark?«, fragte Dalik überrascht.

»Ach, vergiss es. Eins zu Null.«

»He?«

»Wer mehr erledigt. Jagen wir den Geistern mal einen gehörigen Schrecken ein, damit sie sehen, was ihnen in dieser Welt blüht, wenn sie nicht verschwinden.«

Das wollte Dalik hören. Er war Feuer und Flamme.

»In Ordnung. Spielen wir.«

Als die beiden aus dem Raum spazierten, griff Teppo erneut in seinen Anzug. Dieses Mal zückte er einen Stapel Spielkarten. Sodann warf er sie in einem hohen Bogen durch die Luft.

Sie flatterten unkoordiniert herum und lagen am Ende weit verstreut.

Dalik warf einen Blick darauf, denn wieso sollte Teppo einen Haufen Steckbriefkarten hier herumschmeißen? Doch er irrte sich.

Es waren allesamt Jokerkarten.
Der Raum war relativ leer. Abgesehen von mehreren zugedeckten Möbeln und zum Teil zerquetschten Kartons waren die dreckigen Fenster das einzig Erwähnenswerte daran.

Teppo und Dalik schauten sich um. Niemand war hier. Es war bedenklich leise. Gelegentlich huschte ein Geräusch von draußen, ein Auto oder Kindergeschrei, an ihre Ohren. Der Raum roch, wie er aussah; nach Staub und altem Mobiliar. Gehörte Fleuron das Herrenhaus überhaupt nicht? Oder hielt er hier lediglich seine Meetings ab? Hatte er es gemietet? Stand es sonst leer?

Teppo und Dalik ließen ihre Augen und Gedanken umherschweifen, als sie zur nächsten Tür spazierten.

Plötzlich schwang die Ruhe in einen Moment der Überraschung um. Automatisch schossen Dalik die Erinnerungen an seine jüngsten Albträume zurück in den Sinn. Sie wurden wahr!

Tatsächlich aber war es kein Geist. Ein Mann in einem *Duffman*-Kostüm sprang aus einem Stapel Kartons hervor. Er war kräftig gebaut, seine Haut gelb angemalt. Seine wasserstoffblonden Haare saßen perfekt. Er trug einen Umhang, eine undurchsichtige Sonnenbrille und einen Gürtel aus *Duff Beer*-Dosen.

»Hier kommt der Duffman!«, schrie er heraus und griff die Blöße der zwei Überraschten an.

Doch das Schreckmoment brachte eher das Gegenteil, denn auf das kurze Zusammenzucken folgte die entsprechende Reaktion. Und schneller, als ihm lieb war, boten die beiden dem *Simpsons*-Helden bereits Einhalt.

Mit Daliks letztem Schlag fiel der Duffman zu Boden. Sein massiver Körper quetschte die Dosen über seinem Hintern ein. Sie platzten nicht auf und auch die Sonnenbrille blieb an ihrem Platz. Dieser Mann ging mit Stil unter.

»Eins eins«, verkündete Dalik trocken.

Teppo reagierte mit einem widerlich und irgendwie bedrohlichen Schmatzlaut. Dalik verstand nicht, was er damit sagen wollte, aber er schien mit seinem Aufholen nicht zufrieden zu sein.

Die beiden spazierten weiter.

Kaum hatten sie eine Art Spielzimmer mit Billard- und Airhockeytisch, Flipperautomaten und Tischkicker betreten, demonstrierte ihnen ein Mann in einem Einhornkostüm, wie gefährlich er war. Er schlug und trat Kung Fu-mäßig in die Luft und tat so, als wäre es irgendetwas Besonderes.

Die beiden Männer neben ihm schüttelten nur den Kopf und weigerten sich, bei dieser Peinlichkeit mitzumachen. Bei *Legolas* mit seinem langen, blonden Haar, dem grünen Lederwams, Pfeil und Bogen zeigte sich das Einhorn noch verständnisvoll, bei dem *Grünen Energy Ranger* mit seinem Ganzkörperanzug, dazugehörigem Plastikdolch und einer Art Motorradhelm konnte er es jedoch nicht nachvollziehen. Er heizte ihn an mitzumachen, denn in der Fernsehserie pose er auch immer. Aber keine Chance. Der Energy Ranger war missmutig und zu erwachsen.

Bei seinem Anblick schüttelte sich Teppo.

»Was ist los?«, fragte ihn Dalik.

»Nur eine böse Erinnerung.«

Dann rannte Teppo auf das Einhorn zu, welches ihn in einer seltsamen Positur erwartete.

»Meiner!«, schrie er und Dalik sah zu hinterherzukommen.

Während sich der Energy Ranger nach vorne wagte, verzog sich Legolas nach hinten. Er legte einen Pfeil in seinen Bogen ein und zielte auf Darth Maul. Dalik begann, Lichtschwertgeräusche zu machen, während er seinen Stab schützend vor sich her wirbelte. Der Stab an sich war schon laut genug, auch ohne extra Vertonung mit seinem Mund. Wie die Rotoren eines Helikopters drehte sich

Daliks vermeintliches doppelseitiges Lichtschwert. Es war wie ein Schild. Und es funktionierte.

Legolas schoss seinen Pfeil auf ihn, aber er drang nicht durch den rotierenden Stab hindurch. Er war zu schnell und der Pfeil prallte kaputt ab.

Schnell legte er einen neuen Pfeil ein, bevor Dalik zu ihm aufschließen konnte.

Teppo passierte den Billardtisch. En passant griff er sich eine der harten Kugeln und holte zum Wurf aus. Er zielte auf das Visier des Motorradhelms und der Energy Ranger fürchtete um dessen Dichte. Doch der Wurf erfolgte nicht, stattdessen trat ihm Teppo in die ungepolsterten Weichteile.

Der Energy Ranger verharrte nur kurz in einer Starre. Dann verzog sich die Paralyse und überließ einem gewaltigen Krampf im Unterleib die Bühne. Teppo schubste den Energy Ranger einfach zur Seite, ohne dass sich dieser noch weiter wehrte.

Legolas' Pfeil prallte erneut ab. Ihm blieb kaum mehr Zeit, einen weiteren Pfeil zu ziehen, da hatte sich Dalik bereits eine enge Distanz erkämpft. Bevor dieser jedoch einen Schlag landen konnte, ließ Legolas seinen Bogen fallen und hob die Arme nach oben.

»Du hast gewonnen. Ich ergebe mich. Bitte tu mir nichts.«

Ohne eine Antwort abzuwarten, rannte er, die Hände noch immer gefahrlos nach oben gestreckt, hinaus. Dalik machte keine Anstalten, ihn zu verfolgen.

»Einhörner sind nichts weiter als schwule Pferde!«, rief Teppo und warf dem Einhorn die Billardkugel gegen den weichen Kopf. Das Kostüm gab nach und ließ die Kugel, ohne dass sie irgendwelchen Schaden hatte anrichten können, zu Boden fallen.

Das Einhorn schwang seinen Huf gen Teppos Gesicht, doch dieser wehrte ab und ließ fast gleichzeitig einen Konter zum Gesicht des Einhorns folgen. Dieses Mal traf er das freiliegende Gesicht des Mannes. Dann zog er den Einhornarm an seinem Körper vorbei und begab sich in den Rücken des Fabelwesens. Er umgriff den riesigen Kopf, schmetterte sein Knie in den gepolsterten Rücken, woraufhin der Mann leicht nach hinten überbeugte, und zog ihn zu Boden. Nun lag das Einhorn bäuchlings mit Teppo auf sich drauf.

Teppo hielt noch immer den riesigen Kopf fest. Er zerrte ihn nach oben, sodass es dem Einhorn im Rücken zog. Das Einhorn stöhnte auf. Dann umklammerte Teppo dessen Hals und drückte zu. Sein Griff war eng, aber es dauerte seine Zeit, bis er seine Wirkung durch das dicke Kostüm erzielte. Sobald er den Einhornmann bewusstlos gewürgt hatte, ließ er ab von ihm. Die Zeit, bis er aufwachte und wieder klar bei Verstand war, würden sie nutzen um weiterzuziehen.

Teppo stand auf, holte eine Jokerkarte aus seiner Innentasche und ließ sie auf den Einhornmann fallen.

»Das ist er auch nicht«, sagte Dalik, als er den sich nicht mehr wehrenden Energy Ranger seinen Helm wiedergab, den dieser eigentlich gar nicht mehr haben wollte.

»Wahrscheinlich ist Fleuron der Letzte«, sagte Teppo.

Dalik wirbelte seinen Stab erneut mit Lichtschwertgeräuschen umher und ging Richtung Ausgang. Teppo folgte grinsend der dunklen Seite.

In der unteren Etage entdeckten sie weiter nichts. Dalik und Teppo begaben sich die Treppe hinauf und suchten dort weiter.

Nicht lange später betraten sie einen Raum, der eine Mischung aus einem Arbeits- und Wohnzimmer darstellte. Ein Sofa, ein Sessel und ein großer Fernseher standen herum, ebenso ein Schreibtisch mit Papieren und Regale voller Bücher und Mappen.

Teppo konnte nicht anders, als vor Freude loszulachen. Die vier erwachsenen Männer vor ihm standen in einer geraden Linie nebeneinander und waren hervorragende Abbildungen von *Stan, Kyle, Cartman und Kenny*, den Protagonisten aus *South Park.* Teppo liebte diese Serie und der Anblick erfüllte ihn auf eine Art, die sein Herz einfach jubeln ließ.

»Alter, was gibt es da zu lachen?« Der Fragende trug eine hellgrüne Fellmütze.

Selbst für den Herbst waren die vier zu warm angezogen. Sie trugen dicke Winterkleidung und schwitzten. Es war erstaunlich, dass sie es in ihren Kostümen aushielten.

»Mir tut es jetzt schon im Herzen weh, euch gleich verletzen zu müssen«, sagte Teppo.

»Dph beklrmph diph übrmph Herphschmrmphzen? Daph trägph du waphschphliph auph BHs unph haph eimphn Tampon in depher Vagipha stephn.«

Der Mann, der gesprochen hatte, trug einen orangenen Parker, welcher so fest zugezogen war, dass er seinen Mund verdeckte und nur ein Nuscheln hindurchkam.

Seine drei Freunde hatten ihn anscheinend verstanden, denn sie lachten über das Gesprochene. Selbst Teppo musste mitlachen, aber nur weil er es toll fand, wie engagiert die vier bei der Darstellung ihrer Rollen waren.

»Genau, du hast einen Tampon in deiner Vagina stecken«, wiederholte der Mann ganz links, an Teppo gewandt. Er trug eine blaue Mütze mit einem roten Bommel oben drauf.

»Ich nehme Kenny und den Fettsack«, sagte Teppo, noch immer amüsiert.

»Fick dich! Ich bin nicht fett!«, schnauzte der einzige Fette von den vier. »Du bist fett!«

»Aber du bist fett, Cartman«, sagte der Mann mit der hellgrünen Fellmütze.

»Hey! Fall mir gefälligst nicht in den Rücken, du Judenschwein, oder hat dich der Möchtegern-Joker etwa mit Kleingeld bestochen?«

»Du rassistisches Arschloch, dass wir Juden geldgierig sind, ist bloß ein Klischee.«

»Ist das so, Kyle? Wenn ich jetzt 10 Sinner unter meine nackten Eier legen würde, würdest du sie nicht anfassen und hochheben, um an das Geld zu kommen?«

»Nein, würde ich nicht.«

»Lüg mich nicht an, du Rotschopf!«

»Vorsicht!«, rief der mit der Bommelmütze.

Kyle und Cartman waren derart in ihrem Streit gefangen gewesen, dass sie nicht bemerkt hatten, dass Dalik und Teppo in den Angriff übergegangen waren. Ohne die Warnung von Stan hätte Kyle Daliks Hieb nicht mehr ausweichen können. Ihm blieb keine Zeit mehr, sich bei seinem Freund zu bedanken, da die beiden bereits mit Dalik zu kämpfen hatten.

Teppo unterdessen ging gemächlich auf den Fetten und den im Parker zu. Er hielt seine Hände hinter dem Rücken und grinste fies.

»Was hast du hinter deinem Rücken?«, fragte der fette Cartman. »Grins nicht so fies. Was hast du hinter deinem Rücken, du pädophiler Clown? Verpiss dich!«

Der Abstand war gering, Teppo holte seine Hände nach vorne und schmiss dem Fetten ein Bündel Jokerkarten ins Gesicht. Dann nutzte er die Ablenkung und Cartmans erhobene Hände, um ihm in den Bauch zu treten. Das Fett gab unter dem Schuh nach und die Organe verschoben sich schmerzhaft. Der Fette taumelte zurück, ohne irgendwelche Restluft in den Lungen. Er hielt sich krampfhaft seinen Magen und begann, lauthals wie ein Baby zu heulen.

Kenny, der Mann im Parker, ging sofort dazwischen. Teppo und er hämmerten aufeinander ein. Jeder steckte schmerzhafte Schläge ein. Im Handgemenge näherten sie sich dem noch immer weinenden Cartman. Teppo nutzte einen geeigneten Moment und verpasste dem Fettsack beiläufig einen solchen *Sucker Punch,* dass dieser einfach bewusstlos zu Boden ging.

Dalik hatte weniger Probleme. Die Tatsache, dass er derart geschickt war mit seiner Waffe, ließ seine beiden Gegner schnell verzweifeln. Dem mit der Fellmütze schlug er seinen Stab so kräftig gegen das Schienbein, dass dieser nur noch weghumpelte und sich in eine Ecke verkroch. Dem mit der Bommelmütze hebelte er auf den Boden. Sodann rammte er ihm seinen Stab hart neben seinen Kopf, sodass er Ruhe gab und es nicht mehr wagte, irgendetwas Weiteres zu tun oder zu sagen.

Dalik drehte sich zu Teppo um und schaute ihm zu, wie er seinen Arm eng um den Hals und den erhobenen Arm von dem im orangenen Parker klemmte und zudrückte. Er brachte ihn mit seinem Gewicht zu Fall und würgte ihn in dieser Haltung, bis ihm Schwarz vor Augen wurde.

Teppo zog die Kapuze des Parkers auf und warf einen Blick auf das Gesicht. Es war wieder nicht Fleuron. Der Mann im Parker rührte sich bereits wieder, nur ganz wenig und langsam, aber er rührte sich.

Teppo erhob sich. Er holte einen weiteren Stapel Karten aus einer seiner vielen Taschen seines lilafarbenen Anzugs und schmiss sie in die Luft, auf dass die vielen Jokerabbilder wie flatternder Regen herabrieselten.

»Ein geiler Job«, sagte er. »Geiler Job.«

Es war zwar ein Schlafzimmer mit einem wunderschönen Bett, dennoch ruhte der als *Samson, der Bär* verkleidete Mann in einer auf dem Boden stehenden Hängematte. Ein Tuch lag auf seinem Gesicht. Es hob und senkte sich mit jedem Schnarcher.

»Ist er das?«, fragte Dalik.

Die Worte weckten den schlafenden Zottelriesen. Er nahm das Tuch von seinem Gesicht und setzte sich auf.

Teppo hielt Fleurons Steckbriefkarte aus einigem Abstand neben ihn und verglich die beiden. An sich hätte er es sich auch sparen können. Samsons Kopf war voluminös. Es schaute kein menschliches Gesicht heraus wie bei dem Einhorn. Dennoch sagte er: »Also die Karte sagt, dass er unser Opfer ist.«

»Meiner.«

Dalik zögerte nicht weiter und jagte nach vorn.

»Uiuiuiuiuih!«, sagte Samson in einer bärenartigen Stimme.

Er rutschte von der Hängematte auf seine Quadratlatschen und empfing Dalik mit seinem flauschigen Leib. Dalik schlug mehrmals auf ihn ein, aber das Kostüm war zu dick. Samson steckte die Angriffe einfach weg, selbst die zum Kopf. Hin und wieder ließ er ein »Uiuiuiuiuih!« von sich und manchmal schlug er sogar selber zu, doch entweder traf er nicht oder Dalik ließ sich einfach hauen und fühlte sich in eine Kissenschlacht versetzt.

Samson schaffte es, Dalik zu umarmen, aber es war angenehm und Dalik verspürte vielmehr Lust, den Bären zurückzuknuddeln, anstatt ihm weh zu tun.

Dann mischte sich Teppo ein. Er tat das Gleiche wie Dalik. Er schlug und trat ohne jeglichen Erfolg.

»He, ich hab gesagt, der gehört mir«, protestierte Dalik.

»Das geht schon in Ordnung. Ich gehöre zu den Bösen.«

Teppo und Dalik begannen, sich gegenseitig anzurempeln. Sie standen einander mit Absicht im Weg und behinderten den anderen, wo sie nur konnten.

Schließlich zückte Teppo ein Messer. Es war spitz und scharf. Er trieb es Samson mehrmals in den Leib. Zuerst war Dalik erschüttert, dann sah er, wie lediglich die weiße Füllung das Kostüm verließ.

Teppo riss die Klinge das Fell entlang. Er trieb seine freie Hand in die aufgeschnittenen Stellen und holte noch mehr von der Polsterung heraus.

»Uiuiuiuiuih!«

Das Messer arbeitete wie wild, dennoch schien das weiche Fell nicht weniger zu werden. Dalik konnte sooft zuschlagen, wie er wollte. Es machte dem freundlichen Bären nichts aus.

Teppo ging in seiner Rolle als Joker weiter auf und trieb sein Messer nun sogar in den Kopf. Samson *uiu*-te vor sich hin und engte mit seinen Armen seinen Angreifer ein. Als er Teppo in die Arme schloss, gab dieser im Gegensatz zu seinem Partner augenblicklich nach und drückte den Bären liebevoll zurück. Samson ließ ihn wieder los und klatschte ihn mit seiner weichen Pranke zur Seite.

Dann konzentrierte er sich wieder auf Dalik. Der Konkai-Sith fragte sich, wie er weiter vorgehen sollte und was überhaupt die Strategie ihres Gegners war, denn bislang waren jegliche seiner Ansätze gescheitert, da packten den dicken Zottelkopf plötzlich zwei lila Handschuhe und rissen ihn nach oben. Der Bär konnte gar nicht so schnell reagieren, da lag der verschwitzte Männerkopf bereits frei.

Dalik peste vor und stieß zu. Der Stab stoppte knapp vor Samsons verdutztem Gesicht. Dann drückte Dalik seine Waffe gegen dessen Nase und presste ihn von sich.

Samsons flauschige Pranken umklammerten seine jüngst eingedrückte Nase. Sie blutete nicht einmal, dennoch stiegen ihm Tränen in die Augen.

»Mach, dass du wegkommst«, sagte Dalik.

Samson hörte aufs Wort. Er machte noch ein letztes »Uiuiuiui-uih!« und haute sodann ab.

Dalik drehte sich zu Teppo. Jener war nicht gut drauf.

»Wieder meiner, du Betrüger.«

Die beiden spazierten in einem Flur voreinander her. Dafür, dass das Haus recht groß war, war der Flur, zumindest dieser, von recht kleiner Architektur.

Sie kamen an einem Badezimmer vorbei, als wie aus dem Nichts *Freddy Krueger* erschien und Teppo in das WC zog. Freddy trug einen rot-grün gestreiften Pullover, einen schwarzen Hut und einen Handschuh mit Klingen an den Fingern. Die Maske zeigte ein stark verbranntes Gesicht.

Teppo, der wie immer an jeder Ecke mit Bedacht vorbeiging, hätte Freddy reaktionsschnell bei dessen Auftauchen eine langen können, wäre dieser nicht mit erhobener, gefährlich aussehender Kralle nach vorne geprescht. Teppo hatte gerade noch in der Bewegung innehalten können, wurde jedoch von seinem Partner getrennt und rücksichtslos ins Badezimmer gezerrt.

Dalik wollte ihm zu Hilfe eilen, aber ein zwei Meter großer Mann mit Eishockeymaske und einer echt aussehenden Machete trat in Erscheinung. Kaum hatte dieser den Flur betreten, ging er auch schon bedrohlich auf den zu ihm hochblickenden Dalik los. Der Zwei-Meter-Mann trug zerfledderte Kleidung und war schnell, dafür dass er nicht lief, sondern sich nur im Schritttempo fortbewegte. Dalik wollte noch einen Blick zu Teppo herüberwerfen, aber dafür war keine Zeit mehr. Er musste selbst um sein Überleben kämpfen.

Teppo drückte mit aller Kraft Freddys Kralle von sich. Die Klingen waren scharf. Das Metall kam ihm bedrohlich nah an Hals und Gesicht. Beim Aufeinanderschaben gaben sie ein Furcht erregendes

Geräusch von sich. Auch wenn es nur eine Maske war, so war sie gruselig, zumal der Mann dahinter Teppo tatsächlich nach dem Leben trachtete.

»Zeit, Gute Nacht zu sagen«, sagte Freddy.

Sein Mundgeruch war so enorm, dass Teppo instinktiv seinen Kopf wegdrehte. Aus den Augenwinkeln sah er einen Mann mit Eishockeymaske und einer Machete auf dem Flur marschieren. Seine Statur war groß und seine Schritte schwer.

War das nicht gerade Jason aus Freitag der 13.?

Dalik hielt die Machete auf Abstand. Das Holz seines Stabes war überaus stabil, aber die Machete hinterließ selbst hier ihre Spuren. Ob es nur das rote Klebeband war, das Schaden nahm, war momentan schwer zu sagen. Aber es bestand kein Zweifel. Die Machete war geschärft.

Bei der Enge des Flurs benutzte Dalik viele Stoßbewegungen. Er traf Jason mehrmals hart, besonders an seiner rechten Schulter, wodurch er dessen Hiebbewegung zum Scheitern brachte. Er musste lediglich darauf achten, seinen Stab ausreichend und schnell genug zu bewegen, damit sein Gegner ihn nicht greifen und mit der Machete nach vorne stürmen konnte.

Teppo trat Freddy mit seinen Knien gegen die Oberschenkel und in die Genitalien, gefolgt von zwei Schlägen mit seiner flachen Hand in sein Gesicht, bevor er ihm schließlich das Handgelenk seiner Kralle brach. Mit Links hielt er es fest und mit Rechts drückte er ihm ruckartig auf den Handrücken, bis das Gelenk mit einem Mal keinen Widerstand mehr zeigte. Er verpasste dem aufschreienden Freddy einen Ellbogen, woraufhin dieser gezwungenermaßen Abstand zu ihm nahm. Dann ergriff Teppo eines der Handtücher. Es war noch leicht nass. So wollte er es haben. Er klatschte es Freddy ins Gesicht und warf es hoch. Verwirrt und benebelt folgte Freddy dem Reiz und seiner Neugierde, was denn das Handtuch da oben macht, schon hagelte es weitere Schläge zu seinem entstellten Gesicht. Teppo fing das Handtuch wieder auf und klatschte es Freddy sofort noch einmal ins Gesicht. Freddy stieß gegen den Duschvorhang und konnte sich gerade noch so festhalten, damit er nicht umfiel. Teppo gab ihm keine Zeit zum Verschnaufen. Er schnappte sich mit einem Ausdruck voller Zorn und Wahnsinn Freddys Kopf und bumperte ihn durch das Waschbecken. Es schepperte laut und Freddy ging zu Boden.

Zeitgleich beendete auch Dalik seinen Kampf auf dem Flur. Er schlug seinen Stab abwechselnd zwischen Jasons Beine hin und her und trieb sie dadurch so weit auseinander, dass er seine Balance verlor. Dann schlug er ihm gegen die Hand und die Machete verlor ihren Besitzer. Der Weg war frei und mit aller Kraft haute ihm Dalik gegen die Maske. Jason flog davon. Es war, als besäße er keinerlei Nackenmuskulatur. Der Kopf jagte einfach nach hinten und der Körper folgte wie durch Zauberhand.

Jason war ohnmächtig. Dalik nahm ihm die kaputtgebrochene Maske ab. Er wusste nicht, ob sein Gesicht zuvor auch schon so entstellt gewesen war. In jedem Fall sah es nun nicht mehr gut aus. Jason schnorchelte durch eine eingedetschte Nase, aber er atmete. Was jedoch noch viel wichtiger war: Es war wieder nicht Fleuron.

Die Narben auf Freddys Maske sammelten sich mit Blut. Teppo nahm sie ab. Der Mann darunter hatte gar nicht mal übel ausgesehen. Die Platzwunde an seiner Stirn sah böse aus, aber er hatte selbst schuld, dachte Teppo. Er hätte halt nicht versuchen dürfen, ihn zu töten.

Er stand auf, warf einen letzten Blick auf das Gesicht und legte dann eine Jokerkarte als Souvenir auf Freddys gestreiften Strickpullover.

Dalik und er wandten sich einander zu. Teppo streckte ihm die Faust entgegen, doch statt mit der eigenen Faust dagegenzuschlagen und so die Geste zu erwidern, schüttelte Dalik Teppos Faust wie beim gewöhnlichen Händegeben. Kurz irritiert, dann amüsiert, zogen die zwei weiter.

»Eins, zwei, mit Freddy ist's vorbei.« Teppo sagte es, ohne zu lächeln. Ihm war irgendwie nicht danach.

Es war der letzte Raum. Joker und Darth Maul hatten das gesamte Haus auf den Kopf gestellt. Es konnte natürlich sein, dass Fleuron ihnen einfach aus dem Weg gegangen war. Es war eine Option, die sie nicht dementieren konnten. Andererseits schob Cloey draußen Wache. Er hätte entweder aus einem Fenster, das sie nicht im Blickfeld hatte, aussteigen müssen oder er hielt sich nach wie vor versteckt. Wenn sie ihn nicht hier im letzten Raum vorfinden sollten, würden sie sich trennen und noch einmal oder gegebenenfalls sogar öfter das Haus nach ihm absuchen.

Der letzte Raum war der imposanteste von allen. Aber niemand war hier. Antiquitäten aus unterschiedlichen Epochen hingen an Wänden oder lagen hinter Glas. Vasen, Schalen, Kleidungsstücke, Schmuck, alte Schriften und sogar eine komplette Ritterrüstung, welche besonders Teppos Interesse weckte, ließen die beiden dem Raum mehr Aufmerksamkeit zukommen als den anderen.

Dalik erwähnte es nicht, aber manche Symbole und Schriften erinnerten ihn an die Zeichnungen und Gravierungen auf seinem Stab, welche im Moment durch das Klebeband verdeckt waren.

Teppo beäugte die Ritterrüstung. In ihren Händen hielt sie einen Morgenstern und einen Dreiecksschild. Teppo wollte gerade seinen Senf dazugeben, als sich die Ritterrüstung wie durch Magie von selbst bewegte.

Teppo blieb kaum Zeit, um dem Morgenstern auszuweichen. Nur um Haaresbreite zischte die stachelige Kugel an seinem Schädel vorbei.

»Dalik!«, schrie er und flüchtete, vom Schrecken gepackt, zu seinem Freund.

Instinktiv nahm Dalik schützend Position vor ihm ein. Gemeinsam schauten sie der klappernden Rüstung zu, wie sie erst einen, dann beide Metallstiefel von dem kleinen Podest heruntersetzte.

»Ihr habt sie alle besiegt«, sprach die Rüstung. Der Helm gab ihrer Stimme ein unbehagliches, leicht verschlucktes Hallen. Hinter dem Scharnier lag lediglich Schatten, als steckte überhaupt kein Mensch dahinter. »Ich bin der Letzte, der noch übrig ist. Aber an mir werdet ihr euch eure Zähne ausbeißen.«

Bedrohlich schritt die Rüstung voran. Wie ein klöternder Panzer kam sie, den Morgenstern langsam wirbelnd, auf die beiden zu. Ihr Schild, aus dünnem Holz gefertigt und mit Leder überzogen, würde jeden Angriff schnell und erschöpfungslos abfangen können. Nichts schien sie aufzuhalten.

»Das ist er«, sagte Dalik. Ernst lag in seiner Stimme. Diesen Gegner würde er nicht unterschätzen.

»Ich will von dem Morgenstern nicht getroffen werden«, sagte Teppo.

»Sag bloß.«

»Lass uns bei ihm bitte zusammenarbeiten.«

Dalik nickte seinem Freund zu, ohne den Blick von dem silbernen Feind abzuwenden.

»Der Blecheimer ist ein Volltrottel. Er weiß nicht, wie man in einer Rüstung kämpft. Das könnte unsere Rettung sein«, erklärte Teppo.

Der Ritter hielt ein paar Meter vor ihnen inne, nicht zuletzt, weil Dalik ihm seinen Stab entgegenstreckte.

»Was meinst du?«, fragte der Mönch.

»Na, stimmt es nicht, du Weichfontanelle? Du Großmutterwichser befindest dich in einer Plattenrüstung. In einer Plattenrüstung.

Soll ich es dir buchstabieren? In einer P-latten-rüstung. Macht es bei dir immer noch nicht klick, du dämlicher Strombeißer? Wozu benutzt du einen Schild? Du bist doch schon geschützt.«

Dalik schaute Teppo an und ließ sich diese Information durch den Kopf gehen. Er hatte recht. Der Schild war überflüssig.

Der Ritter beendete seine Pause und schritt entschlossen auf die beiden zu.

Während Dalik ihn in Schach hielt, suchte Teppo verzweifelt nach einer geeigneten Waffe. Er erinnerte sich daran, wie er einst einem Kriminellen ein Bild über den Schädel gezogen und daraufhin für das teure Bild finanziell hatte aufkommen müssen. Dazu wollte er es nicht noch einmal kommen lassen, zumindest nicht solange ihm Dalik noch Zeit verschaffte. Gleichwohl sah alles in diesem Raum von Wert aus.

Verdammt!

Schließlich fiel seine Wahl auf sein Jackett. Er zog es aus und begann mitzumischen. Wenn der Morgenstern auf ihn zuflog, fing er ihn einfach mit seinem Jackett ab.

Der Ritter war schlimmer als der Bär, denn ihm machten die Angriffe der beiden zwar genauso nichts aus, dafür war seine Wucht, wenn er zuschlug, ob mit dem Morgenstern oder seinem Schild, enorm.

Dalik hieb mit seinem Stab ungehemmt auf ihn ein, aber es brachte nichts. Teppo erklärte ihm, dass die Schwachstellen der Rüstung unter den Achseln, dem Helm, in den Lücken des Augenscharniers und gegebenenfalls, falls er keinen extra Schutz trug, zwischen den Beinen lägen. Da er darunter jedoch ein Kettenhemd trüge, könne Dalik diese Schwachstellen nicht attackieren. Teppo könne nicht einmal mit seinem Messer durch das Kettenhemd stechen.

»Also bleiben uns genau zwei Möglichkeiten«, sagte Teppo und wich einem weiteren Mal dem Morgenstern aus. »Entweder du haust dem menschlichen Mülleimer ganz gewaltig auf den Deckel oder wir entwaffnen ihn und schauen dann weiter.«

Der Ritter verteidigte sich weitaus besser als erwartet. Er wollte zwar nicht wahrhaben, dass sein Schild überflüssig war, doch an seinen restlichen Fähigkeiten war nichts auszusetzen.

Dalik und Teppo hatten eine schwere Zeit.

Die Schläge mit dem Schild waren hart und der Morgenstern oftmals nur schwer zu blocken, dennoch gelang es den beiden, den Ritter zu Fall zu bringen. Dalik freute sich bereits, dass die Rüstung so schwer war und der Mann darin wie eine Schildkröte nicht mehr auf die Beine kommen würde, da vollführte der Ritter ohne Probleme eine Rückwärtsrolle. Und kaum dass er wieder stand, donnerte er seinen Morgenstern auf den Lichtschwertstab.

Teppo wehrte den nächsten Hieb, der ihm galt, erneut mit seinem Jackett ab. Der Ritter wurde allmählich müde und Teppo reagierte schnell. Er wickelte die stachelige Kugel fix in sein Jackett ein, während Dalik sich darum kümmerte, dass Teppo nicht von dem Schild getroffen wurde.

Alle drei rangen miteinander. Die beiden Ungepanzerten schafften es durch Zerren, Ablenken und Hebeln, dem Ritter seinen Schild zu entreißen. Er musste ihn loslassen, sonst hätte Dalik ihm den Arm gebrochen.

Die freie Hand nutzte jener jedoch, um nun wieder seinen Morgenstern zu befreien. Er schlug mit seinem Metallhandschuh gegen Teppos Kopf, woraufhin dieser benommen von dem Morgenstern abließ.

Der Ritter schüttelte das Jackett von seiner Waffe und musste sich sogleich wieder dem Sith widmen.

Teppo gönnte sich notgedrungen eine kurze Pause, in der er etwas Blut ausspuckte, den Schild aufhob und anlegte und dabei seinen Schädel anflehte, weniger zu brummen. Als der Ritter sah, wie er mit dem erhobenen Schild auf ihn zustürmte, nutzte Dalik die günstige Gelegenheit. Er wand den Morgenstern um seinen Stab herum und zur Seite weg, fort von Teppo.

Dieser raste weiter nach vorn, änderte sein Vorhaben und sprang.

»Nasty Dropkick!«, schrie Teppo und vollführte einen kraftvollen Tritt mit beiden Füßen gleichzeitig gegen das Knie des Ritters. Das Bein knickte durch und flog nach hinten weg. Während der Ritter den Boden immer schneller näher kommen sah, entriss ihm Dalik den noch immer um seinen Stab gewickelten Morgenstern. Als die Rüstung aufkam und die vielen Antiquitäten zum Wackeln brachte, klang sie wie ein Chor aus Blechinstrumenten.

Dalik schleuderte den Morgenstern von seinem doppelten Lichtschwert und lehnte sich mit seiner Waffe und all seinem Gewicht auf den geschützten hinteren Teil des Halses vom Ritter.

Die Rüstung zappelte noch kurz, aber sie kam nicht mehr hoch, zumal sie es in dieser Position und ohne Bewaffnung auch überhaupt nicht mehr wagte. Ganz zu schweigen davon, wie erschöpft der Mann in ihr keuchte.

»Da habe ich wohl das Spiel gewonnen«, verkündete Dalik stolz.

»Wieso?« Teppo erhob sich wieder aus seiner liegenden Position, in die er geraten war, nachdem er seinen Tritt ausgeführt hatte.

»Immerhin habe ich mehr für den Sieg getan.«

»Moment. Das kann man so doch überhaupt nicht sagen.«

»Doch, kann man. Ich habe ihn entwaffnet. Zwei Mal.«

»Dafür habe ich ihm den wirkungsvollsten Treffer verpasst, welcher zugleich auch der letzte war.«

»Wenn das so ist ...«

Dalik stampfte seinen Stab einmal kräftig hinten auf die Rüstung und nahm sofort danach seine Ursprungshaltung wieder ein, aus der sich der Ritter nicht mehr erheben würde.

»… habe ich gewonnen.«

Teppo sagte weiter nichts. Er trat dem Ritter lediglich gegen die geschützte Rippenpartie. Dalik schlug noch einmal zu, dieses Mal schneller und weniger hart. Teppo trat erneut zu. Dann war Dalik wieder an der Reihe. So machten sie weiter, bis der Mann in der Rüstung schließlich rief: »Hört gefälligst auf damit!«

»Halt die Klappe, Fleuron!«, pflaumte Teppo zurück.

»Ich bin nicht Fleuron.«

»Was?«, sagte Dalik.

Er beugte sich hinab und drehte den Ritter auf den Rücken. Er kniete sich auf ihn drauf und schob das Visier nach oben.

»Tatsache«, sagte Teppo geplättet.

Der Mann in der Rüstung hatte eine Haut so schwarz wie Zartbitterschokolade.

»Raus mit der Sprache«, sagte Dalik wütend. »Was für ein Kostüm trägt Fleuron?«

Wie lange lassen sich die beiden denn bitte Zeit?

Cloey wärmte sich auf, indem sie ihre Kettensäge hin und her schwang. Ihr war es peinlich, wenn man sie dabei beobachtete, aber es war zu kalt, um es nicht zu tun.

Dann hielt sie inne. Sah sie gerade richtig? Ein verletzter Duffman lief aus dem Herrenhaus?

Cloey beobachtete ihn ganz genau. Er schien nach seinem Wagen zu suchen.

Ist er das nicht?

»Hallo, Abel!«, rief sie und schoss damit einfach mal ins Blaue. Sie winkte, legte ihre kitschige Kettensäge auf den Rasen und lief auf ihn zu.

Duffman war verdutzt, aber schien sich nicht wenig zu freuen, dass ihm eine knapp bekleidete Cheerleaderin lächelnd entgegenlief.

»Wie geht es dir?«, rief sie ihm im Laufen zu.

»Whoa!«, entfleuchte es aus Duffmans Mund, ohne dass er es beabsichtigt hatte. »Soweit ganz gut. Kennen wir uns von irgendwoher?«

Cloey blieb einige Meter entfernt von ihm stehen. Sie musterte ihn für einen Moment, bevor sie den gestylten Haarschopf von dem Plastikkopf anhob, welcher ihr noch immer am Hintern baumelte. Dann griff sie hinein. Fleuron schaute ihrem Treiben interessiert zu. Er näherte sich Cloey, bis sie eine silberne Pistole aus dem Kopf zog und sie auf ihn richtete.

»Nun, dich kenne ich von der Steckbriefliste.«

»Scheiße«, fluchte Fleuron und sah seinem Ende bereits ins Gesicht, als ein untersetzter *Earl Hickey* zwischen sie dahergetorkelt kam und mitten in der Schusslinie innehielt.

»He, der Duffman!«, rief er heiter bis sturzbetrunken.

Er hatte einen schwarzen Wuschelkopf, als wäre er frisch aus dem Bett gestiegen. Gleichermaßen sah sein kräftiger Schnurrbart aus. Er trug ein offenes kariertes Hemd über einem schmutzigen T-Shirt und seine verlotterte Jeans war so alt wie seine Schuhe.

»Hast du noch ein Bier für mich?«, fragte er und hielt die gerade Linie zu Duffman gerade so.

»Hau da sofort ab!«, schrie ihn Cloey an.

Earl drehte sich verwirrt um.

»Hä?« Hatte da etwa noch eine Person gestanden?

Den letzten Meter legte Fleuron in einem Rutsch zurück. Er ergriff Earls Kopf, drückte dessen Körper an sich, dessen Kopf bis zum Anschlag zur Seite und versteckte sich hinter ihm, soweit es ihm möglich war.

»Du haust jetzt ab oder ich breche ihm das Genick!«

»Mann, lass mich los!«, meckerte Earl.

»Noch ein Wort und ich knack dich. Schmeiß deine Waffe rüber.«

Cloey bewegte sich nicht. Sie dachte für einen Augenblick nach. Dann sagte sie: »Nein.«

»Nein?«, fragte Fleuron. Er musste sich wohl verhört haben.

»Nein. Das kannst du mal gleich vergessen. Das Einzige, was dich nervös macht, ist diese Pistole und ich werde einen Teufel tun, sie dir zu überlassen. Da kannst du mir auch seine und meine Sicherheit versprechen, aber jemandem wie dir kann ich einfach kein Vertrauen schenken. Somit bleiben dir zwei Möglichkeiten. Entweder du bringst ihn um, aber dann kriege ich dich. Oder du lässt ihn frei und ich lasse dich laufen. Ich wäre bereit, mich auf diesen Kompromiss einzulassen, denn in erster Linie zählt für mich, dass den Unschuldigen nichts passiert. Dann hole ich mir dein Kopfgeld eben ein anderes Mal.«

Cloey beendete ihre Ansage, indem sie die Waffe demonstrativ hinten in ihren Minirock steckte.

Fleuron kam aus seiner Deckung hervor.

»Mädchen, du bist schwer in Ordnung.«

Dann ließ er Earl los. Dieser prüfte, ob mit seinem Nacken alles in Ordnung war, und eilte, sobald er sich sicher war, auch gefahrlos abhauen zu dürfen, von dannen. Fleuron tat das Gleiche und wollte gerade in die andere Richtung verschwinden, als Cloey »Stehenbleiben!« rief.

Der Befehl ging ihm durch Mark und Bein. Fleuron blieb stehen und drehte sich zu Cloey um. Er ahnte es bereits, es jedoch dann bestätigend zu sehen, war noch schlimmer. Cloey richtete erneut ihre Pistole auf ihn.

»Du Miststück hast mich verarscht.«

»Heul dich doch bei den Tieren aus, die du für deine egoistischen, kranken Vorlieben benutzt hast.«

Mit entschlossenen Schritten ging sie auf Fleuron zu, der seine Wut stark zurückdrängte.

»Und jetzt leg dich auf den Bauch!«, befahl sie mit so viel Schärfe in der Stimme, dass jeder, der es wagte zu versuchen, es mit ihr aufzunehmen, sich böse den Mund verbrennen würde. »Dann Füße überkreuzen und –«

»Das ist meiner!«, grölte Teppo.

Cloey konnte nicht anders, als in seine Richtung zu schauen. Er und Dalik stürmten wie zwei wilde Stiere auf sie und Fleuron zu.

»Nein, meiner!«

Cloey hatte nicht einmal Zeit, sich zu überlegen, was sie ihnen entgegnen sollte, da waren sie bereits bei ihnen und tackleten Fleuron gemeinsam um. Während sich Dalik mit seinem Stab vom Boden abdrückte und sich gegen Fleurons Oberkörper warf, übernahm Teppo die untere Hälfte.

Ein Bus hätte Fleuron nicht weniger hart treffen können.

Fleuron war fertig mit der Welt. Er lag, in Handschellen lahmgelegt, auf dem kalten Rasen. Teppo hatte es sich auf ihm gemütlich gemacht. Trotz Cloeys Protest saß er nun auf ihm drauf und spielte mit seiner letzten Jokerkarte herum.

Cloey beendete gerade ein Telefonat.

»Polizei und Krankenwagen sind gleich da. Ist in dem Haus irgendetwas Erwähnenswertes vorgefallen?«

»Wir haben da drinnen bloß unseren Job erledigt«, sagte Dalik und lutschte weiter an einer Zuckerstange.

»Und das mit Erfolg«, pflichtete ihm Cloey bei.

»Ja. Den Geistern haben wir das Fürchten gelehrt.«

Cloey wollte weiter nachhaken, als ihr eine Jokerkarte ins Gesicht flog. Ihr böser Blick fand schnell ihr Opfer, aber dieses zeigte keinerlei Angst. Teppo grinste und das so fies, dass Cloey nicht glauben konnte, dass es Teppo war.

»Happy Halloween.«

Dann geschah es. Sie hatten ihn zu keinem Zeitpunkt bemerkt und langsam, doch stetig war er ihnen näher gekommen. Sein Anzug war so finster wie seine Absichten. Sein leeres Gesicht so unwirklich wie seine langen Arme. Sein Erscheinen übermalte die Gesichter seiner Opfer mit einer Leichenblässe. Und das Schlimmste: Er stand direkt vor ihnen …

… der SLENDER MAN!!!!!! ! !!!!!!

Kapitel vierzehn:
ENMAR CHOP SUEY

!!!!!!!!!!!!!FABELTASTISCHE MASSAGEN!!!!!!!!!!!!!
Mr. Bunks` Zauberhände verwöhnen Ihren Körper,
wie es keine anderen Hände vermögen!
Ob professionelle Rücken-, Kopf-, Hand-, Fuß- oder
Ganzkörpermassage,
bei mir fühlen Sie sich wie auf Wolken gebettet!
24 Stunden, 7 Tage die Woche erreichbar!
Auch Hausbesuche sind möglich!
Für Frauen ist die erste Massage gratis!!
Männer werden nicht massiert! NUR Frauen!!!

Seine Massagebank auf dem Kopf tragend, drehte der alte Mann seine Runden durch die Stadt und verteilte Werbezettel an jedwede attraktive Frau, deren Weg er kreuzte. Während sie sich den Flyer durchlasen, schaute er ihnen unbemerkt in ihren Ausschnitt. Pünktlich zu ihrem wieder Aufblicken, begrüßte er sie mit einem charismatischen Lächeln. Spazierten sie dann weiter, folgte eine provisorische Erkundung des Hecks. Er stemmte seine Massagebank wieder auf den Kopf und zog ebenfalls weiter.

Er war fleißig dabei. Er brachte Zettel an Pfeilern, Laternen und Bäumen an. Seine Nummer lag darunter zum Abreißen bereit. Für den Fall, dass er mal nicht an sein Handy (Teppo hatte ihm jüngst sein erstes gekauft) sollte gehen können, hoffte er, würde seine liebliche Stimme auf der Mailbox die Enttäuschung der Anruferin eindämmen:

Hallihallo! Vielen Dank für Ihren Anruf bei Mr. Bunks` Massagen. Es tut mir unendlich leid, dass ich gerade nicht persönlich mit Ihnen sprechen kann. Bitte hinterlassen Sie einfach eine Nachricht mit Ihrem Namen, Anliegen, Alter und Körpermaßen und ich rufe Sie so schnell wie möglich zurück. In jedem Fall können Sie sich aber jetzt schon mal auf eine der besten Massagen Ihres Lebens freuen. Und nun kommt der …

piep …

Am äußeren Rand der Stadt, dort wo die Natur noch kräftig und so schön wie gefährlich war, suchte ein Wildschwein nach Futter. Mit seiner vortrefflichen Nase schnüffelte sich der Keiler voran, bis er an eine dicke Eiche gelangte. Unzählige Eicheln lagen ihm zu Füßen. Er hatte ein kleines Paradies gefunden.

Er schaute sich um und lauschte.

Ihm drohte keinerlei Gefahr. Also begann er, die Eicheln in sich hineinzustopfen. Er kaute und mümmelte. Die Eicheln knackten zwischen seinen harten Zähnen auf. Der Keiler liebte dieses Geräusch und er fühlte eine sich aufstockende Zufriedenheit mit jedem noch so kleinen Happen.

Aber dieses Glück zerbrach jäh, als ein Ungeheuer aus dem Gebüsch sprang, sich auf den fast neunzig Kilogramm schweren Keiler warf und auf ihn eindrosch, wie es seine Zähne zuvor mit den Eicheln gemacht hatten. Das Ungeheuer sah aus wie ein Mensch, doch seine Schläge hätten auch geworfene handgroße Steine sein können. Der Keiler versuchte, sich zu verteidigen, aber das Ungeheuer hielt ihn am Boden fest und trieb seine Fäuste weiter in ihn hinein.

Er kannte Menschen, aber solch einer war ihm noch nie begegnet.

Die Sonne war verschwunden. Haku saß auf einem umgekippten Baumstumpf und grillte den erlegten Keiler über einem großen Lagerfeuer. Obenrum trug er lediglich eine Weste aus Bärenfell. Er fror nur selten, doch in einer Herbstnacht im Wald war ein solches Feuer, insbesondere wenn man ohne Zelt reiste, ein fast unabdingbarer Segen. Bald würde er sich in die Waagerechte begeben, aber bis dahin behielt er die Pumpgun noch in dem Holster auf seinem

Rücken. Es gab in dieser Gegend noch einiges anderes Getier, das gefährlicher war als das knusprige Wildschwein vor ihm, welches an sich auch nicht mal unter den wirklich Großen seiner Art rangierte.

Das Fleisch war sein erstes Essen heute. Seine kleine Plauze blähte sich allmählich wieder auf. Mit definierten Bauchmuskeln hatte er nichts am Hut. Das wohlige Gefühl, die Hand auf einen wohlgenährten Bauch zu legen, war ein Luxus, den er sich heute bereits gönnte, bevor er satt war. Dieser Keiler war ein kleines Fest und das regenlose Wetter war Haku gewogen.

Nachdem sich der erste Hunger verzogen hatte, holte er ein Blatt Papier hervor. Es war mehrfach gefaltet. Die Tatsache, dass er hier seinen eigenen Steckbrief in der Hand hielt, belustigte ihn sehr. Haku biss ein großes Stück Fleisch ab und las sich seine Charakteristika durch, bis sie ihn nicht mehr zum Schmunzeln brachten.

Caleb stand vor einem Speisewagen. Er hatte nur zwei Räder. Vorne ragten zwei lange Griffe heraus und an den Seiten zwei ausziehbare Tische für etwaige Gäste. Oben drüber las er: *»PFANNKUCHEN«*. Er war im Moment der einzige Kunde. Die Wohnsiedlung war ruhig und schenkte dem Wagen keinerlei Aufmerksamkeit.

Hinter der Theke stand ein fast schon raubtierhafter Mann. Seine schwarze Mähne war wild, seine Augen fixierend wie die einer Katze, die kurz davor war, einen gleich anzufallen.

Caleb schaute auf die Speisekarte. Er ging jedes einzelne Gericht durch. Der Blick des Mannes hinter der Theke war stechend, auch wenn Caleb vermutete, dass er es nicht mit Absicht war.

»Ich probier mal den Raissers Spezial-Pfannkuchen«, sagte er schließlich.

»Sehr gern«, sagte Raisser und machte sich sodann ans Werk.

Die Zubereitung hatte etwas Kunstvolles. Caleb zeigte sich beeindruckt von der Leichtigkeit, mit der Raisser alles kleinschnippelte, zusammenmischte und auf der heißen Platte verteilte. Der Duft des sich verfestigenden Teigs und der einzelnen Zutaten waren ein überaus erregendes Vorspiel für seine Geschmacksknospen. Sein Mund wurde ganz feucht und Caleb musste sich zusammenreißen, um rechtzeitig den Speichel herunterzuschlucken.

»Bitte schön«, sagte Raisser und servierte auf einem Teller einen großen, dicken Pfannkuchen mit allem drum und dran.

»Danke«, sagte Caleb. Seine Augen waren groß und der Rest begierig.

Er biss hinein und eine Explosion an Glückshormonen überschwemmte die Züge seines Mundes. Sein ohnehin schon aufgeregter Magen geriet in noch freudigere Erwartung. Caleb war nicht imstande zu reden, bis er ein Viertel des runden Ambrosias verputzt hatte.

»Schmeckt wirklich köstlich.«

Raisser, der bislang nichts an seinen kalten Zügen hatte verschwinden lassen, zeigte nun etwas Wärme und sogar ein kleines Lächeln. Selbst seine Zähne hatten etwas von einer Raubkatze. Sie waren nicht abnormal, aber doch auf eine Art spitzer. Vielleicht war es aber auch einfach nur die Form seines Mundes, welche die Assoziation unterstützte. Caleb wusste es nicht und im Moment hatte er auch keinerlei Intention, weiter darüber nachzugrübeln.

»Wenn es dir so gut gefällt, kannst du mich ja weiterempfehlen.«

»Läuft das Geschäft nicht so gut?« Caleb redete mit Pfannkuchen in der Wange.

»Es wirft kaum etwas ab. Es reicht gerade so zum Überleben, aber das vielleicht auch nicht mehr lange.«

»Welch eine Schande. Ich finde, die Leute sollten dir die Bude einrennen.«

Raisser wollte antworten, als eine leere Trinkdose über das Pflaster holperte und ihn innehalten ließ. Der Mann, der sie getreten hatte, tat es sogleich noch einmal. Seine blonden Haare waren lang und die Frisur eher feminin. Kleine, schwarze Bartbüschel sprossen neben seinem Kinn. Seine Statur ging in die Richtung eines semi-amateurhaften Bodybuilders. An der Spitze der Profiliga lagen jedoch seine Brüste. Mehrere Körbchengrößen maßen sie. Sie waren rund und steinhart und sorgten für einen Ausschnitt, wie man ihn nur bei einer stark, doch schlecht operierten Frau erwarten würde. Seine harten Nippel stachen durch sein Tanktop hervor. Man fragte sich automatisch, ob sie sich nicht wund rieben oder irgendwann durch den Stoff arbeiten würden.

Begleitet wurde Buck Muskel von seinen drei Handlangern. Der mit der Knollenhase hatte widerlich große Mitesser. Der zweite abstehende Ohren und eine gepflasterte Kompresse am Nacken. Der dritte war der Hässlichste.

»Tüdelü!«, begrüßte Buck Raisser und wie auf Knopfdruck grüßte Raisser mit »Tüdelü!« zurück.

»Schutzgeldzeit!«, sagte Buck grinsend und näherte sich zuversichtlich weiter dem ziehbaren Pfannkuchenwagen.

»Iss in Ruhe auf«, sagte Raisser zu Caleb.

Er öffnete eine enge Seitentür und spazierte auf Buck und seine Handlanger zu. Er blieb nicht vor ihnen stehen, sondern geleitete sie, ein Stück weit mitzukommen. Dann sprach er nur so laut, dass sein einziger Gast nichts von der Unterhaltung mitbekam.

»Ihr macht jetzt einen Abflug. Ist das klar?«

»Du wirst uns nicht bezahlen?«, fragte Buck und baute sich vor Raisser auf.

»Das habe ich euch schon beim letzten Mal gesagt. Lest es von meinen Lippen ab.« Dann sprach er weiter, ohne seine Lippen zu bewegen. »Nein.«

»Handlanger Nummer eins«, sagte Buck und der mit der Knollennase machte sich bereit.

»Jawohl.«

Der Handlanger wollte es wissen und griff Raisser an. Allerdings hätte er sich dieses Unterfangen auch sparen können. Raisser bewegte sich agil und so elegant wie wild. Wie sein Gesicht ähnelten auch seine Bewegungen denen einer Katze. Selbst seine Hände formte er zu Pranken. Es dauerte nicht lange, da schlug er seinen Handballen von oben herab auf Mund und Kinn des Handlangers und grub seine gekrümmten Finger dessen Augen entlang. Der Kopf des Handlangers flog abwärts. Er konnte sich gerade noch so fangen. Doch kaum erhob er sich wieder, landete eine gerade nach vorn gefeuerte Pranke auf nahezu derselben Fläche wie zuvor. Und auch dieses Mal drückte Raisser seine Finger gegen die Augäpfel. Der Handlanger torkelte mit Beinen aus Wackelpudding nach hinten, zur Seite, wieder vor und zurück und hielt sich dabei still die Augen.

Die anderen zwei Handlanger mischten sogleich mit, aber auch sie waren mit dem Pumastil überfordert. Den einen fegte Raisser von seinen Beinen. Dem anderen schlug er gegen das Ohr. Alsbald war ihre Kampfeslust dem Wunsch nach dem Verschwinden von Schmerzen gewichen.

Als Raisser daraufhin seine Zähne zeigte und sie verbal noch anbrüllte, spürten sie die Furcht von kleinen Pflanzenfressern.

»Wie könnt ihr es wagen, einen der zehn tödlichen Finger zu erpressen und einfach anzugreifen?«

»Du bist einer der zehn tödlichen Finger?«, fragte Buck völlig platt und schon legte auch er sein Vorhaben ad acta. »Das wussten wir nicht. Bitte tu mir nichts.«

Caleb hatte das Schauspiel genossen. Süßer konnte ein Pfannkuchen nicht serviert werden.

Wie kann man sich wegen so eines Titels nur so in die Hose machen?, dachte er und schob die letzte brechend volle Gabel in seinen Mund. *Tödlicher Finger, dass ich nicht lache. Gegen mich hätte der keine Chance.*

»Sucht euch jemand anders, den ihr aufmischen könnt, aber lasst mich und meine Gäste in Ruhe oder ich zerreiße euch in der Luft.«

Raisser konnte hören, wie sein einziger Gast hinter ihm Kleingeld auf den Tresen legte.

»Der Rest ist für dich«, rief dieser.

»Danke. Du bist jederzeit wieder willkommen.«

»Ich möchte noch einmal betonen, wie leid mir dieses Missverständnis tut.« Buck legte seine Hände abbittend zusammen. »Und natürlich werden wir dich und dein Geschäft nicht mehr belästigen. Kommt jetzt, Männer.«

Seine Handlanger gehorchten. Sie rissen sich zusammen, rafften sich auf und machten sich mit Buck schnellen Schrittes aus dem Staub.

Raisser sah ihnen noch hinterher, wie sie einander abstützten und begannen, miteinander zu diskutieren. Dann kehrte er zu seinem Wagen zurück.

Er schaute auf den Tresen, wo das Kleingeld liegen sollte, fand dort jedoch nur eine Handvoll Knöpfe, Steine, Fusseln und eine Büroklammer.

»Hey, hier wird nicht die Zeche geprellt!«, rief er um sich und warf seinen Kopf hin und her. Er suchte nach seinem Gast, aber von ihm fehlte jede Spur.

Der alte Mann bahnte sich seinen Weg durch die Innenstadt. Nicht jeden Tag konnten die Fußgänger jemanden mit einer Massagebank auf dem Kopf beobachten. Sie nahmen Abstand und hofften, dass der alte Ziegenbart sich nicht zur Seite drehte und sie mit seiner Liege traf.

»Die erste Massage ist für Frauen umsonst!«, schrie er in die Runde und einige zuckten zusammen. Ansonsten waren die Reaktionen eher verhalten. Das höchste der Gefühle war ein kurzer letzter Blick, bevor sie den alten Mann wieder ignorierten und weiter ihrer Wege zogen.

Eine fast neunzig Jahre alte Frau mit Rollator schien jedoch recht angetan. Als der alte Mann an ihr vorbeispazierte, ließ sie ihr Gebiss für ihn klappern.

»Ich hätte gerne eine.«

Der alte Mann wandte sich ihr zu. Erst leicht erfreut, sah er sie und lief sodann flink davon. Die Passanten waren Hindernisse, die, wenn er ihnen nicht eigenständig auswich, aus gesundem Menschenverstand heraus auch von selbst zur Seite sprangen. Nachdem er ein weites Stück zurückgelegt hatte und sich sicher war, dass die uralte, faltige Dame nicht mehr laut genug schreien konnte, um mit ihm zu diskutieren, erteilte er ihr eine Absage.

»Nicht in eintausend Jahren!«, schrie er und hielt bereits wieder Ausschau nach frischerem Fleisch.

Rebicca hatte seit Stunden nicht gearbeitet. Sie stand dort, wo sie sonst auch anzutreffen war. Meistens sah man hier noch ein paar mehr von ihrer Sorte, aber anscheinend verdienten diese gerade im Gegensatz zu ihr.

Sie strich sich durch die Haare, welche eines ihrer Augen verdeckten. Dann griff sie in ihre kurz geschnittene Lederjacke. Sie kramte eine Zigarettenschachtel heraus, obwohl sie genau wusste, dass sie leer war. Ihr war so sehr nach Rauchen zumute. Sie musste sich einfach nochmals davon überzeugen, dass ihr dieses Glück für den Moment verwehrt bleiben würde. Die leere Schachtel war entmutigend. Vielleicht sollte sie eine kleine Pause einlegen und sich eine neue Packung kaufen gehen. Im Moment hatte sie ohnehin kein Glück mit ihrem Geschäft.

Rebicca zerknüllte die Zigarettenschachtel und spazierte zum nächsten Mülleimer.

Unterwegs begegnete sie einem jungen Spund. Er hatte die Ärmel seines Kapuzenpullovers hochgekrempelt und seine Hände in dessen Taschen vergraben.

Caleb schenkte ihr ein Lächeln und bereute es sogleich, denn sie kam nun auf ihn zu.

»Du bist aber ein gutaussehender Mann«, sagte sie und ließ die Zigarettenschachtel sogleich wieder in ihrer Lederjacke verschwinden. »Wie wär's mit einer heißen Nummer? 70 Sinner.«

»Eine so schöne Frau wie du muss doch nicht so viel Geld ausgeben. Ich beglücke dich auch gerne für umsonst.«

Plötzlich eroberte eine Armee von Gespenstern Calebs Gesicht. Seine humorvolle und draufgängerische Art machte einer Ernsthaftigkeit Platz, die nicht lange brauchte, um sich in eine ihn nur selten spürende Angst zu wandeln.

Caleb traute seinen Augen nicht. Auf der anderen Straßenseite sah er Haku entlanggehen. Diese Bärenweste, dieses Gesicht, die Frisur, die Pumpgun auf dem Rücken. Er war es, ganz sicher.

Dann nahm das Grauen seinen Lauf. Haku schaute zu beiden Seiten und wollte die Straße überqueren. Hatte er ihn gesehen? Es hatte nicht so gewirkt, aber bei einem Mann wie Haku konnte sich Caleb da nicht so sicher sein.

Rebicca bemerkte die Veränderung des jungen Spunds. Wieso war er auf einmal so anders geworden? Sie folgte seinem Blick, aber da war nur ein etwas sonderbar aussehender Mann, der die

Straße überquerte. Hatte er da etwa eine Pumpgun auf dem Rücken? Bei den strengen Waffengesetzen hierzulande war das eher unwahrscheinlich. Wahrscheinlich gehörte sie nur zu seinem Kostüm. Etwas spät für Halloween, aber wer wusste, von welcher Party er gerade kam?

»Ich war nie hier«, sagte Caleb.

Rebicca drehte ihm ihren Kopf wieder zu, aber da rannte er bereits davon.

Caleb flüchtete in die angrenzende Seitenstraße. Wie nah war ihm Haku? Er war recht enthusiastisch über die Straße gelaufen. Sollte er weiterrennen oder erst einmal sichergehen, ob Haku ihn überhaupt gesichtet hatte?

Caleb entschied sich für Letzteres. Er versteckte sich hinter einem Stapel ausrangierter Möbel und spähte durch ein kleines Loch zwischen einem Sofa, Stühlen, Decken und Kissen. Er konnte direkt auf die Straße blicken, von welcher er gerade gekommen war.

Er sah die Prostituierte. Sie schaute in seine Richtung und schien ihn zu suchen.

Nein, du blöde Kuh. Du wirst ihn noch zu mir führen.

Auf der anderen Straßenseite liefen zwei junge Menschen Händchen haltend vorbei. Sie lächelten sich an. Sie war eine große Blondine mit kurzen Haaren und einem außerordentlich ansprechenden Vorbau. Er hätte auch ein blond gelockter Esel sein können. Selbst auf dieser Distanz konnte Caleb sehen, dass der Typ einen Überbiss besaß.

So ein glücklicher Penner, dachte er. *Wieso passiert mir so etwas nie?*

Dann kam der Auftritt, vor dem er sich gefürchtet hatte. Neben der Nutte tauchte sein Albtraum im Bärenfell auf. Caleb schluckte. Sein Magen verkrampfte sich und er spürte, wie sich Schweiß auf seiner Stirn und seinen Händen sammelte.

Warum bin ich denn jetzt hier rübergelaufen?, fragte sich Haku. Er hatte absolut keine Ahnung mehr, egal wie lange er darüber nachgrübelte. Sein Instinkt hatte ihm einfach gesagt, dass er nun über die Straße zu gehen habe. Und bevor ihm klar wurde, dass er diesen Gedanken überhaupt gehabt hatte, war er bereits halb über die Straße marschiert.

Egal.

»Willst du?«, fragte plötzlich eine aufreizend gekleidete Frau vor ihm und holte ihn aus seinen Überlegungen. Auch sie hatte er bislang nicht wirklich bemerkt. Ihm gefiel ihre Frisur, aber das half auch nichts. Er erkannte, was sie war, und davon hielt er sich schön fern.

»Ne! Als ob ich so etwas nötig hätte.«

Caleb sah, wie Haku mit der Frau redete. Hoffentlich war nicht er das Thema.

Hat er mich nun gesehen oder nicht?

Das Freudenmädchen verschwand wieder aus seinem Blickfeld. Dann schaute Haku in seine Richtung und Caleb ging die Düse.

Wohin soll ich jetzt gehen?, fragte sich Haku. Sollte er der breiten Straße folgen oder der Seitenstraße vor sich oder in einer der nächsten Biegungen einlenken? Dann kam ihm eine Idee.

Ich mische einfach.

Haku begann, seine Hände schnell zu schütteln, und versuchte, dabei sein Denken abzuschalten.

O mein Gott! Lockert er sich etwa gerade? Wärmt er sich schon mal für mich auf?

Calebs Puls stieg an. Eine Gänsehaut überkam ihn langsam wie ein sich nähernder Blizzard. Dann hörte das Schütteln auf und eine von Hakus Händen deutete mit dem Zeigefinger in die Seitenstraße, wo Caleb sich aufhielt.

Der Albtraum hörte nicht auf. Ganz im Gegenteil, er wurde schlimmer und schlimmer.

Haku ging auf Caleb zu. Bald war er aus dem Sichtfeld des Loches verschwunden und Caleb sah zu, sich möglichst klein zu machen. Er folgte dem Geräusch der unheimlichen Schritte und versuchte, sie so mit seinen Bewegungen abzupassen, dass sein Verfolger nicht mitbekam, wie er sich hinter der Rückenlehne des vollgerümpelten Sofas versteckte.

Calebs Hals schnürte sich zu, während Haku nur wenige Meter an ihm vorbeispazierte. Ohne Probleme hätte er hier nun losstuhlen können.

Er machte keinen Mucks, aber dann nahm das Pech seinen Lauf.

O nein! Ich muss niesen. Er wird mich hören!

Haku war gerade auf einer Linie mit ihm. Selbst wenn er bereits einige Meter weiter gewesen wäre, wäre ein Nieser noch immer laut genug, damit er sich zu ihm umdrehen würde.

Das Kribbeln stieg an, stieg weiter an, doch kurz vor der Explosion hielt Caleb schnell mit seinen Fingern seine Augen auf. Es dauerte nicht lange, da war die Bombe entschärft und Caleb konnte lautlos aufatmen.

Ich bin einfach genial. Nur Idioten halten sich die Nase zu, wenn sie nicht niesen wollen. Profis hingegen wissen, dass man beim Niesen immer die Augen schließt, deshalb halten sie einfach ihre Augen auf.

Mit jedem von Hakus Schritten beruhigte sich Caleb wieder. Er hatte ihn schon vor zehn Metern passiert und machte keinerlei Andeutungen, dass er ihn hier noch vermutete.

Sehr gut. Er hat mich nicht gesehen.

Aber dann entfleuchte Caleb ein Pups. Er hatte ihn nicht kommen gespürt. Er war einfach getürmt.

Oh, Scheiße!

Caleb machte sich so klein wie ein Wurm.

Bitte, bitte, bitte, dreh dich nicht um. Bitte, bitte nicht!

Haku drehte sich um. Er schaute zu den Möbeln, aber da war nichts, was ein derartiges Geräusch hätte verursachen können. Also näherte er sich dem Ganzen und warf einen Blick hinter das Gerümpel.

Caleb wagte es kaum, die Augen zu öffnen. Aber er tat es trotzdem.

Er und Haku schauten sich an. Sie versuchten, den anderen zu verstehen. Nachdem sich das Kaninchen ein paar Sekunden lang totgestellt hatte, machte sein vermeintlicher Jäger den Mund auf.

»Haben wir uns nicht schon mal gesehen?«

Haku sah Caleb an, als ob er es wirklich nicht wüsste. Nichtsdestotrotz zitterte Caleb noch immer.

»Nein.«

»Ist dein Vater nicht –«

»Mein Vater ist bei meiner Geburt gestorben.«

»Dann muss ich da wohl was verwechseln.«

»Ja, kann vorkommen.«

»Was machst du eigentlich da unten?«

»Ich … Ich hab mir bloß das Sofa genau angesehen. Ich überlege, ob ich es nicht vielleicht mitnehmen sollte. Wär doch schade um das gute Stück.«

»Das alte Ding? Komm doch mal hoch. Ist doch peinlich, wenn ich so von oben herab zu dir sprechen muss.«

»J-ja. Jawohl, Sir.«

Caleb stand mit zittrigen Beinen auf. Als er stand, musste er dennoch leicht nach oben blicken, um Haku in die Augen zu sehen. Er konnte nicht umhin, hin und wieder auf Hakus Hände zu schielen. Sie sahen aus wie Ziegelsteine. Die Handkanten waren außerordentlich breit. Die Fingernägel einen halben Zentimeter dick. Und als Haku beim Sprechen gestikulierte und zwischenzeitlich ganz kurz in einer Art Faust verweilte, sah Caleb, dass seine Knöchel nicht auf und ab gingen, sondern waagerecht zueinander standen. Es waren keine normalen Händen. Es waren die Köpfe von Vorschlaghämmern.

»Sag mal, kennst du dich in dieser Stadt aus?«, fragte Haku den niedlichen Hänfling. »Ich hab nämlich noch ein Hühnchen zu rupfen.«

Caleb schluckte.

»Sie suchen eine bestimmte Person? Wen denn?«

Insgeheim nannte er sie die *Glitterfrau,* weil sie welches neben ihren ohnehin schon übermäßig stark geschminkten Augen kleben hatte. Ihre Wimpern waren lang und falsch und ihre zart ledrige Haut erzählte, dass sie ein- bis zweimal die Woche ins Solarium ging.

Der alte Mann saß bei ihr auf der Couch. Er schätzte sie auf Ende dreißig, Anfang vierzig. Die Wohnung und die Sätze, die sie miteinander gewechselt hatten, zeigten, dass sie noch zu haben war. Die Massage hatte ihm verraten, dass sie schon seit geraumer Zeit nicht mehr von einem Mann angefasst worden war.

Nun saß er hier und lächelte sie an, als sie einen Auflauf auf den Tisch stellte und ihm und sich die Teller füllte.

»Das wäre doch nicht nötig gewesen, auch wenn ich mich natürlich darüber freue.«

»Ich bitte Sie.« Sie lachte auf eine fast schon unnatürliche Art, als holte sie alles aus ihrem Hals und einer verstopften Nase. »Das ist jawohl das Mindeste, was ich tun kann, um mich für diese tolle

Massage zu bedanken. Außerdem meinten Sie doch, dass Sie großen Hunger haben, und da können Sie ruhig bei mir mitessen. Alleine essen macht einer Frau auch keinen Spaß.«

»Zum Glück.«

»Ich hoffe, es schmeckt Ihnen.«

»Da bin ich mir vollkommen sicher, meine Liebste. Riechen tut es schon mal wunderbar.«

Die Zuversicht verschwand jedoch, als der alte Mann seinen ersten Bissen nahm. Er öffnete seinen Mund und ließ das Essen sofort wieder auf seinen Teller zurückfallen.

»Bäh, zum Kotzen!«

Dem Entsetzen der Glitterfrau folgte ihr Zorn. Und sodann sah sich der alte Mann aus ihrer Wohnung gescheucht.

»Ich lade Sie zum Essen ein und Sie sind so respektlos. Scheren Sie sich gefälligst raus. Sie halten sich wohl für was Besseres wie mich.«

»Als mich«, korrigierte sie der alte Mann.

Die Glitterfrau prustete ihre braungebrannten Backen auf und schlug die Haustür zu.

Der alte Mann hievte seine Massagebank auf seinen Kopf und schlenderte, heiter pfeifend, weiter.

Die Dose klackerte mehrmals, als sie durchgeschüttelt wurde. Dann sprühte der Künstler weiter die Mauer voll. Nicht mehr lange und er würde seinen Roboter-Bruce Lee mit all seinem raffinierten mechanischen Innenleben fertiggestellt haben. Der Maler trug eine rote Wollmütze und ein gelbes »*HISCULES*«-Fan-Shirt. Ein Halstuch verdeckte Nase und Mund. Ein Karton mit weiteren Spraydosen lag in greifbarer Nähe, genauso wie ein Rucksack mit Inlineskates.

Freche Augen schauten ihm von oben herab zu. Dann sprang

Caleb von der Mauer herunter.

Der Maler ließ sich nicht stören und sprühte konzentriert weiter.

»Hi, Furbita.«

»Was geht ab, Dub?«, fragte Caleb und warf erst mal einen Blick auf das Kunstwerk.

»Bist du hier, um mir das Geld zurückzugeben?«, fragte Dub.

»Welches Geld?«

»Das, das ich zahlen musste, als du einfach aus dem Lokal gerannt bist.«

»Ach so, das Geld. Dazu sage ich nur, den Letzten beißen die Hunde.«

Dub zog das Tuch von seinem Gesicht. Auch wenn er sich schon daran gewöhnt hatte, fiel Calebs erster Blick sofort auf seinen Herpes. Viel Zeit blieb ihm dafür nicht, denn Dub schmiss ihm seine Spraydose zu.

»Tob dich aus. Ich geh noch ein paar Dosen kaufen.«

Dub griff sich seinen Rucksack, drehte sich um und joggte eilig davon.

»Hier sind doch noch genug!« Caleb deutete auf den Karton mit den Spraydosen, aber Dub reagierte nicht. »Oder sind die schon alle leer?«

Dub ignorierte ihn noch immer. Caleb zog die Schultern hoch.

Egal, dann eben nicht.

Caleb schaute sich noch einmal das unvollkommene Meisterwerk an, bevor er die Dose schüttelte und zu sprühen begann. Er brauchte nicht lange, um das Bild zu ruinieren. Er hatte keinen Plan von gar nichts und wenn er seine Fehler korrigieren wollte, verstand er, dass er es am besten gar nicht erst versucht hätte.

Dann hielt er inne. Als er die Stimme hörte, wusste er, sie bedeutete Ärger.

»Da haben wir ja den Vandalen, den wir schon so lange suchen.«

Caleb drehte sich um. Vor ihm standen zwei Polizisten. Der ältere strahlte eine entspannte Routine aus und trug gepflegte Koteletten, die fließend in seinen Bart übergingen, sodass sie umso imposanter erschienen. Während des Kommunizierens fuchtelte er lässig mit seiner Dienstwaffe herum. Er wirbelte sie um seinen Zeigefinger, stoppte sie und wirbelte sie dann von Neuem. Sein Partner schien frisch aus der Ausbildung zu kommen. Sein kümmerlicher Bartwuchs ähnelte dem eines pubertierenden Jungen. Seine Statur wahr lang und schmächtig. Er zeigte sich engagiert und sah seinen Partner mit großen Augen an.

»Oh«, sagte Caleb und spielte bereits mit dem Gedanken, einfach Hackengas zu geben, allerdings waren dafür die beiden Polizisten zu nah an ihn herangerückt. »Ich, ähm … Nein, nein … Ich war das nicht. Mir wurde diese Spraydose gerade einfach in die Hand gedrückt. Hier, nur das bisschen war ich. Mehr nicht.«

Der junge Polizist schaute immer wieder zu seinem Partner herüber. Er schien zu bewundern, wie jener Gesten und Tricks mit seiner Pistole machte, und versuchte, sie mit seiner eigenen Waffe nachzuahmen.

Der ältere Polizist schaute sich das Bild an, dann Caleb, die Dose in seiner Hand und schließlich den Karton mit den vielen anderen Dosen.

»Die Evidenzlage spricht eindeutig gegen dich«, sagte er ruhig. »Moment mal. Dein Gesicht kommt mir bekannt vor.« Er starrte Caleb konzentriert an. Caleb drehte seinen Kopf nervös weg, als ob es irgendetwas brächte. »Kann es sein, dass wir hier den wegen unzähliger Zechprellerei gesuchten Caleb Furbita vor uns haben?«

»Caleb, wen?«, fragte Caleb.

»Was sagst du dazu?«, fragte der ältere Polizist seinen jungen Partner.

»Tut mir leid, ich bin da überfragt.«

Der ältere betrachtete das unsichere Herumfuchteln seines Nebenmanns.

»Sei bloß vorsichtig. Ich hab das unter Kontrolle, aber du ...«

»Keine Sorge. Ich kann das auch.«

Der junge Polizist streckte, ohne es zu merken, seine Zunge heraus und wirbelte seine Waffe erpicht weiter.

»Das ist doch lächerlich«, sagte Caleb. »Ein Kopfgeld soll auf mich ausgesetzt sein?«

Der erfahrene Polizist starrte ihn noch einmal an. Caleb hatte Probleme, seinem Blick standzuhalten.

»Ja, du bist es.«

»Wie können Sie sich nur all diese Gesichter und Namen merken?«, fragte der schlaksige Polizist begeistert.

»Wenn einer einen so berühmten Va-«

Peng!

Alle drei zuckten zusammen. Aus der Pistole des jungen Polizisten löste sich ein Schuss und vergrub eine Kugel in dessen Armbeuge. Augenblicklich ließ er seine Waffe fallen und hielt sich die klaffende Wunde. Der ältere Polizist und Caleb sahen ihn nur fassungslos an.

»Das ist nicht dein Ernst!«, schimpfte der erfahrene Polizist. »Ich hab dich doch eben noch gewarnt! Wie kann man nur so dumm sei-«

Peng!

Ein weiterer Schuss löste sich. Dieses Mal aus der Pistole des durcheinandergebrachten älteren Polizisten. Mit einem steifen, sich rot färbenden Bein ging er zu Boden.

Caleb war noch fassungsloser denn zuvor. Vor sich zwei Polizisten, die sich eigenmächtig ausgeschaltet hatten und nun ihre schmerzverzerrten Gesichter präsentierten.

Caleb konnte nicht anders als zu lachen.
»Das ist nicht witzig!«, rief der ältere Polizist.
»Ein bisschen schon«, kicherte Caleb.
Dann rannte er davon.

Buck und seine Mannen grummelten vor sich hin oder lagen im Stillen ob ihrer jüngsten Abreibung und ihrer Unzufriedenheit, als sie ein schweres Atmen und Schnauben hörten.

Sie kamen an einer Hecke vorbei und blieben mit ihren Blicken auf dem großen Garten dahinter kleben.

Eine junge Frau mit hüftlangem schwarzen Haar und wenigen nicht ganz durchgezogenen lila Strähnen zog an einem Seil, welches über einen Ast gespannt war, und stemmte den am anderen Ende befindlichen Sack ruckartig nach oben. Diese Übung wiederholte sie mehrere Male. Dann ließ sie das Seil los und der anscheinend schwere Sack fiel auf eine Stelle des Rasens, an dem kein Gras mehr wuchs.

Buck und seine Handlanger entdeckten noch weitere Trainingsgeräte in dem Garten. Von einem anderen Baum hingen mehrere Ringe und Bälle, einer kleiner als der andere. Ein gepolsterter Pfeiler zeigte unzählige Gebrauchsspuren. Eine sonderbare Konstruktion mit abstehenden Bambusstöcken und gepolsterten Trefferflächen lag nicht weit von einer drehbaren Puppe mit mehreren Gelenken und zwei langen Schwertern in den Händen.

Die junge Frau trug ein Oberteil, auf dem *»FECHTSCHULE FALKENAUGE«* stand. Sie schwitzte stark, besonders unter den Achseln. Dennoch hob sie ein Federschwert neben ihren nackten Füßen auf und begann, damit voller Elan herumzuhauen. Sie zeigte großes Können und ließ des öfteren ein »Hepp!« von sich.

Das Federschwert hatte zum zusätzlichen Schutz der Hände über der Parierstange eine Art kleinen Schild, einen sogenannten

Parierhaken. Ursprünglich war die schmale, stumpfe Klinge der Fechtfeder flexibler und leichter als die eines Langschwerts gewesen, aber diese hier war derart hart und dick, dass sie schon mehr einer Eisenstange glich.

Buck und seine Handlanger beobachteten die junge Frau, ohne dass sie es bemerkte, bis der mit den abstehenden Ohren irgendwann rief: »Jetzt geh doch mal zu der Puppe! Ich will sehen, wie das aussieht!«

Die junge Frau hielt inne, als wäre es ihr peinlich, unter Beobachtung gestanden zu haben.

»Wie lange steht ihr da schon?«, fragte sie.

»Och, ´n Weilchen«, sagte der mit der Knollennase.

»Kann ich mal dein Schwert halten?«, fragte der dritte Handlanger.

»Nein, tut mir leid. Aber ihr könnt gerne mal zum Training vorbeikommen. Die Schule ist –«

»Mädchen« sagte Buck und plusterte sich auf, damit seine Brustmuskulatur noch etwas mehr zur Geltung kam, »du bist'n Mädchen. Das heißt, wenn dir vier gefährliche Typen sagen, dass du ihnen mal dein Schwert zeigen sollst, dann tust du das gefälligst.«

»Ihr könnt ja versuchen, es euch zu holen.«

Die vier Männer schauten sich an, nickten sich zu und setzten sich in Bewegung.

»Also das lass ich mir nicht zweimal sagen.«

Sie wollten gerade über die Büsche steigen, da fuhr die junge Frau fort.

»Aber wehe, ihr betretet mein Grundstück.«

Die Männer guckten sich erneut an. Sie hoben die Schultern, grummelten und schnaubten. Dann kletterten sie, sich unausgesprochen einig seiend, weiter wie gehabt. Allerdings stellten sie sich dabei überaus plump an. Es stellte sich heraus, dass die Hecke gerade die richtige Höhe und Dicke hatte, sodass man nur schwerlich drüberspringen oder -klettern konnte, ohne sich nicht irgendwie darin zu verfangen. Und so kam es, dass alle unbeholfen auf der anderen Seite ankamen; besonders Buck, der dort erst einmal eine Bauchlandung hinlegte. Schnell raffte er sich wieder auf und stolzierte aufgerichtet, doch mit rötlichen Wangen auf die Fechterin zu, als hätte es diesen peinlichen Vorfall nie gegeben.

»Oh, da wäre ein Tor gewesen«, bemerkte Handlanger Nummer zwei und deutete auf ein hüfthohes Gartentor zehn Meter weiter.

»Euch zuliebe wiederhole ich mich noch einmal: Runter von meinem Grundstück. Das ist Hausfriedensbruch. Ich kann auch gerne die Polizei rufen. Hab ich überhaupt kein Problem mit.«

»Ich glaube, du missverstehst die Situation, junges Fräulein«, sagte Buck. »Bevor die Bullen hier sind, sind wir schon längst wieder weg. Mit deinem Schwert. Und selbst wenn du uns anzeigen würdest, stünden vier Aussagen gegen eine und ... Was ist los? Wieso guckst du so verschüchtert weg?«

Die Schwertfechterin hatte ihren Blick gesenkt und den Kopf zur Seite abgewandt. Die Farbe ihres Gesichts verriet, dass sie peinlich berührt war.

»Ich ... ich kann deine Brustwar... deine Brustwarzen sehen.«

Sie vergrub ihr Gesicht in ihren Händen und schüttelte es hin und her.

»Was is'n nu' los?«, sagte der mit der Knollennase.

»Hast du etwa noch nie trainierte Brustmuskeln gesehen?«

»Doch, schon. Aber nicht solche. Wieso sind denn deine Nipp Nipp so steif? Willst du dir nicht lieber was überziehen? Das ist doch peinlich.«

»Meine Nipp Nipp? Was ist los mit dir, Mädchen?«

»Mit mir ist gar nichts los. Geht jetzt bitte einfach.«

»Nö. Erst wenn du uns dein Schwert gegeben hast.«

Die junge Frau pustete kräftig aus und drehte sich den Männern wieder zu. Ihr Gesicht war noch immer rötlich angelaufen, aber sie konzentrierte sich darauf, Buck und den anderen in die Augen zu sehen. Und bald war es nur noch rosa.

»Ich werde jetzt ins Haus gehen und wenn ihr bis dahin nicht verschwunden seid, rufe ich die Polizei.«

»Und pünktlich eine halbe Stunde später ist sie dann auch schon da. Nur wir nicht mehr«, kicherte Handlanger Nummer drei.

»Und solltet ihr es wagen, mir zu nahe zu kommen, dann zieh ich euch das Fell über die Ohren.«

»Och, das ist ja putzig«, sagte Handlanger Nummer eins und machte ein paar Schritte auf sie zu.

»Ah ah ah! Nicht weiter«, sagte die Fechterin und legte ihr Schwert auf ihrer Schulter ab. Beide Hände hielten nun den Griff in einer locker gespannten Weise, als versuchte die Fechterin, ihr Schwert möglichst lässig festzuhalten. »Nicht mal einen einzigen Schritt. Ich warne euch zum letzten Mal.«

»Oh, da haben wir aber Angst«, verhöhnte sie der hinterste der Handlanger.

»Sobald ihr in meinen Radius kommt, fasse ich es als eine Aufforderung zum Kampf auf und werde –«

Sobald die anderen drei Männer zu ihm aufgeschlossen hatten, marschierte der erste Handlanger mutig weiter. Kaum hatte er seine Hacke aufgesetzt, ließ die junge Frau ihr Schwert nach vorne schnellen.

Innerhalb eines Wimpernschlags legte sie mit der stumpfen Spitze fast zwei Meter zurück und haute dem ersten Handlanger auf den Scheitel, dass ihm Mitesser aus der Nase quirlten. Sie fügte ihm eine Platzwunde bei und schon war er aus dem Verkehr gezogen.

Dem zweiten Handlanger hieb sie die Klinge auf die Hände. Sein Gesicht hatte kaum Zeit, sich in Schmerzen zu legen, da wirbelte sie bereits blitzartig die Klinge herum, holte Schwung und schmetterte die Waffe auf sein Schlüsselbein. Die Wucht trieb ihn zu Boden, wo er mit seinen paralysierten, schmerzenden Händen nicht imstande war, den Zustand seines brutal pochenden Schlüsselbeins zu erfassen.

Der dritte Handlanger warf sich ihr entgegen. Doch sie tauchte unter dem Schutz ihres Schwertes seitlich unter ihm weg, setzte ihre Parierstange an dessen Oberarm an, stieß ihn zur Seite und rammte ihm den Knauf ihrer Waffe gegen den Kopf. Der Handlanger taumelte rückwärts. Die Schwertfechterin holte aus und schlug ihm ihre Klinge gegen das Schienbein, auf dass sich sein Bein vom Boden löste und als Letztes seines Körpers dort wieder landete.

Buck hielt sich nicht mehr zurück. Die Spitze des Schwerts, im Fachjargon bekannt als sogenannter *Ort*, war nicht mehr im Weg und er hatte einen geeigneten Abstand, um dem dreisten Gör eine zu verpassen. Das dreiste Gör jedoch zog ihre Klinge schnell genug zurück, löste den Griff um den Knauf und setzte ihn neu an der Klingenmitte an. Dann parierte sie Bucks Schlag mit ihrem *Halbschwert* zur Seite, machte einen Schritt nach vorn, stellte ihr Bein hinter Bucks', drückte ihre Klinge gegen seinen Hals und hebelte ihn nach hinten über. Buck landete relativ weich auf dem Gras, doch sehr schnell drückte ihm ein Schwertort in die Delle unter seinem Kehlkopf. Er umfasste die Klinge, um den Druck zu mindern, aber die Spitze drückte tiefer und er verstand, je mehr er sich wehrte, desto kräftiger würde sich das dreiste Gör darauflehnen.

»Lasst euch das eine Lehre sein«, sagte sie mit einer leicht verstopften Nase. »Das nächste Mal werde ich euch nicht mehr mit

Samthandschuhen anfassen.«

Dann ließ sie wieder ab von Buck. Dieser richtete sich sofort in eine Sitzposition auf und schnappte nach Luft.

Die Schwertkämpferin hielt sich ein Nasenloch zu und schnaubte den angestauten Schleim mit einem geübten Stoß frei.

»Rückzug, Männer«, sagte Buck und richtete sich auf.

Seine Handlanger folgten ihm. Sie hielten ihre Verletzungen und verschwanden durch das Gartentor.

Die junge Fechterin sah ihnen hinterher, wie sie an der Hecke entlanghumpelten und hinter der nächsten Ecke verschwanden.

»Pfannkuchen!«, hörte sie jemanden rufen. Und schon kamen Buck und seine Handlanger zurückgelaufen und schlugen den Weg in die entgegengesetzte Richtung ein.

Als sie nicht mehr zu sehen waren, bog Raisser, seinen Wagen ziehend, um die Ecke, aus der die vier gerade zurückgeflüchtet waren.

Zwei Straßen weiter hielten Buck und seine Handlanger an. Sie konnten nicht mehr laufen. Sie wollten auch nicht mehr. Sie wollten sich nur noch ausruhen und einen Arzt aufsuchen.

»He, Boss«, schnaufte der dritte Handlanger, nachdem er einen Blick auf sein dunkelblau geschwollenes Schienbein geworfen hatte. »Mittlerweile reicht es uns.«

»Ja«, stimmte der erste Handlanger zu. Er hatte die ganze Zeit über seine Hand auf die Platzwunde an seinem Kopf gedrückt. »Wir werden ständig verprügelt und du kannst uns nicht mal anständig bezahlen.«

»Wir sind raus«, sagte Handlanger Nummer zwei. Er bewegte seine Schulter und fühlte den Schmerz durch das Schlüsselbein. Er knickte und streckte seine Finger, soweit sie es momentan zuließen. Sie hörten nicht auf zu zittern und Tränen lagen durchgehend in seinen Augen. »Du bist ein scheiß Boss.«

Buck hörte ihren Verdruss. Sie hatten Recht, er wusste es. Und diese Erkenntnis vorgelegt zu bekommen, verletzte ihn mehr, als er erwartet hätte.

»Ich habe auch Gefühle. Glaubt ihr etwa, es geht mir nicht nahe, euch zu enttäuschen oder wieder unschuldige Menschen um ihr Hab und Gut zu bringen, nur um genügend Geld zu machen, damit wir irgendwie über die Runden kommen? Wieso tut nur jeder so, als wäre ich ein gefühlskalter Mistkerl, mit dem man umspringen kann, wie man gerade will?«

Buck konnte ihre Blicke nicht mehr ertragen. Bei seiner emotionalen Ansprache hatte er mehrmals gegen einen Kloß im Hals ankämpfen müssen. Damit war er noch zurechtgekommen, aber nun wurden auch seine Augen feucht. Er wollte hier jetzt nicht losheulen. Wie sähe das denn aus? Er ersparte sich diese Schmach und lief davon. Er wollte nun seine Ruhe haben.

Er schaute nicht mehr nach hinten. Die erste Ecke genommen, lief er über die Straße, um auch dort die erste Abbiegung zu nehmen. Er wischte sich seine Tränen weg. Sie verwirrten ihn und sorgten für eine verschwommene, wässrige Sicht.

Unachtsam bog er im Galopp um die Ecke und es geschah, was geschehen musste. Er krachte mit jemandem zusammen.

Cloey war auf genau der richtigen Höhe, um mit ihrem Gesicht Bucks steinharte Brüste abzufangen. Nach dem Verzehr der vielen Süßigkeiten an Halloween war ihr Gesicht zu einer Pickelcollage verkommen. Beim Zusammenstoß platzten ein paar ihrer roten Vulkane mit den darauf befindlichen runden grünen Felsen auf. Der gelbe Eiter verschmierte sich in kleinen Mengen auf dem übrig gebliebenen Rest ihrer lieblichen Haut und Bucks Oberteil; wovon er allerdings erst später zu seinem Entsetzen mitbekommen sollte. Der Wuchtbrummer stieß Cloey um wie nichts. Er stand noch immer, aber Cloeys Allerwertester küsste das Pflaster und sie schürfte sich ihre Handflächen und Unterarme auf.

»Autsch«, sagte sie. Langsam richtete sie sich wieder auf.

»Du blöde Kuh!«, pöbelte Buck. »Pass gefälligst auf, wo du hinläufst!«

»Nerv mich nicht, du Transe.«

Cloey versuchte, Buck zur Seite zu stoßen, aber er war zu stabil. Also ging sie um ihn herum und ließ ihn stehen.

Raisser lehnte sich mit den Ellbogen auf die Theke seines Wagens, legte seine Wangen gemütlich in seine Handflächen und schaute der Fechterin zu, wie sie seine Pfannkuchen verputzte. Etwas an ihrer rüpelhaften, bisweilen bäurischen, ja nahezu maskulinen Verhaltensweise verzückte ihn. Sie schaufelte große Brocken in ihren süßen Schlund, zog Rotze hoch und wischte sich den Mund statt mit einer Serviette an ihrem Ärmel ab. Hin und wieder stieß sie auf, ganz zart, ja geradezu niedlich, aber dennoch selbstbewusst. Sie achtete nicht auf ihre Haltung beim Essen. Sie beugte sich herüber und aß mit den Fingern, obwohl sie Besteck bekommen hatte. Sie hatte etwas Unschuldiges, etwas, das Raisser irgendwie in seinen Bann zog. Ja, für ihn war diese Frau zweifellos überaus attraktiv und hinreißend.

Sie rülpste und kratzte sich ihre verschwitzte Achselhöhle. Dann riss sie sich mit derselben Hand ein weiteres Stück Pfannkuchen ab.

»Du langst ja richtig zu«, sagte Raisser und lächelte sie an. »Das gefällt mir.«

»Wer gut isst«, sagte sie mit vollem Mund und steckte sogleich einen weiteren Happen hinterher, »der gut kämpft.«

»Darf ich nach deinem Namen fragen? Meiner ist Raisser.«

»Alissa.«

»Alissa. Welch ein schöner Name.«

Alissa beendete ihr Mahl und gab Raisser den leeren Teller zusammen mit der unbenutzten Serviette und dem Besteck zurück.

»Puh! Das war gut. Dann will ich mal bezahlen.« Sie suchte ihre Taschen ab, war dabei aber so abwesend, dass sie alle Stellen mehrmals abtastete, und periodisch bewegte sie sich auch mal überhaupt nicht mehr. »Drei Portionen für je 5 Sinner 20. Drei mal fünf, das sind … dreiun… fünfun… also vierun, ne … Sechs mal, öh … Nein, halt, Strich- vor Punktrechnung. Also neun … Komma … zwei sieben, minus, durch, äh, öhm. 25 Sinner. Oder so?«

Raisser sah sie mit großen Augen an. Er kam aus dem Erstaunen nicht mehr heraus.

»Ich habe noch nie jemanden gesehen, der beim Rechnen derart bezaubernd ist. Ich könnte dir den ganzen Tag dabei zusehen.«

Alissas Gesichtsfarbe schwenkte in ein Rosa um und sie sah verschüchtert weg.

»Lass das. So was ist mir unangenehm.« Sie suchte weiter ihre Taschen ab. Plötzlich ging ihr ein Licht auf. »O Mann, ganz vergessen. Mein Sparschwein hab ich ja drinnen. Bin gleich wieder zurück.«

Sie wollte gerade los, als Raisser sie aufhielt.

»Alissa! Das Essen geht aufs Haus.«

»Echt?«

»Selbstverständlich. Ein Gentleman lässt eine Lady doch nicht bezah– Wah! So spät schon?«

Er hoffte, die Uhr in seinem Wagen ging falsch. Eilig verstaute er alle herumfliegenden Utensilien und machte den Wagen fahrbereit.

»Wo musst du denn so schnell hin?«

»Zur Finger-Brücke. Mist, ich bin jetzt schon viel zu spät.«

»Bedeutet das, du bist einer der zehn tödlichen –«

»Ja, ich bin der Puma. Tut mir –«

»Ich wusste, ich hab dich schon mal irgendwo gesehen.«

»Tut mir wirklich leid, dass ich jetzt los muss. Wenn es dir nichts ausmacht, besuche ich dich morgen wieder.«

»Oder ich besuche dich gleich auf der Brücke. Ich gehe mir nur kurz Schuhe anziehen und komme dann hinterher.«

Raisser stoppte für einen Augenblick in seiner Hektik. Diese Frau war einfach nur purer Puderzucker. Der perfekte Puderzucker für seine Pfannkuchen.

»Tut mir leid, aber ich kann mich einfach nicht mehr zurückhalten.«

Raisser umfasste Alissas Wangen und wollte ihr einen Kuss aufdrücken, doch Panik schoss in ihr hoch und verwandelte ihren Kopf in einen roten Planeten.

»Küss mich nicht!«, schrie sie und verpasste Raisser eine Backpfeife, die er bis in seine Knie spürte.

Nur Sekunden später bildete sich auf seiner Wange ein perfekter Handabdruck.

»Sehr wohl«, sagte er gehorsam. Ihm schmerzten die Zähne. Er ergriff die Lenkstangen seines Speisewagens und hob sie an. »Bis gleich.«

Dann rannte er los und brachte die zwei Räder ins Rollen.

Kaum ein paar Meter vorangekommen, warf er einen letzten Blick auf Alissa, deren Kopf noch immer nicht abgekühlt war.

»Ich freu mich!«, rief er nach hinten und gab sich die Sporen.

Alissa, von Raissers Gehetze angefacht, eilte ins Haus. Sie holte Socken aus ihrem Zimmer und zog sich Schuhe an. Dann lief sie wieder nach draußen in Richtung der tödlichen Brücke.

Irgendwann unterwegs realisierte sie, dass sie ihr Schwert immer noch dabeihatte. Jetzt allerdings extra noch mal umzukehren, nur um es zurückzubringen, war ihr dann auch zu blöd.

Sie joggte zügig voran und überlegte, welchen Weg Raisser wohl eingeschlagen hatte. Vorzugsweise den kürzesten, aber lief sie dafür auf der richtigen Strecke? Sie wusste nicht warum, vielleicht war es der unausgesprochene Wettkampfgedanke, doch sie wollte ihn gern einholen, wenn nicht sogar vor ihm ankommen. Einen der zehn tödlichen Finger einzuholen oder gar zu überholen, wäre eine nette kleine Errungenschaft, mit der sie sich gerne brüsten würde.

Alissa lief in die Innenstadt ein, neben sich ein hohes Gebäude. Ein gutes Stück entfernt sah sie einen Holzkasten über den Gehweg hin und her rumpeln.

Da hinten ist er ja.

Alissa achtete auf den Boden. Sie schaute auf ihre Füße, wie sie sich schemenhaft rauf und runter bewegten, nun noch einen Ticken schneller, jetzt da sich ihr Ziel vor ihren Augen befand.

Auf einem weiten flachen Dach sprayte Dub ein Bild von zwei kopulierenden Außerirdischen. Hier oben war die Luft immer belebend, fand er, und er hatte meistens seine Ruhe. Heute nicht. Aus dem Nichts tauchte Caleb plötzlich auf.

»Hab ich dich!«, rief dieser.

Dub war so vertieft in seine Arbeit, dass ihn der eingejagte Schrecken seine Spraydose über den Dachrand schmeißen ließ.

Kaum war die Dose ihren Blicken entschwunden, redete Caleb ungehalten weiter.

»Du wirfst mich Polizisten einfach so zum Fraß vor?«

Etwas Hartes traf Alissas Hinterkopf. Die Erschütterung kam derart kräftig und unvorbereitet über sie, dass sie schlichtweg ihr Bewusstsein verlor und böse über den steinernen Grund rutschte.

Der alte Mann spazierte noch immer mit der Massagebank auf dem Kopf herum.

»Gratis Massagen für Frauen!«, rief er.

Eigentlich hatte er gehofft, dass zwei Passantinnen – die eine ziemlich dünn, groß und flachbrüstig, die andere dunkelhaarig, klein und flachbrüstig – von seinem Angebot ihren Nutzen würden ziehen wollen, stattdessen zuckten freudig die adipösen Ohren einer Anfang fünfzig jungen Frau ohne Büstenhalter, deren enorme Kutteln wie wabbelige Steine in unaufgeblasenen Luftballons herabhingen.

»Sie sind aber nett«, sagte sie und störte sich nicht an den großen, entsetzten Augen des alten Mannes. »Also wenn Sie mir schon so ein liebevolles Angebot unterbreiten, kann ich es Ihnen ja gar nicht ausschlagen. Zumal meine Bandscheiben eine gute Massage wirklich nötig haben. Kneten Sie mich mal schön kräftig durch.«

Der alte Mann nahm die Beine in die Hand und sah zu, dass er so schnell wie möglich davonkam.

Nach nicht mal einer Minute blieb er stehen. Eine junge Frau mit schwarzen, leicht lila gefärbten Haaren lag bewusstlos vor ihm.

Er legte die Massagebank hin und kontrollierte, ob die Frau noch atmete. Sie tat es. Er blickte sich um und fand eine Spraydose und ein Schwert. Deren Zusammenhang, wenn es denn einen gab, verstand er nicht. Auf dem Oberteil der Frau stand etwas von einer Fechtschule. War das also ihr Schwert?

Gedanken kamen recht schnell und verflogen ebengleich. Der alte Mann erinnerte sich, dass er seit Neuestem ein Handy bei sich hatte. Er konnte den Notruf wählen. Doch zuvor probierte er noch etwas.

Mit seinem Daumen drückte er der jungen Frau kräftig auf die

Haut unter ihrer Unterlippe und dadurch indirekt auf ihr Zahnfleisch. Alissa begann, das Gesicht zu verziehen. Und nach wenigen Sekunden wurde sie durch den Schmerz wieder wach. Sie öffnete ihre Augen und sah einen alten Mann, der über sie gebeugt war, sie mit seinen gierigen Fingern anfasste und dreisterweise sogar noch lächelte, während er ihr Schmerzen beifügte.

»Was soll das?«, sagte sie entsetzt.

Dann pfefferte sie dem alten Mann eine gehörige Pfeife an die Backe. Augenblicklich ließ er von ihr ab. Das *Klatsch,* welches dabei entstand, war derart laut, dass der Kassierer, welcher auf der anderen Straßenseite gerade Geld zählte, aufschaute und sich fragte, was das gerade gewesen sein könnte.

Verwirrte Blicke trafen sich. Einige waren amüsiert, allesamt jedoch waren sie neugierig. Neun der zehn tödlichen Finger schauten Haku dabei zu, wie er sich mit peinlichen Übungen aufwärmte. Er drehte seine Hüften, den Kopf und die Gelenke in seinen Gliedern. Er streckte und beugte seine Beine und nahm Positionen ein, wie sie wohl eher beim Cheerleading oder Ausdruckstanz anzutreffen wären.

Es kam nur selten vor, dass sich jemand der Herausforderung der Brücke stellte und meistens endete sie mit einer Niederlage für den Zollverweigerer.

Gutter sah Haku mit seinen verspielten Augen an. Er war schon die ganze Zeit am Überlegen, wieso ihm dieser Mann irgendwie bekannt vorkam. Dann blinkte ihm die Erleuchtung.

»Jetzt erkenne ich ihn. Das ist Haku aus den Bergen. Er hat einen Bären getötet mit seinen bloßen Händen … und einer Pumpgun.«

Ruko zeigte sich gelassen. Seine dicken definierten Arme kamen bei jeder noch so kleinen Bewegung neu zur Geltung.

»Mit einer Pumpgun einen Bären zu erlegen, ist aber nicht sonderlich schwer.«

»Ich habe nicht damit geschossen«, mischte sich Haku ein, »sondern geschlagen. Und jetzt habe ich keine Lust mehr zu reden.«

Haku klopfte sich noch einmal die Beine und Arme ab. Dann erklärte er sein Aufwärmtraining für beendet.

Die nächsten Minuten sahen die tödlichen Finger ihren Brüdern dabei zu, wie sie nacheinander in Einzelkämpfen dem Ungeheuer aus den Bergen zum Opfer fielen. Bereits nach der ersten Auseinandersetzung, in der Haku zwar ein paar Mal getroffen wurde, es jedoch mehr dem Angreifer Schmerzen zufügte und er mit nichts weiter als einem Handrücken- und einem Handkantenschlag seinem Gegner die Lichter ausblies, hatte er sich Respekt, Ehrfurcht und zum Großteil sogar eine gesunde Portion Angst erkämpft.

Wenn Haku mit seinen Hornhautpratzen namens Händen zuschlug, blieb kein Stein auf dem anderen.

Die tödlichen Finger besaßen ein recht versiertes Wissen. Sie erkannten die Bewegungen, die Haku anwandte. Er schien ein Karateka der alten Schule zu sein. Seine ganze Konzentration und Kraft setzte er darauf, den Gegner mit einem einzigen Schlag oder Tritt niederzustrecken. Mit dieser über Jahrzehnte eingeprügelten Mentalität brauchte er je nach Gegner nur einen bis drei Treffer, um zu siegen.

Klassische Karatetechniken adaptierte er entsprechend der Bewegungen seiner Gegner, aber an sich gewann er hauptsächlich dadurch, weil all seine Knochen aus Beton zu bestehen schienen. Es tat weh, wenn er mit ihnen abwehrte, sodass den tödlichen Fingern immer glatt die Lust verging, es noch weitere Male zu versuchen. Wenn Haku hingegen attackierte, war er nur sehr schwer zu parieren. Egal wie viele Lücken seine Techniken auch innehatten, sie preschten mit einer solch ungezügelten Kraft nach vorne, die sich nahezu nicht umleiten ließ. Als wollte man einen entgegenkommenden Zug entgleisen.

Mit der Zeit wurde es immer schlimmer. Mit jedem Gefecht verwandelte er sich mehr und mehr in einen Kampfwüterich, der Angriffe nicht nur immer besser wegsteckte, sondern auch freiwillig etwas abbekam, um selbst einen Treffer landen zu können.

Immer wenn Hakus Kopf einen Schlag einstecken musste, flog sein Toupet zu drei Vierteln weg. Anscheinend hatte er es an seine restlichen Haare festgeklebt. So schnell, wie es jedoch hochflog, kam es auch wieder zurück. Am Anfang hatten sich die tödlichen Finger noch darüber amüsiert, aber es dauerte nicht lange, da war ihnen selbst dieser Spaß vergangen.

Der Zug überfuhr einen nach dem anderen. Die tödlichen Finger stellten sich ihm entgegen. Ihre Techniken waren nicht selten eleganter und vielleicht sogar besser, aber das brachte rein gar nichts, denn der Zug rollte einfach über sie drüber.

Am Ende standen sich nur noch Haku und der Anführer der tödlichen Finger gegenüber.

»Jetzt ist es soweit«, keuchte Haku. Seine Plauze hob und senkte sich. Er versuchte, das Intervall zu minimieren, indem er ruhig seinen Atem ausstieß. »Kleatus, du kannst dir gar nicht vorstellen, wie sehr ich auf diesen Kampf brenne.«

»Bist du aus irgendeinem Grund wütend auf mich?«

»Zum sechsten Geburtstag bekam mein Großvater einen Papagei geschenkt!«

»Und wieso bist du so laut und zeigst mit dem Finger auf mich?«

»Das weiß ich auch nicht. Bin halt impulsiv. Also wie gesagt: Mein Großvater bekam mit sechs Jahren einen Papapagei geschenkt …«

Gutter lag auf der Brücke. Neben ihm lehnte ein anderer tödlicher Finger an dem Geländer. Er hatte eine lange krumme Nase. Zum Glück war ihr im Kampf nichts passiert. Gutter wandte sich ihm zu.

»Ich glaub, da war ein ›Pa‹ zu viel.«

Haku bekam hiervon nichts mit und redete ungehemmt weiter.

»... Mit ihm zusammen erlebte er alle Höhen und Tiefen seines Lebens. Normalerweise werden Papageien achtzig Jahre alt, aber dem Papagei meines Alten alten Herrn ging es so gut, dass er neunzig wurde. Einen Tag nach seinem Tod verstarb auch mein Großvater, obwohl er an sich noch recht gesund war, aber der Verlust seines ältesten Freundes brach ihm einfach das Herz.«

»Und was hat das mit mir zu tun?«, fragte Kleatus.

»Um ein wenig Geld zu verdienen, hat dein Großvater den Papagei gestohlen und ihn gegen seinen Hahn kämpfen lassen. Und der Hahn hat ihn einfach tot gepickt!«

Haku brüllte fast schon Letzteres. Er hatte sich selbst in Rage geredet und ging nun ungezügelt auf Kleatus los.

Kleatus hatte Haku in den vorangegangenen Schlägereien genau beobachtet. Er hatte ihn analysiert und arbeitete dementsprechend. Er wich mehr aus als die anderen und wenn er angriff, sah er zu, möglichst Stellen zu attackieren, wo Haku die abnormale Härte seiner Knochen nicht viel nutzte.

Kleatus' Stil war die des Hahns. Die Zeigefinger behielt er ausgestreckt, während er die obersten zwei Glieder der anderen Finger einknickte. Seine Zeigefinger hatte er seit seiner Kindheit akribisch abgehärtet. Sein hellbrauner, geflochtener Zopf, welcher ihm bis zum Steiß hing, wedelte wild umher, als er Hakus Attacken auswich oder ihm gegen den verblüffend festen Hals oder ins Gesicht pikste oder schlug.

Kleatus war ein überaus ernstzunehmender Gegner und so schaffte er das bislang Unmögliche und bot Haku mit einem Angriff endlich Einhalt. Mit einem Tritt, von der Seite kommend, landete er einen Genitaltreffer.

Augenblicklich stieg Haku aus dem Kampfgeschehen aus.

Kleatus konnte sich ein zufriedenes Grinsen nicht verkneifen, obwohl fast jede Körperstelle, die mit Haku in Kontakt gekommen war, tuckerte.

»Schaut an!«, sagte Kleatus. »Eine Hupfdohle. Hoffentlich ist nichts gerissen, zerdrückt, rausgeflutscht …«

»Ah!«, schrie Haku schmerzverzerrt. »Dabei hab ich doch nur noch eins.«

Durch sein Karatetraining war Haku eigentlich imstande, seinen Hoden zurück in den Unterleib zu ziehen, aber nicht bei Kleatus' Angriff. Der Tritt war nicht von unten gekommen, sondern hatte geradeaus zugeschnappt. Der Schmerz jedoch war nicht gewöhnlich. Er basierte auf schierer Angst. Haku war es gewohnt, Schmerzen zu erdulden, aber der Gedanke, dass er da unten nicht mehr zu gebrauchen sein könnte, tat schlicht und einfach furchtbar weh.

Kleatus war ein strenger Anführer. Raisser malte sich bereits aus, dass er zur Strafe wahrscheinlich Wasser holen musste aus einem Brunnen nahe der Stadtgrenze. Beim letzten Mal hatte ihm der Stock, an dem die beiden vollen Eimer gehangen hatten, die Schultern blutig gerieben. Oder er würde die gesamte Brücke fegen, wischen oder schrubben müssen. Im schlimmsten Fall sogar alles. Ah, es graute ihn, endlich an der Brücke anzukommen.

Als er die Brücke schließlich erreichte, war der rote Handabdruck in seinem Gesicht noch immer nicht verschwunden. Seine Wange tat nicht mehr weh, aber sie fühlte sich leicht geschwollen an, als er den Mund aufmachte.

»Was zum Teufel?«

Außer Kleatus lagen alle seine Kameraden am Boden. Einige sahen aus, als gehörten sie von einem Arzt versorgt, aber sie alle blieben an Ort und Stelle, vollzogen ihre Pflicht und schauten einem sonderbaren Typen dabei zu, wie er nervös hin und her stapfte und sich sanft den Schritt rieb.

»Oh, kommen wir auch endlich?«, fragte Kleatus erbost.

»Tut mir leid, ich habe die Zeit vergessen.«

»Als Strafe wirst du die Brücke die ganze Nacht lang fegen.«

Die ganze Nacht lang? Geht's noch? Wenn er angepisst ist, soll er seine Wut gefälligst nicht an mir auslassen.

»Natürlich. Wer ist der Kerl?«

»Mein Großvater war wohl für den Tod des neunzig Jahre alten Papageis seines Großvaters verantwortlich.«

»Und deshalb schlägt er hier alle zusammen?«

»Ich weiß, meine Beweggründe sind immer mehr als fraglich, aber so bin ich nun mal.« Haku schüttelte seine Beine wie ein nasser Hund, der sich trocknen will. Danach zeigte er sich erholt in seiner Lendengegend. »Ich folge immer stur meinem ersten Gefühl, denn dann verschwende ich weniger Zeit mit Denken und handele mehr. Und handeln bedeutet leben. Zugegeben, diese Philosophie hat schon ziemlich unangenehme Konsequenzen mit sich gezogen, aber dafür habe ich auch Dinge erlebt, die im Nachhinein wirklich lustig sind.«

»Wovon redest du da bitte?«, fragsagte Raisser. Mittlerweile hatte er seinen Wagen abgestellt und sich auf die Brücke begeben. Mit raubtierhaften Augen ließ er seinen Blick auf Haku haften. »Ist dir bewusst, wie dumm du bist?«

Haku schmollte.

»Mein Großvater meinte, dass nur dumme Menschen klug genug sind, so zu leben. Mir vergeht zum Beispiel gerade wieder die Lust zu reden. Also lass uns die Sache jetzt beenden, du halbes Hähnchen.«

Haku joggte auf Kleatus zu und stoppte nicht, bevor der erste Angriff fiel. Dieses Mal kam er besser gegen Kleatus an. Ob er zuvor nur mit ihm gespielt oder seine Bewegungen analysiert hatte oder schlichtweg nun aggressiver war oder Kleatus die angeschlagenen Körperstellen zusetzten, war nicht von Belang. Haku setzte ihm zu und das beängstigend schnell und konsequent.

Haku trieb Kleatus' Hände zur Seite und schlug ihm den hervorstehenden Knöchel seines eingeknickten Mittelfingers gegen die Brust. Die Wirkung war verheerend. Kleatus hatte das Gefühl, seine Brust fiele in ihre Einzelteile zusammen. Haku machte weiter und trat ihm mit dem Schienbein gegen den Oberschenkel. Ein Baseballschläger wäre Kleatus lieber gewesen. Daraufhin stampfte Haku auf den Boden und mit dem Absetzen schlug er Kleatus mit seinen Fäusten zeitgleich unterhalb seines Bauchnabels und gegen die Stirn.

Das war es. Kleatus ging zu Boden. Auf seiner Stirn wuchs ein Horn und sein Gehirn tanzte wie wild. Er wollte gar nicht wissen, wie sein Gesicht aussähe, wenn er seine Stirn nicht rechtzeitig gesenkt hätte.

Haku brüllte und warf seine Arme triumphierend nach oben.

»Das war nur für dich, Großvater!«, rief er.

In seinem Kopf manifestierte sich am Himmel ein riesiges Abbild seines Großvaters. Dieser trug ein eindeutiges Toupet, ein zu großes Gebiss und einen Papagei auf der Schulter. Hakus Großvater lächelte und hielt den Daumen beglückwünschend nach oben.

»Gut gemacht, Haku«, hörte er ihn sagen.

Haku freute sich. Vielleicht hätte er sogar eine Träne vergossen, wenn er nicht schon vor langer Zeit vergessen hätte, wie das geht.

Halluziniert er?, fragte sich Raisser. »He, Kleatus! Wenn ich dieses Dickerchen da besiege, bin ich dann unser neuer Anführer?«

Kleatus raffte sich halbwegs auf. Sein Kopf fühlte sich an, als wäre er auf die doppelte Größe angewachsen.

»In der Geschichte der Brücke hatte seit jeher ein Omara die Führerposition inne. Aber wenn der Toupetliebhaber tatsächlich gegen dich verlieren sollte, werde ich dir das Feld räumen.«

»Schau dir deine Kameraden an«, sagte Haku, zu Raisser gerichtet. Bei dem Wort »Dickerchen« war er aus seinem Tagtraum entschwunden. »Glaubst du wirklich, du könntest mir etwas anhaben?«

»Dieser Puma zerfleischt dich jetzt bei lebendigem Leib.«

Katzengleich hetzte Raisser auf Haku zu. Wie ein Puma, der seine Beute erlegen will, sprang er Haku regelrecht an; als hätte er nie etwas von dessen Kraft mitbekommen.

Er fühlte Haku direkt auf den Zahn, was er zu bieten hatte. Und bezahlte damit auf dem Fuße.

Haku fing Raissers Angriff ab und verpasste ihm zusammen mit einem Schritt nach vorn einen Ellbogen gegen die Brust. Danach trat er ihm seitlich gegen den Kopf. Raisser hatte der Wucht nichts entgegenzusetzen und wurde nicht schwerer auf die Bretter geschickt als eine Schaufensterpuppe.

Unten angekommen, brauchte er Zeit, um zu verstehen, was gerade passiert war. Seine schmerzende Brust gab ihm eine schnelle Zusammenfassung. Kaum hatte er sich alles zurück ins Gedächtnis gerufen, rappelte er sich wieder auf. Es fiel ihm sichtlich schwer, dennoch ging er erneut in den Angriff über.

Dieses Mal war er nicht mehr so aggressiv. Zuvor hätte ihn Haku mit Kleatus' Fähigkeiten auf eine Stufe gehoben, aber nun ähnelte er mehr einem Sandsack.

Nach weiteren zwei Treffern, einer Handkante gegen den Hals und einer Faust, die sich tief in seinen Magen bohrte, ging er erneut zu Boden.

Raissers Eingeweide fühlten sich allesamt verschoben an. Sie zerrten aneinander herum, als wären sie am Ertrinken. Raisser bekam keine Luft. Es dauerte über eine halbe Minute, bis er das erste Mal wieder einen kleinen Atemstoß durch seinen geprügelten Hals bekam. Mit dem zweiten Ausatmer kotzte er eine puddingartige Masse neben seine Hände. Krampfhaft hielt er sich den Bauch. Er hechelte, um Luft bangend, bis ihm unvorsätzlich Tränen in die Augen stiegen.

»Das war es jetzt aber«, sagte Haku. Er schaute sich die Männer vor sich am Boden an, machte auf dem Absatz kehrt und ging.

Einige Schritte später hielt er inne. Hinter ihm ging etwas vor sich. Er wusste nicht was, aber irgendetwas bemerkte er.

Als er sich umdrehte, staunte er nicht schlecht. Raisser war dabei, sich von Neuem aufzurichten.

Er war wackeliger denn je auf den Beinen, aber er hielt sich wacker oben.

»Eine Katze landet immer auf ihren Pfoten«, erklärte er schwach.

Sein Gesicht war nicht mehr so hart und wild wie zuvor. Zu groß waren die Schmerzen und die Erschöpfung. Dem Puma waren die Krallen und Zähne gezogen worden, dennoch kämpfte er weiter. Seine Augen hatten ihren Jagdglanz noch nicht eingebüßt, dafür weigerten sich nun seine Füße, ihn voranzutragen. Er musste all seine Kraft aufbringen, um nicht einfach wieder in sich zusammenzusacken.

Haku lachte. Es war ein ehrliches, ein aufrichtiges Lachen.

»Ha ha ha ha! Beeindruckend. Du gefällst mir. Merkwürdig. Plötzlich habe ich gar keine Lust mehr, gegen dich zu kämpfen. Ich gebe auf.«

Bei »Ich gebe auf« klappten die Münder aller tödlichen Finger chorisch nach unten. Sie hatten alle, ungeachtet ihrer Verletzungen, aufmerksam den Verlauf der jüngsten Ereignisse mitverfolgt. Oftmals hatten sie erstaunt geblickt, aber das schlug dem Fass den Boden aus. Sie waren derart perplex, dass sie nicht einmal etwas sagen konnten.

»Ich nehme an«, fuhr Haku fort, »dann darf ich dir wohl zu deinem neuen Ehrenamt gratulieren.« Anschließend redete er wieder mit sich selbst. Stolz lag in seiner Stimme. »Das war doch mal ein Sieg auf ganzer Linie. Ist es nicht so, Großvater?«

Haku blickte in den Himmel und sah abermals seinen Großvater vor sich.

»Haku, ich bin sehr stolz auf dich.«

Haku lächelte.

»Wie schön.«

Endlich hatte er auch diesen Teil seines Lebens »friedlich« abschließen können. Aber der nächste Krieg wartete bereits auf ihn.

Alissa wollte ihn von hinten mit ihrem Federschwert attackieren, aber Haku entdeckte sie noch rechtzeitig aus seinen Augenwinkeln. Er blockte ihre Angriffe ab, während sie auf ihn eindrosch wie auf eine Piñata.

Ihm gelang es, einen ihrer Hiebe mit seiner bloßen Hand abzufangen und die harte, stumpfe Klinge zu umfassen. Er ließ nicht los und schlug mit seinem anderen Arm gegen das Stück Eisen. Die dicke Klinge bog sich, nur um sofort danach wieder in ihre Ausgangsposition zurückzukehren.

Als dieser Plan nicht aufging, holte Haku aus für seinen nächsten Schlag. Dieser zielte auf Alissas überraschtes Gesicht.

»Untersteh dich!«, schrie eine Respekt einflößende Stimme und Haku hielt in seinem Vorhaben inne.

Haku, noch immer das Schwert festhaltend und zwar so fest, dass Alissa es nicht aus seinem Griff befreien konnte, drehte sich um und sah einen alten Mann mit einem solch langen Ziegenbart, dass er bis in das Kopfloch seines Pullovers hineinragte. Auf seinem Oberteil stand: »*SHAMPOO EXPERT*«, aber sein Gesicht war, abgesehen von einem roten Handabdruck, voller Strenge.

»Ein Mann sollte seine Hand niemals gegen eine Frau erheben. So etwas gehört sich nicht.«

Haku schaute Alissa direkt in die Augen. Dann ließ er das Schwert los. Alissa überlegte, ob sie ihm die Eisenstange nun einfach über den Schädel ziehen sollte. Aber Haku schüttelte nur leicht den Kopf und wies ihr mit einer kleinen Kopfbewegung an, sich zurückzuziehen. Sie hielt dies für die klügere Entscheidung.

Als sie einen geeigneten Abstand hatte, wandte sich Haku wieder dem alten Mann zu, der von seinem entschlossenen Gesicht noch nichts eingebüßt hatte.

»Ich kann es überhaupt nicht ausstehen, wenn Fremde mich belehren wollen«, sagte Haku. »Du hältst also besser deinen Mund, sonst bekommst du als Nächster etwas ab.«

Mit einem Mal verschwand der Ernst in dem Gesicht des alten Mannes und er war zu Späßchen aufgelegt.

»Aber ich bin doch bloß ein schwacher, armer, alter Mann. Bitte tu mir –« Der alte Mann kicherte. »Ach, ich kann gerade nicht spielen. Du bringst mich zum Lachen. Ich zimmer dir einfach so die Rübe zurecht.«

Plötzlich fing der alte Mann an, schnell auf Haku zuzugehen.

Haku wusste nicht, was er davon halten sollte. Der alte Mann war ein alter Mann. Die tödlichen Finger dürften in einer besseren körperlichen Verfassung sein. Aber irgendetwas an seinem Blick verunsicherte ihn, wenn auch nur ganz leicht.

Haku nahm eine Kampfhaltung ein und hieß seinen Herausforderer willkommen.

Als sie kurz davor waren aufeinanderzutreffen, griff der alte Mann in seinen dicken grauen Ziegenbart. Er wühlte kurz darin herum. Dann holte er ein Pfefferspray daraus hervor.

Haku blieb kaum Zeit, seiner Verwirrung Aufmerksamkeit zu schenken, da sprühte ihm der alte Mann bereits den brennenden Inhalt ins Gesicht.

»Argh! Meine Augen!«, schrie Haku. Seine Kampfhaltung war einmal gewesen. Nun hielt er sich die in Brand gesteckten Augen.

Der alte Mann griff noch einmal in seinen Bart. Dieses Mal verschwand seine Hand unter seinem Pullover. Als er sie wieder hervorholte, hielt er ein Ei in der Hand. Er zerdrückte es und erhielt dadurch eine Art Mehl.

»Juckpulver!«, rief er und bewarf sogleich den blinden Haku.

Es dauerte nur Sekunden, da schrie dieser von Neuem auf und begann, sich mit geschlossenen, rot geschwollenen Augen überall am Leib zu kratzen. Er wirkte wie irre und schrie wie irre, als er wie auf heißer Glut herumtänzelte.

Die zehn tödlichen Finger und Alissa schauten dem Treiben des alten Mannes verblüfft zu. Sie sahen, wie er ein drittes Mal einen Gegenstand aus seinem unwirklichen Bart zog. »Taser!«, hörten sie ihn rufen und auch die Stromstöße danach, die Hakus Körper durchjagten und ihn zu Fall brachten, als wäre das Ungeheuer aus den Bergen eigentlich ganz harmlos und handzahm.

Das Letzte, was zu hören war, bis der Kampf als beendet galt, war das Durchladen einer Pumpgun. Der alte Mann saß auf Hakus Rücken und hielt ihm seine eigene Pumpgun, welche er ihm von seinem Rücken geklaut hatte, zwischen die Pobacken.

Hakus Augen tränten. Er zappelte vor Juckreiz, aber hielt sich in seinen Bewegungen zurück, damit der alte Mann keinen Grund sah, den Abzug zu betätigen, zumal er sich durch den elektrischen Schock ohnehin kaum noch rühren konnte.

»Sie … Sie haben ihn besiegt«, sagte Alissa erstaunt, nachdem sie wieder dahergeeilt war.

»Er ist aber stärker als ich«, sagte der alte Mann.

»Trotzdem haben Sie ihn besiegt.«

»Ein richtiger Treffer von ihm und ich hätte verloren. Aber zum Glück basiert die Kampfkunst nicht nur auf roher Gewalt, sondern auch auf Täuschung. Und da bin ich eindeutig der Überlegene.«

Alissa stützte Haku. Nebenher spazierte Raisser. Er war sich sicher, dass eigentlich er derjenige war, der eine Unterstützung am nötigsten hatte. Gemeinsam gingen sie auf seinen Pfannkuchenwagen zu. Haku zeigte sich nicht mehr feindselig, vielmehr dankbar für die Hilfe. Ab und zu mussten sie anhalten, da Haku kleine nachwirkende Zitteranfälle hatte. Damit er nicht zu Boden ging, musste Alissa viel Kraft aufwenden, aber sie zeigte sich tatkräftig und brachte ihn heil ans Ziel.

»Und du willst mich wirklich bei dir zu Hause pflegen, bis es mir wieder gut geht?«, fragte Haku.

»Ja, das mach ich, aber ruh dich erst mal in dem Wagen aus. Wir bringen dich gleich zu mir.«

Raisser schaute in seinen Wagen. Er wollte just vor Schmerzen leicht aufstöhnen, hielt jedoch inne, weil er nicht mit einem ungebetenen Gast gerechnet hatte.

Caleb sah ihn überrascht an. Er sammelte gerade Früchte aus Raissers Vorrat. Sein Mund und die Arme waren voll damit. Er hatte ein blaues Auge und Graffiti im Gesicht.

»Du schon wieder«, sagte Raisser zornig.

Caleb knurrte wie ein wildes Tier, das nicht beim Essen gestört werden will. Dann nahm er die Beine in die Hand.

So angeschlagen, wie Raisser war, war er nicht imstande, ihm hinterherzujagen. Und so konnte er nur dem Dieb hinterhersehen, wie er peu à peu immer mal wieder etwas von seinem Raubgut fallen ließ.

Als Caleb dem alten Mann in die Augen fiel, wedelte dieser

plötzlich mit seinem Arm und rief erfreut: »Ach, hallo, Liam!«

Caleb drehte sich um und schluckte den letzten Rest in seinem Mund herunter.

»Hallo, Mr. Bunks!«, rief er freundlich zurück, ohne mit dem Laufen innezuhalten. »Schönen Gruß an Teppo!«

»Mach ich!« Der alte Mann grinste. »Ein wirklich netter Junge.«

Raisser zog seinen Wagen, in dem Haku seinen Erholungsschlaf genoss. Alissa lief an seiner Seite. Sie hatte ihm angeboten, den Wagen zu ziehen, aber Raisser hatte auf männlich gemacht und es bereits nach Anheben des nun noch viel schwereren Wagens bereut. Alles tat ihm weh. Gleich würde er nicht mehr können. Er würde Alissa bitten müssen zu übernehmen.

»Psst, Raisser«, sagte sie und riss ihn damit aus seinen Gedanken. »Ehrlich gesagt, geht es gar nicht zu mir, sondern zur Polizeistation. Auf den Kerl sind 130.000 Sinner ausgesetzt.«

Raissers Schmerzen verflogen für einen Moment. Sie machten seiner Verblüffung Platz.

»Bist du etwa eine …«

Alissa grinste und zeigte ihm ihre Sweeperlizenz.

»Eine Sweeperlizenz im Repertoire zu haben, ist wirklich mehr als praktisch.«

Cloey wollte ihren Wagen abholen. Der Automechaniker, ein fettleibiger, mit Öl beschmierter Mann mit vielen Schuppen, zeigte ihr ihren Lada Taiga. Sie hatte ihn bereits vermisst und war froh, als sie hörte, dass er wieder funktionsfähig war.

Der Mechaniker überreichte Cloey eine mit Öl befleckte Rechnung und entschuldigte sich sogleich dafür. Er hatte eine Eigenart zu sprechen, als wäre er ein Mann der Renaissance oder des Elisabethanischen Zeitalters.

»Verzeiht meine Tollpatschigkeit, holde Maid. Es war ganz in die Ecken meines Geistes gewandert, dass der Lappen, mit dem ich meine Hände getrocknet hatt', jüngst bevor wir miteinander Euer metallenes Pferd begutachteten, noch Reste besaß von meinerlei gar leider schmierigem Handwerk.«

»Schon in Ordnung.«

War es nicht. Nun hatte auch Cloey Öl an ihren Händen.

»Nun, ich kann mit Fug und Recht mich preisen, dass sich Eure Kutsche gar wohlig bei mir erholt hat. Ich wartete mit all meinem Wissen meiner bescheidenen Kunst auf, um Eure mit Verlaub genannte Antiquität wieder auf die Beine oder vielmehr die gepolsterten Räder zu verhelfen.«

»So teuer?«, fragte Cloey, als sie einen genauen Blick auf die Rechnung warf. »Na ja, macht nichts. Ich hab's ja. Ich würde gerne mit Karte zahlen.«

»Sehr wohl.«

Cloey folgte dem Automechaniker. Unterwegs wollte sie schon mal ihr Portemonnaie herausholen, aber es war nicht in ihrer Tasche. Sie begann, akribischer zu suchen, aber sie fand es nicht. In keiner ihrer Taschen.

In Bucks Unterschlupf feierten er und seine Handlanger. Sie freuten sich ihres Lebens. Buck schmiss Cloeys Portemonnaie mehrmals in die Luft und fing es wieder auf.

»Also ich finde ja, dass der Beruf des Ganoven sehr unterschätzt wird.«

»Wir sind reich!«, riefen die Handlanger. Sie hielten sich an den Händen und sprangen wie das Portemonnaie auf und ab. »Ein Hoch auf den Boss! Hipp hipp, hurra!«

Buck grinste breit. »Ach, hört doch auf, ihr.«

Cloey und Dalik saßen bei einer Bankkauffrau. Sie hatte eine getönte Dauerwelle und trug ein Kleid mit Blümchen. Ihre ausgeprägten Schwabbeltrizepse waren mit Cellulite durchfurcht.

Mit einem farblosen Gesicht blickte Cloey auf den neuesten Auszug ihres Kontostandes.

»Alles ist weg.«

»Etwa auch meins?«, fragte Dalik.

»Da du bisher noch kein eigenes Konto eröffnet hast, habe ich dein Geld immer mitverwaltet. Und Teppo hatte ich seinen Anteil für Fleuron auch noch nicht überwiesen. Sagen Sie, ich bekomme aber doch das Geld erstattet, oder nicht?«

»Tsja ...«, sagte die Bankkauffrau. Dalik konnte den Blick kaum von ihren hypnotisierenden Fettarmen nehmen. »Wie es aussieht, spricht der Sachverhalt leider gegen Sie.«

»Was soll das jetzt bitte heißen? Ich habe Anzeige erstattet und die Karte sofort sperren lassen.«

»Das Problem ist leider, dass die angeblichen Diebe –«

»Angeblich? Was soll das nun wieder bedeuten? Glauben Sie mir etwa nicht? Denken Sie, ich hätte das alles inszeniert? Geht's noch?«

»Cloey, bitte beruhige dich«, sagte Dalik.

»Nein, lass mich. Also, wo liegt das Problem? Warum hilft mir meine Bank nicht?«

»Miss Carter, woher kannten die Diebe bitte Ihre PIN-Nummer? Hatten Sie sie vielleicht in ihrer Geldbörse aufbewahrt?«

»Was? Nein!«

»Dann scheint es wohl so, als hätten absolute Profis Sie bestohlen. Die Ermittlungen laufen, aber im Moment sieht es danach aus, als könnten wir Ihnen nicht helfen.«

»Was sind Sie bitte für eine Bank? Haftungsfond? Schon mal was davon gehört? Ihre Bank hat dafür zu sorgen, dass mein Geld gesichert ist. Oder etwa nicht? ... He? ... Sie müssen mir doch entgegenkommen. Ich meine … O Mann, das gibt es doch nicht! Das können Sie doch nicht ernst meinen!«

»Cloey …«, sagte Dalik ruhig.

»Dalik, halt dich da jetzt einfach raus, bevor ich wirklich wütend werde und dir eine schaller, dass dir die Schnotte aus dem Schnupperkolben schießt. Wie konnte überhaupt alles auf einmal gestohlen werden? Gibt es nicht so was wie ein Limit beim Abheben? Oder irgendwelche Nachweise, wohin das Geld transferiert wurde? Irgendwas?«

Genervt tippte die Bankkauffrau etwas in ihren Computer ein. Nach ein paar Sekunden schaute sie Cloey wieder an.

»PC sagt Nein.«

»… Wie ›Nein‹? Was soll das nun wieder bedeuten? Einfach nein Nein?«

Die Bankkauffrau klackerte erneut auf ihrer Tastatur herum.

»PC sagt Nein«, wiederholte sie. Dann hustete sie demonstrativ in Cloeys Richtung.

Dalik lachte im Stillen auf. Anscheinend fand er daran irgendetwas lustig.

Cloey hingegen war gerade alles andere als nach Lachen zumute. Sie ließ sich auf ihren Stuhl zurückfallen. Es war, als wäre ihr der Boden unter den Füßen weggezogen worden.

»Dalik, wir sind absolut pleite.«

Er sah sie an. So niedergeschlagen hatte er sie noch nie erlebt.

»Das heißt was?«, fragte er zögernd.

»Wir haben verdammt viel zu tun.«

Kapitel fünfzehn:

DIE ZWEITE SWEEPERPRÜFUNG

Der Schulhof war in Aufruhr. Eine gaffende Meute von Schülern hatte einen Kreis gebildet. Sie alle schauten dem Spektakel in der Mitte zu.

Teppo bekam einen Schlag ins Gesicht, der ihn bis an den Rand des menschlichen Kolosseums stieß. Gary freute sich seines Treffers, auch wenn ihm die Faust schmerzte.

»Ich will nicht gegen dich kämpfen«, erklärte Teppo. »Was hältst du davon, wenn ich dir ein Getränk spendiere und wir die Sache auf sich beruhen lassen?«

Gary, angefixt durch seine eigene Überlegenheit, dachte nicht im Traum daran, nun aufzuhören. Hitzig griff er weiter an, meistens ohne überhaupt zu wissen, wo seine Attacken landen sollten. Blindlings schwang er sich gen vermeintlichen Sieg. Teppo konnte einigen Fäusten und wüsten Tritten ausweichen und sie blocken, trotzdem erwischte ihn Gary irgendwann.

Als er wieder ein bisschen mehr Abstand zu ihm gewonnen hatte und Gary erst einmal durchatmen musste, da er bei seinen Angriffen stets vergessen hatte zu atmen, nutzte Teppo die Zeit, um erneut um Einsicht zu bitten.

»Ich habe keine Chance gegen dich. Du bist einfach zu stark. Gary, mir tut alles weh. Ich kann nicht mehr. Bitte sei so gut und lass mich Schwächling jetzt in Ruhe.«

Gary spuckte Teppo an. Der weiß-durchsichtige Blubberspeichel landete auf Teppos Gesicht und rann langsam Richtung Mund hinab.

»Du bist erbärmlich«, sagte Gary.

Teppo wischte den Fluss auf seinem Gesicht mit seinem Ärmel weg.

»Und du solltest deine Spucke klüger einsetzen.«

Gary verpasste Teppo ein paar weitere Schläge, woraufhin dieser wieder in die Menge kippte, dieses Mal in die Arme der rothaarigen Mary.

»Teppo, wieso wehrst du dich nicht?«, fragte sie.

»Ich befürchte, dass, wenn ich kämpfe, noch schlimmere Dinge passieren könnten.«

»Du bist ein Volltrottel. Wieso läufst du dann nicht einfach – Pass auf!«

Teppo rollte sich, ohne hinzugucken, zur Seite und wich so einem Tritt von Gary aus. Kaum stand er wieder, schlug ihm Gary in die Magengrube. Teppo sackte zusammen. Als er Gary zu Füßen lag, trat ihm dieser in die Seite.

Dann endlich rückte Hilfe an.

»Das reicht jetzt!«, schrie Mary.

Sie hatte genug von der bescheuerten Schose und schubste Gary von Teppo weg.

»Halt dich da gefälligst raus!«, schnauzte Gary sie an und hielt ihr bedrohlich den Zeigefinger entgegen.

Er wollte nun seinerseits Mary zur Seite schubsen, doch dann, gerade als er sie nur einen Tick berührte, hämmerte ihm eine Dampframme gegen den Kopf, die ihm förmlich den Schmalz aus den Ohren löste.

Gary verstand nicht, was soeben geschehen war. Gerade hatte er noch diese eingebildete Rothaarige gesehen und nun blickte er in den Himmel. Etwas musste dazwischen passiert sein, aber er hatte nicht die leiseste Ahnung, was dies gewesen sein könnte. Auch war die zuvor so lautstarke Menge nun unvergleichlich dumpfer und leiser, fast schon so, als stünde sie in einem anderen Raum.

Gary senkte seinen Blick. Vor ihm stand Teppo, dieser Waschlappen. Aber irgendetwas war anders. Seine Augen, dieser harte Blick. Er wirkte, als wäre er nie verprügelt worden. Wieso ging es ihm wieder gut? Und wo um alles in der Welt kamen jetzt diese unsagbaren Kopfschmerzen her?

»Wwwwas war das?«

Teppo und der alte Mann saßen mit dem Rektor an seinem Schreibtisch. Seine Haare waren wie sonst auch hochgegelt und die Sonnenbrille mit den roten Gläsern saß wie gewohnt auf seiner Nase. Teppo konnte sich nicht entsinnen, ihn irgendwann schon einmal ohne diese Brille gesehen zu haben.

Von Mal zu Mal, wenn Teppo ihm einen Besuch abstattete, schien die Ausstattung des Raums an Protz noch einen draufzulegen. Das gewohnt teure Mobiliar, die Bilder, die goldenen Aktenschränke, die Hifi Anlage, der Spielautomat und der Kronleuchter schienen ihm nicht mehr ausgereicht zu haben. Mittlerweile hatten sich auch ein Fabergé-Ei sowie ein ausgestopftes Emuküken dazugesellt, welches seltsamerweise blau war.

»Der Grund, warum ich Sie hierher gebeten habe, ist, dass Ihr Enkel sich geprügelt hat.«

Wenn der Rektor allein den Mund nur aufmachte, wollte ihm Teppo schon eine hineinzimmern. Dieser Mann regte ihn durch die Bank weg auf. Alles, was er von sich ließ, war einfach nur dumm und falsch.

»Er hat sich geprügelt?«, fragte der alte Mann und streichelte seinen Bart. »Ja und?«

»Das ist an dieser Schule strengstens verboten und sollte auch von Ihnen als Erziehungsperson nicht toleriert werden.«

»Erziehungsperson?«, wiederholte Teppo. »Pff! Sie wissen ganz genau, dass ich längst erwachsen bin. Sein Besuch ist vollkommen hirnrissig.«

»Du hast dich geprügelt?«, fragte der alte Mann. »Wie kannst du nur?«

»Mr. Bunks, das Kollegium und ich haben uns die Frage gestellt, ob Teppo bei seiner Erziehung eventuell körperliche Gewalt erfahren hat.«

»Natürlich.«

Die Augenbrauen des Rektors hoben sich über die Brillengläser.

»Sie schlagen Ihren Enkel also wirklich?«

»Selbstverständlich. Und wenn Sie ihn kennen würden, würden Sie das Gleiche tun.«

»Kein Wunder, dass du dann ständig mit dieser unterdrückten Wut herumläufst.«

»Moment mal«, sagte der alte Mann nun etwas schroffer. »Um das klarzustellen: Ich schlage ihn doch nur, wenn wir trainieren. Das Auseinandersetzen mit Schmerzen ist ein erzieherischer, Charakter bildender und wichtiger Aspekt des Lebens. Außerdem steckt in ihm keine unterdrückte Wut. Im Gegenteil, er ist sogar ein sehr ausgeglichener Mensch.«

»Sie wollen mir also sagen, dass jedes Mal, wenn Teppo mit irgendwelchen Blessuren in die Schule kam, es eine erzieherische Maßnahme von Ihnen war?«

»Ich kann Ihnen versichern«, sagte Teppo, »dass ich sehr gut bei dem alten Knilch hier untergebracht bin. Die Verletzungen, die Sie meinen, habe ich mir in Raufereien zugezogen, in denen ich –«

»Und da haben wir die Bestätigung für die unterdrückte Wut.« Der Rektor freute sich seiner Lösung des Falls. »Du prügelst dich also öfters. Es war bloß eine Frage der Zeit, bis die Bombe auch mal in der Schule explodiert. Teppo, versteh doch. Es geht hier um deine Zukunft. Bei deinem Verhalten wirst du sehr wahrscheinlich irgendwann im Gefängnis landen.«

»Jetzt hören Sie aber auf«, wallte der alte Mann auf.

»Hast du dir mal Gedanken gemacht, was du später einmal werden möchtest? Hast du schon eine Idee?«

»Klare Sache. Ich werde Sweeper.«

»Was ist das denn?«, fragte der Rektor fast schon angeekelt.

»Für Laien wie Sie kann man auch Kopfgeldjäger sagen.«

»O Gott! Wünschen Sie sich nicht, dass Ihr Enkelsohn einen anständigen Beruf erlernt?«

»Es ist ein anständiger Beruf«, protestierte Teppo.

»Es ist sein Herzenswunsch«, erklärte der alte Mann. »Deshalb ist es für mich selbstverständlich, dass ich ihn darin unterstütze.«

»Wie heißt es so schön?«, sagte der Rektor mit einem Grinsen zwischen den Backen. »Eine gesunde Einfalt ist häufig ungesund.«

Teppo und der alte Mann sahen sich fragend an.

»Aber dann wäre es ja keine gesunde Einfalt«, konstatierte der alte Mann.

»Genau das habe ich doch gerade gesagt. Hören Sie mir ruhig zu. Das macht mir nichts aus. Mr. Bunks, ich hatte gehofft, wir –«

»Interessiert mich nicht die Bohne. Komm, wir gehen.«

Der alte Mann klatschte Teppo leicht gegen die Schulter und erhob sich von seinem Sitz. Er spazierte zur Tür und Teppo folgte ihm.

»Du hast wirklich untertrieben, als du meintest, dass dein Rektor ein gehirnloser Kotzbrocken sei.«

Der alte Mann hatte extra so laut gesprochen, dass der Rektor ihn hatte hören können.

»Teppo!«, rief der Rektor, als der alte Mann jüngst draußen war. »Bevor du gehst, möchte ich dir noch eine Frage mit auf den Weg geben. Du musst sie mir nicht beantworten, aber versuch mal, für dich eine Antwort darauf zu finden. Die Frage lautet: Kannst du dich in der Welt, in der du leben möchtest, auch tatsächlich behaupten?«

Teppo schenkte dem Rektor einen Moment, in dem er ernsthaft über die Frage nachdachte. Dann antwortete er: »Ich werde mich nicht einfach nur behaupten, ich werde sogar verdammt noch mal einer der großartigsten Sweeper, den diese Welt je gesehen haben wird.«

Teppo nahm die Türklinke in die Hand und begann, sie langsam zu schließen.

»Hast du da drinnen eigentlich gerade gefurzt?«, fragte ihn der alte Mann.

»Ja.«

»Ich auch.«

Und die Tür war zu.

Teppo saß mit überschlagenen Beinen und vor seiner Brust verschränkten Armen in seinem Klassenzimmer. Oh, was war seine Lehrerin ungehalten.

»Wirklich unglaublich. Unser Faulpelz hat eine noch höhere Form der Resistenz entwickelt. Er macht einfach gar nichts mehr.«

»Teppo, was ist los mit dir?«, fragte Larry.

»Ich verlasse die Schule.«

»Was?«

»Warum?«, fragte Jubba.

»Mich hält hier nichts mehr.«

Mrs. Annabolica zeigte kaum eine sichtliche Reaktion, außer dass sie noch strenger wirkte als sonst.

»Wenn du das ernst meinst und die Schule jetzt verlässt, hast du nichts in der Tasche. Das ist dir hoffentlich bewusst. Dann kannst du froh sein, wenn du irgendwo einen Job an der Kasse bekommst. Bei deinen Ambitionen kannst du zwar ohnehin nichts Besseres erwarten, allerdings hätte ich erwartet, dass du zumindest den Versuch unternehmen würdest, etwas aus dir zu machen. Aber da habe ich wohl mal wieder zu viel Hoffnung in dich gelegt.«

Teppos Puls lag hoch. Sein Herz schlug wie wild. Seine Lehrerin hatte etwas unfassbar Reales an sich. Sie zwang einem eine zermürbende und so wahr klingende Sicht auf die Welt auf, die man nicht dementieren konnte, selbst wenn man es wollte. Hinzu kam ihr kalter Blick, als wäre sie nur dazu da, damit man das Leben nicht genießen konnte.

Teppo war nur froh, dass er seine Stimme soweit kontrollieren konnte, dass sie nicht zitterte.

»Ich habe Freunde, die mir vertrauen und denen ich voll und ganz vertrauen kann. Mehr brauche ich nicht.«

»Schwachsinn.«

Teppo fand sich nicht mal selbst überzeugend. Am besten hätte er einfach nur die Klappe gehalten.

Die Stimmung war übel. Teppo war zu erstarrt, um nun einfach aufzustehen und zu gehen. Hier bleiben, wollte er allerdings auch nicht so richtig.

Mrs. Annabolica wollte gerade die nächste Runde einläuten, als ein unerwarteter Gast die Tür öffnete.

Allgemein verwirrtes Schweigen breitete sich aus. Alle Augenpaare waren auf Cloey gerichtet. Sie blieb im Türrahmen stehen und lugte herein. Dalik stand direkt hinter ihr. Neugierig spickte er durch die Schülerreihen und blieb dann leicht grinsend bei Teppo hängen.

Cloey erwiderte Mrs. Annabolicas fragenden und entnervten Blick nur kurz, dann ignorierte sie sie einfach und konzentrierte sich ganz auf das Wichtige.

»Teppo, es wird Zeit.«

Teppos Gesicht hellte auf. Seine Gedanken wirbelten aufheiternd herum und ohne weitere Zeit zu verlieren, packte er seine Sachen, stand auf und ging.

Vor der Türschwelle schließlich blieb er noch einmal stehen. Er warf einen Blick zurück und wandte sich seiner Lehrerin zu.

»Eines möchte ich Ihnen noch sagen und das kommt wirklich von Herzen.«

Mrs. Annabolica verschränkte die Arme, eine Geste die sie zuvor noch nie gemacht hatte, und zeigte sich ganz Ohr.

»Sie sind eine Hass verbreitende Koboldhure.« Dann streckte ihr Teppo den Stinkefinger entgegen. »Fuck you!«

Nachdem er das von sich gelassen hatte, ließ Teppo das Zimmer hinter sich. Selbst als die Tür schon geschlossen war, konnte er seine Klassenkameraden noch hören, wie sie klatschten und jubelten.

Das Grinsen, welches Teppo daraufhin heimsuchte, reichte tief, sehr tief sogar.

Das Trio saß im Empfangszimmer des IBA-Gebäudes.

Ihnen gegenüber saß ein kleiner dünner Typ mit Struwwelhaaren, der mit einem alten grauen Gameboy spielte.

Etwas abseits stand ein großer Mann in einer weißen Kutte. Er trug einen weißen Turban und ein weißes Tuch vor dem Gesicht, sodass lediglich seine Augen zu sehen waren.

Der gut aussehende Sekretär vom letzten Mal arbeitete wieder an seinem Schreibtisch; ebenso die vielen Büroangestellten, welche hinter der Glasfront zu sehen waren. Hin und wieder warfen sie einen Blick herüber, aber meistens nur kurz. Dann wendeten sie sich wieder ihrer eigentlichen Tätigkeit zu. Es war ein bisschen wie im Zoo, nur dass nicht ganz klar war, wer hier wen beobachtete.

Mina Vencetta hielt erneut eine Mappe in der Hand. Teppo hatte sich schon auf sie gefreut. Sie mit ihren schulterlangen, glatten, dunkelblauen Haaren, ihrem Blazer, der heute ein dunkles Lila hatte, das tiefe Dekolleté, das einem einen wundervollen Einblick in die Vollkommenheit ihres saftigen Busens schenkte, der kurze Rock und ihre langen, straffen Beine, die sie dieses Mal in nahezu durchsichtige Nylonstrümpfe gesteckt hatte, waren eine reife Versuchung, von der er nur zu gerne einmal kosten würde.

»Meine Herrschaften, hören Sie mir bitte zu.« Minas Stimme

strotzte vor Befehlsgewalt. Sie war eine Frau, deren Befehle Teppo ohne zu zögern folgen würde. Zumindest wenn es die richtigen Befehle waren. »Für die, die es noch nicht wissen oder sich nicht mehr erinnern, ich bin die Abteilungsleiterin und heiße Mina Vencetta. Ich denke mir für die Prüfung die Zielpersonen aus und erwecke sie zum Leben. Wer irgendetwas an meiner Arbeit auszusetzen hat, kann sofort wieder nach Hause fahren. Mr. Zaranoszarosz, schalten Sie gefälligst Ihren Gameboy aus.«

»Ich kenne Ihren Vortrag bereits vom letzten Mal«, sagte der kleine dünne Typ mit den Struwwelhaaren. Er schaute nicht einmal auf und spielte einfach weiter. »Also lassen Sie mich doch entscheiden, wie viel Aufmerksamkeit ich Ihnen schenke.«

»Ich entscheide immer noch, ob jemand qualifiziert genug für eine Sweeperlizenz ist. Das heißt, selbst wenn Sie bestehen sollten, kann ich, sofern ich es wünsche, die Aushändigung verweigern.«

Widerwillig schaltete der Kleine mit den wüsten Haaren seinen Gameboy aus und packte ihn in seine Computertasche.

»Sollten Sie also noch einmal meine Regelverkündung infrage stellen oder in irgendeiner Weise stören –«

Mit einem *Wusch* schwang die Eingangstür auf und herein trat ein verschwitzter dunkelhäutiger Mann mit sehr dicken, undefinierten Muskeln und einem aufgeblähten Bauch. Er trug eine imposante Flitsche mit dicken Gummibändern in einem Holster an seinem Gürtel. Auf der anderen Seite seines breiten Rumpfes hatte er einen Stoffbeutel, der mit irgendetwas gefüllt war.

»Ich hab's noch rechtzeitig geschafft«, schnaufte er lächelnd und eilte zu den anderen Teilnehmern, um dort Platz zu nehmen. »He, Izzy!«, sagte er freudig, als er den kleinen Kerl mit den Struwwelhaaren entdeckte.

»Rocco!«, freute sich Izzy. »Welch ein Zufall, dass wir am selben Tag die Prüfung machen.«

Rocco wollte gerade die Unterhaltung weiterführen, als ihm Minas strenger Ton die Ohren wusch.

»Mr. Coconut, melden Sie sich bitte einfach nur an und halten Sie den Mund.«

Rocco schaute Izzy an. Sein Blick bedeutete: *Was ist denn mit der heute los?*

Izzy schien ihn gehört zu haben, denn er antwortete entsprechend mit leicht hochgezogenen Schultern und einem Gesicht, das nichts anderes als *Ich habe keine Ahnung* interpretieren ließ.

Rocco gehorchte ohne Widerworte. Mit leicht gesenktem Blick ging er an Mina vorbei und meldete sich am Schalter an.

»Nun«, fuhr Mina fort, »für die, die es interessiert, die Prüfung endet spätestens nach drei Tagen. Fasst ihr in dieser Zeit eure Zielperson, ohne Hilfe von anderen Prüflingen, Sweepern oder Vermittlern in Anspruch genommen zu haben, erhaltet ihr eure Lizenz. Sollte eure Zielperson weshalb auch immer die Prüfung abbrechen müssen, erhaltet ihr einen Anruf, deshalb ist das Tragen von euren Handys Pflicht. Ebenso solltet ihr diese hier benutzen.«

Mina begann, Lizenzen an die Teilnehmer zu verteilen.

»Das sind provisorische Sweeperlizenzen. Mit diesen dürft ihr behaupten, dass ihr Sweeper seid. Damit ist es leichter, an Informationen von Personen heranzukommen. Außerhalb der Prüfung ist es strengstens verboten, diese Lizenzen zu benutzen. Allein schon der Besitz wird eine Strafe nach sich ziehen. Also bringt sie einfach wieder zurück. Hat noch irgendjemand eine Frage zu alledem?«

Allgemeines Schweigen.

»Dann eben nicht.«

Mina öffnete ihre Mappe und reichte nacheinander jedem einen Steckbrief daraus. Teppo erhaschte einen näheren Blick auf den goldglänzenden Ring an ihrer rechten Hand.

»Dies sind eure jeweiligen Ziele. Sucht sie, jagt sie und nehmt sie fest. Mehr habe ich momentan nicht zu sagen. Somit lasse ich jetzt die Sweeperprüfung beginnen. Ich wünsche euch viel Erfolg.«

Teppo war aufgeregter als vor der Rückgabe einer wichtigen Klausur. Cloey und Dalik schoben ihre ebenfalls neugierigen Köpfe so nah an seinen heran, dass es ihm fast schon unangenehm wurde. Wie er wollten sie so schnell wie möglich lesen, was auf dem Steckbrief stand.

»Das ist ein Scherz, oder?«, fragte Teppo irritiert.

Auf seinem Steckbrief gab es weder ein Foto noch eine Personenbeschreibung. Lediglich der Name *»AIKI KANASHII«* stand darauf.

»Das ist heftig«, bescheinigte ihm Cloey.

»Ich bin gemein. Ich weiß.« Mina lächelte Cloey und Teppo an. Teppo verstand, dass dieses Lächeln alles andere als etwas Gutes für ihn bedeutete.

Selbst Roccos Neugierde war nun geweckt und er lugte auf Teppos Steckbrief. Dann fing er an zu lachen.

»Du kannst gleich einpacken, Bruder. Bei meiner letzten Prüfung sollte ich ihn auch schnappen, aber alles, was ich davon hatte, waren richtig böse Schmerzen. Dieser IBA-Agent hält den absoluten Rekord. Noch niemals hat einer bestanden, wenn er Aiki als Zielperson hatte. Mein Rat: Tu deinem Körper und deiner Geldbörse einen Gefallen und brich sofort die Prüfung ab.«

»Ganz ehrlich«, sagte Mina und sah Teppo dabei ernst in die Augen, »das sollten Sie wirklich tun.«

Cloey hatte Teppo wieder bei demselben Internetcafé abgesetzt, in dem er auch bei der letzten Prüfung nach Informationen gesucht hatte. Nach der großen Blamage beim letzten Mal hatte er viel Zeit mit Cloey verbracht, um die Raffinessen der Internetrecherchen zu verstehen. Oftmals hatte sie geseufzt und lange Zeit hatten beide die Befürchtung gehabt, dass er es nie lernen würde, doch irgendwann hatte er doch das eine oder andere aufgeschnappt, was ihm bei der Suche helfen könnte. Er war nichts gegen Cloey, aber sie hatte ihm gesagt, dass sein Wissen für so etwas Simples wie der Sweeperprüfung schon ausreichen würde. Klugerweise hatte er sich auch einen Spickzettel gemacht, der dummerweise zusammen mit seiner vorjüngsten Hose nunmehr seine Runden in der Wäschetrommel schwimmen dürfte.

Teppos Tippgeschwindigkeit war noch immer mehr als peinlich, aber zumindest kam er ganz passabel mit seinen Zeigefingern voran, wenn er den Blick nicht von der Tastatur nahm.

Es dauerte nicht lange, ja es war nicht mal sonderlich schwer zu finden gewesen, da entdeckte er eine an ihn adressierte Nachricht.

»Was zur Hölle?«, flutschte es aus Versehen so laut aus ihm heraus, dass sich die anderen im Raum instinktiv zu ihm umdrehten.

Das ist doch verrückt.

Was hatte das zu bedeuten?

Teppo Bunks, ich warte auf dich im Koga-Dojo.

– Aiki Kanashii

Der Morgen brach heran. Die Sonne zeigte sich nur so weit, dass der Regen in all seinen Facetten zu sehen war.

Aiki lauschte dem Plätschern in aller Ruhe. Er saß da, nippte an einem Glas mit Whiskey und stellte es zurück auf den kleinen runden Tisch, auf dem noch ein paar weitere benutzte Gläser und alkoholische Getränke standen. Seine momentan verköstigte Whiskeyflasche, Sorte *Fenrir Ice,* neigte sich allmählich ihrem Ende zu. Aiki war noch einige Jahre von der Sechzig entfernt, aber er fühlte sich bereits wie ein alter Mann.

Er strich sich durch die unebenen Furchen seines Gesichts. Seine stoppeligen Haare kratzten unangenehm in seinen Handflächen. Jemand hatte ihm mal gesagt, dass irgendwann im Leben eines Menschen der Zeitpunkt kommt, an dem er förmlich sieht, wie ihm die Zeit durch die Finger rinnt. Für Aiki lag dieser Zeitpunkt bereits lange zurück. Er hatte nur gehofft, dass dieses Gefühl irgendwann wieder weggehen würde.

Je länger er hier saß in seinem roten Gi-Oberteil und dem langen schwarzen Hosenrock, desto mehr deprimierte es ihn. Nun mögen viele denken, es sei die ablaufende Uhr, die ihm das Leben betrübte und geschmacklos, wenn nicht sogar bitter erscheinen ließ, aber dem war nicht so. Wenn Aiki tief in sich hineinhörte – was er häufig tat, ob er wollte oder nicht – dann verfestigte sich seine Annahme, dass es ihm eigentlich um etwas vollkommen anderes ging. Beides ging jedoch Hand in Hand und das war das Problem. Vielleicht lag er auch falsch. Vielleicht sollte er überhaupt nicht so viel nachdenken, aber die Gedanken kamen einfach. Sie klopften an seine Tür, bis er ihnen öffnete. Und wenn er trank, klopften sie immerhin etwas leiser. Nur so schaffte er es, auch mal zur Ruhe zu kommen. Außerdem schmeckte ihm Whiskey.

Der Wind säuselte durch die Tür, als sie sich öffnete. Aiki richtete seinen Blick auf seinen Besucher. Dieser war klitschnass und die Erschöpfung zeigte sich über dessen gesamten Körper hinweg. Seine Augenringe lagen tief und in Dunkelheit vergraben. Als er die Tür hinter sich schloss, ebbte das Säuseln des Windes wieder abrupt ab.

»Warum tauchst du erst jetzt auf?«, fragte Aiki. »Die Prüfung hat vor fast drei Tagen begonnen.«

»Ich hab mich verlaufen«, erklärte Teppo.

Er sah sich im Dojo um. Sein Blick war müde, aber scharf. Es war eine gewöhnliche Trainingsstätte. Kein Ring, nur Matten. Viele

Spiegel an den Wänden. Einige Bilder von alten Meistern. Es gab Umkleiden, eine Toilette, eine kleine Ecke mit runden Tischen und Stühlen für Zuschauer und sogar eine überschaubare Theke mit Hockern. Keine Waffen, nicht einmal welche aus Holz.

Teppo schaute Aiki skeptisch von oben bis unten an und versuchte, irgendetwas aus ihm zu lesen.

Aiki erhob sich von seinem Stuhl. Er hatte kurz überlegt, ob er sein Glas noch leeren sollte, entschied sich dann aber dagegen. Der Whiskey lief ihm ja nicht davon.

Er verneigte sich vor den Trainingsmatten und betrat sie.

»Als Sweeper sind Kämpfe oft unausweichlich. Es gehört weder zu unseren Aufgaben zu fliehen noch zu töten. Aus diesem Grund ist es besonders wichtig, dass wir stark sind. Von daher werde ich deinen Fähigkeiten einer Probe unterziehen. Du versuchst, mich unschädlich zu machen, und ich werde versuchen, dich davon abzuhalten.«

»Das kann ja heiter werden«, sagte Teppo und kratzte sich den Hinterkopf. »Ich habe nämlich keine Ahnung, wie man kämpft.«

»Ich weiß, dass du lügst. Mir wurde berichtet, wie gut du in deiner letzten Sweeperprüfung gekämpft hast. Das wollte ich mit meinen eigenen Augen sehen und bat deshalb Mrs. Vencetta, mich als deinen Prüfer einzusetzen.«

Teppo zog seine durchnässte Jacke aus und hängte sie über eine Stuhllehne. Dann machte er sich auf, die Matte zu betreten.

»So betrittst du mir nicht die Matte«, sagte Aiki ruhig, aber streng. »Ein Dojo ist ein ehrbarer Ort und wird gefälligst mit Respekt behandelt.«

»Selbstverständlich. Ich bitte um Entschuldigung.«

Teppo zog seine triefenden Schuhe und Socken aus. Er stellte sie akkurat vor die Matte, verbeugte sich und setzte seine kalt-feuchten Füße auf den weichen Untergrund.

»So geht das auch nicht«, erklärte Aiki. »Deine Hose ist nass.«

»Soll ich etwa in Unterwäsche kämpfen?«

Aiki ging zum Rand der Matte, verneigte sich zu ihr gewandt, verließ sie und steuerte auf einen Schrank zu.

»Hier sind verschiedene Anzüge und Größen.«

Teppo ging zum Mattenrand, verbeugte sich und gesellte sich zu Aiki. Er hatte es bereits geahnt, aber auf dieser Distanz konnte er sich jetzt sicher sein. Aiki war einen halben Kopf kleiner als er. Teppo schaute sich die Trainingsanzüge an.

»Was für eine Kampfkunst trai–«, wollte Aiki fragen, aber da versuchte Teppo bereits, ihm eine zu langen. Aiki hatte unaufmerksam ausgesehen. Er hatte Teppo nicht einmal richtig angesehen, dennoch fing er seinen Angriff ohne Probleme ab und wirbelte ihn geschmeidig auf den Boden.

»Was für eine Kampfkunst trainierst du?«, wiederholte Aiki, als hätte es die Konfrontation nie gegeben.

Teppo schaute überrascht aus der Wäsche. Wie hatte Aiki das gerade angestellt?

»Ich habe keinen Stil«, antwortete Teppo und richtete sich wieder auf. »Sie machen viel Tai Chi, nehme ich an.«

»Hab ich mal gemacht, bis ich seine wahre Bedeutung verstanden habe.«

»Und die wäre?«

»Tai Chi ist in Wirklichkeit eine jahrtausendealte Technik, um sich unbemerkt den Schritt zu richten.«

Teppo lachte irritiert. »Was?«

Aiki verzichtete auf weitere Erklärungen und begann, seine Knie zu beugen und sein Gewicht fließend zu verlagern. Seine Hände falteten und öffneten sich, während sie beruhigend, ja nahezu hypnotisierend durch die Gegend schwebten.

Teppo beobachtete Aiki fasziniert. Solch eine Einheit, solch eine

Harmonie hatte er noch nie gesehen. Er kannte zwar Tai Chi, aber eine derartige Demonstration war ihm bislang noch nicht vergönnt gewesen. Es wirkte, als baute sich mit jedem Atmen eine Art Energie auf. Teppo glaubte nicht wirklich an so etwas, aber hier, so wie Aiki es zeigte, zweifelte er daran, ob er nicht doch falsch lag.

»Hast du es gesehen?«, fragte Aiki.

Teppo hatte keine Ahnung. »Was denn? Was hab ich verpasst?«

»Du musst schon ganz genau aufpassen.«

Aiki begann erneut mit einer Tai Chi-Vorführung und Teppo beobachtete ihn mit voller Konzentration.

»Das Wischen und Schweben der Hände und die Gewichtsverlagerungen sorgen für Ablenkung und bringen einen unbemerkt in eine geeignete Position«, erklärte Aiki nebenbei. »Dann richtet die untere Hand.«

Tatsächlich! Hatte Aiki das eben auch schon gemacht? Er richtete seinen Schritt. Es wäre Teppo nie aufgefallen, wenn Aiki ihn nicht darauf aufmerksam gemacht hätte.

»Natürlich muss man es mit den Blicken der Zuschauer zeitlich abstimmen. Intensives Atmen dient ebenfalls dazu, die Aufmerksamkeit nach oben zu ziehen. Die Entspannung, die viele Leute nach der Ausübung von Tai Chi empfinden, sollte entgegen ihrer Meinung nicht daher rühren, dass sie intensiv geatmet haben, sondern weil sie ihren unbequemen Schritt richten oder kratzen konnten. Alle Kampfstile, die auf Tai Chi basieren, oder auch Dinge wie Qi Gong resultieren aus dieser Tatsache. Die meisten sind nur leider zu blöd, um das zu erkennen.«

Teppo konnte nicht aufhören zu grinsen.

»Wie nennt sich denn Ihre Kampfkunst?«

»Jukido.«

»Jukido. Noch nie gehört. Sie müssen wohl ein Großmeister sein.«

Aiki verzichtete auf eine Antwort und reichte Teppo einen Karateanzug.

»Der hier müsste dir passen. Welchen Gürtel willst du?«

»Den weißen, bitte.«

»Den weißen? Warum nicht den schwarzen? Du kannst ihn haben.«

»Der weiße ist der beste. Dann erwartet keiner was und man kann die anderen am einfachsten überraschen.«

Teppo machte sich auf in die Umkleide. Kurze Zeit später trat er, in den weißen Gi gekleidet, wieder heraus. Er verbeugte sich vor der Matte, auf der Aiki bereits auf ihn wartete, und betrat sie.

»Dein Gürtel ist falsch gebunden«, erklärte Aiki.

»Ja, sieht auch so aus.«

Teppo öffnete den Knoten und löste den Gürtel um seine Hüften.

»Sind Sie wohl so freundlich und zeigen mir, wie das richtig geht?«

Aiki nahm nun seinerseits seinen Gürtel ab. Teppo näherte sich ihm, um besser gucken zu können.

Dann begann Aiki, langsam seinen Gürtel zu binden.

Seine Hände waren beschäftigt. Die Arme waren an seinen Hüften und hielten seinen Gürtel. Teppo sah seine Chance.

Er schmiss Aiki den weißen Gürtel ins Gesicht. In der kurzen Zeit, in der Aiki die Sicht genommen war, griff Teppo an.

Aber was war das? Sein erster Schlag führte ins Nichts. Auch der schnell folgende zweite. Aiki konterte Teppo aus und warf ihn mit einem kleinen, schmerzhaften Ruck erneut zu Boden.

Dann nahm er etwas Abstand zu Teppo, damit dieser ihn nicht treten konnte, und band sich seinen Gürtel wieder in normaler Geschwindigkeit.

Teppo stand auf und tat das Gleiche. Er band den Knoten richtig, obwohl er Aiki beim Binden keine weitere Aufmerksamkeit geschenkt hatte.

Dann beobachtete er ihn wieder. Er näherte sich Aiki und schaute, wie er auf ein paar Zuckungen und Haltungen reagierte, aber Aiki stand einfach nur da. Irgendwie schien er ganz genau zu wissen, wann er in Gefahr war und wann ihn Teppo einfach nur durch Finten zu Handlungen zwingen wollte.

Aikis Augen ruhten auf Teppo. Sie beobachteten ihn stoisch konzentriert. Aikis Körper sah entspannt aus, aber Teppo wusste, dass eine nicht dementierbare Spannung darin verborgen lag. Eine Aufmerksamkeit, die Teppo verunsicherte.

Er erkannte, dass es nichts bringen würde, weiter herumzuflachsen. Er musste auf Tuchfühlung gehen. Also griff er Aiki an.

Teppo hatte gehofft, dass er im Chaos des Geschehens Aikis Contenance durcheinanderbringen, wenn nicht sogar brechen könnte, aber dem war nicht so. Ganz im Gegenteil, vielmehr schien er nun erst richtig aufzublühen.

Aiki konterte jeden einzelnen von Teppos Angriffen mit einem Wurf, Hebel oder schmerzhaften Griff. Er las ihn wie ein Buch und egal wie schnell Teppo auch angriff, Aiki war bereits darauf vorbereitet.

Teppo versuchte, ihn zu Fall zu bringen, aber kaum hatte er es nach mehreren Versuchen endlich mal geschafft, Aiki überhaupt zu greifen, vereitelte dieser jegliche weitere Gefahr. Selbst Teppos lobenswerter *Penetration Shot,* bei dem er nach vorne schoss, ein Knie absetzte und nach Aikis Oberschenkeln langte, endete im Nichts.

Gegen Aiki anzutreten, war wie gegen Rauch oder Nebel zu kämpfen. Seine Bewegungen waren so rund, geschmeidig und harmonisch, dass sie nicht menschlich zu sein schienen. Sein Körper schmiegte sich perfekt an Teppos und war doch so fern, dass er unerreichbar für einen Treffer war.

Teppo versuchte, sich langsam zu bewegen, den Nebel mit Ruhe und Bedachtsamkeit einzufangen, als wäre er ein scheues Glühwürmchen. Aber auch das führte zu nichts. Aiki war einfach nie da, obwohl Teppo immer wieder hätte schwören können, dass er genau wusste, wo er stand. Er war eine Fata Morgana, die Teppo immer wieder mit Wasser anspritzte, ihn jedoch nie trinken ließ.

Aiki zeigte sich zu keinem Zeitpunkt aggressiv. Er ging einher mit dem, was Teppo ihm bot. Wenn er einen Hebel bei Teppo anwandte, schaffte es Teppo hin und wieder, sich daraus zu befreien. Gelang es ihm nicht, ließ Aiki von sich aus ab, um ihn nicht schwer zu verletzen. Auch wenn Teppos Gelenke mit der Zeit immer mehr Schaden nahmen und alle bereits schmerzten, durfte er sich glücklich schätzen. Er unterlag Aiki unzählige Male und wenn dieser auch nur einen Bruchteil seiner Techniken bis zum Ende durchgezogen hätte, hätte er Teppo ohne jeden Zweifel längst einen, wenn nicht sogar mehrere Knochen gebrochen.

Teppo schaffte es, das menschliche Trugbild am Handgelenk zu fassen. Sofort wollte er seinen Ellbogen gegen Aikis Handrücken schlagen, doch Aiki wand sich aus der Umklammerung, baute nun seinerseits Druck auf Teppos Handgelenk auf und verpasste ihm sogleich einen Freiflug. Was war er dankbar für die Matten.

Teppo erhob sich wieder. Es hatte nicht viel gefehlt und sein Handgelenk wäre vorerst hinüber gewesen. Er dehnte es in die entgegengesetzte Richtung, in die Aiki es gerade gezwungen hatte, schüttelte, massierte und wärmte es mit der anderen Hand.

»Du hast Talent«, sagte Aiki. Seine ersten Worte seit Langem. »Aber du musst noch viel lernen. Gegen mich kannst du nicht bestehen. Sei klug und brich die Prüfung ab, bevor du irreparable Schäden davonträgst.«

»Das können Sie vergessen. Wir zwei sind noch lange nicht fertig.«

Teppo attackierte mit neuer Strategie. Vorher nur vereinzelt oder kombiniert mit Schlägen, verlegte er nun seine Präferenz zu Tritten, vorzugsweise welche, die auf die Beine oder den Unterleib zielten; Tritte, die eigentlich simpel genug sein sollten, um Treffer zu garantieren. Aber selbst diese Angriffe waren wertlos. Was sich änderte, war, dass, wenn Teppo ein Bein in der Luft hatte, es nur umso einfacher war, ihn von seinem anderen Bein zu fegen.

Er versuchte wieder zu alternieren. Tritte, Schläge, Finten und hin und wieder ein Penetration Shot. Dann endlich geschah das Unglaubliche. Teppo gelang es, Aiki an seinen Oberschenkeln hochzuheben und ihn auf die Matte zu werfen. Sofort wollte er sich auf seinen Torso setzen, doch Aiki schnappte sich Teppos Handgelenk, verdrehte es schmerzhaft und kugelte sich aus der unterlegenen Position.

Aiki wollte sogleich seinen Hebel weiterführen, aber Teppo schaffte es sich loszureißen und schlug zu. Aiki wich gewohnt mit Leichtigkeit aus und schleuderte Teppo mit einem Schulterwurf über sich rüber. Er hatte Teppo bereits zuvor auf diese Art geworfen, nur dieses Mal sollte es anders verlaufen. Noch während er in der Luft war, ergriff Teppo Aikis Haare und zog sie mit sich. Aikis Kopf folgte. Er wurde einfach mitgerissen, ohne dass er irgendetwas dagegen unternehmen konnte; selbst für ihn passierte alles viel zu schnell. Und so machte Aikis Kopf Bekanntschaft mit der Matte. Teppo hatte sich bereits daran gewöhnt, Stürze schnell zu verarbeiten, aber bei diesem tat er es ohne jegliche Einwände. Zu selten und süß war die Gelegenheit. Er holte sofort beim Aufprall zu einem neuen Schlag aus, riss seine Faust auf Aikis überraschtes Gesicht hernieder und zerdetschte ihm die Nase.

Doch noch bevor sie anfing zu bluten und Teppo seinen zweiten Treffer landen konnte, hebelte ihn Aiki bereits wieder unschädlich und rollte mit einem Hechtsprung davon, zurück in eine aufrechte Position. Dort hielt er sich die Nase. Sie blutete nur leicht und war nicht gebrochen; vielleicht angeknackst, aber atmen konnte er noch ohne Weiteres.

Der hat einen Schlag drauf, dachte Aiki.

Teppo grinste. Dann griff er auch schon wieder an. Dieses Mal jedoch sprang Aiki ihm entgegen. Er vollführte irgendetwas auf Teppo, was dieser nicht verstand, und nicht mal eine Sekunde später lagen beide auf der Matte und Teppo spürte seinen eigenen Ellbogen, wie er seine Armbeuge nach oben drückte. Aikis Armhebel tat nicht nur weh, er war auch imstande, Teppo nur durch ein klitzeklein wenig mehr Kraft den Arm wie einen Zweig aufzubrechen.

»Klopf ab«, befahl ihm Aiki ruhig, doch bestimmt.

Teppo wusste, es hatte keinen Sinn mehr weiterzumachen, und klopfte ab.

Aiki ließ ab von ihm. Augenblicklich sank der Schmerzpegel.

Aiki hatte sich nicht einmal ganz erhoben, da trat Teppo nach ihm. Dem ersten Tritt wich Aiki noch aus, den zweiten fing er ab und setzte zu einem neuen Hebel an. Er warf sich auf den Boden und hielt nun Teppos Fußgelenk zum Brechen bereit.

Teppo klopfte ab. Sein Gelenk schien zu explodieren. Aber Aiki ließ nicht los.

»Du hast bereits abgeklopft und somit deine Niederlage eingestanden. Du besitzt keine Ehre, wenn du mich weiter angreifst.«

»Wir sind hier nicht in einem sportlichen Wettkampf«, entgegnete Teppo. Seine Zähne rieben vor Schmerz aufeinander. »Sie sind meine Zielperson und das Einzige, worum ich mich kümmern muss, ist, Sie festzunehmen.«

»Dann unterbreite ich dir hiermit folgendes Angebot: Wenn du die Sweeperprüfung jetzt offenkundig abbrichst, breche ich dir nicht dein Fußgelenk.«

»Dann brechen Sie es mir doch. Ich gebe trotzdem nicht auf.«

Aiki haderte. Teppo kniff die Augen zusammen und wartete auf das ekelhafte Knackgeräusch. Aber es kam nicht. Aiki ließ von ihm ab.

»Dummer Junge«, erklärte Aiki leicht erzürnt. »Ich werde deine Bänder und Sehnen so überdehnen, dass du wochenlang höllische Schmerzen haben und dich nicht mehr bewegen können wirst.«

Teppo kam wieder auf seine Beine. Er konnte mit dem Fuß nicht richtig auftreten. Dann verbeugte er sich und ließ Aiki seine Erbostheit fast schon wieder vergessen.

»Danke, dass Sie mir nicht den Fuß gebrochen haben.«

Aiki war wirklich überrascht. Teppos Augen zeigten wahre Dankbarkeit. Er konnte keinerlei Scheinheiligkeit dahinter erkennen.

Ein merkwürdiger Kerl.

Teppo humpelte von der Matte. Mit jedem Schritt setzte er seinen Fuß wieder etwas fester auf. Er verbeugte sich, als er die Matte verließ, und spazierte zu dem Tisch mit den alkoholischen Getränken. Aiki fragte sich, was Teppo vorhatte. Wollte er seinen Schmerz mit ein paar Schlucken betäuben?

Teppo hingegen hatte etwas vollkommen anderes im Sinn.

Kampfstrategie der Bunks Prügelstube Nummer 22: All Using. Benutze deine Umgebung.

Teppo nahm in jede Hand eine leere Whiskeyflasche. Damit kehrte er zurück auf die Matte und griff sodann Aiki mit ihnen an.

Aiki vermied es, das dicke, harte Glas abzubekommen. Teppo schlug mehrmals zu, aber nach nur wenigen Versuchen entwaffnete ihn Aiki und unterzog ihn sogleich zur Strafe einer Vielzahl überaus qualvoller Hebel.

Jedes Mal konnte Teppo spüren, wie seine Bänder überdehnt und die Gelenke kurz vorm Durchbrechen waren. Aiki schätzte exakt ab, wie weit er gehen konnte. Es war die physische Hölle. Nach und nach verkam Teppos Innenleben zu einem unbrauchbaren Fadenkonstrukt. Er musste sich mehr als stark zusammenreißen, um sich nicht geschlagen zu geben. Jede Bewegung tat weh. Die Hände zu Fäusten zu schließen, war kaum mehr im Bereich des Möglichen, genauso wie die Beine auszustrecken.

»Meister Kanashii, ich möchte etwas sagen.«

Teppo atmete auf, als Aiki ihn wieder losließ, um ihn ungestört sprechen zu lassen.

»Diese Behandlung habe ich ohne jeden Zweifel verdient. Ich möchte mich dafür entschuldigen, dass ich Sie beleidigt habe, indem ich unfair gekämpft habe. Um ehrlich zu sein – aber ich glaube, das wissen Sie auch – habe ich nur aus Verzweiflung zu den Flaschen gegriffen. Bitte bedenken Sie meine Situation, auch wenn das keine Entschuldigung ist. Und bevor Sie irgendetwas antworten, möchte ich Ihnen noch sagen, dass, auch wenn es den Anschein gehabt haben könnte, ich niemals weit mit den Flaschen gegangen wäre. Ich hätte sie Ihnen nicht über den Schädel gezogen oder ins Gesicht geworfen oder dergleichen. So ein Dreckskerl bin ich nicht. Ich wollte sie nur ein wenig gegen Ihre Arme und vielleicht auch Finger hauen, nur bis ich einen Vorteil daraus hätte ziehen können und wieder unbewaffnet eine kleine Chance gehabt hätte. Aber es war falsch. Es tut mir leid. Ich sollte einen ehrbaren Kampf bestreiten. Und das werde ich von nun an auch tun. Ich versichere Ihnen, dass ich den Kampf, unabhängig davon, dass ich verlieren werde, fair zu Ende bringen werde. Das ist ein Versprechen.«

Aiki hatte ihm aufmerksam zugehört.

Teppo streckte ihm seine Hand entgegen und schaute Aiki mit klaren, entschuldigenden Augen an.

Ha! Der fällt so was von darauf herein. Sobald er meine Hand schüt-

telt, ziehe ich sie an meine Hüfte und verpass ihm mit der anderen Hand eine Ladung, die sich gewaschen hat. Wollen wir doch mal sehen, ob er immer noch so tänzeln kann, wenn ihm die Glocke läutet.

Aiki zögerte. Dann ergriff er Teppos Hand.

Ja!

Teppo zog Aikis Hand wie geplant an seine Hüfte, doch was war das? Aikis gesamter Körper folgte und brachte Teppo aus der Balance. Ihm blieb keine Zeit zu reagieren, da fiel er bereits über Aikis gestelltes Bein und wirbelte zusätzlich auf dem Weg zu den Matten noch einmal ein ganzes Stück herum.

Teppo stand nicht sofort auf. Er lag für einen Moment einfach nur da und versuchte zu fassen, wie er hier vorgeführt wurde. So etwas hatte er noch nie erlebt. Wer war nur dieser Aiki?

Schließlich richtete er sich wieder auf, aber nur halb, denn er blieb auf seinen Knien. Er kniete vor dem Sieger. Nach einer paarsekündigen Pause, in der er ihn lediglich anschaute, machte er den Mund auf.

»Das war es. Ich bin fertig. Alles tut mir weh und ich bin mit meinem Latein am Ende. Ich kann Sie weder physisch noch mit List besiegen. Sie sind sagenhaft. Ich möchte Ihnen meinen tiefsten Respekt als Kampfsportler aussprechen. Sie sind der mit Abstand größte Meister, der mir in meinem Leben je begegnet ist. Sie sind unglaublich. Ich verneige mich vor Ihrem Können und erkenne Sie unverblümt als mir absolut überlegen an. Nichts würde mich mit größerer Ehrerbietung und Dankbarkeit erfüllen, als wenn Sie mein Lehrmeister werden würden. Bitte nehmen Sie mich als Ihren Schüler auf. Ich schwöre Ihnen, dass ich hart arbeiten und alles tun werde, was Sie mir auftragen. Ich werde Sie ganz sicher mit Stolz erfüllen. Bitte werden Sie mein Meister.«

Teppo senkte sein Haupt. Hier würde er warten, bis Aiki ihm auftrug, sich wieder zu erheben. Und wenn er noch eine Stunde so bleiben musste. Das wäre hart, aber schon in Ordnung. Teppo hatte Aiki belogen, nicht böswillig, nur als Strategie. Hoffentlich sah Aiki es auch so und vertraute auf seine Worte und das Gute in ihm.

Kampfstrategie der Bunks Prügelstube Nummer 10: Der Schüler. Wenn man die Überlegenheit eines Gegners erkannt hat, fällt man auf die Knie und bittet ihn mit dem höchsten Maß an Respekt und überzeugend hervorgebrachten Schmeicheleien, sein Schüler werden zu dürfen.

»Steh auf«, sagte Aiki und Teppo gehorchte. »In Ordnung. Von nun an sollst du mein Schüler sein.«

Teppos Augen leuchteten. Doch bevor er seinen Dank aussprechen konnte, zeigte er ihn lieber und verbeugte sich.

»Danke. Ich werde Sie nicht enttäuschen.«

Dann angreifen.

Aiki wollte Teppo gerade die Hand auf die Schulter legen, als dieser ihn plötzlich umklammerte und in die Luft hob. Teppo wollte Aiki zu Boden werfen, aber es gelang ihm nicht. Aiki hatte trotz seiner Überraschtheit noch schnell genug seinen Fuß hinter Teppos Bein geklemmt. Also änderte er seine Strategie und warf sich zusammen mit ihm auf die Matte. Aiki pustete schwer aus, als Teppos gesamtes Gewicht auf ihm landete.

Nun hatte er ihn endlich. Teppo hielt eisern an der Umklammerung fest. Doch was jetzt? Er konnte Aiki hier unten festhalten, nur würde es nichts bringen. Er musste irgendetwas tun. Teppo presste sich weiterhin schwer auf Aiki drauf, stemmte ihm seine Stirn ins Gesicht, sodass Aiki seinen Kopf drehen musste, löste seinen Griff, um eine bessere Position einzunehmen und schon geschah es. Aiki packte einen von Teppos Fingern und bog ihn nach seinen Vorstellungen zurecht. Teppo folgte dem Druck in seinem Finger. Er musste. Langsam stand Aiki auf, Teppo permanent unter seine Kontrolle behaltend.

»Den Trick beherrsch ich auch«, witzelte Teppo. »Geben Sie mir einen Ihrer Finger und ich demonstrier es Ihnen.«

Aiki antwortete im Nullkommanichts und ließ Teppo höher denn je fliegen. Teppo hatte ihn zum Narren gehalten, ihn vorgeführt und seine Gutmütigkeit ausgenutzt. Damit war jetzt Schluss.

»So tief sinkst du also«, sagte Aiki, nachdem Teppo unschön auf seinen Kopf aufgekommen war.

Teppo war erleichtert, dass keiner seiner Wirbel verletzt war. Noch auf dem Boden begann er, seinen Speichel zu sammeln.

Kampfstrategie der Bunks Prügelstube Nummer 19: Das Lama.

Er richtete sich auf, ließ sich jedoch nichts von dem anwachsenden Inhalt seines Munds anmerken.

Dann hetzte er auf Aiki zu. Kurz vor ihrem Aufeinandertreffen spuckte er ihm ins Gesicht. Aiki erschrak und war entsetzt. Teppo versuchte, die Blöße auszunutzen. Er spürte fast schon, wie seine Faustknöchel ans Kinn andockten, aber Aiki wich selbst diesem Angriff noch aus und ließ sogleich einen Konter folgen.

Während er Teppo mit einem speziellen Griff ungefährlich hielt, wischte er sich das Gesicht mit dessen Oberteil trocken.

»Du Widerlicher.«

Dann folgte Aikis wahre Rache. Unzählige Male ließ er Teppo durch die Luft flattern. Und obwohl die Matte seinen Aufprall dämpfte, kam es ihm vor, als würde er auf Stein geworfen. Teppo musste einen Hebel nach dem anderen über sich ergehen lassen. Anscheinend hatte er sich geirrt. Seine Bänder und Gelenke ließen sich noch einen Ticken weiter strapazieren als angenommen.

Teppo litt. Er konnte sich kaum mehr rühren, doch Aiki machte unvermindert weiter.

»Du kannst mir nichts entgegensetzen«, sagte Aiki. »Langsam realisierst du die Wahrheit. Ich wette, du denkst schon darüber nach, einfach an der nächsten Sweeperprüfung teilzunehmen.«

Teppo zitterte. Sein ganzer Körper bereitete ihm Schmerzen und flehte um Erholung. Aber Teppo hatte anderes mit ihm vor. Schwerfällig richtete er sich auf und riss sich zusammen, halbwegs fest zu stehen.

»Glauben Sie wirklich, dass ich aufgebe? Da können Sie ewig warten.«

Aiki spazierte auf Teppo zu. Teppo versuchte verzweifelt, ihm die Stirn zu bieten. Er schlug in den Rauch, aber er konnte ihm nichts anhaben. Und kaum war er aus seinem Blickfeld verschwunden, tauchte der Rauch hinter ihm wieder auf und verfestigte sich rapide um seinen Hals.

Innerhalb von wenigen Sekunden würgte Aiki Teppo in die Bewusstlosigkeit. Teppos Körper wurde schwerer und ging wie eine Puppe zu Boden.

…

Als er wieder erwachte, hatte er keine Ahnung, wo er war. Unter ihm Matten. Er trug einen Karateanzug. Er war in einem Dojo. Und vor ihm stand ein Mann in einer rot-schwarzen statt weiß-schwarzen Aikidobekleidung.

Teppos Gehirn brauchte noch kurz, um das Exposé über die jüngsten Ereignisse zu lesen, doch dann zögerte er nicht weiter und griff Aiki von Neuem an.

Aiki blockte den Angriff, stieß kraftvoll seine Handfläche gegen Teppos Kinn und warf ihn so nach hinten über.

»Geh nach Hause«, sagte Aiki. »Du hast verloren. Die Prüfung ist gelaufen.«

»Sie sind betrunken«, sagte Teppo und befühlte die Beschaffenheit seines Kinns. »Sie wissen nicht, was Sie da sagen.«

»Nur leicht angetrunken. Mein Wort zählt.«

»Bla, bla, bla. Ich kann Ihre Fahne von hier aus riechen.«

Teppo nahm Anlauf und sprang Aiki an, aber kaum war er gelandet, hatte Aiki ihn bereits wieder in seiner Falle. Sein Ärmel war nach oben gerutscht und Teppo biss in sein Fleisch. Aiki schrie auf und schüttelte den Beißer von sich. Der Gebissabdruck blutete leicht.

Aiki wurde ungehaltener und begann, sich weiter an Teppo auszutoben.

Doch auch danach stand Teppo wieder auf. Alles tat ihm weh. Er zitterte am ganzen Leib. Alles war überdehnt. Trotzdem sah er Aiki mit diesem Ausdruck an, als müsste er ihn schon umbringen, um ihn zu besiegen.

»Dass du immer noch weitermachen kannst. Tun dir nicht schon alle Gelenke weh?«

»Ich bin wirklich beeindruckt von Ihren Fähigkeiten. Normalerweise ist es sehr schwer, in einem echten Kampf derart problemlos solche Hebel einzusetzen. Viele, die es versuchen, bekommen eins auf die Nuss, bevor sie den Hebel beenden können, aber Sie machen das mit einer unfassbaren Leichtigkeit und Eleganz.«

»Es dauert viele Jahre intensiven Trainings, Griffe und Würfe richtig einsetzen zu können, und Jahrzehnte es auch mit Geschmeidigkeit zu machen. Du hast es vielleicht bemerkt, aber bei meinem Stil geht es darum, sich im Einklang mit dem Gegner zu bewegen. Ich nehme deine Energie auf und leite sie um. Deine Kampfkunst ist ziemlich gut, aber meine ist weitaus schwieriger zu erlernen. Dafür kann ich allerdings auch mit anderen spielen.«

Aiki näherte sich Teppo langsam und überwältigte ihn schnell. Er brachte einen Hebel an, bei dem er neben Teppo stand, sein Ellbogengelenk nach oben durchstreckte und sein Handgelenk herunterdrückte.

»Jetzt zum Beispiel habe ich dich in meiner Gewalt und du kannst nichts dagegen machen. Wenn ich hierhin gehen will, musst du mitkommen.« Teppo folgte dem Druck in seinem schmerzenden Arm. Er spazierte neben Aiki her, ob er wollte oder nicht. »Oder gehen wir mal dahin. Oder dorthin. Oder da. Was ist denn da? So ein kleiner Spaziergang ist doch was Feines.«

Aiki ließ Teppo hart gegen eine Säule laufen.

»Oh, Verzeihung bitte. Ach, schon wieder. So ein Pech aber auch. Die ganze Zeit könnte ich deinen Arm wie einen trockenen Zweig zerbrechen. Das ist Kontrolle. Mit deiner Technik schaffst du so etwas nicht.«

Teppo hatte genug. Mit den Knöcheln seiner freien Hand schlug er gegen Aikis Finger, die sein Handgelenk festhielten. Der aufkommende Schmerz veranlasste Aiki, seinen Griff zu lockern. Kaum spürte Teppo den Druck nachlassen, schlug er sofort noch einmal zu, dieses Mal jedoch zu Aikis Gesicht. Und zu seiner Überraschung traf er. Die Wirkung war so verheerend, dass es Aiki kurzerhand von seinen Beinen haute.

Teppo schaute von oben herab auf seinen verdutzten Gegner.

»Es geht doch nichts über einen guten alten einfachen Schlag.«

Seine gesegnete Faust spannte er demonstrativ an, bevor er sie wieder öffnete und seinen schmerzenden Arm hielt.

Aiki erhob sich. Seine Nase blutete nun bereits zum zweiten Mal. Dies missfiel ihm so sehr, dass er sich wieder sein Prügelopfer schnappte.

Teppo war nahezu wehrlos. Er fühlte sich wie ein kleines Kind, das von seinem Vater gezüchtigt wurde.

Aiki nahm ihn wieder in Gewahrsam und hämmerte Teppos Gesicht so lange gegen die Säule, bis Blut auch aus seiner Nase lief.

Dann schleuderte er Teppo zurück auf die Matte, wo er sie vollblutete.

»O mein Gott!«, sagte Teppo. »Woher wussten Sie das? Meine einzige Schwäche: Je mehr Blut ich verliere, desto schwächer werde ich.«

»Du hast in so einer Situation noch Humor?«

»Warum denn nicht?«

Aus Teppos Augen kamen unfreiwillig Tränen. Er hasste es. Diese vermaledeite Nase, die einen, nur weil sie etwas gehauen wurde, wie ein Weichei dastehen ließ.

»Ich muss sagen, es macht mir richtig Freude, dich immer wieder auf die Bretter zu schicken.«

Teppo reagierte mit einem Lächeln, wischte sich die Tränen weg und schnotterte einen Schwall Blut vor seine Füße.

Dann geschah etwas. Aiki verstand nicht, was es war.

Mit einem Mal wurde Teppo vollkommen ernst. Sein Lächeln verschwand und er hielt sich krampfhaft den Bauch.

»Nein, bitte nicht jetzt!« Teppos Stimme war wie sein Gesicht voller Entsetzen und Angst.

Seine Schmerzen schienen immer schlimmer zu werden. Gequältes Stöhnen hielt Hof im Dojo.

»Was ist mit dir?«, fragte Aiki besorgt.

»Kommen Sie nicht näher!«, schrie Teppo ihn an.

Er krümmte sich nun ekelhaft. Er stöhnte lauter und lauter, bis er vor Schmerzen anfing zu schreien.

»Es brennt!«

Speichel tropfte ihm schaumig aus dem Mund. Seine Augen waren weit aufgerissen. Seine Hände zu Klauen versteift. Er begann, Laute von sich zu geben, die jenseits von dem waren, was man als gewöhnlich beschreiben könnte. Dabei schien er immer aggressiver zu werden.

»Ich flehe Sie an. Bitte laufen Sie weg!«

Teppo schnaufte wild. Seine Haltung war gebeugt wie die eines krankhaften Irren. Sein Gesicht verzerrte sich, als ergriffe ein fremdes Wesen von ihm Besitz. Bedrohlich fletschte er seine Zähne. Dann schloss er die Augen und begann, auf eine dunkle Art zu knurren.

Kampfstrategie der Bunks Prügelstube Nummer 8: Der Dämon. Inorzismus.

Teppo öffnete seine Augen. Sein Blick war nicht mehr menschlich. Er schaute Aiki wie ein wahnsinniges, tollwütiges Raubtier an.

Dann griff er an.

Er bewegte sich, als wäre er in keinster Weise verletzt. Aber Aiki ließ sich nicht aus der Ruhe bringen. Er war nur Nebel. Und kein Wesen, ob irdisch oder nicht, vermochte es, Nebel zu verletzen.

Aiki blockte, wich aus und konterte wie gehabt. Und kaum hatte er einen weiteren fiesen Hebel angesetzt und Teppos Arm wie einen Hühnerflügel hinter seinem Rücken fixiert, verlor Teppo bei dem aufkommenden Schmerz die Kraft, die Rolle weiterzuspielen.

Aiki riss Teppos Kopf nach unten und platzierte ihn auf seinen Oberschenkel. Dann gingen die beiden nach seinem Belieben spazieren.

»Hast du wirklich angenommen, dass ich dir das abkaufe?«

»Ich habe es zumindest gehofft.«

Teppo war außer Atem. Der Dämon war anstrengend. Durch das Knurren und Schnaufen hatte er mehr Luft als gewöhnlich verbraucht. Teppo nahm sich vor, wieder energiesparende, kurze Atemstöße mit der Zunge am Gaumen zu machen.

»Ich zeige dir jetzt mal ein wildes Tier.«

Aiki machte seinen Worten alle Ehre. Er holte das Letzte aus Teppos Hartnäckigkeit heraus. Der kleinere Mann warf ihn durch die Gegend wie nichts Gutes. Er wirbelte ihn an seinen Gliedern herum, während diese in eine ganz andere Richtung wollten. Teppo war derart geschändet, dass er jedes Mal aufstöhnen musste, um den Schmerz in irgendeiner Weise aushalten zu können. Seine Augen hörten nicht auf zu tränen. Nur hatte er keine Zeit mehr, sie wegzuwischen. Das musste der Luftzug erledigen, während er unfreiwillig durch das Dojo segelte.

Seine Beine konnten ihn kaum noch tragen. Teppo zitterte am ganzen Körper. So musste sich ein geschütteltes Überraschungsei fühlen. Ein Film aus Kaltschweiß hatte sich auf ihm ausgebreitet. Er fühlte sich wie in einem Kühlraum: Kalt und zittrig. Ihm ging es hundeelend.

»Sieh dich an«, sagte Aiki. »Dein Körper ist nicht mehr zu gebrauchen. Du bist am Ende. Was wäre da wohl das Logische, das du tun solltest?«

Teppo ging langsam von der Matte herunter. Er hatte weder Lust noch die Kraft, sich pflichtgemäß zu verbeugen.

»Ich geh mal eben pinkeln.«

Wie ein alter klappriger Mann kämpfte er sich in den Toilettenraum.

Aiki war erschöpft. Und durstig. Er verneigte sich am Mattenrand und leerte sein zuvor eingeschenktes Glas mit Whiskey in einem Zug.

Dann füllte er nach und nahm einen weiteren Schluck.

Er setzte sich hin und wartete darauf, dass Teppos Sitzung zu Ende ging.

Ein paar Minuten später hörte er die Klospülung. Sein Glas hattte er bereits wieder geleert. Aiki erhob sich von seinem Stuhl und kehrte mit einer Verneigung auf die Kampffläche zurück.

Die WC-Tür öffnete sich und heraus trat Teppo. Seine zuvor so ausdrucksstarken Augen zeigten mittlerweile nichts als Erschöpfung. Laut ihnen hatte er keinerlei Lust mehr weiterzumachen. Doch er machte weiter.

Vielleicht lag es an dem Windzug, der daraus folgte, dass Teppo die Tür mit seinem Fuß hinter sich schloss, aber eine unsichtbare Gestankwolke zog in Aikis Richtung. Der Geruch wurde stärker und stärker, je mehr sich Teppo näherte. Anfangs wollte Aiki es nicht wahrhaben. Aber mit jedem Schritt verfestigte sich seine Befürchtung. Und am Ende gab es keinen Zweifel mehr.

»Ist das …?«

Teppo nickte. Von seinen Händen tropfte es auf die schöne Matte herab. Diese Farbe! Diese Konsistenz! Wie konnte er es nur wagen? Aiki platzte der Kragen.

Kampfstrategie der Bunks Prügelstube Nummer 9: Der eklige Sieg. Version: Kot und Urin.

»Ich warne dich«, sagte Aiki strenger denn je. »Komm mir ja nicht zu nahe.«

»Ich werde Ihnen überall hinfassen und ganz besonders ins Gesicht. Sie können mich ohne Probleme besiegen, aber werden Sie es auch schaffen, ohne dass ich Sie berühre? Das bezweifle ich. Überlegen Sie sich also besser ganz genau, was Sie jetzt antworten. Aiki Kanashii, Sie sind festgenommen. Irgendwelche Einwände?«

»… Du hast die Prüfung bestanden, wenn du mich besiegst.«

»Schade. Sie hätten sich einfach geschlagen geben sollen.«

Teppo mobilisierte seine letzten Kraftreserven. Es war nicht mehr viel vorhanden, doch er holte das letzte Quäntchen aus sich heraus.

Aiki agierte vorsichtiger. Er wollte Teppos Händen unter keinen Umständen zum Opfer fallen. Er wich seinen Angriffen aus oder blockte sie an den Armen ab, dennoch trafen ihn einige Urin- und Kotspritzer. Dagegen war er nicht gewappnet. Er konnte nicht abschätzen, wie und wann die Substanzen durch die Luft flogen.

Teppo unterdessen griff ungeniert weiter an. Er nutzte Aikis Ekel schamlos aus. Doch dann änderte sich das Spiel. Aiki sah ein, dass er ein Opfer bringen musste.

Die Fäkalien verschmierten seine Ärmel und leidlicher Weise auch eine seiner Hände, doch dafür brachte er Teppo zur Räson. Er setzte einen Hebel ein, bei dem Teppo mit seinem Rücken und ausgestreckten Arm zu ihm zeigte. Nun war er nicht mehr imstande, sich zu rühren.

»Du stinkst ungemein«, sagte Aiki erbost. »Herzlichen Glückwunsch, du bist der ekelhafteste Prüfling aller Zeiten. Mir ist die Lust vergangen, weiter gegen dich zu kämpfen. Die Prüfungszeit müsste gleich abgelaufen sein. Also werden wir zwei einfach war–«

Aiki brachte den Satz nicht mehr zu Ende. Teppos Faust ließ ihn verstummen. Sie krachte ein wie ein plötzlicher Blitz am sonnigen Himmel, obwohl es sie gar nicht hätte geben dürfen. Er hatte Teppo fixiert. Er hätte sich nicht bewegen können dürfen. War dieser junge Mann tatsächlich so verrückt? So bescheuert? So entschlossen? So tapfer? Die Antwort lautete Ja. Das überaus laute *Knack*-Geräusch, als Teppo sich mit Schwung umgedreht und seinen eigenen Arm zum Brechen gebracht hatte, war der Beweis.

Für den Bruchteil einer Sekunde war jegliche Spannung in dem Griff verloren gewesen. Aiki hatte keinen steifen Arm mehr in den Händen gehalten, sondern einen labbrigen Schlauch.

Und dann war er dagewesen … der Kinnhaken, der wie eine Bombe einschlug und Aiki ins Land der Träume schickte.

Teppo sah auf ihn hinab. Er zitterte, als hätte er Parkinson im Endstadium. Sein Arm hing schlaff und verdreht neben seinem Körper. Aber er lächelte. Er hatte gesiegt. Er hatte Aiki bezwungen und durfte sich nun endlich einen Sweeper schimpfen.

Teppo wusste nicht warum, aber aus irgendeinem Grund hörte er in seinem Kopf ein Lied starten. *For Tomorrow* von *Blur*. Viel bekam er davon jedoch nicht mit. Pünktlich zum vierten Gitarrenschlag, noch bevor die erste Textzeile begann, fiel Teppo einfach nach hinten um.

…

Aiki erlangte das Bewusstsein wieder. Sein Kopf dröhnte wie ein Bienenstock. Vorsichtig erhob er sich. Er schwankte noch leicht, aber bald hatte er sich wieder im Griff.

Vor ihm lag Teppo und pennte. Sein gebrochener Arm zeugte von einer dekonstruktivistischen Architektur und seine Hände waren vollgeschmiert mit seinem eigenen Kot. Doch er schlief den zufriedenen Schlaf eines Siegers.

Aiki durchfuhr ein nicht erwartetes Lächeln.

Zurück im Empfangszimmer des IBA-Gebäudes saßen Cloey, Dalik und Teppo beisammen. Auf der anderen Seite saß der kräftige Rocco. Sie alle warteten auf Mina. Teppos Arm steckte in einem Gips. Sein Körper zitterte noch immer, nur leicht und manchmal hörte es auch auf, aber sobald er sich auch nur ein bisschen bewegte, durchbohrten ihn Horden von Nadeln. Teppo fühlte sich beschissen.

Die Büroangestellten hinter der Glasfassade schenkten ihm ganz besondere Aufmerksamkeit. Er wusste überhaupt nicht, wie er damit umgehen sollte. Sie warfen ihm immer wieder Blicke zu, lächelten ihn an, winkten ihm oder streckten ihm einen beglückwünschenden Daumen entgegen. Ein paar druckten große Zettel aus und hielten sie nach oben. Auf ihnen standen Dinge wie *»You are THE Man!«*, *»Teppo Nr.1«*, *»Als Nächstes Chuck Norris«*, *»Ich liebe dich!«* (Das kam von einem Mann) oder *»You made Aiki Teppout«* mit einem Herzen am Schluss (auch von einem Mann). Einer kam sogar extra ins Empfangszimmer spaziert. Er blieb mit der Klinke in der Hand zwischen Tür und Angel stehen, beugte sich vor und rief nur: »Hey, Junge! Geile Aktion. Richtig richtig gut.« Dann verschwand er wieder und ließ Teppo mit einem Lächeln zurück.

Schließlich tauchte Mina auf. Sie hatte zwei Männer im Schlepptau und stellte sich zwischen sie. Der eine war Aiki. Er trug nun einen Anzug. Man hätte nie erahnen können, welches Talent hinter diesem Mann verborgen lag. Er wirkte eher gewöhnlich. Anders als der andere Mann. Dieser war groß, hatte einen roten Vollbart und einen büscheligen Haarkranz. Seine Statur war kräftig und seine Brust von Natur aus geschwellt.

»Alles in allem war diese Prüfung sehr erfolgreich«, begann Mina zu berichten. »Jeder hat seine Zielperson gefunden und überwältigt. Am ersten Tag hat bereits der unbekannt bleiben wollende Herr in der weißen Kutte, der zum ersten Mal teilgenommen hat, die Prüfung bestanden. Allerdings wollte er die Sweeperlizenz nicht annehmen. Er meinte, er habe sich einfach nur ein wenig amüsieren wollen, aber könne mit der Lizenz nichts anfangen. So einen Fall hatten wir auch noch nicht. Merkwürdiger Typ. An Tag zwei hat es Mr. Zaranoszarosz geschafft. Bei ihm hat sich die Zielperson ohne Gegenwehr festnehmen lassen. Heute am letzten Tag können wir endlich auch Mr. Coconut beglückwünschen. Der wievielte Versuch war das jetzt? Der vierte?«

»Ja, der vierte«, sagte Rocco.

Nun meldete sich auch Haggis, der Mann mit den roten Haaren, zu Wort. Sein Zungen-R klang lang und robust. »Rrocco, ich kann garr nicht überr dich lästerrn, wie Mina es so gerrne macht.« Trotz kräftigen Barts waren seine schlechten, schiefen Zähne deutlich zu erkennen. »Du hast herrvorrragend recherrchierrt, hast ein gutes Gespürr bewiesen und du hast mirr keine Chance gelassen, dirr zu entkommen. Das warr eine rrundum gelungene Prrüfung. Und du siehst, mein Körrperr kann nicht anderrs und errhebt den Daumen. Betrrachte ihn rruhig vollerr Stolz. Den hast du dirr wirrklich rredlich verrdient.«

»Ach, bitte!«, sagte Mina verächtlich. »So hervorragend war es nun beim besten Willen nicht. Mr. Coconut, Sie hätten zum Beispiel –«

»Ich will es gar nicht hören«, unterbrach Rocco sie. »Wenn Sie mir nichts Nettes sagen wollen, sagen Sie am besten gar nichts.«

Man konnte Mina ansehen, dass sie es nicht leiden konnte, wenn man ihr über den Mund fuhr. Aber sie schluckte ihren Verdruss stillschweigend herunter.

Ob sie wohl auch andere Dinge schluckt?, fragte sich Teppo.

»Dann können Sie sich jetzt Ihre Sweeperlizenz abholen«, sagte Mina und alle fingen an zu klatschen; selbst Teppo. Er klatschte auf seinen Oberschenkel.

Rocco holte sich seine Lizenz ab.

»Wir wünschen Ihnen viel Erfolg bei Ihrer Arbeit.«

Voller Stolz nahm er sie entgegen und setzte sich zurück auf seinen Platz.

»Nun zu Mr. Bunks.«

Wie aufs Stichwort griff Aiki in die Innentasche seines Jacketts, holte ein Etui heraus und setzte sich eine Brille auf. Dann kramte er einen Zettel aus einer der vorderen Taschen und las ihn vor.

»Teppo Bunks Doppelpunkt. Schlagkräftig, trickreich, schamloser Lügner, zäh, gemein, witzig, ekelhaft, wahnsinnig, hat Biss.«

»Das war's?«, fragte Mina ungläubig.

»Mehr habe ich nicht aufgeschrieben.«

Mina rollte mit den Augen, als dürfte es diese Unprofessionalität überhaupt nicht geben.

»Mr. Bunks, die komplette Abteilung ist schwer von Ihnen beeindruckt. Keiner hat damit gerechnet, dass Sie Mr. Kanashii im Kampf besiegen würden. Die meisten sehen schnell ein, dass sie es bei ihm mit einer direkten Konfrontation nicht schaffen würden und wechseln deshalb ihre Strategie. Bislang zwar mit ebenso wenig Erfolg, aber dennoch erscheint es nur logisch, ihm mit einer Schusswaffe zu drohen oder eine andere Vorgehensweise zu versuchen. Umso erstaunlicher, dass sie den Mut oder die Dummheit aufgebracht haben, sich ihm immer wieder auf der Matte zu stellen. Zwar hat er die ganze Zeit über nur mit Ihnen gespielt und es nicht ernsthaft auf einen Sieg angelegt, aber die Nachricht hat sich dennoch wie ein Lauffeuer verbreitet. Fast jeder hier kennt jetzt Ihren Namen. Aber wie konnten Sie sich bitte zwischenzeitlich in ein anderes Land verirren?«

»Ähm … Das hat sich so ergeben.«

»Jetzt zu Ihrer Sweeperlizenz.«

»Endlich. Können Sie sie mir bitte herbringen? Ich hab's momentan nicht so mit dem Laufen.«

»Sie bekommen Sie aber nicht.«

Teppo fiel aus allen Wolken. Er brachte nicht einmal mehr ein »Was?« zustande.

»Sie haben Mr. Kanashii zwar festgenommen, aber erst acht Minuten nach Ablauf der Prüfungszeit. Das bedeutet: Prüfung nicht bestanden. Tut mir leid.«

Teppos rechtes Auge begann, nervös zu zucken. Sein Mund spackte herum, als wüsste er nicht, welche Worte nun von ihm verlangt wurden. Dann brach es einfach aus ihm aus.

»Fuck! Fuck! Fuck! Fuckedy Fuck Fuck Fuck! Aargh! Ich kotz hier gleich Brocken im Strahl! FUCK!«

Im Wohnzimmer der Bunks' war ein kleines Festmahl hergerichtet. Der alte Mann hatte seinen besten und raffiniertesten Kochlöffel geschwungen und kredenzte Cloey, Dalik, seinem Enkelsohn und auch der Hausziege Leelo, die einen spitzen Partyhut trug, einen farbenfrohen und gar köstlich riechenden Schmaus zur Feier des Tages.

Nach der Verkündung von Teppos Versagen war selbst die Laune des alten Mannes in den Keller gerutscht. Mittlerweile hing auch das durch den Raum gespannte Tuch, auf dem »*HERZLI-*

CHEN GLÜCKWUNSCH!« stand, halb herab. Niemand machte sich die Mühe, es wieder korrekt aufzuhängen.

Die Stimmung war sehr verhalten. Kaum jemand sagte etwas. Beim Anblick des Festmahls gab es Lob für den alten Mann, aber der interessierte sich mehr für den Verlauf der Prüfung. Teppo gab ihm eine kurze Zusammenfassung. Für mehr hatte er im Moment keinen Nerv.

Als der alte Mann das letzte i-Tüpfelchen auf sein Essen setzte in Form von in Käsescheiben eingewickelte Gewürzgurken und einem selbst gemachten Frischkäse zum Hineintunken, sagte Teppo: »O Mann, hab ich einen Kohldampf« und läutete damit den Beginn der Mahlzeit ein.

Alle bedienten sich. Im Gegensatz zu Teppo hielt der alte Mann, wenn er Hunger hatte, meistens an sich, heute jedoch nicht. Das Kochen hatte viel Zeit in Anspruch genommen und er schlang so, wie es sich Cloey von einem Mann aus Teppos Familie vorgestellt hatte. Selbst Dalik langte ordentlich zu. Als könnte er es nicht auf sich sitzen lassen, dass der alte Mann mehr verdrückte als er. Cloey hingegen aß wie gewohnt. Sie nahm sich Zeit und genoss.

Sie warf einen Blick auf Teppo. Es verwirrte sie, dass von seiner Seite bisher keinerlei Kau-, Schling- oder Stöhngeräusche gekommen waren. Dalik und der alte Mann bemerkten hiervon nichts. Sie hatten nur Augen für ihr Essen. Cloey schaute zu Teppo herüber und ihr Herz begann wehzutun. Sein Anblick tat ihr einfach nur leid.

Teppos Hand zitterte so sehr, dass er nichts richtig festhalten konnte. Und wenn er es doch schaffte und sich etwas auf den Löffel schaufelte, so fiel es denn herunter, bevor es seinen Mund erreichte. Spießte er etwas mit der Gabel auf, fiel sie ihm wieder aus der Hand oder er traf seinen Mund nicht. Und versuchte er, etwas mit der bloßen Hand zu greifen, so fehlte es ihm an Kraft, es lange genug festzuhalten. Er schlug sich tapfer, aber in seinen Augen füllten sich langsam, aber sicher Tränen. Er schien ungeheure Schmerzen zu haben, wenngleich er versuchte, es sich nicht anmerken zu lassen.

»Soll ich dir helfen?«, fragte Cloey.

Teppo sah sie überrascht an. Er gab sich alle Mühe, die Flüssigkeit in seinen Augen zu behalten.

»Ja, bitte.«

Cloey stellte ihr Essen beiseite, häufte einen großen Happen auf Teppos Gabel und ließ ihn in seinem Mund verschwinden.

Irgendwann begann sie, zwischenzeitlich auch wieder etwas zu essen. Aber sie fütterte Teppo, bis er satt war.

Am Ende waren alle zufrieden. Sie waren so voll, dass sie sich einig waren, am liebsten an Ort und Stelle erst mal ein Nickerchen zu halten. Leelo machte es sich auf Daliks Schoß gemütlich und legte ihren Kopf auf Teppos Oberschenkel. Sie leckte ihm die Hand, bis auch sie zuletzt eingeschlafen war.

EPILOG

Die Scheune war hoch. Es roch nach Stroh und überfahrenen Tieren. Mehrere Balken zogen sich unter der Dachschräge entlang. Buck stellte eine lange Leiter auf, erklomm diese und stieg auf einen der Balken.

An dem Balken vor ihm befestigte er eine Klaviersaite. Aus dem anderen Ende knotete er eine Schlinge, die er sich straff um den Hals legte.

Dann nahm er Sekundenkleber aus seiner Tasche und drückte den Inhalt auf seine Handflächen aus. Die Tube schmiss er in eine der Ecken, wo sie in einem Haufen Stroh unterging. Nun presste er seine Hände an die Seiten seines Kopfes. Er wartete, bis der Kleber getrocknet war. Er versuchte, seine Hände von seinem Kopf abzuziehen, aber es gelang ihm nicht. Jetzt war es soweit.

Buck stellte sich hin. Die Klaviersaite schnitt bereits leicht in seinen Hals. Er blickte die vielen Meter hinab.

Er wollte es nicht tun, aber er musste.

Dann sprang er in seinen Tod.

EPILOG zwei

Officer Talker war wieder frisch im Dienst, ebenso wie sein junger Partner Officer Walf. Dieser hatte darauf bestanden, Talker zu begleiten, unabhängig davon, dass sein Arm noch nicht ganz verheilt war. Talkers Verletzung war ebenfalls noch nicht kuriert. Er humpelte, aber man hatte den Besten auf den Fall ansetzen wollen. Also war er nun hier, jedoch unter der Voraussetzung, dass sein Schüler in Spe, Walf, hatte mitkommen dürfen.

Die Scheune war mit Blut gesprenkelt. Am Boden hatte sich eine rote Lache gebildet. Mittlerweile war sie kalt. Der Tatort war gesichert. Die Spurensuche lief. Ein stilles Blaulicht drehte vor sich hin und legte den Ort in einen nicht enden wollenden Zirkus aus Schatten und der leuchtenden Ankunft von Außerirdischen.

Talker hatte dem Bericht am Telefon nicht geglaubt. Nun jedoch verstand er es. Das Opfer sah aus, als hätte es sich selbst den Kopf abgerissen.

Printed in Poland
by Amazon Fulfillment
Poland Sp. z o.o., Wrocław

61851476R00316